DÄMONEN DER SPEICHERSTADT

Heike Denzau, Jahrgang 1963, ist verheiratet, hat zwei Töchter und lebt in dem kleinen Störort Wewelsfleth in Schleswig-Holstein. Bereits mehrfach preisgekrönt, ist sie Verfasserin zweier erfolgreicher Krimireihen und veröffentlicht außerdem bei Droemer Knaur humorvolle Liebesromane.
www.heike-denzau.de

HEIKE DENZAU

DÄMONEN DER SPEICHERSTADT

Mystery Krimi

emons:

Bibliografische Information der Deutschen Nationalbibliothek
Die Deutsche Nationalbibliothek verzeichnet diese Publikation
in der Deutschen Nationalbibliografie; detaillierte bibliografische
Daten sind im Internet über http://dnb.d-nb.de abrufbar.

© Emons Verlag GmbH
Alle Rechte vorbehalten
Umschlagmotiv: Montage aus FrenjaminBenklin/stock.adobe.com,
dlohner/Pixabay.com
Umschlaggestaltung: Nina Schäfer, nach einem Konzept
von Leonardo Magrelli und Nina Schäfer
Umsetzung: Tobias Doetsch
Gestaltung Innenteil: DÜDE Satz und Grafik, Odenthal
Lektorat: Hilla Czinczoll
Druck und Bindung: CPI – Clausen & Bosse, Leck
Printed in Germany 2022
ISBN 978-3-7408-1510-3
Mystery Krimi
Originalausgabe

Unser Newsletter informiert Sie
regelmäßig über Neues von emons:
Kostenlos bestellen unter
www.emons-verlag.de

Das Böse ist das Fehlen des Guten.

Thomas von Aquin

Vor sechzehn Jahren

Mr. Minhs Laden war geheimnisvoll. »TRÖDEL« stand in verschnörkelten goldenen Buchstaben auf einem schwarzen Schild, das an einer Stange über der Tür befestigt war und hässlich quietschte, wenn der Wind durch die Straße fuhr. Heute hing es ruhig da.

Wie jeden Tag, wenn sie gemeinsam mit Sarah und Lennart von der Grundschule nach Hause ging, blieb Rahel ein paar Minuten vor dem Schaufenster stehen und betrachtete die wunderliche Auslage. Sie liebte den Laden, obwohl sie noch nie drinnen gewesen war. Schon das Schaufenster verlockte zum Geschichtenerzählen, und Rahel erzählte gern Geschichten.

»Der Rabe ist unheimlich«, sagte Sarah, die neben sie getreten war. »Darum kauft ihn auch keiner.«

Rahel wollte ihr nicht zustimmen. Sie mochte den schwarzen Vogel, an dessen oberem Schnabelteil ein Stück herausgebrochen war. Der Rabe saß meist so reglos auf der Stange in seinem hübsch verzierten Käfig, dass man meinen konnte, er wäre ausgestopft. Neben dem Käfig mit dem Raben hing ein weiterer Vogelkäfig, aber darin stand eine Figur aus Porzellan. Ein Drache mit verblichenen grünen Schuppen und Flügeln, die er eng an den Körper presste. Starr blickten die schwarzen Augen geradeaus.

Dann gab es noch den Käfig mit den Wellensittichen, die so hübsch bunt waren und um die Wette piepten. Aber Mr. Minh verkaufte nicht nur Vögel, sondern vor allem chinesischen Schnickschnack. Teekannen und Tierfiguren aus bemaltem Porzellan, Fächer mit exotischen Motiven, winzige Tischchen mit krummen Beinen, bestickte Decken, perlenverzierte Kästchen und vielerlei mehr.

»Jetzt kommt«, sagte Lennart, »wir müssen rüber.«

Rüber ... Rahel drehte sich um und blickte zu dem vierstöckigen grauen Haus auf der gegenüberliegenden Seite der Straße. Das Kinderheim. Ihr Zuhause. Verschmierte Graffiti waren auf den bröckelnden Putz gesprüht worden. Rahel wusste: Wenn sie groß war, wollte sie nicht in einem Haus wohnen, auf das jemand »Fick dich« geschmiert hatte. Sie wollte ein Häuschen mit einem Garten voller Blumen, Schmetterlingen und einem Baum mit Loch im Stamm, in dem die Elfen wohnten.

Sie drehte sich noch einmal zum Schaufenster um, als sie aus dem Augenwinkel eine Bewegung wahrnahm. Mr. Minh setzte gerade ein Püppchen auf einen samtbezogenen Hocker. Als er aufsah, trafen sich ihre Blicke.

Rahel kannte keinen einzigen Menschen, der ihm auch nur im Entferntesten ähnelte. Mr. Minh war ein kleiner Mann. Ein Männchen. Mit langen weißen Haaren und einem ebenso weißen spitzen Bart am Kinn. Obwohl er bestimmt hundert Jahre alt war, leuchteten seine Mandelaugen wie die eines Jungen. Er trug bunte Gewänder und ständig Sandalen, selbst im Winter. Das hatte sie beobachtet, wenn er die Mülltonnen zur Straße schob. Ihr Zimmer im Kinderheim lag zur Straßenseite, sodass sie den Laden immer sehen konnte, wenn sie sich ans Fenster stellte. Das tat sie oft. Besonders gern nachts, wenn sie wach wurde, weil der Mond ins Zimmer schien und seine Schattenwesen an die Wand warf.

Mr. Minh schenkte ihr ein Lächeln, und sie erwiderte es. Mit einem Winken drehte sie sich um.

Als Rahel nach Lennart und Sarah das Heim betrat, schlug ihr die übliche Geräuschkulisse entgegen. Eines der kleineren Kinder weinte, was aber an Lautstärke von dem Geschrei eines anderen Kindes übertrumpft wurde. Rahel kannte jedes Weinen, jedes Schreien, jede Stimme jeden Kindes. Dies waren eindeutig Marek und Cassidy. Wahrscheinlich hatte Cass Marek wieder ein Spielzeug weggenommen. Dass sie schrie, lag daran, dass sie sich gegen die Vorwürfe von Erzieherin Bettina verteidigte, deren ruhige Stimme ebenfalls zu hören war.

Rahel zog die Jacke aus und hängte sie an ihren Garderobenhaken. Es war der Haken mit der Schildkröte. Als sie hierhergekommen war, hatten die Farben des Panzers geleuchtet. Mittlerweile war er so abgeschabt, dass er kaum noch zu erkennen war. Genau wie Sarah und Lennart zog sie die Schuhe aus und stellte sie auf eine der stählernen Ablagen. Doch statt den beiden in den Gemeinschaftsraum zu folgen, huschte Rahel die Treppe hinauf, ging in ihr Zimmer, das sie sich mit Sarah teilte, und legte sich auf das Bett. Jetzt waren die Geräusche gedämpft, so, als hätte jemand einen Watteberg über die Streithähne gestülpt.

Rahel starrte an die Zimmerdecke und hoffte, dass Sarah noch ein wenig unten bleiben würde. Weil es schön war, mal allein zu sein. So schön. Wenn sie groß war und in ihrem Häuschen wohnte, würde sie dort ganz allein wohnen. Alle Räume würden nur ihr gehören. Und in allen würde es herrlich still sein.

Mit einem Lächeln betrachtete sie die Spinne in der Ecke über Sarahs Bett. Spinnen waren toll. Besonders die, die draußen lebten. In ihren Netzen, die so wunderschön gewebt waren, glitzerte der Tau wie funkelnde Diamanten. Das Netz über Sarahs Bett funkelte nicht. Man konnte es von hier aus nicht einmal sehen. Aber die Spinne würde es sowieso nicht zu Ende weben können, denn wenn Sarah sie entdeckte, würde das Geschrei auch hier losgehen.

Wie auf Kommando öffnete sich die Zimmertür, aber es war nicht Sarah, sondern Bettina.

»Na, mein Schatz, bist du vor dem Lärm geflohen?« Sie schloss die Tür hinter sich und strich sich eine Strähne ihres dunkelblonden Zottelhaars hinter das Ohr, während sie näher kam.

»Ja.« »Mein Schatz« genannt zu werden, war nichts Besonderes. Alle Kinder waren Bettinas Schätze, und dennoch hatte Rahel immer das Gefühl, dass Bettinas Stimme sich bei ihr anders anhörte, wenn sie es sagte.

Bettina setzte sich mit ihrem Warmer-Bollerofen-Lächeln zu ihr aufs Bett. Sie durfte das. Rahel kannte sie ihr Leben lang.

»Heute Nacht ist Vollmond«, sagte Bettina und spielte mit einer von Rahels langen Locken. »Wenn du aufwachst, dann tu mir einen Gefallen, Rahel: Lass Sarah schlafen. Sonst ist sie am nächsten Tag wieder unausstehlich.« Sie zwinkerte.

Rahels Bauch drückte. Es stimmte, sie hatte Sarah in den letzten beiden Vollmondnächten geweckt. Aber doch nicht ohne Grund!

Bettina zog eine Locke gerade und ließ sie wieder los. »Sie hat nicht deine Phantasie, mein Schatz.«

Phantasie? Das, was in Mr. Minhs Laden passierte, dachte sie sich doch nicht aus! Aber Rahel schluckte die Widerworte, die ihr auf der Zunge tänzelten, herunter. Stattdessen fragte sie: »Wer hat heute Nachtdienst?«

»Ich.« Bettina strich ihr über die Wange. »Aber ich möchte nur geweckt werden, wenn es etwas wirklich, wirklich Wichtiges ist.« Diesmal lächelte Bettina nicht. »Eine Geschichte ist nachts *nicht* wichtig, auch wenn sie ganz besonders aufregend ist. Geschichten höre ich mir gern am Morgen an. Sind wir uns da einig?«

Rahel nickte. Natürlich. Sie würde Bettina niemals für eine ausgedachte Geschichte wecken. Nur für die Wahrheit.

Hoffentlich war es bald dunkel.

Als Rahel in der Nacht die Augen aufschlug, war sie einen Moment lang darüber erstaunt, dass sie trotz der inneren Aufregung eingeschlafen war. Sie setzte sich im Bett auf und ließ ihre Augen sich an die Düsternis gewöhnen. Immer deutlicher wurden die Schatten, die das Mondlicht an die gegenüberliegende Wand malte. Es waren gleichzeitig bewegte wie starre Bilder. Da war der Abdruck der Fensterstreben, breit und grau, obwohl sie doch weiß und schmal waren. Darüber bewegte sich der Schatten des Vorhangs. Ihr Blick wanderte weg von den Schatten hinüber zum anderen Bett. Im Mondlicht hob sich gegen die helle Wand deutlich ein dunkler Maulwurfshügel ab – Sarah unter der Bettdecke.

Rahel stand auf und tappte zum Fenster. Würde es wieder

zu sehen sein? Gespannt sah sie hinunter auf die Straße, zum Laden von Mr. Minh. Ihr Herz begann zu galoppieren. »Da bist du wieder, Feuer«, flüsterte sie aufgeregt, den Blick fest auf das Schaufenster gerichtet, das ein wenig im Dunkeln lag, weil die Laterne vor Mr. Minhs Laden nicht funktionierte. Gebannt blickte sie auf die beiden winzigen Flammen, die sich im Schaufenster ganz leicht bewegten. Es war der Rabe. Seine Augen brannten in einem lichten Blau. Rahel wusste, dass es seine Augen waren, weil die beiden kleinen Flammen immer den gleichen kurzen Abstand zueinander hielten. Manchmal waren sie ein Stückchen weiter oben, mal weiter unten zu sehen. Je nachdem, ob der Rabe wohl auf der Stange hockte oder auf dem Käfigboden.

Mit klopfendem Herzen schaute Rahel dem Flimmern im Laden eine Weile zu, dann hielt sie es nicht mehr aus. Sie tappte zu Sarahs Bett und zerrte an dem Maulwurfshügel. »Sarah! Sarah, wach auf! Es ist wieder da.«

»Hm«, kam ein ungnädiges Grummeln von Sarah. »Lass mich.«

Rahel rüttelte mit beiden Händen an der Bettnachbarin. »Steh auf! Das Feuer ist wieder da. Sarah!«

Und endlich war Sarah wach. Es störte Rahel nicht, dass sie »Bist du blöd?« fauchte und ihre Hände wegschlug.

»Das Feuer ist wieder da«, stieß Rahel noch einmal aus und flitzte zum Fenster zurück. Die kleinen blauen Flammen flackerten in der Dunkelheit. »Komm«, flüsterte sie aufgeregt, als Sarah aufstand.

»Da ist kein Feuer, du Spinnerin«, zischte Sarah, noch bevor sie am Fenster war. »Heute nicht und letztes und vorletztes Mal auch nicht.« Dennoch stellte sie sich neben Rahel ans Fenster und sah hinaus.

»Da!« Rahel deutete zu Mr. Minhs Laden, wo die winzigen Flammen bläulich flackerten. »Das ist der Rabe.« Im selben Moment wurde sie von Sarah zur Seite geschubst.

»Jetzt hol ich Bettina.« Sarah stampfte zur Tür. »Die hat gesagt, ich soll sie wecken, wenn du wieder rumlügst.«

»Aber ich lüge doch nicht«, schrie Rahel ihr hinterher. Sie folgte Sarah durch die Zimmertür. »Ich …«, sie betonte jedes Wort einzeln, während sie es über den Flur schrie, »lüge … nicht!« Und dann konnte sie nicht mehr aufhören, es zu schreien. Sie schrie die Worte hinaus und trampelte dazu mit den Füßen auf den Boden, bis sich nach und nach alle Zimmertüren öffneten und die anderen Kinder auf den Flur traten, in ihren Pyjamas, müde, verschlafen, und sie aus großen Augen anstarrten. Einige pressten ein Kuscheltier an sich. Asra und Timothy begannen zu weinen.

Schon kam Bettina die Treppe hinaufgeeilt. Mit ihrem Gewittergesicht. Die Augen blitzten, und ihre Stimme donnerte über den Flur. »Rahel!«

»Ich lüge nicht!«, schrie Rahel ihr entgegen. »Ich … lüge … nicht!«

»Du bleibst hier auf dem Flur«, fuhr Bettina Sarah an, die ihr gefolgt war. Dann packte sie Rahel am Arm, zog sie ins Zimmer und knallte die Tür zu. Sie zog sie zum Fenster und deutete hinaus. »Das ist kein Feuer, Rahel! Da ist … nichts!«

Rahels Lippen zitterten, als sie den freien Arm hob und mit dem Finger zu Mr. Minhs Schaufenster deutete. »Aber … Da!« Sie begann zu weinen, sodass die kleinen Lichter verschwammen und noch mehr flimmerten.

Rahel hörte Bettina schwer atmen, während sie schluchzte. Dann löste sich die Hand von ihrem Arm. Bettina legte einen Arm um ihre Schultern und lenkte sie Richtung Bett. Als sie beide saßen, nahm Bettina ihren Kopf in beide Hände und sah sie an. »Das geht so nicht weiter, Schatz. Wir beide werden morgen früh Mr. Minh einen Besuch abstatten.«

***

»Siehst du?«, sagte Bettina, als sie am Samstagmorgen vor dem Schaufenster standen. »Der Rabe hat schwarze Augen, wie jeder Rabe. Wie in Gottes Namen sollen denn seine Augen brennen?«

Rahel blickte den schwarzen Vogel an. Es sah aus, als sehe auch er sie mit seinen glänzenden Knopfaugen an, als er seinen Kopf ruckartig bewegte. »Tagsüber brennen seine Augen doch auch nicht«, erklärte sie Bettina genervt, weil sie es schon hundertmal gesagt hatte. »Immer nur nachts. Wenn Vollmond ist.«

Mit einem dicken Seufzer legte Bettina ihr die Hand auf die Schulter und lotste sie zu den ausgetreten Steinstufen, die in Mr. Minhs Laden führten. »Geöffnet« zeigte ein Schild hinter der Scheibe der Ladentür an. Das war nicht selbstverständlich. Mr. Minh hatte eigenartige Öffnungszeiten. Nie vor elf Uhr morgens, dafür aber manchmal bis in die Nacht. Und oftmals war der Laden wochenlang geschlossen. Eine alte Frau kam dann, um die Vögel zu füttern – Rahel hatte es aus ihrem Zimmerfenster beobachtet.

Ihr Herz begann schneller zu schlagen. Endlich würde sie den Laden einmal von innen sehen. Sie hatte sich nie hineingetraut, weil es ihnen verboten war, nach der Schule in ein Geschäft oder dergleichen zu gehen. Und es wäre ihr nie in den Sinn gekommen, sich nicht an die Regeln des Heims zu halten.

Ein eigenartiges Geräusch erklang, als Bettina die Ladentür aufdrückte und sie eintraten. Ein melodisches Klackern. Obwohl die Wellensittiche zwitscherten, war es deutlich zu hören.

»Was ist das?«, fragte Rahel mit Blick zur Decke. Dort baumelte ein kleines Blechdach, an dem an Bändern hölzerne Stangen hingen, die sich sachte hin und her bewegten. Als Bettina die Tür schloss, erklang die Melodie wieder.

»Das ist ein Windspiel aus Bambus«, erklärte Bettina. »Die Röhren sind hohl und erzeugen diese hübschen Töne.«

»Das ist schön!«, rief Rahel begeistert. Dann eilte sie zu dem Schaufenster, in dem die drei Käfige hingen. In dem linken Käfig mit den Wellensittichen herrschte buntes Gewusel und Gepiepe. Ganz rechts hing der Käfig mit dem Porzellandrachen. Zwei seiner Rückenschuppen waren abgestoßen. Der

Rabe tappte im mittleren Käfig auf der Stange hin und her und hielt ihr den Rücken zugewandt. Rahel fuhr zusammen, als er ein dunkles »Krah« ausstieß.

»Mr. Minh?«, rief Bettina in den hinteren Teil des Geschäfts. Nichts rührte sich.

Rahel sah Bettina an, und die zuckte mit den Schultern. Sie gingen beide stumm durch den Laden, der nach hinten hin immer dunkler wurde. Rahel konnte sich nicht sattsehen. Sie hatten eine bunte, schillernde, geheimnisvolle Welt betreten, in der es eigenartig, aber nicht unangenehm duftete. Große und kleine Fransenteppiche, in die Bilder gewebt waren, lagen auf dem schäbigen Holzboden. Wahllos verteilt standen darauf Schränkchen und Kommoden, Stühle, Hocker und kleine Tische, auf denen wiederum Dinge lagerten. Öllampen, bunte Deckchen, Tierfiguren aus Porzellan und Holz, perlenverzierte Schachteln, goldene Löffel … In einem Schrank mit geöffneten Türen lagen seidige Stoffballen. Daneben hingen an einem vielarmigen Garderobenständer Tücher und Schals. Ein riesiger alter Koffer enthielt Gürtel und Beutel aus Leder. Rahel schnupperte. Das Leder hatte seinen Anteil am Geruch im Laden.

Auch Bettina schien beeindruckt. Immer wieder blieb sie stehen, um ein Möbelstück zu betrachten oder mal hier, mal da über eine Figur zu streichen.

»Schau, Bettina!« Rahel deutete auf einen dunklen Balken, an dem an Haken Marionetten hingen und ein Windspiel, wie am Eingang. Nur dass dieses sich nicht bewegte, weil kein Luftzug herankam. »Kann ich es kaufen?«, fragte sie. »Ich hab doch mein Taschengeld gespart. Über zehn Euro hab ich noch.«

Bettina trat näher und betrachtete das winzige Preisschild, das mit einem Faden an dem Windspiel befestigt war. »Nein, mein Schatz, es ist viel zu teuer. Vielleicht ein Weihnachtsgeschenk.«

Rahel nickte. Es würde ganz oben auf ihrer Wunschliste stehen.

Im hinteren Bereich, dort, wo es am schummrigsten war, führte eine Wendeltreppe nach oben. Und es gab einen hölzernen Verkaufstresen, dessen Oberfläche von Kratzern und Ritzen und Wurmlöchern übersät war. Eine altmodische Kasse stand darauf. Die Wand dahinter bestand aus wohl hundert kleinen Schubkästen mit Knöpfen, die verschiedener nicht sein konnten: Man konnte die Schubladen an winzigen goldenen Drachenköpfen aufziehen, an farbigen Porzellanknöpfen oder an Holzknöpfen, auf die ein chinesisches Zeichen gemalt war.

Auf dem Verkaufstresen gab es noch Kästen mit Glasdeckeln, unter denen auf dunklem Samt matte, teils grünlich schimmernde Broschen, Ringe und Kettenanhänger lagen.

»Antiker Schmuck«, sagte Bettina ehrfürchtig, während Rahels Blick schon gierig weiterwanderte. Könnte sie doch hier wohnen! Tausend Märchengeschichten würden ihr einfallen. Zu jedem Gegenstand eine. Sie sah nach oben, wo von der Decke zwei schlittengroße Schiffe an Bändern über dem Tresen baumelten. »Was für komische Segel die Boote haben.«

Genau wie Bettina schrak sie zusammen, als neben ihnen eine Stimme erklang. »Das sind chinesische Schiffe, kleines Fräulein mit dem Kupferhaar. Man nennt sie Dschunken.«

Rahels Kopf schoss herum. Mr. Minh stand dort. Er musste die gewundene Treppe geräuschlos heruntergekommen sein. Er trug wieder Sandalen und eine weite graue Hose. Das senffarbene Gewand darüber reichte ihm bis an die Knie und war an der Herzseite mit schwarzen Knöpfen geschlossen. Der Kragen lag eng an, aber Rahel vermutete, dass der Faltenfächer in seinem Gesicht sich an seinem Hals wohl auch wiederfand. Am interessantesten aber war die silberne Kette, die er trug. Mit großen Augen betrachtete Rahel den Anhänger daran, einen silbergrauen Drachenkopf, dessen Augen blaue Edelsteine waren. Das Maul des Drachen war weit aufgerissen, und die spitzen Zähne hielten mittig eine Art Münze, die ein wenig schäbig aussah. Ein Geldstück war es wohl nicht, denn die Münze hatte ein viereckiges Loch in der Mitte. Um die Aussparung herum waren merkwürdige Zeichen zu sehen.

Rahel hob den Blick erst, als Mr. Minh einen Schritt auf sie zutrat. Er schob die goldfarbene Brille mit den runden Gläsern auf seiner Nase ein Stückchen höher und versenkte seinen Blick in ihrem. »Jadeaugen«, wisperte er. »Wunderschön.« Rahel wurde warm in der Brust. Sie hatte keine Ahnung, was Jade war, aber im Heim war sie die Einzige mit grünen Augen, und sie hatte Sarah immer um deren helles Blau beneidet.

Mr. Minhs Lippen sahen aus, als würden sie jeden Moment zerbröseln wie gebrauchtes Backpapier, aber er hatte ein schönes Lächeln. Wie ein Strahlenkranz lagen die Fältchen um die Augen herum und ließen die Sonne aus ihren dunklen Tiefen scheinen.

Automatisch erwiderte Rahel das herzliche Lächeln, worauf Mr. Minh hinter seinen Ladentisch trippelte und von ihr zu Bettina sah. »Ich wünsche einen wunderbaren Tag. Womit kann ich dienen?«

»Äh, ja, Ihnen ebenfalls einen wunderbaren Tag«, stammelte Bettina. Vermutlich war sie auch über die Stimme des alten Mannes erstaunt, die ungewöhnlich hell klang und doch so kratzig war, als hätte er schon tausend Jahre damit gesprochen. »Wir möchten nichts kaufen.«

»Oh, bitte, sehen Sie sich gern einfach nur um.« Mr. Minh machte eine weit ausholende Bewegung. »Schöne Dinge sind dazu da, um betrachtet zu werden, um angefasst zu werden. Nichts, absolut nichts aus Kunststoff werden Sie hier finden. Nur Holz und Metall, Stein, Porzellan und Glas oder was die Natur uns schenkt.« Er hob ein Kännchen aus Ton an, dessen Griff geflochten war, und hielt es in die Höhe: »Ich habe Tee gekocht. Möchten Sie ein Tässchen?«

Rahel nickte heftig. Bettina würde bestimmt ablehnen, weil sie zurück ins Heim mussten, aber sie sagte: »Äh, danke, gern.«

Mr. Minh ließ goldenen Tee in zwei henkellose Becher fließen. »Sehen Sie sich um, berühren Sie«, sagte er. Während er ihnen die Becher auf dem Tresen zuschob, sah er Rahel an. »Spüre der Wärme von Holz nach, kleines Jademädchen, betrachte den Schimmer der Perlen. Jede ist einzigartig. Jedes einzelne Stück hier hat seine Geschichte.«

Rahel sah ihn mit großen Augen an. Mr. Minh war toll. »Ich erzähle immer Geschichten«, sagte sie, während sie nach dem Becher griff und am Inhalt roch. Es waren auch die Kräuter, die für den Geruch im Laden verantwortlich waren. Der Tee hatte genau die richtige Temperatur und schmeckte köstlich. Obwohl das Porzellan hauchzart war, verbrannte man sich nicht die Finger daran.

»Allerdings tust du das«, sagte Bettina mit fester Stimme. Sie schien sich gerade bewusst geworden zu sein, dass sie nicht zum Teetrinken hergekommen waren. »Mr. Minh, wir sind hier, um etwas zu klären.«

»Ja?« Die helle Stimme des alten Mannes klang interessiert. Bevor Rahel etwas sagen konnte, sprach Bettina schon weiter. »Rahel glaubt, in Ihrem Schaufenster etwas zu sehen, was völliger Blödsinn ist. Ich möchte Sie bitten, ihr zu sagen, dass —«

»Rahel heißt du also«, unterbrach Mr. Minh Bettina, als interessiere es ihn gar nicht, was sie ihm erzählen wollte. Er lächelte Rahel an. »Phantasie ist etwas Wunderbares, mein Kind, und niemals Blödsinn. Was siehst du denn? Vielleicht kann ich es ja auch sehen?«

»Sie sieht Feuer«, übernahm Bettina wieder das Wort. Mit einem entschuldigenden Lachen fügte sie hinzu: »Sie behauptet, die Augen des Raben würden brennen.«

Rahels Wangen wurden heiß. Bestimmt würde Mr. Minh sie jetzt auslachen. Als sie ihn ansah, war das Lächeln allerdings aus seinem Gesicht verschwunden. »Was sagen Sie da?« Sein Blick ruhte auf Rahel.

»Ich lüge nicht«, verteidigte Rahel sich umgehend. »Der Rabe hat Feueraugen, oder? Immer wenn Vollmond ist.«

Mr. Minh sagte kein Wort. Er starrte sie nur an. Und das war ein wenig unheimlich, weil es sich anfühlte, als wolle er mit seinem Blick in sie hineinkriechen.

»Bitte sagen Sie ihr, dass sie sich das einbildet«, bat Bettina und legte eine Hand auf Rahels Schulter. »Sie macht jedes Mal das ganze Heim verrückt.«

»Heim?« Sein Kopf ruckte hoch.

»Ja. Wir kommen aus dem Kinderheim schräg gegenüber.« Bettina deutete hinter sich. »Rahel kann aus ihrem Zimmer direkt auf Ihren Laden blicken. Ich bin dort angestellt.«

Mr. Minh kam ganz langsam um den Tresen herum, wobei er Rahel nicht aus den Augen ließ. Ohne ein Wort zu sagen, trippelte er an ihr vorbei Richtung Schaufenster. Bettina hob die Schultern und stellte ihren Teebecher ab. »Komm«, flüsterte sie Rahel zu, und sie folgten ihm.

Mr. Minh blieb vor dem Fenster stehen und deutete – wieder mit ausladender Geste – über die Käfige in der Auslage. »Du siehst also ein Feuer, Rahel. Interessant.« Seine Augen wurden noch schmaler, als er sie musterte. »Ein hübsches rotes Feuerchen also.«

Rahel schüttelte den Kopf. »Nein. Es ist blaues Feuer. Und es sind zwei, nicht eins.« Sie deutete auf den Raben. »Es sind seine Augen.«

Mr. Minh stand wie eine Eisskulptur da.

»Ist alles in Ordnung?«, fragte Bettina.

Er sah zu ihr auf. »Wie? Oh, ja, ja.«

»Dann sagen Sie ihr bitte, dass es Unsinn ist und die Augen des Raben nie gebrannt haben und auch niemals brennen werden.«

»Aber sie tun es, wenn Vollmond ist!«, rief Rahel verzweifelt. »Du musst ihr die Wahrheit sagen, Mr. Minh! Sag es Bettina.«

Der alte Chinese musterte sie lange. Dann spürte Rahel seine Hand auf ihrem Haar. Langsam strich er darüber. »Rahel, es ist die Wahrheit, die ich dir jetzt sage: Die Augen des Raben brennen nicht. Niemals. Auch nicht bei Vollmond.«

»Da hörst du es«, sagte Bettina. Sie klang furchtbar zufrieden. »Vielleicht kannst du ja jetzt Ruhe geben?«

Rahel schossen heiß die Tränen in die Augen. Sie starrte Mr. Minh an und wusste im selben Moment, dass er die Wahrheit gesagt hatte. Grenzenlose Enttäuschung flutete ihre Brust, in der ihr Herz heftig klopfte.

»Entschuldigen Sie vielmals die Störung«, sagte Bettina. »Und vielen Dank für den Tee.«

Mr. Minh hatte sein Lächeln wiedergefunden. »Ich würde Ihnen beiden gern noch ein Kunststück vorführen. Ist es erlaubt?«

Bettina sah ihn verwirrt an. »Na gut.«

Mit eiligen Schritten ging Mr. Minh zum Tresen zurück und bückte sich dahinter. Es dauerte einen Moment, bis er zurückkam.

Rahel sah ihm erwartungsvoll entgegen. Vielleicht war Mr. Minh ja ein Feuerschlucker? Oder ein Schlangenbeschwörer? Ja, bestimmt. Das, was er in der Hand hielt, sah aus wie eine schwarze Natter. Aber als er vor ihnen stand, sah Rahel, dass es eine Peitsche war. Der Griff war geflochten. Das gräulich schwarze Leder sah uralt aus.

Und dann zuckte sie erneut zusammen, weil seine rechte Hand hochschnellte und er die Peitsche knallen ließ.

»Du meine Güte!«, stieß Bettina entgeistert aus, während sie fasziniert zusahen, wie Mr. Minh die Peitsche über den Boden und durch die Luft führte. Es knallte und sirrte nur so, und Rahel glaubte, dass Funken sprühen müssten, so schnell agierte der alte Mann mit dem dunklen Leder.

»Möchtest du auch mal?«, fragte er Rahel, während er weiter durch die Luft wedelte.

Rahel streckte begeistert die Hand aus. »Ja!« Und im selben Moment schrie sie auf. Die Peitsche hatte sie getroffen. Ein roter Striemen auf dem Handrücken zeigte, wo das Leder sich in die Haut gegraben hatte.

»Es tut mir so leid!«, rief Mr. Minh aus. Er griff nach ihrer Hand.

Rahel weinte. Es tat so weh!

»Ach herrje! Komm her, mein Schatz.« Bettina zog sie in die Arme. Mr. Minh erntete einen bösen Blick.

Rahel blickte auf die Peitsche in Mr. Minhs Hand, die er

langsam aufrollte. Blödes Ding! Und das alte Leder stank auch noch eklig.

»Ich habe ein Pflaster«, sagte Mr. Minh. Er sah allerdings nicht auf ihre Wunde, sondern in ihre Augen.

»Nein, wir gehen jetzt rüber«, sagte Bettina. »Ich gebe ihr dort ein Pflaster.«

»Ist es gestattet, dass ich dem Kind zur Wiedergutmachung eine Freude bereite?« Mr. Minh lächelte Bettina an. »Ich würde ihr gern etwas schenken.«

Bettina zögerte einen Moment. »An was haben Sie gedacht?«

Und zu Rahels Überraschung sagte er: »Such dir etwas aus, kleines Jademädchen.«

»Aber das geht doch nicht«, sagte Bettina. »Wer weiß, was sie sich –«

»Ich möchte auch so eine Kette, wie du hast, Mr. Minh«, rief Rahel auch schon freudig aus, die Tränen von den Wangen wischend. »Hast du noch eine?«

»Es tut mir leid, Rahel.« Mr. Minhs fleckige Hand legte sich auf den blauäugigen Drachenkopf. »Aber dieses Schmuckstück ist einzigartig.«

»Ich habe zehn Euro.« Sie musste es einfach versuchen, denn die blauen Edelsteinaugen erinnerten an die Flammen, die sie bei Vollmond sah. »Aber bestimmt willst du deine Kette nicht verkaufen, oder? Ich würde sie auch nicht verkaufen, wenn sie mir gehören würde.«

»Sie ist in der Tat unverkäuflich«, erwiderte Mr. Minh. »Denn durch einen Verkauf würde sie ihren unermesslichen Wert verlieren. Aber bestimmt gefällt dir noch etwas anderes in meinem Laden, mein Kind.«

Rahels Augen leuchteten auf, während das Brennen auf dem Handrücken kaum noch zu spüren war. »Dann möchte ich das Windspiel.«

»Eine gute Wahl«, nickte Mr. Minh. »Komm, wir holen es.« Er reichte Rahel die Hand und sagte zu Bettina: »Wir sind gleich wieder da.«

Aufgeregt folgte Rahel ihm zu dem Balken, wo das Windspiel neben den Marionetten hing. Mr. Minh holte einen kleinen Tritt, kletterte hinauf und hob die Schlaufe vom Nagel. Das Windspiel klackerte eine Melodie, als er es ihr reichte.

»Danke schön!« Freudestrahlend nahm Rahel das klingende Geschenk entgegen.

»Versprich mir, dass du niemals aufhören wirst zu lächeln, Rahel«, sagte Mr. Minh. »Niemals. Ein Lächeln, das von Herzen kommt, ist eine der kostbarsten Waffen gegen das Übel der Welt. Es erwärmt die Herzen derer, die es erhalten.«

Rahel löste ihren Blick von dem Windspiel. Warum klang Mr. Minh so ernst? Natürlich würde sie niemals aufhören zu lächeln.

»Aber«, seine helle Stimme wurde leiser, »gegen das wahre Böse hilft kein Lächeln. Du wirst kämpfen und dich selbst überwinden müssen, Rahel, um es auszumerzen.«

Verständnislos sah sie ihn an. Was redete er denn da?

»Rahel«, rief Bettina von vorn, »kommst du jetzt bitte?«

Mr. Minh ging auf die Knie und strich über ihr Haar. »Vertraue deinen wundersamen Kräften, Rahel. Nur weil die anderen das blaue Feuer nicht sehen können, bedeutet das nicht, dass es nicht da ist.«

1

Mit flinken Fingern tippte Rahel: »Der Zeuge Gregor Kempowski beschreibt den Mann, der den Hausflur betrat, als schwarzhaarig. Er trug ein Basecap (schwarze Haarspitzen lugten darunter hervor) und Bluejeans.«

Sie löste den Blick von der Tastatur und sah auf ihr Notizheft, in dem sie Details der Befragung festgehalten hatte. Oberkommissar Lars Harberg und sie hatten Kempowskis Aussage zwar aufgezeichnet, aber es war eine Angewohnheit, einiges mitzuschreiben.

»Bathlevi.«

Rahel fuhr mit dem Zeigefinger über die Mitte des Heftchens, um ein Wort besser lesen zu können, das über die Naht hinausging. Was hatte sie da geschrieben? »Hunde«? Ach nein. Das Gekrakel hieß »Hoodie«. Der Typ hatte einen Kapuzenpullover getragen.

»Bathlevi!«

Sie sah auf. Lars Harberg stand neben ihrem Schreibtisch. »Ja? Was ist?«, fragte sie und rollte mit dem Schreibtischstuhl ein Stück zurück, weil bei dem Kollegen das Deo mal wieder versagte.

Er hockte sich auf die Schreibtischkante. »Wie bringst du es nur fertig, in diesem Affenstall so konzentriert zu arbeiten?« Er deutete um sich, bevor er ihren Lippenstift aus der Stifteschale nahm, öffnete und die cremige dunkelrote Spitze hoch- und runterdrehte.

Erst jetzt nahm Rahel die Stimmen ihrer Kollegen und Kolleginnen wahr, hörte, wie telefoniert wurde, wie PC-Klaviaturen ihre eintönigen Melodien gegen die Stellwände des Großraumkommissariats warfen.

»Ich kann Lärm nun mal gut ausblenden«, antwortete sie. »Alte Gewohnheit ... Was gibt's denn?«, hakte sie nach und riss ihm den Lippenstift aus der Hand.

Er warf ihr die Kappe zu und stand auf. Aus der Hosentasche zog er den Autoschlüssel für den Dienstwagen. »In der Hafencity gibt's 'ne Leiche am Strandkai. Also schwing die Hufe, Bathlevi.«

»Warum sagst du das nicht gleich?« Sie stand abrupt auf, griff nach ihrer Tasche und steckte das Notizheft hinein. »Sind die Spurensicherer schon informiert?«, fragte sie, während sie das Büro verließen und über den Flur Richtung Ausgang eilten.

»Na sicher. Hat der Chef bereits erledigt.« Lars grinste. »Müsstest du doch eigentlich wissen. Du bist doch so dicke mit ihm.« Er steckte den Daumen durch die Finger der geballten Faust.

»Leck mich.«

»Würde ich ja gern mal. Aber als Oberkommissar steh ich anscheinend in der Wer-Rahel-ficken-darf-Hierarchie zu weit unten.«

Eigentlich nicht. Er war nur ausgeschieden, weil er ständig nach Schweiß stank. Rahel behielt ihren schnellen Schritt bei und bereute einmal mehr, mit Sönke Bender geschlafen zu haben. Ihr Chef würde seine Indiskretion noch bereuen.

»Am Strandkai?«, fragte sie draußen auf dem Weg zum Parkplatz. »Welches Gebäude?«

»Der Dönerspieß.«

Rahel wusste, dass der Marco Polo Tower gemeint war, den die Hamburger aufgrund seiner eigenwilligen Architektur umgetauft hatten.

Drei Rettungswagen, drei Notärzte und zwei Streifenwagen standen vor dem Wohnkomplex, als Rahel Bathlevi und Lars Harberg eintrafen. Die Kollegen von der Spurensicherung schienen noch nicht da zu sein. Während sie mit dem Fahrstuhl in den achten Stock fuhren, zog Rahel Überschuhe und Einweghandschuhe aus ihrer Tasche und reichte auch Lars je ein Paar.

»Miss Perfect hat wieder an alles gedacht«, sagte er. Normalerweise wurde ihnen der Schutz von den Kollegen der Spurensicherung übergeben, aber die steckten wohl im Stau. »Das gehört zu meiner Grundausrüstung«, antwortete Rahel. »Oder willst du Spuren zerstören?« Und Spuren gab es schon an der Wohnungstür. Zweifellos war sie aufgebrochen worden.

Der Umstand, dass die Spurensicherer noch nicht da waren, gefiel Rahel. Es war dieser besondere, dieser erste Moment, wenn sie einen Tatort betrat … Auch heute richteten sich die Härchen auf ihren Armen auf. Die Gänsehaut breitete sich mit jedem Schritt, den sie in die Wohnung setzte, weiter aus, zog bis über die Schultern in den Nacken, sodass es sie fast unmerklich schüttelte. So war es immer. Als hätte der Mörder etwas hinterlassen. Einen unsichtbaren Schleier, ein Wabern.

Dass dieses Gefühl heute um ein Vielfaches verstärkt war, erschreckte Rahel. Ihr Herz begann zu rasen, während ihr der kalte Schweiß ausbrach. Der Brustkorb wurde eng, die Luft knapp. Es fiel ihr schwer, die Hektik und die Stimmen der Sanitäter und der Notärzte auszublenden, etwas, das ihr sonst immer gelang.

»Alles gut, Bathlevi?«, drang Lars' Stimme zu ihr durch. »Du bist ganz blass.«

»Alles gut«, log sie und holte tief Luft.

Sie befanden sich in einem Wohnzimmer mit Blick auf den Grasbrookhafen. Segler, Barkassen, Schlepper, Container- und Traumschiffe … hier kamen sie alle vorbeigeschippert auf dem Weg zu Deutschlands größtem Umschlagplatz für Touristen und Waren aus aller Welt. Vor einer Tür mit Glaselement, die auf einen mit bepflanzten Blumenkübeln bestückten Balkon führte, kämpften Notarzt und Sanitäter um das Leben einer Frau, deren Bluse in Brusthöhe blutrot war. Eine blutige Schere lag neben ihr.

Ein weiteres Rettungsteam hockte um einen Mann mit ungepflegtem Vollbart, der bei Bewusstsein war und vor Schmerzen stöhnte. Er trug Lederhandschuhe und einen dunklen fleckigen Parka, den die Sanitäter geöffnet hatten, um eine

Bauchwunde versorgen zu können. Sein bleiches Gesicht war blutbesprenkelt. Neben seinem Bein lag ein Fleischmesser, das bis über die breite Klinge hinaus blutgetränkt war. Rahel wurde schwummrig. Es lag nicht am Blut. Etwas Unheimliches, das sie nicht benennen konnte, drückte von außen auf ihren Brustkorb, stärker, immer stärker. Sie begann flacher und heftiger zu atmen.

Aus einem Nebenzimmer waren weitere Stimmen zu hören. Das musste das dritte Rettungsteam sein. Rahel floh aus dem Wohnzimmer, bog auf dem Flur links ab und folgte den Stimmen ins hinterste Zimmer. Ein Schlafzimmer. Vor einem Boxspringbett lag ein Mensch. Auf den ersten Blick war nicht zu erkennen, ob es ein Mann oder eine Frau war, denn Kopf und Oberkörper waren eine einzige blutig-fleischige Masse. Doch die Statur, eine gestreifte Pyjamahose und lederne Herrenpantoffeln ließen vermuten, dass es ein Mann war. Die Sanis packten gerade zusammen, während der Notarzt telefonierte. Der Tote war abgeschlachtet worden. Rot glänzende Spritzer und Schlieren zogen sich über Bett und Teppichboden, Wände, Schrank und Spiegel. Rahel konnte das Blut riechen, und dennoch – der dunkle Nebel erschien ihr hier nicht so präsent wie im Wohnzimmer.

Ihr Blick wanderte durch den Raum. Wie im Wohnzimmer war auch hier das Mobiliar erlesen. Auf dem rechten Nachttisch standen einige Medikamentenpackungen neben einer Flasche Mineralwasser und einem halb vollen Glas. Das Hamburger Abendblatt lag aufgeschlagen auf dem Nebenbett.

Der Notarzt verabschiedete sich von seinem Gesprächspartner und sah sie an. Rahel zückte ihren Dienstausweis. »Der Mann war tot, als Sie eintrafen?«

»Das war eine rhetorische Frage, oder?« Der Arzt deutete mit gerunzelter Stirn auf den massakrierten Toten.

»Ja. Aber ich musste sie stellen.« So war sie eben.

»Der Rechtsmediziner, der ihn obduziert, wird was zu zählen haben«, sagte der Arzt. »Das müssen um die vierzig Einstiche sein.«

»Stiche also?«

»Ob von einem Messer oder sonstigem Gegenstand, kann ich natürlich nicht sagen, aber Einschüsse sind es definitiv nicht.« Rahel nickte, obwohl sie kaum noch zuhörte. Ihre Aufmerksamkeit galt dem schwarzen Vogel, der gerade auf dem Balkongeländer gelandet war und mit seinen glänzenden dunklen Augen zu ihnen hereinstarrte. »Das kann nicht sein«, stieß sie aus, während ihr Herz zu schlagen begann.

»Was ist los?« Der Arzt drehte sich zum Balkon um.

»Der Rabe!«

»Was ist damit?«

Der Vogel flog davon. Rahel sah den Arzt an. »Nichts, ich … ich dachte, ich hätte ihn schon mal gesehen. Als Kind.«

»Die sehen doch alle gleich aus«, sagte der Arzt.

Rahel blieb stumm. Ja, die Kolkraben sahen alle gleich aus, aber bei wie vielen mochte ein Stück des oberen Schnabels abgebrochen sein? Sie verdrängte den Gedanken, weil Stimmen auf dem Flur erklangen. Die Kollegen der Spurensicherung waren da.

Als Rahel aus dem Schlafzimmer trat, verließ ein Rettungsteam gerade mit einer Trage das Wohnzimmer. Der Notarzt hielt eine Blutkonserve in die Höhe, und die Kollegen machten Platz, damit sie vorbeikonnten. Es war die Frau, die darauf lag. Sie war bei Bewusstsein. Ihre Lippen waren weiß, während sie stammelte: »Mein Mann … mein Mann …« Sie starrte Richtung Schlafzimmer, dann waren sie auch schon draußen.

Rahel besprach sich mit dem Leiter der Spurensicherung, als keine fünf Minuten später das andere Sanitäterteam den Mann mit der Bauchwunde aus dem Wohnzimmer trug. »Er ist so weit stabil und wird umgehend operiert werden«, sagte der Arzt zu Rahel.

Lars fragte: »Wann wird er vernehmungsfähig sein?«

»Besprechen Sie das mit dem zuständigen Kollegen in St. Georg. Wir bringen die Verletzten dort in die Asklepios-Klinik.«

Eine Stunde lang versuchten Rahel und Lars, den Kollegen der Spurensicherung und der Rechtsmedizin nicht in die Quere zu kommen. Dann stand fest, dass es sich bei dem Toten um David Lamprecht handelte, Juniorchef der alteingesessenen Hamburger Privatbank Lamprecht. Die verletzte Frau war dessen Ehefrau Ilona. Der Mann mit der Bauchwunde war noch nicht identifiziert. Er hatte keine Papiere bei sich gehabt.

»Willst du ins Krankenhaus fahren?«, fragte Lars. »Wir brauchen so schnell wie möglich die Fingerabdrücke unseres Unbekannten.«

»Okay.« Rahel war sofort einverstanden. Ein Abgleich der Fingerabdrücke mit der Datenbank würde schnell zeigen, ob der Unbekannte vielleicht doch ein alter Bekannter war.

In der Klinik erfuhr sie allerdings, dass sich beide Schwerverletzten noch im OP befanden. Vor dem frühen Abend würde es keine Fingerabdrücke geben.

»Kommst du mit mittagessen, Bathlevi?«, fragte Lars, als sie ins Büro zurückkam. »Ich will zum Inder.«

Rahel schüttelte den Kopf, ohne ihn anzusehen, und fuhr den PC hoch.

»Du mich auch«, brummte Lars und rief einer anderen Kollegin zu: »Melle, Bock auf Chicken Makhan?«

Rahel war dankbar, dass er sich trollte, ohne Kollegin Melanie, die wohl ihre Mittagspause auch lieber mit Antitranspirant-Nutzern verbrachte. Sie rief das Foto des Unbekannten auf, das die Spurensicherung gemacht hatte, und betrachtete es.

»Was wolltest du bei den Lamprechts?«, murmelte sie. »Geld und Schmuck?« Das war natürlich naheliegend. Aber am helllichten Vormittag? Wahrscheinlich war er davon ausgegangen, dass die Eheleute bei der Arbeit waren. Oder hatte er gewusst, dass er beide zu Hause antreffen würde, und darum genau diesen Zeitpunkt gewählt? Um beide zu töten? Die Auffindesituation der beiden Verletzten und des Toten ließen darauf schließen, dass eher die erste Annahme richtig war. Er war ein Einbrecher und von David Lamprecht überrascht worden. Daraufhin hatte er David Lamprecht mit dem Fleischmesser getötet und das Gleiche bei dessen Frau versucht. Die hatte sich gewehrt. Mit der Schere. Dass Ilona Lamprecht ihren Mann abgeschlachtet hattet, war natürlich auch möglich, aber eher unwahrscheinlich. Die Obduktion, vor allem aber die Aussage von Ilona Lamprecht würde es letztendlich offenbaren.

Während Rahel sich ein Glas Wasser einschenkte und darüber grübelte, wie der ungebetene Gast überhaupt in den Wohnbereich des Marco Polo Towers hineingelangt war, klingelte das Telefon. Es war der Pförtner. »Frau Bathlevi, können Sie bitte mal runterkommen? Hier ist jemand für Sie, der etwas abgeben möchte.« Er klang ein wenig genervt. »Nur Ihnen *persönlich*.«

»Ich komme.« Besucher durften das Präsidium nicht betreten.

Auf dem Flur begegnete ihr Kommissariatsleiter Sönke Bender. Seine schmalen Lippen, die so gern an ihrer Haut sogen, verzogen sich zu einem breiten Lächeln. »Rahel ... hallo.«

»Hallo.«

»Gehst du in die Mittagspause?«

»Nein.«

Als sie an ihm vorbeiging, hielt er sie am Arm fest. »Schlechte Laune? Wir könnten schnell in mein Büro gehen, um sie aufzubessern.« Er senkte seine Stimme. »Hart, so wie du es gernhast.«

»Damit du dich wieder vor den Kollegen damit brüsten kannst? Nein, danke.« Sie riss sich los und ging weiter. Und mit jedem Schritt, den sie sich von ihm entfernte, vergrößerte sich das Gefühl des Triumphes. Obwohl seine wenigen Worte ausgereicht hatten, sie zu erregen, hatte sie dem Drang widerstanden, mit ihm in seinem Büro zu verschwinden! Sie atmete heftig. Wenn sie es jetzt noch schaffte, am WC-Raum vorbeizugehen ...

»Sie sind nicht sexsüchtig, Frau Bathlevi«, hatte ihre Therapeutin nach der ersten Sitzung im vergangenen Monat behauptet. Diese durchaus beruhigende Annahme beruhte wohl auf der Tatsache, dass sie keine Pornos konsumierte. Im Gegenteil, sie ekelte sich davor.

»Sie können einen kontrollierten Umgang mit Ihrer Lust erlernen«, hatte Frau Ophüls gesagt und ihr ein paar Verhaltensmaßnahmen an die Hand beziehungsweise ins Hirn gegeben.

Als Rahel in den Fahrstuhl stieg, ohne sich im WC-Raum selbst befriedigt zu haben, kamen ihr die Tränen. Sie hatte nicht über Sönke Bender triumphiert, sondern über sich selbst. Und es fühlte sich großartig an. Warum hatte sie sich nur all die Jahre vorher nicht einer Therapeutin anvertraut?

Hastig wischte sie sich über die Wangen, als der Fahrstuhl im Erdgeschoss hielt. In der Eingangshalle wimmelte es von Leuten. Anscheinend hatten die Kollegen von der Sitte ein illegales Etablissement hochgenommen. Das Gekreische fünf osteuropäischer Ladys war beträchtlich.

»Ich keine Nutte!«

»Blöder Bulle!«

»Ich nix Nutte! Ich Putzfrau!«

Reinigungskräfte in Lack und Leder … Sah man ja auch nicht so häufig. Aber Rahel verstand die jungen Frauen. Die Protestschreie waren dem Umstand geschuldet, dass gerade zwei Schmierlappen von den Uniformierten abgeführt wurden, die definitiv die Loddel der Mädchen waren. Und die Ekeltypen würden es die Mädchen büßen lassen, wenn sie es nicht abstritten.

Rahel bahnte sich den Weg hindurch. Der Pförtner unterhielt sich durch die Trennscheibe mit einem Mann. Ein Stück abseits stand ein junger Asiate, neben ihm zwei aufeinandergestapelte Pappkartons. Ohne sein Gespräch zu unterbrechen, deutete der Pförtner auf ihn, als Rahel sich näherte.

»Guten Tag«, begrüßte sie den Mann. »Ich bin Rahel Bathlevi. Was kann ich für Sie tun?«

Der Asiate musterte sie, während er den Gruß erwiderte.

Rahel war es gewohnt, angestarrt zu werden. Ihre äußeren

Attribute stachen den Kerlen nun mal wie Spechthiebe ins Auge: die rote Lockenmähne, die grünen Augen, Körbchengröße C ... Doch der junge Mann sah sie auf eine andere Art an. Prüfend.

»Ich habe die Anweisung, Ihnen diese Kartons zu überreichen«, sagte er akzentfrei. »Nur Ihnen persönlich.«

»Eine Anweisung von wem?«, fragte Rahel und musterte ihn nun ihrerseits intensiver.

»Von Mr. Minh.«

Rahel starrte ihn an. Bilder erstanden vor ihrem inneren Auge. Das Heim, der Trödelladen, der uralte Mann und ... der Rabe. Ihre Wangen begannen zu brennen. Noch jetzt, so viele Jahre später, spürte sie die Scham, die sie gefühlt hatte, als sie mit Bettina ins Heim zurückgekehrt und von den anderen Kindern ausgelacht worden war, weil Mr. Minh bestätigt hatte, dass die Rabenaugen nicht brannten. Und war da nicht auch noch ein bisschen von der Wut, die sie befallen hatte, weil Bettina böse geworden war, als Rahel den anderen Kindern entgegenschrie, dass sie wundersame Kräfte hätte und sehr wohl das blaue Feuer sehen könnte?

Rahel fingerte ihren Dienstausweis aus der Hosentasche und hielt ihn dem jungen Mann vor die Augen.

»Vielen Dank. Meine Mutter war eine gute Freundin von Mr. Minh, und sie hat ihm auf dem Totenbett versprechen müssen, dass Sie diese Dinge umgehend bekommen.«

»Er ist tot?« Die Nachricht berührte sie eigenartig. Sie hatte ihn zwar seit Ewigkeiten nicht gesehen, aber der Klang des Windspiels wehte ab und an eine Erinnerung herbei.

»Er starb gestern Abend.«

Eine Gänsehaut zog über Rahels Nacken. Gestern Abend ... Deutlich sah sie den Raben vor sich, der heute Morgen auf dem Balkon der Lamprechts gelandet war. Was geschah hier Eigenartiges ... Unheimliches?

»Ist alles in Ordnung?«, fragte der junge Mann.

Rahel nickte hastig. Sie deutete auf die Pappkartons. »Was ist da drin?«

»Das weiß ich nicht.« Er verabschiedete sich mit einem Lächeln und sagte:»Mr. Minh hat nicht vielen Menschen etwas vermacht. Er muss sie sehr gerngehabt haben.« Rahel sah ihm nach, dann hob sie den oberen Karton hoch. Er war unbeschriftet, sorgfältig mit Klebeband verschlossen und nicht schwer. Der Inhalt rumpelte, als sie den Karton leicht schüttelte. Der andere, größere Karton wog ein bisschen mehr. Die Neugier brannte in ihr, aber das Öffnen war Privatsache und musste warten. Sie wandte sich an den Pförtner.»Herr Burghardt, kann ich die Kartons bei Ihnen lassen, bis ich Feierabend habe? Dann muss ich sie nicht erst hochschleppen.« »Natürlich.« Er sprang auf.»Ich hol sie zu mir rein.« »Danke schön.« Mit einem Winken ging Rahel Richtung Fahrstuhl.

Er muss Sie sehr gerngehabt haben. Kopfschüttelnd fuhr sie nach oben. Der alte Mann hatte sie doch kaum gekannt.

✳✳✳

Den Nachmittag verbrachte Rahel mit Befragungen der Nachbarn und Familienangehörigen der Bankiers Lamprecht. Zwei Nachbarn wollten dumpfe männliche Schreie, einer auch einen weiblichen Schrei gehört haben. Beide waren dem nicht weiter nachgegangen, da sie schnell wieder verstummt waren.

Die Eltern von David Lamprecht hatte die schreckliche Nachricht im Urlaub ereilt. Sie waren auf dem Rückweg aus Kanada. Von der verzweifelten Mutter Ilona Lamprechts und weiteren Zeugen erfuhr Rahel, dass die Ehe der beiden Bankiersleute sehr harmonisch gewesen war. Sie waren sehr liebevoll miteinander umgegangen, insbesondere seit Ilona Lamprecht zwei Jahre zuvor einen schweren Hirninfarkt erlitten hatte, von dem sie aber vollständig genesen war. Kinder gab es nicht.

Interessant wurde es am Abend, als der Abgleich der Fingerabdrücke des bis dahin Unbekannten tatsächlich einen Treffer im Identifizierungssystem ergab. Er hieß André Müller, war achtundvierzig Jahre alt und mehrfach vorbestraft. Diebstahl, eine Anzeige wegen Körperverletzung ... Ein Raubüberfall auf einen Kioskbesitzer vor sechs Jahren hatte ihm drei Jahre Knast eingebracht. Seit er draußen war, lag nichts mehr gegen ihn vor. Auf dem Foto in der Akte trug André Müller noch keinen Vollbart und wirkte insgesamt gepflegter. Er wohnte im Stadtteil Billbrook. Ein Wohnsitz in Blankenese war auch nicht zu erwarten gewesen.

Da der behandelnde Arzt eine Vernehmung Müllers frühestens am nächsten Tag gestatten wollte, konnte Rahel einigermaßen pünktlich Feierabend machen. Als sie um neunzehn Uhr ihre Wohnungstür in einem Altbau in der Oelkersallee im Norden Altonas aufschloss, hatte sie Arme wie ein Orang-Utan. Sie schob die beiden Kartons in die Wohnung, ließ ihre Tasche von der Schulter rutschen und atmete heftig. Es wäre zweifellos schlauer gewesen, wenn sie heute erst mal nur einen der Kartons hertransportiert hätte, aber sie war viel zu neugierig und hatte beide mit in die U-Bahn geschleppt.

Rahel ließ die Affenarme schlackern und hob und senkte die Schultern, bis die Muskulatur einigermaßen locker war. »Kabel?«, rief sie über den Wohnungsflur, während sie die schwarzen Stiefeletten auszog und mit dem Fuß neben den Kratzbaum schob. »Wo steckst du? Ich bin da.« Sie ging ins Wohnzimmer. Kabel lag auf ihrem gemeinsamen Lieblingsplatz, dem dicken sonnengelben Polster auf der breiten Fensterbank, von wo sie einen guten Blick auf die Häuser gegenüber und auf die Linde vorm Haus hatten, wobei Kabel eher die Vögel darin interessierten.

»Hallo, mein Liebling.« Sie nahm den grauen Kater hoch und ging mit ihm auf dem Arm zur Küche. Er schnurrte, als gäbe es kein Morgen, und Rahel durchfloss es warm. Ohne ihn abzusetzen, öffnete sie ein Schälchen Katzenfutter. Als der Geruch von Thunfisch aufstieg, gab es für Kabel kein Halten mehr. Er sprang von ihrem Arm auf die Arbeitsfläche neben dem Herd und fiel über das Fressen her, als würde er den heutigen Tag sonst nicht überleben.

Auch Rahel war hungrig – sie hatte außer dem Frühstück und zwei Nektarinen zum Mittag nichts mehr gegessen. Aber die Lasagne vom Vortag musste noch ein wenig im Kühlschrank warten, denn ihre Neugier war stärker als das Magenknurren. Sie holte den ersten Karton herein und stellte ihn auf dem kleinen Küchentisch ab.

Kribblig trennte sie mit einem Kartoffelmesser die Klebestreifen durch. Woher hatte der junge Asiate gewusst, wo sie arbeitete? Von Mr. Minh? Doch woher sollte der alte Mann das gewusst haben?

Als Rahel den Deckel aufzog, klopfte ihr Herz vor Aufregung. Das Sammelsurium von Gegenständen und deren Geruch ließen die Erinnerung an den wundervollen Trödelladen aufleben. Zuoberst lag ein perlenverziertes längliches Kästchen. Rahel öffnete es bar jeder Ahnung, was darin sein könnte. Und sie war nicht schlauer, als sie das Ding herausnahm, das dort auf blauen Samt gebettet lag. Es war eine etwa zwanzig Zentimeter lange Röhre aus einem gelblich cremefarbenen Material. Rundherum hatte sie unterschiedlich große Löcher, und um die Löcher herum war sie abgegriffen. Was zum Teufel war das?

Kabel sprang auf den Tisch, und Rahel legte das Teil zurück in das Kästchen. »Ja, ja«, murmelte sie und streichelte den Rücken des Katers. »Du kriegst ja den Karton. Ich pack ihn nur zu Ende aus.«

Nacheinander nahm sie die weiteren Sachen heraus: einen Briefumschlag, in dem sich nichts außer einem kleinen Schlüssel befand, zwei schwere Bilderrahmen aus leicht angelaufenem Silber – fein ziseliert mit wunderschönen Ornamenten. Dann gab es noch zwei seidene Tücher, die nach dem Tee dufteten, den Mr. Minh ihr vor vielen Jahren serviert hatte. In das cremefarbene Tuch, an dessen Fransen viele verschiedene Holzknöpfe klackerten, waren mit goldglänzendem Faden verschiedene chinesische Zeichen eingestickt. Das türkisfarbene hatte keine Fransen. Die Seidenmalerei darauf zeigte winzige Reisbauern mit Strohhüten und ein noch winzigeres Dorf.

Als Nächstes griff Rahel nach einer kleinen handbemalten

Dose aus Holz. Auf der Watte darin lag ein Ring, grün angelaufen. Vielleicht ein antikes Stück? Er war breit und protzig mit einem erhabenen Klunker aus bemaltem Porzellan. Definitiv nicht ihr Stil. Sie legte ihn in die Holzdose zurück und nahm das letzte Teil vom Boden des Kartons. Es war in knittriges Packpapier gewickelt. Ein Gürtel? Es fühlte sich so an.

»Oh!« Rahel starrte auf den Inhalt, als sie das Papier entfernt hatte. Automatisch glitt ihre linke Hand über den Handrücken der rechten, dorthin, wo Mr. Minhs Peitsche sie vor sechzehn Jahren verletzt hatte.

Diese Peitsche.

Kabel sprang fauchend vom Tisch und verschwand Richtung Flur.

»Das ist doch keine Schlange, du Depp«, rief Rahel, nahm die aufgerollte Peitsche in beide Hände und hob sie an die Nase. Doch der erwartete scheußliche Geruch haftete ihr nicht an. Sie packte sie am Griff, entrollte sie und ließ das Ende über den Küchenfußboden gleiten. Sie in dem engen Raum zu schwingen, wagte sie nicht. Was hatte Mr. Minh sich dabei gedacht, ihr das alte hässliche Ding zu schenken?

Nachdenklich legte sie alles in den Karton zurück. Nur die Tücher band sie sich nacheinander um den Hals und betrachtete sich auf dem Flur in Bettinas silbern gerahmtem Spiegel mit dem blinden Fleck am Rand. Ja, die waren durchaus tragbar. Sie stopfte sie in den Wäschekorb, dann holte sie den anderen Karton herein.

Während sie ihn aufritzte, kam der Kater zurück und maunzte.

Rahel zog die Papplaschen auf. »Du meine Güte.« Sie machte große Augen. »Mr. Minh war eindeutig dement, Kabel. Sonst hätte er mir doch nicht all den Kram und diesen …«, sie zog das Teil heraus, »… Käfig geschickt?« Am langen Arm betrachtete sie den Vogelkäfig mit den goldenen Streben. Auf dem Boden lag ein Porzellandrache. Es war der jadegrüne Drache, der damals in dem Käfig neben dem Raben gestanden hatte. Die beiden abgestoßenen Rückenschuppen verrieten es.

Nein, Mr. Minh musste irre gewesen sein. Warum sonst hatte er den Käfig mit einem Vorhängeschloss versehen? Kabel strich maunzend um Rahels Waden.

»Ja, mein Liebling, sofort …« Sie stellte den Karton auf den Fußboden, und schwups, sprang der Kater hinein und machte es sich nach einer Schnüffelprobe und zweimaligem Drehen um sich selbst in der Holzwolle auf dem Kartonboden gemütlich.

Da in der Küche kein Platz für den Käfig war, stellte Rahel ihn im Wohnzimmer in die Ecke neben das alte Büfett. Bis sie entschieden hatte, was sie damit machen würde, stand er dort nicht im Weg. Auf dem Weg zurück in die Küche fiel ihr der kleine Schlüssel in dem anderen Karton ein. Sie holte ihn aus dem Umschlag und probierte ihn im Wohnzimmer am Vorhängeschloss aus. Er passte. Rahel öffnete die kleine Käfigtür. Und nun? Genauso gut hätte sie das Schloss zulassen können. Bevor sie die Käfigtür wieder zuzog, stellte sie den Porzellandrachen auf. Ordnung musste sein.

Kabel kam ins Wohnzimmer getappt und setzte sich vor den Käfig. Ohne sich zu bewegen, starrte er die Drachenfigur an. Selbst als Rahel ihm ein Stück Holzwolle aus dem Fell fummelte, rührte er sich nicht.

»Gefällt dir der Drache?«, fragte Rahel, während sie die Sammelsuriumschublade des Büfetts aufzog. Sie legte das Vorhängeschloss samt Schlüssel hinein. Neben den beiden Seidentüchern das einzig Brauchbare aus dem Karton.

Die Antwort lieferte der Kater im nächsten Moment. Er schob seine Vorderpfote durch die Streben und langte heftig nach der Figur, immer wieder, und schob sie so an den Rand des Käfigs.

Rahel nahm Kabel auf den Arm. »Ich finde ihn auch hässlich. Mr. Minh hatte so viele schöne Dinge in seinem Laden, und uns vermacht er so ein scheußliches Teil.«

2

Rahel und Lars Harberg waren am nächsten Morgen gerade in der Klinik in St. Georg angekommen, als Rahels Handy einen Anruf von Kommissariatsleiter Sönke Bender signalisierte. »Was will er?«, fragte Lars, als sie nach einem kurzen Gespräch das Smartphone wieder in die Jackentasche steckte. »Wir sollen auf ihn warten. Anscheinend wurde der Fall vom Polizeipräsidenten zur Chefsache erklärt.« Lars nickte. »Kann ich mir denken. Das Bankhaus Lamprecht hat Tradition in Hamburg. Und Lamprecht senior ist im Senat ein heißer Anwärter auf den Posten des Finanzsenators.«

Eine halbe Stunde später erschien Sönke Bender mit Kollegin Melanie Stumpe im Schlepptau. »Lars, du und Melanie übernehmt André Müller, Rahel und ich gehen zu Frau Lamprecht. Und keine Formfehler! Vergesst nicht, Müller auf seine Rechte hinzuweisen. Wenn er einen Anwalt will, veranlasst das sofort.«

Lars nahm die Anweisung gelassen hin. Rahel bewunderte ihn dafür. Hätte Bender das zu ihr gesagt ... Andererseits hätte Bender es zu ihr nicht gesagt. Weil er wusste, wenn jemand sich an Regeln hielt, dann sie. Dass der Chef es überhaupt Lars und Melanie überließ, den Verdächtigen zu befragen, war der Tatsache geschuldet, dass André Müller laut Aussage des Oberarztes darauf drängte, ein Geständnis abzulegen.

Ilona Lamprecht lag in einem Einzelzimmer. Sie sah so verzweifelt aus, wie eine Frau nur aussehen konnte, deren Ehemann abgeschlachtet worden, die selbst dem Tod gerade noch von der Schippe gesprungen und frisch operiert war: erschöpft, blass, der Blick wirr von Medikamenten, Narkosenachwirkungen und überstrapazierten Nerven.

Sönke Bender wirkte auf Rahel leicht übermotiviert, als er der Witwe wortreich kondolierte und sich nach ihrem Zustand erkundigte. Der Polizeipräsident schien deutlich gewesen zu sein. Dennoch vergaß Sönke nicht, Ilona Lamprecht auf ihre Rechte hinzuweisen.

»Ich möchte aussagen«, sagte sie mit rauer Stimme und räusperte sich. »Natürlich möchte ich das. Es spielt sich ja sowieso alles immer wieder in meinem Kopf ab.«

Rahel stellte das Aufnahmegerät an. Lehrbuchgemäß ließen sie die Frau erst einmal nur erzählen, ohne sie zu unterbrechen. Sich aus dem Monolog ergebende Fragen notierte Rahel auf einem Block, um sie später zu stellen.

»Ich hatte mich nach dem Frühstück im Wohnzimmer noch ein wenig hingelegt, weil ich nachts kaum geschlafen hatte«, begann Ilona Lamprecht. »David hat wegen seiner Grippe so furchtbar geschnarcht.« Sie zog sich unter Stöhnen im Bett ein Stückchen hoch und schloss gequält die Augen. Mehr als die Wunde schmerzten wohl die Erinnerungen an ihren Mann.

»Ich muss dann tatsächlich eingeschlafen sein. Geweckt haben mich Davids Schreie. Ich bin hochgeschreckt und aufgesprungen. Ich war kaum ein paar Schritte gegangen, als der ... der schreckliche Mann plötzlich vor mir stand. Er hatte das Messer ... dieses riesige Messer in der Hand. Es war voller Blut, und ... er war auch voller Blut.« Mit geschlossenen Augen schüttelte sie den Kopf, durchlebte anscheinend alles noch einmal.

»Was geschah dann?«, fragte Sönke.

»Ich habe geschrien ... nach David, aber er kam nicht.« Sie brach ab und presste die linke Gesichtshälfte ins Kissen. »Er konnte ja nicht kommen.«

Sie gaben ihr einen Moment.

Ohne Aufforderung fuhr sie schließlich fort. »Und dann kam er auf mich zu, ganz langsam, und ich bin immer weiter zurück, bis ich das Sideboard im Rücken hatte. Ich habe mich daran festgekrallt, abgestützt ... dann spürte ich die Schere unter meinen Händen. Ich habe sie gegriffen, und als er den Arm mit dem Messer hob, habe ich zugestochen. ... Das hat ihn wohl überrascht, aber er stach noch zu ... Das Messer traf mich hier.« Sie legte die Hand auf die Wunde unterhalb der Schulter und schloss gequält die Augen. »Dann habe ich noch mal zugestochen.«

Ihre Angaben deckten sich mit denen der Ärzte. André Müller hatte zwei nicht lebensbedrohliche Stichwunden durch die Schere erlitten, Ilona Lamprecht eine ebenfalls nicht lebensbedrohliche Wunde durch das Messer.

»Was passierte dann?«, hakte Rahel nach, als nichts mehr folgte und Sönke Bender keine Anstalten machte, eine Frage zu stellen. Sie fühlte sich, als hätte innerlich ein Docht zu glühen begonnen. Ein altbekanntes Gefühl, wenn Fragen nach einer Antwort verlangten.

»Er taumelte und wankte zurück. Ich bin in die Knie, ich hatte Panik ... Irgendwie habe ich gar nicht registriert, dass ich auch verletzt war. Ich bin zum Tisch gekrabbelt. Da lag mein Handy.« Sie holte hektisch Luft. »Der Mann hat geröchelt, aber ich hatte nur Angst, dass er wieder aufsteht. Ich habe den Notruf gewählt, und ... Dann weiß ich nur noch, dass da so viele Leute waren. Um mich herum.« Sie schloss erneut die Augen. »Sanitäter ... ein Arzt, glaube ich, und ... Leute.«

»Das waren die Kollegen«, sagte Sönke und deutete auf Rahel.

Ilona Lamprecht hörte gar nicht zu. »Ist der Mann ... der Mörder ... auch hier im Krankenhaus? Er kann doch nicht hierherkommen? Zu mir?«

»Das dürfen wir Ihnen nicht sagen, Frau Lamprecht«, erklärte Sönke. »Aber ich kann Ihnen versichern: Sie brauchen keine Angst zu haben. Sie sind hier in Sicherheit. Der Verdächtige wird bewacht dort, wo er sich befindet.«

»Das ist gut.« Erschöpft legte Ilona Lamprecht sich zurück. »Er ist eine Bestie.«

Rahel holte ihr Handy raus, als es in der Tasche der Lederjacke vibrierte. Es war eine WhatsApp-Nachricht von Lars Harberg, flankiert von Bluttropfen- und Messer-Emojis: »André Müller wollte keinen Anwalt. Er singt wie ein Vögelchen und hat die Schlachtung gestanden.« Dann folgten ein Bratpfannen- und ein Salat-Emoji und die Frage:»Gehst du heute mit mittagessen?«

Angewidert drückte Rahel ihn weg. Lars Harberg roch nicht nur wie eine Leberwurst, er hatte auch deren Empathie. Und wieder einmal verletzte er Regeln. Es war verboten, fallrelevante Informationen per WhatsApp weiterzugeben.

Da Sönke Bender ebenfalls auf sein Smartphone sah, hatte er die Meldung wohl auch bekommen, vermutlich von Melanie per E-Mail und ohne Emojis.»Der Täter hat gestanden, Ihren Mann getötet und den Einbruch aus Habsucht begangen zu haben«, gab er es an Ilona Lamprecht weiter.

Ermattet legte sich die Witwe ins Kissen zurück.»Warum hat er David das angetan? Warum nur? Wir hätten ihm doch alles Geld und den Schmuck herausgegeben.«

»Vermutlich eine Übersprunghandlung«, sagte Sönke. »Definitiv hat der Täter nicht damit gerechnet, jemanden anzutreffen. Ihr Mann muss ihn gehört haben, ist aufgestanden, und als die beiden sich dann gegenüberstanden«, er holte tief Luft,»geschah, was geschehen ist.«

»Ja.« Ermattet schloss Ilona Lamprecht die Augen.

»Wir werden Sie jetzt erst einmal in Ruhe lassen, Frau Lamprecht.« Sönke stand auf.»Für eventuelle weitere Fragen kommen wir später auf Sie zu.«

In Rahel hatte sich der glühende Docht entflammt.»Es ist trotzdem ungewöhnlich. Die Vielzahl der Stiche im Körper Ihres Mannes spricht nicht für ein Überraschungsmoment, sondern für einen Blutrausch.«

»Rahel!« Sönke sah sie wütend an.

Sie ließ sich nicht beirren.»Frau Lamprecht, Sie sagten, Sie seien hochgeschreckt und aufgesprungen, als Sie Ihren Mann schreien hörten.«

Ilona Lamprecht sah sie an.»Ja.«

»Dann sagten Sie, Sie wären kaum ein paar Schritte gegangen, als André Müller plötzlich vor Ihnen stand.«

»Ja.«

»Nach den Schreien Ihres Mannes wären demnach nur wenige Sekunden vergangen, bis Müller bei Ihnen im Wohnzimmer war.« Sie machte eine kleine Pause. »Wie soll das möglich gewesen sein, Frau Lamprecht? Ihr Mann hatte mehr als vierzig Einstiche.«

»Rahel, es reicht jetzt!«, stieß Sönke aus. »Der Täter hat gestanden. Also quäl Frau Lamprecht nicht mit scheußlichen Details.«

»Schon gut, Herr Bender.« Ilona Lamprecht hob die Hand in seine Richtung, sah aber weiterhin Rahel an. Ohne dass sie bisher einmal geblinzelt hatte. »Bitte, sprechen Sie weiter«, forderte sie Rahel auf.

»Mich wundert einfach nur der kurze Zeitraum«, sagte Rahel. »Wäre Ihr Mann nach den ersten Stichen verstummt, hätte Müller nicht so schnell im Wohnzimmer sein können, denn für vierzig Stiche braucht es – es tut mir leid, das so deutlich sagen zu müssen, Frau Lamprecht – einige Zeit.«

»Ich verstehe.« Ilona Lamprecht blinzelte immer noch nicht. »Ich verstehe es sogar sehr gut, denn ich habe mir diese Frage auch schon gestellt. Und mich quält die Vorstellung, dass David so lange gelitten hat. Denn das bedeutet doch, dass erst einer der letzten Stiche tödlich war?« Mit schmerzhaftem Stöhnen schloss sie die Augen.

Rahels Docht flammte noch. »Wenn wir davon ausgehen, dass erst der letzte Stich tödlich war, hätte ihr Mann vorher lange geschrien. Sehr lange. Und Sie wären eher aufgewacht.«

»Frau Lamprecht hat vermutlich tief geschlafen«, warf Sönke ein. Seine Augen blitzten förmlich vor unterdrückter Wut. »Schreie erreichen nicht immer sofort das Bewusstsein, Rahel.«

Da hatte er recht. Dennoch … Sie sah ihren Chef an. »Es gibt Zeugen, die Schreie gehört haben. Einen weiblichen Schrei und zwei männliche. Herr Lamprecht hat also definitiv nicht neununddreißig Stiche lang geschrien.«

»Worauf willst du denn hinaus?«, fuhr er sie an. »Müller hat gestanden! Entschuldigen Sie bitte, Frau Lamprecht«, wandte er sich der stöhnenden Frau zu. »Frau Bathlevi ist eine hervorragende Kommissarin, aber manchmal leicht übermotiviert.«

»Alles ist gut.« Ilona Lamprecht versuchte ein Lächeln. »Ich bin dankbar, wenn Sie alle sich kümmern. Unsere gesamte Familie weiß zu schätzen, was Sie tun. Meine armen Schwiegereltern ... David war ihr einziges Kind.«

Sönke Bender nahm Rahels Arm und zog sie vom Stuhl hoch. »Abmarsch«, zischte er.

Rahel riss sich los, folgte ihm aber den Flur hinaus.

»Was sollte das?«, fuhr er sie mit gedämpfter Stimme an. »Der Polizeipräsident dreht durch, wenn er davon erfährt, dass du ihr Wort anzweifelst!«

»Du hast es doch gehört«, sagte Rahel unbeeindruckt, »man freut sich, dass wir uns *kümmern*.«

Im Büro las Rahel am Nachmittag das Geständnis von André Müller. Auf Melanies Frage, wie oft er zugestochen habe, hatte er geantwortet: »Keine Ahnung, ich bin einfach durchgedreht, als der Mann vor mir stand.«

»Und er wollte nicht mal einen Anwalt?«, fragte Rahel Lars, der neben ihr stand. Sie packte ihre Lockenmähne, türmte sie auf und steckte sie mit einer Octopus-Haarklammer fest, damit ein wenig Luft an den Nacken gelangte. Die lang anhaltende Hitzewelle hatte auch die Räume des Präsidiums geflutet.

»Nein. Er wollte einfach nur aussagen.«

»Hm.« Sie war bei der letzten Zeile angekommen. Alles klang plausibel. Müller hatte bestätigt, was Ilona Lamprecht ausgesagt hatte. Auf die Idee, die Lamprechts auszurauben, sei er nach dem Lesen eines Artikels über die Familie gekommen, der im Hamburger Abendblatt erschienen war. Aber dieser Overkill – achtundvierzig Einstiche hatte die Obduktion am Mittag ergeben –, das wollte einfach nicht passen.

»Dem Beamten vor Müllers Zimmertür hab ich trotzdem noch mal eingebläut, gut aufzupassen«, sagte Lars. »Denn

Müller hat zweimal nachgehakt hat, ob er ständig bewacht wird.«

»Du meinst, er will abhauen?«

»Keine Ahnung. Es war irgendwie merkwürdig. Eigentlich klang er eher so, als hätte er Schiss, der Polizist könnte gehen.« Er verdrehte die Augen. »Der Typ ist einfach irre.«

Rahel sah ihren Kollegen an. »Ich würde gern noch mal die Aufzeichnung der Vernehmung hören.«

»Du hast es doch gerade gelesen. Wort für Wort ... Ja, schon gut!« Lars hob abwehrend die Hände, weil er ihren Blick richtig deutete. »Ich schick sie dir rüber.«

Das Abhören der Aufnahme offenbarte, was auf dem Papier nicht ersichtlich war. André Müller schilderte den Tathergang stoisch. Aber am Ende der Vernehmung, als er fragte, ob er durchgehend bewacht werde, bekam seine Stimme tatsächlich eine andere Färbung. Lars hatte sich nicht getäuscht. Das, was André Müllers Stimme signalisierte, war eindeutig Angst.

Rahel drehte sich auf dem Bürostuhl und blickte aus dem Fenster, ohne die flirrende Luft dahinter wahrzunehmen. Wovor hatte der Mann Angst? Oder vor *wem*?

Diese Frage beschäftigte sie noch, als sie zu Hause im Bett lag, nackt, nur von einem Baumwolllaken bedeckt. Die weit geöffnete Balkontür ließ kaum Abkühlung herein, dafür die Geräusche der lauen Sommernacht. In dem Ahornbaum vorm Haus rief ein Käuzchen seine Einsamkeit in die Welt hinaus, und irgendwo unter ihr wurde gefeiert – Gelächter und Gläserklirren klangen herauf. Dass es eine Geburtstagsfeier war, stand fest, als um Mitternacht ein vielstimmiger und launiger Happy-Birthday-Chor erklang.

Rahel bohrte ihre Füße in Kabels Fell, der an seinem angestammten Platz am Bettende lag und schnurrte. »Wir beide werden morgen früh todmüde sein«, murmelte sie in die Schatten des Schlafzimmers. Die Gedanken an den Mordfall und die Geräusche der Nacht würden nicht die einzigen Gründe für die Schlaflosigkeit sein.

Sie wandte den Kopf dem Fenster zu. Sie hatte die Vorhänge nicht geschlossen, weil es sowieso nichts brachte. Außerdem war er so schön anzusehen. Der Vollmond.

***

Rahels Herz raste, als sie schreiend aufwachte, vor brennendem Schmerz an ihrem Fuß, wie sie dachte, doch auch das hatte sie wohl geträumt. Ihre Hände und Füße waren kalt und feucht, ihr Körper schweißnass, als sie das Laken von sich warf, das wie ein Felsbrocken auf ihr lag. Albträume waren ihr nicht fremd, aber das … Wie in der Kindheit hatte sie die brennenden Augen des Raben gesehen, das blaue Feuer. Und dann …

Rahel begann zu weinen. Zu realistisch war der Traum gewesen, zu grauenvoll. Sie hatte einen Mann erschlagen. Einen Obdachlosen, der auf einer Parkbank unter einer Lage Zeitungen schlief. Wieder und wieder hatte sie mit einem Knüppel auf den wehrlosen Mann eingeschlagen.

Viel verstörender als die grässlichen Bilder war allerdings das Gefühl, das sie im Traum beim Töten empfunden hatte: tiefster Genuss.

Rahel zitterte am ganzen Körper. Ihre Schreie mussten enorm gewesen sein, denn Kabel fauchte in der Düsternis des Schlafzimmers. »Ist ja gut, tut mir leid.« Fahrig tastete sie nach dem Schalter der Nachttischlampe.

Doch auch das Licht brachte kaum Besserung. Ein Albtraum ließ sich nicht so schnell vertreiben. Dunkel und schwer lag das Unheimliche auf ihrer Brust und erschwerte das Atmen. Und dann merkte sie, dass der Schmerz an ihrem rechten Fuß real war. Sie hob ihn an und blickte auf blutige Kratzer. »Kabel!«, schimpfte sie. »Hab ich dich so erschreckt, dass du mich wund kratzen musstest?«

In dem Moment fauchte der Kater erneut. Der Buckel und das gesträubte Fell signalisierten, dass er sich bedroht fühlte. Irritierenderweise starrte er zur Schlafzimmertür hinaus. Sie hatte sie nicht geschlossen, um ein wenig Durchzug zu haben.

»Da ist nichts, Katerchen«, murmelte sie und wischte sich mit dem feuchten Laken den Schweiß von der Haut. Die Bedrohung war nur in ihrem Kopf gewesen. Sie streichelte über das aufgerichtete Fell, aber Kabel sprang vom Bett und flitzte zur Tür hinaus.

Mit Blick zum Wecker stand Rahel auf, nachdem sie das Licht wieder gelöscht hatte, und stellte sich ans Fenster. Die Geburtstagsparty war zu Ende. Es herrschte die typische Drei-Uhr-nachts-Stimmung auf den Straßen. Kaum ein Auto fuhr. Hamburg schlief, so gut es konnte. Sie schloss die Augen, atmete tief ein und aus und genoss den Windhauch, der durch die Balkontür kam und dem Windspiel leise Klänge entlockte. Er legte sich wie ein kühlender Balsam auf ihre verschwitzte Haut, doch Kabels erneutes Fauchen holte sie aus dem Wohlgefühl.

»Wo steckst du?« Da ihre Augen sich an die Dunkelheit gewöhnt hatten und das Licht des Vollmonds völlig ausreichte, machte sie kein Licht an, als sie über den Wohnungsflur ging. Ein erneutes Fauchen offenbarte, dass Kabel im Wohnzimmer war.

Rahel hatte kaum einen Schritt hineingesetzt, als ihr der Atem stockte. Etwas kam auf sie zugeflogen. Ein dunkler Schatten. Sie schrie auf, denn der Schatten krallte sich in ihr Haar, zerrte daran. Kabel fauchte, und Rahel hatte das Gefühl, ihr würde das Haar vom Schädel gerissen. Sie presste die Hände auf den Kopf, wollte herunterreißen, was da auf ihr tobte, doch in dem Moment löste sich das Etwas aus ihrem Haar. Ihre Finger streiften etwas Kaltes. Dann verriet ein Flattern, dass es davonflog. Mit rasendem Herzen drehte Rahel sich um. »Scheiße!« Der schwarze Schatten, diese Flügel! Eine Fledermaus?

Mit klopfendem Herzen folgte Rahel dem Schatten. Vorsichtig linste sie um die Ecke, als sie das Schlafzimmer erreichte. Doch es würde keinen weiteren Angriff geben. Das Viech flog gerade aus der Balkontür hinaus in die Nacht. Es war definitiv eine Fledermaus. Deutlich zeichneten sich die geschwungenen Flughäute vor dem Vollmond ab.

»Auf Nimmerwiedersehen, Drecksvieh!« Rahel knallte die Tür zu und atmete heftig ein und aus. Dann ging sie ins Badezimmer und stellte sich vor den Spiegel. Das Lampenlicht offenbarte eine wilde Frisur. Die Kopfhaut brannte noch, aber Blut war nicht zu ertasten. Sie warf sich eine Ladung Wasser ins Gesicht, dann tauchte sie einen Waschlappen ins Wasser und fuhr sich mit dem klatschnassen Lappen über Nacken, Brust und Arme.

Während sie im Spiegel zusah, wie die kühlenden Wassertropfen über ihren Körper perlten, kam Kabel ins Bad getappt. »Was für eine Nacht, was?«, sagte Rahel und trank einen Schluck Wasser aus dem Zahnputzbecher. Sie sah den Kater an. »Hat das Viech dich auch angegriffen? Auf jeden Fall müssen wir jetzt googeln, ob Fledermäuse Tollwut übertragen.«

***

»Du warst beim Arzt, weil dich eine Fledermaus angegriffen hat?« Lars starrte Rahel an, nachdem sie ihm gesagt hatte, warum sie erst um zehn Uhr morgens im Büro war. »In deinem Schlafzimmer?«

»Ja-ha. Ich hatte wegen der Hitze die Balkontür offen stehen. Da muss das Viech reingeflogen sein. Und nachdem ich gelesen hatte, dass Fledermaustollwut auf Menschen übertragbar ist, wollte ich auf Nummer sicher gehen.«

Der Arzt hatte sie beruhigen können, da nur der Speichel die Tollwut übertrug. Und Bisswunden hatte sie glücklicherweise nicht davongetragen, nur ein paar Kratzspuren auf der Kopfhaut, wo die Fledermaus sie mit ihren Krallen gepackt hatte. »Fledermäuse greifen normalerweise keine Menschen an«, hatte der Arzt gesagt. »Sie muss sich bedroht gefühlt haben.« Witzig. *Sie* hatte sich bedroht gefühlt.

Lars grinste. »Wäre ich Fledermaus, würde ich auch zu dir ins Schlafzimmer flattern. Allerdings würde ich mich nicht auf deinem Kopf niederlassen.« Sein Blick wanderte über ihr enges grünes Tankshirt.

»Noch mal so ein Spruch, Harberg, und ich melde dich wegen sexueller Belästigung.«

Lars lachte nur. »Bathlevi, du doch nicht.«

Leider hatte er recht. Schließlich war sie diesbezüglich selbst vor einem Jahr, kaum dass sie den Job hier angetreten hatte, zum Gespräch gebeten worden. Als Beschuldigte. Mit Grauen erinnerte sie sich an diese Schmach. Glücklicherweise hatte der Oberkommissar, der sie angezeigt hatte, kurz darauf das Kommissariat gewechselt. Seitdem war sie vorsichtiger, wenn Kollegen mit knackigen Hintern ihr zuzwinkerten, und ließ ihre Hand, wo sie war. »Hab ich was verpasst?«, fragte sie, um wieder dienstlich zu werden.

»Allerdings.« Das Grinsen verschwand aus Lars' Gesicht. »André Müller ist tot. Er hat sich in der vergangenen Nacht im Waschraum seines Krankenzimmers erhängt.«

»Was?« Rahel vergaß, den Mund zu schließen.

»Die Nachtschwester hat gegen fünf Uhr morgens zuletzt nach ihm gesehen. Da schlief er. Die Tagschichtschwester hat ihn dann anderthalb Stunden später gefunden. Mit seinem Bettlaken um den Hals am Garderobenhaken im Waschraum.«

»Scheiße.« Ein anderes Wort wollte Rahel nicht einfallen. Ein Suizid nach einem Geständnis kam durchaus vor, aber in diesem Fall fühlte es sich falsch an.

»Die Angst in Müllers Stimme … Das können wir nicht ignorieren.« Sie stand auf. »Wir beide spielen dem Chef jetzt das Band so lange vor, bis er beim Staatsanwalt eine Obduktion beantragt.«

Fünfzehn Minuten später saß sie wieder an ihrem Schreibtisch. Zufrieden. Die Autopsie würde stattfinden. In zwei, drei Tagen würden sie also schlauer sein.

3

»Eine Wesensveränderung?« Rahel sah die Eltern von David Lamprecht gespannt an. Die beiden waren ins Präsidium gekommen, nachdem sie sich beim Bestatter von ihrem Sohn verabschiedet hatten. Sie hatten viel erzählt und bestätigt, dass die Ehe von David und Ilona sehr harmonisch gewesen war. Jedenfalls bis zu Ilonas Hirninfarkt vor zwei Jahren, der sie fast das Leben gekostet hatte.

»Sie war nach dem Infarkt nicht mehr dieselbe.« Birgit Lamprecht sprach leise. Die Trauer schien ihr die Stimmkraft geraubt zu haben. »Erst fiel es gar nicht so auf, aber im Laufe der Monate habe ich David einfach angemerkt, dass etwas nicht in Ordnung ist. Er hätte niemals etwas zu uns gesagt, wenn etwa in der Ehe etwas nicht mehr richtig läuft, aber …« Sie seufzte tief. »Als Mutter glaubt man ja zu spüren, wenn bei den Kindern etwas nicht stimmt.«

»Du und deine Ahnungen«, sagte Roland Lamprecht. »Ilona ist doch wie immer. Ich habe es nur nicht gern gesehen, dass sie sich nicht mehr geschont hat. Sie war ja wie besessen von der Arbeit.« Er sah Rahel an. »Nicht, dass es unserem Bankhaus geschadet hätte. Unsere Schwiegertochter hat einen Riecher für ein gutes Geschäft.«

»War zu irgendeinem Zeitpunkt bei Ihrem Sohn und/oder Ihrer Schwiegertochter mal von Scheidung die Rede?«, hakte Rahel nach.

»Nein, nein.« Birgit Lamprecht schüttelte den Kopf. »David hätte niemals … Ilona war uns immer eine wunderbare Schwiegertochter. Nur eben in letzter Zeit … anders.« Eine Träne löste sich aus den rot geweinten Augen der Endfünfzigerin. »Wir werden jetzt für sie da sein. Sie hat Fürchterliches durchgemacht.«

Rahel sah der Träne nach, bis die zittrige Hand der verzweifelten Mutter sie fortwischte. Tränen … Ilona Lamprecht hatte nicht eine einzige verloren, während sie sie befragt hatten. Nicht eine. Aber das konnte natürlich am Schock liegen.

Rahel war dabei, das Protokoll zur Befragung der Lamprechts senior zu schreiben, als Lars an ihren Schreibtisch trat. »Doc Paulsen hat gerade beim Chef durchgeklingelt. Einer von uns beiden hat die Ehre, dem Meister bei Müllers Autopsie zuzuschauen.«

»Viel Vergnügen«, sagte Rahel nur. Glücklicherweise hatte Lars kein Problem damit, Obduktionen wie vorgeschrieben beizuwohnen. »Ruf mich bitte sofort an, wenn der Doc zu einem anderen Ergebnis als Suizid kommt.«

Als Lars kurz vor Feierabend tatsächlich auf ihrem Handy anrief, ging Rahel aufgeregt ran. »Ja?«

»Komm in die Rechtsmedizin, Rahel«, sagte er. »Das musst du dir angucken.«

Im Obduktionssaal war nicht mehr viel los. Rechtsmediziner Dr. Paulsen hatte seine Assistenz nach Hause geschickt, weil die Autopsie beendet war. Lars saß auf einem Hocker und telefonierte. Als er sie wahrnahm, wedelte er Richtung Edelstahltisch, auf dem die zugedeckte Leiche lag.

»Frau Bathlevi«, begrüßte Dr. Paulsen sie. »Ein viel zu seltener Besuch.«

»Da stimme ich Ihnen jetzt ausnahmsweise mal nicht zu, Herr Doktor.« Rahel verzog gespielt den Mund. »Sie wissen doch, ich mag dieses furchtbare Knacken nicht, wenn die Körperhöhlen geöffnet werden.«

»Jetzt ist er ja bereits zugenäht, also kommen Sie näher. Fest steht: Die Strangulation war todesursächlich. Er ist erstickt. Hinweise auf Fremdeinwirkung liegen nicht vor.«

Rahel spürte Enttäuschung. Also doch Suizid. Aber warum hatte Lars sie dann herbeordert?

Dr. Paulsen streifte Einweghandschuhe über und zog das weiße Laken von dem Toten. Langsam. Sie seufzte. Doc Paulsen war eine Diva und liebte dramatische Effekte. Es kam schon mal vor, dass er statt beim Kopfende bei den Füßen begann, das Tuch fortzuziehen, dass er es allerdings über dem Gesicht liegen ließ, war dann doch ungewöhnlich.

»Hier eines der äußeren Strangulationsmerkmale …« Der Rechtsmediziner deutete auf die bläulich rote Verfärbung unterhalb des Unterkiefers, die direkt ins Auge fiel, sowie die Narbe der Bauch-OP und die Ypsilon-förmige Obduktionsnaht. »Doch was ich bei der Untersuchung der Kopfhaut entdeckt habe …« Mit einem Ruck zog er das Laken ganz herunter.

Das wächserne Gesicht sah auf den ersten Blick nicht aus wie das von André Müller. Auch nicht auf den zweiten. Die Leiche war glatt rasiert. Der Rechtsmediziner hatte sogar die Kopfhaare komplett entfernt. Warum, stand fest. »Du meine Güte.« Rahel schluckte.

Doc Diva war anscheinend mit ihrer Reaktion zufrieden, denn er strahlte. »Es war unter dem Haar verborgen und so auf den ersten Blick nicht ersichtlich.«

»Was ist das?« Sie trat vor, um die blauschwarzen Verfärbungen der Haut näher betrachten zu können. Wie mumifiziert wirkten einige Hautfetzen auf den größeren Beulen.

»Das sind Erfrierungen.«

Rahel starrte ihn an. »Was?«

»Es sind die typischen Merkmale einer Erfrierung dritten Grades. Gefäßverschlüsse, nekrotisches Gewebe …« Dr. Paulsen begann auf und ab zu laufen. »Natürlich habe ich schon oft Erfrierungen gesehen. An den Gliedmaßen, an Nase und Ohren, aber so punktuell *auf* dem Kopf … Das ist einfach merkwürdig. Schon als ich die Haare ansah, fiel mir auf, dass sie an einigen Stellen abgebrochen waren.« Er sah sie an. »Sie müssen gefroren gewesen sein. In dem Zustand ist dann ein Stück der Haare abgebrochen. Genau an diesen Stellen.« Er deutete auf das abgestorbene Gewebe.

»Wie kann so etwas entstehen? Wodurch?«

»Ich kann Ihnen darauf – ungewöhnlicherweise – keine befriedigende Antwort geben. Auffällig ist, dass die Erfrierungen auf beiden Seiten des Kopfes gleichförmig sind. So, als hätte jemand, der vor dem Mann stand, ihm die Hände an den Schädel gepresst. Hände aus Eis.« Er hob seine Hände und legte sie in einem Zentimeter Abstand zum Schädel über die verfärbte Haut.

Er hatte recht. Es passte.

Rahel überlegte kurz. »Die Spurensicherung hat in ihrem Bericht nichts erwähnt, was darauf schließen ließe, dass André Müller am Tatort –«

»Nein, nein«, nahm der Doc ihr das Wort ab. »Die Erfrierungen sind mehrere Tage alt. Er hatte sie bereits, als er die Tat beging. Bei der chemisch-toxikologischen Untersuchung wird der Medikamentenspiegel zeigen, dass er seit Tagen Unmengen Schmerzmittel geschluckt hat. Anders kann er es nicht ausgehalten haben … Rufen Sie mich unbedingt an, wenn Sie etwas dazu herausfinden. Diese Erfrierungen sind außergewöhnlich *un*gewöhnlich.«

»Aber sie haben nichts mit unserem Fall zu tun«, meldete Lars sich zu Wort, nachdem er sein Telefonat mit den Worten »Alles klar, Chef« beendet hatte. Er sah Rahel an. »Bender sagt, die Erfrierungen haben uns nicht zu interessieren, weil sie schon ein paar Tage alt sind. Der Fall gilt als abgeschlossen, da Dr. Paulsen den Suizid bestätigt hat.«

Der Rechtsmediziner nickte. »In der Tat.«

***

Rahels Puls war erhöht, als sie Samstagnacht im Marco Polo Tower vor der Wohnung der Lamprechts stand. Dabei hatte sie nicht die Treppen, sondern den Fahrstuhl in den achten Stock genommen. Es war die Aufregung. Sich noch einmal Zugang zur Wohnung zu verschaffen, war nicht im Sinne ihres Chefs. Sönke Bender durfte es nicht erfahren. Der Fall Lamprecht galt schließlich als gelöst.

Das polizeiliche Siegel war entfernt, die Wohnung wieder freigegeben. So leise wie möglich, um die Nachbarn gegenüber nicht auf den Plan zu rufen, steckte sie den Schlüssel ins Schloss und öffnete die Tür. Da der Schlüssel morgen, spätestens übermorgen, an Ilona Lamprecht zurückgegeben werden würde, war es die letzte Chance.

Was genau sie hier wollte, wusste Rahel selbst nicht. Ihr Gefühl sagte ihr einfach, dass der Fall nicht gelöst war. Nicht richtig. Und darum hatte sie sich um elf Uhr nachts auf ihr Rad geschwungen und war hierhergefahren.

Sie trat ein, drückte die Tür leise zurück ins Schloss und verharrte in der Dunkelheit. Nichts Unheimliches raubte ihr diesmal den Atem. Das, was ihr beim ersten Betreten des Tatorts die Gänsehaut beschert hatte, war verschwunden. Sie knipste die Taschenlampe an und ging ins Wohnzimmer. Der Boden war gereinigt worden, doch dunkle Flecken zeigten, wo das edle Holz sich mit dem Blut von Ilona Lamprecht und André Müller vollgesogen hatte. Ilona Lamprecht würde den Belag zweifellos austauschen.

Als ein Luftzug Rahels Wange streifte, richtete sie den Lichtstrahl auf die Terrassentür.

Wieso stand die Tür einen Spalt offen?

Gerade, als sie darauf zugehen wollte, hörte sie hinter sich ein Atmen. Eine Gänsehaut zog über ihren Nacken, dann schnellte sie auch schon herum. Im selben Moment wurde das Licht angeknipst. »Frau Lamprecht!«, stieß Rahel aus.

Die Bankiersfrau trug einen Pyjama und starrte sie an. »Was tun Sie hier, Frau Bathlevi?« Die Stimme ließ keinerlei Emotion durchklingen, der Blick dagegen war durchdringend.

Rahels Gänsehaut zog weiter zu den Armen. »Ich wusste nicht, dass Sie bereits entlassen sind, Frau Lamprecht. Ich … wollte noch eine Sache checken, bevor wir die Akte schließen.«

»Welche Sache?«

Puh! Was sollte sie jetzt sagen? »Nur eine Formalie. Mein Kollege und ich hatten unterschiedliche Angaben notiert bezüglich der Auffindesituation von Ihnen und Herrn Müller, hier im Wohnzimmer.« Was für ein Bullshit-Gelaber.

Ilona Lamprecht kam näher. »Mitten in der Nacht? Im Dunkeln?«

»Ich wollte die Nachbarn nicht irritieren.«

Ilona Lamprecht sagte nichts, sondern streifte sie nur mit einem Blick. Und Rahel war klar, dass die Frau wusste, dass sie log. Dann sah die Witwe an ihr vorbei. »Was wollten Sie auf dem Balkon?«

»Oh.« Rahel drehte sich um. »Ich habe die Tür nicht geöffnet.«

Ilona Lamprecht legte den Kopf schief und musterte sie auf eine eigenartige Weise, als hätte sie ein Alien vor sich.

Rahel wurde mulmig. »Wie ich bereits sagte, ich …« Sie stockte, weil Ilona Lamprecht auf sie zukam, langsam, das Gesicht emotionslos.

Sie kam so nah, dass Rahel ihren Atem auf dem Gesicht spürte. »Weiß Ihr Chef, dass Sie hier bei mir eingedrungen sind? Dass Sie mich in meiner Trauer belästigen?«

»Hätten wir gewusst, dass Sie bereits wieder hier sind, hätten wir natürlich …« Rahel starrte die Frau vor sich an. Die Frau im Pyjama. Die Frau, die anscheinend kein Problem damit hatte, im selben Schlafzimmer zu übernachten, in dem ihr Mann brutal ermordet worden war. In einem Raum, in dem der Fußboden um ein Vielfaches blutgetränkter sein musste als der Wohnzimmerboden hier.

»Dass Sie hier übernachten können, Frau Lamprecht …« Sie musste es einfach in Worte fassen. »An den Tapeten im Schlafzimmer klebt noch das Blut Ihres Mannes.«

Ilona Lamprecht schwieg. Dann wandte sie sich abrupt ab und ging zum Sideboard. »Ich werde jetzt den Polizeipräsidenten anrufen.« Sie griff nach dem Telefon.

»Sie sind anders.«

Mit dem Hörer in der Hand verharrte Ilona Lamprecht einen Moment stocksteif. Dann wandte sie sich zu Rahel um. Stimme und Blick waren unergründlich. »Wie bitte?«

Rahel wusste selbst nicht, warum sie das gesagt hatte. »Jemand meinte, Sie hätten eine Wesensveränderung durchgemacht.«

Ilona Lamprecht legte das Telefon zurück, dann ging sie

auf Rahel zu. »Und?« Wieder neigte sie den Kopf auf diese unheimliche Art.

Rahel begann flacher zu atmen. »Ich habe, als ich diese Wohnung das erste Mal betrat, etwas gespürt. Eine dunkle Aura. Etwas, das mit dem Mord zu tun hat. Und darum versuche ich zu ergründen, warum ein Einbrecher, der ja durchaus damit rechnen musste, erwischt zu werden, einen Menschen so tötet, wie Ihr Mann getötet wurde. Im Blutrausch.«

Ilona Lamprechts Lippen kamen so nah an ihr Gesicht heran, dass Rahel den Kopf zurückzog. »Vielleicht hatte er Spaß daran«, flüsterten die Lippen. »Vielleicht war es berauschend für ihn zu hören, wie das Leben aus einem Körper herausröchelt, herausgeschrien wird. Schmerzen bereitet …«

Rahels Nackenhaare richteten sich auf. Diese Stimme … Sie trat gleich zwei Schritte zurück. Die Frau war definitiv wahnsinnig. Jetzt nur keine Angst zeigen. »Ich werde mich dann verabschieden, Frau Lamprecht. Es tut mir leid, Sie gestört zu haben.«

»Oh, ich glaube nicht, dass es Ihnen leidtut. Ich glaube, dass Sie nicht nur eine hervorragende Kommissarin sind, wie Ihr Chef es sagte, sondern auch eine furchtbare Nervensäge. Eine Frau, die keine Ruhe geben wird.« Sie lächelte. »Sie erspüren Schwingungen gut, außergewöhnlich gut. Aber ich auch. Und ich kann spüren, dass Sie wissen, dass ich es war.«

Bäm! Rahel schluckte. Was passierte hier? Ilona Lamprecht hatte ihre Schuld mit Sicherheit nicht unbedacht eingestanden. Rahels Hand wanderte langsam zum Rücken, wo die Dienstwaffe im Hosenbund steckte.

Und dann, von einer Sekunde zur nächsten, war es wieder da. Düsternis, ein unheimliches Wabern von etwas, das kalt war. Und böse. Es legte sich auf Rahels Brust, schnürte ihr die Luft ab.

Rahel zog die Waffe in dem Moment, als Ilona Lamprecht Rahels Kopf mit den Händen packte und nur ein Wort zischte. »Verrecke!«

Rahel drückte die Waffe an Ilona Lamprechts Bauch und

versuchte gleichzeitig, den Kopf wegzureißen, weil etwas auf ihrer Kopfhaut passierte. Eiseskälte drang heran, es knisterte … als würde Feuer mit Wasser gelöscht. Rahel schrie vor Schmerz und drückte ab. Einmal, zweimal, ein drittes Mal. Die Hände lösten sich. Doch statt zu Boden zu sinken, bückte Ilona Lamprecht sich nur kurz vornüber, so als hätte sie einen Bauchkrampf. Dann reckte sie sich und atmete durch. »Diese Geschosse … ich muss zugeben, sie sind unangenehm heiß.«

Rahel starrte die Frau vor sich an. Das war unmöglich! »Wie kann … das sein?«, stammelte sie.

Ilona Lamprechts Gesicht verzerrte sich zu einer Fratze. »Du kannst mich nicht töten. Dieser Körper ist längst tot.« Sie hob die Arme und sagte noch etwas, doch die Worte gingen unter in Rahels Schreien, während sie das Magazin leer schoss, und dem Geräusch, das die Terrassentür verursachte, als sie gegen die Wand geschmettert wurde.

Bevor die Eishände erneut ihren Kopf erreichten, wurde Rahel zur Seite gestoßen. »*Hasta luego*, Höllenhund!«, ertönte eine männliche Stimme. Laut und heiß löste sich ein kurzer Feuerstrahl aus einer Art Flammenwerfer. Ilona Lamprecht stieß schrille Schreie aus und rannte mit brennendem Kopf aus dem Zimmer.

Rahel krabbelte wimmernd ein Stück zurück, nicht begreifend, was passierte. Die Person vor ihr stellte den Flammenwerfer aus und wandte sich ihr zu. »Locker bleiben, Baby, das Biest schnapp ich mir.«

Rahel konnte ihn nur anstarren. Er war fett, komplett in einen rüstungsähnlichen Anzug gehüllt und trug einen Helm mit Gesichtsvisier, das er jetzt hochschob. Schwarze Augen, ein dickes verschwitztes Gesicht und ein riesiger grauschwarzer Schnauzer kamen zum Vorschein. »Locker« waren seine Miene und sein Gebaren ganz und gar nicht. Er drückte wild auf seine linke Schulter, wo er wie die Cops in Amerika ein Sprechgerät trug.

»Jara! Luk!« Seine laute, hektische Stimme hatte einen

starken spanischen Akzent. »Wo bleibt ihr? Ich kann hier durchaus ein wenig Hilfe gebrauchen. Die Lamprecht wurde tatsächlich übernommen. Und ... es gibt ein Problem.« Er sah zu Rahel.

Sie? *Sie* war das Problem? Rahel stieß einen Laut aus und hörte selbst, dass es wie ein irres Kichern klang. Doch es blieb keine Zeit, sich über irgendetwas Gedanken zu machen, denn Ilona Lamprecht kam zurück. Mit schrillen Schreien stürzte sie sich auf den Mann, die Hände vorgestreckt. Das dunkle Wabern schnürte Rahel die Kehle zu. Sie konnte die Frau nur anstarren. Ilona Lamprechts Haare waren komplett weggebrannt. In ihrem Gesicht gab es nur noch schwarz verkohlte Hautfetzen. An den Wangen schimmerte nacktes rotes Fleisch durch die Schwärze. Ein fürchterlicher Gestank verbrannten Fleisches umgab die Furie.

Und dem Mann fehlte Zeit. Er löste die Hand vom Funkgerät und schaffte es nicht, den Flammenwerfer anzuschmeißen, bevor Ilona Lamprecht da war. Es gelang ihr, eine Hand in das Gesicht des Mannes zu krallen, während er versuchte, sie abzuwehren.

In Rahel kam Leben, als er zu stöhnen begann. Sie wusste nicht, was hier los war, aber der Mann brauchte ihre Hilfe. Sie krabbelte zu dem keuchenden kämpfenden Paar, packte Ilona Lamprechts Beine und zog daran, wie sie nie gezogen hatte.

Ilona Lamprecht fiel hart auf die Knie, packte Rahels Arm, und im selben Moment wurde der Flammenwerfer angeworfen. »Aus dem Weg, Rotschopf!«, schrie der Mann und klappte sein Visier runter. Rahel versuchte, die eisige Hand von ihrem Arm zu lösen, doch es war nicht möglich.

»Na gut, Höllenfratze.«

Ilona Lamprecht schrie wie am Spieß, als er den Strahl auf ihre Schenkel richtete, und sie ließ Rahel los.

Auf allen vieren krabbelte Rahel in Höchstgeschwindigkeit auf den Balkon, drehte sich um, Kopf und Rücken an das gläserne Geländer gepresst, und starrte auf die jetzt lichterloh in Flammen stehende, immer noch schreiende Frau.

Pestilenzartiger Geruch mischte sich in den von verbranntem Fleisch. Rahel begann zu würgen.

Der Mann mit dem Flammenwerfer hörte nicht auf. Immer wieder, von oben nach unten und zurück, hielt er den Strahl auf die Brennende gerichtet. Als wolle er Feuer mit Feuer bekämpfen. Wie irre schrie er: »Ja, du Drecksvieh! Yeah, brenn! Brenneee!«

Rahel war still. Und starr. Wie konnte Ilona Lamprecht immer noch stehen? Was war hier los? Und dann, als die Frau endlich aufhörte zu schreien und ihr Körper zusammensackte und nur noch ein stinkender Haufen brennendes Fleisch war, begann der dunkle Nebel sich zu lichten.

Rahel würgte und versuchte, den vom Gestank ausgelösten Brechreiz zurückzudrängen. Ihre Zähne klapperten, als der Mann den Flammenwerfer ausstellte, mit dem Stiefel durch die brennenden Überreste fuhr und den Flammenwerfer noch einmal anwarf, um auch den letzten Rest zu vernichten. Dann löste er einen tankartigen Behälter vom Rücken seines eigenartigen Anzugs und löschte den Sessel, der Feuer gefangen hatte, und den Boden um die noch brennenden Überreste von Ilona Lamprecht herum.

Er drehte sich um, klappte das Visier hoch und sah sie an. »Und was machen wir jetzt mit dir, Lady?« Dann lauschte er. Sirenen waren zu hören.

Der Mann schritt auf Rahel zu. Doch als er auf den Balkon trat, löste er plötzlich den Blick von ihr, sah über das Geländer hinweg in die Luft und schrie: »Bist du irre? Wenn dich jemand sieht!«

Rahel kam nicht dazu zu überlegen, mit wem er sprach, sie hörte nur ein Rauschen, so, als würde sich ein riesiger Vogel nähern. Und dann war die Düsternis zurück. Mächtiger als jemals zuvor, dunkler, schwärzer als die tiefste Nacht. Ihr wurde kalt, dann übel. Als sie sich vorbeugte, um sich zu erbrechen, begann sich alles zu drehen. Schneller, immer schneller drehte sich das Karussell, bis eine gnädige Ohnmacht sie umfing.

4

Ein merkwürdiger Geruch war das Erste, was Rahels Sinne berührte, als sie langsam zu sich kam. Desinfektionsmittel und Kräuter.

Sie riss die Augen auf und blickte in ein paar dunkelbraune Augen, die das Lächeln des schwarzhaarigen Mannes widerspiegelten, der sich über sie beugte. Seine Stimme war von einem französischen Akzent geprägt. »Mademoiselle ist wach, wie schön.«

Rahel starrte ihn an, sah sich dann um. Ein fensterloser Raum. Sie lag auf einem Bett. Unweit davon stand ein stählerner Tisch. Ein OP-Tisch. Daneben medizinische Instrumente und Utensilien auf rollbaren Tischen. Allerdings sprach nicht nur die frei stehende Badewanne mit den goldenen Löwenfüßen gegen die Theorie, dass sie sich in einem Krankenhaus befand, sondern auch die Tatsache, dass der Raum sehr klein und die Wände aus nacktem Beton waren.

Schlagartig kam die Erinnerung zurück, zusammen mit der bewussten Wahrnehmung eines brennenden Schmerzes auf ihrem Kopf.

»Ilona Lamprecht!« Sie kam so schnell hoch, dass der Mann einen Schritt zurücktrat und ihr schwindlig wurde. »Die Frau ... sie hat gebrannt! Und sie hat gelebt, obwohl ich sie erschossen habe.«

Dass der Franzose immer noch lächelte, war irritierend. Hatte er sie nicht verstanden?

Sie schwang die Beine aus dem Bett. »Ich muss meine Kollegen anrufen. Sofort.« Während sie in den Taschen der Jeans nach ihrem Handy tastete, bemerkte sie ein Brennen auf ihrem Arm. Sie trug einen Verband. »Was ist denn nur passiert? Ich verstehe einfach nicht ...« Sie brach ab und tastete über ihr Haar, dort, wo der Schmerz saß.

»Nicht!« Der Mann zog ihre Hand sanft zurück. »Ich habe

Ihnen eine Salbe auf die Kopfhaut aufgetragen. Sie muss einwirken.«

Rahel hörte gar nicht zu, sondern starrte auf die ölige grüne Masse an ihren Fingern, die den Kräuterduft verströmte. »Haben Sie mir Pesto ins Haar geschmiert?«

Der Franzose lachte auf. »Ein Pesto kredenze ich Ihnen gern an einem lauen Sommerabend, bei Kerzenschein, mit warmem Brot und einem Glas Malbec, Rahel. Nein, dieses wärmende Gel wirkt heilsam auf Ihre Erfrierungen. Doch keine Sorge, es sind nur Erfrierungen ersten Grades.«

Rahel starrte ihn an. »Erfrierungen?« Und woher kannte der Mann ihren Namen? Sie war überfordert. Sie versuchte, dem wieder stärker werdenden Schwindel mit tiefen Atemzügen zu begegnen. Dann sagte sie entschlossen: »Ich möchte jetzt telefonieren. Bitte geben Sie mir ein Telefon, damit ich meine Kollegen anrufen kann. Etwas Schreckliches ist geschehen. Es war … grauenhaft.«

Er nickte. »Beruhigen Sie sich. Alles ist gut. Beamte des BKA haben Sie hierhergebracht und –«

»BKA?«, unterbrach Rahel ihn, verwirrt und gleichzeitig erleichtert. Was auch immer in der Nacht passiert war, war definitiv beim BKA besser aufgehoben als in ihrem Kommissariat. Sie stand auf. »Ich muss die BKA-Kollegen umgehend sprechen. Etwas Unglaubliches ist in der Wohnung geschehen.« Sie stockte, weil die Erinnerung immer intensiver auf sie einprasselte. »Da war dieser fette … er sah mexikanisch aus und trug eine Art Rüstung –«

Die weiteren Worte gingen in einer Lachsalve des Franzosen unter. »Fetter Mexikaner! Hast du das gehört, Taco?« Er drehte sich um. »Du solltest endlich deine Ernährung umstellen.« Dann trat er zur Seite und gab den Blick in den Raum zur Gänze frei.

Aus einem Sessel in der hintersten Ecke erhob sich der Flammenwerfer-Kerl. Statt des merkwürdigen Anzugs trug er Jeans, Sandalen und ein St.-Pauli-Shirt, das zu kurz geraten war und ein Stück seines mächtigen braunen Bauches unbedeckt ließ.

Rahel sah ihm mit aufgerissenen Augen entgegen, als er auf sie zukam. An seiner rechten Wange klebte das gleiche ölige Kräuterzeug wie auf ihrer Kopfhaut.

»Baby«, er grinste breit, und ein reingoldener Backenzahn blinkte, während er sich mit der Rechten genüsslich die schwarz behaarte Plauze rieb, »du darfst weiterhin fetter Mexikaner zu mir sagen. Alle anderen«, sein Blick wechselte zu dem Franzosen, »bleiben bei Taco, wenn sie nichts auf die Fresse wollen.«

Rahels Wangen hatten sich heißrot gefärbt, aber das war egal. »Wer, verdammt, sind Sie?« Sie brauchte jetzt endlich Klarheit, bevor ihr Schädel vor lauter unbeantworteten Fragen platzte.

Taco tippte sich an einen imaginären Strohhut. »Juan Alejandro Ramirez Derba. BKA.«

Rahel starrte ihn an. »Sorry, aber … Sie sind niemals vom BKA.«

»Das verzeih ich dir, Baby, weil du nur die Schlipsträger kennst.« Er sah zu dem Franzosen. »Sag ihr, dass es stimmt, Doc.«

Der smarte Typ nickte. »Es stimmt.«

»Sie können mir viel erzählen.« Rahel sah wieder Taco an. »Welche Abteilung?«

»Eine, die dir nichts sagen würde.«

»Ich kenne alle Abteilungen. Sie anscheinend nicht eine. Sonst wäre Ihre Antwort schlauer ausgefallen.«

»Ich bin übrigens Yves Bonnet«, schaltete der Franzose sich ein. »Und nun muss ich mich auch schon verabschieden, denn mein Sonntagsdienst beginnt.« Er musterte Rahel noch einmal, dann lächelte er. »Ich denke, wir werden uns wiedersehen.« Mit einem Luftkuss für sie verschwand er durch eine Tür neben einem Glasschrank mit Medikamenten.

Sekundenlang schwiegen Rahel und Taco sich an. Dann deutete der Mexikaner zu der Tür. »Komm, Baby, dieser Raum macht mich immer nervös. Wir werden dich nebenan aufklären.«

Wortlos folgte Rahel ihm hinaus.

»Sie ist wach«, sagte Taco überflüssigerweise, als sie den Nebenraum betraten.

Rahel sah sich um. Dies war definitiv kein Krankenhaus. Der große Raum erinnerte in Teilen an ein Kommissariat, was die BKA-Behauptung tatsächlich glaubwürdiger erscheinen ließ. Es gab Stellwände mit Stadtplänen, auf denen rote und blaue Markierungen ins Auge fielen. Namen und Orte waren auf im Raum verteilten Flipcharts miteinander verbunden. An einer Korkwand hingen mit Heftzwecken befestigte Zeitungsartikel und Fotografien. Rahels Augen blieben kurz an dem Bild eines dunkelblonden Mädchens hängen, das neben dem Foto eines schwarzhaarigen Jugendlichen hing. War das nicht Jenny, nach der tagelang in allen Medien gesucht worden war? In einem Abschiedsbrief hatte sie ihren Selbstmord angekündigt. Ihre Leiche war schließlich an den Landungsbrücken angeschwemmt worden.

Irritierend war eine weitere Wand, an der Flammenwerfer verschiedener Größen auf Halterungen lagerten. An einer metallenen Stange hingen diverse Anzüge der Art, wie der Mexikaner ihn getragen hatte. Nicht dazu passen wollte die weiß-blaue Kapitänsmütze, die einsam an einem Haken an der Wand hing.

Ein blonder Mann, Anfang vierzig, hockte vor einem riesigen Schreibtisch, auf dem drei Monitore und zwei Laptops standen. Er nahm seine Kopfhörer ab und musterte Rahel aufmerksam, ohne eine Miene zu verziehen.

»Die Giraffe da am PC ist Ronerd Haferkamp«, stellte Taco ihn vor.

Der lange Hals des Mannes wuchs um einen weiteren Zentimeter, als er sich gerade machte. »Mein Name ist Robert Haferkamp. *Robert.*«

Taco ignorierte den Einwurf und deutete auf eine dunkelhäutige Frau in Jeans und rotem Top, die auf einem Kühlschrank saß und einen Apfel aß. In ihr megakurzes blondiertes Kraushaar waren seitlich kleine Herzen rasiert. »Das ist Jara.«

Seine Stimme bekam einen liebevollen Unterton. »Mit vierundzwanzig unser jüngstes Mitglied.«

Vierundzwanzig? Ein Jahr älter als Rahel selbst, dabei wirkte die dunkelhäutige Schönheit, als hätte sie gerade ihr Abizeugnis entgegengenommen, dem zauberhaften Lächeln zufolge mit einem Durchschnitt von eins Komma null. Sie strahlte Lebensfreude pur aus. Und sie hatte eine Hammerfigur – grazil, aber bis in die letzte Muskelfaser durchtrainiert. Jara taxierte sie, und Rahel konnte das Ergebnis der Musterung in Zeitlupe mitverfolgen. Zuerst erlosch das Lächeln auf den rosé getönten Lippen, dann änderte sich der Blick der jungen Frau. Sie biss das letzte Stück vom Apfel und warf das Kerngehäuse in hohem Bogen in einen geflochtenen Korb neben dem Schreibtisch mit den Monitoren.

»Guter Wurf«, attestierte Taco ihr.

Robert Haferkamp teilte diese Ansicht nicht. Er rollte mit dem Schreibtischstuhl so hastig vom Korb weg, als wäre eine pestinfizierte Ratte darin gelandet. »Nimm das da sofort raus, Jara! Das ist für Papier. Nur für Papier.«

»Ja, bleib cremig, Robert.« Jara sprang vom Kühlschrank. Sie ließ Rahel nicht aus den Augen, während sie zum Schreibtisch ging und den Apfelrest herausfischte. Dann sah sie Taco an. »Ich bin ja nun wirklich Daueroptimistin, aber ich weiß nicht, ob deine Idee so gut war.«

»Sie hat die Aura des Bösen gespürt.« Taco klang zugleich ernst und begeistert. »Und sie ist Kommissarin. Sie könnte eine großartige Bereicherung für unser Team sein.«

»Könnte?« Jaras exakt gezupfte Augenbrauen zeigten, dass seine Begeisterung nicht hochgradig ansteckend war. »Dadurch, dass ihr sie hierhergebracht habt, bleibt uns kaum noch eine andere Wahl.« Ihre Brauen zogen sich noch weiter zusammen. »Ich wundere mich, dass du Luk überzeugen konntest.«

»Das habe ich nicht. Er ist stinksauer.« Er verzerrte die Lippen, sodass der Goldzahn wieder blinkte. »Und das ist die nette Umschreibung. Ich war ehrlich gesagt nicht sicher, ob er sie wirklich herbringt oder«, er warf Rahel einen kurzen Blick zu, »in die Elbe wirft.«

»Ich hoffe, dass das eine Metapher war?« Rahel hatte endlich ihre Sprache wiedergefunden. »Was ist mit Ilona Lamprecht passiert?« Sie sah Taco an. Die Aura des Bösen ... die Worte wirkten nach. »Und ich meine nicht das, was ich mit eigenen Augen gesehen habe, sondern, wie sie weiterleben konnte. Ich habe das Magazin leer geschossen. Und sie hat gelebt! Sie haben sie mit einem Flammenwerfer in Brand gesetzt und ...« Rahel fehlten die Worte. »Sie kann unmöglich noch so lange gelebt haben.« Die Erinnerungen an die brennenden Überreste, an den Gestank und die Schreie kehrten zurück.

»Ich mach es mal kurz.« Taco hatte ihre wackligen Knie anscheinend bemerkt, denn er bugsierte sie zu einem Stuhl und drückte sie darauf. »Ilona Lamprecht, die wahre Ilona Lamprecht, starb vor zwei Jahren an einem Hirninfarkt. Ihr Körper wurde dann von etwas übernommen, das ich gern Drecksdämon nenne, aber richtigerweise wohl lautet: das Böse.«

Rahel starrte ihn an. Etwas in ihr hätte gern gelacht, unendlich gelacht über diese absurde Äußerung, aber sie wusste, dass er die Wahrheit sagte, so wie sie wusste, dass eins und eins zwei war.

»Wir sind nicht in einer der bekannten Abteilungen beim BKA«, setzte Taco nach, »sondern in einer geheimen. Wir sind Dämonenjäger.«

Etwas Warmes, etwas Wahrhaftiges breitete sich in Rahels tiefstem Inneren aus. Es floss durch ihr Adergeflecht und ließ die Zellen explodieren.

»Yeah, ich wusste es, Baby.« Tacos Blick leuchtete. »Ich seh es in deinen Augen. Du bist hier genau richtig.«

»Dämonen.« Rahels Stimme zitterte vor Aufregung. »Es gibt Dämonen. Hier. In Hamburg.«

»Nicht nur hier.« Jara ging vor Rahel in die Knie. »Sie sind überall.«

Rahel starrte die Frau an, während ihre Gedanken sich

gegenseitig niedertrampelten. »Es gibt also eine Hölle? Den Teufel? Das ist doch … Wahnsinn!«

»Hölle und Teufel, das sind Metaphern für das ultimative Böse, Rahel. Aber das Grauen, das wir bekämpfen, kommt nicht aus einer anderen Welt, aus einem Jenseits oder Fegefeuer.« Jaras Stimme war die Ruhe selbst. »Das Böse gebiert sich selbst, ständig, im Hier und Jetzt. Und gezeugt wird es von den Menschen. Von jedem von uns. Hass, Neid, Missgunst … jeder Gedanke, der daraus entspringt, ist schon die Saat. Und lässt man Worte oder Taten folgen …« Sie ließ den Satz offen und erhob sich.

Rahel war überfordert. Fragen über Fragen türmten sich zu einer übermächtigen Mauer.

»Du wirst es nach und nach begreifen«, sagte Taco. »Wirst du für uns arbeiten? Dein Wechsel von der Kripo zum BKA, das würde alles von oben geregelt werden.«

Die Antwort blieb Rahel schuldig, weil sich eine stählerne Tür zwischen zwei Aktenschränken öffnete. Ein schlanker Mann Mitte dreißig schob einen Rollstuhl herein. Darin saß eine zierliche alte Frau, deren Beine in eine Patchwork-Strickdecke gehüllt waren. Ein langer weißer Zopf fiel über ihre linke Schulter. Das faltige Gesicht wurde von einer riesigen Sonnenbrille beherrscht, die so gar nicht zu ihr passen wollte.

»Beth!« Jara eilte mit strahlendem Lächeln auf die Frau zu. »Wie schön. Wie geht es dir?« Sie küsste die alte Frau auf beide Wangen.

»Als Jakob mir sagte, dass Juan eine junge Kommissarin akquiriert hat, wollte ich sie unbedingt kennenlernen«, war die heisere, von einem britischen Akzent gefärbte Antwort.

Rahel hatte keine Ahnung, wie viel Zeit seit ihrem Aufwachen vergangen war. Aber anscheinend genug, um alle möglichen merkwürdigen Menschen wissen zu lassen, dass sie hier war.

»Hättest du nicht einfach die Klappe halten können, bis wir überhaupt wissen, ob Rahel dabei sein will?«, fuhr Taco den

Mann hinter dem Rollstuhl an, ehe er die alte Frau liebevoll begrüßte. »Meine liebe Beth, du siehst wunderschön aus.«

»Spielt es eine Rolle, ob sie will?«, fragte der ruhige Schlanke ohne ein Anzeichen von Reue. »Jetzt, da sie Bescheid weiß, muss sie.«

Rahel hätte ihm in puncto freie Entscheidung gern die passende Antwort gegeben, aber alles in ihr schrie bereits: Ja, ich will! Nicht eine Sekunde zweifelte sie an, dass es Dämonen gab. Nicht nach dem, was sie in der Nacht gesehen und erlebt hatte. Sie spürte in jeder Zelle, dass es die Wahrheit war.

»Entschuldigen Sie bitte, Frau Bathlevi.« Der Mann kam mit einem warmen Lächeln auf sie zu und reichte ihr die Hand. »Wir reden hier über Sie, als wären Sie nicht im Raum. Ich bin Jakob Albers, Pastor in St. Georg und Mitglied dieser, sagen wir mal, vielfältigen Truppe.«

Rahel schüttelte die Hand wortlos. Ein Pastor. Es wurde immer abstruser.

Er wandte sich ab und ging zu einem Regal. »Das hier gehört Ihnen.« Er reichte ihr Waffe, Dienstausweis und ihr Schlüsselbund. Jetzt stand fest, woher alle ihren Namen kannten. Sie hatten sie gefilzt, als sie ohnmächtig war.

»Muss ich meine Waffe denn nicht abgeben?«, fragte Rahel nach einem Moment des Überlegens. »Ich habe das Magazin komplett leer geschossen. Der Vorgang muss doch untersucht werden. Die kriminalpolizeilichen Regularien –«

»Bullshit«, nahm Taco ihr kurz und knapp das Wort ab. »Glaub mir, Baby, ab sofort gelten andere Regeln für dich. Wenn du bei uns mitmischen willst, was ich endlich von dir bestätigt haben möchte, brauchst du sowieso keine Pistole mehr. Denn wie du bemerkt hast, sind die Biester, die wir bekämpfen, gegen die niedlichen kleinen Stahlgeschosse immun.« Er grinste. »Also, ich höre?« Er drückte sein Ohr nach vorn.

»Ja! Natürlich will ich!«, rief Rahel, und die Antwort fühlte sich wahrhaftig an, weil sie nicht ihrem Verstand entsprungen war, sondern ihrem tiefsten Inneren.

»Du kannst das nicht allein bestimmen, Juan.« Der Einwand kam von Robert Haferkamp. »Wir sind zu acht. Sie braucht fünf Ja-Stimmen.«

Alle sahen ihn an.

Robert musterte Rahel intensiv. »Ich bin mir nicht sicher, ob es gelingt.«

Zu acht? Rahel blickte sich um. Wenn die gebrechliche alte Frau dazuzählte, was schon ungewöhnlich genug wäre, fehlten außer dem Franzosen, der sich verabschiedet hatte, immer noch zwei Personen. Aber selbst von den Anwesenden würde wohl nicht jeder für sie stimmen. Tacos Stimme hatte sie, das stand fest. Wohl ebenso die von Yves Bonnet und die des Pastors. Jara sah nach einem Nein aus. Robert Haferkamp ebenso. Und die alte Dame? Sie lauschte dem Ganzen wortlos.

Rahel fühlte sich unwohl. Was passierte, wenn sie keine Mehrheit bekam? Würden diese Leute sie einfach gehen lassen? Der Schmerz auf ihrem Kopf, das Brennen auf ihrem Arm kehrten ins Bewusstsein zurück. Sie war von einem Dämon vereist worden!

In ihrem Nacken begann es zu kribbeln. Sie würden ihr nicht die Gelegenheit geben, es irgendjemandem zu sagen. Das war so sicher wie das Amen in der Kirche. »Ihr tötet mich.« Rahel musste es in Worte fassen. »Ihr würdet mich töten, oder? Wenn die anderen beiden kommen und gegen mich sind, dann ...«

Es war nicht beruhigend, dass keiner antwortete.

»Niemand wird dich töten«, sagte Taco schließlich. »Menschenleben sind uns heilig, wir vernichten sie nicht. Allerdings«, er wurde kleinlauter, »ist es das erste Mal, dass jemand so ad hoc zu uns stößt. Normalerweise sprechen wir uns vorher ab.«

Wieder schwiegen alle.

»Und die anderen beiden«, auf Tacos Stirn sammelten sich feine Schweißtropfen, »die sind quasi *Special Agents*. Sols Stimme wirst du kriegen, da bin ich sicher, aber Luk ...« Er brach ab.

»Rahel.« Es war die alte Beth, die sprach. »Komm zu mir bitte.«

Rahel tat ihr den Gefallen und streckte ihre Hand aus, als Beth darum bat. Doch die alte Frau ergriff sie nicht, sondern hob ihre Hände, und Rahel wurde klar, dass Beth blind war. Sie berührte Beths Finger, und ihre Hände fanden zueinander. Beth strich zart über Rahels Handrücken. »Vertrauen aufeinander, in jeder Situation, das ist uns heilig«, erklang die schwache Stimme schließlich. »Wir sind wie die Musketiere.« Sie lächelte. »Einer für alle, alle für einen. Nur bekämpfen wir keine Menschen, sondern das Böse in Menschengestalt. Und dieses Vertrauen, das uns auszeichnet, werden wir jetzt auf dich übertragen, Rahel. Ich kann spüren, dass du kein Wort darüber verlieren wirst, was du gesehen und gehört hast. Weil dir zweifellos klar ist, dass die Welt in nie da gewesene Panik geraten würde, wüsste sie um die Dämonen.«

»Ich möchte es mir gar nicht ausmalen«, antwortete Rahel wahrheitsgemäß und ließ ihre Hand in der Greisenhand, weil es schön war, so zart berührt zu werden.

»Bedenke«, fuhr Beth fort, »was passiert, wenn ein Virus umgeht. Es kann durch Zusammenhalt einen, aber auch die Massen spalten, durch blanke Panik, Egomanie oder pure Opposition. Schweigen ist für uns immer oberstes Gebot.«

Rahel nickte. »Natürlich. Ich verstehe das. Würden die Menschen erfahren, dass unter ihnen von Dämonen besessene Menschen leben, würden sie sich gegenseitig an die Kehle gehen, wenn nur einer schräg guckt.«

»Nein!«, entgegnete Jakob Albers bestimmt. »Die Menschen sind nicht besessen, Rahel, das darfst du nie vergessen. Den Menschen, das, was das Menschsein ausmacht, gibt es gar nicht mehr. Es gibt nur noch den Körper, der besetzt wurde.«

»Das Böse kann nur in eine leere Hülle eindringen«, bekräftigte Jara. Ihre Stimme war voller Liebe. »Ilona Lamprechts schöne unsterbliche Seele hat ihren Körper unangetastet vom Bösen verlassen, und ihr guter Geist ist zum selben Zeitpunkt erloschen.«

»Aber wieso bemerken die Angehörigen es nicht?«, fragte Rahel. »Das will mir nicht in den Kopf.«

»Das Böse ist nicht in der Lage, die Gefühle des Menschen zu übernehmen. Mit der Seele gehen sie dahin«, sagte Jara ruhig. »Aber es bleibt eine Art Echo der Gefühle und des Geistes im Körper zurück, auf das der Dämon zugreifen kann. Er weiß, was der Verstorbene wusste. Er kann dessen Hirn nutzen, dessen Erinnerungen, doch, wie gesagt, nicht fühlen.«

»Luk und Sol treffen nachher ein«, holte Beth sie zurück. »Wir werden sie anhören und dir dann unsere Entscheidung zukommen lassen, Rahel. Erhole dich erst einmal von den Strapazen.« Sie wandte den Kopf in die Richtung, aus der Jaras Stimme gekommen war. »Liebes, bitte begleite Rahel doch hinaus.«

»Komm.« Jara legte Rahel eine Hand auf die Schulter und schob sie zur Tür.

Ich will aber nicht gehen, hätte Rahel gern gesagt, denn sie war voller Fragen, Fragen, Fragen. Aber sie wusste auch, dass es sinnlos sein würde. Die alte Beth hatte ein Machtwort gesprochen, sanft und leise, und alle hielten sich daran.

Mit einem letzten Blick für die Gruppe folgte Rahel der jungen Frau durch die Stahltür eine Treppe hinauf. Sie führte in einen fensterlosen Lagerraum. An einer Wand waren Getränkekisten gestapelt, an der anderen standen mehrere Bierfässer neben Putzutensilien und einer Tiefkühltruhe, an der ein Rennrad lehnte. Gläserkartons und Pakete mit Bierdeckeln lagerten auf einem Regal neben diversen Spirituosen. Jara schloss eine Tür auf, was Uringeruch mit sich brachte. »Privat« stand darauf, »Deerns« und »Jungs« auf zwei Türen dahinter.

Als sie durch eine weitere Tür gingen, standen sie in einer Kneipe, einer leeren Kneipe mit kleinen Holztischen und -stühlen und einem verhunzten Tresen. Rahel blickte verwirrt zurück.

»Es mag dir ein wenig wie in Harry Potters ›Tropfendem Kessel‹ vorkommen«, sagte Jara, während sie am Tresen vorbei zur Außentür des Lokals gingen. »Und vielleicht hinkt dieser

Vergleich gar nicht mal so sehr. Wir agieren nun mal aus dem Verborgenen. Nur haben wir es nicht mit Magie zu tun, sondern mit der Urkraft des Bösen. Und gegen Dämonen helfen keine Zauberstäbe. Nur Feuer.«

Jara schloss auf und ließ Rahel hinaus. Wortlos, nur mit einem Nicken, schloss sie die Kneipentür wieder und sperrte ab.

Rahel blickte sich um. Das war definitiv nicht die Winkelgasse. Es gab kein Flourish & Blotts, keine Gringotts-Bank und keinen Zauberstabladen des Mr. Ollivander. Dafür gab es rechts neben der Kneipe das »Dollhouse«, links daneben einen Irish Pub. Und drum herum alles, was mit Sex zu tun hatte.

Sie stand mitten auf dem Kiez.

5

Rahel war gerade von der Großen Freiheit auf die Reeperbahn abgebogen, als sie entschied, sich nicht zu Hause in Wartestellung zu begeben. Wer waren Sol und Luk? »Special Agents« hatte Taco sie genannt. Was zum Henker bedeutete das? Sie machte kehrt und ging zur Kneipe zurück. »Bei Egon« stand in blauen Lettern auf dem verwitterten Kneipenschild. Ein unscheinbarer Name für ein unscheinbares Gebäude in der bunten, lauten Welt von St. Pauli. Ob es einen Egon gab? Ins Auge fiel ihr jetzt ein Schild an der Tür, auf dem in Versalien geschrieben stand: »GRATIS FÜR EUCH, LIEBE OBDACHLOSE: TEE, KAFFEE, SOFTGETRÄNKE UND WÄRMENDE GESPRÄCHE«. Wie nett, dachte Rahel.

Sie wechselte die Straßenseite und positionierte sich beim »Safari-Bierdorf«, um den Eingang der Dämonenjägerkneipe im Blick zu haben. Jetzt am Vormittag war nicht viel los auf der Großen Freiheit. Wenn zwei Typen auftauchten und die Kneipentür aufschlossen, würden es vermutlich Sol und Luk sein. Sie würde sie einfach ansprechen. Schließlich hatte dieser Luk sie ja schon gesehen. Dass sie dabei ohnmächtig gewesen war, fühlte sich allerdings nicht gut an.

In der nächsten halben Stunde wechselte Rahel immer wieder ihren Standort. Manchmal ging sie die Straße ein Stückchen auf und ab, doch sie lief immer nur so weit, dass sie die Kneipe im Blick behielt. Dabei taxierte sie die Leute, die dort vorbeischlenderten. Nie blieb jemand stehen. Gerade als sie bei der ehemaligen Stammkneipe der Beatles ihr Handy zur Hand nahm, um so zu tun, als würde sie eine Nachricht schreiben, näherte sich eine Frau aus Richtung St.-Joseph-Kirche. Sie war schlank und sehr groß, trug ein langes geblümtes Sommerkleid und Flipflops, ein cremefarbenes Kopftuch, das zu einem Turban geformt war, und eine riesige Sonnenbrille, die an die von Beth erinnerte. Ins Auge fielen zwei Dinge: die langen Handschuhe, die sie trug, und der Rucksack auf ihrem Rücken. Er war riesig. Backpacker nutzten solche Teile, wenn sie auf lange Reisen gingen.

Rahel fühlte ein Kribbeln auf der Haut, als sie an ihr vorbeiging. Die Frau hatte sie nicht beachtet, ihr keinen Blick gegönnt, aber dennoch fühlte Rahel sich auf eine merkwürdige Art von ihr angezogen. Nicht, weil das wenige, das Rahel von ihrem Gesicht gesehen hatte, wunderschön war, sondern weil etwas sonderbar Warmes von ihr ausging. Dann stockte Rahel der Atem. Die Frau ging leichten Fußes auf die Kneipe zu, zog einen Schlüssel aus den Weiten ihres Kleides und verschwand im Haus. Rahel hatte sich nicht gerührt.

Verdammt! War das etwa Sol gewesen? Fehler konnte Rahel sich schwer verzeihen, doch diesmal empfand sie eigenartigerweise keine Wut auf sich selbst. Im Gegenteil. Sie erwischte sich dabei, dass sie sich selbst gern gestreichelt hätte.

War sie jetzt irre? Sie reckte und dehnte sich, als könne sie damit das ungewohnte Gefühl abstreifen, dass sie noch leicht umfangen hielt. Sol und Luk. Sie hätte bei den ungewöhnlichen Namen nicht von zwei Männern ausgehen dürfen. Nun war es zu spät. Sie steckte das Handy weg, denn sie wollte nicht auch noch Luk verpassen.

Minuten später schrak sie heftig zusammen, weil ihr jemand von hinten auf die Schulter tippte. »Das Observieren müssen wir wohl noch üben, Baby.«

Rahel schoss herum.

Taco zwinkerte ihr zu. »Sol meint, wir sollen dich reinholen, damit du nicht noch mehr Aufmerksamkeit auf dich und unsere Kneipe lenkst.«

Heiße Röte breitete sich auf Rahels Wangen aus. Tadel waren nicht nur äußerst ungeliebt, sondern auch äußerst selten. »Ich bin eine sehr gute Kommissarin.«

»Was es noch zu beweisen gilt«, versetzte Taco ihr die nächste verbale Ohrfeige. »Komm jetzt.« Er schob sie Richtung Kneipe.

»Wo bist du überhaupt hergekommen?«, fragte Rahel, als er aufschloss.

»Es gibt noch einen Hintereingang.«

Sie nahmen denselben Weg durch das Gebäude, den Rahel vor einer halben Stunde mit Jara gegangen war. »Da sind wir wieder«, sagte Taco, als sie den geheimen Raum betraten, in dem alle noch versammelt waren. Aber die Atmosphäre hatte sich verändert.

Rahel spürte wieder das wundersame Kribbeln auf der Haut. Wärme hüllte sie ein wie ein Mantel aus weichem Samt. Wie magisch lenkte sich ihr Blick auf die Frau in dem langen geblümten Kleid. Sie trug noch den Rucksack und den Turban, hatte aber die Brille abgenommen. Nie zuvor hatte Rahel eine so schöne Frau gesehen. Überirdisch schön. Als sich ihre Blicke fanden, schwappte eine Woge von etwas unglaublich Wunderbarem über Rahel hinweg.

In das sanfte, glockenklare »Guten Morgen, meine Liebe« hinein brach Rahel in Tränen aus, so heftig, so unerwartet, dass es sie schüttelte. Es war, als würde aller Kummer, der sie je befallen hatte, von ihr genommen. Stattdessen waren da Licht und Wärme und Klarheit. Das Gefühl überwältigte sie. Aufweinend sackte sie zu Boden.

»Großer Gott!« Jakob Albers eilte zu ihr. »So eine heftige Reaktion.« Er zog sie in eine Sitzposition und nahm ihre Hände. »Rahel. Rahel, sieh mich an. Alles ist gut. Das, was Soleria aussendet, das, was du spürst, ist Liebe. Reine Liebe.«

Von ihren Gefühlen übermannt, blickte sie ihn an. »Es ist … so viel«, stammelte sie.

»Ja.« Er streichelte sanft über ihre feuchte Wange. »Soleria ist nicht von dieser Welt, Rahel. Sie ist zur Hälfte ein Engel.«

Ein Engel. Rahel wäre gern geblieben, aber ihr Körper siegte über ihren Geist und befahl sie erneut in eine Ohnmacht.

»Rahel!«

Sie wollte nicht zurück ins helle Licht. Zum ersten Mal in ihrem Leben fühlte sie sich in der Dunkelheit wohl.

»Hm«, grunzte sie unwillig, als jemand an ihre Wange patschte und damit dieses wundersame Gefühl zurückdrängte, nicht zur Gänze, aber doch so weit, dass sie die Augen öffnete.

»Du wirst dich daran gewöhnen«, sagte Jara und zog die Hand zurück, die zu einem weiteren Schlag ausgeholt hatte. Gemeinsam mit Jakob Albers zog sie Rahel hoch. »Am Anfang haben uns diese Gefühle alle überwältigt, aber unsere Sinne gewöhnten sich schnell daran. Leider.«

»Na, ich weiß nicht«, entgegnete Taco. »So stark hat keiner von uns reagiert. Wenn sie auf Luk genauso intensiv reagiert… Mir dämmert gerade, dass ihre Ohnmacht auf dem Balkon vielleicht doch nicht nur am Stress mit dem Lamprecht-Dämon lag.«

Dankbar trank Rahel aus dem Glas mit Wasser, das Jara ihr an die Lippen hielt, doch ihr Blick irrte bereits wieder durch den Raum. Wo war die Frau? Soleria … der Engel.

Sie stand in der Ecke hinter Beth im Rollstuhl. Ihre Hände streichelten deren schmale Schultern. Sie sagte nur »Hallo, Rahel«, aber ihr Lächeln reichte, um bei Rahel wieder die Tränen fließen zu lassen.

»Wir sollten sie nicht auf Luk treffen lassen«, sagte Jakob Albers besorgt.

»Das müssen wir aber«, erklang Solerias sanfte Stimme. »Wenn ich im Raum bleibe, wird es gehen.« Sie zog ein Smartphone aus einer Tasche ihres Flatterkleids und blickte darauf. Und diese Aktion holte Rahel ein Stück weit aus dem heimeligen Gefühl. Ein Engel mit einem Smartphone. Okay.

»Luk hat die Auktion verlassen«, teilte Soleria mit. »Er wird jeden Moment hier sein.«

»Also dann, pass auf, Baby«, hob Taco zu einer hastigen Erklärung an und tätschelte mit seiner Pranke Rahels Schulter. »Luk ist Sols Bruder. Sie sind Zwillinge. Allerdings …«

Der begonnene Satz blieb in der Luft hängen, als die Tür aufgestoßen wurde. Abermals wurde Rahel die Luft knapp, denn jetzt wurde der Raum mit Dunkelheit und Kälte geflutet.

Das Kalte spiegelte sich im Antlitz des Mannes wider, in seinen Augen, die so schwarz waren wie sein Haar und der Ledermantel, den er trug. Rahel begann zu schreien. So lange, bis Jaras Hand wieder einmal an ihre Wange klatschte.

Am ganzen Körper bebend, war sie nicht in der Lage, den Blick von dem Mann abzuwenden. Die Präsenz des Bösen war so unfassbar mächtig, aber keiner der anderen regte sich. Keiner rannte zu den Flammenwerfern, um den Dämon zu verbrennen.

»Lukrezius, Lieber«, hörte sie Solerias reine Stimme. »Schließe doch bitte die Tür. Unser Besuch ist besonders empfänglich für unsere Auren, und es muss nicht sein, dass etwas nach außen dringt.«

Rahels Herz begann zu rasen. Lukrezius ... Luk. Dieser Albtraum war Solerias Zwillingsbruder? Das war unmöglich.

»Sie ist begeistert«, sagte Taco hastig, als Lukrezius die Tür zuknallte. »Sie wird unsere Truppe perfekt unterstützen. Und wir brauchen Hilfe, nachdem Agnes von uns gegangen ist.« Er bekreuzigte sich.

Lukrezius sah nicht Taco an, sondern Rahel, als er näher kam. Rahel spürte Schwindel, Übelkeit überfiel sie, als er neben ihr war und von oben auf sie herabblickte. Der Ledergeruch seines Mantels drang in ihre Nase. Auch er trug einen riesigen Rucksack auf dem Rücken.

Dann erklang seine Stimme, die bei ihm klirrendes Eis, dunkel und rau war. »Wie ist dein Name?«

Gänsehaut zog über Rahels Nacken. Sie atmete tief durch. »Ich bin Rahel Bathlevi.«

»Rahel ...« Er zog ihren Namen in die Länge, während er in die Knie ging.

Rahel überlief abermals eine Gänsehaut, allerdings, wie sie voller Schreck und Scham feststellte, nicht aus Furcht, sondern weil seine dunkle Stimme etwas außerordentlich Erregendes hatte. Hastig unterbrach sie den Blickkontakt. Ein verächtlicher Laut kam über seine Lippen. Er konnte es doch unmöglich bemerkt haben?

Er erhob sich. »Ich will einen Mann als Ersatz. Diese hier würde genauso versagen wie Agnes.«

»Das kannst du nicht wissen«, sagte Taco.

Lukrezius verzog spöttisch die Lippen, dann war er mit

drei Riesenschritten an einem Sideboard, schob die Tür auf und griff nach einem Aktenordner. Er blätterte ihn durch, dann riss er zwei Blätter heraus. Eines hielt er Rahel vor das Gesicht. »Was siehst du?«

Sie blickte auf die Fotografie in DIN-A4-Größe. Es war eine alte Frau mit weißen Dauerwellenlöckchen. Das Leben hatte sich mit Fältchen und Runzeln in ihrem Gesicht verewigt, aber die blauen Augen leuchteten klar in die Welt. War das eine Fangfrage? Aufmerksam betrachtete Rahel das Bild noch einmal, bevor sie antwortete. »Ich sehe eine fröhliche Seniorin in roséfarbenem Twinset. Sie ist Anfang bis Mitte achtzig und sehr zierlich.«

Sein dunkles »Gut« klang nicht lobend, sondern spöttisch. »Und jetzt frage ich dich: Könntest du ihr mit einem Flammenwerfer das niedliche Großmütterchengesicht wegbrennen?«

»Was?« Entsetzt starrte sie ihn an. »Nein, natürlich nicht!«

Mit einem verächtlichen Laut ließ er das Foto auf ihren Schoß fallen.

»Das ist unfair«, stieß Taco aus. »Du hättest ihr vorher sagen müssen, dass die Frau längst tot und ihr Körper von einem Dämon besetzt war.«

Lukrezius trat nah an Taco heran. »Agnes *hat* es gewusst.«

Rahel starrte auf das Foto. »Diese Agnes … sie hat …«, stammelte sie und sah Taco an.

Lukrezius kam dem Mexikaner zuvor. »Sie ist tot. Weil sie zwei Sekunden gezögert hat. Zwei Sekunden, die dem Dämon reichten, ihr ein Messer durch die Kehle zu ziehen.« Dann warf er ihr das zweite Foto zu. »Das ist die Oma, als Jara mit ihr fertig war.«

Rahel schluckte. Das Bild zeigte einen qualmenden Fleisch-und-Knochen-Haufen und erinnerte an die Überreste von Ilona Lamprecht.

»Ich will sie nicht dabeihaben«, sagte Lukrezius in die Runde. »Und dabei bleibt es.«

»Wir müssen aber abstimmen«, wagte Robert Haferkamp Widerspruch. »So lautet die Regel.«

»Ich sagte nein!« Die dunkle Stimme donnerte durch den Raum.

Robert Haferkamp zog den Giraffenhals ein, traute sich aber dennoch zu fragen: »Vielleicht mag Elizabeth ihre Meinung abgeben?« Er deutete in die Ecke.

Lukrezius folgte Roberts Finger mit dem Blick. »Beth!« In der dunklen kalten Stimme schwang nicht nur Überraschung mit, sondern zum ersten Mal auch ein Hauch Menschlichkeit. Nackte Besorgnis. In wenigen Schritten war er bei der alten Frau im Rollstuhl.

»Mein Liebling«, kam die schwache Antwort.

Rahel betrachtete das wunderliche Bild. Zur Hälfte Engel, hatte der Pastor gesagt. War Beth die Mutter von Luk und Sol, quasi für deren menschliche Hälfte zuständig? Nein, wohl eher die Großmutter, denn die beiden waren höchstens dreißig. Und wie konnte Lukrezius überhaupt der Zwilling von Soleria sein? Da war nichts Engelhaftes an ihm und nichts Dunkles an ihr.

Während Lukrezius vor dem Rollstuhl in die Knie ging, fragte er wutschnaubend in die Runde: »Wer hat Beth hierhergebracht?«

»Ich.« Jakob Albers klang nicht mal halb so ängstlich, wie Rahel sich nach Luks Donnerhall fühlte, obwohl sie nichts damit zu tun hatte.

»Liebling«, sagte die alte Frau und streichelte Lukrezius zart über die Wange. »Ich habe ihn gezwungen, mich herzubringen. Ich war neugierig. Und ich hatte solche Sehnsucht nach allen. Ich sterbe lieber auf dem Weg hierher als in meinem Bett.«

»Du stirbst überhaupt noch nicht, wenn du dich nur besser schonst.« Lukrezius küsste ihre faltigen Hände, dann murmelte er dem Pastor düster zu: »Darüber sprechen wir noch.«

»Jetzt erzähl endlich von der Auktion, Luk«, sagte Jara. Sie hockte wieder auf dem Kühlschrank. »Ich komm um vor Neugier. Hast du«, sie blickte kurz zu Rahel, »*es* bekommen?«

Alle sahen ihn an.

Mit düsterem Blick schüttelte er den Kopf. »Nein. Wie

erwartet. Minh hat seinen nahenden Tod gespürt und die Sachen vorher verschenkt. Und es kann ewig dauern, bis wir herausfinden, an wen.« Er sah Jara an. »Zumindest kennen wir Minhs Kontakte teilweise. Nehmt sie euch vor. So unauffällig wie nur möglich.«

Rahel fühlte sich wie mit heißem Wasser aufgegossen. »Minh?«, fragte sie und stand auf. »Mr. Minh, der Chinese mit dem Trödelladen?«

Die Köpfe ruckten zu ihr herum.

Lukrezius ließ Beths Hand los. »Du kennst ihn?« Er musterte sie wie ein seltenes Insekt, während er näher kam. »Du kennst Minh? Woher?«

In Rahels Kopf ratterte es, und hastig wandte sie den Blick ab. »Ich habe als Kind gegenüber seinem Laden gewohnt«, sagte sie schnell. Ihre Gedanken überschlugen sich. Mit den unheimlichen Geschehnissen um Ilona Lamprecht und der Tatsache, dass diese merkwürdige Truppe auf etwas scharf war, das Mr. Minh besessen und vielleicht verschenkt hatte, bekamen die beiden Kartons mit dem merkwürdigen Inhalt eine Bedeutung, die ihr für einen Moment erneut den Atem raubte.

»Was sucht ihr denn?« Sie sah an Lukrezius vorbei zu Soleria, deren Anblick sie umgehend ruhiger werden ließ.

Robert Haferkamp gab die Antwort. »Solange du nicht zu uns gehörst, können wir dir nicht sagen, um was es sich –«

»Eine Peitsche.« Es war Lukrezius, der Robert das Wort abnahm. »Wir sind unter anderem auf der Suche nach einer Peitsche.«

Rahels Herz begann zu rasen. Luk hatte es bestimmt nicht unbedacht verraten. Um ihm nicht in die Augen blicken zu müssen, schlenderte sie zu der Wand mit den Fotografien und Zeitungsausschnitten. Sie starrte darauf, ohne sie wahrzunehmen. »Was ist denn an dieser Peitsche so Besonderes?«

Lukrezius gebot Taco mit einer Handbewegung zu schweigen, als er antworten wollte, und trat zu Rahel. »Dein guter alter Nachbar Minh … er hat dir nicht zufällig eine Peitsche vermacht?«

Rahel überlief es heiß. »Mir?«, stieß sie aus und lachte. Und es klang glücklicherweise nicht gekünstelt. »Ich kannte ihn ja kaum. Als Kind war ich ein einziges Mal in seinem Laden. Danach nie wieder. Und als ich zwölf war, wurde ich adoptiert und bin dort weggezogen. Ich habe ihn nie wiedergesehen.« Lukrezius starrte sie an. »Du bist adoptiert?«

»Ja, ich war ein Findelkind und wuchs im Heim gegenüber dem Trödelladen auf. Spielt das eine Rolle?«

»Alles ist gut, Liebes«, sagte Soleria und brachte allein mit ihrer Stimme Sonnenschein in den Raum. »Wir werden uns beraten. Am Montag teilen wir dir unsere Entscheidung mit, ob du mit uns gegen das Böse kämpfen darfst. Und, Rahel, ich werde dich nicht bitten, kein einziges Wort von all dem, was du jetzt weißt, verlauten zu lassen. Weil ich weiß, dass du es nicht tun wirst. Ich spüre es hier.« Sie legte die Hand auf die linke Brust.

Hatten Engel ein Herz? Rahel wagte nicht, es zu fragen.

»Jakob«, erklang die dünne Stimme der alten Frau im Rollstuhl. »Würdest du mich jetzt bitte zurückbringen? Ich merke, dass ich wieder in mein Bett muss.«

Lukrezius war mit wenigen Schritten wieder beim Rollstuhl. »Bring sie sofort zurück!«, fuhr er den Pastor an. »Und wage es nicht, Beth noch einmal ohne meine Erlaubnis hierherzuholen.« Dann bekam die dunkle Farbe seiner Stimme einen hellen Anstrich. »Ich komme heute Abend zu dir, Liebes.« Er beugte sich zu der alten Frau hinab, legte seine schmalen Lippen auf ihre pergamentenen und küsste sie.

Rahel erstarrte. Das war kein Kuss von Enkel zu Großmutter oder Sohn zu Mutter. Das war ein Kuss unter Liebenden. Lang und zärtlich.

6

Als Rahel ihre Wohnung betrat, war es noch nicht einmal Mittag. Wie ein Automat war sie mit der U-Bahn von der Reeperbahn zur Hafencity gefahren und hatte ihr Fahrrad geholt. Zu den wenigen Antworten, die sie zu Ilona Lamprecht bekommen hatte, hatten sich tausend neue Fragen gesellt. Es gab Dämonen, die sich in toten menschlichen Körpern einnisteten und deren Leben lebten! Wie genau geschah das? Wann? Konnte jeder betroffen sein? Wieso wusste das niemand? Bemerkte denn die Familie es nicht, dass der Mensch ein anderer war? *Kein* Mensch mehr war? Doch, natürlich bemerkten sie es, gab sie sich selbst die Antwort.

Birgit Lamprecht hatte bemerkt, dass ihre Schwiegertochter Ilona sich verändert hatte. Ihr Sohn auch. Aber sie hatten es nicht wahrhaben wollen oder es auf den Infarkt geschoben.

Was hätten sie auch anderes denken sollen?

Es! ... gab! ... Dämonen!

Hinter der geschlossenen Wohnungstür sackte Rahel langsam zu Boden und starrte in die Küche, wo alles wie immer war. Der Farn auf der Fensterbank bröselte mehr braun als grün vor sich hin, das Katzenklo war zerwühlt, Kabels Stinkkötel nur teilweise von Streu bedeckt.

»Kabel?« Sie wandte den Kopf Richtung Wohnzimmertür. Dabei fiel ihr Blick auf den Karton unter der Garderobe. Hastig stand sie auf, griff ihn und stellte ihn auf dem Küchentisch ab. »Kabel, wo steckst du?«, rief sie erneut, während sie den Deckel öffnete und der Trödelladengeruch ihre Nase streifte.

Dass der Kater weder kam noch maunzte, ließ ihr keine Ruhe. Sie ging ins Wohnzimmer, wo der zweite Karton stand, in dem Kabel gern in der Holzwolle schlief. Doch im Karton war er nicht. Auch nicht auf dem Fensterbankkissen. Als ihr Blick zum Sofa wanderte, stockte sie und sah zurück in die

Ecke, wo der Käfig stand. Der Kater lag darin und schlief tief und fest, wie die gleichmäßige Atmung verriet.

»Kabel!« Verblüfft ging sie davor auf den Boden, steckte ihre Hand durch die offene Käfigtür und streichelte das warme Fell. Kabel liebte eigenwillige Verstecke und Schlafgelegenheiten, aber ...»Wie hast du denn die Tür geöffnet?«

Dann stockte sie und hob ihn mit einer Hand hoch, sodass er unwillig maunzte. Wo war die Porzellanfigur? Sie setzte den Kater wieder ab und sah sich um. Wie konnte das sein? Als Kabel sich durch die Käfigtür hinauszwängte, hob sie ihn auf den Arm. »Wie hast du den Drachen da rausgekriegt? Und wo ist er?« Sie stand auf und ging im Zimmer auf und ab. Kabel hatte Kraft. Mit seinen Pranken bugsierte er gern ihre Pantoffeln und andere Dinge über den Boden. Dann blieb sie abrupt stehen. Ihr Kopf schnellte herum. Schluckend starrte sie zum Käfig zurück.

Mr. Minh, der Mr. Minh, der Dinge besaß, auf die Dämonenjäger scharf waren, hatte ihr den Käfig geschickt. Verschlossen. »Oh Gott!« Sie presste den Kater an sich. »Oh Kabel.« Vor Furcht begann sie zu weinen. Was konnte es bedeuten, dass Mr. Minh einen Porzellandrachen hinter Schloss und Riegel verrammelt hatte?

Rahel eilte in die Küche. Sie setzte Kabel ab und durchwühlte den Korb mit dem Papierabfall. Wo war das Kuvert, in dem der Schlüssel gesteckt hatte? Sie musste etwas übersehen haben, einen Brief von Mr. Minh, eine Notiz.

Unter der Wurfsendung einer neu eröffneten Pizzeria fand sie den Umschlag. Mit zittrigen Fingern nahm sie ihn und sah hinein. Obwohl nichts darin war, hielt sie ihn kopfüber und schüttelte ihn. Dass es der richtige Umschlag war, bewies sein Duft.

Sie warf das Kuvert zurück in den Korb und trat an den Tisch. Nacheinander nahm sie die Dinge aus dem Karton, wie schon Tage zuvor. Nur betrachtete sie die einzelnen Teile nun mit anderen Augen. Da war die cremefarbene Röhre mit den Löchern. Schon die Tatsache, dass sie absolut keine Ahnung hatte, worum es sich dabei handelte, ließ ihr Herz höherschlagen. Konnte es eine Art Flöte sein? Aber es gab kein Mundstück. Sie fummelte den Samt aus dem dazugehörigen Kästchen, aber es lag nichts darunter.

Auch die beiden Bilderrahmen bargen nichts Geheimnisvolles. Dem angelaufenen Ring mit dem Porzellanklunker ließ sich weder durch Drücken, Drehen oder Schütteln ein Geheimnis entlocken, obwohl die Erhabenheit des Porzellans durchaus ein Hinweis auf einen kleinen Hohlraum sein konnte. Unter der Watte des Holzkästchens fand sich auch nichts.

Lukrezius' düstere Stimme klang in ihren Ohren nach, als sie auf den Boden des Kartons blickte, wo das letzte Teil lag. *Dein guter alter Nachbar Minh … er hat dir nicht zufällig eine Peitsche vermacht?*

Zögerlich schlug Rahel das Packpapier auf. Zusammengerollt wie eine gräuliche Schlange lag die Peitsche vor ihr. Sie nahm sie vorsichtig in die Hand und drehte und wendete den abgewetzten geflochtenen Ledergriff, während sie ihn inspizierte. Warum waren die Dämonenjäger so scharf auf diese Peitsche? Was war so besonders an ihr?

»Du bleibst in der Küche«, sagte Rahel mit Blick auf den Kater und ging auf den Flur. Die Tür schloss sie hinter sich. Es kostete sie Mut, doch dann holte sie aus und ließ die Peitsche auf den Boden knallen.

Mit klopfendem Herzen starrte sie auf die Peitsche, dann auf den Boden. Aber da war nichts Auffälliges. Sie peitschte noch einmal und ein drittes Mal. Nichts Außergewöhnliches geschah.

Sie rollte die Peitsche auf und führte sie wie schon beim ersten Auspacken noch einmal an die Nase, weil sie den ekligen Geruch aus der Kindheit damit verband. Oder hatte sie sich seinerzeit getäuscht? Dem Leder haftete nichts außer dem Ladengeruch an.

Sie öffnete die Küchentür, weil Kabel maunzte. »Du hast Hunger, ich weiß.« Doch er tappte an ihr vorbei ins Wohnzimmer.

Während sie ein Schälchen Futter öffnete und in Kabels Napf umfüllte, waren ihre Gedanken bei der verschwundenen Drachenfigur. Warum hatte Mr. Minh sie eingesperrt?

Sie rief nach dem Kater. Weil er mal wieder nicht kam, nahm sie den Napf und ging ins Wohnzimmer, und dann war es da. Ein Déjà-vu.

So war sie auch in der Nacht um die Ecke gebogen. Im Dunkeln. Und dann war er auf sie zugeflogen. Der Schatten.

Schreiend ließ Rahel den Futternapf fallen. Der Thunfisch in Soße ergoss sich auf den Boden, während Rahel den Rücken an den Türrahmen presste.

Die Fledermaus!

Sie starrte zum Käfig. Ihr Herz begann so heftig zu rasen, dass ihr übel wurde. Sie stürzte ins Bad und warf sich hände-weise Wasser ins Gesicht, dann ließ sie den kalten Strahl über ihre Handgelenke laufen, während sie versuchte, bewusst zu atmen. Deutlich sah sie die Flügel vor sich, die sich vor dem Vollmond am Nachthimmel abgezeichnet hatten.

Sie wimmerte. Das konnte nicht sein! *Wir haben es nicht mit Magie zu tun.* Das waren doch Jaras Worte gewesen, aus-gesprochen vor nicht einmal zwei Stunden!

Rahel sah sich im Spiegel an. Ihr Haar klebte von der Kräu-tersalbe auf dem Kopf fest, ihr Shirt war rußig, aber die Augen hatten ein Feuer, das nicht von Angst entfacht war, sondern von etwas tief in ihrem Inneren, das gleichzeitig berauschend und beruhigend wirkte. Sie hatte zum ersten Mal in ihrem Leben das Gefühl, richtig zu sein, echt zu sein. Das alles war absolut irrsinnig, aber es gab nichts auf der Welt, was sie mehr wollte, als zu helfen, diese stinkenden bösen Kreaturen zu vernichten.

Dämonenjägerin Rahel Bathlevi. Nichts hatte sich jemals besser angefühlt.

In diese Euphorie schlich sich aber schnell ein vages Beden-ken. Soleria hatte gesagt, sie würden ihr die Entscheidung am Montag mitteilen. Was, wenn einer der Dämonenjäger vorher hier auftauchte?

Sie verließ das Bad, nahm den Karton vom Küchentisch und eilte damit in den Keller. Bevor sie nicht wusste, was es mit der Peitsche und dem Porzellandrachen auf sich hatte, war es besser, die Dinge nicht in der Wohnung zu haben. In ihrer Kellerparzelle versteckte sie den Karton hinter zwei Umzugskisten. Sie schloss die Holztür wieder ab, auch wenn der andere Karton noch folgen würde. Der mit dem leeren Käfig. Ein Schaudern überfiel sie bei diesem Gedanken.

Im Wohnzimmer ging sie schnurstracks in die Ecke und griff nach dem Käfig. Allerdings lag der Kater im dazugehörigen Karton und döste auf der Holzwolle. »Sorry, Kabel, aber diese Schlafstätte muss erst mal verschwinden.« Sie hob den Kater mit der freien Hand heraus. Doch als sie den Käfig in den Karton setzen wollte, verharrte sie. Was war das? Etwas Weißes stach unter der zerwühlten Holzwolle hervor. Sie stellte den Käfig ab und fummelte einen Briefumschlag hervor. Er trug ihren Namen.

Rahels Herz schlug heftig gegen ihre Brust, als sie in den Schneidersitz ging und das zugeklebte Kuvert mit dem Finger aufriss. Zwei Bogen Papier kamen zum Vorschein, unterschrieben mit »Minh«, wie ein schneller Blick ans Ende des zweiten Bogens verriet.

In leicht verschnörkelter Handschrift stand dort geschrieben:

Wunderbare Rahel,
ich weiß, dass du dich an mich erinnerst, auch wenn so viele Jahre vergangen sind, seit wir uns ein einziges Mal sahen. Die Umstände waren einfach zu besonders, um es vergessen zu machen, und vielleicht denkst du manchmal an mich, wenn dein Windspiel im Fenster klingt.

Rahel verharrte. Er wusste, dass das Windspiel in ihrem Fenster hing? Eine Gänsehaut krabbelte bei der Vorstellung, dass Mr. Minh sich für sie interessiert hatte, über ihren Nacken.

Es mag dich verwundern, aber ich ließ dich nie aus den Augen. Deine Berufswahl hat mich nicht überrascht. Doch eine Frau mit so überragenden Fähigkeiten darf ihre Kräfte nicht an das menschliche Böse verschwenden. Mach dich auf die Suche! Vertraue deinen Kräften! So wirst du Menschen finden – ich will sie hier nur Jäger nennen –, die auf der Suche nach dem wahrhaft Bösen sind. Mehr mag ich dir nicht verraten, um dich nicht noch mehr zu verwirren. Aber ich bin überzeugt davon, dass du auf diese Menschen treffen wirst, und dann wirst du verstehen, warum ich dir vermachte, was sich in den Kartons befindet.

Solange du es nicht weißt, verwahre alle Gegenstände gut. Verschenke sie niemals! Niemals, bevor du nicht um ihre Möglichkeiten und ihren Nutzen weißt. Die Jäger werden es dir zu gegebener Zeit erklären. Bis es so weit ist, musst du unter allen Umständen zwei Dinge beherzigen. Erstens: Lass den Käfig mit dem Drachen UNBEDINGT verschlossen, auch wenn es dir abstrus erscheint!

Rahel sah zu dem leeren Käfig an ihrer Seite. Warum hatte Mr. Minh diese Warnung nicht einfach *an* den Käfig gehängt? Jetzt war es zu spät.

Mit mulmigem Gefühl las sie weiter.

Zweitens: NIEMALS darfst du die Peitsche und den Porzellandrachen an zwei Personen namens Lukrezius und Soleria verschenken. Du darfst ihnen NIEMALS trauen. Vertraue immer nur deinem Gefühl. Dann wirst du intuitiv alles richtig machen.

In Verehrung und Dankbarkeit, Minh

Rahel schluckte. Mr. Minh hatte Soleria und Lukrezius gekannt. Und er hatte zweifellos gewusst, dass sie anders waren, denn vor dem Wort »Personen« hatte er zweimal etwas anderes geschrieben, es aber bis zur Unkenntlichkeit durchgestrichen.

Mit den Jägern meinte er zweifellos die Dämonenjäger. Dass er nicht gewagt hatte, sie bei diesem Namen zu nennen, war klug gewesen, denn Rahel wusste: Hätte sie nicht in der vergangenen Nacht erlebt, was sie nun mal erlebt hatte, sie hätte Mr. Minh kein einziges Wort geglaubt, wenn »Dämonen« in seinem Brief aufgetaucht wäre.

Was für ein unglaublicher Zufall, dass sie auf die Truppe getroffen war, so kurz nachdem Mr. Minh ihr diese Gegenstände vermacht hatte. Rahel griff nach dem Kater, der sein Futter vom Boden gegessen hatte und nun die Reste wegleckte. »Oder war das gar kein Zufall, Kabel?« Sie streichelte ihn gedankenverloren. Vielleicht gab es keine Zufälle, sondern nur Bestimmung?

Sie las den Brief noch zweimal, aber es ergaben sich keine neuen Aspekte. Warum durfte sie die Peitsche nicht an Lukrezius und Soleria geben? Die beiden gehörten doch zu der Gruppe. Sie waren auch Dämonenjäger.

»Was soll ich nur tun, Kabel?« Rahel legte ihr Gesicht an das warme Fell des Katers. »Du findest doch auch, dass ich diesen Leuten vorerst nichts von Mr. Minhs Vermächtnis sagen sollte?«

***

Der Pförtner des Polizeipräsidiums grüßte Rahel am Montagmorgen mit dem gewohnt herzlichen »Moin, Moin, Frau Bathlevi, ich hoffe, Sie hatten ein entspanntes Wochenende.«

»Guten Morgen, Herr Burghardt.« Statt für den üblichen Plausch kurz stehen zu bleiben, ging sie schnurstracks auf den Fahrstuhl zu. Sie wollte dem Mann nicht ins freundliche Gesicht lügen. Sie hatte ein nervenaufreibendes Wochenende hinter sich. Wie Stromschnellen hatten sich die Gedanken gegenseitig durch ihren Kopf gejagt. Dämonen und Dämonenjäger, Engel … der eine Liebe, der andere Düsternis pur … Sie hatte kaum ein Auge zugemacht.

Heute würde sie erfahren, ob sie für gut genug befunden

worden war, die kuriose Truppe zu unterstützen. Wer würde ihr das Ergebnis mitteilen? Ihr Puls erhöhte sich bei der Vorstellung, Lukrezius könne bei ihr vor der Tür stehen. Aber die Wahrscheinlichkeit lag wohl eher bei null.

Als Rahel das Großraumkommissariat mit einem »Guten Morgen« betrat, erntete sie statt des üblichen Erwiderungsgemurmels aufmerksame Blicke der Kollegen. Nur Lars Harbergs Begrüßung kam klar und deutlich rüber, als sie sich setzte.

»Bathlevi, du Miststück.«

Rahels Kopf ruckte hoch. »Wie bitte?«

Er stand auf und trat zu ihr an den Schreibtisch. »Dafür, dass du sonst so eine Korinthenkackerin bist, was Regeln und Höflichkeiten betrifft, hast du uns ja ganz schön hinters Licht geführt. Hättest ruhig selbst sagen können, dass wir dir nicht mehr gut genug sind.«

Rahel sah ihn verwirrt an. »Ich weiß nicht, wovon du redest.«

»Bathlevi!«, donnerte die Stimme des Chefs durch den Raum. Sönke Bender stand in der Tür. Er deutete den Gang hinunter. »Ab in mein Büro!«

»Wieso muss ich vom BKA erfahren und nicht von dir, dass du ab sofort für die arbeitest?«, herrschte Sönke sie an, als sie die Tür seines Büros hinter sich schloss. »Was ist das überhaupt für eine verdammte Kacke, uns so kurzfristig vor vollendete Tatsachen zu stellen? Wie soll ich dich bitte schön so schnell ersetzen?«

»BKA?« Rahel starrte ihn an. »Die haben dich informiert, dass ich …?« Ihr fehlten die Worte, während heiße Freude ihre Brust flutete. Sie hatte fünf Ja-Stimmen bekommen! Aber gleich ab heute? Und ohne es ihr vorher mitzuteilen? Was sollte sie Sönke jetzt antworten? »Es war einfach kurzfristig«, hielt sie sich bedeckt. »Du musst doch verstehen, dass ich nichts sagen wollte, bevor es sicher ist.«

»Pack deinen Scheiß zusammen und verschwinde.«

Es war ein eigenartiges Gefühl, als sie dem Pförtner, der in einem Gespräch war, ein »Tschüs, Herr Burghardt« zuwarf. Sie würde ihn nicht wiedersehen.

Und nun? Draußen verharrte sie einen Moment vor dem Eingang. Sollte sie jetzt nach Hause gehen? Oder zu der Kiezkneipe? Beides erschien ihr abwegig. Andererseits ... ein Büro, wie sie es kannte, würde es nicht geben. Der Kellerraum in der Kneipe *war* das Büro.

Ihre Frage beantwortete sich, als sie unentschlossen losging und auf der Hindenburgstraße Richtung U-Bahn-Station Alsterdorf abbog. Neben ihr wurde der Motor eines silberfarbenen VW Passat angeworfen und die Seitenscheibe heruntergelassen. Eine Wolke Tabakqualm entwich. »Baby, starr keine Löcher in die Luft, sondern schwing deinen Hintern in meinen Schlitten.«

»Taco.« Erleichtert stieg Rahel in den Wagen ein.

Er zwinkerte ihr zu und gab Gas, nachdem er die Kippe in einer Pfütze Kaffee in einem Mehrwegbecher ersäuft hatte. »Willkommen im Team, Rotschopf.«

Ihr Ziel war das Parkhaus am Spielbudenplatz auf der Reeperbahn. »Wusstest du, dass diese Tiefgarage vor achtzig Jahren mal ein Bunker war?«, fragte Taco, als er zwischen zwei Sprintern parkte. »Im Krieg haben hier unten Tausende von Menschen um ihr Leben gebetet.«

»Ich bin Hamburgerin, klar weiß ich das«, sagte Rahel, aber in ihren Gedanken war in diesem Moment kein Platz für Kriegsgräuel, denn sie hatte gerade erfahren, dass sie den Sprung ins Team tatsächlich nur knapp geschafft hatte. Taco hatte verraten, dass sie fünf der acht Stimmen bekommen hatte. Ein Stimmengleichstand wäre einem Nein gleichgekommen. Wer gegen sie gestimmt hatte, hatte er nicht verraten. »Wir sind Demokraten, Babe. Du bist jetzt für alle ein vollwertiges Teammitglied.«

Auf ihre neugierigen Fragen zu Lukrezius und Soleria hatte er ebenfalls verhalten reagiert. »Die beiden sind krasse Typen, jeder für sich auf seine Art, haben aber ihre Empfindlichkeiten.

Die werden deine Fragen selbst beantworten. Wenn ihnen danach ist.«

Als sie ausstiegen, deutete Taco auf die beiden weißen Sprinter neben seinem Passat. »Die gehören auch uns. Sind unsere Einsatzfahrzeuge, innen ein wenig umgebaut, damit die Ausrüstung Platz findet.«

Rahel nickte. Wenn alle Jäger samt Flammenwerfern und Schutzkleidung ausrückten, wurde es bestimmt eng darin.

»Dann gibt es noch einen schwarzen Sprinter, den Sol und Luk fahren. Außerdem zwei Polizeifahrzeuge und Equipment in einer Garage, auf die wir bei Bedarf zugreifen.«

Die Tür war offen, als sie die Kneipe auf der Großen Freiheit erreichten, obwohl das Schild daran »Geschlossen« verkündete. Ein Glatzkopf mit Rammstein-Shirt und tätowierten Hulk-Muskeln saß hinter dem Tresen auf einem Barhocker. Er sah von einem iPad auf und musterte Rahel.

»Simon, das ist die neue Acht. Acht, das ist Simon«, stellte Taco sie einander vor.

Während Simon die Augen verdrehte, starrte Rahel Taco an. »Wie, Acht?«

»Du heißt nicht Acht, und er heißt nicht Simon. Keiner von uns weiß etwas über den anderen. Ich kann dir nur so viel sagen: Er ist beim BKA wie wir alle. Nur jagt er keine Dämonen, sondern schenkt Bier aus.«

Ein kleines Feuerwerk an Adrenalin explodierte in Rahels Brust. Da sollte noch mal einer sagen, dies hier wäre nicht die Winkelgasse.

»Er verarscht dich, Rahel«, holte der Muskelmann sie allerdings Sekunden später auf den Boden der Tatsachen zurück. Er reichte ihr grinsend die Pranke. »Hi, ich bin Simon Bückler. Im Wechsel mit ein paar anderen BKA-Kollegen behalte ich hier oben die Gäste im Auge, damit ihr unten keinen unerwünschten Besuch bekommt.«

»Sehr witzig«, wandte Rahel sich an Taco, als sie den Keller ansteuerten. Der Mexikaner grinste …

Nur Robert Haferkamp und Jara hielten sich im Büro auf. Rahel konnte beiden nicht anmerken, ob sie für oder gegen sie gestimmt hatten. Sie hießen sie herzlich willkommen.

Rahels Blick blieb an dem Flammenwerfer in Jaras Händen hängen, dessen größeren Tank die dunkelhäutige Schönheit gerade befüllte. »Benzin?«, fragte sie, weil der Raum nach Tankstelle roch.

Jara schüttelte den Kopf. »Reines Benzin verbrennt zu schnell. Es ist Diesel. Brennt länger und heißer. Ein Schuss Kerosin kommt auch noch dazu. Die genaue Mischung verrate ich dir bei der Einweisung.«

Die Vorstellung, mit einem Feuerstrahl auf etwas zu zielen, das aussah wie ein Mensch, sprach wie ein Mensch, sich im besten Fall verhielt wie ein Mensch … Es schien Rahel unvorstellbar, doch die Begegnung mit Ilona Lamprecht war prägend gewesen. Es gab Dämonen in Menschengestalt.

Taco schien ihre Gedanken zu lesen. »Es wird leichter, je öfter du es gemacht hast«, sagte er. »Ehrlich gesagt habe ich meinen Spaß daran, die teuflischen Viecher in die Hölle zu jagen.«

»Jakob Albers«, hakte Rahel nach, »er macht das auch?« Einen Mann Gottes so zu sehen, wie sie Taco bei Ilona Lamprecht erlebt hatte, erschien ihr grotesk.

»Unser Pastor hat zwar kein Problem damit, den Flammenwerfer anzuschmeißen, wenn es unbedingt sein muss, aber normalerweise ist er eher prophylaktisch tätig. Ein offenes Ohr für die Leidtragenden, ein Lächeln für die Griesgrämigen, ein herzliches Wort für jedermann … das ist die beste und reinste Form der Dämonenbekämpfung, Baby. Das wirst du nach und nach begreifen.«

Jara legte den Flammenwerfer zur Seite und öffnete einen Panzerschrank, der an der Wand hinter den Schreibtischen stand. Sie drückte Rahel zwei Bücher in die Hand. Kostbarkeiten, wie es schien, denn die vergilbten Seiten zwischen den edlen Pappdeckeln waren handbeschrieben.

»Du darfst dich gern in die Originale reinlesen, aber die

Tinte ist zum Teil stark verblichen. Hier ist die leserliche PC-Version.« Sie zog einen Ordner mit Micky-Maus-Motiv aus dem Tresor und reichte ihn Rahel. »Mit nach Hause nehmen darfst du sie nicht. Du musst dich hier einlesen. Das kannst du nach und nach machen. Das Grobe erklären wir dir im Schnelldurchlauf.«

Nach und nach … das schien zu einem geflügelten Wort zu werden.

Jara lächelte. »Ich sehe dir an, dass du tausend Fragen hast. Schieß los.«

Rahel klappte den reich verzierten ledernen Deckel des Buches zu. »Wie gelangen die Dämonen in die Körper der Menschen? Taco sagte, sie besetzen die Körper Toter. Wie geschieht das? Wann? Woher kommt das Böse? Du sagtest, es gebiert sich selbst. Wie habe ich mir das vorzustellen?«

»Das, was in die Körper eindringt, ist energetisch. Es ist pures Böses. Mach dir eines klar, Rahel: Alles, was wir Menschen an Schlechtem sagen und tun, hat Auswirkungen. Es lässt dunkle Energie wuchern. Und dabei ist es nicht die Tat oder das Wort an sich, dass das Böse gebiert, sondern es ist der Schmerz, den du in dem anderen auslöst. Das Leid des anderen, seine Verletztheit, setzt diese dunkle Energie frei.«

Stille kehrte ein, und Rahel ließ das Gesagte sacken.

Jara legte die Hände an den Kühlschrank und zog sich hoch. Es schien ihr Lieblingsplatz zu sein. »Es braucht eine ungeheure Menge dämonischer Energie, um einen toten Körper zu besetzen. Und um diese Menge aufzubringen, braucht es viele böse Worte und Taten der Menschen. Sehr viele. Aber wir können dir eines garantieren, Rahel: Wir werden niemals arbeitslos sein.«

***

Line Hathor löffelte ihr Müsli ohne Appetit. Das Knuspern der Frühstücksflocken klang unnatürlich laut in ihren Ohren. Weil keiner sprach. Lines Blick wanderte über die Gesichter ihrer Familie, während sie kaute und kaute und den Bissen schließlich hinunterwürgte.

Warum nur waren alle verstummt? Dieses Haus war seit Wochen kein Zuhause mehr. Seit diesem grässlichen Unfall, bei dem Papa und Mama und Bent fast gestorben wären.

»Ich mach dir gleich dein Pausenbrot, Emma«, sagte sie zu ihrer kleinen Schwester, um die Stille zu durchbrechen. Das war eigentlich Mamas Aufgabe, aber ... Line sah zu ihrer Mutter, die apathisch im Rollstuhl am Tisch saß und auf ihren Teller stierte. Das halbe Brötchen mit Marmelade hatte sie kaum angerührt.

»Eine Hälfte mit Nutella und eine mit Camembert«, sagte Emma, »und auch noch Tomatenscheiben.« Sie deutete auf den Teller mit den Fleischtomaten und strahlte Line von der Seite an. Auch sie schien dankbar zu sein, dass jemand sprach.

Line sah zu Bent, der nach dem Tomatenmesser griff, obwohl er keine Tomaten mochte. Er hielt ihren Blick, während er das Messer in der rechten Hand drehte und die Messerspitze gegen seinen linken Zeigefinger drückte. Line riss die Augen auf, als ein Tropfen Blut aus seinem Finger hervorquoll.

Gleichzeitig schrie Bent: »Autsch! Das ist scharf.« Er lutschte das Blut von seinem Daumen und sah dabei zu Line. »Wenn man das in etwas reinrammen würde ...«

»Reinrammen? In *etwas*?«, fuhr Line ihn an und schrie im selben Moment auf, weil Bent das Messer hob, als wolle er sie damit angreifen, doch mit einem Grinsen stach er es so heftig in eine der Fleischtomaten, dass der Saft herausspritzte.

»Bent!«, kam es mahnend von Steffen Hathor. »Du machst den Mädchen Angst.«

Bent sah seinen Vater an. Dann sagte er mit ruhiger Stimme: »Ich wollte nur helfen«, und reichte Line die Tomate am Messer herüber.

»Ja witzig, glaubst du, wir mögen Tomaten, in der ein Messer steckt, das du dir in den blutigen Finger gebohrt hast?«, sagte Line angeekelt.

»Ich mach das, ich mach das schon, Kinder«, erklang Christine Hathors atemlose Stimme. Sie klang kratzig, so, als seien es die ersten Worte des Tages. Sie sah Line an. »Geh duschen, Schatz. Ich kümmere mich um Emma.«

Line stand auf. Emma griff nach ihrer Hand. »Wir gehen aber zusammen zur Schule, nicht?«

»Natürlich, Emmi«, antwortete Line. Emma hatte ängstlich geklungen. Oder nicht? Line wusste nicht mehr, was sie denken sollte. Vielleicht war sie einfach nur überreizt durch all das Grässliche, das in letzter Zeit passiert war.

7

»Drückt das?«, fragte Jara, während sie den Gurt des Brustpanzers fester zog.

»Ja«, sagte Rahel ehrlich. Sie hörte sich selbst nur dumpf, denn sie trug einen Helm mit Gesichtsvisier, der zur Schutzausrüstung gehörte.

Jaras Augenbrauen zogen sich mit Blick auf Rahels Brust zusammen. »Dein Busen ist zu groß. Wir müssen den Brustpanzer entsprechend anpassen.«

Rahel spürte Hitze in den Wangen, weil Yves Bonnet, der mit Taco am Whiteboard stand, sich umgedreht hatte und ihr zuzwinkerte.

»Versteh mich nicht falsch«, fuhr Jara unbekümmert fort. »Es ist ein Hammerbusen. Ich beneide dich glühend darum.« Sie presste beide Hände mit gespreizten Fingern auf Rahels Brustpanzer.

»Äh …« Rahel trat einen Schritt zurück. »Warum überhaupt dieser sperrige Panzer? Er macht unbeweglich.«

»Du kannst auch ohne arbeiten«, sagte Jara ungerührt. »Wenn es dir egal ist, ob ein Dämon dein Herz frisst.«

»Was?« Entsetzt sah Rahel sie an.

»Jetzt mach Rahel keine Angst«, schaltete Yves Bonnet sich mit seinem charmanten Akzent ein und trat strahlend wie der Sonnenschein zu ihnen. »Ein Dämon in Menschengestalt schafft das nicht.« Er hob seine rechte Hand und formte sie zu einer Klaue. »Er kann die Eiseskälte seines höllischen Wesens durch die Hautschichten des Wirts senden, aber seine Kraft ist gebunden an dessen Körper.«

»Ja, ein Dämon in Menschengestalt schafft es nicht«, sagte Jara. »Aber was ist mit −«

»Lassen wir es für heute doch gut sein, *chérie*«, unterbrach Yves sie lächelnd, aber bestimmt. »Rahel hat so viel zu verarbeiten. Überfordern wir sie nicht.«

»Allerdings«, stimmte Taco ihm zu. Er sah Rahel an. »Mach Feierabend, Kleine. Wir anderen gehen auch bald.«

Der Raum war allerdings selten gänzlich unbesetzt, das hatte Rahel erfahren, denn Luk und Sol legten oft eine Nachtschicht ein. Aus dem einfachen Grund, dass sie sich tagsüber so wenig wie möglich draußen zeigen wollten. Sie waren zu auffällig in Größe, Aussehen und vor allem in ihrer Aura. Die Menschen reagierten auf sie.

Rahel hatte gehofft, ja darauf gebrannt, die beiden wiederzusehen, aber ihr Wunsch hatte sich nicht erfüllt.

Taco sah auf seine Armbanduhr, während er wiederholte: »Feierabend. Ab nach Hause.«

Rahel ließ sich von Jara aus dem Anzug helfen und musterte Taco. Er wirkte nervös. Es schien, als wolle er sie unbedingt hier weghaben. Da stellte sich doch die Frage, warum?

Sie ließ sich nichts anmerken und verließ die Kneipe gemeinsam mit Jara, der das Rennrad im Lagerraum gehörte. »Tschüs«, verabschiedete Jara sich, als sie die Reeperbahn erreichten, und schwang sich aufs Rad. Rahel blieb einen Moment lang unentschlossen stehen, dann beschloss sie, dass Kabel noch ein wenig auf sein Abendessen warten musste. Taco war der Einzige, der ihre vielen Fragen vielleicht beantworten würde, wenn sie allein auf ihn traf.

Sie begab sich in Lauerstellung. Um nicht aufzufallen, wagte sie sich dieses Mal weiter von der Kneipe weg. Außerdem boten die vielen Besucher der Sexmeile einen guten Schutz. Die Große Freiheit, die in den Morgenstunden schlief, war schon jetzt gut besucht, würde aber erst in ein paar Stunden vollständig erwachen. Laut und lebendig war sie. Blinkendes Neonlicht in allen Farben, dazu vielfältige Gerüche und hämmernde Musik, Türsteher, die ihre Kundschaft laut und derbe in die Etablissements lockten.

Ein bekanntes Gesicht versetzte ihr einen kleinen Schreck, doch Fred Warncke ignorierte sie genauso wie sie ihn, obwohl er sie definitiv gesehen hatte. Fred Warncke alias Käpt'n Hook war ein Polizeispitzel, der sich im Milieu bestens auskannte, wenn er auch nur eine kleine Nummer war. Den Namen Hook verdankte er zwei Besonderheiten: seinem gezwirbelten schwarzen Schnurrbart und seiner Handprothese, die allerdings kein Haken, sondern bionisch hoch entwickelt war.

Rahel blickte ihm kurz nach, dann fokussierte sie sich wieder auf die Kneipe. Nach einer Stunde war weder Robert Haferkamp aufgetaucht, noch hatten Yves und Taco sich blicken lassen. Hatten die drei den anderen Eingang benutzt, von dem Taco gesprochen hatte? Das war möglich, aber Rahel wollte nicht aufgeben. Nach einer zähen weiteren Stunde zahlte ihre Geduld sich aus. Der Mexikaner verließ die Kneipe und eilte die Große Freiheit entlang.

Rahel folgte ihm. »Taco!«, rief sie, als sie ihn fast eingeholt hatte. »Warte!«

Mit zusammengezogenen Brauen drehte er sich um. »Was machst du denn noch hier, verdammt?«, presste er hervor, ohne die Zigarette aus dem Mund zu nehmen.

»Dich abpassen. Ich brauche einfach weitere Erklärungen. Das musst du doch verstehen.« Sie senkte ihre Stimme. »Soleria und Lukrezius … sie sind nicht von dieser Welt. Da brauche ich doch Erklärungen. Wenn sie Zwillinge sind, warum ist Lukrezius dann so anders als Soleria? So unheimlich, so wahnsinnig düster? Er hat nicht den Hauch eines Engels an sich. Ganz im Gegenteil.«

Taco wand sich sichtlich. »Es tut mir leid«, sagte er schließlich, nahm noch einen tiefen Zug und warf die Kippe auf den Boden. Nachdem er den Stummel ausgetreten hatte, sammelte er ihn zu Rahels Überraschung auf und legte ihn in eine Dose, die er aus der Hosentasche zog. »Ich kann dir nichts anderes sagen, Rahel. Du musst Geduld haben. Eine Eigenschaft, die du als Jägerin ohnehin brauchen wirst. Wir rennen nicht ständig mit unseren Flammenwerfern durch die Nacht, sondern leisten akribische Ermittlungsarbeit, um Dämonen überhaupt aufzuspüren.«

»Was hat es mit dieser Peitsche auf sich?«, fragte Rahel, ohne auf seine Worte einzugehen.

Doch Taco blieb verschlossen. »Diese Frage musst du Luk stellen. Und nun geh nach Hause, Rahel. Du kannst eine Mütze Schlaf vertragen nach all der Aufregung.« Sein Blick glitt über ihr Haar, dann zu dem Verband am Arm. »Tut es noch sehr weh?«

Sie schüttelte den Kopf.

»Dann verschwinde jetzt.«

Für den Moment musste sie wohl aufgeben. Sie ging zur Reeperbahn hinunter, drehte sich aber noch zweimal nach ihm um. Dass er immer noch an der gleichen Stelle stand, konnte bedeuten, dass er nicht wollte, dass sie sah, wohin er ging. Noch einmal winkte sie ihm wie zum Abschied zu, bevor sie abbog. Sie wartete ein paar Sekunden, dann linste sie vorsichtig um die Ecke. Er blickte in ihre Richtung, konnte sie bei dem abendlichen Publikumsverkehr auf der Reeperbahn aber unmöglich sehen.

Zweifellos wartete er ab, ob sie zurückkam. Zu Recht traute er ihr nicht. Nach weiteren Sekunden blickte sie erneut um die Ecke. Er bog rechts auf die Reeperbahn ab, drehte sich aber gerade wieder um. Rahel wusste, dass sie aus ihrer Deckung kommen musste, wenn sie nicht den Sichtkontakt verlieren wollte.

Sie nutzte einen Junggesellinnen-Abschied als Blickschutz. Die stark alkoholisierten Frauen waren als Ketchupflaschen verkleidet, wie der Aufdruck auf den roten Überwürfen verriet. Rote Spitzhüte waren die Tüllen. Die Braut war schnell ausgemacht, denn es gab nur eine Mayoflasche.

Taco lief zur S-Bahn-Station. Rahel blieb an ihm dran und verbarg sich am Gleis hinter einer Gruppe japanischer Touristen. Zwei Minuten später stieg Taco in eine Bahn der S1. Rahel ließ einen Waggon zwischen ihnen frei. An den Landungsbrücken stieg er aus und nahm die U-Bahn Richtung Baumwall. Sie wartete, bis genug Menschen zwischen ihnen waren, und folgte ihm mit großem Abstand über die Niederbaumbrücke. Wollte er zur Elbphilharmonie? Er ging schnell und drehte sich nicht mehr um, was bedeutete, dass er sich sicher fühlte.

Rahel empfand Befriedigung. Von wegen, sie müsse das Observieren noch üben. Im selben Moment stoppte er am Ende der Wilhelminenbrücke und steckte sich eine Zigarette an. Hastig suchte Rahel hinter eine Gruppe Asiaten Schutz, die sich auf dem steinernen Orientteppich gegenseitig fotografierten. Sie trat an das Brückengeländer und tat, als interessiere sie sich für die bunten Liebesschlösser am Geländer.

Als der Mexikaner in den Sandtorkai abbog, stand fest, dass er nicht zur Elphi wollte. Es gelang Rahel gerade noch, bei einer Baustelle am Humboldt-Haus in Deckung zu gehen, als er erneut stehen blieb. Doch er trat nur die Zigarette aus und sammelte den Stummel auf. Dann setzte er seinen Weg fort. Bei einem der alten Speichergebäude verlangsamte er den Schritt. Rahel drehte sich schnell um und tat, als telefoniere sie. Als sie sich halb umwandte, sah sie, dass er in dem Speichergebäude verschwand. Sie wartete eine Minute, dann näherte sie sich der grünen Holztür, hinter der er verschwunden war. »Teppichhandel Bernard« verkündete das unauffällige Schild über der Eingangstür.

Rahel ging bis zum Speicherstadtmuseum und legte sich dort im Schutz des Vorsprungs im Eingangsbereich auf die Lauer. Diesmal hatte sie Glück. Taco verließ das Gebäude bereits zehn Minuten später wieder. Ohne Teppich. Sie sah ihm nach und wartete, bis er außer Sichtweite war, dann ging sie zurück bis zu der Holztür. Was hatte Taco hier gemacht?

Mit heißen Wangen trat sie an die Tür. Vielleicht blamierte sie sich jetzt bis auf die Knochen. Taco konnte schließlich privat hier gewesen sein. Es musste rein gar nichts mit den Dämonenjägern zu tun haben. Aber ihre Neugier war einfach zu stark.

Es gab keine Klinke, sondern einen abgegriffenen Kupferknauf. Rahel sah sich nach allen Seiten um. Wenn jemand von innen abgeschlossen hatte, hatte sie schlechte Karten. Sie zog ihre Paybackkarte aus dem Portemonnaie, drückte mit dem Knie fest gegen die Tür und führte die Plastikkarte durch den minimalen Schlitz zwischen Tür und Rahmen ein. Als sie den Schnapper fand und die Karte mit Neigung draufdrückte, sprang die Tür auf. Mit klopfendem Herzen und einem letzten Rundumblick trat Rahel ein und schloss die Tür leise hinter sich. Dabei stellte sie fest, dass mehrere Schlösser an der Innenseite der Tür angebracht waren.

Sie befand sich in einem kleinen Vorraum. Ein paar nackte Betonstufen, über die Jahrzehnte blank und ausgetreten, führten in einen kleinen Raum mit Garderobenständer und einem Schränkchen. Klassische Musik drang durch die offen stehende Tür zu ihrer Linken. Der Vorraum des Speichers diente wohl als Büro. Ein leichter Geruch nach Staub lag in der Luft. Und nach Kräutern. Der Duft entströmte einem goldfarbenen Samowar, der auf einem kleinen antiken Tischchen stand. Sie durchquerte den Raum auf leisen Sohlen und fand sich in einem riesigen Teppichlager wieder.

Ihre Knie begannen zu zittern, als sie sah, was ihr Verstand ihr im ersten Moment als Trugbild verkaufen wollte. Das konnte nicht sein. Das war unmöglich.

Lukrezius.

Sein Anblick war absolut unerwartet, so über alle Maßen grandios.

Er stand in sechs Metern Höhe auf einem der Querbalken des Teppichlagers – mit nacktem Oberkörper. In seinen Händen hielt er ein Cello. Hingebungsvoll, der Welt entrückt, spielte er ein klassisches Stück. Sie kannte es nicht, aber es war wild und verstörend und ekstatisch wie sein Anblick.

Dicke Narben zogen sich unregelmäßig über seine muskulöse Brust und die Arme. Doch es waren nicht die Muskeln und das Sixpack, die sie den Atem anhielten ließen. Seine Männlichkeit war ungeheuerlich, überirdisch, und dennoch: Es waren die mächtigen schwarzen Schwingen.

Flügel! Rahel konnte kaum atmen. Er hatte Flügel!

Hastig wandte sie sich ab und presste sich an die Wand. Wie konnte das sein? Sie hatte ihn doch gesehen. Nie im Leben hätte er diese riesigen Flügel unter seinem Ledermantel verstecken können. Der Backpackerrucksack! Sol und Luk trugen beide einen. Die Rucksäcke waren nur Tarnung. Sie mussten mit den Mänteln verbunden sein und eine Öffnung am Rücken haben.

Mit angehaltenem Atem blickte Rahel erneut um die Ecke. Und in diesem Moment verstand sie, warum er da oben spielte. Weil diese prächtigen, wunderbaren Schwingen nur dort oben in luftiger Höhe ihre wahre dunkle Pracht entfalten konnten. Sie reichten über den Balken hinaus, waren frei, nicht zusammengequetscht im Rucksack.

Rahels Herz hämmerte, ihr Blut pulsierte durch jede Zelle ihres Körpers, während sie mit angehaltenem Atem seine animalische Schönheit aufsog. Ohnmächtig musste sie erleben, wie ihr Körper ein Eigenleben entwickelte und auf ihn und sein Spiel reagierte.

Hastig, sich verabscheuend, weil sie die unmissverständlichen Signale ihres Körpers nicht kontrollieren konnte, wandte sie sich ab, presste sich wieder mit dem Rücken gegen die Wand und versuchte, ihren Atem unter Kontrolle zu bringen. Als sie es wagte, erneut zu ihm aufzusehen, klang die Sonate aus. Er verharrte mit geschlossenen Augen, und für einen Moment war die Stille greifbar. Dann setzte er den Bogen wieder an. Ganz zart erklang eine Melodie, die Rahel bekannt vorkam. Nach einigen weiteren Bogenstrichen war klar: Er spielte Ed Sheerans »Perfect«.

Es war wunderschön. Rahel kamen die Tränen. Sie wandte sich ab, weil es so intim war, ihn in seiner Selbstvergessenheit zu betrachten, und trat einen weiteren Schritt zurück, doch dabei stieß sie gegen das Tischchen mit dem Samowar. Ihre Reaktion war gut, der Tisch kippte nicht, als sie zugriff, aber die Teemaschine schepperte.

Sein Spiel erstarb.

Rahel wurde heiß. Jetzt hieß es, die Nerven zu behalten. Leise, Schritt für Schritt, ging sie zurück Richtung Ausgang, als seine Stimme erklang, dunkel und rau: »Rahel Bathlevi.«

Mit angehaltenem Atem verharrte sie. Es kam kein weiteres Wort. Woher wusste er, dass sie es war?

Lukrezius' Stimme war voller Spott. »Taco hat gesagt, dass du ihm hinterhergeschlichen bist. Darum habe ich die Tür nicht verriegelt.«

Observieren: sechs minus. Setzen, Bathlevi.

»Hallo!«, rief sie weit lässiger in den Speicher hinein, als sie sich fühlte, während sie vortrat. Nicht nur ihre Lippen zitterten. »Ich weiß gar nicht, was ich jetzt sagen soll. Ich war einfach neugierig und bin Taco gefolgt, weil ich das Gefühl hatte, er will etwas vor mir verbergen.« Ihr Lächeln geriet schief. »Und damit kann ich schlecht umgehen.«

Er sah zu ihr herunter, sagte kein Wort. Rahel wurde immer unbehaglicher zumute, und es wurde nicht besser, als er endlich sprach.

»Und, bist du erregt?« Die dunkle Stimme troff vor Spott, während er das Cello an einen tragenden Balken lehnte. »Nicht alle kleinen weibischen Menschenherzen schlagen bei Rachmaninow höher. Einige brauchen dazu Profaneres. Ich dachte mir, dass ich dich mit Eddys Song bestimmt kriege.«

Rahels Wangen wurden heiß. »Wie bitte?«

»Jetzt tu nicht so.«

Rahel zuckte zusammen, als er sich abstieß. Es rauschte. Automatisch trat sie zurück, doch er war mit nur zwei Flügelschlägen bei ihr und packte sie um die Taille.

Sie schrie auf, als er sie hochhob, als sei sie leicht wie Papier, und mit ihr in die Höhe flog. Voller Angst klammerte sie sich mit Armen und Beinen an ihn, bis er sie grob auf dem Balken absetzte. Rittlings, nur das schmale Holzstück zwischen den Beinen, die Hände an den Balken gekrallt, hockte sie vor ihm und versuchte, das Gleichgewicht zu halten, während die Übelkeit wieder nach ihr griff. Von hier oben wirkte der Abstand zum Boden noch viel bedrohlicher.

Sie sah zu ihm auf und fauchte: »Bring mich sofort nach unten! Sofort!«

Ein verächtliches Lachen war die Antwort. Dann stützte er sich mit den Händen vor ihren ab und schwang sich ebenfalls breitbeinig auf den Balken. Mit dem Unterschied, dass er seine Hände wieder löste. Die mächtigen Flügel hielten das Gleichgewicht. Aus der Nähe betrachtet waren die Schwingen noch um ein Vielfaches schöner und wundersamer als aus der Entfernung. Abertausende samtig schwarze Federn mussten es sein, die die Flügel bildeten. Einige trugen einen Hauch Gold an den Spitzen und blinkten wie Diamanten, ohne dass ein Lichtschein sie hier oben berührte.

Rahel konnte den Blick kaum davon lösen, doch um Abstand zu ihm zu bekommen, löste sie vorn die Hände und stützte sich hinter dem Rücken damit ab. Was nicht klug war, denn er rückte umgehend nach, mit verächtlichem Lächeln und – Rahel schluckte – diesem Blick.

Verdammt. Warum hatte sie die Hände nicht gelassen, wo sie waren? Jetzt reckten sich ihre Brüste ihm einladend entgegen. Das enge Shirt spannte sich darum, der frei liegende Bauchnabel und ihr heftiges Atmen machten es nicht besser. »Ich möchte sofort runter«, sagte sie mit fester Stimme, obwohl sie sich alles andere als sicher fühlte. »Mir wird hier oben schwindlig. Ich habe Höhenangst.« Ihr Ton wurde schärfer. »Also bring mich wieder nach unten!«

»Du hast keine Angst vor der Höhe.« Seine Stimme klang beiläufig. »Du hast Angst vor dir.«

Rahel wagte ein kurzes Auflachen. »Du magst ein einigermaßen guter Cellist sein, als Menschenkenner bist du eine Niete.«

»Ach ja?« Seine Lippen verzogen sich spöttisch. »Ich denke, dass ich ein so guter Menschenkenner bin, dass dein Versuch, mich zu reizen, indem du mich als *einigermaßen* guten Cellisten bezeichnest, an mir abperlt wie ein Wassertropfen an einer Ente.« Er beugte sich so weit vor, dass sie seinen Atem auf ihrem erhitzten Gesicht spürte. »Ich bin ein genialer Cellist. Übrigens auch ein genialer Pianist.«

Rahel erwiderte nichts. Was sollte sie auch sagen? Diese schwarzen Augen mit den winzigen goldenen Sprenkeln darin lähmten das Denken.

Er sah auf ihre Brust, die sich im Rhythmus ihres heftigen

Atmens hob und senkte. »Ich könnte dich jetzt nehmen«, sagte er gelangweilt und setzte sich wieder gerade hin. »Einfach so.« Dass er es erkannt hatte, war unendlich demütigend. Die Wut auf sich selbst ließ ihre Stimme gefrieren. »Träum weiter.« Er strich mit dem Zeigefinger langsam den rauen Balken entlang, hin zu ihrem Schritt. Nur einen Zentimeter vor der Naht der Jeans verharrte er. »Diese Hitze hier sagt mir etwas ganz anderes.« Sein Blick wanderte von ihrem Unterleib über den Bauchnabel zu ihren Brüsten. Dann sah er ihr in die Augen. »Du möchtest, dass ich dich erlöse. Was ich, das muss ich dir jetzt leider sagen, nicht tun werde.« Er nahm seine Hand zurück.

»Du arrogantes ... Viech!« Unbändige Wut ließ Rahel alle Vorsicht vergessen. Sie löste die Hände vom Balken und schoss vor. »Soll *ich dir* etwas sagen? Ja, du hast recht, ich bin erregt! Maßlos! Und du hättest leichtes Spiel haben können. Aber ich bin dir sogar mehr als dankbar dafür, dass du nicht darauf eingegangen bist, denn *ich*, mein tiefstes inneres Ich, will auch nicht!«

Sie musste Atem holen, um weiterreden zu können. »Ich bin immer schon Sklavin meiner Lust gewesen«, fuhr sie gallig fort. »Ob du mich fickst oder der DHL-Bote, macht für mich keinen Unterschied. Weil mein Herz nicht berührt ist. Wenn du dir also weiterhin etwas darauf einbilden möchtest, dass der überirdische Teil in dir kleine weibische Menschenherzen zum Klopfen bringt, bitte sehr. Das finde *ich* erbärmlich.«

Einen Moment lang herrschte Stille. Sie hatte ihn tatsächlich getroffen. Das verriet der Ausdruck in seinen Augen, und ein Gefühl des Triumphs durchfloss Rahel.

»Nenn mich nie wieder Viech«, stieß er aus, und mit einem Schwung seiner Flügel, der ihr Haar wehen ließ, stellte er sich zurück auf den Balken.

Im selben Moment fiel ihr Blick auf seine nackten Füße. Der rechte Fuß war normal, doch der linke ... Nackter Grusel überfiel sie. Da war keine Haut, sondern gräulich schimmernde Schuppen, und statt Zehen hatte er hässliche hornartige Krallen.

»Ja, ich müsste dringend mal wieder zur Pediküre.«

Der Spott in seiner Stimme holte sie aus der Schockstarre. Sie musste sich zwingen, den Blick von seinem Fuß zu lösen.

»Ich will jetzt runter. Sofort!«

»Kein Problem.«

Rahel erstarrte. Der Schlag seines Flügels war so heftig, dass sie keine Chance hatte, sich zu halten. Schreiend stürzte sie gen Boden. Doch statt des erwarteten Aufpralls auf dem nackten Beton erklang das Reißen von Stoff, ein Peitschen, und dann wurde sie in der Luft von etwas umwickelt, umfangen und schließlich sachte abgelegt.

Rahels Herz raste. Noch behielt die ausgestandene Todesangst die Oberhand über die Erleichterung. Sie wandte den Blick von Lukrezius ab, der weiterhin mit vor der Brust verschränkten Armen auf dem Balkon stand, und sah in das Gesicht ihrer Retterin. »Sol!« Die Anspannung löste sich. Rahel begann zu weinen. »Ich dachte, ich würde sterben.«

»Alles ist gut, Liebes«, sagte Soleria mit sanfter Stimme und dem Sonnenstrahllächeln, sodass Rahels Angst dahinschmolz wie Schnee in der Sahara.

Als Soleria sich ihrem Bruder zuwandte, hatte die Stimme beträchtlich an Wärme verloren. »Was sollte das, Luk? Sie hätte tot sein können!«

»Du warst doch da. Glaubst du, ich hätte es sonst getan?«

»Ich weiß gerade gar nicht, was ich denken soll. Du hingegen weißt sehr genau, wie sehr ich es verabscheue, meinen …«, sie schluckte das Wort hinunter, »… zeigen zu müssen.« Eine Träne löste sich aus Sols wunderschönen Augen und rann wie ein diamantener Tropfen über ihre Wange. »Du hast mich damit verletzt, Luk.«

Und gerade als Rahel bemerkte, dass sie immer noch von dem umschlungen war, was sie in der Luft abgefangen hatte, löste es sich von ihrem Körper. Sie wurde dabei zweimal um ihre eigene Achse gedreht.

Die wirren roten Locken ordnend, richtete Rahel sich auf. Erst jetzt bemerkte sie, dass das lange Kleid der engelsgleichen

Frau am Rücken zerrissen war und ihre Flügel offenbarte. Solerias Federn waren von reinem Weiß, gepaart mit blitzendem Gold und einem kaum wahrnehmbaren Hauch Schwarz an den Spitzen. Doch der groteske Unterschied zu Lukrezius' Schwingen lag nicht in der Farbe, sondern der Größe des Flügelpaars. Es war eine Miniaturausgabe. Ein Schwan mit den Schwingen einer Taube. Dennoch hielt Rahel den Atem an, denn das, was unterhalb der Flügel, direkt über Solerias Steiß, aus ihr herauswuchs, war alles andere als klein. Es war ein mehrere Meter langer, wahnsinnig hässlicher Schwanz, der zum Ende hin immer schmaler wurde. Schwer schleifte das Gebilde mit den gräulichen Schuppen auf dem Boden, als Sol jetzt näher kam.

Rahel bereute umgehend, sich nicht besser im Griff gehabt zu haben, denn ihr Blick hatte Soleria wehgetan. Das war ihr deutlich anzusehen.

»Nun weißt du es«, sagte Soleria. Sie drehte Rahel den Rücken zu und peitschte mit dem dünnen Schwanzende auf den Boden, dass es knallte. Deutlich war zu erkennen, dass von Solerias Rücken mächtige Muskeln in den oberen Teil des Schwanzes hinein verliefen und ihm eine enorme Behändigkeit verliehen.

»Wow«, stieß Rahel aus. »Ich weiß gar nicht, was ich sagen soll. Du hast mir damit das Leben gerettet, Sol.«

Soleria rollte den Schwanz auf, legte ihn an den Rücken und die kleinen Flügel darüber. Ein perfektes Paket, so wie das von Lukrezius, und doch so anders.

Es rauschte. Lukrezius landete neben seiner Schwester und zog sie in die Arme. »Es tut mir leid«, murmelte er und drückte seine Lippen zart auf ihre Stirn. »Ich wollte dich nicht verletzen, Sol. Aber da sie nun mal zu uns gehört ...« Er nickte in Rahels Richtung. »Sie hätte es so oder so irgendwann gesehen.«

»Dennoch entscheide ich gern selbst, wann, wo und wie ich es zeige.« Soleria löste sich aus den Armen ihres Zwillingsbruders. »Das Erbe unserer Eltern, Rahel: Engelsflügel und Dämonenschweif. Das Schicksal hat seinen Spaß an Grausamkeiten.« Sehnsucht lag in ihren Augen, als sie über den mächtigen Flügel ihres Bruders strich.

Rahel brauchte einen Moment, bis sie verstand. »Du meinst, andersherum hättet ihr euch wohler gefühlt?«

»Wohler gefühlt!« Lukrezius' dunkles Auflachen hallte durch den Speicher. Er trat auf Rahel zu. Seine Stimme war düster. »Ich hätte für diesen Schwanz alles gegeben. Alles! Denn er ist eine Waffe.«

Rahel schluckte. Vielleicht war das Schicksal ja nicht grausam, sondern klug? Vielleicht hatte es diese Waffe mit Bedacht an Sol gegeben, weil sie sie sicherlich klüger einsetzte als dieser Wilde vor ihr? Nur war es vermutlich nicht klug, ihm das zu sagen, wenn sie mit ihm arbeiten wollte.

»Ich denke, ich kann eure Gefühle verstehen«, sagte sie und hielt seinen dunklen Blick. »*Du* hättest deinen Vater beerben sollen. Der Schwanz hätte zu dir viel besser gepasst als zu Soleria.« Und das war die Wahrheit.

Seine Lippen waren Verachtung pur, als er ausspie: »Ich *habe* meinen Vater beerbt.« Er spannte seine Flügel aus, flog ans andere Ende des Speichers und verschwand dort hinter einer Tür, die in der Dunkelheit kaum zu erkennen war.

Rahel sah Soleria an. »Ich verstehe nicht …«

Soleria streichelte ihre Wange. »Du verbindest das Teuflische fälschlicherweise mit dem Männlichen, Rahel, aber nicht unser Vater ist der Dämon. Den Schwanz verdanke ich meiner Mutter.«

8

»Bitte sehr, Rahel, dein Handy, dein neuer Ausweis, Visitenkarten und der Schlüssel für die Kneipentür.« Robert Haferkamp schob Rahel die Dinge herüber. Sie saß an dem Schreibtisch, der seinem gegenüberstand, und drehte seit einigen Minuten buchstäblich Däumchen, da Robert sie bis zu dem Moment, in dem er seine Schreibtischschublade öffnete und die Sachen herausnahm, ignoriert hatte.

Immerhin hatte er es angekündigt, als er sie an der Eingangstür in Empfang genommen hatte: »Bitte sprich mich nicht an, Rahel, ich muss einen Gedanken halten.« Dann war er vor ihr in den Kellerraum geeilt, hatte sich an seinen PC gesetzt und in die Tasten gehauen. Natürlich hatte sie sich an die Weisung gehalten, ihn nicht zu stören.

Sie betrachtete den neuen Ausweis. Bundeskriminalamt ... es fühlte sich noch so unwirklich an. Dann öffnete sie die kleine Pappschachtel mit den Visitenkärtchen. Es gab keine E-Mail-Adresse und keine Postadresse darauf, nur ihren Namen und eine Handynummer, die wohl zu ihrem neuen Smartphone gehörte.

»Es ist abhörsicher«, erklang Roberts Stimme, als sie nach dem Handy griff. »Meine und die Nummern der anderen sind bereits eingespeichert. Und«, der letzte Satz folgte im Oberlehrerton, »es ist nicht für private Zwecke gedacht.« Dann wandte er sich wieder seinen Monitoren zu und nippte ab und zu an seinem Teebecher, aus dem es nach Fenchel duftete.

Anscheinend liebte er Tee, denn auf seinem Schreibtisch stand eine hölzerne Schachtel mit Glasdeckel, von deren zwölf Fächern sieben mit Teebeuteln verschiedener Sorten befüllt waren.

Rahel fühlte sich mehr als überflüssig. »Bekomme ich eine Einweisung? Von irgendjemandem? Oder sitze ich hier nur rum?«

Er sah auf. »Natürlich bekommst du eine Einweisung. Aber doch nicht von mir. Juan wird gleich hier sein.« Seine Finger hackten auf der Tastatur herum, als seien die Tasten aus Beton, während er ein »Vermutlich« hinterhersetzte.

Na toll. Dieser Laden war anscheinend noch schlimmer als der alte. »Macht hier jeder, was er will?«, hakte sie nach. »Oder gibt es einen Chef?«

Robert hielt inne. »Du brauchst Strukturen?«

»Allerdings.« Das erste Lächeln des Morgens erschien auf seinen dünnen Lippen. »Das gefällt mir. Dann bin ich nicht mehr so einsam. Aber um deine Frage zu beantworten: Es gibt keinen Chef. Wir sind alle Chefs.«

Große Güte. Rahel starrte ihn an. Das konnte ja heiter werden.

»*Buenos días*, Freunde der Sonne«, erklang in diesem Moment Tacos launige Stimme von der Tür her. Kaffeeduft entströmte dem Mehrwegbecher, den er auf dem Schreibtisch abstellte, an dem Rahel saß. Er selbst stank nach Tabakqualm.

Rahel stand auf. »Entschuldigung, ich wusste nicht, wo ich mich hinsetzen sollte.«

Der Mexikaner legte seine Pranke auf ihre Schulter und drückte sie auf den Stuhl zurück. »Entspann dich, Baby, hier gibt's keine festen Sitzplätze.«

Als Robert Haferkamp, ohne aufzublicken, »Korrigiere dich bitte, Juan« sagte, setzte Taco mit Fingerzeig auf ihn hinzu: »Bis auf seinen Platz. Wenn du dich da hinsetzt, Babe, bringt unser Phobien-King dich höchstpersönlich um die Ecke.«

Robert nickte bestätigend, während Taco seine verschlissene lederne Umhängetasche abnahm und öffnete. Er holte eine Papiertüte heraus und zog ein Schokocroissant hervor.

»Was liegt heute an?«, fragte Rahel. »Was habe ich zu tun?«

Taco biss ab und musterte sie. »Erst mal entspannst du dich. Dann werden wir uns mit dem aktuellen Fall befassen.« Er deutete mit dem Croissant auf die Korkwand, wo die Zeitungsartikel über die beiden Jugendlichen, die Suizid begangen hatten, befestigt waren.

»War es kein Selbstmord?«, fragte Rahel aufgeregt. Sie musste sich zusammenreißen, nicht auf die Krümel zu starren, die in Tacos grauschwarzem Walrossbart hingen.

»Doch, doch.« Taco biss erneut ab und spülte direkt mit Kaffee hinterher. »Aber wir vermuten, dass ein Dämon sie dazu getrieben hat.«

»Kollektivselbstmorde sind ein bekanntes Phänomen«, meinte Rahel, als Taco schwieg, weil er sich den Rest Plunderteig in den Mund stopfte. »Massenselbstmord von Sektenmitgliedern zum Beispiel. Da sind Dämonen am Werk? Ich bin immer von irren Sektengurus ausgegangen.«

»Meistens zu Recht, Babe. Aber in unserem jetzigen Fall vermuten wir, dass wir es bei beiden Toten mit ein und demselben Dämon zu tun haben. Wir hatten vor ein paar Jahren mehrere Fälle, bei denen eine Höllenmissgeburt sich per Chat mit jeweils einem Mädchen oder Jungen zu einem gemeinsamen Suizid verabredet hat. Wir haben das Viech damals eliminiert, aber die Zeichen mehren sich, dass erneut ein Dämon mit dieser Masche am Werk ist.«

»Welche Zeichen?«

»Es ist pervers: Der Dämon, in diesem Fall vermutlich im Körper eines Jugendlichen, treibt sich in entsprechenden Chats rum, in denen labile Jugendliche ihr kostbares Leben feilbieten und bereit sind, es zu verschleudern wie Obst, das vorm Verrotten ist.«

Rahel sah, dass dem Mexikaner Tränen in die Augen getreten waren. Hinter dieser rauen Schale steckte ein unerwarteter Kern.

Er blickte auf die Korkwand. »Diese kostbaren jungen Leben … Es macht mich so wahnsinnig traurig, dass Kinder in ihrem Menschsein schon so verzweifelt sind.«

»Aber warum denkt ihr, dass es bei Jenny und Omar ein Dämon war, der sie dazu getrieben hat?«

»Weil, wie bei den Fällen damals, die Handys der beiden

verschwunden sind. Es läuft so ab, Babe: Der Dämon in Gestalt eines Mädchens oder eines Jungen macht sich online an die Opfer heran. Er schafft es, sie zu dem gemeinsamen Suizid zu überreden. Er erscheint dann auch am Treffpunkt und trinkt denselben Medikamentencocktail wie das Opfer. Mit dem Unterschied, dass sie dem Dämon nicht schaden. Er sackt das Handy seines Opfers ein und geht seiner höllischen Wege.«

»Omars und Jennys Leichen wurden beide im Hafen gefunden«, warf Rahel ein.

Taco nickte. »Sie schlucken das Zeug vermutlich irgendwo in Wassernähe. Wir gehen davon aus, dass der Dämon sie ins Wasser zerrt, wenn sie bewusstlos sind. Das verschafft ihm Zeit, und Spuren werden verwischt, denn meistens tauchen die Leichen erst nach Tagen wieder auf.«

»Das ist so perfide.«

Der Mexikaner seufzte und deutete auf die Fotografie des schwarzhaarigen Jungen. »Bei Omar kommen wir nicht weiter. Da haben wir alles abgecheckt. Verbindungen zu Jenny haben wir nicht nachweisen können. Wir werden uns jetzt weiter auf Jennys Umfeld konzentrieren.«

Rahels Erschütterung verstärkte sich in dem Moment um ein Vielfaches. Kälte flutete den Raum, als sich die Tür öffnete und Lukrezius eintrat.

»Was willst du denn hier?« Robert Haferkamp klang streng. »Am helllichten Tag?«

Auch Taco sah erstaunt aus, sagte aber nichts.

»Ich will mich davon überzeugen, dass hier alles läuft. Ist sie einsatzbereit?« Lukrezius' Blick taxierte Rahel.

»Ist *sie*.« Rahels Brust hob und senkte sich heftig. Sie verspürte Unwohlsein, aber glücklicherweise keine Übelkeit mehr, während sie seinen Blick hielt, der düster war. Und unheimlich. Und auf unerklärliche Weise so anziehend.

»Wir haben gerade unser Vorgehen im Fall Jenny geplant«, übertrieb Taco. »Sobald Jara hier ist, kann sie mit Rahel die Ermittlungen bei Jennys besten Freundinnen aufnehmen.«

Rahel konnte ihren Blick nicht von Lukrezius abwenden. Er trug wieder den Ledermantel mit Rucksack über schwarzer Jeans, schwarzem Shirt und Stiefeln. Sie hatte seine nackte Brust und die schwarzen Schwingen vor Augen. Dachte er auch an gestern Abend? Doch während ihre Hormone fatalerweise wieder die Kontrolle über ihren Körper übernahmen, schien er keinen Gedanken an das Treffen im Teppichlager zu verschwenden.

»Übernimm du die Ermittlungen bei Jenny«, wandte Lukrezius sich an den Mexikaner. »Ich möchte, dass Jara den Pastor unterstützt. Die beiden werden am ehesten etwas aus den verstockten Chinesen rauskriegen, die Minh kannten.« Er holte tief Luft. »Ich will diese verdammte Peitsche.«

»Was ist mit der Suche nach Maria?«, fragte Taco.

»Das muss für den Moment ruhen.«

Maria? Wer war Maria? Rahel bemerkte den Blick, den Taco und Robert sich nach Lukrezius' Antwort zuwarfen, doch der Dämonengel schien es nicht zu bemerken. Er sagte: »Ich muss erst wissen, *was* Minh an *wen* verschenkt hat.«

Unwohlsein überfiel Rahel nun doch mit Macht, geschuldet allerdings nicht dem düsteren atemraubenden Wesen vor ihr, sondern ihrem eigenen schlechten Gewissen. Einer für alle, alle für einen, das hatte die alte Beth gesagt. Doch gegen diesen Leitsatz sprach Mr. Minhs Weisung, die Peitsche unter keinen Umständen an Luk und Sol zu geben.

Was sollte sie nur tun?

Sie brauchte erst einmal mehr Informationen. »Was hat es denn nun mit dieser Peitsche auf sich?«, fragte sie. »Jetzt kann ich es doch erfahren. Ich bin eine von euch.« Sie sah keinem der Männer direkt in die Augen, weil das schlechte Gewissen sie im Bauch mit tausend Nadeln traktierte.

Lukrezius musterte sie einen Moment, dann ging er zu dem Tresen und setzte sich auf einen der Barhocker. Er öffnete den schwarzen Ledermantel und wirkte lässig, wie er dasaß, einen Fuß auf dem Boden, den anderen auf der Fußablage des Hockers. Dennoch spürte Rahel seine Anspannung, als er sagte:

»Die Peitsche wurde vor mehr als zweitausend Jahren aus der Schwanzsehne eines Urdämons gefertigt. Ein einziger Hieb mit dieser Peitsche kann einen Dämon in einem Menschenkörper enttarnen.«

Rahel starrte ihn an. »Wow!« Mehr wollte ihrem überreizten Hirn nicht einfallen. Sie war zu sehr damit beschäftigt, den Gedanken zu bändigen, dass in ihrem Keller der Schwanzteil eines Urdämons lagerte. Das war mehr als beunruhigend, zumal ihr die Info fehlte, was ein Urdämon war. »Wie genau entlarvt die Peitsche die Tarnung? Wie offenbart es sich?«, hakte sie nach.

Taco lieferte ihr die Antwort. »Dämonenblut stinkt wie der Teufel. Du hast es doch bei dem Ilona-Lamprecht-Dämon am eigenen Leib erfahren, als ihr Körper verbrannte.«

Mit Grauen dachte Rahel an den pestilenzartigen Gestank zurück, der sie fast zum Erbrechen gebracht hatte. Doch die Übelkeit, die jetzt in ihr aufstieg, hatte einen anderen Ursprung. Er lag in der Vergangenheit. Ihr Herzschlag nahm Fahrt auf.

»Mit dem Hieb einer normalen Peitsche würde man einem Dämon eine normale Verletzung zufügen«, fuhr Taco fort. »Er würde auch bluten, schließlich steckt er in einem menschlichen Körper, aber du würdest nichts riechen. Doch Minhs Peitsche dringt tiefer ein. Quasi in das Böse selbst. Wessen Blut nach einem Hieb mit Minhs Peitsche zum Himmel stinkt, ist ein Drecksdämon.«

Rahel wurde schwummrig, ihr Atem flacher. Die Übelkeit kam mit solcher Wucht, dass sie aufsprang und in den Toilettenraum stürzte. Sie erbrach sich ins WC, nicht fähig zu verarbeiten, was sie eben gehört hatte.

Der eklige Geruch damals … in Mr. Minhs Laden … als er sie mit seiner Peitsche verletzt hatte. Das konnte doch nicht sein! Das war unmöglich!

Rahel stand auf, spülte den Mund aus und warf sich Wasser ins Gesicht. Dafür musste es eine rationale Erklärung geben. Natürlich. Mr. Minh war ein Dämonenjäger gewesen. Er hatte wahrscheinlich kurz vorher mit seiner Peitsche einen Dämon enttarnt, und der Gestank des Dämonenblutes hatte der Peitsche noch angehaftet.

Ein Klopfen an der Tür riss sie aus den Gedanken. »Alles klar bei dir, Babe?«

»Ja, ja«, rief sie hastig, nahm eines der Papierhandtücher und fuhr sich über das feuchte Gesicht. Nach mehrmaligem Durchatmen öffnete sie die Tür und trat wieder ins Büro zurück.

»Du und Rahel«, wandte Taco sich an Lukrezius, der nach wie vor auf dem Barhocker saß, »ihr müsst euch einfach öfter begegnen. Je eher sie sich an deine Aura gewöhnt, desto schneller wird ihre Übelkeit verschwinden.«

Rahel erwiderte nichts. Sie war einfach nur dankbar, dass die anderen glaubten, ihr Erbrechen würde mit Lukrezius' Aura zusammenhängen.

»Aber bitte nicht hier und am Tage«, sagte Robert streng. »Am besten, ihr trefft euch im Teppichlager.«

Lukrezius stand auf und trat langsam auf Rahel zu. Sein Blick umfing sie. »So machen wir es«, ertönte seine düstere Stimme. »Genau so.«

Rahel überlief es kalt. Es hatte wie eine Drohung geklungen und gleichzeitig wie ein Versprechen. Seine Augen verrieten, dass er ihr Erschauern genoss.

»Luk!«, erklang in diesem Moment Solerias Stimme an der Tür. »Hier bist du.«

Alle Köpfe ruckten herum, denn sie klang angespannt.

»Warum gehst du nicht an dein Handy? Jakob hat mich angerufen, weil er dich nicht erreicht. Beth geht es sehr schlecht.«

»Beth!« Lukrezius stürmte an Soleria vorbei und war weg.

Obwohl das Beklemmende mit ihm den Raum verließ, trat Rahel einen Schritt näher an Soleria heran und atmete tief durch. Nicht nur Luft, sondern auch Wärme und Sonnenschein fluteten ihre Brust, machten sie wieder weit. Doch dann stockte Rahel abermals der Atem. Unter Solerias Turban lugte eine kleine Haarsträhne hervor. Und diese schimmernde Strähne war die Antwort darauf, warum die Engeldämonin ständig den Turban trug. »Dein Haar!« Rahel konnte den Blick nicht abwenden. »Wunderschön. Das Gold ... wie Licht.«

»Oh.« Soleria fuhr mit den Fingern hektisch über den unteren Rand des Turbans. »Immer löst sich irgendwo eine Strähne.«

Rahels Hand machte sich selbstständig und legte sich auf Solerias. »Darf ich es sehen?«, fragte sie mit klopfendem Herzen. »Ganz?«

Als Soleria mit einem tiefen Seufzer in der Bewegung verharrte, zog Rahel ihre Hand schnell wieder zurück. »Entschuldige, ich wollte nicht ... Es ist einfach ...«

»Sie ist dir nicht böse«, kam es von Taco. »Goldlöckchen hat nur keinen Bock, ihr Engelshaar danach wieder in den Turban zu zwingen.«

Soleria lachte glockenhell auf. »Juan hat recht.« Sie begann den Turban zu lösen. »Es ist viel Arbeit, das Haar wieder zu verstecken, aber ich verstehe deinen Wunsch natürlich, und er soll dir erfüllt sein.«

Rahel hätte gern etwas gesagt. Das »Oh Gott« lag ihr auf der Zunge, aber sie war sprachlos, als der Turban fiel und Solerias Haar sich schimmernd und glänzend über deren Schultern ergoss.

»Im Dunkeln haut es einen richtig aus den Huaraches«, sagte Taco, ging zum Lichtschalter und drückte ihn.

Rahel konnte immer noch kein Wort sagen. Die glänzenden Wellen strahlten überirdisch schön, eine Lichtquelle im dunklen Keller. Und aus dieser Quelle, diesem Licht, strömte ...

»Hoffnung«, konnte Rahel endlich in Worte fassen, was sie in diesem Moment empfand. Ihr Finger hob sich automatisch. »Da schimmert Hoffnung.«

»Hoffnung, Liebe, Vertrauen ... Du siehst im Licht der Engel, was du brauchst, Rahel.« Soleria streichelte mit der Hand, an der sie keinen Handschuh trug, über Rahels Wange.

Taco schaltete das Licht wieder an, und der kalte Schein

der Neonröhren absorbierte einen Teil des Wundersamen, das Solerias Haar entströmte. So wie in Lukrezius' Haar ein kleiner Anteil Gold strahlte, dämmten ein paar schwarze Spitzen den puren Glanz in Solerias Locken.

Während Soleria die Pracht wieder bändigte und unter dem Turban verschwinden ließ, sagte Taco: »Dann satteln wir mal die Hühner, Babe. Allerdings muss ich mich vorher umziehen, damit man mir den BKA-Mann auch abkauft.«

»Das könnte nicht schaden«, meinte Rahel. Er trug wieder ausgeblichene Jeans, an deren zu langen Hosenbeinen die Naht hinten ausgefranst und verdreckt war. Seine nackten dunkel behaarten Füße steckten in Flipflops, und mit dem braunen Nadelstreifentrikot des FC St. Pauli machte er Werbung für Congstar.

»Hier wohne ich«, sagte Taco, als sie nicht weit von der Kneipe entfernt vor einem Haus in der Clemens-Schultz-Straße standen. Sein Blick fiel auf einen Baum, der von einer hölzernen Fassung umrahmt vor dem Haus stand. »Und *das*, das macht mich echt krank.«

Rahel war klar, dass er den Müll meinte, der dort verteilt lag. Leere Sektflaschen, Plastikgabeln, Kaffeebecher, leere Ayranbecher, Plastiktüten … Im selben Moment griff er nach einer Pappe, die, wie der Aufdruck verriet, Holsten-Bierdosen beherbergt hatte, lud den Müll darauf und entsorgte alles in den häuslichen Containern.

Rahel wollte unten warten, doch er bestand darauf, dass sie mit hochkam. Es war eine Zwei-Zimmer-Wohnung, und als sie das Wohnzimmer betraten, bereute sie, seiner Einladung gefolgt zu sein, denn der Mief von altem Zigarettenqualm strömte hier aus allen Ritzen.

Taco ging zu einem Plattenspieler, der neben einem riesigen Flachbildfernseher stand, und stellte ihn an. »Carlos kann dir Gesellschaft leisten, während ich mich umziehe.« Sachte ließ er den Plattenspielerarm auf das Vinyl sinken.

Rahel versuchte, den Geruch auszublenden. Es erklang

afrikanisch angehauchte Rockmusik, und sie blickte sich neugierig um. Seine Abneigung gegen herumliegenden Müll schien nicht für seine eigene Wohnung zu gelten. Saustall wäre die Bezeichnung gewesen, die Bettina für diesen Raum gewählt hätte. Rahel selbst war gnädiger, obwohl sie mit Unordnung durchaus ihre Probleme hatte. Aber diese Wohnung spiegelte Taco einfach wider, sie war ... persönlich.

Anscheinend war der Mexikaner praktizierender Katholik. In einer Schale auf einer Kommode lag ein abgenutzter Rosenkranz, neben einem Porträt von Frida Kahlo hing ein riesiges Jesus-Kreuz an der Wand. Zwei tote Fliegen, die auf einem bis auf den letzten Krümel leer gefutterten Pizzakarton lagen, waren vermutlich am Vorabend im Tabakqualm ums Leben gekommen, denn erschlagen sahen sie nicht aus.

Taco schien ein Familienmensch zu sein, obwohl er selbst vermutlich Single war – nichts in dieser Wohnung deutete auf eine Frau hin. Dafür gab es haufenweise Fotos in verschiedenen Rahmen. Taco mit alten Landsleuten auf einem staubigen Hof, Taco mit jungen Landsleuten am palmenbewachsenen Strand, Taco mit alten und jungen Mexikanern und Eseln und Hunden.

»Das Familienfoto wurde im vergangenen Jahr aufgenommen«, erklang seine Stimme neben ihr. »Das sind meine Großeltern mütterlicher- und väterlicherseits, meine Nichten und Neffen, meine drei Brüder mit ihren Frauen. Ich habe auch noch eine Schwester, aber die war krank.«

»Ich beneide dich um deine Großfamilie«, sagte Rahel, nachdem sie die Fotografie noch einmal studiert hatte. »Ihr seid miteinander so glücklich, das sieht man.«

»Ja, ich liebe meine Familie. Und ich liebe diesen Esel.« Er deutete auf den kleineren der beiden Grauen, der einen Strohhut trug, aus dem die Eselsohren herausragten. »Diego ist so stur, dass er meine Großeltern zur Weißglut treibt, aber ich nenne es Charakter.«

Rahel blieb eine Antwort schuldig, weil sie sich erst jetzt zu Taco umgewandt hatte. »Alter!«, entschlüpfte es ihr. »Das ist mal eine krasse Veränderung.« Sie trat einen Schritt zurück, um ihn zu mustern.

Er hatte die grauschwarzen Locken am Hinterkopf zu einem kurzen Pferdeschwanz gebändigt und Jeans und Shirt gegen eine dunkle Hose und ein weißes Hemd getauscht. Dazu trug er weiche braune Lederschuhe, die handgefertigt aussahen. Von dem ebenfalls braunen Ledergürtel war nicht viel zu sehen, weil der Bauch darüberhing.

»Bin froh, wenn ich aus dem Zeug wieder raus bin«, sagte er nur und steckte sich eine Zigarette zwischen die Lippen. »Und nun los.« Er sah auf die Uhr. »Wir werden versuchen, die beiden besten Freundinnen von Jenny in der Schule zu erwischen. Zu Hause wurden sie schon von den Kollegen der Kripo besucht. Wir wollen nicht mehr Staub als nötig aufwirbeln.«

»Wo müssen wir hin?«, fragte Rahel, als sie neben Taco in seinem Passat saß und das Fenster herunterkurbelte, um nicht wie die Fliegen zu enden.

»Zum Marion-Dönhoff-Gymnasium. Esra Atoy und Line Hathor gehen da in die neunte Klasse.«

***

Alles war scheiße. Das ganze Leben. Line wischte mit dem Handrücken die Tränen von ihren Wangen. Jenny war tot. Weg. Einfach weg. Für immer.

Sie stand vom Schreibtisch auf und griff sich das Taschentuchpäckchen vom Nachttisch. Sie zog eines heraus und stellte sich ans Fenster. Wenigstens dieser vertraute Anblick war geblieben. Die Schafe knusperten auf der Wiese gegenüber Gras, der riesige Strommast unterbrach die vielen dunklen Kabel, die wie Notenlinien aussahen. Als sie kleiner war, hatte sie sich immer vorgestellt, dass ein Riese Noten hineinhängte.

Sie sah in den Himmel darüber. »Bist du da oben, Jenny?«, flüsterte sie dem Blau zu, das zwischen großen grauweißen Wolkenbergen hervorblitzte. »Ich wünsche dir, dass du bei den Engeln bist.« Sie weinte erneut auf. Dass Jenny depressiv gewesen war, hatte man ihr nicht angemerkt. Nur ein Mal hatte sie Line gefragt: »Wie erträgst du das Leben bloß nach diesem schrecklichen Unfall? Ich kann das normale Leben kaum aushalten.«

Tatsächlich war sie selbst zu diesem Zeitpunkt tapfer gewesen. Sie hatte sich doch um Emma kümmern müssen. Oma und Opa hatten zwar ihr Bestes gegeben, aber sie hatte die beiden unterstützt, wo es nur ging. Und die Angst, ob Mama und Papa und Bent überleben würden, hatte sie innerlich aufgefressen.

Papa war zuerst aus dem Klinikum und der Reha zurück nach Hause gekommen, acht Wochen nach dem Unfall. Er hatte sie und Emma bei Oma und Opa abgeholt und endlich mit nach Hause genommen, aber seitdem fühlte es sich einfach nicht mehr wie ihr Zuhause an.

Papa war anders als vorher. Verkrampft war er und so ruhig. Einfach … anders. »Er hat viel mitgemacht«, hatte Oma gesagt. Er wäre schließlich selbst fast gestorben, dann die Sorgen um die schwer verletzte Mama und um Bent, dessen Leben am seidenen Faden gehangen hatte.

Line schnäuzte sich ins Taschentuch, dann ging sie zu dem Holzkäfig, der neben der Kommode stand, und öffnete die Gittertür. »Komm, Pongo, komm«, lockte sie das schwarz-weiße Meerschweinchen mit den Dalmatinerpunkten, das gerade über eine kleine Rampe auf das Dach seines Häuschens wieselte. Sie nahm es heraus und legte ihre Wange an das weiche Fell. Das tat so gut.

Mama war zwei Wochen nach Papa nach Hause gekommen. Im Rollstuhl, weil ihre Beine bei dem Unfall eingequetscht worden waren. Im Rollstuhl saß sie immer noch, denn sie konnte sich kaum aufrecht halten. Ob sie jemals wieder richtig laufen würde? Hoffentlich, denn Mama hatte sich auch verändert.

Line überlegte. Mama wirkte immer so, als würde sie auf etwas warten. Sie war nervös und schreckhaft. Ein Trauma, hatte der Psychiater gesagt. Die Familie müsse Geduld mit ihr haben. Alles würde wieder gut werden. Körperlich aber wohl eher nicht, glaubte Line, denn warum sonst war der Treppenlift eingebaut worden, mit dem Emma so gern hoch- und runterfuhr?

Line setzte sich mit dem Meerschweinchen auf das Bett und ließ es auf der Decke herumlaufen. Selbst als Bent endlich nach Hause kam, war es mit Mama nicht bergauf gegangen. Und Bent … bei ihm war die Veränderung am auffälligsten. Er war so merkwürdig anders. Unheimlich.

Sie rieb sich über die Arme, um das Frösteln zu vertreiben. Vor dem Unfall hatte sie sich mit Bent auch andauernd gefetzt, einfach weil er ein Arschloch-Bruder war. Aber jetzt … Er sah sie immer so merkwürdig an. Auf eine Art, auf die Brüder ihre Schwester nicht ansehen sollten.

»Ich versuch's mal mit einer heißen Dusche, Pongo. Vielleicht geht's mir dann besser, und wir können endlich mal wieder ein Video für unsere Follower drehen. Für *deine* Follower«, korrigierte sie sich und küsste das seidige Fell.

Die Clips mit Pongo hatte sie am Anfang nur für sich selbst aufgenommen. Doch ihre Freundinnen waren ausgerastet und hatten gequietscht, als sie ihnen die kleinen Filmchen vorgespielt hatte. »Die musst du bei Insta und Twitter posten«, hatte Esra begeistert gesagt. »Bau tolle Werbesachen ein. Als Influencerin kannst du steinreich werden.«

Sie hatte sich tatsächlich breitschlagen lassen, allerdings ohne Produkte zu bewerben. Das hatten ihr die Eltern verboten. Aber Pongo hatte trotzdem schon mehr als fünftausend Follower. Die meisten Klicks hatten die Filmchen, in denen er verkleidet war. Sie stand auf, nahm den Schuhkarton mit Pongos Sachen aus der Ikea-Kommode und breitete sie auf dem Bett aus. Das Meerschweinchen tappte darüber hinweg, schnupperte mal hier, mal da und hinterließ ein paar Kötel auf der Minikochmütze, die Oma genäht hatte.

»Scheißerchen«, sagte Line, sammelte die Kötel ein und warf sie zu den anderen in den Käfig. Dann nahm sie das kleine

HSV-Trikot in die Hand. Zu drollig sah Pongo darin aus. Oder die kleine Cowboyweste oder das Clownskostüm … Oma war einfach eine krass geniale Näherin.

Jedoch stopfte Line mit einem Seufzer alles in den Karton zurück. Ihr fehlte jeglicher Antrieb, Pongo zu verkleiden und zu filmen. Sie sperrte das Meerschweinchen wieder in den Käfig und trat auf den Flur. Von unten war der Fernseher zu hören, aus Emmas Zimmer töröte Benjamin Blümchen aus der Toniebox. Line ging ins Bad und schloss sich ein.

Sie fühlte sich tatsächlich ein wenig besser, als sie den beschlagenen Spiegel mit dem Föhn freipustete. Das heiße Wasser hatte gutgetan. Als ihr langes blondes Haar trocken war, blickte sie, in das Badehandtuch gewickelt, auf den Kleiderhaufen vor der Dusche. Sie packte das Zeug, schloss die Badtür auf und linste über den Flur. Alle Türen waren zu. Aus Emmas Zimmer erklang jetzt die Stimme von Bibi Blocksberg.

Line huschte zurück in ihr Zimmer und warf die Kleidung aufs Bett. Als sie ihre Tür abschließen wollte, griffen ihre Finger allerdings ins Leere. Sie starrte auf den Türgriff. Der Schlüssel darunter fehlte. War er rausgefallen? Sie blickte auf den Boden, im nächsten Moment wurde die Tür aufgestoßen.

»Suchst du den hier, Schwesterchen?« Bent hielt den Schlüssel zwischen Daumen und Zeigefinger.

Line wurde heiß und kalt zugleich, weil er dorthin starrte, wo sie über der Brust krampfhaft mit den Händen das Handtuch zusammenhielt. »Was soll der Scheiß? Gib mir sofort den Schlüssel!«, fauchte sie ihn an.

Er warf ihn ihr unerwartet zu, und automatisch streckte sie die rechte Hand danach aus. Im selben Moment machte er einen Satz nach vorn und riss ihr das Handtuch herunter.

Line war starr vor Schreck. Dann schrie sie auf und bückte sich nach dem Handtuch, aber er stellte einen Fuß darauf. Schreiend stürzte Line zum Bett und schlüpfte unter die Decke, während hastige Fußtritte auf der Treppe zu hören waren.

»Was ist hier los?« Steffen Hathors Blick glitt über die aufgelöst weinende Line, dann wandte er sich abrupt seinem Sohn zu. »Was los ist, frage ich.«

»Er hat mir das Handtuch weggerissen«, schrie Line aufgelöst.

»Sie dreht voll durch, dabei ärgere ich sie nur.« Bent bückte sich nach dem Handtuch und warf es Line zu. »Wir sehen uns, Schwester.« Dann ging er mit langsamen Schritten hinaus, ohne Steffen noch einen Blick zu gönnen.

Line sah zitternd zu ihrem Vater. Seine Augenbrauen waren zusammengezogen, während er Bent hinterhersah.

»Irgendwas stimmt nicht mit ihm«, wimmerte Line, die Decke bis ans Kinn gezogen. »Merkst du das denn nicht? Merkt ihr denn alle nicht, wie anders er nach dem Unfall geworden ist?«

Ihr Vater sah sie an. »Du findest also, er ist anders seitdem?«

»Ja«, weinte sie auf.

»Interessant.« Steffen Hathor sah noch einmal zur Tür, so, als könne er Bent dort noch finden. Dann trat er ans Bett. Mit seiner Hand strich er Line über das Haar. »Und eigenartig. Ich finde, *du* bist anders geworden nach dem Unfall. Und dabei bist du die Einzige von uns vieren, die kaum etwas abbekommen hat.«

***

»Hoffentlich ist das Gespräch mit Line Hathor ergiebiger«, sagte Taco und steckte sich eine Zigarette zwischen die Lippen, als sie aus dem Schulgebäude traten.

Als er ein Feuerzeug aus der Hosentasche fummelte, stehen blieb und die Flamme an die Zigarette hielt, drückte Rahel seinen Arm runter. »Du darfst hier nicht rauchen. Das ist ein Schulhof.«

»*Dios!*« Grimmig sah er sie an. »Du bist ja schlimmer als Ronerd.« Missmutig stapfte er neben ihr her.

»Esra war wirklich keine Hilfe«, sagte sie, um ihn abzulenken. Die junge Türkin hatte während des Gesprächs fast ununterbrochen geweint und mit wenigen Ausnahmen jede von Tacos Fragen mit »Ich weiß nicht« beantwortet. Sie selbst hatte sich bei der Befragung zurückgehalten, um Tacos Technik kennenzulernen.

Jennys Suizid war für das türkische Mädchen unerwartet gekommen, so viel stand fest. Veränderungen hatte sie an Jenny nicht wahrgenommen, und von neuen Bekanntschaften im wahren Leben oder in den sozialen Medien wusste Esra nichts.

Sie waren kaum einen Schritt vom Schulgelände, als Rahel auch schon eingenebelt wurde. »Was für ein Kraut rauchst du da eigentlich?«, fragte sie, mit der Hand wedelnd.

»Abuelo Mixtura.«

»Nie gehört.«

Er griente. »Mein *abuelo*, mein Großvater, baut Tabak an.«

»Ah, Marke Eigenbau. So stinkt's auch.«

Beim Auto angekommen, dauerte es, bis Taco den Motor startete, denn er brauchte Zeit, die Adresse der Hathors, die er als Notiz im Handy gespeichert hatte, wiederzufinden.

»*Digital immigrant*, was?«, ulkte Rahel.

»Wer braucht schon so 'n Scheißinternet«, spie Taco aus. »Ich werde mir wieder ein Notizheft anschaffen, ob's unserm PC-Hengst passt oder nicht.« Seine Stimme wurde eine Oktave höher: »Juan, du darfst so nicht arbeiten. Juan, was, wenn du das Heft verlierst?«

»Er hat nicht unrecht«, sprang Rahel dem abwesenden Robert bei. »Geheime Informationen könnten so an unbefugte Dritte gelangen und –«

»Halt den Ball flach, Babe«, unterbrach er sie einfach. »Bei meiner Schrift kann das nicht passieren. Ärzte sind gegen meine Klaue Schönschreiber.«

Rahel holte ihr Handy raus. »Sag mir die Adresse bitte trotzdem. Ich möchte sie abspeichern.«

»Ihr jungen Leute seid eben mit dem digitalen Kram groß geworden«, sagte Taco und nannte Rahel die Adresse.

»Sorry, aber du bist doch gerade mal vierzig. Du bist auch

damit groß geworden und könntest dich zumindest mit den Basics auseinandersetzen.«

»Da du ja so schlau bist, *niña*, darfst *du* gleich Line Hathor befragen.«

»Sehr gern. Ich bin gespannt, warum sie sich in der Schule krankgemeldet hat.«

Das Haus der Hathors lag in einer ruhigen Wohngegend im Stadtteil Sülldorf. Ein VW Touran stand auf der Auffahrt. Sonst deutete nichts darauf hin, dass jemand zu Hause war. Neben der Klingel hing ein anscheinend selbst gebasteltes Türschild, das aus sechs Treibholzstücken bestand. Auf dem oberen prangte der Familienname, auf den fünf darunterhängenden Hölzern standen die Vornamen Steffen, Christine, Bent, Line und Emma.

»Guten Tag«, sagte Rahel mit freundlichem Lächeln, als ein Mann Anfang vierzig die Tür aufzog, nachdem Taco – sein Nikotinspiegel war anscheinend noch nicht auf Höhe – gleich dreifach geklingelt hatte. »Sie sind Herr Hathor, der Vater von Line?«

»Ja, ich bin Steffen Hathor.« Er sah von ihr zu Taco.

Sie zückten beide die Ausweise. »Wir sind vom BKA«, sagte Rahel, »und würden Line gern ein paar Fragen zu ihrer verstorbenen Mitschülerin Jenny stellen.«

»Noch mal? Und wieso BKA?« Steffen Hathors Augenbrauen zogen sich zusammen. »Ihre Kollegen von der Kripo waren doch schon hier. Line hat alles gesagt. Sie können jetzt nicht noch mal alles aufwühlen. Sie ist schon fix und fertig, ihre Nerven liegen blank. Darum war sie heute auch nicht in der Schule.«

»Das ist uns bekannt, von dort kommen wir gerade«, antwortete Rahel. »Es tut uns auch sehr leid, Line erneut befragen zu müssen, aber die Umstände um Jennys Tod erfordern es.«

Nach einem Moment trat Steffen Hathor zur Seite. »Kommen Sie rein. Ich hole meine Tochter.« Er führte sie ins Wohnzimmer und deutete zu einer Frau, die im Rollstuhl an der

Terrassentür saß. »Meine Frau Christine. Christine, das ist die Polizei. Line muss noch einmal befragt werden.« Dann ging er die Treppe hinauf.

»Guten Tag«, wandte Rahel sich an Christine Hathor. »Sie sind Lines Mutter?«

Die blasse Frau nickte, dann fragte sie leise: »Und Sie sind vom BKA? Es geht um Jenny?«

Sie hatte also gehört, was an der Tür gesprochen worden war. »Ja«, antwortete Rahel. »Hat Line Ihnen vielleicht etwas zu Jenny gesagt? Vor oder auch nach dem Suizid des Mädchens? Gab es Auffälligkeiten bei Jenny?«

»Ich weiß nichts darüber«, sagte Christine Hathor, den Blick auf die Wohnzimmertür gerichtet. Dann sah sie Rahel an. »Hat sie ... hat Jenny es wirklich selbst getan?« Die dünne Stimme war noch leiser als zuvor.

Rahel warf Taco einen schnellen Blick zu, bevor sie Lines Mutter fragte: »Gibt es etwas, das Sie vermuten lässt, es könne kein Suizid gewesen sein?«

»Nein!«, antwortete Christine Hathor hastig. »Nein, natürlich nicht.«

»Wenn Sie etwas wissen, Frau Hathor, oder auch nur vermuten, dann –«

»Nein, nein«, fiel die schmächtige, im Rollstuhl verloren wirkende Frau Rahel ins Wort. »Das war Unsinn. Seit dem Unfall ... Mein Kopf ist manchmal noch nicht ganz klar. All die Medikamente und Narkosemittel bei den Operationen ...«

Schritte auf der Treppe erklangen. Steffen Hathor sah ungehalten aus, als er das Wohnzimmer betrat. »Line ist nicht in ihrem Zimmer.«

Christine sah an ihm vorbei. »Ich glaube, sie wollte spazieren gehen.«

»Und dann lässt du mich nach oben gehen?«, fuhr Steffen Hathor seine Frau an. »Warum hast du das nicht gleich gesagt?«

»Ich war mir nicht sicher.« Sie massierte mit den Fingern Stirn und Schläfen, als könne sie so ihre Gehirnzellen aktivieren. »Ich bin kurz eingenickt. Ich weiß nicht einmal, wann sie gegangen ist.« Sie sah Rahel an. »Können Sie morgen wiederkommen? Bitte.«

Rahel kam nicht zum Antworten, denn Taco brummte: »Das würden wir schon gern heute erledigen.«

»Nein, nein«, widersprach Rahel ihm mit Blick auf die Frau im Rollstuhl. »Das ist in Ordnung, Frau Hathor, wir kommen morgen wieder. Bis dahin hat Line sich vielleicht ein wenig erholt.«

»Danke.« Christine Hathor hielt den Augenkontakt zu Rahel. »Es ist egal, wann Sie kommen.«

»Bitte nachmittags«, warf Steffen Hathor ein, der schweigend zugehört hatte. »Line wird morgen früh vielleicht in der Schule sein, wenn sie fit ist.«

Seine Frau sah aus der Terrassentür in den Garten. »Hoffentlich.«

»Entschuldige, Taco, dass ich dir vor den Hathors widersprochen habe«, wandte Rahel sich an den Mexikaner, als sie im Auto saßen. »Ich hatte das Gefühl, dass Lines Mutter viel daran lag, dass wir morgen wiederkommen, aus welchen Gründen auch immer.«

»Alles gut«, winkte Taco ab und musterte sie interessiert. »Dein Gefühl kann Gold wert sein.«

»Ich habe nichts Bedrohliches oder Dunkles gespürt«, wehrte Rahel hastig ab. »Aber mein Instinkt sagt mir, dass Christine Hathor in Bezug auf Jenny mehr weiß, als sie sagt. Und hattest du nicht auch den Eindruck, dass sie vielleicht gesprächiger sein könnte, wenn ihr Mann nicht dabei ist?«

»Eine eigenartige Stimmung herrschte da schon. Wir brauchen auf jeden Fall mehr Infos. Vielleicht kann ich Lines Vater morgen ablenken, sodass du allein mit Christine Hathor sprechen kannst. Aber jetzt«, er fuhr sich mit der Rechten über die Plauze, »werden wir erst mal zu Mittag essen.«

Sie fuhren zurück, und Rahel ließ sich widerspruchslos zu einem Foodtruck auf dem Spielbudenplatz führen. Als Taco

»das Übliche« orderte und zu einer Bratwurst mit doppelter Portion Senf eine Flasche Bier gereicht bekam, zogen sich ihre Brauen zusammen. »Wir sind im Dienst.«

»Da scheiß ich drauf.« Taco nahm die Flasche entgegen und ging zu einem Stehtisch. »Der Dienst, wie du ihn kennst, ist vorbei, Babe«, fuhr er fort, als sie sich mit einer Currywurst und einer Rhabarberschorle zu ihm gesellte. »Es gibt keinen normalen Feierabend mehr, mal sind die Pausen länger, mal kürzer. Oft hauen wir uns die Wochenenden um die Ohren. Wenn du also mal keinen Bock hast, schlaf dich aus. Schließlich sind wir bei Eliminierungseinsätzen manchmal tage- und nächtelang unterwegs. Es interessiert kein Schwein, was wir hier treiben, solange wir Ergebnisse liefern. Und glaub mir, das tun wir. Wir haben dieses Jahr schon vier Dämonen enttarnt und vernichtet. Das sind zwei mehr als letztes Jahr zur gleichen Zeit.« Er hatte sie beim Sprechen nicht angesehen, sondern das verhasste Handy aus der Tasche genommen und daraufgeblickt.

Rahels Gedanken tanzten mal wieder Samba. »Wer ist denn eigentlich ›kein Schwein‹?«, fragte sie nach und piekte mit der kleinen Holzgabel ein Wurststück auf.

»Das Innenministerium der Bundesrepublik Deutschland.«

»Die Regierung, *unsere* Regierung, weiß Bescheid über die Dämonen?«

»Bist du irre? Da gibt's viel zu viele Idioten.« Taco biss in seine Bratwurst. »Nur ein paar handverlesene Leute im Innenministerium wissen davon. Die Fäden laufen immer unter Geheimschutz beim Nachrichtendienst zusammen. Weltweit. Wie die das da oben regeln, ist mir auch egal. Hauptsache, mein Gehalt kommt pünktlich.«

Rahel starrte ihn an. »Bei Harry Potter weiß der Muggel-Premierminister auch Bescheid über die Zaubererwelt. Und sonst niemand.«

Er schüttelte den Kopf. »Märchen. Bei uns läuft es *zum Teil* durchaus organisiert ab. Wir Jäger bekommen Unterstützung durch die BKA-Leute von der ÜV, wenn wir sie anfordern. Das organisiert Ronerd alles. Wir machen unser Ding, die ÜV-er räumen hinter uns auf.«

»Gut zu wissen. Wofür steht die Abkürzung?«

»Übernatürliche Vorkommnisse.« Er setzte die Bierflasche an und trank die Hälfte des Inhalts in einem Zug aus.

»Das ist ja ein alkoholfreies«, rief Rahel, als ihr Blick auf das Etikett der Flasche fiel. »Das wusste ich nicht. Sorry, dass ich dich ... dass ich so ...«

»Ronerd-mäßig drauf war?«, half er ihr augenzwinkernd bei der Wortsuche. Ernst sagte er: »Ich verabscheue Alkohol.« Wieder nahm er sein Smartphone auf und sah aufs Display.

»Erwartest du wichtige Nachrichten?«

»Ich will verdammt noch mal endlich wissen, wie es Beth geht.«

»Beth ...« Rahel musste einfach fragen. »Darf ich fragen, in was für einem Verhältnis sie zu Lukrezius steht? Der Kuss, den er ihr gestern gab, das war irgendwie verstörend.«

Taco lachte auf. »So ging es mir vor achtzehn Jahren auch, als ich zu der damaligen Truppe stieß und Luk und Beth zusammen sah.« Er tunkte die Wurst in den Senf. »Sie sind ein Liebespaar. Seit über sechzig Jahren. Genau gesagt seit dem Tag des ersten bemannten Weltraumflugs, wie Beth gern in Anspielung auf Luks Flügel betont. Sie war einundzwanzig, als sie ein Paar wurden.«

Rahel starrte ihn an.

Tacos Goldzahn blinkte, als er grinste. »Anscheinend hat dir noch niemand gesagt, dass unsere beiden Dämonengel nicht so altern wie wir Menschen.«

»Nein«, gab Rahel ihm recht. »Und was genau heißt das jetzt?« Gespannt griff sie nach ihrem Glas und nahm einen Schluck.

»Luk und Sol sind knapp zweieinhalbtausend Jahre alt. Sie ...« Er stockte, weil Rahel ihre Schorle über den Tisch spuckte. Er wischte mit seiner Serviette die Nässe vom Tisch, während Rahel sich die Kehle freihustete.

»Das ... das ist doch ...« Rahel war sprachlos. Zweitausendfünfhundert Jahre! Sie konnte kaum klar denken. »Sie sind unsterblich?«

»Nein, das lässt die Natur nicht zu. Nichts und niemand ist unsterblich, außer wohl das Leben selbst. Oder wie ich das universelle Leben nenne: Gott.« Er bekreuzigte sich mit geschlossenen Augen. Als er sie wieder öffnete, steckte er sich den Bratwurststummel in den Mund und nuschelte: »Nachdem unsere beiden Oldies jetzt aussehen wie dreißig, kann man davon ausgehen, dass sie, wenn's gut läuft, vielleicht noch zweimal so alt werden.«

Rahel klappte der Mund wieder auf. »Das wären siebeneinhalbtausend Jahre!«

Taco leckte seine Finger ab. »Das große Einmaleins beherrschst du.«

Rahel hatte kein Ohr für seinen Spott. »Und er ist immer noch mit Beth zusammen? Obwohl er körperlich noch so jung ist? Das ist unglaublich.«

»Nein«, sagte Taco ernst, »das ist wahre Liebe.«

Rahel schwieg. Sie musste das verdauen. Luk hatte sich vor über sechzig Jahren in die junge Beth verliebt. Welche Leidenschaft musste das Paar erfüllt haben, welch große Liebe? Eine Liebe, die bis heute anhielt und über alles Körperliche hinausging. Rahel brach von einer Sekunde zur anderen in Tränen aus.

»Was ist denn jetzt wieder?« Taco stellte die Bierflasche zurück, aus der er gerade trinken wollte.

»Beth und Luk, das … das ist so schön. So unglaublich schön.« Rahel mühte sich, die Tränen zu stoppen, und wischte sich über die Wangen. »Dass dieser düstere Widerling so tief empfinden kann … Ich kann das gar nicht glauben.«

Taco antwortete nicht, weil sein Handy summte. »*Gracias a Dios*«, stieß er aus, als er die Nachricht gelesen hatte. »Beth geht es ein wenig besser.« Er bekreuzigte sich erneut, dann sah er Rahel an. »Sie wird nicht mehr lange leben. Beth hat Krebs im Endstadium. Sie muss unbedingt noch durchhalten. Sie kämpft darum. Für ihn. Aber es sind noch so viele Tage bis zum 21. August.« Er seufzte tief, fuhr sich über den Walrossbart und wischte so den Senfklecks fort, der darin hing.

Rahel war verwirrt. »Was ist am 21. August?«

»Blutmond, Babe. Und zu diesem Zeitpunkt sollte unser düsterer Halbdämon besser nicht verzweifelt sein.«

»Willst du mich jetzt dumm sterben lassen?«, fragte Rahel, als Taco nichts weiter sagte, sondern dumpf vor sich hin stierte. Er nahm einen langen Schluck aus der Flasche, bevor er antwortete. »An jedem Blutmond ist es den Urdämonen erlaubt, ihre Welt für ein paar Stunden zu verlassen, genauer gesagt für sechs Stunden, sechs Minuten und sechs Sekunden.«

»Sechshundertsechsundsechzig«, sagte Rahel aufgeregt. »Die Zahl des Antichristen.«

»Da hat jemand ›Das Omen‹ geguckt, was?«, spottete er, doch sein Grinsen war freudlos. »Aber ja, diese Zahl hat ihren Stand im Aberglauben zu Recht.«

Rahel war überfordert. »Was passiert, wenn diese Urdämonen in unsere Welt kommen?«

»Sie stillen ihren Hunger.«

Rahel wurde von dunkler Vorahnung erfüllt. »Will ich wissen, womit sie ihn stillen?«

»Das willst du, Babe, denn es wird dich unglaublich motivieren, die Viecher in Schach zu halten. Sie holen sich in diesen Stunden das, was sie am meisten begehren: Menschenblut. Und bevorzugt auch unsere Innereien. Leber, Lunge, Herz, alles, was schön blutig ist. Sie schlemmen gern.«

Rahel wunderte sich über sich selbst. Sie empfand keinen Ekel, keine Angst. Weil das alles viel zu absurd klang. Es war *unvorstellbar*.

Doch während diese unfassbare Info Dutzende neue Fragen aufwarf, interessierte Rahel vorrangig eine. »Was hat das mit Luk zu tun? Warum darf er beim Blutmond nicht verzweifelt sein? Wollen die Urdämonen sein Blut?«

»Im Gegenteil, sie wollen ihn unversehrt. Vergiss nicht, zur Hälfte ist er einer von ihnen. Seit zwei Jahrtausenden versuchen sie, ihn für sich zu gewinnen. Und wenn er den Halt verliert, besteht die Gefahr, dass seine dunkle Seite gewinnt und er zu ihnen überwechselt.«

»Dann verschwindet er in die Unterwelt? Zu den Dämonen?« Rahels Kopf surrte, während sich ihr Bauch krampfartig zusammenzog.

»Wohl eher nicht. Wenn er sich auf ihre Seite schlägt, macht er das, wofür sie ihn haben wollen. Er besorgt ihnen das Essen. Denn im Gegensatz zu ihnen kann er sich jederzeit frei in dieser Welt bewegen.«

Rahel sah Taco entgeistert an. »Ich verstehe nicht ...«

»Baby, die Urdämonen kommen am Blutmond, um sich Menschen zu greifen, um sie leer zu trinken und zu schlemmen. Es ist ihnen aber nicht erlaubt, sich zu zeigen. Sie sind an einen göttlichen Vertrag gebunden und müssen im Geheimen agieren. Was ihnen zumeist gelingt, aber nicht immer, wie uns die Vampirlegenden zeigen.«

»Du meinst, die Urdämonen sind für Vampire gehalten worden?« Rahel überlegte. »Was passen würde. Blutsauger, die in der Nacht kommen.« Sie schüttelte sich.

»Ich glaube einfach, dass sie zeitweise gesehen wurden. Früher häufiger als jetzt. Sie sind vorsichtig geworden, denn jedes Sichten eines Dämons zieht laut Sol und Luk eine Strafe nach sich.«

»Was für eine Strafe?«

»Unsere Zwillinge behaupten, dass sich das Portal, durch das die Dämonen ihre Welt am Blutmond verlassen, nicht öffnet, wenn sie den Vertrag verletzen. Und zu hungern gefällt ihnen definitiv nicht. Darum ziehen sie nicht meuchelnd durch die Straßen, sondern hoffen auf menschliche Zufallsfunde. Glücklicherweise finden sie die in der kurzen Zeit kaum. Und da kommt Luk ins Spiel. Er könnte ihnen dienen, indem er zu den Blutmonden nichts ahnende Menschen in Massen an einsamen Orten zusammenbringt, wo sie dann«, Taco hob die Schultern, »als Dämonenfutter enden.«

»Das würde er doch niemals machen! Er ist selbst ein Dämonenjäger. Er vernichtet das Böse.«

»Jara und der Pastor glauben das auch, aber wir anderen sind nicht davon überzeugt. Und weil insbesondere Soleria zweifelt, bin ich mehr als besorgt. Das energetische Böse in Menschengestalt ist etwas völlig anderes als ein Urdämon, Rahel. Zu den besetzten Körpern hat Luk, genau wie wir, keinerlei gefühlsmäßige Bindung. Aber trifft das auch auf die Urdämonin zu, die es auf ihn abgesehen hat? Wir dürfen uns nicht darauf verlassen, denn sie ist und bleibt eines: seine Mutter.«

9

Es war einundzwanzig Uhr, als Rahel ihr Rennrad in den Wohnungsflur schob. Sie hatte den lauen Abend in Övelgönne verbracht und sich bei Hoppe den Pannfisch gegönnt, nachdem Taco sie schon um fünfzehn Uhr in den Feierabend entlassen hatte.

»An die neuen Arbeitszeiten muss ich mich erst gewöhnen«, sagte sie zu dem Kater, der aus der Küche getappt kam. Sie ging in die Knie. »Komm her, mein Liebling«, lockte sie ihn, doch Kabel schritt, ohne sie eines Blickes zu würdigen, hoheitsvoll an ihr vorbei.

»Ja, ist klar. Du bist beleidigt.« Rahel stand auf. »Aber du bist selbst schuld, dass du nicht mehr mitdarfst. Du haust ja immer ab.« Zweimal hatte sie Kabel im Transportkorb mitgenommen und am Strand herausgelassen. Beim ersten Mal war er für zwei Tage verschwunden, beim zweiten Mal hatte sie ihn im Tierheim abholen müssen.

»Irgendwann haben wir ein Häuschen im Grünen«, sprach sie Richtung Wohnzimmer, wohin er verschwunden war. »Da darfst du dann raus.« Bis sie sich diesen Luxus leisten konnte, hatte Kabel seine sieben Leben wahrscheinlich längst aufgebraucht, aber das musste er ja nicht wissen. Sie füllte ihm Futter in den Napf, zog sich im Schlafzimmer aus und ging unter die Dusche, um das Elbwasser abzuspülen. Sie hatte nicht widerstehen können, eine Runde zu schwimmen.

Nach dem Duschen verzichtete Rahel darauf, die Haare mit dem Föhn zu trocknen. Schon das Haarewaschen hatte auf der vereisten Kopfhaut gebrannt und wehgetan. Das teilweise gebrochene Haar fiel durch die Locken glücklicherweise nicht auf. Sie cremte sich mit ihrer Lieblingskörpermilch ein, wobei sie die vereiste Stelle am Arm ausließ, und wickelte sich in ein trockenes Handtuch, als die Lotion eingezogen war.

Im Wohnzimmer stellte sie den Fernseher an. Sie musste sich

ablenken. Sie durfte nicht ununterbrochen an die Dämonen denken, denn dann, das stand fest, würde sie verrückt werden. Aber das war leichter gedacht als getan. Sie konnte sich nicht auf das konzentrieren, was auf der Mattscheibe passierte. Also stellte sie den Fernseher wieder aus und freute sich, als Kabel auf ihren Schoß sprang und es sich dort gemütlich machte. Er schnurrte behaglich, als Rahel ihn streichelte. »Danke für die Gnade, Eure Majestät, dass Ihr mich wieder beachtet«, sagte sie mit einem Lächeln.

Dass sie beide eingeschlafen waren, bemerkte sie erst, als ein Geräusch sie hochschrecken ließ und Kabel fauchte. Es war dunkel im Zimmer. Das, was sie gehört hatte, war das Windspiel im Schlafzimmer. Das Klingen hallte noch nach. Rahel presste den Kater an sich und stand auf. Es war windstill heute. Was also hatte das Windspiel derart in Bewegung versetzt?

Barfuß tappte sie leise über den Flur und zog die nur angelehnte Tür zum Schlafzimmer vorsichtig auf. Im nächsten Moment stieß sie einen spitzen Schrei aus. Ein mächtiger dunkler Schatten trat auf sie zu. »Ich hätte wohl doch die Haustür nehmen sollen?«

»Luk!« Rahel begann zu zittern. Kabel fauchte und wand sich in ihren Armen. Vor Schreck presste sie ihn noch mehr an sich. Dann ließ sie ihn mit einem Wehlaut fallen, weil er seine Krallen ausfuhr und ihr über die Brust kratzte. Mit einem weiteren Fauchen verschwand er im Wohnzimmer.

Rahel tastete mit klopfendem Herzen nach dem Lichtschalter. Da stand er, der Dämonengel, in Jeans und Shirt, mit seinen wunderbaren Schwingen, deren Enden auf dem Boden schleiften, während er langsam auf sie zutrat.

»Wie bist du hier reingekommen?«, fuhr sie ihn an, wobei ihre Finger sich um das über der Brust verschlungene Handtuch legten.

Sein Blick wanderte von ihrem Gesicht zum Dekolleté und weiter zu den sommergebräunten Schenkeln, die das Handtuch nur knapp verbarg. »Über den Balkon.«

»Du bist auf meinen Balkon geflogen?« Ihr Blick glitt zu

den Flügeln. »Bist du wahnsinnig? Wenn dich jemand gesehen hat!«

»Es ist dunkel. Und wenn mich jemand gesehen hat, zweifelt er höchstens an seinem Verstand.«

Rahel spürte nackte Wut. »Du kannst hier nicht einfach in meine Privatsphäre eindringen.«

»Du bist doch auch in mein Teppichlager eingebrochen. Das musste ich hier gar nicht.« Er drehte sich und deutete zur Balkontür, die sie weit geöffnet hatte, um frische Luft hereinzulassen.

Da hatte er natürlich recht. Shit.

»Was willst du hier?« Ihr Blick lag auf seinem Rücken. Das Shirt, das er trug, war hinten offen und mit Bändern versehen, die über dem Flügelansatz und darunter zusammengeknotet waren. Natürlich, er konnte ja keine normale Oberbekleidung tragen.

»Ich bin hier, um Roberts Rat zu folgen: dich zu trainieren, damit dir in meiner Gegenwart nicht immer schlecht wird.« Während er sprach, betrachtete er das Windspiel, das wieder ruhig dahing. Er ging darauf zu und stieß mit dem Finger gegen einen der Klangkörper. Seine Augenbrauen waren zusammengezogen, als er sich erneut zu ihr umdrehte. »Bei Minh hing genauso ein Windspiel neben der Eingangstür seines Ladens.«

»Ja, ich weiß. Weil es mir als Kind so gut gefiel, habe ich mir das gleiche bei ihm ausgesucht. Er hat es mir geschenkt.«

»Tatsächlich.« Er trat wieder näher. Trotz des mächtigen Flügelpaars hatten seine Bewegungen etwas von einer Raubkatze. »Du hast doch behauptet, du wärst nur ein einziges Mal in seinem Laden gewesen. Und da schenkt er dir so etwas? Warum?«

Rahel wurde heiß. Sie konnte doch jetzt nicht sagen, dass es ein Trostpflaster gewesen war für den Schmerz, den der alte Chinese ihr mit der Peitsche zugefügt hatte. »Er wollte mir eine Freude machen. Er wusste, dass ich aus dem Heim von gegenüber kam.« Das war nicht gelogen.

»Hm.« Sein Blick war unergründlich.

Sie blieb stehen, wo sie war, obwohl sie seiner düsteren Aura gern entflohen wäre, die sich mit jedem seiner Schritte drückender auf ihr Gemüt legte.

»Und?«, sagte er, als er direkt vor ihr stand. »Wird dir wieder übel?« Das Gold in seinen schwarzen Pupillen glitzerte.

»Nein«, sagte sie ehrlich, »aber mulmig.«

Er lachte dunkel auf, dann sagte er ernst: »Ich weiß nicht, ob es mir gefällt, wenn eine so schöne Frau sagt, dass sie sich in meiner Nähe ›mulmig‹ fühlt.« Er hob eine Hand, nahm eine der roten Locken und strich sie ihr sanft hinter das Ohr.

Wie elektrisiert riss Rahel den Kopf nach hinten, als seine Finger die Haut ihrer Schläfe streiften. Sie hatte das Gefühl zu brennen.

»Deine Katze ...« Sein Blick wanderte hinab. »Sie hat dich verletzt.«

Rahel folgte seinem Blick. Ein blutiger Kratzer zog sich über den Ansatz ihrer Brüste.

Er hob erneut seine Hand, und Rahel hielt den Atem an. Sie war schon wie elektrisiert, obwohl er nur kurz ihr Gesicht berührt hatte. Mit angehaltenem Atem wartete sie darauf, dass er sie wieder berührte, hoffte es, sehnte es herbei. Aber er zog seine Hand abrupt zurück.

Rahel bemerkte, dass auch er das Atmen eingestellt hatte. Wie ferngesteuert ging ihr Kopf nach vorn, während sie ihm in die Augen sah. Ihre Lippen öffneten sich leicht, ihre Zungenspitze leckte die Trockenheit davon.

Mit einem kaum wahrnehmbaren Stöhnen beugte er seinen Kopf. Rahel schloss die Augen, erwartete seinen Kuss, das Explodieren, das einsetzen würde. Sie konnte seinen Atem schon spüren, als er ausstieß: »Ich kann nicht.« Er wandte sich abrupt ab und trat auf den Balkon. Nach einem kurzen Rundumblick breitete er seine Flügel aus und verschwand mit einem Rauschen in die Nacht.

Rahel eilte zum Balkon und sah ihm nach. Er flog direkt in die Höhe. Er wollte raus aus dem Licht der Stadt. Und dann war er ihren Blicken auch schon entschwunden.

Sie trat zurück, bis sie den Halt versprechenden Türrahmen im Rücken spürte, und presste die Hand auf ihr hämmerndes Herz. »Ich kann nicht« war etwas gänzlich anderes als »Ich will nicht«. Und das war gleichermaßen erregend wie beängstigend. Sie durfte nicht zulassen, dass dieser Dämonengel so viel Macht über ihren Geist und ihren Körper bekam. Doch das war so viel leichter gedacht, wenn er nicht da war.

✳✳✳

»Er hat kein Wort über Beth gesagt«, wandte Rahel sich am Morgen an den Kater, als sie die geröstete Brotscheibe aus dem Toaster nahm und mit einem herzhaften Gähnen auf einen Teller legte. Sie hatte nach dem verwirrenden nächtlichen Besuch mehr als unruhig geschlafen. »Gut, ich habe auch nicht an sie gedacht, und ich schäme mich auch dafür, aber er wäre doch nicht zu mir gekommen, wenn es ihr schlecht ginge?«

Sie bestrich den Toast mit Butter und bitterer Orangenmarmelade, dann goss sie kochendes Wasser in den Becher mit dem Kamillenteebeutel. Ihr aufgewühltes Inneres brauchte nicht noch Koffein. Der angenehme Duft verbreitete sich in der Küche, während sie im Stehen aß. Sie brauchte unbedingt Ruhe. Tiefe Ruhe, um die wilden Geschehnisse verarbeiten und nachdenken zu können. Und da gab es nur einen Platz.

Als Rahel sich auf dem Ohlsdorfer Friedhof vor dem Grab niederließ, nagte das schlechte Gewissen an ihr. Schließlich war es nicht ihre Art, unpünktlich zur Arbeit zu erscheinen, aber wozu war sie Chefin? Robert hatte gesagt, alle seien Chef. Also auch sie. Und das, was sie belastete, konnte nicht noch bis heute Abend warten.

»Ich weiß gar nicht, wo ich anfangen soll, Bettina. Du weißt am besten, wie sehr ich phantastische Geschichten liebe, aber dies …« Rahel schloss die Augen, und für einen Moment gelang es ihr, den Sonnenschein auf ihrem Gesicht zu genießen, während sie mit überkreuzten Beinen auf der Rasenfläche saß. Wärme und das Licht der Morgensonne, das tat gut in diesem Schlamassel.

Sie öffnete die Augen wieder. »Eigentlich ist Schlamassel das falsche Wort. Es ist der absolute Wahnsinn, Bettina. Im wahrsten Sinne des Wortes. Es ist so: Es gibt Dämonen.«

»Guten Tag, Frau Bathlevi.«

Rahel zuckte zusammen. »Hallo, Herr Schubeck«, sagte sie dann lächelnd zu dem alten Herrn, der vor dem Nachbargrab stand.

»Da treffen wir uns endlich mal wieder hier.« Er deutete auf das Grab, vor dem Rahel saß. »Schöne Sonnenblumen haben Sie Ihrer Adoptivmutter da mitgebracht. Meine Margret mochte ja am liebsten Margeriten.« Er blickte auf den Strauß in seiner Hand, der aus Rosen und Schleierkraut bestand. »Aber da muss sie jetzt warten, bis unsere Staude blüht.« Er bückte sich unter Ächzen und sortierte die Blumen in eine Grabvase.

Rahel hatte Mühe, dem Plaudern des alten Herrn zu folgen, aber nach einer Weile stellte sie fest, dass es sogar guttat. Es war so herrlich normal.

»Was haben Sie nur für schönes rotes Haar. Und diese grünen Augen ... Früher wären Sie damit auf dem Scheiterhaufen gelandet«, sagte er das, was er immer sagte, wenn er sie sah.

Rahel lächelte und dachte: Ich habe Glück gehabt, dass ich mein Haar noch habe, vor ein paar Tagen hätte es mir ein Dämon fast weggeeist.

Glücklicherweise waren ihre Erfrierungen nur ersten Grades gewesen. Den Verband um den Arm hatte sie heute Morgen noch einmal erneuert. Das Brennen dort war stärker als auf dem Kopf, weil ihre Haarmähne die Haut wohl geschützt hatte, als Ilona Lamprecht ihr die Hände auf den Kopf gepresst hatte.

Erfrierungen dritten Grades ... Was musste André Müller für Schmerzen ausgestanden haben? Rahel konnte nur mutmaßen, aber fest stand, dass er ein Opfer gewesen war. Hatte

Ilona Lamprecht ihn mit Schmerzen gefügig gemacht und ihn so gezwungen, bei ihnen einzubrechen? Ja, lautete wohl die Antwort. Wahrscheinlich hatte er mitangesehen, wie sie ihren Mann abschlachtete, dann sich selbst verletzte und schließlich ihn. Die wahnsinnige Angst vor ihr hatte André Müller im Krankenhaus letztlich zum Selbstmord getrieben.

Als der alte Herr Schubeck gegangen war, schüttete Rahel Bettina ihr Herz aus. Ein Grabbesuch tat immer gut. Auch wenn Bettina sie nicht mehr in den Arm nehmen konnte, hörte Rahel dennoch ihre warme Bollerofen-Stimme sagen: Es wird alles gut, mein Schatz.

»Die Frage ist doch nun: Soll ich ihnen die Peitsche aushändigen? Soll und darf ich gegen Mr. Minhs Weisung handeln?« Rahel seufzte schwer. »Ich kann doch nicht eine von ihnen sein und dann die Peitsche versteckt halten, oder? Und vielleicht wusste Mr. Minh ja auch nicht, dass Soleria und Luk zu den Jägern gehören.« Sie starrte auf den Grabstein. »Ich vermisse deinen Rat so sehr, Bettina. Kannst du mir nicht ein kleines Zeichen senden, ob ich die Peitsche herausgeben soll?«

Ganz still saß Rahel da und wartete. Ein paar Schwebfliegen surrten über dem Sonnenblumenstrauß. War das ein Ja? Andererseits waren Schwebfliegen geschickte Täuscher. Sie tarnten sich als Wespen, waren aber keine. Waren Luk und Sol auch Täuscher? Wollte Bettina sie vielleicht warnen?

Aber was bedeutete dann der Schmetterling, der angegaukelt kam und auf der Sonnenblume Platz nahm? Ein Pfauenauge. Mit dunklen Flügeln, auf denen sich die Markierungen abhoben wie die goldenen Spitzen auf Luks Schwingen. »Ich kann so nicht arbeiten, Bettina«, schimpfte Rahel leise mit Tränen in den Augen. »Ich brauche schon was Konkretes.«

Aber dazu ließ Bettina sich nicht hinreißen. »Ja, ja«, murmelte Rahel und stand auf. »Du denkst, dass ich selbst weiß, was für mich gut ist und was nicht. Wenn du dich da mal nicht täuschst in dieser Sache.«

»*Buenos días, Rahelita*«, wurde sie launig von Taco begrüßt, als sie das Kellerbüro auf der Reeperbahn betrat. »Da hat aber jemand schön ausgeschlafen.«

Rahels Wangen überzogen sich flammend rot. Alle bis auf Beth und Yves Bonnet waren anwesend und blickten sie an. »Ich hatte dich so verstanden, dass die Arbeitszeiten eher flexibel sind«, ging sie in Verteidigungshaltung. »Ich hatte noch einen dringenden Termin und dachte, ich müsste nicht Bescheid geben, dass ich ein wenig später komme.«

»Du brauchst dich nicht zu entschuldigen«, entlastete Jakob Albers ihr Gewissen mit seinem herzlichen Lächeln. »Ich bin auch gerade erst gekommen. Und Luk und Sol sind quasi schon weg. Sie haben hier Nachtschicht geschoben.«

Nachtschicht? Rahel sah zu Lukrezius, der auf dem Barhocker saß und sie schweigend musterte. Dann hatte seine Schicht aber spät angefangen. Schließlich war er um Mitternacht bei ihr gewesen. Rahel spürte Solerias Blick auf sich. Wusste sie, dass Luk sie aufgesucht hatte?

Rahel war dankbar, als sich die Aufmerksamkeit der Jäger auf Yves Bonnet richtete, der gerade den Raum betrat. Der Franzose war gekleidet wie ein Förster und trug in der linken Hand einen schwarzen Müllbeutel. In der rechten schwenkte er etwas Rötlich-Puschliges hin und her, das er an einem dünnen Strick in der Hand hielt. »Braucht noch jemand einen Fuchsschwanz?«

»Ist das …« Robert Haferkamps Stimme kippte. »Du schleppst hier den Schwanz eines infizierten Fuchses an?« Er stieß sich mit den Füßen ab und rollte auf dem Schreibtischstuhl so weit zurück, wie er nur konnte.

Yves ignorierte ihn und wedelte mit dem Schwanz vor Rahels Gesicht herum. »Fährst du vielleicht einen Opel Manta?«

Verwirrt sah sie ihn an. »Nein, wieso?«

»Gott.« Yves verdrehte die Augen. »Du bist noch so jung.« Er erklärte ihr, was es mit Fuchsschwänzen und Manta-Fahrern auf sich hatte.

Jakob beruhigte derweil den immer noch hysterischen Robert: »Natürlich ist das nicht der Schwanz eines infizierten Fuchses, Robert. Yves hat sich einen Scherz erlaubt.« Yves hielt den Müllsack in Roberts Richtung. »Der hier hat seinen Schwanz noch.«

»Du hast einen Fuchs getötet?«, fragte Rahel entsetzt.

»Keinen gesunden, Rahel.« Milde den Kopf schüttelnd, sah er sie an. »Ich bin kein Tier-, sondern ein Dämonenjäger.« Er warf den Müllbeutel vor den Ofen, öffnete die Ofentür und entzündete mit einem Stabfeuerzeug das vorbereitete Holzhäufchen auf den Grillanzündern darin.

»Warum hast du das Subjekt nicht vor Ort verbrannt, Yves?« Robert Haferkamp klang tadelnd. »Es fällt auf, wenn es im Hochsommer aus dem Schornstein qualmt!«

Yves kniete vor dem Ofen nieder. Er legte zwei Scheite Holz nach und wartete, bis das Feuer hell entflammte. »Aus genau dem Grund, weil Hochsommer ist«, sagte er. »Ich kann doch bei der Dürre kein Feuer im Wald machen.« Er legte ein weiteres Scheit nach und betrachtete wartend die Flammen.

»Mag mich jemand aufklären?« Rahel sah zu, wie Yves schließlich den Beutel nahm und ihn mit Hilfe eines Schürhakens tief in den Ofen stopfte. Hastig schloss er die Tür, aus der dunkler Qualm entwich.

Er lächelte zufrieden, als er aufstand und das Krankenzimmer nebenan betrat. Ein Wasserhahn wurde aufgedreht, gleich darauf kam er händereibend zurück. Es roch nach Desinfektionsmittel.

Rahel hielt den Blick auf den bollernden Ofen gerichtet. »Der Fuchs war auch von einem Dämon besessen? Sie besetzen auch Tiere?«

»Jein. Ich werde es dir erklären.« Yves nahm sie an der Hand und zog sie zu dem kleinen Sofa neben der WC-Tür. »Wunderschöne Rahel.« Die weißen Zähne blitzten in seinem markanten sonnengebräunten Gesicht. Anscheinend hatte er nicht vor, ihre Hand wieder loszulassen.

Er hatte schmalgliedrige Finger, und es fühlte sich nicht unangenehm an, die Wärme seiner Hand zu spüren, aber Rahel entzog ihm ihre Hand hastig.

»Ich habe dem Fuchs Blut abgenommen, um es zu untersuchen«, begann er. »Er war mit Tollwut infiziert. Du weißt, was das ist?«

»Ja, natürlich.«

»Tollwut entsteht durch Viren.«

Anscheinend hielt er sie für blöd. »Ja, ich weiß.«

»Ach, wie soll ich es dir sagen, Rahel?« Der Franzose seufzte. »Viren sind nichts anderes als die Exkremente unserer Todfeinde.«

»Äh, was?« Rahel musste das erst einmal sacken lassen. »Du meinst …«

»Dämonenkacke, Babe«, erklang Tacos Gute-Laune-Stimme. »Viren sind nichts anderes als bösartige Scheiße. Die Hinterlassenschaften der Drecksviecher an den Blutmonden.«

»Ich hatte es für unsere junge Mademoiselle nicht so derbe ausdrücken wollen«, erwiderte Yves, »aber Taco hat recht, Rahel.« Er sah sie wieder an. »Viren sind Dämonenkot. Totes Material, das in Wirts-DNA zum Leben erwacht.«

»Ihr veräppelt mich doch«, sagte sie nach einem Moment ungläubigen Schweigens. »Das ist so 'n Ding, das ihr mit Neulingen macht, oder?«

Jara lachte. »Man mag es nicht glauben, ich weiß, aber hier verulkt dich niemand. Wenn die Urdämonen auf der Erde wandeln, lassen sie uns dieses Abschiedsgeschenk da.«

»Aber Viren gibt es seit …«, Rahel hob die Hände, »… seit *immer*. Viren, Bakterien, Keime, das ist unsere Welt.«

»Es gibt sie in der Tat schon immer. Seit es Dämonen gibt«, sagte der Pastor. »Viren sind keine Lebewesen. Genau wie das energetische Böse können sie nur in einem Wirt zum Leben erwachen, indem sie in dessen Zellen eindringen.«

»Ihr wollt mir also sagen, dass zum Beispiel ein Urdämon in China irgendwo hingekackt hat, was zu einer Pandemie führt, die Millionen Menschen ihr Leben und ihre Existenz kostet? Ich würde davon ausgehen, dass ein Wildtier der Überträger war.«

»Wer weiß?« Taco rieb sich über den Bauch. »Vielleicht hat

sich das Dämonenviech mangels Klopapier mit einem Gürteltier den Arsch abgewischt?«

Jara lachte herzhaft auf. »Diese Vorstellung! Und dann wurde das arme Gürteltier gefangen, geschlachtet und auf einem Markt zum Essen angeboten.«

Während Yves in Jaras Lachen einstimmte, kamen von Robert Haferkamp nicht gespielte Würgegeräusche.

Rahel fiel auf, dass Lukrezius und Soleria nicht lachten. Im Gegenteil. Luks Hand, die auf dem Tresen auflag, zeigte weiße Fingerknöchel, so stark presste er sie auf die Platte. Gefiel ihm Tacos derber Scherz nicht, weil seine Mutter eine Urdämonin war? Weil er selbst zur Hälfte ein »Dämonenviech« war?

Soleria erhob sich und legte Lukrezius eine Hand auf die Schulter. »Zeit für Schlaf, mein Lieber.«

Rahel nahm ihre große Umhängetasche ab und öffnete sie. Bevor die beiden sich ins Teppichlager verabschiedeten, wollte sie es hinter sich bringen. Schließlich war sie dafür nach dem Friedhofsbesuch extra noch nach Hause gefahren. »Ich habe etwas für euch.« Sie nahm das Mitbringsel aus der Tasche und rollte es ab.

»Ist das …?« Lukrezius stand so abrupt auf, dass der Barhocker ins Wackeln kam. Mit drei Schritten war er bei ihr. Seine Augen glommen, als er nach dem Riemen griff und ihn durch seine Hand gleiten ließ. Zweifellos wollte er sich davon überzeugen, ob es die Schwanzsehne eines Dämons war. »Minhs Peitsche … Sie ist es wirklich.«

Im nächsten Moment verzerrte sich sein Gesicht. Er ließ den Riemen zurück auf den Boden fallen und sah Rahel an. »Sie war die ganze Zeit über in deinem Besitz? Ohne dass du es uns sagst? Und du lässt uns auch noch danach suchen?«

Mit einem zittrigen Lächeln hob Rahel den Knauf in ihrer Hand und ließ den Riemen über den Boden gleiten. »Mr. Minh hat sie mir vererbt. Ich wusste nicht, was ich tun sollte, und brauchte die Zeit zum Überlegen.« Sie sah in die Runde. »Er schrieb mir, dass ich den Dämonenjägern vertrauen, sie aber unter keinen Umständen an zwei bestimmte Personen geben soll.« Ihr Blick wanderte zu dem Geschwisterpaar.

Soleria und Lukrezius sahen sich an, nur kurz, aber es reichte, um Rahel wieder misstrauisch werden zu lassen, denn sie hatte einen Wutausbruch erwartet, kein Schweigen.

Als hätte Luk ihre Gedanken lesen, spie er plötzlich aus: »Dieser elende chinesische Wurm! Misstrauisch, verschroben … Dabei standen wir lebenslang auf derselben Seite.« Er streckte die Hand aus. »Übergib sie mir!«

Rahels Finger krampften sich um das alte Leder.

Er schien ihr Zögern zu bemerken. »Bitte, Rahel.«

Sie sah ihm in die Augen. Die Rauheit seiner dunklen Stimme, wie er ihren Namen betonte, bewirkten das verhasste Ziehen im Unterleib, doch es gelang ihr, einen kühlen Kopf zu bewahren. »Okay, aber ich bestehe darauf, dass die Peitsche mein bleibt. Ihr könnt sie nutzen, aber sollte ich euch beziehungsweise das BKA verlassen, aus welchen Gründen auch immer, nehme ich sie mit.«

Lukrezius' Gesicht wurde starr. »Einer für alle, alle für einen«, presste er heraus. »Ansonsten bist du bei uns falsch, kannst gehen und deine Peitsche mitnehmen.«

Rahel wurde heiß. Es lief in die falsche Richtung, denn es war klar, dass er es ernst meinte. Vielleicht half ein Gag, das Ganze zu entschärfen? »Müsste es in meinem Fall nicht ›Eine für alle‹ heißen?«

Yves lachte auf, Lukrezius war weit davon entfernt. Daher war Rahel dankbar, als Roberts Stimme erklang. »Ich kann doch einen Vertrag aufsetzen, den wir alle unterschreiben. Rahel bleibt Eigentümerin, aber wir nutzen sie alle. Also alle, die damit umgehen können, womit ich dann raus bin.«

»Meine Rede«, sagte Rahel.

Soleria griff nach dem Arm ihres Bruders, aber er wehrte ihre Hand ab. »Es ist alles gut, Sol. Sie soll ihren Willen kriegen.«

»Aber –«

»Sol«, fiel er ihr ins Wort. »Ich sagte, es ist gut.«

Einen Moment lang sahen die Geschwister sich erneut in die Augen, dann nickte Soleria.

»Jetzt brauchen wir nur noch einen Dämon, an dem wir die Peitsche ausprobieren können. Am liebsten an dem Monster, das Jenny und Omar auf dem Gewissen hat«, versuchte Rahel, das Augenmerk auf den aktuellen Fall zu lenken und die Spannung aus dem Raum zu nehmen.

Lukrezius stieß ein verächtliches »Tsss!« aus. Das Gold in seinen Augen war kaum noch zu sehen. »*Wir?* Du kannst die Peitsche doch nicht mal handhaben.«

Rahel trat einen Schritt zurück, um seiner Düsternis zu entkommen. »Ich werde ja wohl ohne Harvard-Peitschen-Diplom jemandem den Riemen überziehen können.«

Lukrezius' Lippen verzogen sich spöttisch. »Na, dann lass mal sehen.«

Rahel ging ein Stück zurück und hob den Knauf über die Schulter, um die Peitsche auf den Boden knallen zu lassen. Doch als sie ausholte, hatte sie die geringe Deckenhöhe des Kellerraumes nicht einberechnet. Der Riemen strich an der Decke entlang. Der Schlag verlor an Kraft, und die Dämonensehne pladderte zu Boden wie Nieselregen.

Luk applaudierte mit höhnisch verzogenen Lippen. »Bevor du sie einem Dämon überziehst, musst du ihn also nach draußen bitten.«

Jara kicherte.

Taco streckte die Hand aus. »Lass mich mal, Babe.«

Rahel gab ihm die Peitsche. Er stellte einen Stuhl vor die Tür zum Krankenzimmer. »Das ist jetzt unser Dämon.« Er war schlauer und holte von der Seite her aus. Doch der Riemen wickelte sich um die Lehne.

Luks Stimme klang immer noch spöttisch. »Sehr gut, Taco. Im Ernstfall wüsstest du jetzt, ob du einen Dämon vor dir hast, denn dein Schlag war durchaus kräftig genug, um in sein Innerstes vorzudringen. Aber die Peitsche wärst du los, denn der Dämon wird nicht dastehen wie ein Stuhl, um sich den Riemen abnehmen zu lassen.«

»Wie kräftig muss man denn schlagen?«, fragte Jara und nahm Taco die Peitsche ab. Sie wedelte damit herum und zielte auf den Stuhl, doch auch sie scheiterte an der Deckenhöhe. »Wir brauchen wohl Unterricht«, sagte sie, warf die Peitsche auf den Tisch und setzte sich mit gespreizten Beinen auf ihren Lieblingsplatz. Sie öffnete die Kühlschranktür und angelte vornübergebeugt eine Mehrwegflasche aus dem Seitenfach.

Als Rahel die Peitsche vom Tisch nahm, fragte Lukrezius: »Warum hat Minh sie dir vererbt, obwohl ihr euch doch angeblich nur ein Mal gesehen habt? Kannst du mir darauf eine plausible Antwort geben?«

Rahel hob die Schultern. »Ehrlich gesagt frage ich mich das auch. Vielleicht, weil er mich einst damit verletzt hat?«

»Wie bitte?« Lukrezius starrte sie an.

»Bei meinem einzigen Besuch in seinem Laden hat er mit der Peitsche kleine Kunststücke vorgeführt und traf mich dabei aus Versehen an der Hand, die ich dummerweise ausstreckte.« Sie strich mit den Fingern der linken über die rechte Hand. »Und«, sie holte tief Luft, »in diesem Zusammenhang möchte ich euch bitten, dass einer von euch mich erneut mit der Peitsche schlägt.«

Jara verschluckte sich an ihrem Kaltgetränk. »Was?«

Jakob Albers starrte Rahel an, als wüchsen ihr Grasbüschel aus den Ohren. »Warum denn das, in Herrgotts Namen?«

»Weil mir damals ein ekliger Geruch in die Nase stieg. Und jetzt«, sie verzog hilflos das Gesicht, »habe ich Angst, weil doch Dämonenblut so stinkt.«

Einen Moment lang war es still im Raum. Dann tippte Yves sich an die Stirn. »Du glaubst doch nicht ernsthaft, du bist ein Dämon?«

»Nein, natürlich nicht, aber warum hat es dann so gestunken?«

»Wahrscheinlich hatte Minh kurz vorher einen Dämon damit enttarnt«, mutmaßte Jakob Albers.

»Das habe ich auch gedacht«, sagte Rahel erleichtert. »Aber

ich möchte dennoch, dass ihr mich peitscht. Ich brauche einfach Gewissheit.«

Sie hielt die Peitsche Jakob Albers hin, doch der verschränkte die Arme vor der Brust. »Ich weigere mich, dich zu schlagen.«

»*Mon Dieu!*«, wehrte auch Yves ab, als sie ihn ansah. »Ich verletze doch eine Frau nicht mit Absicht.«

»Gib her!«, erklang Luks emotionslose Stimme.

Rahel reichte ihm die Peitsche, fühlte aber einen kleinen Stich in der Brust. Er hatte also kein Problem damit, sie zu verletzen.

»Streck deinen Arm aus«, sagte er.

Das tat sie. Doch anstatt ihr einen Hieb zu versetzen, strich er zart über den ledernen Knauf der Peitsche, als sei sie eine wiedergefundene Geliebte. Er ging zum hinteren Teil des Raums und dann – Rahel stockte der Atem – ließ er die Peitsche tanzen wie einst Mr. Minh. Wie ein Zirkusakrobat vollführte er virtuose Lufthiebe und Schlenker, ohne dass der Riemen ein einziges Mal mit der Raumdecke in Berührung kam. Als die Sehne sich unter seiner Lenkung zu einer Spirale drehte, erklangen bewundernde Ausrufe der Gruppe. Jara pfiff und klatschte, und im selben Moment durchzog ein heftiger Schmerz Rahels Unterarm.

»Ich dachte, es hilft, wenn es unerwartet kommt«, sagte Luk. Aus der Entfernung hatte er ihr mit dem Ende des Riemens die Haut aufgerissen. Er rollte die Peitsche auf und warf sie zurück auf den Tisch.

Es tat höllisch weh. Rahel schossen die Tränen in die Augen, aber sie nickte Luk zu. Mit klopfendem Herzen hob sie den Arm und roch an der Wunde.

Nichts.

Erleichterung flutete sie wie ein brechender Staudamm. Sie roch noch einmal, aber da war nur der eisenartige Geruch von Blut. Alles war gut.

»Komm mit ins Krankenzimmer«, forderte Yves sie auf. »Ich versorge die Wunde.« Luk warf er einen bösen Blick zu. »Schäm dich!«

»Aber ich wollte es doch so«, verteidigte Rahel den Dämonengel. Sie sah Luk an. »Danke.«

»Jederzeit wieder.«

Arschloch. Nun doch angesäuert, folgte sie Yves Bonnet ins Krankenzimmer und ließ sich verarzten. Als sie wieder herauskamen, verabschiedete Soleria sich gerade. Mit einem »Komm, Lieber« legte sie ihre Hand auf Luks Arm, doch der wehrte sie sanft ab.

»Geh schon vor, Sol, du weißt, ich habe noch etwas mit Jakob zu besprechen.«

Sie strich ihrem Bruder über die Wange. »Ja, das ist gut.«

Rahel konnte nicht hören, worüber Luk und Jakob redeten, denn sie wurde von Robert zum Panzerschrank gezogen. Er zeigte ihr, wie sie die Räder drehen musste, um den Tresor zu öffnen. Er legte die Peitsche unter das Fach, in dem die alten Bücher lagerten, und schloss den Tresor. Dann reichte er ihr ein Papier. Es war der Vertrag, den alle unterschrieben hatten. Die Peitsche blieb ihr Eigentum. Ein eigenartiges Gefühl blieb trotzdem. Irgendetwas fühlte sich nicht richtig an. Rahel wusste nur nicht, was.

10

Der leichte Wind wehte von der nahen Bahnstation Sülldorf
den Signalton sich schließender Schranken herüber, als Rahel
und Taco um sechzehn Uhr bei den Hathors klingelten. Dieses
Mal hatten sie sich telefonisch avisiert, um sicherzustellen, dass
Line zu Hause war, wenn sie kamen.

»Guten Tag«, begrüßte Steffen Hathor sie und deutete ins
Haus. »Meine Tochter ist im Wohnzimmer.«

Zwei blonde Mädchen saßen auf dem Sofa. Es war klar,
dass die Größere der beiden Line war. Sie war hübsch, aber
ungewöhnlich blass für den herrlichen Sommer. Sie hatte die
jüngere Schwester, die höchstens sieben Jahre alt war und ein
Prinzessinnenkleid trug, auf dem Schoß und presste sie an
sich, als sei sie ein Kissen, das ihr den Bauch wärmte.

Rahel sah zu dem Jugendlichen, der am Esszimmertisch
saß. Bent, wenn sie sich richtig an das Treibholznamensschild
erinnerte. Er musterte sie und Taco, ohne eine Miene zu verziehen.

Christine Hathor hockte wie das Elend persönlich in ihrem
Rollstuhl neben dem Sofa, wo die Kleine sich aus den Armen
der Schwester befreite und fragte: »Wer seid ihr?«

»Wir sind Herr Derba und Frau Bathlevi«, antwortete Taco.

»Und du bist Rapunzel?«

Rahel verkniff sich ein Augenrollen. Herr Derba hatte es
anscheinend nicht so mit Märchen.

Das stellte auch Emma entrüstet fest. »Ich bin doch nicht
Rapunzel!« Sie zog den langen rosa Kostümrock, der mit vielen kleinen Rosen bestickt war, in die Höhe. »Ich bin Dorn-
röschen. Oder hab ich etwa einen langen Zopf?«

Taco fuhr der Kleinen mit seiner Pranke über den blonden
Schopf. »Nein, hast du nicht.« Dann sah er die große Schwester
an, die nach wie vor schweigend dasaß. »Line, wir würden dir
gern noch ein paar Fragen zu Jenny stellen. Am besten allein.«

Rahel folgte Tacos Blick zu den Eltern. Wenn die beiden darauf bestanden, anwesend zu sein, konnten sie nichts tun, denn offiziell waren sie als Kriminalbeamte hier, und Line war noch nicht volljährig.

Es war Line selbst, die den Weg ebnete, als sie sich an ihre Eltern wandte: »Für mich ist das okay. Ich kann ja sowieso nicht mehr sagen, als ich schon gesagt habe.«

Rahel versuchte den Klang von Lines matter Stimme zu deuten. War es Mutlosigkeit, die darin mitschwang? Kraftlosigkeit war es allemal. Doch wie sollte das zu dem passen, was sie in Lines Gesicht, vor allem in den blauen Augen, zu sehen glaubte? Das junge Mädchen strahlte eine ungeheure Angespanntheit aus.

Steffen Hathor hatte sich hinter den Rollstuhl seiner Frau gestellt und streichelte unentwegt über deren knochige Schultern. Seiner Miene war deutlich anzusehen, dass ihm Lines Antwort nicht gefiel, aber entgegen Rahels Erwartung nickte er schließlich. »Okay, deine Mutter und ich sind in der Küche, Line. Wenn etwas ist, ruf uns.« Dann wandte er sich an seinen Sohn. »Bent, geh du doch mit Emma in ihr Zimmer und spiel mit ihr.«

Line sprang auf. »Nein!« Sie schluckte und sah Rahel und Taco an. Ihre Wangen hatten sich rot gefärbt. »*Wir* können doch in die Küche gehen.«

»Uns soll es recht sein«, meinte Taco.

Die Küche war geradezu steril sauber und aufgeräumt. Niemand würde vermuten, dass hier eine Familie mit drei Kindern lebte, dachte Rahel, während sie sich umsah. Vielleicht hatten die Hathors eine Putzfrau, denn Christine Hathor konnte vom Rollstuhl aus die Hausarbeit bis in alle Ecken nicht leisten. Oder der Vater war Mr. Saubermann.

Am Küchentisch stellte Taco Jenny die Fragen, die sie bereits der Kripo beantwortet hatte – das Protokoll lag ihnen vor. Ihre Antworten wichen nicht davon ab. Sie berichtete, dass Jenny keinen Freund gehabt und auch nie jemanden Unbekanntes erwähnt hatte.

»Glaubst du, dass Jenny immer offen zu dir war?«, fragte Rahel, als Line auf die Frage nach Jennys bester Freundin sich selbst nannte.

Das Mädchen sah sie an, während sie ununterbrochen ihre Finger knetete. Ihre Augen füllten sich mit Tränen. »Anscheinend ja nicht. Dann hätte ich ja gewusst, wie verzweifelt sie war. Wenn sie wirklich in so einem Selbstmordforum unterwegs war ... Das ist doch schrecklich!« Die Tränen liefen jetzt. »Sie hätte mir doch sagen müssen, wie schlecht es ihr geht.«

»Du musst dir keine Vorwürfe machen«, sagte Rahel. »Depressionen und insbesondere Suizidabsichten sind selbst für Familie und Freunde sehr oft nicht erkennbar.«

»Das Schlimme ist ...«, sie brach von einer Sekunde zur nächsten in Tränen aus, »... ich kann Jenny langsam verstehen.«

Rahel, die neben Line saß, konnte nicht anders. Sanft streichelte sie über den Arm des Mädchens, während Taco fragte: »Was meinst du damit?«

»Wenn man verzweifelt ist ... wenn alles sich verändert«, sie schluchzte, »dann will man vielleicht ja einfach seine Ruhe haben.«

»Bist du denn auch verzweifelt?«, hakte Rahel nach, ohne die Hand von Lines Arm zu nehmen.

Line antwortete nicht gleich. Sie schniefte, wischte sich über die feuchten Wangen und atmete tief durch. »Manchmal. Aber ist schon gut, ich komm klar.« Sie richtete sich gerade auf dem Stuhl auf. »Ich mach so was nicht. Ich bring mich nicht um. Ich glaub, ich bin einfach nur fertig von allem.«

»Hast du außer dem Tod deiner Freundin noch weitere Probleme?«, fragte Taco.

»Nee, ist schon gut«, winkte Line ab. »Es ist einfach nur ... Alles ist so anders seit dem Unfall. Mama sagt, wir müssen uns erst mal alle wieder berappeln, aber ... ach, ich weiß auch nicht.«

Rahel verspürte tiefes Mitleid. Dieses Mädchen war völlig

am Ende. Erst als Taco nachhakte, fiel ihr auf, was Line gerade gesagt hatte. Die Stimme des Mexikaners hatte einen sonderbaren Unterton. »Was meinst du mit ›Alles ist so anders‹, Line? Von welchem Unfall sprichst du?«

»Wir hatten vor ein paar Monaten einen schweren Autounfall«, schluchzte Line. »Mir ist fast nichts passiert. Ich hatte nur Prellungen. Aber Papa und Mama und Bent waren richtig schwer verletzt.« Sie schniefte. »Wir wussten gar nicht, ob sie überleben.«

»Und danach war alles anders?«, bohrte Taco weiter.

In diesem Moment verstand Rahel erst, worauf er hinauswollte. In ihrem Bauch begann es zu kribbeln. »Anders«. Das Schlagwort der Dämonenjäger.

Lines Antwort machte aus dem Bauchflattern einen Orkan. »Ich meine …«, sie schluchzte erbärmlich, »… alle sind irgendwie so merkwürdig.«

Rahel und Taco warfen sich einen Blick zu. »Kannst du das genauer erläutern?«, hakte er nach.

Das Mädchen sah ihn unter Tränen an, sagte aber nichts.

Rahel merkte Line an, dass sie überlegte, ob sie das, was sie bedrückte, den beiden Fremden erzählen sollte.

»Ist hier alles gut?«, erklang in diesem Moment Steffen Hathors Stimme in der Küchentür. »Line-Schatz, alles gut?« Er stellte sich neben seine Tochter, während er Taco und Rahel ansah. »Was tun Sie? Warum verstören Sie sie so? Ich möchte, dass Sie jetzt gehen. Unser Kind ist traumatisiert genug und hat bereits alles erzählt.«

Taco sah Line an. »Möchtest du uns noch etwas sagen?«

Das Mädchen schüttelte den Kopf.

Rahel nahm eine ihrer Visitenkarten und schob sie zu Line rüber. »Wenn dir noch etwas einfällt zu dem, was wir besprochen haben, dann melde dich gern. Egal, was es ist«, setzte sie hinterher.

Taco stand schon. »Vielen Dank, Line. Das war's dann auch von unserer Seite.« Er sah Steffen Hathor an und reichte ihm die Hand. »Vielen Dank für Ihr Verständnis.«

Auch Rahel reichte Lines Vater die Hand. »Auf Wiedersehen.«

Auf dem Weg zum Wagen schwiegen Rahel und Taco. Sie stiegen ein und fuhren los. Beim Nahkauf fuhr Taco auf den Parkplatz, stellte den Motor ab und sah Rahel an. »Ein schwerer Unfall ... drei Leute mit lebensbedrohlichen Verletzungen. Robert muss das umgehend checken. Vielleicht müssen wir nach dem Dämon gar nicht mehr außerhalb suchen, sondern sind ihm bei den Hathors bereits begegnet. Hast du was gespürt, als du Hathors Hand gedrückt hast?«

»Nein. Aber so funktioniert das bei mir auch nicht. Ich spüre nur eine dunkle Aura, wenn etwas Böses in dem Raum geschehen ist, in dem ich mich befinde. Es ist dann so, als hätte der Täter etwas hinterlassen. Einen düsteren Nebel, nur unsichtbar.« Rahels Hände begannen vor Aufregung zu zittern. »Wenn wirklich ein Dämon unter ihnen ist ... Das würde die merkwürdige Atmosphäre in dem Haus erklären. Line war völlig fertig und dennoch von einer fast greifbaren Anspannung erfüllt.« Rahel rief sich noch mal das Bild der Familie im Wohnzimmer in Erinnerung. »Wie Line aufgesprungen ist, als die Familie hinausgehen wollte«, murmelte sie vor sich hin. »Wollte sie verhindern, dass der Vater mit der Mutter allein ist?«

»Oder der Bruder mit der kleinen Schwester«, ergänzte Taco.

Rahel überlief es eiskalt. »Wie sie die Kleine an sich gepresst hat, als sie sie auf dem Schoß hielt. Es kam mir vor, als hielte sie sie wie einen Schutzschild vor sich, aber ...« Sie schluckte. »Vielleicht hat sie eher die kleine Emma schützen wollen?«

Taco startete den alten Passat und fuhr vom Supermarktparkplatz. »Wir brauchen Informationen aus dem Krankenhaus. Robert muss herausfinden, wo die Hathors eingeliefert wurden, und sich dann in das System der Klinik einhacken.« Seine Stimme klang unheilschwanger. »Eines der Familienmitglieder hat vielleicht doch nicht überlebt.«

Rahel rann erneut ein Schauer über den Nacken. Dass sich

ein Dämon bei den Hathors eingenistet hatte, war unvorstellbar. Und wenn doch … welches Familienmitglied war verstorben? Wessen Körper war besetzt worden?

Im Kneipenbüro trafen sie nur Robert an, den Mann der Stunde. »Lass die Suche nach Maria ruhen«, forderte Taco ihn nach einem Blick auf die Monitore auf und berichtete vom Besuch bei Line. »Die Hathors haben jetzt Vorrang.«

Robert ließ kein Anzeichen von Erregung erkennen, doch dass er ein Fenster nach dem anderen auf dem Bildschirm schloss, zeigte, dass er die Priorität erfasst hatte.

»Ich werde zuerst den Polizeibericht zu dem Verkehrsunfall ordern, dann kümmere ich mich um die Krankenhausdaten und werde alles Pressematerial zusammensuchen. Vielleicht kann ich euch morgen schon Sachdienliches bieten.« Ohne die beiden weiter zu beachten, flogen seine schlanken Finger über die Tastatur.

Rahel und Taco verzogen sich mit einem köstlich duftenden Kaffee aus dem Vollautomaten an den Tresen.

»Wer ist diese Maria?«, fragte Rahel und pustete in den heißen Kaffee. »Ich habe ihren Namen jetzt bereits mehrfach gehört.«

Taco lächelte unter seinem Walrossbart. »Sie ist keine Person. Bei Maria handelt es sich um eine Glocke.«

»Eine Glocke?« Rahel sah ihn verdutzt an, während er das heiße Gebräu geräuschvoll schlürfte. Gleichzeitig regte sich bei ihr eine vage Erinnerung. »Irgendwas klingelt da bei mir. Wir haben in der Schule mal über Sagen rund um Hamburg referiert.«

Taco nickte. »Es gibt in allen Landesteilen Sagen über verschwundene oder versunkene Glocken. Und meistens steht in diesen Legenden der Tod des Lehrlings mit dem Guss der Glocke in Verbindung. Im Fall der von uns gesuchten Krempner Glocke mit Namen Maria soll der Glockengießer seinen Lehrling totgeschlagen haben, weil der das flüssige Silber, das für die Inschrift gedacht war, einfach in die Gussmasse gekippt hat. Erst nach Fertigstellung stellte sich dann heraus, dass die Glocke durch das Silber einen unvergleichbar schönen Klang hatte. Allerdings klangen durch das wunderbare Geläut immer dieselben Worte hindurch: Schad um den Jungen. Schad um den Jungen.«

»Ich mag diese Sagen«, sagte Rahel. »Weil sie auf das Gewissen der Menschen abzielen. Aber was hat diese Geschichte mit der Glocke zu tun, die ihr sucht?«

»Sol glaubt, dass eine Glocke existiert, die bei der Dämonenjagd helfen kann.«

»Wie das?«

»Wenn man sie läutet, sollen angeblich die Dämonen, die sie hören, in der Bewegung erstarren, solange der Klang nachhallt. Sol meint, das Silber sei ein Synonym für die Liebe Gottes.«

»Wahnsinn! Ich bin …« Rahel musste das richtige Wort suchen. »… geflasht.« Sie schüttelte den Kopf, als müsse sie ihr Hirn in die richtige Lage rücken. »Ich habe immer noch das Gefühl, mich in einer Fantasygeschichte zu befinden, hineingeschleudert durch irgendeinen magischen Effekt.«

»Na ja, vielleicht ist Magie nur ein anderes Wort für das göttliche Wunder?«, meinte Taco. »Fest steht: Wir befinden uns nicht in einer fiktiven Welt, sondern in der realen. Und in dieser realen Welt hat Familie Hathor jetzt den Vorrang vor der endlosen, ernüchternden Suche nach der Glocke.«

»Wenn wir mit unserer Vermutung bezüglich eines Dämons innerhalb der Familie richtigliegen«, sinnierte Rahel, »wie passt dann Lines Aussage, *alle* seien irgendwie merkwürdig, dazu?«

»Das kann ich dir auch nicht beantworten, Babe.« Er trank den Rest Kaffee in einem Zug aus, während Rahel immer noch in ihre Tasse pustete, nachdem sie einen Schluck probiert hatte. Tacos Speiseröhre schien nicht aus Gewebe, sondern aus Eisen zu bestehen.

Er stand auf und fummelte die silberne Zigarettendose aus der Hosentasche. »Wahrscheinlich verhalten sich alle anders, weil sie spüren, dass sich etwas verändert hat, bar jeder Ahnung, was es Schreckliches ist.«

Rahel sah ihm nach, als er hinausging. Taco hatte recht. So war es auch bei der Bankiersfamilie gewesen. Ilona Lamprechts Wesensveränderung war zwar allen aufgefallen, nur hatte natürlich niemand die Ursache dafür auch nur erahnen können.

Hoffentlich fand Robert schnell etwas heraus.

***

»Mach es dir gar nicht erst gemütlich«, riet Rahel dem Kater, als er sich auf dem aufgeklappten Laptop um seine eigene Achse drehte, um die beste Liegeposition zu finden. »Da muss ich nämlich gleich wieder ran.«

Rahel saß im Schneidersitz auf dem Wohnzimmerteppich und löffelte gebratene Nudeln aus ihrer Lieblingsmüslischale mit Blümchenmuster. Sie füllte To-go-Essen immer um, weil sie die Styroporverpackungen unappetitlich fand. »Ja, Kabel, danke für den Blick, ich weiß, dass es umweltfreundlicher wäre, selbst zu kochen, aber ich hab nun mal nicht so viel Zeit wie du.«

Vor ihr lag aufgeschlagen ein alter Schulordner, den sie aus einem der Umzugskartons im Keller heraufgeholt hatte. Er enthielt die Gruppenprojektarbeiten zum Thema »Sagen und Mythen rund um Hamburg«, die sie in der zehnten Klasse geschrieben hatten. Swantjes, Oles und Fatmes Arbeit über die Krempner Glocke Maria bot allerdings nichts, was sie dazu nicht schon von Taco gehört und vor dem Essen noch im Internet recherchiert hatte.

Rahel kratzte die letzten Nudel- und Gemüseteile zusammen, setzte die Schale an die Lippen und schaufelte den Rest direkt in ihren Mund.

»Ist das nicht eine faszinierende Vorstellung, dass diese Glocke tatsächlich existieren soll?«, wandte sie sich wieder an den Kater, dessen Augenmerk allerdings auf der Müslischale in ihrer Hand lag. »Das ist chinesisch, das magst du doch nicht«, sagte sie und hielt ihm die leere Schale hin. Tatsächlich machte er nach einer Schnupperprobe keinerlei Anstalten, das Öl wegzuschlecken. Er war nun mal ein echter Hamburger Kater – fischverliebt, vor allem Labskausfan.

Sie blätterte im Ordner weiter bis zu ihrer eigenen Arbeit – letztlich ein Einzelprojekt, weil ihr einziger Mitstreiter Tobi damals überraschend wegzog und aus den anderen Gruppen niemand zu ihr wechseln wollte. Was klug von ihren Mitschülern gewesen war, denn sie hatte eine Fünf dafür kassiert. Sie hatte noch die Worte von Herrn Dr. Dittmer im Ohr, als er ihr die mehrere Seiten umfassende Arbeit zurückgegeben hatte. Er hatte dabei unglücklich ausgesehen.

»Du hättest dafür eine Eins verdient, Rahel, aber ich bin nicht dein Geschichts-, sondern dein Deutschlehrer. Und die Vorgaben waren klar und deutlich: Mythen und Sagen. So blieb mir leider nichts anderes übrig, da du völlig am Thema vorbeigearbeitet hast. Es tut mir wirklich leid.«

Statt sich wie das Gros der Mitschüler auf Klaus Störtebeker und dessen rollenden Kopf zu stürzen, hatte sie sich seinerzeit für die »Chinesenaktion« entschieden, die allerdings nicht fiktiv, sondern ein reales und wahrhaft dunkles Kapitel Hamburgs in der Zeit des Nationalsozialismus gewesen war. »Wie bist du nur darauf gekommen?«, hatte Herr Dr. Dittmer gefragt.

Sie hatte mit den Schultern gezuckt, dabei hätte die richtige Antwort gelautet: Weil ich einmal einem faszinierenden Chinesen begegnet bin und das Gefühl hatte, ihm und seinem Volk etwas schuldig zu sein. Und sei es nur die Erwähnung dieses ungeheuerlichen Verbrechens an einer Gruppe von Menschen, die in den Augen der Nazis keine Menschen, sondern in Kellerlöchern hausende Ratten waren.

Rahel nahm ihre Arbeit aus dem Ordner und las sie. Ende des 19. Jahrhunderts war über die Handelsschifffahrt eine Zuwanderergruppe aus China nach Hamburg gelangt, die im Laufe der Jahre nicht allzu groß geworden war, aber dennoch rund um die Schmuckstraße in St. Pauli ein kleines Chinatown entstehen ließ. Mit der Machtübernahme der Nationalsozialisten begannen die rassistischen Diskriminierungen gegen die Chinesen, die im Jahr 1944 in der sogenannten Chinesenaktion gegipfelt waren.

Rahel sah zu Kabel, der eingekringelt auf der Tastatur schlief. Ihren Kater interessierten die hundertdreißig Chinesen nicht, die damals verhaftet wurden, zusammen mit ihren deutschen Frauen und Freundinnen, die als Chinesendirnen beschimpft und als geschlechtskrank in Anstalten eingewiesen worden waren. Diejenigen, die das Gestapogefängnis Fuhlsbüttel überlebt hatten, waren letztlich in das Arbeitserziehungslager Langer Morgen oder in das KZ Neuengamme gekommen.

Vielleicht waren ja sogar Familienmitglieder von Mr. Minh dabei gewesen? Er musste damals Jugendlicher oder junger Erwachsener gewesen sein. War er deswegen zu dem kleinen Waisenmädchen so freundlich und mitfühlend gewesen? Weil er wusste, wie es war, elternlos zu sein?

Seufzend las Rahel das Kapitel über die geheimnisvollen Labyrinthe, die sich angeblich unter den Wohnungen der Chinesen befunden haben sollten. Doch die vermuteten weitverzweigten unterirdischen Gänge waren nie entdeckt worden. Die Menschen waren wohl ihrer Phantasie erlegen. Sie hatten aus der Tatsache, dass sich die armen chinesischen Arbeiter keine teuren Wohnungen leisten konnten und darum in Kellerräumen und Souterrains lebten, krude Geschichten gesponnen. Gut, vielleicht waren ja wirklich Opiumhändler unter den Chinesen gewesen, und der Verkauf der Ware war im Dunkeln geschehen, doch eine ganze Bevölkerungsgruppe als tunnelgrabende, in Löchern hausende Unmenschen zu stigmatisieren …

Rahel schüttelte sich, doch im nächsten Moment verharrte sie und las die Stelle mit dem Labyrinth noch einmal. Aufgeregt klaubte sie den schlafenden Kater vom Laptop. Was, wenn es diese unterirdischen Geheimgänge doch gegeben hatte? »Und vielleicht noch gibt?«, murmelte sie in das weiche

Fell. Es war doch möglich, dass früher auch andere Chinesen zur Dämonenbekämpfung nach Hamburg gekommen waren, und unterirdische Tunnel waren perfekt, um eine Glocke zu verstecken!

Sie musste das unbedingt mit den Jägern besprechen. Morgen früh im Büro wäre der passende Zeitpunkt. Ihr Bauchkribbeln verwies allerdings auf eine andere Möglichkeit. Außerdem sollte sie sich ja auch an Luks Aura gewöhnen. Also würde sie ihn am besten morgen früh im Teppichlager aufsuchen, um die These mit ihm zu besprechen.

Sie wählte Tacos Nummer, weil sie sich nicht traute, Luk direkt anzurufen. »Sorry«, sagte sie, als der Mexikaner sich mit einem brummigen »Kennst du keinen Feierabend?« meldete.

»Ich würde Luk morgen früh gern im Teppichlager besuchen, bevor ich ins Büro komme«, sagte sie und fügte hastig an: »Ich soll mich ja an seine Aura gewöhnen.« Den Vorwand auszusprechen, machte es nicht besser. Gut, dass Taco ihre heißen Wangen nicht sehen konnte. »Muss ich ihn vorher anrufen, damit er mich reinlässt, oder –«

Er ließ sie nicht ausreden. »Dafür störst du mich beim ›Bergdoktor‹? Geh einfach hin. Morgen ist Freitag. Das Teppichlager hat ganz normale Öffnungszeiten. Du wirst auf Constantin Weber treffen. Das ist unser BKA-Top-Teppichverkäufer.«

»Ah, okay.« So weit hatte sie gar nicht gedacht. Natürlich musste Luks und Sols Zuhause oder Versteck, oder was auch immer es für die beiden war, für Außenstehende ein echtes Teppichlager sein.

»Du erwähnst im Lager aber nicht die Namen unserer Dämonengel«, sagte Taco mahnend. »Die Losung lautet: ›Ich komme wegen des Bidjar-Teppichs für Juan Alejandro Ramirez Derba. Er möchte ein Exemplar mit mindestens fünfhunderttausend Knoten.‹ Dann lässt Weber dich passieren. Wiederhole die Losung.«

Das tat Rahel.

»Sehr gut«, lobte Taco sie. Bevor er sie wegdrückte, sagte er: »Bis morgen … Grr, jetzt hab ich die Rettung verpasst.«

»Was für ein aufregendes Leben wir jetzt führen«, sagte Rahel mit klopfendem Herzen zu ihrem Kater. »Eine Losung!«

∗∗∗

Als Rahel am nächsten Morgen in der Speicherstadt ankam und ihr Rad abschloss, stand die hölzerne Eingangstür zum Teppichlager offen. Ein kleiner Sandsack hinderte sie am Zufallen. Rahel ging die ausgetretenen Betonstufen ins Hochparterre hinauf. Der angenehme Kräuterduft aus dem goldfarbenen Samowar folgte ihr, als sie das Lager betrat. Ein Mann in Sakko und dunkler Jeans sah ihr entgegen und grüßte mit einem »Guten Morgen«. Das musste Constantin Weber sein. Ein Stück abseits stand ein Pärchen und betastete einen Orientteppich mit Lebensbaummotiv.

Rahel trat zu dem Sakko-Mann. »Herr Weber?« Sie sprach leise. »Mein Name ist Rahel Bathlevi. Ich komme wegen des Bidjar-Teppichs für Juan Alejandro Ramirez Derba. Er möchte ein Exemplar mit mindestens fünfhunderttausend Knoten.«

Constantin Weber verdrehte die Augen. »Hat Taco mal wieder einen Clown gefrühstückt?«

»Was?« Rahel sah ihn verwirrt an.

Der BKA-Teppichhändler behielt die Käufer im Blick, während er leise sagte: »Neulinge veräppelt Taco gern mal. Sie brauchen hier keinen Code, Frau Bathlevi. Ich weiß, wer Sie sind.« Er zog einen Schlüssel aus der Sakkotasche und führte sie zu der Tür, durch die Lukrezius bei ihrem ersten Besuch im Teppichlager verschwunden war. Er schloss auf.

»Sie gelangen jetzt auf einen Flur. Wenn Sie zu Lukrezius wollen, ist es die erste Tür links. Die dritte führt sie zu Soleria.« Er nickte ihr zu und ging zu dem Paar, das nach wie vor diskutierend vor dem Teppichstapel stand.

»Du Arsch, Taco«, grummelte Rahel.

Es war düster auf dem Flur hinter dem Lager, doch ein Lichtschein verriet, dass die erste Tür nur angelehnt war. Stimmen waren zu hören – die von Luk und eine leise weibliche Stimme.

Als sie vor der Tür stand, hob Rahel die Hand, um anzuklopfen, doch sie verharrte, als sie die schwache Stimme am britischen Akzent erkannte. Es war Beth. Sie war hier? In dem Fall, so entschied sich Rahel umgehend, konnte sie unmöglich stören.

Sie wollte sich abwenden, als sie Beth sagen hörte: »Du musst es mir versprechen, Darling: Wenn ich gegangen bin, lass nicht wieder sechshundert Jahre vergehen, bis du dich auf eine neue Liebe einlässt.«

»Das kann ich dir versprechen, mein Liebling.« Luks Stimme war voller Leidenschaft und Schmerz. »Denn es werden tausend Jahre vergehen, bis ich deinen Verlust verwunden habe.«

Rahel wurde heiß. Sie musste hier weg. Sie belauschte ein intimes Gespräch.

»Rede keinen Unsinn, Darling.« Beths Stimme klang jetzt trotz der Schwäche bestimmt. »Liebe ist ein warmer Wind in Eiseskälte. Wenn sie dich streift, wird sie dein Herz wärmen und heilen. Du kannst nicht bestimmen, wann der Wind weht.«

Auf Zehenspitzen, um ja kein Geräusch zu verursachen, wandte Rahel sich ab und schlich zurück ins Teppichlager. Mit heißen Wangen winkte sie Constantin Weber zu, der sich mit den Kunden unterhielt, und eilte hinaus. Draußen lehnte sie sich an die sonnenwarme Mauer des alten Speichers und atmete tief durch. Wie schmerzhaft musste das Abschiednehmen für Luk sein? Die große Liebe gehen lassen zu müssen, in dem Wissen, dass er selbst noch Tausende von Jahren leben würde …

»Lass nicht wieder sechshundert Jahre vergehen«, hatte Beth gesagt. Also hatte er zuvor schon einmal so tief geliebt? Mit einem wehen Gefühl im Herzen schloss Rahel ihr Rad auf und schob es auf den Kehrwiedersteg, der die vom Fleet unterbrochenen Landzungen verband. Sie lehnte sich an das

Geländer und blickte in das dunkle Kanalwasser, das undurchsichtig an die Steinwände schwappte. Würde sie selbst wohl jemals so lieben und geliebt werden? Sie verbat sich, tief in sich hineinzuhorchen, denn sie kannte die Antwort. Und die tat weh.

Als Rahel das Kneipenbüro betrat, saßen Taco, Jara und Yves Bonnet am großen Tisch und auch Robert, was Rahel merkwürdig vorkam, da sie ihn bisher nur hinter seinem Schreibtisch gesehen hatte. Taco grinste so breit, dass sein Goldzahn im Lampenschein blitzte. »Na, was hat Weber gesagt?«

»Dass du dir deine fünfhunderttausend Knoten nacheinander in den Allerwertesten stecken kannst.« Rahel hob den Mittelfinger.

Jara und Yves lachten herzhaft. Natürlich war die Bande eingeweiht.

»Ein bisschen Spaß muss doch sein, Babe«, meinte Taco. Dann wurde er ernst. »Hast du Luk denn überhaupt angetroffen? Er war doch bestimmt bei Beth im Krankenhaus.«

Rahel wurde heiß. »Er war da, aber ich habe nicht mit ihm gesprochen. Weil Beth bei ihm war. Ich habe ihre Stimmen gehört und bin sofort wieder gegangen, um nicht zu stören.« Eher würde sie sich von einem Dämon die Zunge herausreißen lassen und zusehen, wie er sie genüsslich verspeiste, als zuzugeben, dass sie die beiden belauscht hatte.

»Sie ist bei ihm?« Jara traten die Tränen in die Augen. »Dann ist ihr Ende nah.« Sie schluckte. »Die liebe, liebe Beth … Jakob wird es organisiert haben, dass sie aus dem Krankenhaus herauskommt, um in ihren letzten Tagen bei Luk zu sein.«

Alle schwiegen. Das hatte Luk also mit dem Pastor besprochen.

»Was wolltest du denn von Luk?«, fragte Jara, während sie das Wasser in ihren Augen wegblinzelte.

»Ihm sagen, was mir gestern Abend eingefallen ist«, antwortete Rahel mehr als hastig, um ein Rotwerden zu verhindern, was mal wieder misslang, denn ihr Körper zeigte ihrem Willen leider auch gern mal den Stinkefinger. Sie berichtete von dem Schulprojekt und ihren Schlussfolgerungen.

»Sehr gut kombiniert, Frau Kommissarin«, lobte Yves sie mit seinem wunderbaren Akzent. »Aber leider müssen wir dich enttäuschen. Das ehemalige Chinesenviertel wurde bezüglich eventueller geheimer Gänge schon vor Jahrzehnten von Luk und Sol gecheckt.« Er zwinkerte ihr zu. »So schlau wie du waren sie auch. Ein unterirdisches Labyrinth haben sie nicht entdeckt. Es waren einfach nur Gerüchte.«

»Ach.« Rahels Enttäuschung war herb. Sie hatte wirklich gedacht, eine Megaidee gehabt zu haben.

»Wir haben auf dich gewartet«, holte Taco sie aus den Gedanken. »Robert sagt, er hat Interessantes zum Unfall der Hathors herausgefunden, hat sich aber geweigert«, sein Blick wanderte zu dem Kollegen, »es uns mitzuteilen, bevor du da bist.«

Robert versuchte augenscheinlich, Tacos buschige Augenbrauen, die ein schwarzes Dach über dem grimmigen Blick bildeten, zu ignorieren. »Meine Zeit ist zu kostbar, als dass ich alles zweimal erzähle«, verteidigte er sich in leicht erhöhter Stimmlage.

Sofort war die Glocke vergessen. Gespannt sah Rahel ihn an. »Was gibt es?«

Roberts Giraffenhals versteifte sich in gewohnter Weise, als er zum Sprechen ansetzte. »Aus dem Polizeibericht geht hervor, dass der Unfall sich in der Nacht vom fünften auf den sechsten Februar ereignete. Es war die Nacht, in der durch das plötzlich einsetzende Glatteis Chaos herrschte.«

Rahel erinnerte sich. Es hatte extrem viele Unfälle gegeben. Und Tote.

»Christine Hathor fuhr den Wagen, der frontal gegen einen Baum prallte«, fuhr Robert ruhig fort. »Ihre Beine wurde im Motorblock eingequetscht. Die Feuerwehr musste sie herausschneiden. Line Hathor saß neben ihrem Vater auf der Rückbank und blieb bis auf Prellungen durch den Sicherheitsgurt quasi unverletzt, was an ein Wunder grenzte. Ihr Bruder Bent saß auf dem Beifahrersitz, war nicht angeschnallt und wurde aus dem Wagen geschleudert.«

»Wie furchtbar«, sagte Rahel.

Jaras Hand lag auf ihrer Brust. »Ja, das klingt grässlich. Wie schwer wurde der Vater verletzt?«

»Er und Line konnten sich selbstständig aus dem Wrack befreien. Der Vater hat den Notruf abgesetzt.«

»Also war er nicht lebensgefährlich verletzt?«, hakte Jara nach.

»Körperlich nicht«, sagte Robert. »Als Polizei und Rettungswagen eintrafen, befand sich Steffen Hathor allerdings in schwerem Schockzustand. Bent lag zu dem Zeitpunkt in der Böschung und war nicht bei Bewusstsein. Line versuchte laut Polizeibericht, hysterisch schreiend die Tür an der Fahrerseite zu öffnen, um ihrer Mutter zu helfen. Letztlich wurden alle vier ins Krankenhaus eingeliefert.«

»Nun sag schon, wie die jeweiligen Diagnosen lauteten«, forderte Yves, während seine Finger unrhythmisch auf der Tischplatte trommelten. »Könnte einer oder eine von ihnen im Klinikum unbemerkt verstorben und besetzt worden sein?«

»Immer mit der Ruhe.« Robert blätterte ohne Eile eine Seite in seinem schwarzen Notizheft um, las kurz das, was er notiert hatte, und gab es dann mit Blick in die Runde weiter: »Line Hathor wurde im Krankenhaus durchgecheckt. Sie hatte keinerlei innere Verletzungen und auch keinen schweren Schock erlitten. Daher können wir sie vernachlässigen. Es bleiben also drei Möglichkeiten. Bei Christine Hathor können wir nicht mit Sicherheit ausschließen, dass sie im Unfallwagen verstorben sein könnte. Sie hatte schwere Quetschungen und Brüche sowie innere Verletzungen im Unterleib. Meine Tendenz liegt dennoch nicht bei ihr.«

»Warum?«, fragte Rahel aufgeregt.

Anscheinend wurde Robert nicht gern unterbrochen, denn er musterte sie streng über seine Brille, bevor er stoisch seinen Bericht fortsetzte. »Steffen Hathor erlitt während der Fahrt zum Krankenhaus einen Kreislaufzusammenbruch inklusive

Herzstillstand. Er wurde noch im Rettungswagen wiederbelebt.«

»Dann kann er aber nicht besetzt worden sein, denn die Sanitäter waren bei ihm«, sagte Yves.

Rahel verstand seine Bemerkung nicht. »Er war tot. Warum also kann er nicht von einem Dämon besetzt worden sein?«, fragte sie. »Was haben die Sanitäter damit zu tun?«

Yves sah sie verblüfft an, dann wandte er sich an die anderen. »Anscheinend fehlt unserer Rahel eine wichtige Information. Hat sie denn niemand aufgeklärt?«

»Ich nicht«, antwortete Jara ihm. »Und du ja anscheinend auch nicht.«

»Ich dachte, unser Professor ›Vorschriftsmäßig‹ hat das erledigt«, meinte Taco achselzuckend mit Blick zu Robert.

Dessen Stimme wurde wieder schrill. »Ich kann hier doch nicht alles machen! Außerdem hat sie Zugang zu den Büchern. Sie kann es sich erlesen.«

»Zum Lesen war noch gar keine Zeit«, verteidigte Rahel sich, »und nach Hause mitnehmen darf ich die Unterlagen ja nicht.«

Jara erbarmte sich. »Es ist so, Rahel: Das Böse kann nur in einen toten Körper eindringen, wenn der Sterbende im Moment des Todes allein ist. Ist ein anderer Mensch anwesend, hat das Dämonische keine Chance, den Körper zu besetzen. Die anwesende Person muss nicht einmal eine nähere Beziehung zu dem Sterbenden haben. Es reicht, dass sie da ist. Im Fall von Steffen Hathor waren es die Sanitäter.«

»Unglaublich«, murmelte Rahel fasziniert.

»Es ist so einfach wie wunderbar«, sagte Jara fröhlich. »Seelennähe ist Schutz.«

Rahel lächelte Jara an. »Gibt es vielleicht noch etwas, das ich wissen sollte?«

»Vermutlich unendlich viele Dinge. Frag einfach wieder, wenn dich etwas irritiert. Ich helfe dir gern. Andererseits ...«, strahlend blickte Jara in die Runde, »... was haltet ihr von einem Picknick am Elbstrand? Das hatten wir ewig nicht. Wir machen Stockbrot und grillen Würstchen und beantworten am Lagerfeuer all die Fragen, die bei Rahel auftauchen. Ich organisiere das auch.« Dann stand sie auf, und zu Rahels Überraschung wurde sie von Jara herzlich gedrückt.

»Wofür war das denn?«, fragte sie und fühlte sich seltsam berührt, während Jara sich wieder rittlings auf ihren Stuhl setzte. »Für nichts. Mir war einfach danach.« Sie schmatzte einen Luftkuss hinterher.

»Daran musst du dich gewöhnen, Babe«, sagte Taco. »So ist sie, unsere Kleine.« Ein liebevoller Blick wanderte zu Jara. Der Mexikaner wurde auch umarmt. Dann wurde Jaras Blick ernst. »Wollen wir uns nicht gleich morgen Abend treffen? Dann können wir noch ein bisschen fröhlich sein, bevor …« Tränen traten ihr in die Augen.

Taco tätschelte ihre Hand. »Morgen ist gut. Ich bringe das Bier mit. Jaaa, auch Bier mit Alkohol«, setzte er grinsend nach, als Yves ihn beunruhigt ansah.

»Seid ihr jetzt fertig? Kann ich fortfahren?«, fragte Robert ohne jeden Spott.

»Hach, dich würde ich auch gern viel öfter knuddeln, Robert«, sagte Jara. »Aber ich weiß ja, dass du es nicht magst. Darum fühl dich herzlich *nicht* gedrückt und erzähl weiter.«

Ein Lächeln erschien auf seinen Lippen. »Danke, Jara.« Er sah in die Runde. »Bei euren Ermittlungen solltet ihr euch auf Bent konzentrieren. Er hatte schwerste Schädel-Hirn-Verletzungen. Er wurde stundenlang operiert, aber zum Zeitpunkt der Operation war er vielleicht längst besetzt.«

Yves nickte. »Du meinst, er könnte seinen Verletzungen bereits am Unfallort erlegen sein?«

»Ja. Das Böse hätte genug Zeit gehabt, sich seines Körpers zu bemächtigen. Er lag lange genug allein an der Böschung.«

»Wir müssen jetzt taktisch klug vorgehen«, sagte Yves. »Wir haben die Peitsche. Nur können wir nicht bei den Hathors klingeln und sie dem Sohn überziehen.«

»Der Zweck heiligt die Mittel«, meinte Taco, winkte aber gleich mit einem »Ja, ja, schon gut« ab, als Jara ihn erbost tadelte.

»Wir dürfen keine Aufmerksamkeit auf uns lenken«, wandte Jara sich an Rahel. »Die Urdämonen dürfen auf keinen Fall erfahren, dass wir im Besitz der Peitsche sind.« Sie schickte einen dicken Seufzer hinterher. »Beth darf einfach noch nicht sterben.«

Alle schwiegen.

Rahel hielt es nicht mehr auf dem Stuhl. »Ihr glaubt doch nicht wirklich, dass Luk in seinem Unglück den Urdämonen von der Peitsche erzählen würde? Ich glaube es jedenfalls nicht«, fügte sie bestimmt hinzu und ging die paar Schritte zum Tresen.

»Du kennst ihn doch kaum, Rahel.« Taco sah sie ernst an. »Wir haben nicht nur Angst, dass er es seiner dämonischen Mami erzählt, sondern dass er ihr die Peitsche übergibt und sie damit für immer verloren ist.«

»Was?« Rahel spürte eine unerklärliche Wut in sich. »Nein! Das würde er doch nicht tun.«

»Wir müssen zum richtigen Zeitpunkt den Code am Panzerschrank ändern«, sagte Robert ungerührt und machte so klar, dass er auf der Seite des Mexikaners war. »Wir dürfen kein Risiko eingehen.«

»Aber wann ist der richtige Zeitpunkt?«, fragte Taco. »Ich möchte nicht dabei sein, wenn er es bemerkt und durchdreht. Und ›Durchdrehen‹ ist keine Floskel«, fügte er an Rahel gerichtet hinzu.

»Luk ist so nicht«, wiegelte Jara ab. »Er würde niemals einem von uns etwas antun.«

Rahel nickte heftig und warf ihrer Jäger-Kollegin einen dankbaren Blick zu.

»Vergiss nicht, was er ist«, sagte Yves zu Jara. »Der dämonische Teil in ihm überwiegt. Eine falsche Aktion, etwas Unvorhergesehenes … Er kämpft gegen seine Natur an, ja, aber ich stimme Taco zu. Ich wäre auch gern ein paar hundert Kilometer entfernt, sollte das Böse in ihm einmal die Oberhand gewinnen.«

»Ihr solltet jetzt überlegen, wie ihr bei den Hathors vorgehen wollt«, lenkte Robert das Gespräch wieder in andere Bahnen. »Solange Beth lebt, brauchen wir uns über Luk keine Gedanken zu machen.«

***

»Stockbrot ist fertig!« Jara stand freudestrahlend vom Lagerfeuer auf.

»Ich wünschte, unser Grillmeister würde das auch bald mal von der Wurst behaupten«, maulte Taco mit Blick zu dem Minigrill, vor dem Yves mit einem Handtuch herumwedelte, um die Holzkohle zu befächeln.

»Es braucht eben seine Zeit«, gab der Franzose zurück. »Dafür geht es gleich sehr schnell.«

»Dann gib mir so ein blödes Brot«, wandte Taco sich an Jara, die mit zwei Stöcken von einem zur anderen ging, damit sich jeder ein Stückchen abbrechen konnte.

»Das ist kein blödes, sondern das beste Stockbrett *ever*«, sagte Rahel kauend von der Decke, die sie sich mit Taco teilte. Jara hatte den Teig nach »Geheimrezept« zubereitet. Auf jeden Fall waren Zwiebeln und Knobi mit drin.

Robert durfte sich als Erster von dem noch unangetasteten zweiten Stock ein Stück abbrechen. Er thronte als Getränkewart in einem mitgebrachten Campingstuhl zwischen zwei Kühltaschen. Es gab Bier mit Alkohol, ohne und als süße Kiezmische.

Rahel genoss den lauen Sommerabend mit den neuen Kollegen. Sie waren ein ganzes Stück aus Hamburg herausgefahren, bis ins schleswig-holsteinische Kollmar, wo der Elbstrand am Tag stark bevölkert war, doch jetzt kamen nur noch vereinzelt Strandspaziergänger vorbei, zumeist händchenhaltende Paare. Die Wellen berührten das Ufer sacht im ewigen Rhythmus und sandten dabei ihren beruhigenden Klang herüber.

Dennoch war Rahel nicht uneingeschränkt zufrieden. Sie verspürte leise Enttäuschung, dass Luk nicht dabei war. Ein Gefühl, das massiv schambehaftet war, denn schließlich lag die

Frau, die er liebte, im Sterben. Aus dem Grund hatte wohl auch Soleria verzichtet, dabei zu sein. Auch das bedauerte Rahel, denn Sol konnte mit Sicherheit mehr zu den Urdämonen sagen als die anderen.

»Was erzählen wir unserem Frischling denn nun?«, fragte Yves – wie Rahel vermutete, um von der immer noch nicht glühenden Kohle abzulenken.

»Alles, was sie wissen will«, antwortete Jara, ohne Rahel anzublicken, denn sie war damit beschäftigt, die leeren Stöcke wieder mit Teig zu bestücken.

»Dann schieß mal los, Rahelita«, brummte Taco mit schiefem Blick zum Grill.

»Mich interessiert der Blutmond. Das Erscheinen der Urdämonen«, sagte Rahel. »Ihr habt diese Wesen doch alle schon gesehen. Wie sind sie? Was tun sie genau? Wie habe ich mir das Portal vorzustellen, durch das sie kommen, und vor allem … was befindet sich am anderen Ende, also *hinter* dem Portal.«

»Okay, der Abend wird lang«, sagte Jara auflachend. »Obwohl … die letzte Frage können wir dir nicht beantworten. Nicht einmal Luk und Sol wissen es genau, denn sie waren noch nicht dort. Auf jeden Fall muss es eisig und dunkel sein, denn Kronox und ihre Vasallen reagieren allergisch auf Sonne und Feuer, auch wenn es sie nicht töten kann.«

»Kronox?«, hakte Rahel gleich ein. »Ist das Luks Mutter? Sie hat einen Namen?«

»Ja und ja. Und so lieblich, wie sich der Name anhört, ist diese Kreatur auch.« Jara schüttelte sich.

»Die Zeichnungen in dem alten Dämonenbuch …« Rahel sah Jara von der Seite an, während sie näher ans Lagerfeuer rückte. »Sieht Luks Mutter so aus, wie sie dort dargestellt ist?«

»Ja, die Zeichnungen treffen es genau.« Jara blickte konzentriert auf ihr Stockbrot.

»Sie hat diese fürchterlichen Zähne? Und die Schuppen?« Deutlich sah Rahel eine der Zeichnungen vor sich. Die Kreatur auf dem vergilbten Papier war vom Kopf bis zur Taille von menschenähnlicher langer, schlanker Gestalt, wenn man davon absah, dass Hände und Füße Klauen waren und das Gebiss aus schwarzen Reißzähnen bestand. Unterleib und Beine sowie der mächtige Schwanz waren von Schuppen bedeckt. Da Rahel Solerias Schwanz gesehen hatte, wusste sie, dass die Schuppen graugrün waren.

»Ja, so sieht sie aus«, übernahm Yves das Wort. »Soleria meinte einmal, dass der Gestank, der dem Maul ihrer Mutter entströmt, aber noch viel angsteinflößender sei als das Gebiss.« Er hörte kurz auf, mit dem Handtuch zu wedeln. »So riecht die Hölle, hat sie gesagt. Nach Blut und Verwesung und Tod.«

Rahel bekam eine Gänsehaut. »Aber die anderen Urdämonen in dem Buch sehen viel weniger menschlich aus.«

Yves nickte. »Du meinst die Reptilienfratzen. Es sind ihre Vasallen.«

»Es gibt also eine Rangordnung?«

»Ja, die Vasallen gehorchen Kronox aufs Wort.«

Rahel schwieg einen Moment, dann fragte sie: »Ich verstehe einfach nicht, wie Luk und Sol … Der Vater ist wirklich ein Engel? Ein richtiger Engel?«

»Ob es wohl auch unrichtige Engel gibt?«, lachte Yves. »Ja, er ist ein Engel, aber die Frage der Zeugung können wir dir nicht beantworten. Und ich rate dir auch, keinen der beiden danach zu fragen. Sie sind … empfindlich, was das angeht.«

»Bei der Mutter ja wohl auch kein Wunder«, sagte Taco und gab Yves ein Daumen-hoch, als endlich die ersten Würstchen auf dem Grill landeten.

Rahel war fasziniert. »Ich höre all das und weiß, dass es wahr ist, aber irgendwie komme ich mir trotzdem vor, als wäre ich in einem Buch oder Film gelandet.«

Jara grinste. »Kein Autor und keine Autorin, die etwas auf sich halten, würden der Protagonistin rote Locken und grüne Augen verpassen. Voll Klischee.«

Alle lachten. Taco sagte: »Klischee wäre auch, wenn am Ende die Guten alle überleben. Aber da ich Happy Ends mag, akzeptiere ich das.«

»Die Frage zum Portal möchte ich dir beantworten, Rahel«,

erklang es vom Grill. »Die Urdämonen tauchen immer in Wasser auf. Man erkennt das Portal sofort. Es ist eine vereiste Fläche im Wasser. Und es ist wirklich ein grandioses Schauspiel, wie es passiert.«

Yves' Stimme wurde schwärmerisch. »Die Oberfläche wirkt erst wie in einem unheimlichen Nebel, so, als ahne unsere reale Welt, was aus einer anderen Dimension Einlass begehrt, als versuche sie, einen Schutzschirm aus Rauch zu bilden, um die armen menschlichen Seelen –«

»Bitte, Yves!«, nahm ihm vom Campingstuhl King Robert das Wort ab. »Wozu diese lächerlich poetische Ausschmückung? Das Portal, Rahel, ist eine kreisrunde vereiste Fläche von circa fünf Metern Durchmesser, die die fünf Urdämonen durchbrechen. Vier von ihnen, die Vasallen, schwimmen dann an Land, um menschliche Zufallsfunde zu töten und leer zu saugen, manchmal in umgekehrter Reihenfolge, wobei der Tod natürlich durch das Aussaugen eintritt.« Er holte einmal Luft. »Und dann fressen sie die blutigen Eingeweide.«

Yves' Umschreibung war Rahel lieber gewesen. »Und Kronox … sie tötet keine Menschen?«

»Sie wird beliefert«, sagte Jara geschäftsmäßig. »Die anderen bringen ihr Innereien der getöteten Menschen, weil sie sich hier nicht von Luk fortbewegt. Sie nutzt die Zeit, um auf ihn einzureden, um ihn wieder und wieder davon zu überzeugen, dass er zu ihr gehört. Sie bewegt sich dabei im Wasser und lockt ihn so von uns fort. Und Luk bleibt in ihrer Nähe, damit sie sich den anderen nicht anschließt und so noch mehr Menschen den Tod finden.«

»Und Soleria?«, fragte Rahel. »Wie reagiert sie auf ihre Mutter?«

»Sol bleibt immer auf Abstand, aber dennoch in Luks Nähe, um ihm Kraft zum Widerstand zu geben«, antwortete Jara. »Kronox kann zu ihr nicht durchdringen. Sols Ausstrahlung sorgt bei ihr für Ekel.«

Die fertigen Würstchen brachten ein wenig Ablenkung. Alle aßen und tranken. Doch eine gelöste Stimmung wollte nicht aufkommen. Der nahende Tod von Beth machte das unmöglich.

»Warum hält Luk sich am Blutmond nicht in menschenleeren Gegenden auf?«, fragte Rahel, weil die Gedanken um Kronox ihr keine Ruhe ließen. »Je einsamer die Gegend, desto weniger Menschen, auf die Urdämonen stoßen können.« Taco lachte bitter auf. »Glaub mir, das hat unser Zwillingspärchen alles probiert. Doch die Viecher sind nicht dumm. Jedes Mal, wenn Luk und Sol versucht haben, sie in menschenleere Gegenden zu locken, erschienen sie nicht. Jedenfalls nicht in der Nähe der beiden. Kronox und ihre Knechte öffnen das Portal dann in anderen Gewässern. Und das wollen wir natürlich keinesfalls, weil uns dann die Möglichkeit genommen wird zu helfen.«

»Wenn unser ›Bad-Man‹ sich bis zum nächsten Blutmond der Dunkelheit annähert, bekommen wir vielleicht ein Problem«, meinte Yves.

»Was meinst du?«, fragte Rahel nervös.

»Nun, es wird gesagt, Kronox könne die Dunkelheit erspüren. Sie würde ihm diesmal vielleicht an jeden Ort folgen, und wir sind dann raus, sollte er ohne uns auf sie treffen wollen. Also hoffen wir, dass unsere liebe Beth noch am Leben bleibt.«

***

Es war später Vormittag, als Soleria am Montag das Kneipenbüro betrat. »Meine Lieben, es ist so weit«, sagte sie mit ihrer sanften Stimme und begann den Turban zu lösen.

Gebannt sah Rahel zu, wie die ersten goldenen Engelssträhnen sich zeigten, während Jara lauthals losschluchzte. Rahel sah irritiert zu ihr.

Solerias nächste Worte verrieten, was Jara wohl schon ahnte. »Unsere Beth ist heute am frühen Morgen eingeschlafen. Ganz sanft, in Luks Armen.« So viel Liebe schwang in ihren Worten mit. Sie nahm Jara in die Arme, die haltlos zu weinen begann.

Taco verdrückte sich wortlos in den Nebenraum und schloss

die Tür. Roberts Giraffenhals schluckte Klöße in Tennisball-format, während seine Augen hinter der Brille plinkerten. Nur Yves behielt die Fassung. Mit geschlossenen Augen sagte er: »Beth. Ruhe in Frieden, wunderbare Freundin.«

»Jakob ist bei Luk«, sagte Soleria, während sie Jara in den Armen wiegte. »Sie werden alles für die Bestattung regeln. Beth hat verfügt, dass es zwei Trauerfeiern gibt. Jakob wird die offizielle Feier in der Kirche ausrichten, für die Menschen, die sie als Elizabeth Bishop, die Kinderärztin, kannten. Am Abend vorher wird es eine Trauerfeier für Luk und uns im Teppichlager geben.«

Sie war also Kinderärztin gewesen. Und Dämonenjägerin. Was für ein Leben. Rahel blieb stumm. Trauer um die alte Frau konnte sie kaum empfinden. Lag es daran, dass sie sie nur ein-mal gesehen hatte? Oder an Solerias strahlendem Haar, dessen Wärme und Licht etwas so Tröstendes hatte? Zweifellos hatte Soleria den Turban zu diesem Zweck abgenommen, und es wirkte. Auch Jara wurde ruhiger. Die Tränen liefen noch, aber das Schluchzen verebbte langsam. Fest an die Engeldämonin gepresst, ließ sie sich weiter wiegen.

Obwohl Rahel den Blick auf die Liebe ausstrahlende So-leria gerichtet hielt, wurde ihr das Herz schwer. Luk musste der Abschied von seiner geliebten Beth zerreißen. Sie selbst fühlte sich in diesem Moment auch einsam. Weil ihr das fehlte, was die anderen miteinander verband: Beth gekannt und ge-liebt zu haben. Nicht dazuzugehören – das war nichts, was sie nicht kannte. Eigentlich war genau dieses Gefühl ihr zweiter Schatten. Unsichtbar, aber ebenso dunkel.

Ohne ein Wort an die anderen zu richten, die mit sich selbst beschäftigt waren, stand sie auf, griff nach ihrer Tasche und verließ das Büro. Es gab genug zu tun.

Rahel schob ihr Rad durch die Menge der Mädchen und Jungen, die nach Unterrichtsschluss vom Schulhof des Ma-rion-Dönhoff-Gymnasiums strömten. Im Gegensatz zu den meisten anderen ging Line allein und gehörte nicht zu den

Smombies, die im Gehen auf ihre Handys glotzten. Aber das lag wohl daran, dass sie ebenfalls ihr Fahrrad schob.

»Line?«, rief Rahel und schob schneller, weil Line sich auf ihr Rad schwang.

»Alter, geht's noch?«, giftete eine Schülerin Rahel an, der sie den Reifen in die Hacken geschoben hatte.

»Sorry, tut mir leid.«

»Ja, du mich auch.«

Line hatte sich umgedreht. Ihr Gesichtsausdruck veränderte sich nicht, als sie Rahel erkannte. Etwas Gehetztes lag in ihren Zügen, aber sie blieb stehen. »Ja?«, sagte sie unsicher, als Rahel zu ihr aufgeschlossen hatte.

»Hallo, Line, ich will dich nicht lange aufhalten, aber …« Sie musterte das Mädchen, deren Haut unter der Sommerbräune immer noch teigig wirkte. »Ich hatte den Eindruck, dass du meinem Kollegen und mir gern noch etwas gesagt hättest, als wir Donnerstag in eurer Küche saßen.«

»Was? Nein … ich …«, stammelte Line.

»Was es auch ist«, sagte Rahel ruhig. »Du kannst mir alles anvertrauen. Deine Familie erfährt kein Wort von mir. Niemand.« Sie sah, wie es in dem Mädchen arbeitete, während die anderen Jugendlichen schwatzend an ihnen vorbeizogen. »Manchmal erscheinen Dinge absurd oder unheimlich, und man traut sich nicht, es anzusprechen«, wagte Rahel sich vor.

Line schluckte heftig, dann öffnete sie den Mund und schloss ihn wieder, um schließlich herauszupressen: »Es ist … Es hat aber nichts mit Jenny zu tun.«

Rahels Herz begann schneller zu klopfen. »Das dachte ich mir schon. Ich habe –«

»Ich muss los«, fiel Line ihr abrupt ins Wort, den Blick auf einen Punkt hinter Rahel gerichtet. »Tschüs.« Sie hastete davon.

Rahel wandte sich um. Die Masse der Schülerschaft war weg, doch hinter einem Mädchentrio erschien ein bekanntes Gesicht.

Bent.

Rahel überlief ein Schauer. War er ein Dämon? Ein totes Etwas, das seine geraubten menschlichen Hände an ihren Kopf pressen konnte, um mit Eiseskälte ihr Hirn zum Absterben zu bringen? Er kam mit langen Schritten auf sie zu. Sein Gesicht war ausdruckslos.

»Hallo, Bent«, sagte Rahel, als er sie mit seinem Rad erreicht hatte. Sie versuchte zu ergründen, was sich hinter seinen blaugrauen Augen verbarg, aber da war nichts Verräterisches, wenn man von dem Argwohn absah, den sie zu sehen glaubte.

»Hallo.« Sie wurde ebenfalls gemustert. »Gibt es was Neues bei Jenny?«, fragte er dann. »Oder warum haben Sie mit meiner Schwester geredet?«

»Ich hatte gehofft, Line könnte mir noch ein paar Namen von Leuten nennen, die mit Jenny befreundet waren«, log sie. »Wie ist es denn eigentlich mit dir, Bent? Als beste Freundin deiner Schwester kanntest du Jenny doch bestimmt gut?«

Sein Gesichtsausdruck veränderte sich nicht, aber seine Stimme verriet Erregung. »Hat meine Schwester das gesagt?«

»Nein. Line konnte mir leider nicht weiterhelfen«, sprang sie dem Mädchen vorsorglich bei. »Also, wie gut kanntest du Jenny?«

»Sie war 'ne langweilige Bitch. Und dass sie tot ist, geht mir am Arsch vorbei.« Dann ging er, ohne sie eines weiteren Blickes zu würdigen, wenn man von dem Moment absah, in dem er ihre Brüste taxiert hatte.

Rahel sah ihm nach. War er einfach nur ein Arschloch-Teenager oder wirklich das wahrhaftige Böse? Sie mussten es herausfinden. Und ein vages unangenehmes Gefühl sagte ihr, dass sie sich dabei nicht allzu viel Zeit lassen durften.

11

Das Wasser im Kehrwiederfleet schwappte ruhig gegen die Speicherwände, als Rahel auf der Sandbrücke stand. Es war dunkel, und die beleuchteten Speicherwände sandten ihr Licht herüber.

Ob die anderen schon da waren? Mit mulmigem Gefühl ging Rahel zurück zum Speicher, den sie eben noch nicht hatte betreten wollen. Eine Woche war seit Beths Tod vergangen, und heute war die Trauerfeier im Teppichlager. Lukrezius hatte sich die ganze Woche über nicht blicken lassen. Keiner wusste genau, wie es ihm ging, denn Soleria hatte bei ihrem einzigen weiteren Besuch im Büro kein Wort über Luks Gefühlszustand verloren, und Jakob Albers schien seiner Seelsorgeverschwiegenheit verpflichtet und hatte nur gesagt: »Er trauert und braucht Zeit für sich allein.«

Auch die wenigen Details zur nächtlichen Trauerfeier, die um dreiundzwanzig Uhr beginnen sollte, hatte der Pastor ihnen mitgeteilt. Sie sollten nicht zusammen, sondern einzeln erscheinen, um keine unnötige Aufmerksamkeit auf das Teppichlager zu lenken – eine Vorsichtsmaßnahme, die Rahel für überflüssig hielt, denn wochentags war die Speicherstadt in der Nacht wie ausgestorben. »Wir werden Musik hören, uns an Beth erinnern und sie in die Gnade Gottes entlassen, auf den sie ihr Leben lang vertraut hat.«

Rahel hatte lange überlegt, ob sie an der Trauerfeier teilnehmen sollte. »Ich kannte sie kaum«, hatte sie noch am Morgen zu den anderen gesagt. »Ich bin doch da völlig fehl am Platz.«

»Du gehörst zu uns«, hatte Jara geantwortet. »Wo wir sind, bist du nie fehl am Platz.«

Noch jetzt wurde es Rahel warm in der Brust, wenn sie an diese Worte dachte. Jara war ein so grundguter Mensch. Rahel fühlte sich ihr mehr und mehr verbunden. Eine tiefe

Freundschaft zu pflegen, das war ihr nie gelungen, weder in der Schulzeit noch während der Ausbildung. Sie hatte zu Cliquen gehört, ja, aber eine beste Freundin hatte sie nie gehabt.

Rahel blickte auf ihr Handy, als sie vor der grünen Holztür stand. Es war zehn vor elf. Nicht zu früh, nicht zu spät, doch als sie am Knauf zog, gab die Tür nicht nach. Sie klopfte verhalten, und ihr wurde sofort geöffnet. Constantin Weber ließ sie an sich vorbeitreten und schloss die Tür wieder ab, an allen vorhandenen Schlössern.

»Die anderen sind schon alle da?«, fragte sie, als sie die wenigen Betonstufen hinaufging.

»Ja.« Er deutete ins Lager. »Ich komm gleich nach.« Sein Blick glitt dabei über sie. Sie war sich nicht sicher gewesen, ob typische Trauerkleidung angesagt war. Es wollte irgendwie nicht zu der Gruppe passen, und daher hatte sie sich für ein Hybridoutfit entschieden. Sie trug das schlichte schwarze Cocktailkleid, das sie sich für Bettinas Beerdigung gekauft und seither nie wieder getragen hatte, kombiniert mit schwarzpinken Sneakers und einem schlabbrigen grünen Oversizepulli. Mit Blick auf Webers eleganten Anzug zog sie den Pulli hastig über den Kopf und warf ihn auf den Stuhl neben dem Samowar-Tischchen.

Ihre roten Locken ordnend, betrat Rahel das Lager. Sie hatte sich gefragt, was sie erwarten würde, da ja schon die Location außergewöhnlich war. Die Lampen waren aus. Licht spendeten flackernd und festlich Hunderte von Kerzen, die in Lüstern und kleinen Gläsern verteilt standen – auf den Teppichstapeln, in allen Nischen und auch auf dem hohen Deckenbalken, auf dem Luks Cello am Träger lehnte.

Rahel verbot sich jeglichen Gedanken an die Begegnung dort und ging langsam weiter. In der freien Fläche zwischen den Teppichstapeln stand auf einem Podest mit schwarzem Samttuch die Urne. Links daneben lehnte auf einer Staffelei ein großes zweigeteiltes Bild. Die schwarz-weiße Fotohälfte zeigte eine junge, wunderschöne Beth an einem Strand vor Klippen. Strahlend lachte sie ihre Lebensfreude heraus. Die andere Hälfte des Bildes zeigte die alte Beth, allerdings noch nicht von Krankheit gezeichnet. Falten und Altersflecken in ihrem Gesicht konnten der Lebensfreude in ihren Augen nichts anhaben. Rechts von der Urne stand ein fast mannshohes hölzernes Kreuz, das mit feinem Maschendraht umspannt war. In den Draht waren Buchsbaum, Efeu und bunte Sommerblumen gesteckt, sodass das Holz zu blühen schien. Rahel war sich der Symbolik bewusst. Aus dem Kreuz des Todes erwuchs das ewige Leben.

Sechs Stühle waren im Halbkreis um Urne, Staffelei und Kreuz aufgestellt. Jara, Robert, Yves und Taco saßen dort. Die Männer trugen dunkle Anzüge und weiße Hemden mit Krawatte. Jara hatte sich für ein dunkelblaues Kleid mit Rüschen am engen Halsausschnitt und an den langen Ärmeln entschieden. Die unregelmäßigen gelben Punkte auf dem Kleid entpuppten sich bei näherem Hinsehen als kleine Sonnenblumen.

Jara strich Rahel über den nackten Oberarm, als sie sich neben sie setzte. »Schön, dass du da bist, Rahel«, sagte sie leise.

Rahel flüsterte: »Ich wollte bei euch sein.«

Taco nickte ihr zu. Das auffällige Kneten seiner Finger deutete auf Nikotinentzug hin.

Ein paar Minuten saßen sie einfach da. Schweigend, was Rahel nicht als unangenehm, sondern als beruhigend empfand, wozu auch das in der Dunkelheit ruhig flackernde Kerzenlicht beitrug. Sie betrachtete Beth auf den Fotos und versuchte sich vorzustellen, wie viel pralles Leben für Elizabeth Bishop dazwischengelegen hatte. Wo hatte die Engländerin Luk kennengelernt? In ihrer Heimat? Waren das englische Klippen, die da auf dem Foto zu sehen waren?

Ihr Blick wanderte zu der silberfarbenen Urne, die zweifellos handgefertigt war. Eine schwarze Feder war darauf verarbeitet, am Stiel umwickelt von einer eigenartigen weißen Schleife. Rahel musste schwer schlucken, als ihr klar wurde, dass die Feder aus einer von Luks Schwingen und die Schleife eine Strähne aus Beths langem weißem Haar war.

Der Rest von Elizabeth Bishop war nur noch Asche. Staubig und leicht, vom Winde verwehbar wie ein graues Nichts. Das, was am Ende von einem Menschenleben blieb. Doch so erschien es einem lediglich am Anfang, wenn das Unbegreifliche, das plötzliche Fortsein eines geliebten Menschen, die Gefühle lähmte.

Rahel fühlte in diesem Moment eine tiefe Verbundenheit zu Bettina. Die Liebe blieb für immer. Sie loderte warm und ewig und unzerstörbar im Herzen, während der Geist die bunten Bilder der Erinnerung als kostbares Geschenk behielt.

Rahel schrak zusammen, als Constantin Weber sich neben sie auf den letzten freien Stuhl im Halbkreis setzte. War Jakob bei Luk und Sol? Wo blieben sie?

Im selben Moment kamen Lukrezius und Soleria in Begleitung des Pastors aus den hinteren Räumlichkeiten. Soleria trug ein langes weißes Kleid. Die Federn ihres kleinen weißen Flügelpaars schimmerten und strahlten golden wie ihr offenes Haar und machten mit ihrem übernatürlichen Glanz das Kerzenlicht zu Bettlern. Solerias Schwanz war in einem weißen Ledereinsatz im hinteren Teil des Kleides verborgen.

Doch Rahels Blick suchte Luk. Er war ganz in Schwarz gekleidet. Die goldenen Spitzen seiner Schwingen blinkten wie kleine Sterne im Licht von Soleria. Sein Gesicht war starr. Er griff nach Solerias Hand, und dann flackerten alle Kerzen im Raum, denn sie flogen auf den Balken, wobei Soleria wie ein hilfloses Küken wirkte, so sehr musste sie schlagen, um nach oben zu kommen.

Jakob Albers trat an die Urne und verneigte sich leicht davor, dann sah er in die Runde und begrüßte sie: »Seid gesegnet im Namen Gottes, meine Lieben. Es ist schön, dass ihr da seid. So hat unsere Beth es sich gewünscht.« Er sah hoch zu Luk und Sol. »Bevor wir auf Beths langes und wunderbares Leben zurückblicken, wollen wir mit dem Lied beginnen, das sie geliebt hat wie kein anderes.«

Luk nahm sein Cello. Als Solerias Stimme den Raum füllte, hielt Rahel den Atem an. Schon die Sprechstimme war Balsam für das Menschenohr, doch sie singen zu hören, übertraf alles Schöne, alles Wunderartige noch einmal um ein Vielfaches. Warmer goldener Honig. »I've stood on Cape Cornwall in the sun's evening glow ...«

Rahel wurde klar, dass das Lied eine Hymne an Beths südenglische Heimat war, und der Text war wunderschön. Heiß stiegen ihr die Tränen in die Augen. Solerias Gesang war so lieblich und von einer Klarheit und Reinheit, die wahrhaft überirdisch war.

»... and no one will ever move me from this land, until the Lord calls me to sit at his hand.«

Alle weinten.

Der Einzige ohne Tränen war Lukrezius. Seine langgliedrigen Finger spielten das Cello, während seine Augen auf die Urne gerichtet waren. Nicht ein einziges Mal wich sein Blick davon ab, weder zu den Fotografien auf der Staffelei noch zu irgendeinem der Menschen im Raum.

»For this is my Eden, and I'm not alone, for this is my Cornwall and this is my home.«

Solerias Engelsstimme war noch nicht ganz verklungen, als Lukrezius das Cello hart an den Träger lehnte und sich mit einem wehen Laut vom Balken abstieß. Es rauschte. Die Staffelei kippte um, als er noch im Flug die Urne ergriff und damit Richtung Ausgang flog.

Eine Schrecksekunde lang waren alle erstarrt. Dann setzte Jakob sich mit einem lauten »Luk!« in Bewegung und eilte ihm hinterher.

»Was macht er denn?«, rief Jara aus, während Taco schon dem Pastor folgte.

»Er darf die Urne nicht mitnehmen«, konstatierte Robert mit großen Augen. »Morgen ist doch die Trauerfeier für Beth ... die Bestattung.«

Die Männer waren nicht schnell genug an der Speichertür. Lukrezius hatte bereits alle Schlösser entriegelt, als sie bei ihm waren.

»Luk! Ich bitte dich, das ist doch Wahnsinn!«, rief Jakob

ihm hinterher, als der Dämonengel in den dunklen Himmel davonflog. »Dieser Idiot!«, spie er erbost aus, während sich alle um ihn versammelten und dem schnell kleiner werdenden Schatten mit den Blicken folgten. »Dieser Riesenmegaidiot! Wenn er gesehen wird!« Er selbst blickte hektisch von links nach rechts, um den Sandtorkai nach vielleicht aufmerksam gewordenen Touristen abzuchecken. Doch glücklicherweise hielt sich kein Mensch dort auf.

»Wo will er denn mit der Urne hin?«, fragte Robert mehr sich selbst als die anderen.

»Er bringt seine Beth nach Hause.« Solerias Stimme war voller Liebe.

Jara starrte sie an. »Du glaubst doch nicht … Er *fliegt* doch jetzt nicht nach England?«

Soleria sah ihrem Bruder nach. »Doch, ich denke, genau das tut er.«

»Ich dreh durch«, schimpfte Jakob und scheuchte alle zurück ins Teppichlager. Nervös tigerte er um das geschmückte Kreuz und das leere Podest herum, dann stellte er die am Boden liegende Staffelei auf und starrte auf das Bild. »Beth hat doch bestimmt, dass sie in Hamburg begraben sein will!« Er sah zu Soleria. »Sie wollte Luk nah sein!«

»Ja, das hat sie gesagt«, sinnierte Soleria. »Aber wir sollten Luk vertrauen. Er weiß wohl am besten, was sie sich wirklich gewünscht hat. Sie hat ihr Cornwall so sehr geliebt.«

»Dann hätten wir das von vornherein so regeln können«, sagte Jakob erbost. »Was mache ich denn jetzt morgen? Soll ich einen Fake-Gottesdienst abhalten und eine leere Urne bestatten?«

»Das klingt vernünftig«, bescheinigte Robert ihm.

In Rahels Ohren surrte es vor Aufregung. Sie konnte nicht fassen, was Luk getan hatte. »Er kann bis nach England fliegen?«, wandte sie sich immer noch fassungslos an Soleria. »Das schafft er kräftemäßig?«

»Er wird Aufbauten von Schiffen auf der Nordsee zu kleinen Verschnaufpausen nutzen«, sagte die Engeldämonin. »Er wird am Ende seiner Kräfte sein, wenn er in Cornwall eintrifft, aber: Ja, das schafft er.«

***

»Emmi?« Line öffnete die Tür zum Zimmer ihrer Schwester. »Auf der Mauer, auf der Lauer …«, klang es aus der Toniebox, doch die kleine Schwester war nicht da. »Emma!« Lines Stimme war angsterfüllt, als sie sich umdrehte, auf den Flur stürmte und die Tür zu Bents Zimmer aufstieß. Doch auch dieses Zimmer war leer.

Während Line die Treppe hinuntereilte, hörte sie Bents dunkles Lachen aus dem Wohnzimmer. Gerade als sie die Tür öffnete, sagte Emma weinerlich: »Aua! Du tust mir weh!«

»Lass sie los!«, rief Line, noch bevor die Tür ganz offen war, dann verharrte sie. Bent war nicht in Emmas Nähe, sondern lag auf dem Sofa. Die Kleine saß auf Mamas Schoß und wand sich gerade aus deren Umarmung.

Line trat auf Emma zu und nahm sie in die Arme. »Was ist hier los?« Ihr Blick wanderte von der Mutter zu ihrem Bruder.

Bent stellte den Fernseher an und zappte durch die Kanäle, ohne aufzublicken. »Musst du dich immer in alles einmischen?«

»Mama hat mich so doll gedrückt«, sagte Emma und schlang die Arme um Lines Bauch. »Spielst du was mit mir?«

»Line muss Hausaufgaben machen, Emmi«, sagte Christine Hathor. Ihre Finger lagen verkrampft um die Greifringe der Rollstuhlräder. »Du bleibst bei mir. Wir können doch in der Küche Memory spielen.« Sie setzte den Rollstuhl in Gang und rollte Richtung Wohnzimmertür.

»Ja, geh mit Mama«, meinte Line und schob Emma zur Tür. »Nachher spiel ich auch noch was mit dir.«

Während die beiden in die Küche verschwanden, sah Line zu Bent, der den Fernseher ausstellte und sich aus dem Sofa hochschwang. Er fingerte zwei Lakritzschnecken aus dem Naschschälchen auf dem Tisch, steckte sich eine davon ganz in den Mund und kam auf sie zu.

Line hätte gern auf den Hacken kehrtgemacht, als sein Blick abschätzend über sie glitt, aber sie blieb stehen und fragte: »Wo willst du hin?« Irgendwie war es ihr lieber zu wissen, wo er sich aufhielt.

»Geht dich 'n Scheißdreck an.« Er kaute schmatzend, während er die andere Schnecke in aller Seelenruhe abrollte. Dann verknotete er das lange schwarze Band und warf es ihr zu. »Das wird noch richtig lustig«, flüsterte er ihr zu, als er an ihr vorbeiging, so nah, dass sie seinen würzigen Atem riechen konnte.

Sie starrte auf das zusammengeknotete Lakritzstück in ihrer Hand. Es war ein Galgenstrick.

***

»Richtiges Hamburger Schietwetter.« Rahel kraulte Kabel, den sie auf dem Arm hielt. Sie standen vor der geöffneten Balkontür und lauschten dem Regen, der die lang anhaltende Hitzewelle abschwächte. Während Kabels Augenmerk auf der Linde lag, sah Rahel in den Himmel, wo das Grau langsam zu Anthrazit wechselte. Nicht mehr lange und es war komplett dunkel. Ob Luk morgen zurückkehren würde? Seit er mit der Urne davongeflogen war, waren sechs Tage vergangen. Niemand hatte etwas von ihm gehört, nicht einmal Soleria. Wieder und wieder hatte Rahel versucht, sich vorzustellen, was Luk mit der Asche seiner geliebten Beth gemacht hatte. Hatte er die Urne am Strand vergraben, bei den Klippen? Oder hatte er die Asche über dem Meer verstreut? Aber warum war er dann noch nicht zurück?

»Wahrscheinlich, weil er all die Plätze besucht, an denen er mit ihr glücklich war«, murmelte sie dem schnurrenden Kater zu und schloss die Balkontür. »So hätte ich es gemacht.« Sie legte Kabel am Fußende des Bettes ab und schlüpfte unter die Decke, nachdem sie den Wecker auf Viertel vor sieben gestellt hatte. Morgen würde die Überwachung der Hathors fortgesetzt werden.

Die ganze Woche über hatten die Dämonenjäger sich in wechselnder Besetzung an die Fersen der Familie geheftet, um eventuelle Auffälligkeiten zu entdecken. Allen Familienmitgliedern gemein war, dass sie sich außerhalb ihres Zuhauses nur bewegten, wenn es sein musste. Steffen Hathor, der noch krankgeschrieben war, verließ das Haus nur zum Einkaufen oder um seine Frau zum Arzt zu fahren. Bent kehrte von der Schule immer direkt nach Hause zurück, genau wie Line – auffällig war dabei, dass die Geschwister getrennt radelten, auch wenn sie zur gleichen Zeit Schulschluss hatten.

»Das darf man nicht überbewerten«, hatte Yves gesagt. »Geschwister sind so. Das war bei meinem Bruder und mir nicht anders.«

»Ich hätte gern einen Bruder oder eine Schwester gehabt«, sprach Rahel in die Dunkelheit ihres Schlafzimmers und streichelte Kabel mit den Zehen, sodass das Schnurren wieder einsetzte. »Ob sie mich wohl gemocht hätten?« Sie wertete Kabels Schnurren als ein Ja. Sie schloss die Augen und lauschte dem leisen, beruhigenden Tropfen des Regens auf dem Balkon.

»Kabel?«, rief Rahel, als sie mitten in der Nacht erwachte. Etwas hatte sie geweckt. Ein Geräusch, das wohl auch der Kater gehört hatte, denn er bewegte sich. Im selben Moment, in dem Rahel den dunklen Schatten auf dem Balkon wahrnahm, fauchte Kabel, sprang vom Bett und flitzte hinaus auf den Flur.

Rahels Herzschlag beschleunigte sich. Die Umrisse des Schattens reichten aus, um zu erkennen, wer da auf ihrem Balkon stand. Ohne Licht anzumachen, stand sie auf und entriegelte die Tür.

Schweigend sahen sie sich an. Nur Lukrezius' schwerer Atem war zu hören.

Rahels Atem ging kaum weniger schnell. »Luk.« Er trug noch die Sachen von der Trauerfeier. Klatschnass klebte das schwarze Hemd an ihm. »Bist du …? Kommst du gerade …?« Sie wusste nicht, was sie sagen sollte. Jede seiner Poren strahlte die Kühle des Regenhimmels aus, die Nachtkälte, doch Rahel war gefangen von dem goldenen Funkeln in den schwarzen Augen.

Dann wurde sie gepackt. Umfangen. Sie erbebte in der Umarmung, weil er so kalt war, und die Düsternis seines Wesens ließ sie erschauern, doch all das war nichts gegen das andere Gefühl, das sie übermannte, als sie die Arme um seinen Hals schlang: sich ihm hingeben zu wollen, mit Haut und Haar.

»Luk«, flüsterte sie und erwiderte den Druck, mit dem er seinen Körper gegen ihren presste, voller Intensität. Er hob sie an, und sie schlang die Beine um seinen Körper, während sich seine kühlen Lippen auf die warme Haut ihres Halses legten. Als Rahel stöhnte, trat er mit ihr ins Schlafzimmer ein. Da sie an ihm klammerte, hatte er beide Hände frei. Er zerriss ihren Slip, seine Hände glitten unter ihr Top.

Rahel seufzte wohlig, als seine kalten Finger ihre Brüste umfassten und er ihren Rücken an den Schlafzimmerschrank drückte. Ihre Finger streiften seine Flügel, doch es blieb keine Zeit zum Erkunden. Er nahm sie im Stehen, ohne dass ein Wort über seine Lippen kam, und Rahel wünschte sich … nichts. Sie war in diesem Moment pure Leidenschaft und spürte den ohnmächtigen Drang, für immer auf diese Weise mit ihm verbunden zu sein. Rahel schrie ihre Lust heraus, während er mit dumpfem Stöhnen erbebte. Einen Moment lang hielt er sie, dann löste er sich von ihr und setzte sie ab.

Rahels Herz hämmerte im Stakkato, als Lukrezius den Reißverschluss seiner klammen Hose schloss. Dann wandte er sich ohne ein einziges Wort ab und trat hinaus. Mit kräftigen Schlägen verschwand er in den sternenlosen, wolkenverhangenen Nachthimmel.

Das war der Moment, in dem Rahel ihre Sprache wiederfand. In wenigen Schritten war sie auf dem Balkon. »Echt jetzt?«, schrie sie ihm hinterher, die Finger in das schmiedeeiserne Geländer gekrallt. »Dein Ernst?« Ungläubig sah sie dem schwarzen Schemen hinterher, bis er eins wurde mit der Dunkelheit.

Mit wackligen Knien tappte Rahel zum Bett und setzte sich.

Was war das gewesen? Was hatten sie getan? Sie fühlte sich immer noch wie berauscht. Ihre Hände zitterten, als sie das von seiner Nässe feuchte Top auszog und in die Ecke warf. Sie kuschelte sich nackt in ihre Decke und war dankbar, als Kabel zurückkam und aufs Bett sprang. »Ich weiß nicht, was ich sagen soll, Kabel, ich bin … so verwirrt«, sie stockte, »und gleichzeitig so wahnsinnig erfüllt.« Sie nahm den Kater in die Arme und drückte ihr Gesicht in das weiche Fell. »Oh Kabel. Was nun?«

∗

»Luk ist zurück«, wurde Rahel am nächsten Morgen freudig von Jara im Kneipenbüro begrüßt. »Sol hat es uns gerade erzählt.« Jara deutete zum Tresen, wo die Engeldämonin auf einem der Hocker saß und Rahel ein herzliches Lächeln schenkte.

Jara plapperte schon weiter. »Es geht ihm gut, sagt Sol.« Ihrer Stimme war anzumerken, wie erleichtert sie war.

Rahel nickte nur, weil sie nicht wusste, was sie sagen sollte. Einfach nur dankbar, dass Luk nicht hier war, ging sie zum Tisch, wo Taco und der Pastor saßen. »Was liegt heute an?«, wandte sie sich an den Mexikaner.

Doch Taco wedelte mit der Hand, ohne sie anzusehen. »Gleich, Babe, gleich.« Sein Blick hing an Soleria. »›Es geht ihm gut‹ reicht mir irgendwie nicht. Er war eine Woche verschwunden, ohne sich zu melden. Geht es ihm so gut, dass wir uns wegen des Blutmonds keine Sorgen machen müssen, oder heißt ›gut‹, dass wir noch abwarten müssen, ob er ein wandelndes Pulverfass ist?«

»Niemand kennt ihn so gut wie ich«, sagte Soleria. »Ich kann ihn lesen. Und ich sage euch, wir müssen den Blutmond nicht fürchten. Ich verbürge mich für meinen Bruder.« Mit einem wehen Lächeln ergänzte sie: »Eine harte Zeit liegt hinter ihm. Und auch noch vor ihm. Schmerz und Trauer werden ihn noch lange begleiten.«

»Hm … hm.« Mehr brachte Taco nicht heraus, aber sein Gesicht sprach Bände. Er war nicht überzeugt.

Das hatte wohl auch Yves aus dem Gegrunze herausgehört, denn er fragte: »Was willst du denn tun, mein Freund? Luk einsperren? Wir müssen Solerias Urteil vertrauen. Sie hat ihn schließlich schon einmal erlebt, als er eine große Liebe verlor. Und auch damals widerstand er seiner Mutter.«

»Das ist ein paar hundert Jahre her«, brummte Taco.

»Das heißt nicht, dass seine Gefühle sich verändern«, sagte Soleria liebevoll. »Im Gegenteil. Als er im 15. Jahrhundert Miranda liebte, war er jünger, unreifer.«

»Unreif im Alter von eintausendneunhundert Jahren«, kam es vom Schreibtisch. »Lustig.«

Es war das erste Mal, dass Rahel Robert Haferkamp kichern hörte.

Soleria ignorierte es. »Vertraut mir. Er war völlig fertig, als er heute Nacht nach Hause kam, aber das lag an dem kräftezehrenden Flug, nicht an seinem Gemütszustand. Im Gegenteil. Ich denke, er hat sich die *Ent*spannung gesucht, die ihm guttat. Wenn ihr versteht, was ich meine.« Ihr Lächeln verzerrte sich ein wenig.

Rahel klinkte sich innerlich in Tacos »Hä?« ein, denn auch sie wusste nicht, wovon Soleria sprach.

»Sie meint Sex«, sagte Yves, als spräche er über das Wetter. »Er hatte endlich mal wieder Sex.«

Rahel wurde schwindlig. Sie fühlte sich, als würde sie mit heißem Wasser aufgegossen. Luk hatte Soleria erzählt, dass sie …? Sie kam nicht dazu, den Gedanken zu Ende zu spinnen, denn Solerias nächster Satz war ein Schlag in den Magen.

»Er hat zwar nichts gesagt, aber ich ahne, dass er sich eine Prostituierte genommen hat.« Auch Solerias Wangen färbten sich, und sie begann, sich mit der Hand Luft zuzufächeln. »Ich hasse es, über Luks Kopf hinweg darüber zu sprechen, aber da ich weiß, wie beunruhigt ihr seid, sehe ich es als meine Pflicht an. Die Lust ist nun einmal Teil seines Wesens, Teil des Erbes unserer Mutter. Und wenn er diese Lust jetzt nutzt, um über

Beths Tod hinwegzukommen, dann …«, sie schluckte, »…
dann kann ich ihm nicht böse sein.«

»Du bist viel zu sehr Engel, dir ist Lust völlig fremd«, sagte
Yves mit einem Lächeln zu Soleria. »Aber glaub mir: Beerdi-
gungssex ist das Normalste der Welt. In diesem Fall nur ein
wenig verspätet.«

Rahel fühlte sich geohrfeigt. Die Worte hatten sie mit voller
Kraft getroffen, unerwartet, schmerzhaft. Das war sie also für
Luk gewesen: eine Nutte, an der er kurz und wortlos seine
Lust und seinen Frust abreagiert hatte.

Abrupt stand sie auf und ging in den kleinen Toilettenraum.
Verletzt, wütend auf Luk, aber vor allem auf sich selbst, starrte
sie ihr Spiegelbild an. Die grünen Augen glänzten unter dem
Tränenschleier, als ihr klar wurde, dass sie viel weniger war
als eine Nutte. Sie hatte sich ihm willig hingegeben. Er hatte
nicht mal bezahlen müssen.

Dankbar ergriff Rahel am Nachmittag die Chance auf Ablenkung. Yves wollte erneut auf Fuchsjagd gehen und hatte sie
gefragt, ob sie Lust habe, ihn zu begleiten. So konnte sie den
Gedanken um Luk besser entkommen als bei der langweiligen
Observation der Hathors.

Die Meldung über Tollwutfälle im westlichen Schleswig-
Holstein war am Vortag reingekommen, und der Franzose
wollte unbedingt einen virusbefallenen Fuchs erlegen. Oder
wie Taco es ausgedrückt hatte: Dämonenscheiße extrahieren
und labortechnisch untersuchen, um sicherzustellen, dass Kronox die einzige Urdämonin in der Gegend war.

Sie hockten seit über einer Stunde in einem Hochsitz, der
versteckt vor einer Baumreihe stand und freien Blick auf die
Felder ringsum gewährte. Ein Teil des Getreides war abge-
erntet, linker Hand wuchs Mais. Yves' Kopf bewegte sich
unentwegt, das Fernglas hatte er vor Augen. Rahel begann
Langeweile zu empfinden, als er das Glas plötzlich beiseite-
legte und nach dem Gewehr griff.

»Wo?«, flüsterte Rahel aufgeregt. Sie hatte noch nie einen

Fuchs in freier Wildbahn gesehen, nur einmal einen toten am Straßenrand.

»Auf neun Uhr«, murmelte Yves, nahm sein Ziel ins Visier und legte den Finger an den Abzug. Der Knall ließ Rahel zusammenzucken.

»*Merde!*« Er linste erneut durch das Zielfernroh. »Der ist weg«, grummelte er verärgert, bevor er die Büchse sicherte und abstellte. »Es passiert mir nur selten, dass ich nicht treffe … Eine so schöne, gut duftende Frau in meiner Nähe lenkt mich wohl zu sehr ab.«

Rahel ging nicht darauf ein. »Warum beschlagnahmen wir nicht einfach ein tollwutbefallenes Tier beim Abdecker oder wo auch immer verseuchte Tiere landen?«, fragte sie. »Wir sind das BKA. Es sollte doch möglich sein, eine Blutprobe zu bekommen, ohne dass wir selbst das Tier schießen und –«

»Verseuchte Tiere landen, wenn es vorschriftsmäßig zugeht, beim Institut für Hygiene und Umwelt«, schnitt Yves ihr das Wort ab, anscheinend immer noch verärgert über seinen Fehlschuss. »Erklärungen ersparen wir uns allerdings gern. Ich habe einen Jagdschein und, ich kann es nicht leugnen, mir gefällt die Jagd einfach.«

Rahel war einen Moment lang unangenehm berührt. Tiere zu töten, sollte keinen Spaß bereiten. Doch dann schalt sie sich selbst. Yves war Dämonenjäger. Er wollte keinen gesunden Fuchs schießen, sondern hoffte, einen von Dämonenviren befallenen zu erwischen.

»Feierabend«, meinte er mit Blick auf seine Armbanduhr und schulterte die Repetierbüchse. »Ich möchte pünktlich in Hamburg sein, denn ich habe noch eine Verabredung mit einer entzückenden Krankenschwester. Bitte …« Er deutete auf die Leiter und ließ Rahel den Vortritt beim Herunterklettern. »Hast du heute Abend auch eine Verabredung, *belle amie?*«

Ihr »Ja« schien er nicht erwartet zu haben. »*Oui?* Wer ist der Glückliche?«

»*Die* Glückliche«, korrigierte Rahel ihn.

»*Non!*« Diesmal klang er noch ungläubiger. Während sie

über die Wiese zurück zum Auto gingen, musterte er sie von der Seite. »Ich hätte nicht gedacht, dass du ... Nun, ich dachte, du magst nur Männer.«

»Hast du was gegen Lesben?«, fragte Rahel gereizt.

Yves lachte auf, pflückte im Gehen eine Butterblume aus dem trockenen Gras und schnupperte daran. »Ich liebe das Leben. Und die Liebe. Und das wünsche ich mir für alle Menschen. Mir ist es völlig egal, wer wen liebt. Ich mag es, wenn die Menschen glücklich sind.«

Rahel war wieder versöhnt. »Ich bin mit Jara verabredet«, klärte sie ihn auf. »Wir wollen die Schanze unsicher machen«, wählte sie deren Worte. Rahel hatte sich gefreut, als die Kollegin sie am Morgen zu dem Mädelsabend eingeladen hatte.

»Dann ist die Chance, dass du heute Abend im Bett verwöhnt wirst, tatsächlich eher gering«, sagte Yves. »Jara hat nur Augen für ihre Herzallerliebste.«

Rahel war stehen geblieben. »Jara ist lesbisch?«

»Jara liebt Männer und Frauen. Nur leider kann sie es körperlich nicht leben, wenn sie weiterhin an ihrer Passion festhält.«

»Das verstehe ich nicht«, sagte Rahel im Weitergehen.

Yves sah sie von der Seite an. »Soleria wird ihr niemals das geben, was Jara sich von ihr wünscht.«

»Soleria? Jara ist in Sol verliebt?«

»*Oui.* Aber unser Engel ist viel zu rein für die körperliche Liebe. Lust ist Sol fremd. Jara weiß das natürlich, aber sie gibt nicht auf. Ich wünsche ihr, dass sie einmal Erfüllung findet.« Er seufzte theatralisch. »Sex ist Zucker und Feuerwerk oder, Rahel? Sex ist der Mantel aus Samt, der dein Inneres wärmt und –«

»Oh, bitte, ein Mantel aus Samt?«, fiel Rahel ihm hart ins Wort. »Wenn wir bei dem lächerlichen Bild bleiben wollen, dann ist Sex ein fadenscheiniges Etwas, das vielleicht eine Sekunde zu wärmen vermag, aber danach spürst du die Löcher und Risse im Stoff umso mehr ... und frierst erbärmlich.«

Yves sah sie einen Moment lang aufmerksam an. »Wir beide

erwarten sehr unterschiedliche Dinge.« Er lachte leise und legte einen Arm um Rahels Schultern. »Du darfst vom Sex nicht verlangen, dass er Liebe ist, *belle amie*. Das eine ist der Stiletto, das andere der pelzgefütterte Stiefel.«

Nicht ganz so blumig hatte es auch ihre Therapeutin ausgedrückt. Ihre vermeintliche Sexsucht war angeblich nichts anderes als die Suche nach Liebe. Doch das ging Yves nichts an. Sie tippte sich an die Stirn. »Samtmantel und pelzgefütterter Stiefel. Warst du in einem früheren Leben Besitzer eines Klamottenladens?«

Yves lachte laut heraus. »Ich mag deinen Humor, *ma chérie*, aber deine Flapsigkeit täuscht mich nicht. Du willst die große, die ewige Liebe. Aber ich sage dir: Vergnüge dich vorher, solange du kannst. Den Stiefel trägst du noch lang genug.«

***

Rahel stieß mit dem Glas an das von Jara, als die ihren Cocktail »auf das Leben« hob. »Wir werden lange leben, wenn wir so weitermachen«, sagte Rahel und sog an dem Strohhalm in ihrem Glas. Die »Sofabar«, in der sie saßen, war nach dem »Goldfischglas« und der »Katze« bereits ihre dritte Anlaufstelle in der Schanze. Ihre Zunge wurde langsam schwer. Aber es war so schön, einfach mit Jara dazusitzen und zu trinken und über alles Mögliche zu reden. Über Lieblingsfilme und -bücher, über Hamburgs Wuchermieten, übers Kochen und Beten, über das Leben als Waisen, wobei Jara ihre Eltern immerhin gekannt hatte. Beide waren bei einem Kampfeinsatz von einem Dämon getötet worden, als Jara elf Jahre alt war. Rahel versuchte immer noch, Jaras Satz »Ihre Hirne waren gefrorenes Eis« aus dem Kopf zu kriegen, um den Abend weiter genießen zu können.

»Ich beneide dich krass um dein Haar«, sagte Jara mit Blick auf Rahels Locken. »Vor allem um die Farbe.«

Rahel fasste sich automatisch ins Haar. Sie trug es heute Abend ausnahmsweise hochgesteckt, dem Mädelsabend zu Ehren, denn es war immer eine Mordsarbeit, die langen schweren Locken zu bändigen. »Als Kind habe ich die Farbe verflucht. Pumuckl, Möhre, Feuerkopf … was hab ich nicht alles gehört. Erst mit der Pubertät änderte sich meine Einstellung.«

»Weil die Jungs dich heiß fanden«, meinte Jara und sog geräuschvoll den Bodensatz aus ihrem Glas.

»Tatsächlich eher, weil ich im Kino ›Merida‹ gesehen hatte. Ja, ich weiß, es ist nur eine Disneyfigur«, winkte sie ab, als Jara etwas sagen wollte. »Aber mir hat dieses Mädchen etwas gegeben. Sie war so tough, eine Kämpferin …«

»Genau das wollte ich sagen«, meinte Jara. »Merida ist wie Pippi. Stark und authentisch. Für Mädchen kann es gar nicht genug Filme und Bücher mit starken weiblichen Figuren geben. Gott sei Dank sind die Zeiten vorbei, in denen in Kinderbüchern der Vater arbeiten geht und die Mutter kocht.«

»Ich mag dich so sehr, Jara«, sagte Rahel nach einem Moment der Stille. »Wir sind ja fast gleich alt, aber du bist einfach so viel *besser* als ich. Du tust so viel Gutes für andere.«

»Du meinst, weil ich heute in der ›Alimaus‹ war?« Jara kratzte sich am Nasenpiercing. »Komm doch einfach mal mit. Da gibt es so viele liebe Menschen, die sich neben einer Mahlzeit *for free* über ein gutes und ehrliches Wort freuen. Ich komm echt jedes Mal reicher zurück, als ich reingegangen bin. Oder mach irgendwas anderes. Ehrenamt ist immer geil, egal was. Du gibst etwas von dir, ohne Dank zu erwarten. Glaub mir, du beschenkst nicht nur die anderen, sondern auch dich selbst.«

»Kannst du mich da einfach so mitbringen?«, fragte Rahel. Die »Alimaus« am Nobistor war eine Tagesstätte für bedürftige Menschen und jedem St. Paulianer bekannt.

»Ich nehm dich mal mit zum Stammtisch. Ist jeden zweiten Donnerstag im Monat, immer easy und witzig. Danach willst du mit Sicherheit freiweg Brötchen schmieren und Suppe austeilen. Oder in der Kleiderkammer helfen.« Jetzt scheuerte Jara über ihre rasierten Herzen am Kopf. »Ronerd muss morgen wieder ran.«

»Ronerd?« Rahel starrte Jara an. »*Robert Haferkamp* rasiert dir die Herzen ins Haar? Du willst mich verarschen.«

»Ehrlich. Keiner hat eine so ruhige Hand und so viel Geduld wie er. Wenn du deine Locken mal satthast und dein Haar glätten willst, was bestimmt ewig dauert, frag ihn.«

Rahel grinste breit. »IT-Friseur Ronerd.« Dann fiel ihr ein: »Als Kind hatte ich mal Läuse.«

»*Das* solltest du ihm nicht sagen.«

Sie prusteten los und orderten den Absacker. Zum dritten Mal.

Als Rahel um Mitternacht nach Hause radelte, fühlte sie sich wohl wie lange nicht mehr. Jara hatte sie zum Abschied lange im Arm gehalten und gesagt: »Das wiederholen wir schnell. Mit dir kann man gut reden, Rahel. Ich mag es, dass du zuhören kannst.«

»Ich habe eine Freundin!«, rief sie alkohollaunig einem Radler zu, den sie überholte.

In der Oelkersallee angekommen, war ihr Kopf ein wenig klarer, doch die gute Laune hielt an. »Bin zu Hause, Katerchen«, rief sie in den Flur, machte Licht an und hängte ihr Rad an die Wandhaken. »Nanu, du chillst nicht auf dem Sofa?«, fragte sie, als Kabel aus der Küche kam und sich schnurrend an ihre Waden schmiegte. »Hattest du Durst?«

Sie nahm ihn auf den Arm und ging ins Wohnzimmer, weil sie viel zu aufgekratzt war, um gleich zu Bett zu gehen. »Wir gönnen uns noch eine Folge ›Grey's Anatomy‹, Kabel.«

Als sie das Licht im Wohnzimmer anknipste, schrie sie auf, denn eine dunkle Stimme sagte: »Deine Katze heißt *Kabel*?«

Lukrezius saß auf der Bank am Fenster, ein Bein darauf ausgestreckt, das andere am Boden. Er sah dem Kater hinterher, der aus dem Raum flitzte, nachdem Rahel ihn abgesetzt hatte. »Er mag mich nicht.«

Der Schreck, der Rahel befallen hatte, wandelte sich in nackte Wut. »Was tust du hier?«, fauchte sie ihn an. Seine Flügel waren nicht zu sehen, er trug seinen Ledermantel. »Wie bist du hier reingekommen?«

»Diesmal durch die Wohnungstür. Du solltest dir angewöhnen, die Tür abzuschließen, wenn du das Haus verlässt, und sie nicht nur zuzuziehen. Für mich wäre es zwar trotzdem kein Problem gewesen reinzukommen, aber potenzielle Einbrecher hätten es schwerer.«

»Du bist maßlos übergriffig, und ich möchte, dass du sofort gehst.«

Er schwang sein Bein von der Bank und stand auf. »Ich hatte mir eine andere Begrüßung erhofft.«

»Etwa, dass ich dir wieder um den Hals falle? Dass ich dir *zur Verfügung* stehe?« Rahels Wut vervielfachte sich, doch sein goldfunkelnder Blick machte es schwer, ihr klopfendes Herz nur damit in Verbindung zu bringen.

»Du hast es doch auch genossen.«

»Ja, aber vielleicht hätte ich danach gern ein Wort gehört? Oder gesprochen?«, sagte sie giftig. »Du hast mich benutzt.«

Zu ihrem Verdruss lächelte er nur. Als er seinen Ledermantel auszog, hielt sie kurz den Atem an. Zum ersten Mal sah sie, wie seine Schwingen sich aus dem engen Gefängnis des Rucksacks lösten. Fasziniert und zugleich verärgert fragte sie: »Was wird das?«

»Nichts, was du nicht auch willst.«

»Was ich will, ist Respekt.«

»Ich respektiere dich.«

»Aber du hast mich benutzt, als wir …« Sie brach ab.

»Bist du so prüde? Kannst du es nicht sagen? *Als wir heftigen Sex hatten.*« Er warf den Mantel auf den geblümten Sessel.

»Du hast mich nicht mal geküsst, *als wir heftigen Sex hatten*«, giftete sie ihn an. »Das nenne ich benutzen.«

»Große Güte«, lachte er auf. »Du hast zu oft ›Pretty Woman‹ geguckt.«

Rahels Lippen verzogen sich spöttisch. »Du anscheinend auch. Sonst würdest du den Satz nicht kennen. Allerdings waren bei ›Pretty Woman‹ wirkliche Gefühle im Spiel. Wir beide sind nur …« Sie kam nicht dazu weiterzusprechen, denn Luk neigte seinen Kopf. Warme Lippen legten sich auf ihren Mund.

»So besser?«, hauchte er, während seine Hände unter ihr Top wanderten und die erhitzte Haut zu streicheln begannen. Rahel war unfähig, sich zu rühren. Ihr Unterleib stand schon in Flammen, als seine Finger ihre Lenden, ihren Bauch streiften. Sie erzitterte unter den zarten Liebkosungen. Als seine Zunge ihre berührte, war es vorbei. Sie lösten ihre gierigen Münder nur kurz voneinander, um die lästige Kleidung loszuwerden. Lukrezius zerrte Rahel das Top über den Kopf, als sie die Arme hob. Seine Hände griffen in die roten Locken, die sich aus der Hochsteckfrisur lösten. »Du wunderschöne Hexe«, flüsterte er in ihr Haar, während sie fahrig versuchte, die Bänder des schwarzen Shirts an seinem Rücken zu lösen.

Als sie vor Ungeduld wimmerte, packte Lukrezius sein Shirt und zerriss es. Er stöhnte, als ihre Zunge über seine Brust glitt. Hastig stiegen sie aus Schuhen und Hose, und Rahel genoss den Blick, mit dem er ihren nackten Körper betrachtete, bevor er sie auf das Sofa drückte. Rahel schlang die Beine um ihn, so fest es nur ging, konnte ihm nicht nah genug sein. Die Flügelfedern streiften ihre Waden, während sie immer wieder seinen Namen ausstieß. Ihren Schrei der Erlösung erstickte er diesmal mit einem Kuss, und sie konnte sich eines Gefühls des Triumphes nicht erwehren, als er Sekunden später laut und voller Genuss stöhnend kam.

Einen Moment blieben sie so liegen, dann zog Lukrezius sich aus ihr zurück. Rahel griff nach der Baumwolldecke, die über der Lehne lag, und wickelte sich darin ein, während er sich anzog.

»Ich schulde dir ein Shirt«, sagte sie, um die Stille zu durchbrechen, die sich wie grauer Nebel im Zimmer ausbreitete.

Er sah auf. »Ich bin sicher, wir finden einen Weg der Wiedergutmachung.«

Es klang wie ein Versprechen, und Rahel fühlte sich so lebendig wie nie. »Ich habe übrigens deine Frage noch nicht beantwortet.«

»Welche Frage?« Er griff nach seinen Stiefeln.

»Kabel. Er heißt so, weil er ein Kater ist. Ich wollte eigentlich eine kleine Hündin, als ich im Tierheim war. Sie sollte Heidi heißen, Bettina zu Ehren. Bettina war meine Adoptivmutter und eingeschworener Heidi-Kabel-Fan. Aber irgendwie sprang bei den Hunden der Funke nicht über. Also bin ich zu den Katzen gegangen, und da war dieses kleine graue Pelzknäuel, das mich anmaunzte und mitwollte. Ein männliches Pelzknäuel. Und darum heißt er nun nicht Heidi, sondern Kabel.«

Sie erwartete, dass er lachte, doch das tat er nicht. Im Gegenteil, er musterte sie ernst. »Eine Katze passt auch besser zu dir. Wir sehen uns, Rahel.«

Ein Schauer überlief sie. Sie liebte es, wie er ihren Namen aussprach. So dunkel, so atemraubend. Doch als die Tür hinter ihm ins Schloss fiel, kehrte das schale Gefühl zurück, das auch beim letzten Mal schnell die Euphorie ersetzt hatte. Er war ohne Kuss gegangen, ohne ein Lächeln.

Ernüchtert stand sie auf und ging ins Schlafzimmer. »Gib nicht ihm die Schuld, Rahel Bathlevi«, murmelte sie, als sie die Bettdecke über sich zog. »Er hat dir nichts versprochen. Er gibt nur das, was es braucht, um dich zu verführen.«

Das Problem war, dass er es immer wieder tun konnte, denn eines stand fest: Sie war ihm verfallen.

12

Line fühlte sich nach langer Zeit ein wenig freier. Sie brauchte an diesem Dienstagnachmittag kein Auge auf ihre kleine Schwester zu haben, denn Opa und Oma hatten Emma abgeholt. Sie würde dort auch zu Abend essen. So war es heute noch ruhiger im Haus als sowieso schon. Bent war bei der Fahrschule. Ihr Bruder hatte die Theorie bereits vor dem Unfall bestanden, aber ihm fehlten Fahrstunden für die praktische Prüfung. Dass er tatsächlich losgefahren war, wunderte Line dennoch. Gut, für das Handballtraining war er noch nicht fit genug, aber er traf auch seine Kumpels nicht mehr, mit denen er sonst abgehangen hatte, und das war eigenartig.

Aus dem Augenwinkel sah Line, dass ihr Vater im Wohnzimmer auf dem Sofa saß und die Zeitung las, als sie über den Flur ging und die Tür zum Hauswirtschaftsraum öffnete. Unerwartet sah sie sich ihrer Mutter gegenüber, die zusammenzuckte. »Line … Du hast mich erschreckt.«

»Ich will nur was zu trinken holen.« Line wollte sich dem Regal zuwenden, auf dem der Saft lagerte, doch ihr Blick wurde durch eine Bewegung der Mutter abgelenkt. Mama hatte hastig etwas zwischen Oberschenkel und Rollstuhl gesteckt. *Ver*steckt.

»Was machst du hier?«, fragte Line. Wäschetrockner und Waschmaschine waren leer. Sie zu befüllen, war eine der wenigen Hausarbeiten, die ihre Mutter momentan ohne Hilfe erledigen konnte.

»Ich wollte schauen, was noch eingekauft werden muss.« Christine Hathor ließ ihren Blick über die gut gefüllten Regale wandern. Wie beiläufig schob sie dabei eine Schublade des Unterschranks zu, vor dem sie stand.

»Okay.« Line griff nach einem Paket Maracujasaft.

»Es ist doch noch Maracujasaft im Kühlschrank.«

Line wandte sich ihrer Mutter zu. »Nein, dann wäre ich ja

nicht hier.« Ein unwohles Gefühl beschlich sie. Warum sah Mama sie schon wieder so komisch an? So … lauernd?

»Lass mich vorbei«, sagte sie jetzt und packte die Greifreifen des Rollstuhls.

Line sah ihr hinterher, als sie über den Flur Richtung Küche rollte. Sie wartete einen Moment, dann trat sie an den Unterschrank und zog die Schublade auf, die Mama zugeschoben hatte. Es war die Werkzeugschublade. Zollstock, Hammer, Kneifzange, Taschenlampe, verschiedene Schraubendreher und allerlei Kleinkram lagerten dort.

Wozu brauchte Mama ein Werkzeug? Oder was war es gewesen, das sie neben ihrem Bein versteckt hielt? Auf jeden Fall hatte sie im Hauswirtschaftsraum etwas getan, bei dem sie nicht gesehen werden wollte. Warum sonst hätte sie die Tür zum Flur geschlossen?

Lines Gefühl von Freisein verpuffte wie eine glitzernde Seifenblase, die jäh zerstochen wurde. Was war nur mit ihrer Familie los? Oder hatte Papa recht, und *sie* war diejenige, die merkwürdig war?

***

»Er kommt zurück.« Rahel stupste Taco an, der auf die Kekstüte in seiner Hand konzentriert war. Sie beide schoben seit Mittag Dienst in der Straße Op'n Hainholt, ein gutes Stück vom Haus der Hathors entfernt. Rahel behielt den Fahrschulwagen, der die Straße langsam entlangfuhr und schließlich vor dem Einfamilienhaus hielt, im Auge.

Anders als sonst war heute einmal Bewegung im Leben der Familie. Ein älteres Paar – vermutlich die Großeltern – war mit der kleinen Emma davongefahren. Eine Stunde später war Bent von der Fahrlehrerin abgeholt worden.

»Ich wünschte, wir wüssten, was drinnen vor sich geht«, sagte Rahel, als der Junge ausstieg und im Haus verschwand. »Vom Vater hört und sieht man nichts, von der Mutter auch nicht. Wir wissen nicht, ob es normal für die Hathors ist, dass die Kinder kaum aus dem Haus gehen. Wir wissen einfach *gar* nichts.« Sie verfolgte, wie die Fahrlehrerin ausstieg und auf der Fahrerseite Platz nahm.

»Das ist unser Hauptjob, Babe. Beobachten. Wahrnehmen.« Er schüttete die Reste aus der Tüte auf die Hand und warf sich die Krümel in den Mund. Rahel seufzte frustriert.

Aromatischer Duft breitete sich aus, als Taco seine abgegriffene Thermoskanne öffnete und mit dem Kaffee geräuschvoll verbliebene Gebäckreste aus den Zähnen spülte, bevor er ihn runterschluckte.

»Du hast geglaubt, wir rennen den ganzen Tag mit Rüstung durch die Gegend und verbrennen Dämonenvieh«, sagte er, nachdem er sich mit dem Handrücken über seinen Walrossbart gefahren war. »Das ist natürlich nicht verwunderlich, denn so haben wir uns kennengelernt, aber auch in deinem früheren Job war doch der Hauptteil der Arbeit Bürokratie, oder?«

»Natürlich, aber wenn man dann von einer Sekunde zur anderen in so eine unfassbar mystische, übernatürliche Welt katapultiert wird, erwartet man doch wohl Abenteuer.«

Taco lachte herzhaft. »Du gefällst mir, Babe.« Dann schwieg er einen Moment, bevor er sehr viel ernster sagte: »Wenn ich sicher wüsste, dass du den Mund halten kannst, hätte ich ja eventuell einen Vorschlag, wie wir beide ein wenig Action bekommen.« Er sah sie nicht an, sondern blickte stur geradeaus durch die Frontscheibe. »Ich habe das Abwarten genauso satt wie du.«

Rahel musterte sein Profil. »Was meinst du?«

»Ich meine, dass wir dem Jungen die Peitsche überziehen.« Nun sah er sie an. »Ohne dass die anderen es erfahren, wenn wir falschliegen.«

»Ein Alleingang?« In Rahels Bauch begann es zu kribbeln. Ein angenehmes Kribbeln. »Wie soll das gehen?«

»Wir müssen ihm irgendwo auflauern, wo er allein ist.«

»Da fängt das Problem schon an«, meinte Rahel. »Er verlässt das Haus ja nie.«

»Er nimmt Fahrstunden«, sagte Taco. »Ronerd könnte sich

in den PC der Fahrschule einhacken und herausfinden, wann er wieder Termine hat.«

»Aber er wird abgeholt und fährt sich selbst wieder bis vor die Haustür. Da ist kein Timeslot, um ihn zu peitschen. Und was hinzukommt: Wir müssten Robert einweihen.«

»Hm, Bullshit. Aber bei deiner Schläue wird dir hoffentlich einfallen, wie wir ihn nach draußen locken können.«

»Selbst wenn uns etwas Gutes einfällt … Wie willst du ihn mit der Peitsche schlagen, ohne Aufmerksamkeit auf uns zu lenken?«

»Es muss natürlich draußen passieren, im Dunkeln, sodass wir unerkannt verschwinden können. Er wird davon ausgehen, dass ihn irgendein irrer Idiot attackiert hat.«

»Okay«, sagte Rahel nach einem Moment des Abwägens. »Das könnte klappen, denn er weiß nichts von der Peitsche und wofür sie gut ist. Wenn er nicht von einem Dämon besetzt ist und den Angriff zur Anzeige bringt, wird die Polizei tatsächlich vom Angriff eines Gestörten ausgehen. Aber …«, eine Gänsehaut zog über ihre Arme, »… was ist, wenn er wirklich ein Dämon ist?«

Tacos dunkle Augen musterten sie. »Mach dir eines immer wieder bewusst, Rahel: Wenn es so ist, braucht der wahre Bent Hathor dein Mitleid nicht mehr. Er ist dann längst bei Gott. Verbrennen werden wir nur seine sterbliche Hülle, die das Viech sich geschnappt hat.«

Er griff nach ihrer Hand und drückte sie. »Wir haben die Peitsche, Babe! Das ist großartig. Wir sind endlich in der Lage, das Böse zu enttarnen! Und das sollten wir so zügig wie möglich tun, denn mein Gefühl sagt mir, dass die Familie in viel größerer Gefahr ist, wenn wir noch lange zögern.«

Rahel stand die Höllenfurie Ilona Lamprecht vor Augen. »Falls wir richtigliegen, willst du ihn dann … gleich verbrennen?« Die Vorstellung erschien ihr ungeheuerlich.

»*Never.* Sollten wir ihn mit der Peitsche enttarnen, verschwinden wir sofort und weihen die anderen ein. In der Vergangenheit hat sich eine gute Planung bewährt, um gar nicht erst die Aufmerksamkeit der Kripo auf einen verbrannten Jugendlichen zu lenken. Und für die Familie ist es auch leichter.« Rahel war verwirrt. »Was meinst du damit?«

»Überleg doch mal. Ilona Lamprecht … der Fuck-Dämon hat unserer Abteilung eine Menge Erklärungen und Energie abverlangt, weil ich den Körper vor Ort verbrennen musste. Es ist viel einfacher, wenn wir einen Dämon irgendwo hinlocken können, um ihn in Einsamkeit zu verbrennen. Es ist doch so, Babe: Immer wieder verschwinden Menschen spurlos. So wird es auch bei Bent Hathor sein, falls wir richtigliegen. Für seine Familie wird er für immer verschwunden sein.« Er sah zum Haus. »Nur brauchen wir ihn allein.«

∗∗∗

Rahel saß im Schneidersitz auf dem Sofa und trank aus einer Dose gekühlten Rhabarber-Cider. Sie versuchte, sich auf die »Tagesthemen« zu konzentrieren, doch immer wieder lauschte sie Richtung Flur. Würde Luk heute Abend wieder zu ihr kommen? Sie hatte die Balkontür weit offen gelassen, denn es war Neumond, die Nacht war dunkel, und er würde vielleicht den Weg durch die Luft wählen.

Fakt war: Sie sehnte ihn herbei. Schon bei dem Gedanken daran, dass Luk sie berührte, begann ihre Haut zu kribbeln. Sie wollte ihn schmecken, riechen, wollte seine warme Haut unter ihren Fingern fühlen, die Härte seiner Muskeln spüren. Sie schloss die Augen und hörte ihn mit seiner magischen rauen Stimme sagen: Rahel …

Unsanft wurde sie aus den wohligen Gedanken gerissen. Es hatte geklingelt.

Sie sprang auf und ging auf den Flur. Dort drückte sie die Gegensprechanlage. »Ja?« Es kam keine Antwort. Stattdessen klopfte es an der Wohnungstür. Sie linste durch den Spion, dann zog sie die Tür auf. »Schön, dass du dich mal wie ein normaler Mensch verhältst«, sagte sie flapsig, obwohl ihr Herz vor Freude tanzte.

»Wäre ich ein normaler Mensch, wäre ich nicht hier«, sagte er ernst, nachdem er sie sekundenlang stumm betrachtet hatte. Was für ein eigenartiger Satz. Doch Rahel wollte ihn nicht hinterfragen. »Komm rein«, sagte sie nur und trat zur Seite. Die Tür war noch nicht ins Schloss gefallen, da hatte er sie schon gepackt und küsste sie mit einer Wildheit, die ihr Blut zum Kochen brachte. Er hob sie hoch, und sie klammerte sich an ihn. An die Flurwand gepresst, spürte sie mit geschlossenen Augen seinen Lippen nach, seiner Zunge, wie sie von ihrem Mund den Hals hinabglitt.

»Ins Bett«, murmelte sie an der harten Sehne seines Halses. Er roch so gut.

Tatsächlich trug er sie ins Schlafzimmer, doch er legte sie nicht wie erwartet aufs Bett, sondern setzte sie vor sich ab und zog die Stiefel aus. Dann schälte er sich aus dem Ledermantel. Er trug nur Jeans, sein muskulöser Oberkörper war nackt.

»Du bist … so schön«, stammelte sie mit Tränen in den Augen, als er die dunklen Schwingen mit einem tiefen Aufatmen auffächerte. Der mittlere Teil der Flügel streifte dabei Bettgestell und Schrank, das untere Ende schleifte über das Holzparkett. Leise sagte sie: »Ich wünschte, ich hätte Raum, hätte einen Balken für dich.« Sie ging auf die Knie und strich über die geknickten Federn. »Tut es dir weh, wenn sie so eingeknickt sind?«

Als keine Antwort kam, sah sie zu ihm hoch.

»Komm her«, sagte er rau und reichte ihr die Hand. »Es schmerzt nicht, aber es ist unangenehm. Ich fühle mich dann«, er suchte nach den richtigen Worten, »einfach nicht frei.«

Rahel nickte verstehend.

»Aber wir wollen doch jetzt nicht *reden*, oder?« Sein Blick glitt über ihren Körper. Sie trug noch Slip und BH, beides aus feiner Spitze, und sie hatte es extra für ihn angezogen, in der Hoffnung, dass er heute wieder zu ihr kommen würde.

»Du bist Versuchung pur«, sagte er, fasste eine ihrer roten Locken, legte sie über die dunkelgrüne Spitze und strich dann mit den Fingern über ihre Brüste. Als er den Kopf beugte und sie küsste, drückte Rahel sich gierig an ihn.

Er schob sie unerwartet von sich, doch sein Blick blieb begehrlich auf ihren Körper gerichtet. »Vertraust du mir?«

»Ja«, sagte sie einfach.

»Dann zieh dich ganz aus. Du wirst den Sex deines Lebens haben.«

Bei jedem anderen, das wusste Rahel, hätte sie über diese gewagte und angeberische Aussage gelacht, aber nicht bei ihm. Ihr Herz raste, als sie aus den Dessous schlüpfte.

Als sie beide nackt waren, nahm er ihre Hand und führte sie zu ihrem Erstaunen auf den Balkon. Er hob sie an, sodass sie ihre Beine automatisch um seinen Unterkörper schlang.

»Wir könnten gesehen werden«, flüsterte sie an seinen Lippen. Doch eigentlich war es ihr egal. Endlich konnte sie ihn fühlen, die Hitze seiner Haut, seine Erregung.

Er lachte leise. Dann schlang er die Arme um sie, drückte sie an sich und stieß sich mit einem »Hab keine Angst« ab.

Rahel schrie auf. Vor Entsetzen und Herzrasen wurde ihr schwindlig. »Luk!«, wimmerte sie, während er mit ihr in den nachtdunklen Himmel flog. Voller Angst hielt sie Arme und Beine krampfhaft um ihn geschlungen. »Bring mich zurück«, weinte sie an seiner Brust, während das Rauschen seiner Flügel in ihren Ohren zu einem Orkan anschwoll. »Bitte, bring mich zurück.«

»Pst«, raunte er ihr ins Ohr. »Hab keine Angst. Vertrau mir, ich halte dich.« Er küsste ihre heiße Stirn. »Sieh nur, ist Hamburg nicht schön?« Aufrecht, fest von seinen Armen gehalten, blickte sie auf die Lichter der Stadt, während die Flügelschläge ruhiger wurden. Er hatte die Höhe erreicht, die er haben wollte.

Rahels Herzschlag beruhigte sich langsam, die Übelkeit verschwand. »Tu das nie wieder«, sagte sie mit noch leicht zittriger Stimme. »Ohne Vorwarnung.«

»Jetzt bist du ja für die Zukunft vorgewarnt. Schau …« Er drehte sich leicht in der Luft. »Die Elbphilharmonie.«

»Wunderschön«, flüsterte sie, den Kopf an seinen Hals gelegt. Die Lichter der Stadt ließen den Himmel über Hamburg anthrazitfarben erscheinen, und das architektonische Meisterwerk hob sich dunkel gegen das hellere Grau ab. Die Wellen der Elphi – sie flossen nicht hinunter, sondern bäumten sich gegen den Himmel auf, voller Energie und Leidenschaft, in einem Meer aus Lichtern, aus funkelnden Diamanten.

»Rahel, ich halte dich hier«, sie spürte seine streichelnden Finger auf ihrem Rücken, »und hier.« Der Daumen seiner linken Hand strich zart über ihren Po. »Und wenn ich sage ›halten‹, dann meine ich es so. Du kannst deine Umklammerung lösen. Versuch es.«

»Ich möchte lieber noch ein bisschen so bleiben.« Ihre Arme und Beine waren ein einziger Starrkrampf.

Er nickte Richtung Heiligengeistfeld. »Schau, dort hinten, die blinkenden Lichter vom Dom.«

»Das Riesenrad sieht im Dunkeln herrlich aus«, sagte sie mit Blick auf die Lichter des riesigen Sommerjahrmarkts. »Und da ist der Michel«, rief sie und deutete auf den alten Kirchturm. »Es ist unglaublich, das alles aus dieser Perspektive zu sehen.«

Sie war schon im Flugzeug über die Stadt hinweggeflogen, doch es war ein überwältigender Unterschied, es pur zu erleben. Alle Sinne wurden auf so wundersame Weise berührt. Der Wind strich sanft über ihre verschlungenen Körper, während die Geräusche der Großstadt gedämpft heraufklangen.

Rahel bekam eine Gänsehaut. Nicht nur, weil es hier oben kühler war, sondern weil er sie zu küssen begann. Sie spürte, wie ihre Anspannung nachließ. Er hielt sie. Fest und vertrauenswürdig. Und mit dieser Erkenntnis kehrte die Erregung zurück. Sie stöhnte laut, als er sie höher hob und sie seine warmen Lippen auf ihrer Brust spürte, sie war bereit, als er in sie eindrang. Mit jedem Stoß bewegten sich die Flügel und trieben sie ein Stück den Himmel hinauf. Sie umklammerte ihn voll Hingabe, doch als die Erregung sie überwältigte, löste sie die Arme. Sie beugte ihren Oberkörper nach hinten, wissend, dass er sie hielt, und schrie ihre Lust in die Nacht.

Der kurze Schreck, als er sich drehte und sie in der Horizontalen auf ihm zu sitzen kam, wich süßer Erfüllung. Ihre Füße hingen im Nichts, und ihn so tief in sich zu spüren, war überwältigend. Sie konnte nichts tun, er gab den Rhythmus vor. Ihre ekstatischen Laute vermischten sich mit seinen, denn sein Höhepunkt war nicht weniger heftig.

Einen Moment lang war nur der Flügelschlag zu hören, der ruhiger wurde. Dann drehte Lukrezius sich mit ihr wieder in die Vertikale. Rahel legte ihren Kopf an seinen Hals und spürte seinem Herzschlag nach, der heftig war wie ihrer. Sie brachte kein Wort heraus und war dankbar, dass auch Luk schwieg. Es war grandios gewesen. Überwältigend.

»Du hattest recht«, sagte sie nach einer Weile und küsste die pochende Ader an seinem Hals. »Es *war* der beste Sex meines Lebens.«

Nach einem Moment sagte er: »Bereit für den Rückflug? Oder möchtest du Hamburg bei Nacht noch eine Weile genießen?«

»Ja, bitte.« Trotz des kleinen Stiches, dass ihm ihre Vereinigung, die ihr so magisch erschienen war, kein Wort wert war, wollte sie den Moment hinauszögern, sich von ihm zu lösen.

»Ich wusste nicht, wie schön meine Stadt im Dunkeln ist«, sagte sie, während sie den Kopf mal hierhin, mal dorthin drehte, um nur nichts zu verpassen. Das riesige Hafengelände, das mit seinen Kränen, dem Beton und dem Containerareal bei Tag industrielle Nüchternheit verbreitete, war nachts mit seinen Lichtern das Highlight Hamburgs, ein Collier aus goldenen, blauen und roten Diamanten. Die Tanzenden Türme stachen ins Auge, genau wie der blinkende Fernsehturm und die Spitztürme der Kirchen. Doch immer wieder glitt Rahels Blick zum Hafen, wo das dunkle Elbwasser die Lichter gleißend widerspiegelte.

»Es ist, je höher ich fliege, mein eigenes Miniaturwunderland«, sagte Lukrezius. »Aber ich mag auch die bewegten Lichter.«

Rahel wusste, was er meinte. Wie gerade die Straßenzüge von hier oben aussahen. Sie teilten die Häuserschluchten, und waren je nach Lage mal mehr, mal weniger befahren. Doch immer begleitete sie das Licht. Ein leuchtendes Band war die U3, die in diesem Moment oberirdisch von den Landungsbrücken Richtung Baumwall schnurgerade vorbeizog.

»Ich bring dich zurück«, sagte Lukrezius. »Du frierst.«

Rahel nickte. Dass sie nur dort fror, wo seine Haut ihre nicht berührte, behielt sie für sich.

Der Flug hinab war aufregend. Aber Lukrezius flog auch sehr schnell, sodass ihr ein wenig übel wurde. »Nächstes Mal nehme ich vorher eine Reisetablette«, sagte sie mit einem schiefen Lächeln, als sie auf dem Balkon landeten.

»Je schneller wir aus dem Blickfeld sind, desto sicherer ist es«, sagte er und schob sie schnell ins Schlafzimmer. Genauso hastig zog er sich an, wobei das Hineinfalten der Flügel in den Rucksack die meiste Zeit beanspruchte. Fast glaubte Rahel, er würde sich wieder wortlos verabschieden, aber er hob seine Hand und ließ eine ihrer Locken durch seine Finger gleiten, während er ihr in die Augen sah. »Auf Wiedersehen.«

Schon war er an der Wohnungstür und zog sie hinter sich ins Schloss. Die schweren Schritte verrieten, dass er die Treppe nicht hinunterging, sondern -eilte.

»Auf Wiedersehen«, murmelte Rahel. Wie gern hätte sie ihm noch gesagt, dass es wunderschön gewesen war. Wie gern hätte sie ihm noch ein »Danke« ins Ohr geflüstert, denn die vergangene Stunde war ein himmlisches Geschenk gewesen.

Als Kabel maunzend um ihre Knöchel strich, hob sie ihn hoch und drückte ihn an ihre Brust. Es war tröstlich, das weiche Fell auf der nackten Haut zu spüren. Und sie brauchte Trost, denn sie wusste genau, warum Luk immer so hastig verschwand.

Sie war nicht Beth.

✳✳✳

Am Mittwochmorgen war Rahel die Erste im Kneipenbüro. Sie wollte unbedingt Robert sprechen, bevor Jara, Yves oder der Pastor eintrafen, denn ihr war vor dem Einschlafen eine Idee gekommen, wie Taco und sie Bent Hathor draußen im Dunkeln erwischen konnten.

Dankbar registrierte sie, dass Luk nicht da war. Soleria schon, aber sie war im Begriff zu gehen.

Die schöne Engeldämonin schenkte Rahel ein warmes Lächeln. »Du bist früh dran, du Liebe. Keiner der anderen ist jemals vor Robert hier.«

»Ich bin eben anders als die anderen«, sagte Rahel hastig und verfluchte sich im selben Moment für die Antwort. »Bin aus dem Bett gefallen«, setzte sie hinzu und vermied den Blick in die strahlenden Engelaugen.

Soleria antwortete nicht gleich. Dann sagte sie: »Du bist tatsächlich in vielerlei Hinsicht anders, Rahel. Du bist zum Beispiel die Einzige, die niemals fragt, wie es Lukrezius geht.«

Rahel spürte, wie ihr das Blut in die Wangen schoss. Was sollte sie Soleria jetzt antworten? Dass sie nie nachgefragt hatte, weil sie ihn jede Nacht sah? Dass sie seine unentgeltliche Nutte war und es auch noch genoss? Aber es ging Soleria nichts an, dass sie sich trafen, und Luk schien es ebenso zu sehen, da er seiner Zwillingsschwester die nächtlichen Besuche bei ihr verschwieg.

Solerias Gesichtsausdruck veränderte sich leicht, während sie Rahels Gesicht musterte.

»Ich weiß, was Trauer ist, wie es sich anfühlt«, sagte Rahel schnell. »Ich muss nicht fragen, um zu wissen, dass er Beth unendlich vermisst.«

»Entschuldige bitte, es sollte kein Vorwurf sein«, entgegnete Soleria und lächelte wieder. »Wir sind immer alle für dich da, Rahel.« Sie strich ihr über die Wange. »Wir sehen uns.«

»Ja, wir sehen uns«, erwiderte Rahel automatisch. Sie fasste sich an die Stelle, wo Soleria sie berührt hatte. Die Wärme der Engeldämonin war kaum zu ihr durchgedrungen, weil ihre Wangen bereits erhitzt waren. Es war gut, wenn Soleria dachte, die Röte sei der Scham geschuldet, dass sie sich nie nach Luk erkundigt hatte.

»Robert«, stieß Rahel erleichtert aus, als sich die Tür wieder öffnete und der schlaksige Kollege eintrat. Nun konnte sie die Gedanken auf die wesentlichen Dinge lenken.

»Guten Morgen«, sagte er nur. Er nahm es einfach hin, dass sie schon da war, und ging zur Spüle, um den Wasserkocher zu befüllen. Nachdem er ihn angestellt hatte, nahm er einen Teebecher aus dem Schrank, kontrollierte mit einem schnellen Blick, ob er auch wirklich sauber war. Dann ging er zu seinem Schreibtisch und öffnete die Teebox. Rahel hatte inzwischen herausgefunden, dass Robert an jedem Wochentag einen anderen Tee trank, Woche für Woche in der gleichen Reihenfolge. Heute war Mittwoch, also war Fenchel dran.

»Robert, kannst du dich in den Computer der Fahrschule Liefers einhacken und herausfinden, wann Bent Hathor seine Nachtfahrt hat?« Hoffentlich hatte der Junge sie noch nicht absolviert, denn es wäre *die* Gelegenheit, ihn draußen im Dunkeln zu erwischen.

»Warum?«

Die Antwort hatte sie vorbereitet. »Weil ich ihn gern observieren möchte. Die Nachtfahrt wird vielleicht an einem Freitagabend und nicht unter der Woche sein, da Bent dann zur Schule muss. Und anschließend trifft er vielleicht noch ein paar Freunde, die wir bisher nicht auf dem Schirm haben.«

»Ich denke nicht, dass Fahrschulen Rücksicht auf die frühmorgendlichen Befindlichkeiten von fast Volljährigen nehmen. Der Termin wird sicherlich nicht an einem Wochenende liegen.«

Grrr, er war *so* schlau. »Schau doch bitte einfach für mich nach, Robert. Wir müssen jede Gelegenheit nutzen.«

Die zusammengezogenen Brauen über der dunklen Brille verrieten, was Robert Haferkamp von ihrer Erklärung hielt, nämlich das, was es war: Bullshit. Dennoch machte er sich gleich daran. »Fahrschule Liefers«, sagte er vor sich hin, während er die Buchstaben auf der abgenutzten Tastatur eingab.

Rahel wurde heiß, als die Bürotür sich wieder öffnete. Glücklicherweise war es Taco, dem Robert sein herrisches »Guten Morgen, bitte nicht ansprechen, ich muss für Rahel etwas herausfinden« entgegenwarf.

»Ja, du mich auch, Ronerd«, erwiderte Taco in gewohnt launiger Art, sah aber Rahel an.

»Ich habe Robert gebeten herauszufinden, wann Bent seine Nachtfahrt hat«, sagte sie. »Damit wir ihn dann observieren können.«

Taco verstand zum Glück gleich, was sie wollte. »Ah! Gut, Babe, sehr gut.«

Sie erfuhren das Datum von Robert, als Jakob Albers eintrat. »Bent Hathor hat morgen seine Nachtfahrt inklusive Überlandfahrt.«

Rahels Blick glitt zum Pastor, doch der hakte glücklicherweise nicht nach, sondern wandte sich mit einem Lächeln an sie. »Hast du dich schon eingelebt, Rahel?« Er legte kurz seine Hand auf ihren Oberarm.

»Ja, das habe ich«, sagte sie. »Das habe ich wirklich«, fügte sie selbst erstaunt hinzu. Ihr altes Leben war in dieser kurzen Zeit so weit in die Ferne gerückt, dass es Jahre zurückzuliegen schien. Die Mordkommission, der nach Schweiß müffelnde Lars Harberg … und Sönke Bender. Rahel wurde der Hals eng bei dem Gedanken an ihren Ex-Chef. Sie hörte wieder das Rasseln der Jalousien in dem kleinen stickigen Büro, wenn sie eingetreten war. Rahel konnte es nicht zu Ende denken.

»Ich bin immer für dich da«, sagte Jakob in ihre Gedanken hinein. »Egal, worum es geht. Ich möchte, dass du das weißt.«

Einen Moment lang wünschte sie sich, er würde sie mit seiner warmen Hand noch einmal berühren. »Danke.«

»So, Pastor, jetzt muss ich unseren Rotschopf entführen. Die Arbeit ruft.«

Rahel konnte gerade noch ihre Tasche greifen, bevor Taco sie aus der Tür schob. Als sie auf der Großen Freiheit standen, stieß er begeistert aus: »Morgen! Die Nachtfahrt ist morgen! Das war eine geniale Idee von dir, Rahel.«

Er strich sich über den Schnurrbart und überlegte. »Wir holen die Peitsche heute Mittag, dann ist meistens nur Robert im Büro. Ich werde ihn mit einer Ausrede ins Krankenzimmer locken. In der Zeit öffnest du den Panzerschrank und schnappst dir die Peitsche.«

**

»Es ist noch nicht dunkel genug«, sprach Rahel ins Handy, während ihr Blick besorgt über den Himmel wanderte. Sie saß auf dem Fahrersitz des schäbigen BKA-Sprinters, mit dem Taco sie zu Hause abgeholt hatte. »Wir müssen es abblasen.« Es war nach zweiundzwanzig Uhr, aber von tiefer Schwärze war die Nacht noch weit entfernt.

»Auf keinen Fall«, hörte sie Taco ruhig sagen. »Wir ziehen es durch. Schließlich haben wir es gut vorbereitet.«

Das hatten sie wirklich. Während Taco mit der Peitsche im Rucksack und zwei Straßensperren auf dem Spielplatz Sülldorf bereitstand, wartete sie hier am Jochen-Fink-Weg, um Taco zu informieren, wenn der Fahrschulwagen vorbeifuhr. Taco hatte dann knapp fünf Minuten, um die beiden Sperren an der Ecke Sülldorfer Kirchenweg/Op'n Hainholt aufzustellen und zum Grundstück der Hathors zu eilen.

Natürlich würde die Fahrlehrerin irritiert auf die Sperrung reagieren, womöglich sogar die Polizei anrufen, aber das würde Bent hoffentlich nicht davon abhalten, auszusteigen und die letzten paar hundert Meter zu Fuß nach Hause zu gehen. Dort würde Taco ihm auflauern, versteckt hinter dem Gebüsch beim Carport. Einen besseren Sichtschutz hatten sie leider nirgends entdeckt.

Leider bestand auch die Möglichkeit, dass der Wagen in den Jochen-Fink-Weg einbog. Dann konnten sie nur hoffen, dass die Fahrlehrerin wegfuhr, bevor Bent im Haus verschwand.

Rahels Herz begann zu klopfen, als sich hinter einem Taxi ein Wagen näherte, der der Fahrschulwagen sein konnte. Er war es tatsächlich, stellte sie Sekunden später fest, und glücklicherweise fuhr der Wagen an ihr vorbei. Sie drückte Tacos Nummer und sagte nur das vereinbarte »Go!«, als der Mexikaner sich meldete.

Aufgeregt blickte Rahel dem Fahrschulwagen hinterher. Jetzt brauchten sie zusätzlich zur Vorbereitung jede Menge Glück. Da sie auf eigene Faust arbeiteten, hatten sie die Straßensperre nicht als BKA-Maßnahme bei der Stadt Hamburg anmelden können. Von Vorteil war, dass um diese Uhrzeit zumeist nur noch Anwohner die Straße Op'n Hainholt befuhren. Rahel startete den Wagen, wartete aber noch einen Moment. Sie waren die Strecke heute Nachmittag zweimal abgefahren, um die Zeit zu stoppen, die Bent von hier bis zur Sperre brauchte. Da er als Fahrschüler nicht schneller fahren würde, als es die vorgeschriebene Höchstgeschwindigkeit vorgab, eine sichere Bank.

Als sie losfuhr, um dem Wagen zu folgen, schlug ihr Herz schnell, doch es fühlte sich nicht falsch an, was sie hier mit Taco im Alleingang tat. Im Gegenteil, es berauschte. Kurz darauf verließ sie die Bundesstraße und bog in den Sülldorfer Kirchenweg ab.

Da! Der Fahrschulwagen stand vor der Straßensperre. »Da lernst du gleich noch was, Bent«, murmelte Rahel vor sich hin, denn anscheinend hatte die Fahrlehrerin ihm gerade eine Anweisung erteilt. Das Warnblinklicht begann zu leuchten.

Rahel stoppte hinter dem Bahnübergang. Jetzt kam es darauf an. Wie erwartet passierte erst einmal gar nichts. Was gut für Taco war, denn um bis zu seinem Versteck zu kommen, brauchte er Zeit. Seine Wampe und vor allem seine von Opas Tabakmix geteerte Lunge standen einem Sprint definitiv im Weg.

Nun öffnete sich die Beifahrertür, und die Fahrlehrerin stieg aus. Sie sprach ins Wageninnere, dann trat sie an die Sperren. Kopfschüttelnd ging sie zur Fahrertür und zog sie auf. Sekunden später stieg Bent Hathor aus. Er und seine Lehrerin sprachen noch kurz miteinander, dann stieg sie in den Wagen, und Bent schlug zu Fuß den Weg nach Hause ein.

Rahels Finger zitterten ein wenig, als sie zum Handy griff und Tacos Nummer drückte. »Es hat geklappt«, sagte sie ruhiger, als sie sich fühlte. »Er kommt.«

Tacos Stimme war ebenfalls keine Nervosität anzumerken. »Alles klar, Babe. Wir sehen uns am Treffpunkt.«

Rahel fuhr an, langsam, denn sie wollte erst in dem Moment an Bent vorbeifahren, wenn er das Grundstück seiner Familie erreichte. Er kannte den Sprinter zwar nicht, aber das sollte auch so bleiben.

Taco plante, den Jungen zu peitschen und dann schnellstmöglich durch die Nachbargärten zu laufen, um zum Treffpunkt zu gelangen. Das Überraschungsmoment war das, worauf sie bauten, denn Bents Reaktion war nicht einschätzbar. War er kein Dämon, würde er schreien und vermutlich ins Haus stürzen. Doch was passierte, wenn er einer war ... Rahel überlief es heiß. Hatten sie die Gefahr nicht unterschätzt? Was, wenn der Dämon unerwartet reagierte und Taco angriff? Der würde zwar seinen Helm tragen, hatte es aber abgelehnt, die weitere Schutzausrüstung anzulegen, weil sie ihn daran hindern würde, schnell davonzukommen.

»Bitte lass alles gut gehen.« Rahel gab Gas, als Bent auf das Grundstück seines Zuhauses abbog. Jetzt war Taco dran.

Sie hielt in der Straße Osterfeld vor dem Haus, das sie als Treffpunkt ausgeguckt hatten, und wartete mit laufendem Motor. Angestrengt stierte sie durch die Scheibe an der Beifahrerseite. Es war dunkler geworden, doch jetzt sprang der Bewegungsmelder beim übernächsten Nachbarn an, dann am Nachbarhaus. Taco kam ins Sichtfeld. Er rannte. Die Peitsche hielt er in der rechten Hand.

Rahel legte die Hand auf die Gangschaltung. Taco riss die Tür auf und ließ sich auf den Sitz fallen. Bei seinem »Fahr!« hatte sie den Sprinter schon in Gang gesetzt. Sie durchfuhren die u-förmige Straße, bogen auf den Hainholt Richtung Schenefelder Landstraße ab, um nicht noch einmal am Haus der Hathors vorbeizumüssen.

»Und?«, fragte sie mit klopfendem Herzen.

»Nichts«, war die Antwort, während er den Helm abnahm. Sie wandte ihren Kopf und sah, dass Taco an der Sehne der Peitsche roch. »Kein Gestank«, sagte er. Massive Enttäuschung klang hindurch.

»Könnte der Geruch sich schon verflüchtigt haben?«, überlegte sie, während sie die Geschwindigkeitsbegrenzung überschritt. »Lass mich mal riechen.« Schließlich hatte sie den ekligen Geruch damals im Laden von Mr. Minh schon einmal in der Nase gehabt.

Taco reichte ihr die Peitsche, nachdem sie rechts rangefahren war. »Ich habe ihn voll am Oberarm erwischt«, berichtete er. »Der Junge hat geschrien vor Schmerz. Ich bin sofort abgehauen, habe aber im Laufen schon das Visier hochgeklappt und daran gerochen. Kein Gestank, nichts.« Er atmete tief durch und pustete die Luft so stark aus, dass sein Walrossbart zitterte. »Bent Hathor ist kein Dämon.«

Rahel starrte im Deckenlicht auf die Stelle, an der das Blut des Jungen am Riemen klebte. »Oh Gott«, sagte sie, nachdem sie die Peitsche gehoben und an dem Blut gerochen hatte. »Wir haben einen harmlosen Jugendlichen verletzt.«

»Das haben wir«, bestätigte Taco grimmig. »Aber das heißt nicht, dass der Dämon nicht in der Familie ist. Wir haben uns nur das falsche Mitglied vorgeknöpft.«

»Weil er am verdächtigsten war«, versuchte Rahel den Misserfolg zu entschuldigen, während sie wieder anfuhr.

»Das ist nicht gut gelaufen, Babe«, sagte Taco, als sie über die Bundesstraße zurückfuhren. »Die Hathors werden die Polizei benachrichtigen, und Ronerd wird uns morgen von der Anzeige berichten, wenn ihm die Meldung zugeht.« Er sah Rahel mit geschürzten Lippen an. »Wenn die anderen hören, dass der Junge gepeitscht wurde ... Da werden wir was zu erklären haben.«

»Was ist mit den Straßensperren?«, fiel Rahel ein. »Zurückzufahren ist keine gute Idee, oder?«

»Kommen auf die Verlustliste«, sagte Taco mürrisch. »Noch etwas, wofür Ronerd uns die Ohren langziehen wird.«

Rahel seufzte. Lange Ohren waren wohl ihr geringstes Problem.

***

»Was ist los?«, rief Line, während sie angsterfüllt die Treppe hinunterstürzte. Sie hatte schon im Bett gelegen und sich am Handy TikTok-Videos angeguckt, als draußen vor ihrem offenen Fenster dieser jaulende Schmerzensschrei erklungen war.

Die Haustür stand offen. Bent wurde gerade vom Vater in die Küche geleitet. Ihr Bruder blutete heftig am Oberarm. Line sah kurz zu ihrer Mutter, die mit schreckensweiten Augen auf ihren Sohn blickte. Sie stoppte den Rollstuhl an der Küchentür und presste die Hand auf den Mund. Line quetschte sich an ihr vorbei.

»Was ist passiert?«, fragte Steffen Hathor und drückte seinen Sohn auf einen Küchenstuhl. »Bist du gestürzt?«

Bent antwortete nicht. Er starrte auf die Wunde, aus der das Blut in mehreren Rinnsalen rot glänzend den Oberarm hinunterlief. Sein Gesicht war weiß. Doch war die Blässe nur dem Schmerz geschuldet? Line war sich nicht sicher, denn die Stimme ihres Bruders klang hasserfüllt, als er dem Vater antwortete. »Irgendjemand hat das getan! Aus dem Hinterhalt ... die Sau!«

Ihre Mutter wimmerte, die Hand immer noch auf den Mund gepresst.

Line trat näher an ihren Bruder heran, während ihr Vater ein Geschirrhandtuch aus dem Hängeschrank nahm und es unter dem Wasserhahn befeuchtete. »Wer war das?«, fragte sie. »Was hat er mit dir gemacht? Ist das von einem Messer?«

Bent sah sie mit finsterem Blick an. »Nein, dann hätte ich den Typen gesehen. Es war ... etwas anderes.«

Steffen Hathor wischte mit dem Handtuch das Blut von Bents Arm. »Das sieht wirklich wie ein Schnitt aus. Ich ...« Er brach ab und schluckte.

Line sah ihn verwirrt an. »Was ist, Papa?«

»Nichts.« Er starrte auf die Wunde. »Ich hatte nur gerade einen Flashback. »Das Blut ... der Unfall ...«

»Gib her«, sagte Bent, riss seinem Vater das Tuch aus der Hand und drückte es auf die Wunde. Steffen Hathor wandte sich ab.

»Wir müssen die Polizei anrufen«, sagte Line.

»Ja«, sagte ihr Vater. »Ja, das werde ich tun.« Er stierte durch das Küchenfenster nach draußen.

»Das bringt gar nichts«, stieß Bent aus. »Der Typ ist doch längst über alle Berge.« Dann blaffte er seine Mutter an: »Haben wir irgendwo Verbandszeug?«

Endlich nahm sie die Hand von den Lippen. »Im Hauswirtschaftsraum, im Spiegelschrank.« Hastig fügte sie hinzu: »Deine Schwester kann dich verbinden.«

»Dann hol das Zeug, verdammt«, fuhr er Line an.

Line sah ihre Mutter an, als sie die Küche verließ. Vor dem Unfall hätte Mama es sich niemals nehmen lassen, Bent selbst zu versorgen. Warum jetzt? Konnte sie plötzlich kein Blut mehr sehen?

Line ging mit dem Verbandsmaterial in die Küche zurück und legte zwei Kompressen auf den noch immer blutenden länglichen Striemen. »Vielleicht solltest du damit zum Notdienst«, meinte sie. »Die Wunde ist ganz schön tief.«

»Mach einfach.«

Bent und sie sahen dem Vater hinterher, der die Küche verließ und mit dem Smartphone in der Hand nach draußen ging. Bestimmt rief er jetzt die Polizei an.

Nachdem sie Bent verbunden hatte, ging er wortlos die Treppe hinauf und verschwand in seinem Zimmer. Line war dankbar, dass Emma tief und fest schlief und nichts von dem Vorfall mitbekommen hatte. »Ich wisch hier noch auf«, sagte sie mit Blick auf die Bluttropfen am Boden. »Geh bitte zu Bett, Mama. Du siehst müde aus.«

»Ja.« Ohne ein weiteres Wort rollte Christine Hathor zum Treppenlift. Line half ihrer Mutter, sich aus dem Rollstuhl auf den Sitz zu hieven. Sekunden später fuhr der Lift langsam die

Treppe hinauf. Line folgte ihr nach oben, um ihr in den einfacheren Rolli hineinzuhelfen, der dort parat stand.

Als Christine im Bad war, ging Line nach unten. Sie befeuchtete ein Putztuch in der Spüle und wischte damit das Blut von den Flur- und Küchenfliesen. Wer hatte Bent das angetan? Und vor allem ... warum? Nach einem Rundumblick löschte sie das Licht in der Küche. Alles Blut war weg. Dann ging sie noch einmal zurück und schob den Stuhl an den Tisch, damit Mama morgen besser mit dem Rolli vorbeikam. Im selben Moment fiel die Haustür ins Schloss. Papa war wieder drinnen.

Line war gespannt, was die Polizei gesagt hatte. Doch als sie aus der dunklen Küche auf den Flur treten wollte, blieb ihr die Frage im Hals stecken. Papa saß in der Hocke vor der geschlossenen Haustür. Er hatte mit dem Zeigefinger über die Fußmatte gestrichen und leckte das, was sich an der Fingerkuppe befand, gerade ab.

Hastig, ihr Atem stockend, trat Line zurück in die Küche. Das war unmöglich! Sie musste sich getäuscht haben. Das konnte nicht Bents Blut gewesen sein, das Papa sich da gerade vom Finger geleckt hatte.

13

Rahel hatte an diesem Donnerstagmorgen keinen Blick für die barocke Fassade der katholischen St.-Joseph-Kirche, als sie die Große Freiheit entlangradelte. Sie fuhr langsam. Zum einen, weil sie früh dran war, denn sie hatte kaum ein Auge zugemacht und war zeitig aufgestanden, zum anderen, weil es sie nicht besonders drängte, das Kneipenbüro zu erreichen. Die Euphorie des Vorabends, der Rausch der geheimen Aktion, war verflogen und hatte einem Gefühl von Beklemmung Platz gemacht. Die anderen würden zu Recht ausflippen, wenn sie von dem Alleingang hörten.

Doch es gab noch einen weiteren Grund für die quälenden Stiche in ihrer Magengegend. Lukrezius war in der vergangenen Nacht nicht zu ihr gekommen. Sie hatte in den fast schlaflosen Stunden tausend Gründe und Entschuldigungen dafür gefunden, schließlich waren sie einander zu nichts verpflichtet, und doch war da die Angst, er könne ihrer überdrüssig sein.

Nein, das kann nicht sein, dachte sie, während eine schwarze Katze ihren Weg kreuzte. Sie hatte noch sein dunkles Stöhnen im Ohr. Aber war hier vielleicht nur ihr sehnlicher Wunsch Vater des Gedankens? War sie einfach nur blind vor Leidenschaft und interpretierte ihre eigenen Gefühle in ihn hinein? Jede andere Frau hätte vielleicht dieselbe mächtige Erregung in ihm ausgelöst. Er war übernatürlich. Wahrscheinlich war alles in ihm verstärkt.

Sie kettete ihr Rad links vom Beatles-Platz an ihrem Stammplatz an und ging die paar hundert Meter zurück. Das Schild »Bei Egon« erschien ihr heute noch trister. Drinnen nickte BKA-Wirt Simon ihr zu, als sie ihn grüßte, bevor sie im Toilettengang die Treppe hinunter verschwand.

»Moin.« Sie betrat das Büro, und ihr Blick scannte sofort die Anwesenden. Robert stand vor seinem Schreibtisch und war dabei, eine der beiden Tastaturen mit einem Tuch zu säubern, was den Geruch des Desinfektionsmittels erklärte, der in der Luft lag. Also hatte er vermutlich einen der anderen an seinem Platz erwischt. Vielleicht Taco? Der saß am Tisch, einen Becher Kaffee und eine Apfeltasche vor sich. Er schürzte die Lippen, als sie ihn ansah, und hob leicht die Schultern. Anscheinend war noch keine Meldung über den Angriff auf Bent Hathor gekommen.

Nun, wenn Taco nichts sagen wollte, sie würde es auch nicht tun.

Jakob Albers stand mit Jara bei der Stange, an der die Schutzanzüge hingen. »Rahel, moin Liebe, such dir deine Ausrüstung auch zusammen«, forderte Jara sie auf. »Taco und ich machen heute die lang versprochene Übung mit dir.« Sie deutete auf die Flammenwerfer an der Wand.

»Ich bin Feuer und Flamme«, wagte Rahel ein Wortspiel.

Jakob Albers sah sie ernst an. »Das ist kein Spiel, Rahel. Es geht um Leben und Tod, wenn wir in dieser Rüstung stecken und Feuer einsetzen müssen. Und es geht nicht nur um *unser* Leben. Wusstest du, dass wir auch schon einen Unschuldigen in Brand gesetzt haben? Ihn getötet haben, weil wir uns so sicher waren, dass er ein Dämon ist? Wir leben mit dieser Schuld seit Jahren, und sie wird uns niemals verlassen.«

Rahel wurde heiß unter seinem Blick.

»Darum bin ich unendlich dankbar, dass wir nun die Peitsche haben«, fuhr Jakob fort. »Jetzt können wir uns absichern, bevor wir zuschlagen.«

Rahel wagte nicht, Taco anzusehen. Hatte er die Peitsche wieder im Panzerschrank verstauen können? Dazu war ihm nur die kurze Zeitspanne geblieben, nachdem Soleria und/oder Luk das Büro verlassen hatten und bevor Robert aufgetaucht war.

»Dich nehmen wir auch mit zum Üben«, wandte Jara sich an den Pastor. »Du bist uns in deiner Berufung die allergrößte Hilfe, Jakob. Deine Liebe zu den Mitmenschen hält so viel Böses fern, aber eine kleine Auffrischung am Flammenwerfer kann nicht schaden. Ich könnte es nicht ertragen, dich bei einem Einsatz zu verlieren.« Sie umarmte ihn lang und innig. Er tätschelte ihren Rücken. »Ich komme nur mit zum Üben, weil ihr mich am Blutmond wahrscheinlich braucht.«

»Werden wir uns am Blutmond alle mit Flammenwerfern bewaffnen?«, fragte Rahel. »Wie erfahren wir überhaupt, wo die Urdämonen auftauchen werden?«

»Luk wird unser Wegweiser sein«, antwortete Jakob. »Seine Mutter erscheint mit ihrer höllischen Entourage immer in der Nähe des Ortes, wo er sich aufhält. Weil sie *ihn* wollen, viel mehr noch als das Blut von Menschen.«

Die höllische Entourage … Rahel krabbelte eine Gänsehaut über den Nacken, weil sie an die gruseligen Bilder in dem alten Buch dachte. »Es soll kein Vorwurf sein«, wandte sie sich nach einem Moment des Überlegens an die beiden, »aber warum ist es euch bisher nicht an den Blutmonden gelungen, sie zu vernichten, wenn sie auftauchten?«

»Ein weiterer Punkt, den wir wohl vergessen haben zu erwähnen«, sagte Jara leichthin. Sie stellte sich vor Rahel. »Man kann Urdämonen nicht mit Feuer töten. Man kann sie damit in Schach halten, aber nicht vernichten.«

»Oh.« Mit der Antwort hatte Rahel nicht gerechnet.

»Sie sind wie Luk und Sol zwar nicht unsterblich, aber ihre Halbwertszeit ist genauso lang.« Jara deutete auf den Panzerschrank. »Es gibt in den Büchern Zeichnungen von geköpften und damit toten Urdämonen, aber die Waffe, die das vollbringt, ist noch nicht erfunden. Mit Säbeln und Schwertern funktioniert es jedenfalls nicht. Das wird seit Jahrtausenden versucht.«

»Dann wird es ein immerwährender Kampf für Luk bleiben, ihnen zu widerstehen?«, fragte Rahel. »Bis er irgendwann stirbt?« Das waren immerhin unvorstellbare fünftausend Jahre.

»Ja, genau so ist es. Und nun auf, ihr Lieben.« Jara klatschte munter in die Hände. »Schnappt euch eure Ausrüstung. Die Schule wartet auf uns.«

»Schule?« fragte Rahel ungläubig. Sie würden doch nicht wirklich in einer Schule das Flammenwerfen üben?

»Jara meint die Geisterschule Neuhof«, schaltete Taco sich ein, der sein Frühstück beendet hatte und seinen Schutzanzug von der Stange klaubte – den lädiertesten von allen. »Ah, okay.« In der ehemaligen Grundschule Neuhof wurden seit ewigen Zeiten keine Schüler mehr unterrichtet, wie Rahel wusste. Das Gebäude war ein Überbleibsel eines Stadtteils, der in den siebziger Jahren quasi komplett dem Bau der Köhlbrandbrücke hatte weichen müssen.

Eine Stunde später standen sie am Neuhöfer Damm vor dem verlassenen Backsteingebäude, das noch vor dem Ersten Weltkrieg gebaut worden war. Sie schleppten die schweren Reisetaschen mit der Ausrüstung um das Gebäude herum, nachdem sie sich vergewissert hatten, dass sie allein waren. »Wie kommen wir rein?«, fragte Rahel mit Blick auf die verrammelten Fenster und Türen. Zweifellos wollte der Besitzer mögliche Sprayer und Vandalen am Eintritt hindern.

»Hier.« Taco deutete auf die Holztür, vor der sie standen. Vor der Tür waren viele mehrfach überkreuzte Holzlatten mit Nägeln und Schrauben in den Fugen des Mauerwerks verankert. »Geschickte Täuschung«, sagte Taco und packte mit beiden Händen ein Brett in der Mitte, zog es kräftig in die Höhe und hielt den kompletten Verschlag in Händen. Er stellte das Holzgebilde zur Seite, sodass die Tür freilag.

»Kommt kein Schwein drauf, dass das Ganze von uns mit Haltern so präpariert ist. War meine Idee.« Stolz betrachtete er sein Werk, in dem die Nägel und Schrauben nur Fake und nicht mit dem Mauerwerk verbunden waren.

»Genial«, bestätigte Rahel. »Aber warum muss alles so geheimnisvoll sein? Warum mietet das BKA nicht einfach einen, was weiß ich, Kellerraum, in dem wir mit den Flammenwerfern arbeiten können?«

»Haben wir alles schon gemacht, Babe. Aber die Sanierung der Räumlichkeiten wurde kostspielig, da wir die Orte häufig wechseln, um nicht aufzufallen. Nun suchen wir uns eben unsere Übungsstätten selbst. Gibt genug Ruinen und Lost Places in Hamburg.« Taco öffnete die Tür mit einem Schlüssel von seinem Bund, stieß sie auf und deutete hinein. »Nach dir. Ich hasse Spinnenweben im Bart.«

»Aber wir begehen hier eine Straftat!« Rahel war fassungslos. »Das Gebäude hat Besitzer. Wir dringen widerrechtlich ein.«

»Beruhig dich, Rahelita. Wenn wir gehen, hinterlassen wir immer einen überdurchschnittlich hohen Betrag zur Sanierung, um die jeweiligen Besitzer nicht zu verärgern. Kommt uns hier in Hamburg immer noch billiger als eine ständige Miete.«

Rahel war nicht wirklich überzeugt von der Aktion, die trotz des Geldes kaum für gute Schwingungen bei den Besitzern sorgen würde, doch sie wollte als Neuling keine Belehrung starten.

Als alle drinnen waren, hakte Taco die Bretterkonstruktion wieder ein und schloss die Tür ab. Schwer bepackt gingen sie im Gänsemarsch eine Treppe in den ersten Stock hinauf. Dort betraten sie allerdings keines der alten Klassenzimmer, sondern blieben auf dem Flur stehen. »Damit wir von draußen nicht gesehen werden können?«, fragte Rahel.

»Genau«, antwortete Jara, die schon dabei war, eine ihrer beiden Equipmenttaschen zu öffnen. Gegenseitig halfen sie sich in die Rüstungen. Taco maulte zwar, aber Jara bestand darauf, dass auch sie in Vollschutz trainierten. »Wir dürfen uns nie darauf ausruhen, Profis zu sein«, mahnte sie.

Rahel sah sich um. Die Jäger trainierten hier nicht zum ersten Mal. An einer Wand lehnte eine große Klappleiter, daneben lag etwas, das aussah, als sei es die Aufbewahrungstasche für ein großes Zelt. Die Wände des Flurs bezeugten, dass bei den Übungslocations anfallende Sanierungskosten nicht von der Hand zu weisen waren. Die Wände und der Boden waren zum Teil stark verkohlt.

Jakob Albers hatte ihren Blick bemerkt. »Wir haben schon mal einen Feuerwehreinsatz ausgelöst, als wir in einer alten

Fabrik übten. Unsere Feuerlöscher«, er stupste mit dem Fuß eine der Reisetaschen an, »haben damals nicht gereicht.«

»Nicht *wir* haben den Feuerwehreinsatz ausgelöst, Pastor.« Taco rieb sich grinsend über die geschützte Wampe. »*Du* kannst einfach nicht zielen.«

»Darum ist er jetzt ja hier«, sagte Jara. Dann sah sie Jakob an und tätschelte seinen Arm. »Du bist nun mal ein Mann der Worte und nicht der Taten.«

Jakob Albers lachte auf. »Ein wenig heldenhaftes Image für einen Mann, der einer Gruppe Dämonenjäger angehört.«

Rahel lächelte, als er ihr zuzwinkerte. Er war ein so unendlich sympathischer Mensch.

Während Jara die Klappleiter unter einem an der Decke befindlichen Haken aufstellte, öffnete Taco die Zelttasche. »Showtime, Dollie.«

Gespannt sah Rahel zu, wie er ein merkwürdig anmutendes Objekt herauszog und auf den Boden legte. Als er das Teil auseinanderklappte, erkannte man eine Art Schaufensterpuppe aus Metall, die nicht nur zerdellt, sondern vor allem schwarz verbrannt aussah. »Dollie hatte auch schon bessere Tage, was?«, sagte sie trocken.

Jara kicherte vom oberen Ende der Leiter, wo sie die lange Kette, die Taco ihr reichte, mit einem Karabiner am Deckenhaken befestige. Das andere Kettenende war in Dollies Kopf eingehakt. »Wir haben einen Wahnsinnsverschleiß an Übungspuppen«, gab sie zu und knuffte die schwarz versengte Dollie, während sie von der Leiter stieg.

»Die Meta-Aramidfasern, die auch in unserer Schutzkleidung verarbeitet sind, sind bei Dollie noch verdichteter, aber lange hält das Metall darunter dem Feuer trotzdem nie stand.« Sie öffnete die Tasche mit dem Flammenwerfer, hob die miteinander verbundenen Tanks heraus und sah von Rahel zu Jakob. »Wer will zuerst?«

»Ich hätte es gern hinter mir«, sagte der Pastor und ließ sich von Jara beim Umlegen der Gurte helfen. Sie rückte ihm den Schlauch zurecht und drückte ihm den Brenner in die Hände.

Taco trat näher an Rahel heran und flüsterte ihr zu: »Ich konnte die Peitsche unbemerkt in den Panzerschrank zurücklegen.«

Rahel nickte erleichtert.

»Es ist nur merkwürdig, dass keine Anzeige eingegangen ist.«

»Vielleicht gehen sie erst heute zur Polizei«, gab Rahel zu bedenken.

Jaras genervte Stimme erklang. »Juan Ramirez Derba, gibst du Rahel gerade eine Einweisung in die Bedienung des Werfers? Falls nicht, solltest du jetzt hierherkommen und aufpassen, Rahel.« Sie hielt einen der mitgebrachten Löscher in der Hand.

»Natürlich, sorry.« Rahel ging die paar Schritte auf Jakob zu, der sein Visier herunterklappte und den Finger auf den Abzug legte. Schräg hinter ihm blieb sie mit Blick auf Dollie stehen.

»Zieh dein Visier auch runter, Babe«, mahnte Taco. »Man weiß nie, wohin der Pastor zielt.« Und das schien kein Scherz zu sein, denn er verschanzte sich ebenfalls hinter seinem Gesichtsschutz.

Rahel zuckte zusammen, als Jakob Albers den Abzug drückte und ein Flammenstrahl heiß und heftig auf die drei Meter entfernt hängende Metallpuppe traf und sie in Schwung versetzte. Sofort löste Jakob den Finger vom Abzug, und die Flamme erlosch.

»Das war doch sehr gut«, lobte Rahel ihn. Besser würde sie es definitiv auch nicht machen.

Während Jara den Teil von Dollies schwarzer Brust, der Feuer gefangen hatte, löschte, lachte Taco. »Ja, wenn Dollie stillhält, trifft sogar der Pastor.« Er angelte nach einer der beiden dünnen Ketten, die links und rechts an Dollies Torso befestigt waren. »Nur sieht das mit dem Stillhalten bei Dämonen eher schlecht aus.«

Die andere Kette schnappte Jara sich. Im selben Moment schrie sie: »Jetzt, Jakob!« Sie zog an dem Seil, während Jakob den Flammenwerfer wieder anschmiss und versuchte, die Puppe zu treffen. Bei Versuchen blieb es, als Taco und Jara im Wechsel an Dollie zogen. Es gelang Jakob nicht ein einziges Mal, vorausschauend zu zielen. Im Gegenteil, seine Bewegungen wurden immer wilder. Rahel trat langsam ein paar Schritte zurück. Vielleicht sollte man schon mal ein Handy rausholen und die 112 vorbeugend eintippen?

Dankbar registrierte sie Tacos »Stopp, stopp, Meister!«. Er legte dem dauerfeuernden Pastor eine Hand auf die Schulter. »Jetzt beruhigen wir uns wieder und atmen tief durch. Was du glücklicherweise noch kannst, denn im Ernstfall hätte Dämonen-Dollie dir längst dein Hirn vereist.«

Er griff sich einen Feuerlöscher und begann die Tasche zu löschen, in der Dollie lagerte, wenn sie nicht gerade an der Schuldecke hing. Es roch nach verschmortem Kunststoff. Jara löschte mit dem anderen Gerät bereits die brennenden Tapetenfetzen an den Wänden.

Jakobs Gesicht war hochrot, als er sein Visier hob. Hustend legte er den Brenner ab. Rahel half ihm, die Tanks abzulegen.

»*Ur*dämonen-Dollie würde jetzt mein Herz fressen«, sagte er mit Blick auf die leicht vor sich hin schaukelnde, dem Pastorenfeuer entkommene Metallpuppe.

»Sie werden uns vermutlich nebeneinander bestatten«, sagte Rahel zum Trost.

»Das werden wir jetzt sehen.« Unerschüttert hielt Taco ihr die Tanks hin.

Sie schlüpfte in die Gurte und stellte fest, dass das Gewicht der Behälter nicht gering war, aber da sie die Ausrüstung nicht stundenlang tragen musste, war es okay. Taco drückte ihr den Brenner in die Hand und erklärte noch einmal die Funktionsweise, obwohl sie den theoretischen Teil bereits in der vergangenen Woche im Kiezkeller durchgegangen waren.

»Jetzt musst du nur noch zielen und den Abzug drücken und halten«, endete Taco.

Rahel verpasste Dollie genau wie Jakob eine flammende

Brust. Der Schweiß sammelte sich schon unter ihrem Helm, als Taco und Jara sich je eine der Ketten schnappten.

»Bereit, Babe?«

Sie nickte. Und dann hielt sie drauf. Dollie schaukelte links, dann rechts, dann immer noch rechts, weil Jara das Ziehen nur antäuschte. Zwei Minuten später brannte Dollies Brust komplett.

Rahel stellte den Brenner auf ein Zeichen von Taco aus.

»Wow!«, rief Jakob, als sie das Visier hochklappte und auf die qualmende Dollie starrte, die von Jara in einen Pulvernebel eingehüllt wurde. »Du bist ein Naturtalent. Wenn wir Teams bilden, möchte ich in deines.«

Rahel lachte und wischte sich den Schweiß aus dem Gesicht, doch sie verspürte durchaus Stolz. Nur die Puppe brannte, nichts sonst.

»Ausgezeichnet, Babe«, lobte Taco sie und hob die Hand zum Abklatschen. »Stell dir einfach immer Dollie vor, wenn ein Dämon vor dir steht.«

Rahel ahnte, dass er es nicht nur so dahingesagt hatte. Auf eine metallene Puppe zu feuern, war etwas anderes als auf ein Wesen, das aussah wie ein Mensch.

**

Rahel nahm ihr BKA-Handy wieder zur Hand, das sie gerade erst neben sich auf dem Sofa abgelegt hatte. Doch wieder drückte ihr Finger Luks Nummer nicht. Sie warf das Handy zurück und sprang so ruckartig auf, dass der Kater unwillig mit dem Schwanz schlug. »Ich werde hier nicht das schmachtende Weiblein spielen, Kabel. Ich bin nicht sein Spielzeug. Und darum fahre ich jetzt zu ihm.«

Sie zog einen Hoodie über das mausgraue Tanktop, das sie zu grünen Sweatshorts trug, hob das Fahrrad von der Flurwand und verabschiedete sich. »Entweder bis ganz bald, Kabel, oder bis später.« Hoffentlich später, fügte sie in Gedanken hinzu.

Gerade als sie das Rad durch die Haustür hinausschob, erklang Luks Stimme von der Seite. »Ist es nicht ein bisschen spät für eine Radtour?«

Rahels Herz machte einen Hüpfer, während sie im Schein der Straßenlampe zu dem Sprinter blickte, dessen Scheibe auf der Beifahrerseite heruntergefahren war. Luk stellte den Motor ab.

»Mir war nicht nach Schlafen, darum wollte ich noch mal um die Alster radeln«, log sie, als er vor ihr stand. Sein Ego war groß genug, sie musste es nicht noch damit füttern, wie sehr sie sich nach ihm verzehrte.

»Ich würde ja gern sagen: ›Dann will ich dich nicht aufhalten‹. Aber das wäre gelogen.« Er griff nach dem Lenker. »Ich *will* dich aufhalten.« Sein goldfunkelnder Blick glitt über sie, verharrte an ihren festen sonnengebräunten Schenkeln, die von der kurzen Shorts kaum bedeckt waren, bevor er ihren Blick suchte. »Ich will *dich*.«

Stumm musterten sie sich einen Moment lang. Das Begehren lag wie eine knisternde Aura zwischen ihnen.

Doch so leicht wollte Rahel es ihm nicht machen. »Ach, was soll's«, sagte sie. »Radfahren kann ich auch in einem Viertelstündchen noch.«

Das hatte gesessen. Sein Gesicht verriet, dass er die Spitze verstanden hatte. »Mir war nicht bewusst, dass du Wert darauf legst, mit deinem Sexpartner auch noch zu frühstücken. Dazu fehlt mir die Zeit. Du weißt doch, Nachtschicht im Büro«, sagte er.

»Sexpartner.« Rahel tat, als lausche sie dem Wort nach. »Klingt wie Vertragspartner. Aber das ist es wohl auch, ein Fick-Abo, jederzeit von beiden Seiten kündbar.« Die Worte waren schneller raus, als sie denken konnte.

Seine Miene blieb unbewegt. »Wenn du es so nennen willst … meinetwegen.« Er beugte sich so weit über das Fahrrad, dass sie seinen warmen Atem auf ihrem Gesicht spürte. »Ich will dich, Rahel, genauso, wie du mich willst. Und du kannst jetzt in den Wagen steigen«, seine Finger strichen aufreizend über ihren Oberschenkel und schoben sich unter die Baumwollshorts, »oder Rad fahren.«

Sie hob die Hand, zog seinen Kopf zu sich herunter und presste ihre Lippen auf seinen Mund. Gierig küssten sie sich über das störende Fahrrad hinweg.

»Du solltest jetzt wirklich einsteigen«, forderte er sie auf. »Sonst garantiere ich für nichts. Und wir wollen doch keine Nachtschwärmer schockieren, oder?«

»Ich verschiebe das Radfahren«, stöhnte sie an seinen Lippen, als seine Hände unter ihr Shirt wanderten, »aber wohin willst du mit mir?«

»Lass dich überraschen.«

»Ich danke dir für diese Nacht«, sagte Rahel Stunden später ehrfürchtig. Satt und erfüllt von einem nicht enden wollenden Rausch, lagen sie nebeneinander an einem Ort, der Rahel in dieser lauen Sommernacht magisch vorkam. Luk hatte sie nach Winterhude entführt – in den Stadtpark. Nachdem sie sich in himmlischen Höhen geliebt hatten, war er mit ihr dort gelandet, wo wohl noch niemand sonst gelegen und die Sterne betrachtet hatte: auf der Kuppel des Planetariums. Obwohl der harte Untergrund sich durch Luks ausgebreitete Flügel hindurch langsam bemerkbar machte, hätte Rahel alles dafür gegeben, die Morgendämmerung aufhalten zu können. Zu schön war es, dem zarten Blätterrascheln der Bäume zu lauschen, das die Geräusche der Stadt fernhielt.

Rahel wandte Luk den Kopf zu. Durfte sie ihm jetzt die Frage stellen, die in ihr bohrte, seit sie wusste, dass die Zwillinge einen Engel zum Vater und eine Dämonin zur Mutter hatten? Oder würde sie damit den innigen Moment zerstören?

Ihre immense Neugier besiegte die Angst. »Darf ich dir eine Frage zu deinen Eltern stellen? Ohne dass du mich zerfleischst?«

Er schwieg einen Moment, dann sagte er leichthin: »Es kommt wahrscheinlich auf die Frage an, ob du eine Antwort bekommst oder gefressen wirst.«

»Ich habe jetzt schon so viel von deiner Mutter gehört, habe die Bilder in dem Buch gesehen …« Sie wollte nicht sagen, wie grässlich sie Kronox und ihre Vasallen fand. »Wie kann es sein, dass ein Engel mit ihr … also dass ihr, dass du und Sol geboren werden konntet?«

Luk lachte hässlich. »Mein Vater wollte Gott spielen. Er glaubte, er könnte das Gute in sie hineinpflanzen.« Er schwieg einen Moment, bevor er sagte: »Seine Hybris wurde ihm zum Verhängnis.«

Rahel wagte nicht zu hinterfragen, welches Verhängnis er meinte. Um ihn nicht zu verprellen, überlegte sie sich ihre nächste Frage genau. »Engel und Dämonin, beides ist übernatürlich. Und trotzdem sehen du und Sol fast menschlich aus, natürlich abgesehen von den Flügeln und dem Schwanz und …« Sie brach ab. Luks Krallenfuß und Solerias Krallenhand würden die Auflistung nur unnötig verlängern. »Ich verstehe einfach nicht, dass ihr wie wir ausseht.«

»Du irrst dich in diesem Punkt. Wir sehen nicht wie ihr aus. Ihr seht wie *wir* aus.« Dann fügte er spöttisch hinzu: »Natürlich abgesehen von den Flügeln und dem Schwanz.«

Diese Antwort hatte Rahel nicht erwartet.

Doch Luk fuhr schon fort: »Engel und Dämonen verschiedenster Art gibt es schon seit Anbeginn der Zeit. Von beidem ist etwas in die Menschheit geflossen oder wie auch immer man das ausdrücken möchte. Menschen werden niemals nur gut sein und niemals nur böse. Wir stecken mit beidem in euch drin. Die Seele ist der himmlische Teil. Das Unselige, das Boshafte, ist das Höllenrelikt. Darum wird es auch niemals Frieden auf Erden geben. Sol sieht das natürlich anders. Sie glaubt daran, dass die Menschen den Dämonenanteil in sich einst niederringen werden. Ich glaube das nicht.«

»Ich bin auf Sols Seite«, fiel Rahel ihm mit klopfendem Herzen ins Wort, weil es schrecklich war, ihn das sagen zu hören. »Irgendwann wird es Frieden geben! Nicht zu meiner Zeit. Und vielleicht nicht einmal zu deiner Zeit. Aber die Menschen müssen doch einmal schlauer werden.«

Er lachte amüsiert auf.»Mit Schläue hat das nichts zu tun, das müsstet ihr doch langsam mal bemerkt haben. Ihr bekriegt euch nach Jahrtausenden immer noch. Ihr habt nichts dazugelernt. Nichts. Es wird euch niemals gelingen, euch den Dämonenstachel aus der Seele zu ziehen.«

»Lass uns über etwas anderes reden«, sagte Rahel, weil seine Worte ihr irgendwie das Atmen erschwerten. Er durfte nicht recht haben.

»Eigentlich sollten wir jetzt los, denn wir laufen Gefahr, gesehen zu werden«, sagte Lukrezius, als ahnte er ihre Gedanken.»Aber einmal will ich diesen magischen Moment mit dir teilen, denn ich denke, es wird gleich ein herrliches Morgenrot geben. Komm …« Er reichte ihr die Hand, und sie erhob sich von seinem Flügel. Sie mussten den Platz wechseln, fort von dem Blick Richtung Jahnkampfbahn.

Ohne Angst lief sie neben ihm auf dem abfallenden Dach, denn er hielt ihre Hand fest in seiner. Mit Blick gen Osten setzten sie sich wieder.»Ein wenig Untermalung kommt auch dazu.« Er nahm sein Smartphone zur Hand.

Gespannt warteten sie. Als der erste mattorangene Schein am Firmament den neuen Tag anzukündigen begann, lief Rahel ein ehrfürchtiger Schauer über den Rücken. Zarte Töne klassischer Musik erklangen. Schweigend, mit Tränen in den Augen, genoss sie den überragenden Moment. Kostbare Minuten für die Ewigkeit, die, das wusste sie, in ihrer Erinnerung ein Leben lang anhalten würden. Edvards Griegs »Morgenstimmung« begleitete das majestätisch-himmlische Leuchten der göttlichen Farbpalette.

Gleich würde, genau wie in Griegs Komposition, die Natur zum Leben erwachen. Rahel lehnte ihren Kopf an Luks Schulter, und er breitete seinen linken Flügel über sie. Herrlich warm war es darunter und so unglaublich schön, denn die glitzernden Spitzen erhellten das Morgengrau auf märchenhafte Weise. Kein noch so sanftes elektrisches Licht, ja nicht einmal Kerzenschein konnte solch ein wundersames Leuchten erzeugen. Sie streichelte über die weichen, makellosen Federn.

Sie hätte ewig so sitzen können. Ewig. Sie wandte den Kopf so weit, dass sie einen Kuss auf seinem Oberarm platzieren konnte. Luk presste seine Lippen auf ihren Schopf, dann küsste er sie lang und intensiv.

Rahel fühlte sich berauscht und so sicher und geborgen unter seinem Fittich, dass sie das übermächtige Gefühl überkam, ihm auch etwas schenken zu wollen. Etwas, das er nicht erwartete.

»Mr. Minh hat mir noch mehr vermacht. Nicht nur die Peitsche.«

»Was?« Ein Windhauch wehte über sie, als er abrupt den Flügel hob und so die Wärme fortnahm. Er drehte sich zur Seite. »Was meinst du damit?«

»In den Kartons, die mir überbracht wurden, waren noch ein paar andere Sachen. Nichts von Bedeutung, bis auf –« Sie kam nicht dazu, die Porzellanfigur zu nennen.

Luk unterbrach sie fassungslos. »Nichts von Bedeutung? Glaub mir, der Chinese hätte dir *niemals* etwas ohne Bedeutung vermacht.« Er stand schneller, als sie gucken konnte. »Zeig mir die Sachen! Wo hast du sie?«

»Zu Hause, im Keller.« Rahel stand ebenfalls auf, nicht wissend, ob sie sich freuen sollte, weil sie ihn mit der Nachricht so in Erregung versetzt hatte, oder es bereuen sollte, denn Vertrautheit und Wärme hatten sich aufgelöst wie eine Schneeflocke im Sonnenstrahl. Das Morgenrot in all seinen Schattierungen war vergessen. Die Oboe wurde abgewürgt, als er sein Handy ausstellte.

»Dann komm.« Er reichte ihr die Hand.

Der Flug nach unten währte nur kurz. Immerhin setzte er sie sanft ab, bevor er seinen Ledermantel anzog, den sie hinter einem Baum versteckt hatten, und zum Sprinter eilten.

Zu Hause angekommen, nahm Rahel den Kellerschlüssel vom Bord an der Flurwand. »Du kannst hier warten. Der Karton ist nicht schwer.« Leichtfüßig eilte sie die knarzenden Holzstufen wieder hinunter. Ihr Herz schlug schneller, als sie ihren

Verschlag im Keller öffnete und den großen Karton nahm. Was würde Luk wohl zum Inhalt sagen können?

Oben stand er in der offenen Wohnungstür. Sie hatte kaum »Hier« gesagt, als er ihr den Karton auch schon aus der Hand riss.

»Ist das alles?«, fragte er, während er ins Schlafzimmer ging und den Karton auf dem Bett abstellte.

Rahel trat zu ihm. »Es gibt noch einen Käfig.«

Seine Brauen zogen sich zusammen. »Was für einen Käfig?«

»Einen Vogelkäfig.«

»Dann hol ihn.«

Rahels Herz klopfte vor Aufregung und Anstrengung, aber auch vor Ärger. »Mir gefällt dein Ton nicht.« Sie griff nach seiner Linken und hielt sie fest, denn er war dabei, den Karton zu öffnen. »Ich möchte nicht, dass du die Sachen herausnimmst. Mr. Minh hat sie *mir* vererbt.«

Sein Brustkorb hob und senkte sich schwer, als sein Kopf zu ihr herumruckte. Rahel zuckte unter seinem Blick zusammen. Das Gold in seinen dunklen Augen war kaum mehr zu sehen. Zum ersten Mal seit Langem kehrte die Beklemmung zurück, die sie am Anfang bei seinem Anblick empfunden hatte. Ein Satz, den Taco erst vor Kurzem gesagt hatte, blitzte in diesem Moment auf. *Du kennst ihn doch gar nicht.*

»Entschuldige«, sagte Lukrezius und atmete tief durch. Ein Lächeln erschien auf seinen Lippen. »Du hast recht. Ich war übergriffig, in Wort und Tat.« Er strich ihr über die erhitzte Wange. »Würdest du bitte den Käfig holen? Dann schauen wir gemeinsam, was Minh dir hinterlassen hat.«

Lukrezius' Finger tackerten auf dem Karton herum, als Rahel mit dem goldfarbenen Käfig zurückkam. Er nahm ihn entgegen und betrachtete ihn von allen Seiten. Offenbar wusste er nicht, was es mit dem Teil auf sich hatte und warum Mr. Minh ihn ihr hinterlassen hatte. Er stellte den Käfig neben sich auf dem Boden ab. Seine Finger waren schon dabei, den Karton zu öffnen, als ihm einfiel, dass Rahel auch im Raum war.

Verletzt, dass ihm der Inhalt des Kartons wichtiger war, zog sie die Papplaschen auseinander, als er ihr den Karton mit einem »Entschuldige« hinüberschob. Doch gleichzeitig war sie voll fiebriger Erwartung. Luk war so aufgeregt, dass sie kaum erwarten konnte, was er zu den Habseligkeiten sagen würde. Sie nahm die beiden schweren Bilderrahmen heraus und reichte sie ihm.

Er drehte und wendete sie, bevor seine schlanken Finger über das angelaufene Silber und die fein ziselierten Ornamente glitten. »Waren Bilder darin?«, fragte er, ohne den Blick davon abzuwenden.

»Nein.«

Er löste bei beiden Rahmen die stockfleckigen Pappen an der Rückseite und untersuchte alles genau. Doch anscheinend gab es nichts, was ihn weiterbrachte. »Was noch?«, fragte er mit Blick auf den Karton.

Rahel reichte ihm die kleine handbemalte Holzdose. »Ein Ring liegt darin.«

Ohne dem Motiv der Dose Aufmerksamkeit zu schenken, öffnete er sie und nahm den Ring heraus. »Er sieht antik aus.« Genau wie Rahel seinerzeit versuchte er, den erhabenen Porzellanklunker hochzudrücken, und scheiterte genau wie sie.

»Ich dachte auch, dass es einen Hohlraum gibt«, sagte sie, während sie bereits das perlenverzierte Kästchen aus dem Karton nahm. »Dieses Teil ist auch sonderbar.« Sie klappte das längliche Kästchen auf und zeigte ihm die Röhre, die auf blauen Samt gebettet lag.

»Ist das …« Unglaube klang durch seine Stimme. Lukrezius ließ die Dose, in die er den Ring zurückgesteckt hatte, einfach auf die Bettdecke fallen und zog ihr das Kästchen aus der Hand. Er nahm die zwanzig Zentimeter lange Röhre und strich über das gelblich cremefarbene Material und die abgegriffenen Löcher. »Das ist eine Alb-Flöte!« Er sah Rahel an, dann wieder die Röhre. »Ich wusste nicht, dass Minh eine besaß. Unglaublich. Es gibt nur eine Handvoll davon. Jedenfalls, soweit ich in zweieinhalbtausend Jahren gehört habe.«

Rahels Aufregung nahm zu. »Was ist eine Alb-Flöte?«

»Ein wertvolles Instrument für die Dämonenjagd«, murmelte er vor sich hin. »Allerdings nur in Verbindung mit …« Sein Kopf ruckte zu ihr herum. »Hat er dir ein Tier hinterlassen? Einen Vogel, eine Fledermaus? Irgendetwas Lebendiges?«

»Nein, etwas Lebendiges war nicht dabei, aber …« Gänsehaut überlief sie, während sie zum Käfig sah.

Lukrezius war ihrem Blick gefolgt. Er hob den Käfig hoch. »Was war darin?«

Rahel atmete tief durch. »Eine Porzellanfigur. Ein Drache. Er stand schon im Schaufenster des Ladens, als ich ein Kind war.«

Lukrezius betrachtete den Käfig nachdenklich. »Ich entsinne mich.«

Natürlich, er kannte Mr. Minh und dessen Laden seit Ewigkeiten. Rahel überlegte nicht länger. Sie musste es einfach loswerden, und es fühlte sich gut und richtig an, all das mit ihm zu teilen. »Halte mich ruhig für verrückt, aber ich glaube, er ist lebendig geworden.«

Er starrte sie an. »Wer ist lebendig geworden?«

»Na, der Drache. Ich weiß, dass es völlig irre klingt, aber ich glaube, dass er mich angegriffen hat. Erst dachte ich ja, es sei eine Fledermaus gewesen, die durch die offene Balkontür hereingeflogen ist.« Sie berichtete in allen Einzelheiten von den nächtlichen Erlebnissen, dann von der Tatsache, dass die Porzellanfigur verschwunden war.

Fassungslos sah er sie an. »Das wäre Magie. Das ist unmöglich! Seit mehr als zweitausend Jahren hat niemand mehr Magie ausgeübt.«

»Magie …« Das Wort rann wie flüssiger Honig über Rahels Lippen. Konnte eine starre Porzellanfigur tatsächlich zum Leben erwachen? »Allerdings weiß ich nicht, ob mich das freuen soll. Eigentlich bin ich froh, dass der Drache fort ist. Und du glaubst, er ist ein Instrument zur Dämonenjagd? Erzähl.«

»Nun, wie es aussieht, ist der Porzellandrache ein Alb. Als magisches Wesen kann er in Vollmondnächten zum Leben erwachen.«

Rahel stockte der Atem. »Der Käfig in Minhs Schaufenster! Ich dachte immer, es sei der Rabe gewesen, dessen blaue Flammenaugen ich als Kind sah, aber …« Sie schüttelte ungläubig den Kopf. »Es muss der Drache gewesen sein!«

»Ich kann nicht fassen, dass all die Jahrzehnte ein Alb direkt vor meinen Augen war«, stieß Lukrezius aus. Wut auf sich selbst klang hindurch. »Minh war gewieft«, zollte er Sekunden später dem chinesischen Dämonenjäger Respekt. »Er hat Magie vor unseren Augen versteckt, indem er sie so offen darbot, dass niemand auf die Idee gekommen ist, den Drachen für das zu halten, was er war.«

»Aber am Käfig im Schaufenster war nie ein Schloss«, fiel Rahel ein.

»Das war auch nicht nötig«, sagte Lukrezius. »Er musste den Alb nur in Vollmondnächten einschließen.«

»Wie kann denn der Alb bei der Dämonenjagd helfen?«

»Er wird vom Bösen angezogen. Die Taten der Dämonen sind Nahrung für ihn. Wenn er sich ihnen nähert, saugt er auf, was sie getan haben. Sein Herr oder seine Herrin ist dann in der Lage, die Taten zu ›sehen‹, wenn er zurückkehrt. Wahre *Alb*träume.« Er musterte sie mit seinem undurchdringlichen Blick. »Du bist seine Herrin. Dir wird sich im Traum offenbaren, was der Dämon, den er aufgesucht hat, Böses getan hat.«

»Wow.« Rahel brauchte einen Moment, um das zu verdauen. Dann fiel ihr etwas ein. »In der Nacht, als er mich angriff, da bin ich durch einen schrecklichen Traum aufgewacht. Ich sah einen Obdachlosen auf einer Bank liegen. Er wurde zu Tode geprügelt. Das Unfassbare daran war, dass ich, ich selbst, es getan habe.« In der Erinnerung daran überlief sie ein kalter Schauer. »*Ich* habe diesen Mann im Traum getötet.«

»Mehr Beweis braucht es nicht«, sagte Lukrezius. »Der Alb pflanzt dir das ein, was er von dem Dämon übernommen hat. Er hat dir das gezeigt, was er zuletzt gesehen hat, und das muss zu Minhs Lebzeiten gewesen sein. Wir können davon ausgehen, dass der Chinese den besetzten Körper, der den Obdachlosen erschlug, vernichtet hat.«

Seine Stimme verlor das Tonlose. »Darum brauchen wir den Drachen unbedingt! Wenn wir ihn haben, können wir ihn gezielt auf Personen ansetzen, von denen wir glauben, dass sie ein Dämon sind.«

»Und wie sollen wir den Drachen finden?« Rahel war nah an der Verzweiflung. Warum nur hatte sie das Schloss vom Käfig entfernt? Warum hatte sie Mr. Minhs Brief damals nicht eher entdeckt?

»Du hast die Flöte. Du bist in der Lage, ihn zurückzurufen.« Lukrezius hielt ihr die Elfenbeinröhre hin.

»Aber wie? Mr. Minh hat mir keine Anleitung hinterlassen.«

Lukrezius nahm sie sanft an den Oberarmen und drückte sie auf das Bett. »Schließ die Augen, leg deine Lippen an das Mundstück und deine Finger auf die Löcher.«

Rahel tat, was er sagte, öffnete die Augen aber wieder und nuschelte mit dem Mundstück zwischen den Lippen: »Was soll ich denn spielen? Ich kann nicht mal Blockflöte spielen.«

Er lachte auf. »Das ist keine Blockflöte. Schließ einfach die Augen. Deine Finger werden ganz von allein das Lied spielen, das für dich von größter Bedeutung ist.«

Rahels Augenlider flatterten, während sie überlegte. »Als ich vierzehn war, war ich Fan von Revolverheld. ›Ich lass für dich das Licht an‹ habe ich geliebt. Ich glaube, ich habe mir das Video mit dem Heiratsantrag tausendmal angeguckt. Aber ich kann das nicht spielen.«

Lukrezius klang jetzt leicht gereizt. »Du kannst einfach nicht den Mund halten, oder?« Er hockte sich auf dem Bett hinter sie, legte seine Hände sanft auf ihre unruhigen Lider und sagte leise: »Und jetzt die Lippen an das Mundstück. Nichts denken, nichts sagen. Einfach zulassen, was kommt.«

Rahel brauchte noch einen Moment, dann holte sie tief Luft, und mit dem Ausatmen erfüllten plötzlich wundersame Töne den Raum. Wie von Zauberhand bewegten sich ihre Finger, während sie in das Mundstück blies. Erst nach ein paar Sekunden realisierte sie, was die Flöte, was *sie* spielte. Es war das Wiegenlied, das Bettina ihr beim Zubettgehen immer vorgesungen hatte.

Die Melodie verklang nach der ersten Strophe, als ihre Finger einfach aufhörten zu spielen.

Lukrezius nahm die Hände von Rahels Augen und drehte sie zu sich herum. »›Weißt du, wie viel Sternlein stehen?‹« Einen Moment lang musterte er sie wortlos. Seine nächsten Worte klangen weder überrascht noch spöttisch. »Ich vermute, es ist das erste Mal, dass der Drache nach dieser Melodie heimkehrt.«

»Sorry, dass es nicht ›Highway to Hell‹ war, was wohl für so ein unheimliches magisches Drachenviech passender gewesen wäre«, antwortete sie patzig. Dann seufzte sie. »Bettina, meine Adoptivmutter, hat es immer für mich gesungen. Zuerst im Heim, dann, als sie mich nach ihrer Pensionierung mit zu sich nach Hause genommen und adoptiert hat.« Rahel lachte bitter auf. »Wahrscheinlich bin ich ihr im Unterbewusstsein so dankbar, dass sie sich meiner erbarmt hat ...« Sie hob die Schultern. »Mich wollte nämlich keiner. Dreimal wurde ich aus Pflegefamilien wieder abgegeben.«

Lukrezius erwiderte nichts.

»Und nun?« Rahel sah von der Flöte in ihren Händen zur Balkontür.

Lukrezius war ihrem Blick gefolgt. »Er wird kommen, wenn Vollmond ist. Und dann musst du ihn einsperren, damit wir ihn nutzen können.«

»Aber weißt du, was ich nicht verstehe? Warum hat Mr. Minh *mir* all das vererbt? Es will mir einfach nicht in den Kopf.« Rhetorische Fragen, auf die Rahel keine Antwort erwartete. Vielleicht hatte sie deshalb das Gefühl zu ersticken, als doch eine kam.

»Er hat es dir vermacht, weil du eine Verseuchte bist.«

Sie starrte Luk an. »Weil ich eine ... was?« Etwas Unheimliches zog sich mit kalten Händen an ihren Gedärmen empor.

»Ich denke, dein Blut ist verseucht. Genau wie das von Minh.«

Rahel war nicht in der Lage, einen Ton herauszubringen. Ihr Hals war wie zugeschwollen.

»Du hast gesagt, es stank, als er dir als Kind eine Wunde mit der Peitsche zufügte«, fuhr er schon fort. »Das deutet auf Dämonenblut hin.«

Übelkeit überfiel Rahel. Sie stand abrupt auf und entfernte sich rückwärtsgehend vom Bett. »Warum sagst du so etwas? Wie soll ich …?« Tränen traten ihr in die Augen.

»Evolution ist ein hohes Gut, und dennoch hat sie es auch nach hunderttausend Jahren in wenigen Fällen nicht geschafft, die Dämonen gänzlich aus der menschlichen DNA zu vertreiben.«

Rahel wurde schwindlig. Was redete er da?

»In der Frühzeit der Menschheit vergingen sich Urdämonen an Frauen. Sie vergewaltigten sie, um das Böse in sie hineinzupflanzen und so in die Welt zu bringen. Doch die gezeugten Kinder waren nicht lebensfähig. Sie starben in den ersten Lebensmonaten.«

Er richtete sich auf. »Sieh mich nicht an, als wollte ich dich fressen, Rahel. Ich erzähle dir nur, was vor über einhunderttausend Jahren geschah. Fakt ist definitiv, dass nicht alle Kinder starben. Einige wenige überlebten, und deren Nachfahren trugen das Dämonische in sich. Aber das Dämonengen schwächte sich im Laufe der Jahrtausende immer weiter ab. Nur alle paar hundert Jahre kommt es in dem einen oder anderen Nachfahren wieder durch. Nur noch ganz schwach, aber es ist da.«

»Aber du hast mich mit der Peitsche geschlagen!«, fuhr sie ihn aufgebracht an. »Da war nichts! Mein Blut hat nicht gestunken!«

Lukrezius nickte. »Die Peitsche ist in meinen Händen wertlos. In jedermanns Hand, außer in deiner.«

»Was?«

»Die Macht der Peitsche offenbart sich nur ihrem Besitzer.«

Rahels wacklige Beine gaben nach. Langsam sackte sie mit dem Rücken am Kleiderschrank auf den Fußboden.

Lukrezius ging vor ihr in die Knie. »Rahel … Es ist alles

gut. Minh hat dich damals mit Sicherheit nicht aus Versehen, sondern absichtlich mit der Peitsche verletzt. Er hatte erkannt, dass du von seinem Blut bist. Darum hat er dir all das Wertvolle geschenkt, in der Hoffnung, dass du weiterführst, was er seit frühester Jugend als seine Lebensaufgabe betrachtet hat: Menschen vor dem absolut Bösen zu retten.«

Rahel schlug seine Hand weg. »Mr. Minh … er hatte auch Dämonenblut in sich?«

Lukrezius nickte.

»Aber warum sagst du mir das erst jetzt? Und dass die Peitsche nur bei mir funktioniert?« Ihr Kopf wollte platzen. »Die anderen … sie wissen es auch nicht. Du hast ihnen auch nicht gesagt, was es mit der Peitsche auf sich hat.« Ein flammender Blick traf Lukrezius. »Du hättest es uns sagen müssen!«

Sein Gesicht versteinerte. Er stand auf. »Was Soleria und ich wem sagen, entscheiden immer noch wir. Wir jagen seit Jahrtausenden Dämonen, und glaub mir, viele menschliche Jäger haben uns in dieser Zeit enttäuscht.«

Sol … sie hatte es also auch gewusst. Rahel war überfordert. Sie ließ den Tränen ihren Lauf und wehrte Luk abermals ab, als seine Hand ihre Wange berührte. »Geh! Geh einfach weg!«, rief sie schluchzend.

Wortlos ging er. Als die Tür hinter ihm ins Schloss fiel, hatte er alles mit sich genommen, was so wunderschön gewesen war. Die unvergleichlichen Stunden auf dem Dach des Planetariums splitterten in der Erinnerung wie zartes Eis, das zertreten wurde. Stattdessen stoben wilde Gedanken durch Rahels schmerzenden Kopf. Luk hatte Mr. Minh und dessen Laden immer im Visier gehabt, weil er auf der Suche nach der Peitsche gewesen war. Doch wenn er wusste, dass sie nur geschenkt ihren Wert behielt, warum begehrte er sie dann so leidenschaftlich? Sie hätte keinen Wert für ihn gehabt.

Die Antwort gab ihr eine innere, hässlich wispernde Stimme: Weil er sie nicht benutzen, sondern seine Mutter schützen will. Er will alle Instrumente, die dabei helfen könnten, Urdämonen zu entdecken oder zu vernichten, aus dem Weg haben.

»Nein!«, rief sie laut heraus, als müsse sie die Stimme übertönen. »Nein, so ist er nicht! Er will helfen, die Menschen zu schützen!«

Doch die Stimme ließ sich nicht einfach wegschreien, sondern wisperte weiter das Misstrauen in Rahel hinein: »Er hat dich mit der Peitsche verletzt, hat dir wehgetan, obwohl er genau wusste, dass der Hieb nichts verraten würde. *So* ist er.«

14

Hatte der Hamburger Dom sich verändert? Oder tatsächlich
sie? Line lauschte den Kirmesgeräuschen bewusster, um zu
ergründen, warum der Besuch so anders war als in den Jahren
zuvor. Hatten die Betreiber der Fahrgeschäfte immer schon die
Leute so laut angelockt, so furchtbar durcheinandergeschrien?
»Hereiiinspaziert, die Damen und Herren! Das Labyrinth
der Spiegel wartet darauf, Sie für alle Zeiten gefangen zu halten! Wer traut sich hinein?«
»Uuund auf geht's! Ab-ab-ab-ab in die Luuuuft! ... Wer
kreischt denn da? Habt ihr 'ne Kreissäge dabei, Mädels?«
»Salzgurken aus dem Fass! Nach Oma Schneiders Rezep-
tur ... seit vier Generationen ... Leckerer geht's nicht! ... Eine
Salzgurke für die Dame links, Ronny.«
Die wild blinkenden Lichter. Und die Musik. Aus allen
Ecken klangen laut und wirr die Bässe verschiedener Songs.
Line war in Versuchung, einfach loszuschreien. Gegen das an-
zuschreien, was ihre Finger so flattern und ihren Kopf dröhnen
ließ. Warum war ihr vorher nie aufgefallen, wie grellbunt und
schrill der Dom war?
Weil es immer toll gewesen war. Line schossen die Tränen
in die Augen. Sie brannten so heiß, dass ihr übel vor Kummer
wurde. Jenny ... Sie hatten so viel Spaß gehabt, als sie zu dritt
auf dem Herbstdom gewesen waren. Im Riesenrad hatten sie
von ganz oben kaum einen Blick an Hamburg verschwendet,
weil sie viel zu sehr mit den Jungs beschäftigt waren, die in
einer der anderen Gondeln gesessen und ständig etwas zu ihnen herübergerufen hatten.
Line atmete schwer durch. Mit Esra war sie händchenhal-
tend Kettenkarussell gefahren. Jenny hatte Schiss gehabt und
auf sie gewartet. Sie waren ein tolles Dreierteam gewesen. Immer. Und nun war nicht nur Jenny weg, sondern auch Esra.
Zumindest fühlte es sich so an. Esra schrieb kaum noch mal

eine WhatsApp. Was ja auch kein Wunder war, denn Line sagte seit Wochen immer alle Treffen ab, egal, was die Freundin mit ihr unternehmen wollte. Sie sahen sich nur noch in der Schule. Aber was sollte sie denn tun? Sie konnte Esra doch unmöglich sagen, dass sie Emma nicht alleinlassen wollte. Dass sie das Haus nicht verlassen konnte, weil sie Angst hatte, dass der kleinen Schwester irgendetwas Schreckliches passieren würde. Sie konnte sich ja selbst kaum dieses unheimliche Gefühl erklären, das sie beherrschte, seit alle aus dem Krankenhaus zurück waren.

»Können wir da reingehen?«, fragte Emma in diesem Moment und deutete auf das Labyrinth mit den verwirrenden Glastüren und -wänden. In der Hand hielt sie eine Zitronenzuckerstange, die Papa ihr gekauft hatte. Mama hatte er auch eine in die Hand gedrückt, obwohl sie sagte, dass sie keinen Appetit hatte. Genauso erging es Line, doch sie hatte nicht gewagt, die Stange mit den Schokostreuseln abzulehnen, die Papa ihr gereicht hatte.

Papa. Jetzt leckte er an einem Liebesapfel. Hatte er früher auch so daran geleckt, so … eklig? Mit schnellen Seitwärtsbewegungen glitt seine Zunge über die glänzende Glasur. Rot wie Blut, fiel Line ein. Hastig wandte sie den Blick ab, als er ihn auffing.

»Können wir da rein?«, hakte Emma mit bettelnder Stimme nach, weil keiner reagiert hatte.

Mama beugte sich im Rollstuhl vor und packte Emmas Hand. »Da gehen wir nicht rein, das … kann ich nicht.«

»Mama kann draußen warten«, sagte Papa. Er reichte Emma die freie Hand. »Komm, mein Schatz.«

»Ich geh mit«, sagte Line hastig.

»Nein, sie bleibt hier«, rief Christine Hathor aus. »Emma bleibt hier!«

Steffen Hathor ließ die Hand seiner kleinen Tochter los und beugte sich, beide Hände auf die Armlehnen des Rollstuhls gestützt, zu seiner Frau herunter. »Sei … nicht … immer … so eine Spaßbremse!« Er klang beherrscht, aber wütend. »Oder soll ich dir den Mund damit stopfen?« Er löste die Hand, die den Liebesapfel hielt, von der Lehne und drückte ihn seiner Frau hart auf den Mund.

Christine Hathor riss den Kopf zurück. »Bitte!« Sie hatte Tränen in den Augen.

Line hatte das Ganze entsetzt verfolgt. Wie Papa mit Mama umging ... Das war schrecklich. Niemals zuvor hatte er so mit ihr geredet.

»Wollen wir?«, fragte Papa. Er hatte sich mit einem Lächeln umgedreht und leckte wieder am Apfel.

»Ja!« Emma rannte freudig zum Kassenhäuschen voraus.

»Und dann suchen wir eine Losbude«, sagte Steffen Hathor mit Blick zu Line. »Vielleicht gewinnen wir da ein Lächeln für dich. Deines scheint ja verloren gegangen zu sein, und das, obwohl dein Bruder zu Hause geblieben ist.« Er legte eine Hand auf Lines Nacken und schob sie vor sich her. »Komm, Töchterchen, lass uns Spaß haben im Labyrinth. Wir schicken Emma vor, und dann schauen wir, wer von uns beiden zuerst bei ihr ist.«

＊

Es war später Nachmittag, als Rahel am Sonntag in Westerland in den Zug stieg. Sie stopfte den Rucksack in die Ablage über der Sitzbank und nahm den Katzentransportkorb auf den Schoß. Kabel drückte sich ängstlich in den hintersten Winkel des Korbs – Verreisen kam auf seiner Hassskala noch vor Wasserkontakt.

Rahel liebte die Nordsee, seit Bettina und sie ihren ersten Urlaub dort verbracht hatten. Das Meer, der Geruch von Salz und Tang, das Rauschen der Wellen am Strand ... Mehrfach im Jahr graste sie die Nordfriesischen Inseln ab. Fest stand: Nach Sylt würde sie vorerst nicht wieder fahren, wenn ihr nur ein Wochenende zur Verfügung stand. Die von Menschen überquellenden Waggons machten An- und Abreise zu einem Missvergnügen. Wenigstens hatte Kabel sein Fauchen eingestellt, als der Zug über den Hindenburgdamm Richtung Festland ratterte.

Wohl zum hundertsten Mal nahm Rahel das BKA-Handy, um die Nachricht zu lesen, die sie gestern von Luk erhalten hatte. »Wo bist du? Lass uns reden«, hatte er geschrieben. Nicht mehr, nicht weniger. Traute er dem BKA-Handy nicht? Glaubte er, Robert würde den Inhalt ihrer Nachrichten erfahren? Geantwortet hatte sie ihm nicht.

Sie war Freitag ans Meer geflohen, um den Gedanken an ihn zu entkommen. Was natürlich Quatsch war, denn Gedanken waren Weltmeister im Sprint. Man konnte ihnen nicht entkommen. Doch die langen Spaziergänge in der frischen Nordseebrise hatten die alles beherrschende Frage, ob in ihren Adern wirklich Dämonenblut floss, zumindest teilweise entwirrt und ihr zu einer Einsicht verholfen: Sie hatte keine andere Wahl, als die Peitsche zu verschenken und sich von dem Besitzer schlagen zu lassen, wenn sie herausfinden wollte, ob ihr Blut tatsächlich verseucht war.

Doch an wen? An Soleria, die so rein und liebevoll war? Die aber auch zugelassen hatte, dass Luk sie mit der Peitsche schlug, obwohl sie genau gewusst hatte, dass das Ergebnis nicht aussagekräftig war? Vertrauenswürdig war anders. Also doch Jara, Taco oder Jakob Albers? Konnte sie ihnen bedingungslos vertrauen? Rahel wollte die Peitsche zurück. Wer auch immer sie damit schlagen würde, musste ihr die Peitsche umgehend zurückschenken. Dazu musste sie den Betreffenden einweihen, wie die Peitsche funktionierte. Und die Frage war, ob derjenige dann tatsächlich mitspielen würde. Rahel seufzte.

Es gab noch eine Möglichkeit. Und in genau diesem Moment, wo die Schaffnerin kam, um die Tickets zu kontrollieren, wo ihr Gegenüber seine Käsesandwich-Finger ableckte, um das Handy zu zücken, wo die Marschlandschaft an ihnen vorüberflog, wusste Rahel, dass ihr keine andere Wahl blieb, auch wenn sie absolut abwegig erschien und Mr. Minh sich im Grab umdrehen würde. Es fühlte sich einfach richtig an.

»Ihre Fahrscheine bitte.«

Rahel fingerte ihr altes Handy hervor, rief das online ge-
buchte Ticket auf und hielt der jungen Frau den Code entgegen. Als sie ihr Handy wieder in die Tasche steckte, sprach der
Käsesandwich-Typ sie an. »Hi, ich bin Max. Hast du zufällig
heute Abend schon was vor?«

»Allerdings.«

Um einundzwanzig Uhr stand Rahel vor dem rot geklinker-
ten Speicher am Sandtorkai und wartete darauf, dass Luk die
grüne Holztür öffnete. Sie hatte sich bei ihm angekündigt,
nachdem Kabel satt und zufrieden auf der Fensterbank in ihrer
Wohnung geschnurrt und sie den Abstecher ins Kneipenbüro
hinter sich gebracht hatte. »Bist du zu Hause?«, hatte sie ihm
geschrieben. »Dann würde ich mich jetzt auf den Weg zu dir
ins Teppichlager machen.«

Seine umgehende Antwort hatte sie in Erstaunen versetzt.
Sie hatte damit gerechnet, dass er zu ihr kommen wollte.
Schließlich hielt er ihr Verhältnis vor Soleria verborgen. Doch
die Worte waren so eindeutig wie schnörkellos gewesen. »Ich
erwarte dich.«

Als die Tür des Speichers aufgezogen wurde, war niemand
zu sehen. Rahel trat ein, und sofort war klar, warum er sie
hinter der Tür erwartete: um zu verhindern, dass Spaziergänger
ihn so sehen konnten.

»Hallo.« Rahel sprach den Gruß betont forsch, denn sein
Anblick machte sie sofort flattrig. Er trug nur Jeans, sein Oberkörper war nackt. Die goldenen Spitzen seiner Schwingen glitzerten im düsteren Vorraum und sprenkelten ihr überirdisches
Licht an die Wände. Hastig lenkte sie ihren Blick hinunter,
denn er war barfüßig, doch nicht mal der Anblick seines hässlichen Krallenfußes half, ihren Herzschlag zu senken.

»Hallo.« Er fing ihren Blick ein, als sie aufsah. Sekundenlang
standen sie einfach so da, dann deutete er ins Lager. »Bitte.«

Rahel ging vor ihm her. Ihr Blick wanderte zum Balken
hoch, doch sein Cello war nicht zu sehen. Stattdessen erklang

im nächsten Moment Musik aus verborgenen Lautsprechern. Sie drehte sich zu ihm um. Er legte sein Handy, auf dem er anscheinend die Songauswahl getroffen hatte, auf einem der Teppichstapel ab und kam langsam näher.

»You're just too good to be true …« Ein Sänger, den Rahel nicht kannte, legte alles an Gefühl in seine Stimme. »Can't take my eyes off of you …«

»Bist du bescheuert?«, platzte sie heraus. Lukrezius war jetzt so nah, dass sie seine Wärme spürte. Das Gold in seinen dunklen Augen funkelte. »Du glaubst ernsthaft, ich falle dir bei diesem Schmonzetten-Song, der ja nun in wirklich jedem Kitschfilm erklingt, in die Arme?«

Trotzdem trat sie hastig zwei Schritte zurück – seine Augen hatten einfach diese magnetische Anziehungskraft, die ihr das Atmen erschwerte. »Gehört das zum Standardrepertoire deines Verführungsprogramms für kleine weibische Menschenherzen?«, setzte sie spöttisch hinterher.

Doch der Spott wäre gar nicht nötig gewesen. Das Glanz in seinen Augen hatte sich schon bei ihrem ersten Satz verloren. Sie hatte ihn getroffen. »Du bist hier, weil du Sex willst«, sagte er mit kalter Stimme. »Ich wollte es dir nett machen.«

»Mir ›nett machen‹.« Jetzt war Rahel sauer, obwohl sie seiner verdammten Überheblichkeit nichts entgegenzusetzen hatte – schließlich brauchte er sie nur anzusehen, und sie wurde zu Wachs in seinen Armen. Doch das war jetzt tatsächlich zweitrangig. »Ich bin nicht hier, um mit dir zu schlafen«, sagte sie und legte ihre Tasche auf dem Teppichstapel ab. Sie nahm die Peitsche heraus und warf sie zu ihm rüber. »Ich möchte, dass du mich noch einmal damit verletzt. Ich muss Gewissheit haben.«

»Du hast sie aus dem Tresor genommen? Du gondelst mit diesem wertvollen Stück durch die Weltgeschichte?« Seine Wangenmuskulatur zeigte seine Wut überdeutlich, während er nach der Peitsche griff. »Warum, verdammt, gehst du dieses Risiko ein? Hast du es nicht verstanden? Sie funktioniert nur bei ihrem Besitzer.«

»Der du gleich sein wirst.«

»Der ... was?« Ungläubig starrte er sie an.

»Ich werde sie dir schenken, wenn du mir versprichst, sie mir sofort zurückzuschenken, nachdem du mich damit gepeitscht hast.«

Das verlorene Funkeln kehrte in seine Augen zurück. Sein Blick glitt über die Peitsche, verharrte dort, dann sah er wieder Rahel an. »Warum tust du das?«

»Weil ich endlich wissen muss, ob mein Blut wirklich –«

»Das meine ich nicht«, fuhr er ihr erregt über den Mund. »*Warum* glaubst du, ich würde sie dir zurückgeben?«

»Tatsächlich bin ich mir nicht sicher, ob du es tun wirst. Aber ...«, Rahel holte tief Luft, »... ich *möchte* dir so sehr, so unbedingt, vertrauen.« Sie trat zu ihm, nahm ihm die Peitsche aus der Hand und hielt sie ihm im nächsten Moment wieder entgegen. »Lukrezius, ich schenke dir diese Peitsche.«

Sie hatte die Worte kaum ausgesprochen, als seine Hand schon danach griff. Sein Blick glitt darüber, sanft ließ er die Sehne durch seine Finger gleiten. »Meine Peitsche«, murmelte er. »Sie ist tatsächlich mein.«

Rahel schrak zusammen, als sich seine Schwingen öffneten. Mit wenigen Flügelschlägen flog er auf den Balken. Virtuos ließ er die Peitsche in der Luft tanzen. Das Zerschneiden der Luft, das Sirren, verbunden mit dem Glanz seiner goldenen Federspitzen, war ein grandioses Spektakel. Doch bei der atemberaubenden Vorführung wurde Rahel mulmig zumute. War es wirklich eine gute Idee gewesen, ihrem Gefühl zu folgen? Zwei Geliebte, die sich jahrtausendelang nicht gesehen hatten, hatten endlich wieder zueinandergefunden – genau so sah es aus.

»Luk!«, rief sie hinauf, weil die Ahnung, die sie befiel, unguter Natur war. »Luk, schlag mich jetzt«, forderte sie und zog das langärmelige Shirt aus, das sie für die Radfahrt durch die kühle Abendluft über das Tanktop gezogen hatte.

Er hatte innegehalten. Die Peitschensehne fiel lasch am Balken vorbei. Sekunden später stieß er sich ab und landete sanft neben ihr. Ihr Busen hob und senkte sich vor Aufregung, als sie ihm ihren Arm entgegenstreckte. Hatte sie wirklich Dämonenblut in sich?

Doch statt zurückzutreten und die Peitsche zu heben, sagte er: »Ich werde dich nicht damit schlagen.« Sein unergründlicher Blick senkte sich auf ihr Dekolleté. »Nicht jetzt.«

»Aber ich verlange es«, sagte sie so fest wie möglich. Hatte das Gold in seinen Augen jemals so gefunkelt?

»Ich weiß, wonach es dich noch viel mehr verlangt.« Er warf die Peitsche auf den Teppichstapel und nahm sein Smartphone zur Hand.

Rahel wurde heiß und kalt zugleich, als ein Song erklang und er das Handy wieder von sich warf. »Ich will dich, Rahel. Jetzt.«

»I wanna be your slave, I wanna be your master«, tönte die charismatische Stimme von Måneskin durch den hohen Raum, füllte den Raum, erfüllte Rahel.

Sie suchte nicht nach einer Antwort, denn im nächsten Moment klebten sie aneinander. Heiß und gierig suchten sich ihre Münder. Die Hände strichen über die Haut des anderen. »I wanna make you hungry, then I wanna feed ya …«

Rahel bekam kaum mit, wie Luk ihr das Shirt über den Kopf zog, zu begierig war sie darauf, das wilde Spiel ihrer Zungen weiterzutreiben. Luk hob sie hoch und setzte sie auf den Teppichstapel. Sein Mund strich an der Spitze des BHs entlang, dann schob er die Spitze zur Seite. Seine Lippen schlossen sich um eine Brustwarze, seine Zunge spielte mit ihr, sodass Rahel ihren Kopf zurückwarf und laut stöhnte, während die raue Stimme aus den Lautsprechern die Luft im Speicher zusätzlich zu erhitzen schien. Seine Hand drückte ihren Oberkörper auf die Teppiche, und irgendwie zog er ihr die Jeans aus. Dann spürte sie ihn in sich. Er passte seine Stöße dem harten Beat an.

»… because I'm the devil, who's searching for redemption …«

Noch bevor der Song endete, schrien sie ihre Erfüllung hinaus. Doch statt sich danach von ihr abzuwenden, begann Lukrezius, sanfte Küsse auf ihrem Bauch zu verteilen. Seine

Finger strichen die empfindsamen Stellen an der Innenseite ihrer Oberschenkel entlang, während seine Zunge ihr den feinen Schweiß vom Bauch leckte.

»Luk …«, stöhnte sie und erbebte unter seinen Berührungen. Als sein Kopf hinunterwanderte und er ihre zitternden Schenkel auseinanderschob, vergaß Rahel alles um sich herum. Verschwitzt, erfüllt, fertig lag sie schließlich da. Luk legte sich neben sie und breitete einen Flügel über sie. »*Die* Songauswahl entsprach anscheinend mehr deinem Geschmack.« Er küsste sie.

Rahel erwiderte nichts. Sie musste erst wieder bei Atem sein und in der Wirklichkeit ankommen. »Einer von uns wird diesen Teppich kaufen müssen«, sagte sie, als sie das warme Material unter sich wahrnahm, die leichte Feuchtigkeit darauf.

»Mir gefällt das Muster nicht. Aber ich kaufe und schenke ihn dir, wenn du möchtest.« Er hatte es leicht dahingesagt, amüsiert, aber Rahel wurde durch seine Antwort in die Realität zurückkatapultiert.

Schenken. Rahel kam abrupt hoch, sodass er seinen Flügel zurücknahm und ein verwirrtes »Was?« ausstieß.

Sie zog den BH zurück über ihre Brüste und griff nach dem Shirt. Als sie hineingeschlüpft war, hielt sie ihm ihren Arm entgegen. »Tu es jetzt.«

Ohne ein Widerwort stand Luk auf und zog seine Jeans an. Dann nahm er die Peitsche und stellte sich ein Stück entfernt auf. Er nickte Rahel zu, die ihren Arm immer noch ausgestreckt hielt. »Nun denn.«

Es sirrte, in der gleichen Sekunde durchfuhr Rahel ein kurzer heftiger Schmerz. Doch sie nahm ihn kaum wahr. Viel zu stark war der andere Eindruck, der so viel mehr wehtat. Eine eisige Faust drehte ihr die Eingeweide um. Sie musste den Arm nicht mal an die Nase führen. Übler Geruch drang aus der Wunde.

Obwohl die Erkenntnis nicht völlig unerwartet kam, riss die Gewissheit Rahel buchstäblich um. Sie krümmte sich und ließ sich auf den Teppichstapel zurücksinken. Eingeigelt wie ein Embryo weinte sie den Schmerz hinaus, der sie bis in jede Zelle, bis in die Seele ausfüllte. Sie war kein normaler Mensch. Sie war abartig. Verseucht. Böses Blut floss durch ihre Adern.

»Hey.« Es wurde dunkel um sie herum. Luk hatte seinen Flügel wieder über sie gebreitet. »Rahel ... Rahel, hör mir zu! Sieh es nicht als Last an. Betrachte es als Geschenk.«

»Als Geschenk?«, würgte sie hervor. Sie konnte kaum atmen vor Schluchzen. »Ich will normal sein! Ich will das ... ich will so was nicht!« Laut weinend hielt sie ihm ihren Arm vor das Gesicht. »Riechst du das? Ich stinke! ICH STINKE!«

»Nein, verdammt, das tust du nicht«, wurde er laut. Er nahm den Flügel zurück und zog sie hoch. »Du *bist* normal, hörst du? Dein Blut riecht nur durch die Verletzung der Dämonenpeitsche, sonst nicht. Ich könnte dir den Arm abhacken, literweise könnte das Blut aus dir herauslaufen, und nichts wäre zu riechen. Nichts!« Er zog sie wieder in die Arme, und Rahel presste weinend ihren Kopf an seine warme Brust.

»Es ist ein Geschenk, Rahel. Nur deshalb hat Minh dir die wertvollen Jägerutensilien vermacht.« Er schob sie sanft von sich, hielt sie an den Oberarmen und sah sie an. Dann wischte er mit den Daumen die Tränen von ihren Wangen, stand auf und nahm die Peitsche. Die andere Hand reichte er ihr. »Ich will dir etwas zeigen. Komm.«

Schluchzend ließ sie sich vom Teppichstapel hochziehen und folgte ihm quer durch den Speicher. Ihre Atmung war noch stockend, als er sie zu der hinteren Tür zog, wo seine und Solerias Räumlichkeiten lagen. »Wo ist Sol eigentlich?«, fragte sie.

»Sie besucht ein Konzert in der Elphi.« Er öffnete eine weitere Tür und zog sie in das große, fensterlose Zimmer dahinter. Definitiv sein Zimmer, obwohl ein Hauch von Parfüm in der Luft zu schweben schien. Blumen ... ein Frauenduft.

Ein riesiges Bett stand darin. Zweifellos eine Spezialanfertigung wegen seiner Schwingen, denn es war länger und breiter als die handelsüblichen Varianten. Zwei der hohen Wände waren gepflastert mit Gemälden und Fotografien, die dritte war quasi ein komplettes Bücherregal. Rahel trat heran und ließ ihre zittrigen Finger über die Rücken einiger sehr wertvoll aussehenden alten Bände gleiten.

Ihr Blick wanderte weiter. Es gab keine Couch, keine normalen Stühle. Natürlich, wegen der Flügel. Stattdessen standen an einem hohen Tisch zwei Barhocker, die gepolstert und mit weichem Leder bezogen waren. Ein weiterer Blickfang war ein wunderschöner Flügel, auf dem zwei silberne Lüster mit jeweils sieben Kerzen standen. Das Licht, das den Raum erhellte, kam jedoch von zwei Stehlampen. Es fiel auch auf eine Kommode mit allerlei Nippes. Parfümfläschchen, eine Haarbürste … Ein seidenes Tuch hing wie gerade abgelegt über einem kleinen vergoldeten Standspiegel.

»Du hast mir vertraut, darum möchte ich jetzt dir vertrauen«, sagte Lukrezius hinter ihr, und Rahel wandte sich zu ihm um. Ihr Herz setzte einmal aus, um dann hastig weiterzuschlagen. Nicht Lukrezius hatte sie erschreckt, sondern die Fotografie neben der Tür, vor der er stand.

»Beth.« Rahel schluckte. Es war eine riesige, wunderschöne Porträtaufnahme in Schwarz-Weiß. Ende zwanzig, Anfang dreißig mochte sie darauf sein. Der mächtige silberfarbene Rahmen mit den edlen Verzierungen ließ Beths Schönheit noch mehr ins Auge fallen.

»Du hast sie da fotografiert, oder?«, sagte Rahel leise. Es musste so sein, denn das Leuchten in Beths Augen, ihr zauberhaft strahlendes Lächeln waren Liebe pur und konnten nur dem Fotografen gelten.

Lukrezius' »Ja« klang steif. Sein Blick hing für einen langen Moment an der Fotografie. Er wandte sich nicht zu ihr um, als er sagte: »Ich möchte mit dir nicht über sie reden.«

Rahel erwiderte nichts. Sie fühlte sich seltsam fehl am Platz. Warum hatte er sie hierhergeführt? In diesen Raum, in dem Elizabeth Bishop noch so präsent war? In dem ihr Parfüm noch in der Luft hing …

»Was willst du mir denn zeigen?«, fragte sie, um das Schweigen zu brechen.

»Gleich. Vorher ...« Er trat zu ihr und hielt ihr die Peitsche hin. »Ich möchte dir diese Peitsche schenken, Rahel Bathlevi.«

Unendliche Erleichterung flutete sie. Die düstere Ahnung, die sie vorhin befallen hatte, war also nur ein flüchtiges dunkles Gebilde gewesen. »Danke«, sagte sie glücklich und nahm die Peitsche. Sie strich dabei zart über seine Hand. »*Danke, Luk.*«

Er wandte sich um. Überrascht sah sie zu, wie er Beths Bild von der Wand nahm und auf dem Boden abstellte. Rahel stieß einen Überraschungslaut aus. Ein Tresor!

Lukrezius gab eine sechsstellige Zahlenkombination ein. Die Tür öffnete sich, und er nahm ein Bündel heraus. Ein Handtuch, in das augenscheinlich etwas eingewickelt war.

Rahel trat ans Bett, als er das Bündel darauf ablegte und das Handtuch aufschlug. So etwas hatte sie noch nie gesehen! »Ist das ... ein Schwert?«

Zumindest hatte es die Form eines Schwerts. Es gab einen Griff, der zugleich kupfern und golden schimmerte, genau wie die Klinge, die allerdings keine Schneide besaß. Stattdessen bestand sie, ja, sie täuschte sich nicht, aus kleinen runden Münzen mit einem viereckigen Loch in der Mitte. Durch diese Löcher waren die Münzen in zwei Reihen mit- und untereinander durch ein bräunliches Lederband verwoben. Selbst der Griff bestand aus einem Haufen übereinandergestapelter Münzen.

»Das ist ein uraltes Käschschwert.« Luk packte es am Griff. »Wie du siehst, besteht es komplett aus Münzen, die nur durch ein starkes Band miteinander verbunden sind.«

»Wow.« Rahel strich ehrfürchtig über die antiken schimmernden Kupfermünzen, während bei ihr etwas zu klingeln begann. Ein feines Glöckchen, das eine Erinnerung mit sich brachte, ohne dass sie sie benennen konnte.

»Es ist chinesischen Käschschwertern nachempfunden«, führte Luk weiter aus. »Wobei die chinesischen Münzen aus reinem Kupfer, Messing oder Bronze waren.«

Rahel betrachtete das Schwert eingehend. »Die Farbe dieser Münzen erinnert auch an Kupfer, aber der unglaubliche Schimmer darin … Das ist doch kein Gold. Was ist das für ein Material?«

»Es ist Kupfer. Allerdings«, Lukrezius' Hand wanderte über die Münzenklinge, »ist etwas unfassbar Besonderes in das Kupfer mit hineingeflossen.«

»Und was?«

»Nennen wir es … Magie.«

Gänsehaut kroch Rahel über die Arme, nicht, weil sie sich gruselte, sondern wegen des mitreißenden Gefühls, das dieses Wort auslöste. Sie sah auf. »Jara hat zu mir gesagt, dass die Dämonenjagd nichts mit Magie zu tun hat. Und jetzt höre ich von dir nur noch davon.«

»Dass Minh einen magischen Alb besaß, wusste ja nicht einmal ich. Wir werden es den anderen sagen, sobald der Drache zu dir zurückkehrt. Aber dieses Schwert«, Lukrezius wog es in seinen Händen, »bleibt ein Geheimnis. Nur du weißt jetzt davon, und ich erwarte, nein, ich *erhoffe* von dir das gleiche Vertrauen, das du in mich gesetzt hast.«

»Nicht einmal Soleria weiß davon?« Ein unerwartet wohliges, heimeliges Gefühl breitete sich in ihr aus. Luk vertraute ihr. Mehr als den Jägern, die er doch so viel länger kannte.

»Natürlich weiß Sol darüber Bescheid«, dämpfte er allerdings ihre Erwartungen. »Schließlich betrifft dieses Schwert unsere …«, er stockte kurz, »… unsere Mutter.«

Rahel war sich sicher, dass er ein anderes Wort als Mutter hatte sagen wollen, doch sie stellte die viel dringlichere Frage: »Was hat es mit dem Schwert auf sich? Was kann man damit ausrichten?«

Luks Wangenmuskulatur verhärtete sich minimal. »Dieses Schwert ist die einzige Waffe, die einen Urdämon töten kann.«

Rahel war geflasht. »Also kann man sie doch töten.« Sie sah wieder auf das Schwert. »Aber … damit? Es hat doch nicht mal eine richtige Klinge und keinerlei Schärfe. Wie soll dieses

Ding das schaffen?« Doch noch bevor Luk antworten konnte, gab sie sich die Antwort selbst. »Durch die Magie darin.«

»Ja.«

Rahels Gedanken rasten. Mit großen Augen sah sie Luk an. »Du versteckst diese Waffe, damit deine Mutter nicht getötet werden kann? Du *schützt* sie?« Etwas Winziges, Eisiges krabbelte ihre Eingeweide hinauf.

»Oh nein«, stieß er aus. »Ich würde sie damit töten, wenn ich es könnte.« Er begann im Zimmer umherzulaufen, das Käschschwert vor sich ausgestreckt, als stünde ihm ein unsichtbarer Gegner gegenüber. Dann hielt er inne und sah Rahel an. »Leider ist das Schwert seit Hunderten von Jahren wertlos. Nutzlos. Ich könnte eine Fliege damit totschlagen, mehr nicht.«

»Aber warum? Du hast doch gerade gesagt, durch die Magie darin sei es möglich –«

»Es ist unvollständig«, nahm er ihr barsch das Wort ab. »Es fehlt eine Münze.« Wie angewidert warf er das Schwert aufs Bett, dann sah er Rahel an. »Und ich hatte gehofft, dass du sie besitzt. Geerbt von Minh.«

Rahel war platt. »Was?«

»Dieses Schwert bestand ursprünglich aus einhundertacht Münzen, und alle zusammen machten es zu dieser unglaublichen Waffe. Dann wurde eine Münze entfernt, und das Schwert wurde zu einem bloßen Schmuckstück.«

»Aber wer hat sie entfernt? Und warum?«

Lukrezius sah an Rahel vorbei. »Ich kann es dir nicht sagen. Ich weiß nur, dass die fehlende Münze zuletzt im Besitz von Minh war. Und wie alles andere, was der Dämonenvernichtung dient, muss sie verschenkt werden, wenn sie ihren Wert behalten soll.« Er stieß ein verächtliches Grunzen aus. »Es hätte also nichts genützt, wenn ich ihm sein verdammtes Amulett vom Hals gerissen hätte.«

»Das Amulett!« Der Schleier in Rahels Erinnerung lichtete sich. »Deshalb kamen mir diese Münzen so bekannt vor. Mr. Minh trug genau so eine in dem Drachenkopf an seiner

Kette!« Rahel war ganz aufgeregt. »Er trug das Amulett, als ich ihn mit Bettina besuchte. Es war großartig anzusehen. Es war so absolut besonders und hat mich als Kind fasziniert.« Sie stockte und sah zu dem Käschschwert. »Und die Münze aus dem Drachenmaul gehört dazu?« Sie trat ans Bett und streckte die Hand nach dem Schwert aus. »Darf ich?«

»Nur zu.« Lukrezius' Augen glommen. »Du hast das Drachenamulett also auch gesehen.«

»Ja.« Sie nahm das Schwert in die rechte Hand und hielt es in die Höhe. Es war leichter, als sie erwartet hatte. Unvorstellbar, dass damit die ultraharten Sehnen eines Dämonenhalses durchtrennt werden sollten. Sie betrachtete die Münzenklinge, die im Licht der Stehlampe herrlich schimmerte, und grübelte ... Irgendetwas passte in Luks Erzählung nicht.

Sie wandte sich ihm zu. »Warum habt ihr, du und Sol, Mr. Minh nicht gebeten, euch die Münze zu schenken, wenn ihr doch damit die Urdämonen ein für alle Mal hättet vernichten können?«

Lukrezius lachte hart auf. »Diese Frage stellst du nicht ernsthaft? Du weißt doch ganz genau, dass er uns nicht vertraut hat.«

Rahel schwieg. Mr. Minh hatte zweifellos das geglaubt, wovon sie im ersten Moment auch ausgegangen war: dass die beiden das vollständige Schwert vernichtet hätten, um ihre Mutter zu schützen.

»Ihr hättet es andersherum handhaben können«, fiel ihr ein. »Ihr hättet Mr. Minh das Schwert geben können, damit er es mit der fehlenden Münze vereint. *Er* hätte dann die Urdämonen erledigen können.«

Luks Gesichtszüge wurden hart. »Eher hätte ich mir jede Feder einzeln ausgerupft und in den Schlund gestopft, als dieses Schwert dem Chinesen anzuvertrauen.« Er streckte die Hand nach der Waffe aus.

Rahel reichte sie ihm, hielt sie aber noch fest, als er seine Finger darum schloss. »Euch fehlte das Vertrauen zueinander, und dabei müsstet doch gerade ihr es am besten gewusst haben:

Ist nicht Liebe der Schlüssel zu alldem Übel? Diese energetischen Dämonen entstehen doch nur durch den Mangel an Liebe, an Vertrauen, an Freundlichkeit … Oder sehe ich das falsch?«

Lukrezius lachte jetzt laut. »Oh Rahel, du glaubst doch nicht wirklich, dass mein Mangel an Vertrauen zu Minh auch nur einen einzigen Dämon verhindert hat? Jede einzelne Stunde entsteht durch menschenverachtende Kommentare im Internet mehr dunkle Energie als durch das lebenslange gegenseitige Misstrauen von Sol, mir und dem Chinesen.«

Rahel wollte dagegenhalten, doch Luk sprach schon weiter. Erregung klang durch seine Worte. »Rahel, erlaubst du mir, alles, was Minh dir gegeben hat, noch einmal gründlich zu untersuchen? Jedes Stück, jeden Karton, den Käfig … Die Münze kann natürlich bei wer weiß wem sein, aber ich muss einfach ausschließen, dass sie bei den Sachen versteckt ist, die Minh dir vererbt hat.«

»Ja, gut. Warum nicht?« Rahel fühlte sich eigenartig ernüchtert.

»Danke.« Luk ging zum Bett, wickelte das Käschschwert wieder ein und legte es zurück in den Tresor. Dann hängte er Beths Bild wieder davor. Ganz kurz verharrte sein Blick auf der toten Geliebten. »Gut«, sagte er, als er sich umwandte. »Dann lass uns los. Aber vorher sollten wir uns wohl anziehen«, setzte er mit einem Blick auf Rahels nackte Beine hinterher.

»Du willst die Sachen heute noch holen? Jetzt?« Rahel war leicht überfordert. Diese Eile … Sie begann zu frösteln. Das musste daran liegen, dass sie barfuß und ohne Jeans auf dem kalten Boden stand.

Lukrezius zog bereits seine Stiefel an. Rahel verließ sein Zimmer und ging ins Lager zurück, wo ihre Sachen auf den Teppichen lagen.

Luk trug seinen Mantel, als er zu ihr stieß. Wortlos gingen sie nebeneinanderher zum Ausgang. Als er die Speichertür aufzog, schraken sie beide zusammen, denn es stand jemand davor.

Soleria sah sie an, einen Schlüssel in der Hand haltend. »Rahel.« Anscheinend war sie gerade im Begriff gewesen aufzuschließen. »Luk.« Sie musterte sie beide. »Was …«

Einen wunderbaren Augenblick lang fühlte Rahel sich in Solerias Aura herrlich wohl, doch ihr schlechtes Gewissen ließ den Moment viel zu schnell vergehen. »Hallo, Sol, ich …« Was sollte sie jetzt sagen? Die Vorstellung, die engelsgleiche Sol wäre eher heimgekehrt und hätte sie und Luk auf dem Teppichstapel erwischt … Sie mochte den Gedanken gar nicht zu Ende denken und war dankbar, als Luk das Wort ergriff.

»Rahel kam, um mir zu sagen, dass ich das, was Minh ihr vererbt hat, untersuchen darf. Ich hole die Sachen jetzt ab.«

»Oh«, sagte Soleria. »Dann will ich euch nicht aufhalten.« Sie sah von Luk zu Rahel und lächelte. »Wir sind dankbar, dass das Schicksal dich zu uns geführt hat, du Liebe. Du bist hier immer willkommen.« Sie deutete zur offenen Tür. »Jederzeit.« Dann wandte sie sich ihrem Bruder zu. »Ich werde auf dich warten.«

Während sie zum Parkhaus gingen, sprach Rahel kein Wort. Luk schien ihre Schweigsamkeit nicht zu stören, und das war Rahel nur recht. Viel zu viel ging ihr durch den Kopf. Anscheinend wusste Soleria von den Dingen, die Mr. Minh ihr vermacht hatte. Luk hatte seiner Schwester also zumindest von dem einen Besuch bei ihr berichtet.

Jetzt mach dich nicht verrückt, versuchte sie das ungute Gefühl, das sie erneut beschlich, zurückzudrängen. Sie wollen diese Münze. Da war es doch nur natürlich, dass die beiden über alles sprachen, was die Münze betraf.

In ihrer Wohnung händigte Rahel Lukrezius die begehrten Sachen aus.

Er verabschiedete sich mit einem langen Kuss von ihr und einem Blick, der ihre Knie schon wieder wacklig werden ließ. »Danke«, sagte er zum Abschied. »Du bekommst alles schnell zurück, versprochen.«

Rahel sagte nur »Tschüs«. Sie atmete tief durch, nachdem sie die Tür hinter ihm geschlossen hatte. Dann ging sie ins

Schlafzimmer, öffnete die Balkontür und sah dem schwarzen Sprinter nach, mit dem Luk davonfuhr. Mit dem Vermächtnis von Mr. Minh.

Hastig schloss Rahel die Tür wieder. Gänsehaut zog über ihren Nacken, als das Windspiel heftig klimperte.

15

Fröhliches Vogelgezwitscher ließ Line die Augen öffnen. Fast ungläubig nahm sie wahr, dass unterhalb des taubenblauen Plissees die Sonne in ihr Zimmer schien. Wann hatte sie zuletzt so gut geschlafen? *Durch*geschlafen, ohne einen dieser grässlichen Albträume?

Sie kuschelte sich in die dünne Bettdecke und drehte sich auf die Seite, um das Wohlgefühl noch einen Moment zu genießen. Noch vier Wochen Sommerferien. Früher war das immer ein tolles Gefühl gewesen. Jetzt lagen diese Wochen wie ein langer steiniger Weg vor ihr. Was hätte sie dafür gegeben, dass alles wieder so wurde wie vor dem Unfall. Heiß schossen ihr Tränen in die Augen. Alles war so schön gewesen, so ... *normal*. Sie musste doch gar nicht an die Ostsee fahren, wie sie es in den Ferien immer gemacht hatten – zwei Wochen Mecklenburg-Vorpommern gehörten, seit sie denken konnte, zum Sommer. Sie wollte nur noch, dass ihre Familie wieder normal war.

Im nächsten Moment blinzelte sie hektisch. »Pongo?« Abrupt kam sie hoch und wischte sich über die Augen. Ihr Bauch verkrampfte sich. Der Käfig war tatsächlich leer, die kleine Gittertür stand offen. »Pongo!«

Line sprang aus dem Bett und stürzte zur Zimmertür. Sie wusste, dass sie nicht im Zimmer nach dem Meerschweinchen suchen musste, denn es hätte die Käfigtür niemals selbst öffnen können. Sie hastete die Treppe hinunter.

Aus dem Augenwinkel sah sie, dass Emma mit ihrem Schnuffeltuchhund Gaggi im Wohnzimmer vor dem Fernseher saß und den Kinderkanal schaute. Aus der Küche erklang Bents Stimme gekünstelt hoch.

»Was machst du mit Pongo?«, schrie Line ihn an, kaum dass sie einen Fuß in die Küche gesetzt hatte. Das Meerschweinchen hockte auf dem Tisch, Bent saß auf dem Stuhl davor und hielt ihm ein Stückchen gebutterten Toast vor die Nase. »Knusper, knusper, knäuschen, wer knuspert an meinem Häuschen?«, säuselte er mit Hexenstimme, während er Line nur eines kurzen Blickes würdigte. »Fein Fressifressi machen«, versuchte er das Meerschweinchen von der Stelle zu locken. »Du musst doch schön *fett werden*«, hob er wieder die Stimme, »bevor du im Backofen landest.«

Christine Hathor saß im Rollstuhl an der Stirnseite des Tisches und sagte kein Wort, während Lines Herz trommelte.

»Bist du bescheuert?«, fuhr sie ihren Bruder an. Sie registrierte, dass das Licht im Backofen an war, nahm Pongo vom Tisch und drückte ihn an ihre Brust. »Warum ist der Backofen an?«, schrie sie ihre Mutter an. »Sag doch mal was, Mama! Er hätte ihn da wirklich reingetan!« Die Tränen rannen ihr über die Wangen, während sie Pongo unentwegt streichelte.

Christine Hathors bleiches Gesicht blieb starr. »Nein«, sagte sie nur. »Nein …«

Bent stand auf und blieb vor Line stehen. »Wer sagt dir denn, dass *ich* den Backofen angestellt habe?«

***

Rahel schrak zusammen, als sich eine warme Hand auf ihre Schulter legte und Jakob Albers' Stimme über ihr erklang. »Eine wunderbare Vorstellung, dieses Bild könnte wahr werden.« Er nahm die Hand wieder weg und setzte sich zu Rahel an den Tisch im Kellerbüro.

»Ja«, antwortete sie hastig und wandte den Blick von dem antiken Buch ab, das sie aus dem Panzerschrank genommen hatte, um die alte Zeichnung mit den geköpften Urdämonen noch einmal zu betrachten. Das darauf abgebildete Schwert sah beliebig aus und hatte keinerlei Ähnlichkeit mit dem Käschschwert. »Mir fehlen immer noch viele Infos« plapperte sie drauflos, weil sie sich ertappt fühlte. »Darum habe ich mir das Buch geschnappt. Taco ist ja noch nicht da. Wir wollen gleich wieder zu den Hathors aufbrechen.«

»Ja, natürlich, es ist wichtig, dass du dich einliest«, antwortete er ruhig, und Rahel bedauerte ihr aufgeregtes Plappern, das einzig ihr schlechtes Gewissen kaschieren sollte. Jakob ahnte wie alle anderen nichts von dem, was sie seit dem Vorabend wusste. Keiner kannte das Schwert, das Luk und Sol verborgen hielten.

Wie gut das Braun seiner Augen zu seinem sanften Wesen passt, dachte Rahel, als sie Jakob ansah. Braune Augen zu blondem Haar waren wohl eher selten.

»Wer hat eigentlich diese Seiten gefüllt?«, fragte sie aus einem Impuls heraus und strich über die vergilbte Buchseite.

»Soleria«, antwortete Jakob umgehend. Er betrachtete die Zeichnung. »Sie hat über die Jahrhunderte alles darin festgehalten, was sie und Luk über die Urdämonen und die energetischen Dämonen erfahren haben. Alles, was deren Bekämpfung dienlich sein kann, findest du darin.«

Von wegen. Fast wären Rahel die beiden Worte über die Lippen geschlüpft, während sich ein mulmiges Gefühl in ihr ausbreitete. Soleria hatte also das Bild gezeichnet. Das Bild, auf dem das Schwert, mit dem ein Kämpfer auf den Hals eines Urdämons zielte, keinerlei Ähnlichkeit mit dem einzig wirksamen Objekt aufwies. Zufall? Wohl kaum. Rahel war sich sicher: Soleria hatte mit Absicht darauf verzichtet, es für andere Betrachter als Käschschwert kenntlich zu machen.

»Ist alles in Ordnung bei dir?«, holte Jakob sie aus ihren Gedanken.

»Ja ... ja, danke.« Sie schenkte ihm ein Lächeln, das wohl nicht so ausfiel, wie sie es erhoffte, denn er musterte sie aufmerksam.

Mit gesenkter Stimme, da Robert ihn anscheinend nicht hören sollte, sagte er: »Ich sehe, dass du aufgewühlt bist.« Dann zögerte er einen Moment, bevor er weitersprach. »Ich sehe ja vielleicht sowieso mehr als andere, Rahel. Ich habe nun mal von Berufs wegen eine feine Antenne, was das Zwischenmenschliche angeht. Wobei«, er grinste schräg, »Zwischen*menschliches* in diesem Fall ja nur zur Hälfte zutrifft?«

Rahel schoss die Hitze in die Wangen. Jakob wusste das mit ihr und Luk.

»Du bist mir keine Erklärungen schuldig, Rahel. Ich möchte nur, dass es dir gut geht. Und ich möchte, dass du weißt, dass ich für dich da bin. Du kannst mit mir reden, wann immer du magst oder es brauchst. Tag oder Nacht.« Nach einer kurzen Pause fügte er an: »Und das sage ich nicht nur als …«

Er brach ab, weil Robert zu ihnen herüberrief: »Rahel, zur Erinnerung für dich und Juan: Heute ist der Geburtstag der Großmutter Hathor. Mit Glück verlassen vielleicht alle gemeinsam das Haus.«

»Danke, Robert«, antwortete Rahel. Darauf lauerten sie die ganze Zeit: dass endlich einmal *alle* aus dem Haus waren. Wenn Steffen Hathor seine Frau zum Arzt fuhr, waren immer die Kinder da gewesen, sodass sich die Jäger nie im Haus umsehen konnten.

Der Gedanke an die beiden Mädchen brachte das Unwohlsein zurück, das Rahel schon das gesamte Wochenende auf Sylt gequält hatte, denn Luks Offenbarung, dass nur sie als Besitzerin der Peitsche einen Dämon entlarven konnte, bedeutete, dass Bent Hathor keineswegs von der Liste der Verdächtigen gestrichen werden durfte. Er konnte durchaus der Dämon sein, den sie in der Familie vermuteten. Doch wie sollte sie Taco das beibringen, ohne das Geheimnis um die Peitsche zu verraten?

Hin- und hergerissen hatte sie die Nacht fast schlaflos verbracht. Vielleicht war es doch am besten, Taco und die anderen einzuweihen, so, wie sie es in der vergangenen Nacht immer wieder entschieden hatte, um dann gedanklich doch wieder zurückzurudern. Die Angst, Luk zu verlieren, war zu groß. Und das war fatal, denn zu schweigen war nicht nur maßlos egoistisch, sondern barg Gefahr für die Familie Hathor.

Vom schlechten Gewissen erneut übermannt, griff sie nach der Hand des jungen Pastors und sagte: »Ich werde vielleicht auf dein Angebot zurückkommen. Ich … ich muss unbedingt reden, aber …«, stotterte sie.

»Habt ihr alle gut geschlafen, Babos?«, rief Jara, als sie und Yves gut gelaunt den Keller betraten.

Jakob Albers ignorierte sie. Ernst sagte er: »Warte nicht zu lange damit, Rahel. Dämonische Anziehung hat nichts mit dem Herzen zu tun. Sie wird immer stärker und stärker, wenn man es nicht schafft, sich ihr mit Hilfe des Verstandes zu entziehen.« Eine Antwort darauf ersparte Jara ihr. »Komm mit, Rahel, ich hab gerade furchtbar gute Laune.« Sie nahm ihre Hand und zog sie vom Stuhl in die Ecke zu den Schutzanzügen, doch die ließ Jara unangetastet. Stattdessen nahm sie die weiß-blaue Kapitänsmütze vom Nagel und setzte sie auf.

»Wo gehen wir hin?«, fragte Rahel, als Jara sie aus dem Büro zog, durch die Kneipe und dann die Große Freiheit hinunterführte.

»Koddel steht am Beatles-Platz« lautete die wenig erhellende Antwort. Erst als Jara den Leierkastenmann ansteuerte, der neben den Silhouettenskulpturen der Pilzköpfe die Touristen gerade mit dem wohl bekanntesten Reeperbahnsong beglückte, dämmerte Rahel, was Jara vorhatte.

Der weißhaarige Endsechziger mit ebenso weißem Seebärbart hatte anscheinend Mitleid mit dem etwas ins Abseits gerückten Stuart Sutcliffe, denn er stand direkt neben der Skulptur des eher unbekannten einstigen Beatles-Mitglieds. Koddel unterbrach seinen Gesang und begrüßte Jara mit einem fröhlichen »Mien Deern, wie schoin, di to sehn«, während er die Kurbel gleichmäßig weiterdrehte. Er trug die gleiche Mütze wie Jara, dazu eine passende blaue Seemannsjacke mit goldenen Knöpfen.

»Komm doch, liebe Kleine …«, setzte er den Gesang mit schöner dunkler Stimme fort.

Jara redete auf ihn ein, während er sang. »Koddel, das ist Rahel, Rahel, das ist mein Freund Koddel.«

Rahel erwiderte sein freundliches Nicken, als Jara schon weiterplapperte. »Ich habe keine Ahnung, ob Rahel textsicher ist, Koddel, aber sie hat eine schöne Stimme.« Sie sah Rahel an. »Du kannst doch bestimmt gut singen, oder?«

»Äh … nein!«

Jara schien ertaubt zu sein, denn sie zerrte Rahel an ihre Seite und stimmte lautstark in Koddels Gesang ein. »Auf der Reeperbahn nachts um halb eins …«

»Didelideli«, fügte Koddel fröhlich ein.

Und als wäre das nicht schon alles schlimm genug, wurde Rahel von Jara untergehakt und zum Schunkeln verurteilt. Sie fühlte sich furchtbar, während die Passanten lächelnd vorbeigingen.

»Jara, lass mich los. Für so was fehlen mir eins Komma fünf Promille.« Sie versuchte, ihren Arm aus Jaras zu lösen, doch Jaras Muskeln zeigten, was in ihnen steckte.

»… ist ein armer Wicht, denn er kennt dich nicht«, sangen Jara und Koddel inzwischen, »mein St. Pauli, St. Pauli bei Nacht.«

Rahels ohnehin schon heißen Wangen glühten noch mehr, als erste Passanten direkt vor ihnen stehen blieben und zuschauten.

»Mitschunkeln ist nicht nur erlaubt, sondern erwünscht«, unterbrach Jara ihren Gesang kurz, um das Publikum zu animieren. »Muss ja nicht alles steif sein auf der Reeperbahn«, fügte sie milieugerecht hinzu und erntete Gelächter.

Rahel wusste jetzt, wie sich die Affen im Zoo fühlten, und beschloss, nie wieder das Orang-Utan-Haus bei Hagenbeck zu besuchen. Sie war unendlich dankbar, als das Lied endete, doch sie hatte die Rechnung ohne Jara und Koddel gemacht.

»Und nu uns leevstes Leed?«, fragte der Leierkastenkapitän seine Leichtmatrosin mit den rasierten Herzen im Schopf.

Jara nickte begeistert. Dabei entließ sie Rahel aus der Armklammer, packte aber deren Hand, während sie gemeinsam mit Koddel anstimmte: »Ein Wind … weht von Süd und zieht mich hinaus aufs Meer …«

Rahel hätte sofort mitsingen können, denn Bettina hatte »La Paloma« in der Version von Freddy Quinn geliebt, doch sie beließ es dabei, steif herumzustehen, während Jara ihren Arm im Rhythmus hin- und herschwenkte.

Geldstücke landeten in dem Körbchen vor dem Leierkasten. »Der Korb hat keine Knisterallergie«, rief Jara, »traut euch.« Alle lachten, und tatsächlich landete ein Fünf-Euro-Schein unter dem Applaus der Umstehenden im Korb.

Zweifellos hatte Jara es geschafft, das Geschäft für Koddel Seebär anzukurbeln. Als beim nächsten Lied drei sichtlich angetrunkene Frühschoppen-Paare in »Wir lagern vor Madagaskar« miteinstimmten, fühlte Rahel sich nicht mehr ganz so beobachtet. Im nächsten Moment winkte Jara dem Publikum mit der Kapitänsmütze zu, rief »Tschüs, mein Koddel« und zog Rahel fort.

»Jetzt wird das ein Selbstläufer für Koddel«, sagte sie fröhlich, während sie zur Kneipe zurückgingen. »Bei dir«, sie knuffte Rahel in die Seite, »sehe ich im Entertainmentsektor allerdings noch Luft nach oben.«

»Wenn du das nächste Mal zum Hut greifst, schließe ich mich auf dem Klo ein.«

✳✳✳

Line setzte Pongo nach zwei Küsschen auf das seidige Fell zurück in den Käfig, wo er direkt in seinem kleinen Häuschen verschwand. Als sie die Käfigtür schloss, zitterten ihre Finger noch immer. Bents eigenartige Antwort klang in ihr nach. *Wer sagt dir, dass* ich *den Backofen angestellt habe ...*

Gut, vielleicht hatte Mama es getan, um Brötchen aufzubacken. Aber es hatte nichts Essbares dagelegen, was in den Ofen sollte.

Mit einem dicken Seufzer hockte Line sich aufs Bett. Hatte sie einfach überreagiert, als Bent diesen dummen Hexenspruch gebracht hatte? Sie zu ärgern, war schließlich auch schon vor dem Unfall seine Lebensaufgabe gewesen.

Das Meerschweinchen steckte seine Nase durch das Fenster des Minihäuschens, als Line beschloss, auf Nummer sicher zu gehen. Sie nahm ihr Smartphone und bestellte bei Amazon ein Vorhängeschloss für den Käfig. Im Warenkorb lagen noch ein

Sommerkleid, das sie vor Wochen dort deponiert hatte, ohne es zu kaufen, und ein kleines Spielzeugboot für Pongo, das als Filmrequisite dienen sollte. Sie löschte beide Einträge und schickte die Bestellung mit dem Schloss ab. Dann krabbelte sie unter die Bettdecke zurück und hing wehmütigen Gedanken nach.

Sie vermisste die Treffen mit Jenny, Esra und ihren anderen Freundinnen so sehr. In der Mönckebergstraße Bubbletea trinken, dazu einen leckeren American Cheesecake futtern, nach heißen Jungs Ausschau halten, bei H&M shoppen, Kino …

Immer wieder bekam sie WhatsApp-Nachrichten von Mitschülerinnen, die sie aufbauen wollten: »Komm einfach mal raus«, hatte Lotta geschrieben. »Jenny hätte das so gewollt.« Und Yella hatte anscheinend sogar die Befürchtung, dass sie es Jenny nachmachen würde. »Geh bitte, bitte zu einem Psychiater, wenn du schon nicht mit Esra oder mir reden willst, Linchen.«

Line stieß einen Gurgellaut aus bei diesen Gedanken. Die anderen begriffen das alles nicht. Es ging nicht um Jenny. Die tote Freundin war längst in den Hintergrund gerückt. Und das war irgendwie doppelt unheimlich. Es ging um Emma. Das Gefühl, ihre kleine Schwester sei in Gefahr, war immer da und überdeckte sogar die latente Angst um sich selbst.

Line blieb noch eine halbe Stunde im Bett, dann stand sie auf und zog sich an. Ihre Zimmertür schloss sie ab, als sie ins Bad ging, um eine Katzenwäsche zu machen.

»Emma?«, rief sie durchs Haus. Sie war die Treppe hinuntergegangen und sah, dass das Wohnzimmer leer war. »Emma?«

»Emma ist draußen«, erklang die Stimme ihrer Mutter aus der Küche. Sie saß in ihrem Rollstuhl immer noch an derselben Stelle wie vorhin. Es gab keinen Duft von frisch aufgebackenen Brötchen. Der Backofen war ausgestellt. »Was willst du denn von ihr?«, fragte Christine Hathor, während sie ihre mageren Finger knetete, und sah an ihrer Tochter vorbei.

Sie wurde immer dünner, fiel Line auf. Richtig knochig sah sie aus. Sie ignorierte die Frage der Mutter. »Ist Bent auch draußen?«, fragte sie alarmiert, weil ihr Bruder weder zu sehen noch zu hören war.

Auch ihre Frage wurde nicht beantwortet. Warum sah Mama sie so an? So ... lauernd? Wieder einmal rieselte es Line kalt über den Nacken. »Was guckst du so?«, fuhr sie ihre Mutter hysterisch an, um das Unheimliche, das in diesem Haus vor sich ging, wegzuschreien, doch im nächsten Moment wurde sie abgelenkt von einem lauten Kreischen aus dem Garten.

Emma!

Line stürzte in den Hauswirtschaftsraum, wo eine Tür in den hinteren Teil des Gartens führte. In ihr furchtsames »Emmi?« hinein ertönte der nächste Aufschrei der kleinen Schwester. Doch es war ein munterer Schrei, wie wohl auch der erste. Emma saß auf der Schaukel, und Steffen Hathor gab ihr Anschwung. »Höher!«, rief Emma und kreischte erneut. »Noch höher, Papa!«

Line war im ersten Moment einfach nur erleichtert, doch das änderte sich schnell wieder, denn ihr Vater nahm Emma beim Wort. Kraftvoll drückte er seine Hände immer wieder auf den kleinen Rücken, wieder und wieder. »Papa, hör auf!«, bat Line ihn ängstlich. »Das reicht, du stößt sie ja runter.«

Steffen Hathor schien sie nicht zu hören. »Höher«, murmelte er mit einem Grinsen, das Line hässlich erschien, und stieß seine Tochter immer wieder an.

»Genug!«, rief Emma. »Das ist genug, Papa.«

Doch er hörte nicht auf und lachte hart. »Höher, ja? Höher!«

»Du sollst aufhören, hat sie gesagt!« Line lief zur Schaukel und packte eines der Seile. Sich halb drehend kamen Schaukel und Emma schließlich zum Stehen.

»Herrje, du bist aber auch eine Spielverderberin«, sagte Steffen Hathor leichthin, doch sein Blick teilte die Leichtigkeit nicht. Er packte Line am Handgelenk, als sie das Seil losließ und Emma von der Schaukel hopste. »Entspann dich mal ein bisschen, Maus. Triff dich mal mit deinen Freundinnen. Ich bekomme langsam das Gefühl, dass du einen Home-Koller

kriegst. Womöglich siehst du am Ende noch weiße Mäuse.«
Er zog sie am Arm zu sich heran. »Oder Schlimmeres.«

Line starrte ihn an. Was meinte er damit? »Lass mich bitte los.«

»Natürlich, entschuldige.« Er strich über ihren Unterarm und musterte sie. »Warum guckst du mich immer so merkwürdig an, Maus? Hab ich irgendwas verbrochen?«

»Nein.« Sie konnte doch schlecht sagen: Ich bilde mir ein, dich dabei gesehen zu haben, wie du Bents Blut vom Boden geleckt hast. »Heute Abend fahren wir doch zu Omas Geburtstag?«, fragte sie, um etwas zu sagen. Sie freute sich seit Tagen darauf, denn Opa und Oma waren wie immer, verbreiteten Fröhlichkeit und … Line überlegte, welches das richtige Wort für das Gefühl war, das sie mit den beiden verband. Geborgenheit traf es wohl. Oder eher Sicherheit?

Steffen Hathor holte sie aus diesen Gedanken. »Ich bring euch hin.«

»Du kommst nicht mit?« Line versuchte, nicht erleichtert zu klingen.

»Nein, ich habe noch einen Termin und hole euch danach wieder ab.« Er legte einen Finger unter ihr Kinn und lächelte. »Iss ein Stück Pizza für mich mit.«

Line starrte auf seine Zunge, die wieder so eklig schnell über seine Lippen fuhr. Nie hatte er das früher gemacht. Nie!

Sie legte beide Hände auf den krampfenden Bauch, während ihr Vater pfeifend ins Haus ging.

**

Rahel gähnte herzhaft. Der fehlende Schlaf der letzten Nächte machte sich beim Observieren, das keinerlei Spannung bot, bemerkbar. Diesmal saßen sie in dem BKA-Sprinter. Tacos Rostlaube war zu auffällig, um sie jeden Tag zu nutzen. Schließlich war das hier ein gutbürgerliches Viertel, in dem die Nachbarn einander kannten und dauerparkende fremde Autos mit Leuten darin irgendwann auffielen.

Neben Müdigkeit lieferte die Langeweile ein weiteres unge-
wünschtes Nebenprodukt: Gedankenmacherei. Rahel wurde
zunehmend unruhig, was Bent betraf. Sie hatten ihn gepeitscht
und waren davon ausgegangen, dass er nicht der Dämon sein
konnte. Ein Trugschluss, wie sie nun wusste. Wenn er nun
doch derjenige in der Familie war, war er dann jetzt gewarnt?
Energetische Dämonen wussten nichts von der Peitsche, kannten ihre Kraft nicht, doch vielleicht konnten sie an der Wunde
spüren oder riechen, dass ihr inneres Böses aufgedeckt war,
selbst wenn die menschliche Nase es nicht riechen konnte?

Sie konnte Luk diese Frage nicht stellen, ohne zu verraten,
was Taco und sie getan hatten; und Taco durfte sie nichts von
der Wirkung der Peitsche erzählen, ohne Luk zu verraten. Ein
Dilemma, das ihre Nerven zunehmend strapazierte.

»Da, sie kommen.« Taco deutete mit dem Thermobecher,
aus dem er getrunken hatte, zum Grundstück der Hathors.
»Eins, zwei«, zählte er die Familienmitglieder, die aus dem
Haus traten und zum Carport gingen, »drei, vier … verdammt,
jetzt sag nicht, der verdammte Bengel geht nicht mit zu Omas
Geburtstag.«

»Fünf«, sagte Rahel im selben Moment. Bent zog die Haustür ins Schloss und folgte seiner Familie mit schlurfenden
Schritten.

»Wäre ja auch noch schöner.« Taco drehte den Deckel auf
den Becher und stellte ihn in die Ablage. »Zu Omas Geburtstag
hat man zu erscheinen, wenn man nicht im Krankenhaus liegt
oder tot ist. Das ist Gesetz. Meine Oma Camila hat nächsten
Monat Geburtstag. Ich flieg rüber.«

Rahel musterte Taco mit einer mächtigen Portion Wehmut.
Es musste so unendlich schön sein, eine intakte Familie zu
haben. Überhaupt eine Familie zu haben.

Taco schien ihren Blick zu spüren. Er wandte sich ihr zu.
»Dich besuch ich auch, wenn du Geburtstag hast, das ist dir
hoffentlich klar. Wann ist das? Hoffentlich im Sommer. Ich
mag Grillwurst.«

»Am 7. November werde ich vierundzwanzig. Dann bist

du herzlich willkommen«, antwortete Rahel, dankbar für das warme Gefühl, das er mit seinen Worten in ihr ausgelöst hatte. »Da hau ich dir eine Wurst in die Pfanne.«

»*Dios*, du bist noch so jung. Erst dreiundzwanzig.« Er musterte sie, als sähe er sie zum ersten Mal. »Ja, du siehst auch so aus, aber du wirkst nicht wie dreiundzwanzig. Du bist so …«

»Sag jetzt ja nichts Falsches«, warnte Rahel ihn mit einem Lachen.

»Es gibt alte und junge Seelen, behauptet Julieta, meine andere Oma, und ich glaube ihr. Du hast 'ne schöne alte Seele.«

Rahel sah ihn verdutzt an. »Ein fragwürdiges Kompliment.«

»Gar nicht fragwürdig. Ist doch toll. Du hast einen schönen jungen Körper, bist aber von der Reife her den jungen Dingern weit voraus.«

»Wenn ich zwischen den Zeilen lese, höre ich das Wort ›langweilig‹ heraus«, frotzelte Rahel, doch tief in ihrem Inneren regte sich die Erkenntnis, dass Taco gar nicht so danebenlag. Wie oft hatte sie sich in der Schule und während der Ausbildung wie ein Fremdkörper im Kreis anderer junger Mädchen und Frauen gefühlt … Sie hatte es immer darauf geschoben, dass sie keine glückliche Kindheit gehabt hatte und ihr daher deren Naivität oder Unreife fehlte. Aber vielleicht hatte Oma Julieta ja recht?

»Auf Tauchstation«, sagte er in diesem Moment, drückte ihren Kopf runter und folgte ihr.

Als Motorengeräusch verriet, dass der Touran der Hathors vorbeigefahren war, kamen sie beide wieder hoch. »Ich guck mich jetzt mal in der direkten Nachbarschaft um und checke, wer da ist und wer nicht«, meinte Taco. »Gut ist auf jeden Fall, dass der Bengel die Vordertür nur ins Schloss gezogen hat. Da sind wir flott drinnen.«

Rahel nickte. Hinten waren sie zwar nicht so im Fokus der Nachbarn, aber die Wahrscheinlichkeit war größer, dass dort abgeschlossen war, denn Hintertüren neigten dazu, keinen Knauf, sondern eine Klinke zu besitzen.

Taco griff nach dem Zigarettenpäckchen in der Ablage und

öffnete die Autotür. Noch während er ausstieg, steckte er sich eine Zigarette zwischen die Lippen und grummelte: »Ich werde gleich drei Fluppen auf einmal rauchen, bevor ich dieses *Nicht-raucherfahrzeug* wieder betrete.«

»Eine gute Idee«, bescheinigte Rahel ihm. Sie hatte ihm eine Zigarette mit genau diesem Wort aus dem Mund genommen, als er sich im Wagen eine anstecken wollte. »Taco«, hielt sie ihn dann zurück. »Warte am besten noch fünf Minuten. Für den Fall, dass einer der Hathors was vergessen hat und sie noch mal zurückkommen.«

Genervt stieg er wieder ein, die Zigarette ließ er im Mund. Nach drei Minuten siegte die Sucht, und er stieg aus. Mit Qualmwolken, die dem Hogwarts-Express alle Ehre machten, ging er den Bürgersteig entlang.

Rahel nutzte die Zeit, um auf ihr Handy zu blicken, das sie leise gestellt hatte, damit Taco keine Fragen stellte. Luk hatte ihr schon wieder eine Nachricht geschickt, doch sie ignorierte sie wie die vorherigen beiden, obwohl die Neugier sie plagte, ob er in Mr. Minhs Sachen etwas entdeckt hatte, vielleicht sogar die fehlende Münze. Dennoch …

Die nächtlichen Grübeleien hatten auch ein hässliches kleines Gedankenmonster geboren, das in ihrem Kopf krallte und sich nicht entfernen ließ. Warum hatte Luk nicht erwähnt, dass er eine Käschmünze suchte, als sie ihm die Sachen von Mr. Minh aus dem Karton präsentiert hatte? Er hätte beiläufig danach fragen können, ohne dass sie von dem Schwert auch nur etwas geahnt hätte. Das hatte er aber nicht getan. War sein Vertrauen zu ihr wirklich so plötzlich gewachsen, als sie ihm die Peitsche anvertraut hatte? Mit Abstand betrachtet, erschien es ihr irgendwie merkwürdig, dass er ihr das Geheimnis um das wundersame Schwert verraten hatte.

Sie steckte das Handy wieder in ihren Lederrucksack, denn Taco kam schon zurück.

»Bin nur bis zum Nachbarhaus gekommen« sagte er, als er die Sprintertür aufzog und einstieg. »Die bauen da einen Grill auf und schleppen Tisch und Stühle ran.« Ungläubig schüttelte er den Kopf. »Was sind das für Menschen, die im Vorgarten grillen? Wie sollen wir denn jetzt ungesehen reinkommen?«

»Shit.« Rahel konnte es nicht glauben. »Die machen das wahrscheinlich vor dem Haus, weil es ihnen hinten auf der Terrasse zu heiß ist. Vorne ist jetzt Schatten.« Sie sah auf die Uhr. »Halb sieben. Wir können nur hoffen, dass sie nicht zu lange dort sitzen.«

»Okay, dann gibt's jetzt erst mal Abendessen«, entschied Taco und startete den Wagen.

Zwei Stunden später – Taco hatte sie in seine Lieblingspizzeria geführt – waren sie zurück in Sülldorf. Rahels Hoffnung, die Nachbarn hätten sich mittlerweile auf die nun schattige Terrasse zurückgezogen, erfüllte sich nicht. Sie saßen noch im Vorgarten, allerdings nur noch zu zweit. Die Kinder waren nicht mehr dabei. Sie sah Taco an. »Wollen wir es wagen?«

»Nein, die sehen uns doch. Ist ja auch noch scheißhell.« Er bedachte den unschuldigen wolkenlosen Abendhimmel mit einem bösen Blick. »Wir warten.«

Eine Stunde später verschwanden die Nachbarn endlich – gemeinsam mit dem Tageslicht.

»Die müssen wohl arbeiten«, mutmaßte Rahel. »Sonst wäre ich an ihrer Stelle noch nicht reingegangen. Wenn ich ein eigenes Haus mit Garten hätte, würde ich im Sommer gar nicht drinnen sein.« Ihr Blick wanderte zum Himmel, wo sich schwach die ersten Sterne zeigten. »Ich würde mein Bett im Garten aufstellen, um in den Himmel schauen zu können.«

»Jetzt schaust du erst mal ins Haus der Hathors«, entschied Taco mit Blick auf seine Armbanduhr, die den Umfang eines Untertellers hatte. »Und zwar nur du.«

»Was?« Rahel sah ihn an. »Du kommst nicht mit?«

»Es ist viel zu spät geworden«, antwortete Taco grimmig. »Wir wissen nicht, wann die wieder nach Hause kommen. Darum werde ich jetzt zum Haus der Großeltern fahren. Sobald die Hathors da abfahren, schicke ich dir eine Nachricht. Dann hast du eine knappe Viertelstunde, um zu verschwinden ... Kriegst du das allein hin?«

Rahel überlegte nicht lange. »Ich komm hier klar.«

»Und denk an die Papiere. Wir brauchen die Handschriften.«

»Ja, natürlich.« Es war einer der Tagesordnungspunkte bei der Vorbesprechung gewesen. In Vorbereitung auf eine eventuelle Entlarvung eines besetzten Familienmitglieds benötigten sie Schriftproben aller Verdächtigen, um für die Phase nach der Eliminierung vorbereitet zu sein. Ein Unterschriftenfälscher des BKA würde einen Abschiedsbrief fingieren.

Als Taco davonfuhr, hatte Rahel schon ihre Payback-Karte aus dem Portemonnaie gezogen. Ruhig ging sie den Aufgang zum Haus der Familie hinauf. Bis jetzt konnte sie für andere immer noch eine Besucherin sein. An der Tür fackelte sie nicht lange. Sich umblickend drückte sie ihr Knie gegen die Tür und versuchte die Karte in den Schlitz einzuführen, was hier nicht so einfach war wie bei der Tür im Teppichlager. Sie kam ins Schwitzen, doch schließlich klappte es.

Hastig trat sie ein und schloss die Tür. Als ihre Augen sich an das spärliche Licht gewöhnt hatten, betrat sie die Räume im Erdgeschoss. Das Gäste-WC gab wie erwartet nichts Verdächtiges preis. Die penibel aufgeräumte Küche brachte ein erstes Ergebnis für die Unterschriftenproben. Auf einem Familienkalender an der Wand trugen anscheinend alle Mitglieder ihre Termine ein. Auf dem August-Blatt gab es nur Einträge für Arztbesuche und Geburtstage.

Rahel nahm den Kalender vom Nagel und blätterte die fast komplett leeren Seiten zum Monat Januar zurück, dem Zeitpunkt vor dem Unfall. Dort waren alle Sparten randvoll mit Terminen der Kinder und der Eltern: Sport, Kino, Zahnarztprophylaxe, Elternabend Emmi, Wochenendtour und, und, und … Der Unterschied zum jetzigen Leben der Familie war krass und, da war Rahel sich immer sicherer, nicht nur durch den Unfall und seine Folgen erklärbar. Würde man nicht gerade, wenn man dem Tod von der Schippe gesprungen war, die Normalität wieder genießen lernen? Sich ablenken durch Besuche von Freunden? Bei Freunden?

Rahel riss das Januar-Blatt heraus. Die Hathors würden es hoffentlich nicht so schnell vermissen. Dann blätterte sie zur aktuellen August-Seite zurück und hängte den Kalender wieder auf.

In Wohn- und Esszimmer öffnete sie sämtliche Schubladen und Schränke, darauf bedacht, keine Spuren zu hinterlassen. Was sie suchte, waren neben handschriftlichen Notizen für den Schriftfälscher auch andere Unterlagen der einzelnen Familienmitglieder. Notizen, Briefe, bestenfalls Tagebucheinträge … irgendetwas, das Aufschluss über Verhalten und Gedanken gab.

Auf die Kontenbewegungen und Smartphones der Familienmitglieder hatte Robert Zugriff – als legitime BKA-Maßnahme der Dämonenjäger. Auffälligkeiten gab es im finanziellen Sektor keine. Bei den Smartphone-Inhalten sah es schon anders aus. Line und Bent waren von ihren Freundinnen und Kumpels immer wieder gefragt worden, was denn los sei und warum sie keine Treffen wollten. Auch Christine und Steffen Hathor hatten Anfragen von Freunden und Verwandten, die sie besuchen wollten oder eingeladen hatten, ständig abgelehnt.

Natürlich konnte man den kompletten Rückzug aus dem sozialen Leben auf den physischen und psychischen Zustand der Beteiligten nach dem schrecklichen Unfall zurückführen – allen musste nach den monatelangen Krankenhausaufenthalten eine Erholungsphase zugestanden werden. Doch für Dämonenjäger war dieses Verhalten nun mal hochinteressant und durchaus alarmierend.

Den Hauswirtschaftsraum im Erdgeschoss ließ Rahel außer Acht. Tagebücher lagerten selten zwischen Waschpulver und Schränken mit Gewürzgurken und Marmelade. Sie umrundete den Treppenlift und eilte die Stufen hinauf. Bis auf einen einfachen Rollstuhl in greifbarer Nähe war der obere Flur komplett leer, es gab keinerlei Möbel oder Deko. Vermutlich, damit Christine Hathor mit dem Rollstuhl barrierefrei in alle Zimmer gelangte.

Rahel öffnete die erste Tür. Es war das Elternschlafzimmer.

Das musste warten, entschied sie und machte sich auf die Suche nach Lines Zimmer. Das Mädchen erschien ihr als sicherste Kandidatin für niedergeschriebene Gedanken. Verstört genug hatte sie bei den beiden Treffen jedenfalls gewirkt.

Die nächsten beiden Türen, die Rahel öffnete, führten ins Bad und augenscheinlich in das Zimmer des jüngsten Familienmitglieds. Niedliche Elefantentapeten, ein weiß-rosafarbenes Hochbett mit Vorhängen, Barbie-Haus, Verkehrsteppich, Kaufmannsladen ... all das deutete auf ein behütetes und glückliches Kinderleben hin, und Rahel wurde übel bei der Vorstellung, dass das absolut Böse unter diesem Dach hausen könnte. Und mit dem Gedanken an die kleine Emma traf sie eine Entscheidung. Sie würde Taco nachher sofort erzählen, dass das Ergebnis von Bents Peitschenverletzung unbrauchbar war.

Blümchenbettwäsche und über Schreibtischstuhl und Teppich verteilte Mädchenkleidung zeigten Rahel, dass sie im nächsten Zimmer richtig war. Sie richtete den Strahl der Handytaschenlampe auf Lines weißen Nachttisch und zog die Schublade auf. Vielerlei Krimskrams lag darin und ein kleines Notizbuch. Rahel nahm es und blätterte durch die Seiten. Es beinhaltete nur ein paar Adressen und eine Visitenkarte – die, die Rahel ihr überreicht hatte.

Sie legte das Büchlein zurück, wandte sich dem Bett zu und fingerte den Bereich unter der Matratze ab. Nichts. Im nächsten Moment schrak sie zusammen und richtete den Lampenstrahl abrupt dorthin, wo ein Geräusch erklungen war, ein Scharren ... Beruhigt ausatmend betrachtete sie den Holzkäfig, in dem ein Meerschweinchen durch die Streu am Boden wuselte. Offensichtlich hatte sie es geweckt.

»Hallo, Pongo«, nannte Rahel das Tier flüsternd beim Namen, denn die Jäger hatten sich Lines Clips angeschaut. »Keine Panik, ich bin gleich wieder weg.«

Sie durchsuchte die Schubladen der Kommode, die neben dem Käfig stand, ohne fündig zu werden. Auch der Kleiderschrank bot keine Überraschungen, ebenso wenig die Kiste im

Schatztruhenstyle – wenn man von einem Stapel Postkarten und Briefen absah. Sie öffnete die oberen Briefe, die alle denselben Absender trugen. Zoé Dubois aus Périgny war zweifellos eine französische Brieffreundin, worüber Rahel sich wunderte. Gleichzeitig fand sie es ganz wunderbar, dass nostalgisches Briefeschreiben im digitalen Zeitalter anscheinend noch eine Nische bei Teenies fand. Die hastig überflogenen Zeilen, die in einem kuriosen Gemisch aus Französisch, ziemlich schlechtem Deutsch und nicht ganz so schlechtem Englisch verfasst waren, ließen vermuten, dass Zoé von Line nichts Geheimnisvolles mitgeteilt worden war.

Bedacht legte Rahel alles an seinen Platz zurück und überlegte, wofür Line wohl heute Morgen das Vorhängeschloss bestellt hatte. Als Robert ihnen von dem Auftrag bei Amazon berichtet hatte, war sie hellhörig geworden. Wer ein Schloss brauchte, wollte verhindern, dass Unbefugte auf etwas Zugriff bekamen. Doch wo befand sich dieses Etwas?

Frustriert machte sie sich auf den Weg zu Bents Zimmer, als ihr siedend heiß einfiel, dass sie ihr Handy nicht auf laut gestellt hatte. Sie zog es aus der Hosentasche und sah mit Entsetzen, dass Taco mehrfach angerufen und Nachrichten geschickt hatte. »Scheiße«, fluchte sie und öffnete die Nachrichten.

Entgegen ihrer ängstlichen Erwartung war es allerdings nicht die Ankündigung, dass die Hathors bei den Großeltern abgefahren waren. Taco hatte in seiner Meldung geschrieben, dass er das Auto der Hathors nicht in der Nähe des großelterlichen Hauses entdeckt hatte, die Familie aber bis auf den Vater am Esstisch saß.

Taco hatte sich also ans Haus herangeschlichen. Rahel überlegte, ob sie sofort verschwinden sollte, entschied sich aber dagegen. Wo auch immer Steffen Hathor war, er würde seine Familie mit großer Wahrscheinlichkeit wieder bei seinen Eltern abholen. Das bedeutete, dass sie noch Zeit hatte, um sich Bents Zimmer vorzuknöpfen.

Um Taco zu beruhigen, schrieb sie ihm zurück, dass sie bisher nichts entdeckt hatte und in ein paar Minuten verschwinden würde.

Doch Tacos Nachrichten waren nicht die einzigen, die dazugekommen waren. Auch Luk hatte erneut versucht, sie zu erreichen. Ohne darauf zu reagieren, steuerte sie die letzte noch ungeöffnete Tür des Obergeschosses an.

Bents Zimmer lag mit Blick zum Garten und war unerwartet aufgeräumt – von einem nassen Duschhandtuch vor dem Bett abgesehen. Der Totenkopf auf dem Handtuch ließ Rahel unwillkürlich grinsen. Taco und »der Bengel« hatten also eine gemeinsame Leidenschaft.

Es gab einen Kleiderschrank und zwei Tische – einen Schreibtisch, auf dem sich der FC-St.-Pauli-Totenkopf auch auf einem Mousepad zeigte, und einen perfekt ausgestatteten Gamingtisch. Rahel öffnete die Schubladen der Tische auf der Suche nach Schulheften oder -ordnern für die Schriftprobe. Fündig wurde sie allerdings erst in einem Rucksack, der in der Ecke neben dem Fenster stand. Die Tatsache, dass sich darin noch eine Dose mit etwas Essbarem befand – der Schimmelpilz wucherte am milchigen Plastik –, zeigte, dass Bent den Rucksack wohl seit dem letzten Schultag nicht mehr geöffnet hatte. Rahel zog zwei Pappordner hervor. Aus dem Deutschordner riss sie aus der Mitte ein Blatt einer Interpretation von Hesses »Steppenwolf« heraus, dann steckte sie die Ordner in den Rucksack zurück und das Blatt in ihre Hosentasche.

Ein Blick aus dem Fenster zeigte, dass die Sterne jetzt deutlich kräftiger am Himmel hervortraten. Auch der Vollmond spendete reichlich Licht, genug, um erkennen zu können, dass der Carport noch leer war. Beruhigt wandte sie sich dem Schreibtisch zu und klappte den Laptop darauf auf. Sicherlich musste ein Passwort eingegeben werden, aber versuchen wollte sie ihr Glück trotzdem. Doch im nächsten Moment erstarrte sie. Ihr Kopf ruckte wieder zum Fenster. Vollmond!

»Scheiße!« Kein Wunder, dass Luk sie mit Anrufen bombardierte. Der Drache! Fahrig öffnete sie Luks Nachrichten.

»Wo bist du, verdammt? Komm sofort nach Hause, der Alb ist auf dem Weg!« war noch die netteste Mitteilung.

»Oh fuck!«, wimmerte Rahel. Wie hatte sie das vergessen können? Hastig schlug sie den Laptopdeckel zu und erschrak über das laute Geräusch in der Stille. Sie bedauerte, Bents Zimmer nicht weiter unter die Lupe nehmen zu können, aber nun war der Drache wichtiger. Er war vielleicht das perfekte Instrument, um den Dämon im Hause Hathor zu entlarven.

Grauen erfüllte Rahel, als sie zur Treppe hastete. Ob der zum Leben erwachte Porzellandrache wohl beim letzten Vollmond auf einen weiteren Dämon gestoßen war, nachdem er aus ihrer Wohnung davongeflogen war? Doch selbst wenn nicht … die Vorstellung, dass sie im Traum erneut erleben musste, wie sie den Obdachlosen erschlug, war kaum weniger furchtbar. Oder zeigte der Alb die letzte Tat nicht noch einmal an? Sie wusste einfach viel zu wenig.

Rahel war die Treppe nicht mal halb hinunter, als ein Geräusch an der Haustür sie abrupt stoppen ließ. Ein Schlüssel wurde eingesteckt.

Sie schaffte es knapp, die Stufen nach oben zurückzueilen und das verräterische Handylicht an ihre Brust zu drücken, als sich die Haustür auch schon öffnete und im Flur das Licht angeknipst wurde. Sie verharrte in absoluter Reglosigkeit, während unten Schritte erklangen. Schritte, die sich glücklicherweise entfernten.

Vorsichtig einen Fuß vor den anderen setzend, schlich Rahel vom Treppenabsatz weg, darauf bedacht, nicht den Rollstuhl zu streifen. Nur ja kein Geräusch verursachen. Die untere Flurlampe warf genug Licht nach oben, um einigermaßen sehen zu können. Im Gehen löschte sie das Taschenlampenlicht am Handy und wich weiter zurück. Nach kurzer Überlegung ignorierte sie die Tür zum Elternschlafzimmer, obwohl sie am nächsten lag. Aber es musste Steffen Hathor sein, der zurückgekommen war, und falls er hochkam, war die Wahrscheinlichkeit groß, dass er das Schlafzimmer aufsuchte.

Und dann war sie gezwungen, sich schnell zu entscheiden,

denn pfeifend kam jemand die Treppe herauf. Rahel war mit zwei Schritten an Emmas Zimmertür, die einzige, die nicht geschlossen gewesen war. Es gelang ihr, lautlos ins Zimmer zu schlüpfen. Mit hämmerndem Herzen sah sie sich im Mondlicht um. Das Hochbett. Es hatte Vorhänge. Auf leisen Sohlen kroch sie unter das Bett und zog die Vorhänge zu. Der Boden war übersät mit Duplo- und Legosteinen, die sich in Rahels Beine bohrten. Während sie den Geräuschen auf dem Flur lauschte, versuchte sie zugleich, durch bewusstes Atmen ruhiger zu werden. Steffen Hathor würde doch wohl kaum in Emmas Zimmer kommen?

Das fröhliche Pfeifen erklang nun im Badezimmer und wurde immer nur kurz von Wasserrauschen unterbrochen. Dann wanderte das Pfeifen ins Schlafzimmer. Eine Schranktür wurde geöffnet. Zog Steffen Hathor sich um? Oder ging er etwa zu Bett? Leicht panisch fiel Rahel ein, dass der Rest der Familie ja vielleicht vom Opa nach Hause gebracht wurde. Doch Sekunden später atmete sie auf, denn die Schlafzimmertür fiel ins Schloss, und gleich darauf hörte sie Schritte auf der Treppe. Rahel verharrte unter dem Bett.

Vage Geräusche drangen von unten durch die nur angelehnte Kinderzimmertür. War das die Waschmaschine? Während Rahel versuchte, das bekannt erscheinende Geräusch einzuordnen, passierte etwas, das so absolut unerwartet, laut und erschreckend war, dass sie leise aufschrie. Sie presste die Hand vor den Mund, panisch, dass Steffen Hathor sie gehört haben könnte. Was war das gewesen? Es hatte sich angehört, als sei etwas gegen Emmas Fenster geworfen worden. Im nächsten Moment ertönte das Geräusch erneut. Rahels Herz raste, doch sie zog die Hand von den Vorhängen zurück, weil hastige Schritte auf der Treppe zu hören waren. Sie drückte sich an die Wand, und dann wurde die Tür auch schon aufgestoßen.

»Was zum ...« Steffen Hathors Stimme. Er knipste das Licht in dem Moment an, als das Geräusch wieder erklang. Etwas rumste gegen die Scheibe.

Rahel erkannte durch den dünnen Vorhangstoff Steffen

Hathors Gestalt. Er stürzte zum Fenster. Sie vermutete, dass er hinaussah, denn es wurde ruhig im Zimmer. Dann knallte wieder etwas an die Scheibe, und Hathor sprang mit einem Schrei zurück. »Drecksvieh!«, rief er aus und klatschte mit der Hand gegen das Glas. »Verschwinde! Hau ab. Was willst du hier?«

Dann war einen Moment lang Ruhe.

Rahels Herz hämmerte. Was war da los? Als es erneut rumste, blieb Hathor ruhig. »Was ist das, verdammt?«, murmelte er vor sich hin. Dann hastete er aus dem Zimmer.

Rahel war im ersten Moment einfach nur dankbar, dass er gedanklich nicht über den geschlossenen Vorhang unter dem Hochbett gefallen war, doch als sie ihn die Treppe hinunterpoltern hörte, kam Leben in sie. Sie musste hier raus, denn wenn er zurückkam, hatte sie dieses Glück vielleicht nicht.

Sie schlich zur Treppe und spähte hinunter. Die Haustür stand offen, er war anscheinend hinausgestürmt. Tief durchatmend eilte sie auf leisen Sohlen nach unten, wobei sie sich immer wieder umschaute. Hoffentlich war er wirklich draußen. Unbehelligt kam sie auf dem unteren Flur an. Nach kurzer Überlegung wandte sie sich dem Hauswirtschaftsraum zu, denn sollte Hathor zurück ins Haus kommen, würde er definitiv wieder die Vordertür nehmen.

Sie huschte in den Raum und schloss die Tür hinter sich. Es war tatsächlich die laufende Waschmaschine, die sie gehört hatte. Vorsichtig tappte sie im Dunkeln zur Hintertür – gut, dass das Mondlicht durch die Scheibe in der Tür fiel. Sie drehte den Schlüssel, zog die Tür langsam auf und lauschte. Steffen Hathor fluchte vor dem Haus. Das Wort »Viech« drang herüber. Schnell trat sie hinaus und sah sich um.

Die Grundstücksbegrenzung zu den Nachbarn bestand aus verschiedenen Büschen, die zwar dicht an dicht standen, durch die sie sich aber hindurchquetschen konnte. Das gelang nicht geräuschlos, Zweige brachen, aber sie hielt nicht inne. Nur weg hier, bevor Hathor womöglich auftauchte.

Sie war kaum auf der anderen Seite angekommen, als sie ein

Flattern hörte. Im nächsten Moment fasste sie sich mit einem Aufschrei an den Kopf und versuchte abzuwehren, was sie angriff. Taumelnd stürzte sie vorwärts, um vom Grundstück der Hathors wegzukommen. Bestimmt hatte Lines Vater ihren Schrei gehört.

Als sie erneut attackiert wurde, wimmerte sie und schlug um sich, rannte aber weiter. Und dann verlor sie den Boden unter den Füßen. Ihr erneuter Aufschrei wurde von einer Hand erstickt, während sie über den Garten flog. Ihre Füße streiften eine Koniferenhecke, und ihr wurde bewusst, wo sie sich befand: in Luks Armen.

»Ruhig!«, befahl er ihr leise.

Sie überquerten im Tiefflug weitere Grundstücke, dann landete er mit ihr auf dem Kinderspielplatz.

Rahels Herz raste, und ihre Beine zitterten, als er sie grob absetzte, an den Armen packte und sie zu sich herumdrehte. »Bist … du … wahnsinnig?«, fuhr er sie an, doch sein düsterer Blick löste sich sofort wieder von ihr und wandte sich dem Himmel zu. »Komm!«

Er zog sie hinter sich her, wobei Rahel versuchte, die wirren Gedanken in ihrem hämmernden Kopf zu sortieren. »Was machst du hier?«, flüsterte sie.

»Dich nach Hause bringen«, spie er aus und zerrte sie weiter. Er zog sie zur Tunnelrutsche, die ein wenig Schutz bot, und fingerte sein Handy aus der Jeanstasche.

Rahel konnte den Blick nicht von ihm abwenden, diesmal allerdings nicht vor Leidenschaft, sondern aus Angst vor Entdeckung durch Außenstehende, denn der goldene Schimmer seiner Flügelspitzen war in der Dunkelheit mehr als verräterisch.

»Taco!«, sprach er leise, aber bestimmt ins Handy. »Wir sind auf dem Spielplatz im Hainholt. Sieh zu, dass du herkommst!« Noch während er das Handy wieder wegsteckte, glitt sein Blick erneut über den Himmel.

Rahel blieben die Worte im Hals stecken, als erneut ein Flattern über ihr erklang. Instinktiv schützte sie ihren Kopf, während sie nach oben sah. Ein dunkler Schatten kam auf sie zu. Ein Vogel. Doch … »Oh Gott«, stieß sie aus, als ihr klar wurde, was sie sah.

Sie fühlte sich mit einem Schlag in ihre Kindheit zurückkatapultiert. Das blaue Feuer, zweifach. Und dann wurde sie wieder angegriffen. Sie schrie auf, wehrte das Tier ab, während Luk ihren Kopf zu schützen versuchte und dabei immer wieder leise ausrief: »Streck deinen Arm nach oben, Rahel! Streck ihn aus! Nach oben!«

Doch Rahel hörte gar nicht hin. Sie versuchte nur, ihren Kopf zu schützen, presste beide Hände daran.

Endlich erklang Motorengeräusch. Lukrezius hob sie einfach auf die Arme und rannte mit ihr zum Sprinter, der direkt vor dem Eingang zum Spielplatz parkte. Er zog die Beifahrertür auf, warf sie auf den Sitz und quetschte sich hinterher, keine Rücksicht auf seine Flügel nehmend. »Fahr los«, fuhr er Taco an, der sie beide mit runtergelassener Kinnlade anstarrte. »Fahr schon los, verdammt!«

»*Qué mierda occure?*«, verfiel Taco vor Wut in seine Muttersprache, wendete aber und fuhr los. »Was ist passiert? Warum bist du hier, Luk? Noch dazu in voller Pracht?« Er schlug Lukrezius gegen den Flügel.

Rahel hielt den Atem an, doch anscheinend war Luk nicht in Angriffslaune. Er schnaubte nur.

»Leg dir verdammt noch mal was über deine Christbaumbeleuchtung«, wetterte Taco auch schon weiter. Er deutete auf den Fußraum. »Unterm Sitz liegt der Verbandskasten.«

»Was?« Lukrezius starrte ihn an.

»Soll ich ihm die Flügel verbinden?«, fragte Rahel mit Blick auf die goldenen Flügelspitzen, die ans Dach des Sprinters gequetscht waren und himmlisch-festliche Beleuchtung in der Kabine verbreiteten.

»Meine Güte.« Taco schüttelte den Kopf. »Im Verbandskasten ist eine Rettungsdecke. Leg sie unserem Dämonengel über seine Weihnachtsbaum-Flügel.«

Rahel beugte sich runter und fummelte nach dem Kasten.

Dabei fragte sie Luk: »War das … wirklich der Drache? Hab ich richtig geguckt?«

»Allerdings«, brummte Luk. »Warum hast du nicht auf meine Nachrichten reagiert?«

»Drache?«, erklang Tacos Stimme, nun eher verwirrt als wütend. »Wovon redet ihr?«

»Weil ich keine Zeit hatte«, antwortete Rahel Luk und öffnete den Verbandskasten. »Ich musste mich beeilen, um die Zimmer im Haus zu checken.« Das war natürlich nur ein Bruchteil der Wahrheit, denn sie hatte ja bereits zuvor seine Anrufe ignoriert. »Und ehrlich gesagt hatte ich den Drachen heute einfach nicht mehr auf der Rechnung.« Dann setzte sie noch ein patziges »Sorry!« hinterher.

»Kann mir jetzt mal einer sagen, was das Drachengeschwafel soll?«

»Du bist seine Herrin«, fuhr Luk sie an. »Bei Vollmond kehrt er zu dir zurück. Ich dachte, ich hätte mich klar ausgedrückt.«

»So, wie du dich ja immer klar ausdrückst«, ätzte Rahel, obwohl das schlechte Gewissen an ihr nagte. Den sarkastischen Zusatz »… und nie etwas verschweigst« schluckte sie herunter. Der über die B 431 jagende Sprinter war nicht der Ort für diese Diskussion. Sie entfaltete die Rettungsdecke und begann sie über die Schwingen zu breiten.

»Hathor hat den Drachen gesehen!«, spie Lukrezius aus, ohne auf ihre Worte einzugehen. »Da können wir es ja gleich mit Leuchtreklame auf der Reeperbahn kundtun: ›Magischer Alb auf Suche nach seiner Herrin‹.«

»Magischer Alb?« Taco starrte zu ihnen rüber. »Hathor war zu Hause? Welchen Drachen –«

»Taco! Pass auf«, schrie Rahel auf und deutete auf eine rote Ampel.

Nach der Vollbremsung mit quietschenden Reifen herrschte Ruhe. Alle schwiegen, während Luk wütend an der Decke zerrte, um sie über den oberen Teil der Flügel zu ziehen, der unter der Wagendecke klemmte.

»Ob das jetzt besser ist«, grummelte Taco mit Blick auf die Decke. Das Silber, das nun außen um die Flügel lag, wurde von innen erleuchtet.

»Fahr bitte einfach, Taco«, wimmerte Rahel, der alles zu viel wurde. Die Leute im Auto neben ihnen, die verwundert herübersahen, der Angriff des Drachen, Hathors unvermutetes Auftauchen …

Als sie von der Stresemannstraße endlich in die Oelkersallee einbogen, schnaubte Taco immer noch neben ihnen.

»Kannst du ihn sehen?«, fragte Rahel Luk, der abwechselnd durch Front- und Seitenscheibe nach dem Drachen Ausschau hielt.

»Nein, aber er wird kaum weniger schnell hier sein. Wir müssen uns beeilen.«

»Ich will jetzt wissen, was hier los ist«, wetterte Taco. Noch nie hatte Rahel ihn so wütend gesehen. Der grauschwarze Walrossbart bebte in seinem verzerrten Gesicht.

Luk atmete geräuschvoll aus, anscheinend bemüht, sich zu beruhigen. »Morgen«, sagte er, »morgen kriegst du deine Erklärung, Taco. Und auch alle anderen. Tu mir den Gefallen und schreib sie alle an. Wir treffen uns um acht im Büro. Machst du das bitte?« Er sah durch die Frontscheibe wieder gen Himmel. »Wir haben jetzt einfach keine Zeit für weitere Erklärungen.«

Taco biss die Zähne zusammen und nickte. »Na gut. Aber nur, damit du mit deinem Gefieder hier endlich aus dem Fokus kommst … Verschwindet ins Haus!«

In ihrer Wohnung angekommen, kämpfte Rahel die Tränen zurück, die ihr heiß in die Augen schossen, als Kabel maunzend aus dem Wohnzimmer gelaufen kam und eine Normalität versprach, die nicht da war. Die nie wieder da sein würde.

»Hallo, mein Liebling.« Sie nahm ihn auf den Arm und drückte ihr Gesicht in sein weiches Fell. Im nächsten Moment fauchte Kabel und wand sich in ihren Armen.

»Ja, ich habe den finsteren Burschen wieder mitgebracht«, sagte sie, als Luk die Wohnungstür schloss, und setzte den Kater auf den Boden. Schnellstens flitzte er in die Küche. Rahels Blick fiel dabei auf den großen Karton und den Käfig neben der Kommode. Luk war also wieder bei ihr eingedrungen und hatte die Sachen zurückgebracht. Aber um ihn nicht noch reizbarer zu machen, verzichtete sie auf eine Rüge. »Hast du die Käschmünze gefunden?«, fragte sie gespannt.

»Glaub mir, dann wäre ich ganz sicher besser drauf, trotz deiner dummen Aktion. Ich habe alles auseinandergenommen und wieder zusammengesetzt. Nichts.« Er nahm den Käfig vom Karton herunter und deutete ins Schlafzimmer. »Öffne die Balkontür.«

Widerwillig ging Rahel ins Schlafzimmer. Was, wenn das Viech schon draußen lauerte? Dann hätten wir es aber gehört, beruhigte sie sich selbst, in Gedanken zurück im Zimmer der kleinen Emma, das Rumsen im Ohr.

Luk kam mit dem Käfig, bevor sie die Tür geöffnet hatte. »Wenn er da ist, streckst du deinen Arm in seine Richtung aus«, sagte er und machte es ihr vor. »Er wird auf deiner Hand landen. Ein Alb steuert immer das von dir an, was ihm am nächsten ist.«

»Das wäre ja mal 'ne Info gewesen.«

»Wenn ich geahnt hätte, dass du in *der* Nacht, in der dein Alb zu dir zurückkehrt, in der Weltgeschichte rumgondelst, hätte ich diese Information tatsächlich eher gegeben.« Er öffnete die Käfigtür und stellte den Käfig aufs Bett. »Du steckst die Hand mit dem Drachen hinein, dann wird er auf die Stange gehen.« Er sah sie an. »Jedenfalls, wenn er wie ein normaler Alb funktioniert. Magische habe ich wie gesagt auch noch nicht erlebt.«

»Einen Alb überhaupt als normal zu bezeichnen, finde ich schon crazy«, murmelte sie und öffnete die Balkontür.

Lukrezius zog sie ein Stück zurück. Sie warteten schweigend. Die Vorstellung, dass ein fledermausartiger Drache gleich auf ihrer Hand landen sollte, war beängstigend. »Wenn ich mein Bein nach vorn ausstrecke, würde er dann auf meinem Fuß landen?«

Luk verdrehte die Augen. »Ja, aber das lassen wir schön, denn dein Fuß passt nicht durch die Käfigtür.« Er musterte sie. »Du hast Angst. Und ich gestehe sie dir zu.«

»Das ist aber nett von dir.«

»Ich mag es durchaus, wenn du sarkastisch bist, aber jetzt streck deinen Arm aus. Sofort.«

»Ich mach das, wenn ich –«

»Sofort, verdammt!« Er riss ihren Arm hoch. »Er kommt.« Rahel hielt den Atem an, den Blick durch die offene Balkontür gerichtet, wo zwei kleine blaue Feuer rasend schnell auf sie zugeflogen kamen.

»Uaahh«, rief sie in furchtsamer Erwartung aus. Sie war dankbar, dass Luk ihren Arm so fest hielt, dass sie keine Chance hatte, ihn zurückzuziehen. Und dann war der Drache da. Ein Flattern, ein eigenartiges Schnauben … Schmerz breitete sich auf dem Rücken ihrer krampfhaft zur Faust geballten Hand aus. Doch das Schmerzempfinden war Nebensache. Ja, es brannte, es tat weh, aber zu sehen, was diesen Schmerz verursachte, nahm jede Empfindung.

Klauen mit Krallen an kräftigen Hinterbeinen steckten in ihrer Haut. Sie gehörten zu dem eher schmalen Körper des bläulich grün geschuppten Wesens, dessen Kopf mit der länglichen Schnauze etwas von einem Seepferdchen mit spitzen Ohren hatte. Allerdings fehlte jegliche Niedlichkeit. Gräuliche splittrig wirkende Hörner befanden sich zwischen den Ohren, und in deren Mitte begann der gleichfarbige Kamm, der bis zum Schwanzende verlief.

»Freaky!«, kam es zittrig aus Rahels Mund. Sie versuchte immer noch, ihre Hand aus Luks Griff zu befreien, um das unheimliche Tier abzuschütteln, das jetzt auch noch seine Vorderbeine auf ihrem Handgelenk platzierte, jedoch ohne diesmal die Klauen in ihre Haut zu graben.

»Ich komme nicht umhin, dir zuzustimmen«, sagte Lukrezius, allerdings mit einer Ehrfurcht in der Stimme, die Rahel nicht aufbrachte. Zu stark waren Angst und Aufregung.

»Er ist unglaublich«, setzte er nach. »Wunderschön. Sieh

nur«, er deutete mit dem Finger seiner Linken auf den Kopf des Drachen, »die Augen ...«

Das Feuer darin glomm sachte wie ein winziges Kaminfeuer im Ofen. Nur die heimelige Gemütlichkeit und Wärme fehlten. Das Blau flackerte eiskalt.

Weil Rahel wieder anfing zu uaahhen, als der Drache sein Maul aufriss, führte Lukrezius ihre Hand langsam Richtung Käfig.

»Weg mir dir, weg!«, flüsterte Rahel, als ihre Hand im Käfig war, und als sei ihr Wunsch ihm Befehl, breitete der Drache seine fledermausartigen Flügel aus und landete auf dem Käfigboden. Dort legte er seine Flügel wieder eng an den Körper und sah sie an.

Lukrezius schloss die Tür.

»Warum fliegt er jetzt nicht gegen den Käfig?«, fragte Rahel, ohne den Blick von dem kleinen Fabelwesen abwenden zu können. »Warum sitzt er da so still?«

»Du hast ihn reingesetzt, das nimmt er hin. So funktionieren Albe.«

»Tatsächlich?« Rahel überlegte. »Wenn ich ihm jetzt sagen würde, flieg auf ein Gleis der U3 und beweg dich nicht, bis die Bahn über dich rüber- und du platt gefahren bist ...«

Lukrezius lachte auf. »So wirst du einen Alb nicht los. Ihr Selbsterhaltungstrieb ist ohnegleichen. Aber du kannst ihn einfach verschenken, wenn deine Angst vor ihm so groß ist. An mich.«

Rahel fühlte sich seltsam ernüchtert. Zurück aus der Welt, in der kleine, fies aussehende Drachen sich auf sie stürzten, löste sie den Blick von dem Tier im Käfig und sah kurz Luk an, bevor sie auf ihre Hand blickte. Die Klauen des Drachen hatten kleine brennende Wunden hinterlassen. »Ich glaube, ich sollte das desinfizieren«, sagte sie und wandte sich Richtung Badezimmer.

Lukrezius hielt sie am Arm zurück. »Es war nur ein Vorschlag, um dir die Angst vor dem Alb zu nehmen.«

»Ja, ich weiß. Aber ich möchte ihn behalten.«

Er ließ ihren Arm los und nickte. »Gut. Dann lass uns jetzt deine Hand versorgen.«

Während Luk die Wunden reinigte und einen Verband anlegte, erzählte Rahel ihm von ihrem Einbruch bei den Hathors, der sie keinen Schritt weitergebracht hatte. Als sie ihm schilderte, wie Steffen Hathor überraschend nach Hause gekommen war, verfinsterte sich sein Gesicht immer mehr.

»Du hockst versteckt unter einem Rüschenvorhang im Kinderzimmer, während sich im selben Zimmer ein potenzieller Dämon aufhält?« Er zog den Verband so stramm, dass Rahel glaubte, der Mull würde reißen. »Wie hättest du dich wehren wollen, wenn er dich entdeckt und seine vielleicht wahre Gestalt gezeigt hätte? Ihn mit Duplosteinen bewerfen?«

Rahel entzog ihm ihre Hand mit einem Ruck. »Ich bereue, dir die Details genannt zu haben, gebe dir aber recht in Bezug auf die Aktion. Beim nächsten Mal sollten wir unsere Ausrüstung dabeihaben, wenn wir einen Ort aufsuchen, der vielleicht dämonisch verseucht ist.« Sie drehte sich um und ging zurück ins Schlafzimmer.

»Was frisst der denn eigentlich?«, fragte sie mit Blick auf den Drachen, der sich anscheinend nicht vom Fleck gerührt hatte. »Soll ich ihm Wasser hinstellen? Vielleicht mag er Katzenfutter. Ich hab noch die Sorten Lachs in Soße da und Rindfleisch mit –«

»Katzenfutter?«, nahm Luk ihr ungläubig das Wort ab. »Er ist ein Alb! Er muss nichts fressen, verdammt. Er ernährt sich vom Bösen!«

Rahels Blick blieb an dem kleinen wundersamen Wesen verhaftet, dessen flackernde Augen sie in das Zimmer im Waisenhaus zurückführten. Es war, als blicke sie wieder durch das Fenster über die Straße, wo in Mr. Minhs Schaufenster genau dieser kleine Drache gehockt hatte, dessen blaues Feuer die anderen Menschen nicht hatten sehen können. Eine schmerzhafte und zugleich – nun, da sie um das Geheimnis wusste – unendlich faszinierende Erinnerung.

»Du solltest schlafen gehen«, sagte Luk.

Rahel sah ihn ungläubig an. »Ja, klar. Ich kann jetzt bestimmt ganz wunderbar schlafen. Ich bin ja gar nicht aufgekratzt und *so* müde.«

Lukrezius schloss die Augen. Rahel hörte ihm an, wie viel Mühe es ihn kostete, ruhig zu antworten. »Wenn du nicht schläfst, Rahel, kann er dir den Traum nicht einpflanzen. Dir bleiben nur noch die Stunden bis zum Morgengrauen, dann wird er aller Voraussicht nach wieder zu Porzellan erstarren, und wir haben erst beim nächsten Vollmond die Chance auf eine Information über die Tat eines Dämons.«

»Du glaubst wirklich, er war bei einem energetischen Dämon? Bei jemandem, den wir vielleicht noch gar nicht auf der Rechnung haben?«

»Alles ist möglich. Vielleicht hat der Alb auch keinen neuen Dämon gefunden. Dann trägt er noch den alten Traum in sich, den du schon gesehen hast: den Obdachlosen, der erschlagen wird.«

Luk überlegte kurz. »Sollte einer der Hathors tatsächlich ein Dämon sein, könnte er sich auch dort genährt haben. Darum ist es umso wichtiger, dass du einschläfst. Es wäre eine unfassbar wichtige Information zu sehen, was der Drache mitgebracht hat.«

Rahel kamen die Tränen. »Ich kann jetzt nicht schlafen.«

»Hey …« Luk zog sie an sich. »Alles ist gut. Was kann ich tun, um dich zu beruhigen?« Sanft küsste er ihre Schläfe.

Rahel zitterte in seinen Armen, nicht vor Leidenschaft, sondern weil sie fertig war. Sie drückte sich so eng an ihn, wie es nur ging, und schlang ihre Arme um seinen Bauch. »Ich möchte es versuchen. Ich lege mich ins Bett … Kannst du bei mir bleiben?«

»Natürlich bleibe ich.« Er ließ sie los, nahm den Käfig vom Bett und stellte ihn auf den Boden. Dann nahm er ihre Hand, als sie sich nicht rührte, und führte sie zum Bett.

Rahel kuschelte sich an seine Brust, als er sich neben sie legte und sie in den Armen hielt. »Müssen wir ihn nicht rauslassen?«, fragte sie, obwohl sie es genoss, den Drachen nicht zu sehen.

»Nein, es reicht, wenn er im selben Raum ist wie du. Und jetzt schließ deine Augen. Ich bin da.« Sanft streichelte er ihren Rücken.

Rahel atmete tief durch. War sie in ihrem Leben jemals weniger müde gewesen? Aufmerksam lauschte sie Luks Atem, der so viel ruhiger war als ihr eigener. Ihre Hand, die auf seiner Brust lag, erspürte die Wärme seiner Haut unter dem schwarzen Hemd, das er trug, während sie sein Herz pochen hörte. Ihre Hand machte sich selbstständig. Sie wanderte runter zum Bund seiner Jeans. Sie wollte seine nackte Haut berühren.

»Rahel«, Luk klang ernst, »ich weiß nicht, ob das jetzt –«

»Pst«, unterbrach sie ihn leise, zog ihm das Hemd aus der Hose und strich über seinen nackten Bauch. Sie spürte, wie er sich anspannte, als sie ihre Hand weiter auf Wanderschaft schickte, die Brustwarzen streifte, wieder zurückwanderte ...

»Wir sollten das nicht tun«, hörte sie ihn sagen. »Du solltest jetzt wirklich zur Ruhe kommen.«

»Ach ja?«, murmelte sie und hörte selbst den Triumph in ihrer Stimme, als sie über seinen Hosenschlitz strich und die Ausbuchtung erspürte. Im nächsten Moment landete ihr Kopf auf dem Kissen, denn er hatte sich abrupt erhoben. Die erste Enttäuschung wandelte sich in Vorfreude, als sie im Licht seiner Schwingen den Ausdruck seines Gesichts wahrnahm. Pures Verlangen stand darin geschrieben. Und dann kniete er über ihr, schob ihr Shirt hoch und zog den BH so weit herunter, dass sich ihre Brüste entblößten. »Du bist so schön«, murmelte er und strich über die zarte Haut, zeichnete die volle Rundung des Busens nach.

Rahel stöhnte unter seiner Berührung. »Nimm mich«, flüsterte sie, während ihre Finger schon die Jeans öffneten. »Zieh dich aus!«

Er ließ sich nicht noch mal bitten und stand auf. Während er aus seiner Jeans stieg, schlüpfte Rahel im Bett aus Hose und

Slip. Dann war er über ihr. Mit dunklem Stöhnen drang er in ihre Feuchtigkeit ein und passte sich ihrem Aufbäumen an. Sie gab den Rhythmus vor, hastig, voller Lust und Gier nach Erfüllung, und viel zu schnell kam die Erlösung. Ohne sich aus ihr zurückzuziehen, drehte Luk sich mit ihr auf den Rücken. Und so blieben sie liegen. Heftig atmend, Haut an Haut, warm und geborgen im himmlischen Licht der Flügelspitzen über ihren Köpfen. Rahels Kopf lag an seinem Hals, sie hörte seinen Herzschlag, der langsam wieder ruhiger wurde, so wie ihr eigener. Sie versuchte, in einen Gleichklang zu kommen, konzentrierte sich darauf. Klopf ... klopf ... klopf ... klopf ...

Ekstatisches Stöhnen. Gespieltes Stöhnen. Sie spürte unendlichen Hass auf die Frau, die unter ihr lag und tat, als bereite es ihr Vergnügen, ihren Penis in sich zu spüren.

Ihren Penis? Rahel spürte im Traum, dass etwas nicht stimmte. Etwas stimmte einfach nicht, doch sie konnte nicht aufhören, in die Frau unter sich hineinzustoßen, sich in sie zu ergießen. Und dann riss die Frau die Augen auf, schrie, schrie und schrie, während Blut spritzte. Die Bettwäsche färbte sich tiefrot, das Blut war überall ... Schlieren, Rinnsale an Wänden und Tür. Die Brüste der Frau waren nicht mehr da. Nur noch blutiges Fleisch. Und Schreie. Doch wie konnte die Frau schreien? Sie war längst tot. Die weit aufgerissenen Augen stierten ins Nichts ... Doch sie schrie und schrie ...

»Rahel! Rahel, wach auf!«

Rahel riss die Augen auf. Luk hörte auf, sie zu schütteln. »Hey«, sagte er ruhig, obwohl auch er heftig atmete. »Alles ist gut. Das war ein Traum. Der Alb hat ihn dir eingepflanzt. Du bist in Sicherheit.«

Sie schluchzte heftig. Zu nah, viel zu nah war das Geschehen noch. Wild, mit zittrigen Fingern tastete sie an sich herab. Da war kein Penis. Wie auch? Und dennoch ...

»Ich war ein Mann«, kam die Erkenntnis. »Der Dämon in meinem Traum war ein Mann. *Ich* war *er*«, erklärte sie unter Schluchzen. »Ich habe eine Frau getötet. Ich habe auf sie ein-

gestochen, immer wieder. Es war schrecklich, Luk, es war …
furchtbar.« Sie weinte heftig auf.

»Ich bin bei dir«, versuchte Luk sie zu beruhigen und zog
sie so nah an sich, wie es nur ging. »Nicht du warst das, Rahel.
Ein Dämon hat das getan.«

»Aber du verstehst nicht«, schluchzte sie. »Ich … ich …«

»Doch, ich verstehe es. Für dich hat es sich angefühlt, als
hättest du es getan. Du hast es aus den Augen des Dämons
gesehen, aus seinem Geist. Du warst in seinem Körper.« Er
küsste sie zart. »Der Alb kann es dich nur auf diese Art sehen
lassen, Rahel. Du wirst lernen müssen, es anzunehmen, und
versuchen, es von dir abzuschütteln.«

»All das Blut …« Ein Würgen stieg in ihr auf.

»Hast du etwas erkennen können? Vielleicht den Ort, wo
der Mord geschah? Einen Raum?«

Es tat gut, Luks sachliche Stimme zu hören. Rahel atmete
tief durch. »Ich weiß nicht. Ich habe nur diese Frau gesehen.
Wir lagen in einem Bett, hatten Sex. Ich habe in sie hineingestoßen, immer wieder. Ich … ich kann den Penis noch fühlen«,
brach es aus ihr heraus, und ihre Hand wanderte wieder nach
unten.

Luk streichelte über ihr schweißfeuchtes Gesicht, dann
stand er auf.

»Wo willst du hin?«, fragte sie angstvoll. Er konnte doch
jetzt nicht einfach gehen.

»Ich hol dir ein Glas Wasser.«

Rahel hörte Kabel in der Küche fauchen und Luk sagen:
»Wir werden in diesem Leben wohl keine Freunde werden.«

Dankbar nahm sie ihm das Glas ab, als er zurückkam, und
trank es in einem Zug halb leer. Das kalte Wasser trieb das
Grauen ein Stück weit hinaus.

Lukrezius stellte das Glas auf den Nachttisch. »Kannst du
die Frau beschreiben? Dann können wir zurückliegende Kriminalfälle mit deinen Angaben vergleichen.«

»Ja, ja natürlich.« Aufrecht im Bett sitzend, die Decke um
sich geschlagen, begann sie zu berichten. »Sie war schwarzhaa-

rig und stark geschminkt. Ihr Lippenstift, das knallige Rot …«
Sie schüttelte sich in Erinnerung an all das Blut, das die gleiche
Farbe besaß.

Luk sagte nichts, ließ ihr Zeit.

Rahel gab sich einen Ruck. Sie musste die Erinnerung an
den Traum nutzen, solange sie noch so frisch war. Jetzt war
ihr zwar, als könne das grausame Geschehen nie verblassen,
doch der Traum mit der Ermordung des Obdachlosen war
auch längst nicht mehr so präsent wie am Anfang.

»Das Alter der Frau ist schwer zu schätzen«, murmelte
sie. »Vielleicht Ende zwanzig bis Mitte dreißig … Ich weiß es
natürlich nicht, aber ich glaube, dass die Frau eine Prostituierte
war.«

»Was? Wie kommst du darauf?«, hakte Luk erstaunt nach.

»Ich wusste im Traum, dass ihr Stöhnen nur gespielt war.
Also *er* wusste es.«

»Tatsächlich? Interessant.«

»Es kann natürlich auch eine frustrierte Ehefrau gewesen
sein, die ihren Orgasmus vorspielt, aber ich glaube es einfach
nicht.«

»Robert kann direkt morgen alle Fälle mit getöteten und verschwundenen Prostituierten checken und dir die Fotos zeigen.«

Rahel nickte, obwohl die Aussicht, auf das Leichenfoto der
Traum-Frau zu stoßen, ihr erneut eine Gänsehaut bereitete.
»Was ist mit dem Drachen?«, fiel ihr ein. Sie sah Luk an. »Ist
er noch lebendig?«

Luk stand vom Bett auf und hob den Käfig hoch. »Ja.« Der
Drache hockte still und unbewegt auf dem Boden, doch das
kalte blaue Feuer in seinen Augen ließ Rahel die Decke noch
fester um sich ziehen.

»Wenn du möchtest, bringe ich ihn ins Wohnzimmer«, sagte
Luk. »Doch dann verpassen wir vielleicht ein faszinierendes
Schauspiel.« Er wandte den Blick nicht von dem Alb ab.

»Was meinst du?«

Er sah Rahel an. »Die Nacht ist bald vorüber. Im Morgengrauen wird er vermutlich wieder zu Porzellan erstarren.«

Die eisigen Augen nicht mehr sehen zu müssen, war mehr als verlockend, doch Luk hatte recht. Das durften sie nicht verpassen. Und an Schlaf war sowieso nicht mehr zu denken.

»Also gut.«

Luk sah sich im Zimmer nach einem Platz um, wo er den Käfig abstellen konnte.

»Wenn schon, dann sehen wir uns das von Nahem an.« Rahel tippte mit den Zehen aufs Bettende, nahm den Fuß aber hastig zurück, als Luk den Käfig dort platzierte.

Er kam zurück ins Bett und zog sie in seine Arme. Schweigend starrten sie auf den Käfig. Der Drache rührte sich keinen Millimeter, und Rahel ahnte, dass er sich nicht mehr bewegen würde, denn er hatte genau die Haltung, die er als Porzellanfigur innehatte.

Immer wieder wanderte Rahels Blick zum Wecker. Fünf Uhr fünfzig. Es konnte nicht mehr lange dauern, bis die Sonne aufging. Und kaum hatte sie sich wieder dem Käfig zugewandt, rief Luk: »Da! Es geht los.«

Der ruhig atmende Drache erbebte, während seine blaugrünen Schuppen aussahen, als würden sie sich mit einer glänzenden Eisschicht überziehen. Rahel erwartete ein feines Knistern und lauschte mit angehaltenem Atem, doch die Umwandlung verlief komplett lautlos. Und mit dem Erstarren des Drachenkörpers erlosch das blaue Feuer zusehends. Immer dunkler wurden die Augen, bis nur noch schwarze Perlen den Betrachter starr und seelenlos anblickten.

»Wow«, sagte Rahel, als nichts mehr passierte. »Das war *magic*.« Sie war voller Euphorie. »Beim nächsten Vollmond müssen wir unbedingt bei der Rückverwandlung dabei sein.«

Luks Antwort klang hart. »In vier Wochen ist der Alb nicht das vorrangige Ziel meiner Aufmerksamkeit. Dann ist Blutmond.«

16

»Was schleppt ihr denn da an?«, fragte Jara, als Rahel am nächsten Morgen mit dem Käfig in der Hand durch die Kellertür trat, die Luk ihr aufhielt. Jara machte sich nicht die Mühe, vom Kühlschrank herunterzukommen, sondern reckte ihren Hals so, dass er an Roberts Normalhalslänge heranreichte.

»Ist *das* etwa der ominöse Drache, von dem Taco die ganze Zeit quatscht?« Sie sah den Mexikaner an. »Dafür, dass du so einen Aufriss machst, Señor Derba, sieht das Figürchen aber ziemlich unspektakulär aus.«

Taco starrte mit zusammengezogenen Brauen auf den Käfig. »Von *dem* Drachen habt ihr gestern immer gefaselt?«, hakte auch er ungläubig nach und sah von Rahel zu Luk.

»Ihr wisst, was ein Alb ist«, begann Lukrezius, nachdem er der schweigenden Soleria einen Blick zugeworfen hatte.

»Ja, natürlich«, antwortete Robert, während alle anderen ihre Zustimmung brummten oder nickten.

Luk nahm Rahel den Käfig ab und hob ihn in die Höhe. »Dies ist ein Alb.«

Jara lachte herzhaft auf. »Und ich bin Denzel Washington.«

»Dann hör jetzt gut zu, Denzel«, wandte Luk sich ernst an sie. »Denn wir sprechen hier von Magie.«

Rahel hatte geglaubt, wieder Lachen oder ungläubige Ausrufe zu ernten, doch es war so still, dass nur das Summen des PCs zu hören war.

»Dieser Drache erwacht bei Vollmond zum Leben«, fuhr Luk fort. »Minh hat Rahel die Porzellanfigur vererbt, ohne dass sie wusste, was es damit auf sich hat.«

»Endkrass!« Jara sprang vom Kühlschrank und folgte Yves, der französisch vor sich hin murmelnd an den Käfig getreten war, während Taco ein »*Dios!*« ausstieß und sich bekreuzigte.

Jakob Albers hatte ein wenig Farbe verloren. »Magie?«, flüsterte er. Gesunde Skepsis zeigte sich auf seinem Gesicht.

»Es ist wahr«, sagte Rahel, und dann berichtete sie der gebannt lauschenden Truppe von allen Geschehnissen um den Porzellandrachen bis hin zu seinem Wiedererstarren.

Jaras ohnehin große schöne Augen waren weit aufgerissen. »Eine krönungsbedürftige Story.«

»Hat Hathor erkannt, was es war?«, hakte Yves nach.

»Es war dunkel. Und selbst im Vollmondlicht wird er das, was an seine Fensterscheibe flog, kaum als lebendigen Minidrachen wahrgenommen haben«, meinte Lukrezius.

»Ich hielt den Alb bei unserer ersten Begegnung ja auch für eine Fledermaus«, sagte Rahel, um den Franzosen zu beruhigen.

Lukrezius wandte sich an Robert. »Du musst umgehend mit Rahels Angaben zu der in ihrem Albtraum getöteten Frau vorrangig die Fälle von ermordeten Prostituierten checken. Zeig Rahel die entsprechenden Fotos aus den Akten.«

Roberts Stock im Arsch wuchs einen weiteren Zentimeter. »Dein Ton impliziert wieder einmal, dass ich dir gehorchen muss, Lukrezius. Aber das muss ich nicht. Gar nicht! Doch …«, seine Stimme verlor an Höhe, als er seinen Blick Rahel zuwandte, »… ich werde natürlich sofort die entsprechenden Fälle heraussuchen.« Damit fiel er über seine Tastatur her.

»Danke, Robert.« Rahel sah in die Runde, und ihr Blick verfing sich in dem von Jakob Albers. Warum fielen ihr gerade jetzt seine Worte ein? *Dämonische Anziehung hat nichts mit dem Herzen zu tun.* Ihr wurde unbehaglich zumute. Jakob hatte recht. Wenn Luk in ihrer Nähe war, konnte sie nicht klar denken. Aber jetzt schon, wo sie alle hier versammelt waren. Um Line und den Rest der Familie zu schützen, musste sie beichten, dass Taco und sie Bent Hathor mit der Dämonenpeitsche geschlagen hatten. Sie durften es nicht länger verschweigen.

Doch Jakob ergriff das Wort. Seine Stimme klang ungewohnt angespannt, während sein Blick zwischen ihr und Luk wechselte. »Ihr wisst also schon seit Wochen von dem Alb? Ohne es uns mitzuteilen?«

Rahel spürte, wie ihr die Röte in die Wangen stieg. Luk hingegen wischte Jakobs Zurechtweisung beiseite, denn genau das war es gewesen. »Wir wollten einfach warten, bis der Drache zurück ist. Nun wisst ihr es ja.«

Jakob klang mühsam beherrscht. »So langsam hege ich Zweifel an unserer Gruppenhierarchie beziehungsweise an ihrem Nichtvorhandensein. Es schadet unserem Ziel, wenn hier jeder macht, was er will, ohne es mit den anderen abzusprechen.«

Robert bekundete durch Klopfen auf dem Schreibtisch seine Zustimmung. »Meine Worte. Seit jeher. Wir können nicht alle Chefs sein.«

»Und es schadet vor allem dem Vertrauen, wenn Wissen zurückgehalten wird«, fügte Jakob noch hinzu.

»Ich hatte immer das Gefühl, es lief gut«, meinte Jara. »Oder, Taco? Yves? Wir haben keine Geheimnisse vor den anderen.«

Rahel bemerkte, dass Taco kurz zu ihr sah, bevor er in sich hineinbrummte: »Ich wüsste auch nicht, wer hier Chef sein könnte.« Sein grantiger Blick traf Lukrezius.

»Ich stimme für Jakob«, kommentierte Robert das launische Gezerre. »Ich könnte aber auch mit Lukrezius leben, wenn er an seinen Umgangsformen arbeitet.«

Alle sahen Luk an. Doch Rahel wollte nicht abwarten, ob er Robert an die Gurgel ging oder nicht. »Apropos Geheimnisse«, ihre Stimme bebte leicht, weil ihr mehr als unwohl war, »Taco und ich wollten euch auch schon längst etwas sagen, aber wir …« Sie schluckte und sah kurz zu dem Mexikaner. Es gab einfach keine Entschuldigung für ihr Verhalten. »Wir haben Bent Hathor mit der Peitsche geschlagen. Wir wollten die Ermittlungen forcieren, weil wir uns sicher waren, dass Bent der Dämon ist.«

»Was?« Jara sah so ungläubig drein, so verletzt, dass es Rahel im Magen drückte.

Auch Taco schien es im Bauch zu kneifen, denn er schaute Jara nicht in die Augen, als er sagte: »Ja … war wohl 'ne Scheißidee von uns.«

Auch die anderen sprachen erregt und verärgert durcheinander, aber es war Lukrezius' Stimme, die Rahel eine Gänsehaut über den Nacken jagte:»Ihr habt was?« Er packte sie am Arm.»Wann?«

»Letzte Woche. Ich wollte es ja längst –«

»Letzte …« Ihm schienen die Worte zu fehlen, und Rahel war dankbar dafür, doch dann hallte seine Stimme an den Kellerwänden wider, dunkel, laut und unkontrolliert.»Seid ihr wahnsinnig! Seid ihr wahn-sin-nig!«

Im selben Moment gab es ein hässliches Geräusch. Stoff riss, und Rahel zuckte zurück, als sich Luks dunkle Schwingen ruckartig entfalteten und den Schreibtisch streiften. Ablagekörbe fielen zu Boden, während Robert hektisch nach dem kippenden Monitor griff.

»Alter Falter!«, entfuhr es Jara.»Okay, das war jetzt nicht als Wortspiel gedacht.« Sie deutete auf Luks Flügel, an denen Reste des zerrissenen Rucksacks hingen.

»Damit bist du als Chef raus, Lukrezius.« Robert klang hysterisch.»*Ich* bin für Jakob.« Er hob tatsächlich seinen Finger in die Höhe.

Lukrezius sah aus, als wolle er ihm die Halsschlagader herausbeißen, doch er fuhr Rahel an:»Letzte Woche! Du weißt, was das bedeutet!«

Rahel nickte. Ihr war ganz schlecht.»Dass Bent durchaus der Dämon sein kann.«

»Was?« Taco starrte sie an.»Wieso? Sein Blut war rein. Es gab keinen Geruch.«

»Die Peitsche funktioniert nur bei ihrem Besitzer«, antwortete Lukrezius, bevor sie es tun konnte.»In diesem Fall bei ihrer Besitz*erin*.« Er sah Rahel mit einem Blick an, der das Wort »düster« in neue Sphären hob.

»Moment, Moment«, meldete Jara sich.»Warum hast du uns das nicht gesagt, Luk? Und wieso weiß Rahel es jetzt, aber vor einer Woche anscheinend noch nicht?«

»Ihr Lieben.« Zum ersten Mal an diesem Morgen erklang Solerias Stimme.»Ihr seid zu Recht verstimmt, und es gibt einiges, bei dem Luk und ich euch um Entschuldigung bitten müssen.« Sie schenkte Jara ein Lächeln, das die junge Frau tief durchatmen ließ. »Aber nun sollten wir uns vorrangig den Ermittlungen um die Familie Hathor widmen. Und auch Rahels Albtraum.«

Sie musterte Rahel besorgt. »Der Traum muss dich sehr gequält haben, du Liebe.« In die Runde blickend, erklärte sie: »Dieser Albtraum ist mit normalen Albträumen, wie wir sie kennen, nicht zu vergleichen. Rahel erlebt alles aus der Perspektive des Dämons.« Ein Schauer überlief sie. »Danke, dass du es für uns und deine Mitmenschen aushältst, Rahel.«

Es schien, als kämen alle ein wenig zur Ruhe. Als Robert sie mit den Worten »Ich habe jetzt Fotos für dich« zu sich bat, war Rahel froh, etwas zu tun zu haben.

Doch keine der ermordeten oder verschwundenen Prostituierten war die Frau aus ihrem Traum.

✳✳✳

»Hast du meinen Zoo kaputt gemacht?«, begrüßte Emma ihre große Schwester, als Line aus ihrem Zimmer trat und über den oberen Flur lief. Die Kleine kam gerade mit dem Treppenlift hochgefahren.

»Deinen Zoo? Du hast doch gar keinen Zoo.« Line wartete, bis der Lift oben war. Doch Emma wollte nicht absteigen, sondern gleich wieder hinunterfahren.

»Klar hab ich einen Zoo. Den hab ich mir gebaut, unterm Bett. Die blauen Duplosteine sind die Zäune für die lieben Tiere, und die roten sind für die gefährlichen Tiere. Aber einer hat meinen Zoo kaputt gemacht.« Sie zog einen süßen Flunsch. »Die Vorhänge waren auch zugezogen, und das sollen die nicht sein.«

Lines Brauen zogen sich zusammen. »Das war bestimmt Bent.«

»Nein, er sagt, er war das nicht. Er hat geschworen.«

»Da kannst du drauf …« Line verkniff sich das derbe Wort,

das über ihre Lippen wollte. Bents Schwüre waren noch nie einen Cent wert gewesen. »Wo sind alle?«, fragte sie Emma.

»Papa ist weggefahren, und wo Bent ist, weiß ich nicht.« Alle waren ständig so früh auf, obwohl Ferien waren. Das hatte es früher nie gegeben. Line selbst stellte abends ihren Wecker, obwohl sie meistens schon vorher aufwachte. Sie wollte unbedingt verhindern, dass Emma auf Bent traf, ohne dass sie dabei war. Anscheinend musste sie die Weckzeit noch vorverlegen. »Und wo ist Mama?«

Emma deutete zur Küche, während sie vor Line die Treppe hinunterfuhr. »Sie will mich immer festhalten. Aber ich will nicht auf ihrem Schoß sitzen.«

Line horchte auf. »Wie, sie will dich immer festhalten?«

Emma hob die Schultern. »Na, festhalten eben. Und das tut mir weh.«

Line antwortete nicht mehr, weil die Küchentür offen stand.

»Ich geh schaukeln«, rief Emma, als sie unten waren, und flitzte zum Hauswirtschaftsraum. »Kommst du auch?«

»Gleich, Emmi. Ich will erst … frühstücken.«

»Aber dann kommst du?«

»Versprochen.« Line sah ihr nach, dann betrat sie die Küche. Ihre Mutter saß im Rollstuhl am Tisch, vor sich einen halb vollen Becher Kaffee und einen Teller mit einem angebissenen Honigtoast. Obwohl die Sonne durch das Küchenfenster schien, trug sie eine Wolljacke. Vielleicht fror Mama, weil sie langsam nur noch Haut und Knochen war?

»Guten Morgen«, sagte Line betont, als ihre Mutter keine Reaktion zeigte.

»Morgen«, brachte Christine Hathor über die Lippen, ohne den Blickkontakt zu erwidern.

Line nahm die Milch aus dem Kühlschrank, holte sich ein Glas und schenkte es voll. Im Stehen trank sie kleine Schlucke, während sie zusah, wie sich die Finger ihrer Mutter um die Armlehnen des Rollstuhls verkrampften.

»Alles klar bei dir?« Line setzte sich an den Frühstückstisch, der komplett eingedeckt war. Auf Papas, Bents und Emmas Platz stand das benutzte Geschirr. Sie griff sich die einsame Toastscheibe, die im Brötchenkorb lag. Kalt und hart war sie. Die Butter hingegen war weich. Also stand alles schon eine Ewigkeit auf dem Tisch.

Was war nur los? Früher wäre der Frühstückstisch längst abgedeckt und der Geschirrspüler eingeräumt gewesen – Mama war Hausfrau mit Leidenschaft, daran hatte selbst der Rollstuhl nichts ändern können. Doch mehr und mehr veränderte sie sich.

Als Line nach dem Marmeladenglas griff, sah sie aus dem Augenwinkel, dass ihre Mutter sie musterte. Wieder auf diese lauernde Art. Doch als Line ihr das Gesicht zuwandte, griff sie nach dem Kaffeebecher und trank, den Blick auf den Tisch gerichtet.

»Wo ist Bent?«, fragte Line und zuckte im nächsten Moment zusammen, denn ihre Mutter schrie sie an:

»Lass mich! Kannst du mich nicht einfach lassen? Ich weiß nicht, wo dein Bruder ist.«

Als sie zu wimmern begann, stand Line auf, drehte den Rollstuhl ruckartig zu sich herum und packte ihre Mutter an den Handgelenken. »Reiß dich endlich mal zusammen, Mama! Bei uns passieren …« Sie brach ab, als sie etwas Merkwürdiges auf dem Unterarm der Mutter wahrnahm. »Was ist das?«, fragte sie und schob den Ärmel der Strickjacke weiter hoch. Die Haut war dunkel verfärbt, und es sah aus, als seien Blasen geplatzt.

»Nichts.« Ihre Mutter entzog ihr den Arm mit einem Ruck.

»Hast du dich verbrannt?«

»Ja … ja, ich … Am Backofen.«

Line Blick wanderte zur Küchenzeile. »Aber du hast gar nichts gebacken. Der Ofen ist aus.« Sie packte ihre Mutter an den Oberarmen, doch bei deren Aufweinen ließ sie sie hastig wieder los.

»Fass mich nicht an!«, rief Christine Hathor unter Tränen aus. »Bitte!« Sie schlug mit den Händen um sich, als müsse sie unsichtbare Gegner vertreiben. »Mein Kopf ... ich ... ich werde verrückt!«

***

Rahel sah Jara von der Seite an. Es herrschte eine eigenartige Stimmung im Sprinter, seit sie beide hier im Hainholt das Haus der Hathors observierten. Unausgesprochenes lag in der Luft, doch Jaras Missmut war nicht mit Tacos zu vergleichen. Er war sauer gewesen, dass sie ihm nicht sofort von dem wertlosen Ergebnis des Peitschenhiebs bei Bent erzählt hatte, und hatte sich geweigert, mit ihr die Observation durchzuführen. Rahel hatte volles Verständnis dafür, doch sie hatte nur rumgedruckst und keine vernünftige Erklärung geliefert. Wie denn auch, ohne ihr Verhältnis zu Luk zu offenbaren?

»Wieso fahren die nicht endlich los?«, fragte Jara mit Blick auf die Uhr. »Die können es nicht mehr pünktlich zum Arzt schaffen.«

Der Touran stand auf der Auffahrt, obwohl Christine Hathor um fünfzehn Uhr einen Termin bei ihrem Hausarzt hatte. »Vielleicht hat Robert sich vertan, und der Termin ist an einem anderen Tag?«, schlug Rahel vor.

Jara sah sie wortlos an. Allein ihr Blick signalisierte: Echt jetzt?

»Ja, schon gut«, sagte Rahel und winkte ab. Robert irrte sich nie.

»Das ist Ronerd«, sagte Jara, als ihr Handy klingelte, und nahm das Gespräch an. Gleich darauf drückte sie den Kollegen wieder weg. »Er sagt, dass Steffen Hathor gerade den Arzttermin seiner Frau telefonisch abgesagt hat.« Im nächsten Moment ruckte ihr Finger mit den knallig pink gefärbten Nägeln hoch. »Da.«

Die Haustür hatte sich geöffnet. Christine Hathor rollte eigenhändig über die Rampe den kleinen Absatz zum Gehweg herunter und steuerte das offen stehende Gartentor an. Schwungvoll trieb sie die Räder an, ohne sich darum zu kümmern, dass die Haustür offen blieb, bog auf dem Bürgersteig nach links ab und rollte die Straße entlang.

Rahel und Jara sahen sich an. Es war das erste Mal, dass Christine Hathor ohne Begleitung das Haus verließ. »Du bleibst im Wagen, dich kennt sie«, sagte Jara und wollte gerade die Tür öffnen, um ihr zu folgen, als Bent Hathor aus dem Haus gelaufen kam. Er blickte sich am Gartentor um, dann rannte er los, seiner Mutter hinterher.

Jara blieb sitzen und nahm das Fernglas aus der Ablage. Rahel beobachtete im Rückspiegel, was vor sich ging.

Obwohl Christine Hathor unerwartet kräftig in die Greifräder griff, holte Bent sie auf Höhe des Spielplatzes ein. Er packte den Rollstuhl und stoppte sie. Christine Hathor drehte sich halb herum und versuchte, die Hände ihres Sohnes vom Rollstuhl zu lösen. Was sie sagten, war trotz offenen Wagenfensters nicht zu verstehen.

»Trägt sie da einen Verband am rechten Arm?« Jara versuchte, das Fernglas noch schärfer einzustellen.

Doch mittlerweile hatte Bent den Rollstuhl umgedreht und schob ihn Richtung Haus. Christine Hathor saß jetzt ruhig da, der Ärmel der Wolljacke lag wieder über ihrem rechten Arm.

»Hm«, Jara nahm das Fernglas runter, »vielleicht war es auch nur ein helles Langarmshirt ... Aber bei der Wärme?«, grübelte sie weiter. »Die Wolljacke ist ja schon krass.«

»Ein Verband?« Rahel schürzte die Lippen. »Wenn sie eine Verletzung hat, hätten sie doch den Arzttermin nicht abgesagt, oder?« Dann ging ihr Handy. »Wieder Robert.«

»Was wollte er?«, fragte Jara, nachdem das Gespräch beendet war und Rahel nur schluckend auf das Gerät starrte.

Rahel holte tief Luft, und die Gänsehaut, die Roberts Worte heraufbeschworen hatte, ebbte wieder ab. »Eine Frau ist ermordet aufgefunden worden.« Sie sah Jara an. »Eine Prostituierte, in ihrer Wohnung am Steindamm.«

»Ach Scheiße.« Jara schloss kurz die Augen. »Das ist schrecklich.«

»Ich würde jetzt aber ungern gleich fahren«, meinte Rahel mit Blick zum Haus, wo Bent seine Mutter gerade über die Schwelle schob. »Hier stimmt doch was nicht. Wo wollte Christine Hathor hin? Bestimmt zur Bahnstation«, mutmaßte sie.

Doch niemand verließ mehr das Haus. Nach einer Stunde fuhren Jara und Rahel Richtung Kiez davon. Sie parkten im Parkhaus am Spielbudenplatz und gingen die Reeperbahn zügig entlang, obwohl Rahel lieber geschlichen wäre. Es grauste ihr davor, die Frau aus ihrem Traum womöglich auf dem Leichenfoto wiederzuerkennen, denn noch immer fühlte es sich so an, als hätte nicht ein Dämon auf die Frau eingestochen, sondern sie selbst.

Die Große Freiheit lag trist und unspektakulär in ihrem nachmittäglichen Dämmerschlaf. Rahel hatte das Gefühl, die menschenleere Straße warte nur darauf, in der Dunkelheit zu schrillem, buntem, lautem Leben zu erwachen, um sich an oberflächlichem Amüsement, an Trunkenheit und erfüllten oder auch unerfüllten Hoffnungen der Besucher zu nähren.

»Einen Moment noch«, sagte Jara, als sie die Dämonenjägerkneipe erreichten, und steuerte einen gegenüberliegenden Hauseingang an, in dem zwei Obdachlose campierten – inmitten von Schlafsäcken, Plastiktüten und Rucksäcken. Leere und halb volle Wein- und Schnapsflaschen und mehrere leere Raviolidosen, um die ein Fliegenvolk surrte, garnierten das Elend.

»Gregor, du könntest mal wieder bei uns auf 'ne Schorle reingucken«, sagte Jara zu dem älteren der beiden Männer, nachdem sie beide mit einem High Five begrüßt hatte, und deutete hinter sich Richtung Egons Kneipe.

»Du bist ja nie da«, antwortete Gregor, in dessen Oberkiefer, wenn Rahel richtig gesehen hatte, eine Menge Zähne fehlten. Kein Wunder, dass er Raviolifan war.

»Und in der ›Alimaus‹ seid ihr leider auch keine Stammgäste. Wenn ihr nicht aufhört, ständig Dosenfraß in euch reinzuschaufeln, kriegt ihr noch Skorbut. Und schmeißt mal euern Müll weg.« Jara wedelte mit der Hand ein paar Fliegen fort. »Ihr seid doch keine Assis, oder?«

»Nee, klaro, mach ich nachher.«

Doch Jara war noch nicht fertig. »Den Duschbus hast du auch lange nicht mehr gesehen, oder?«

»Doch, Freitag, als er zum Millerntor gefahren ist.«

»Ich meinte von innen!«

»Jetzt wird sie kiebig, ne?« Gregor sah seinen schweigenden Kumpan an, doch der drehte sich grunzend auf die Seite.

Jara lachte und wandte sich mit einem fröhlichen »Bis bald, Jungs« ab.

Am Tresen der Kneipe saß ein weiterer Obdachloser auf einem der schäbigen Hocker und schlürfte geräuschvoll einen Kaffee. »Atze, jetzt hab ich gerade keine Zeit«, rief Jara zu ihm rüber, »aber ich komm die Tage bei dir am Bahnhof vorbei, um zu schnacken.«

Rahel sagte das, was sie fühlte, als sie weitergingen. »Du bist ein guter Mensch.«

Jara öffnete die Waschraumtür und hielt sie Rahel mit einem Grinsen auf. »*I'll do my very best.*«

Im Kellerbüro angekommen, stand Robert Haferkamp vom Tisch auf, an dem er gerade sein Mittagessen verspeiste. Bevor er den Deckel der Plastikdose schloss, erhaschte Rahel einen Blick auf Couscous mit Brokkoli und eine in akkurate Scheiben geschnittene Frikadelle.

»Iss doch erst mal auf«, meinte Jara, doch Robert eilte wortlos zu seinem Schreibtisch. Rahel war dankbar, dass das Unvermeidliche nicht länger aufgeschoben wurde.

Robert holte einen Stuhl für sie. Dass sie sich auf seinen eigenen setzte, war keine Option. »Die Frau wurde gestern Abend ermordet, und die Mordkommission hat bereits einiges herausgefunden«, erklärte er, als er neben ihr saß.

»Gestern Abend!«, entfuhr es Rahel. »Das ist ja unglaublich. Dann hätte der Alb den Mord fast verpasst.«

Robert nickte. »Die Frau heißt Tatjana Schörfle. Sie war

fünfunddreißig Jahre alt und arbeitete seit vielen Jahren angemeldet als Prostituierte unter dem Namen Jana in von ihr persönlich angemieteten Wohnungen, meist im Wechsel in mehreren Städten – also vermutlich ohne Zuhälter.«

Schon das erste Foto, das er aufrief, ließ Rahel zusammenzucken.

»Sieht nach einem Treffer aus«, sagte Jara mit Blick auf Rahels Gesicht. Sie strich ihr über den Arm.

Rahel nickte stumm. Sie konnte den Blick nicht vom Monitor abwenden. Als die nächtlichen Albtraumbilder zurückkamen und sie spürte, wie ihre Hand mit dem Messer wieder und wieder auf die Brust dieser Frau einstach, begann sie zu würgen. Sie presste die Hand auf den Mund und stürzte in den Toilettenraum. Während sie sich erbrach, trat Jara hinter sie und hielt ihr das Haar zurück. Schweigend blieb sie bei ihr.

»Ich weiß ja, dass ich es nicht war«, sagte Rahel mit bebenden Lippen, nachdem sie sich am Waschbecken erfrischt und den Mund ausgespült hatte. »Aber es fühlt sich nun mal genau so an.« Sie suchte Jaras Blick im Spiegel.

»Es muss furchtbar für dich sein«, sagte die Freundin, denn das war sie für Rahel, besonders in diesem Moment.

Rahel atmete tief durch. »Ich muss professionell sein, und darum werde ich mir die Bilder jetzt alle ansehen, vor allem den Bericht dazu. Wir müssen herausfinden, wer Tatjanas letzter Freier war.«

Als sie sich wieder neben Robert setzte, sah er sie nicht an. »Ich hoffe, es geht dir wieder gut?«

Rahel nahm ihm nicht übel, dass er wenig mitleidsvoll klang. Er hatte einfach Schiss, dass sie auf seine heilige Tastatur kotzte. »Mir geht's gut«, sagte sie und bat ihn, den Bericht der Mordkommission aufzurufen. Sie überflog den Inhalt.

»Die Obduktion steht noch aus«, sagte Robert, »doch Rechtsmediziner Dr. Paulsen hat den Todeszeitpunkt des Opfers vorläufig auf die Zeit zwischen achtzehn und dreiundzwanzig Uhr festgelegt. Ihr wisst, was das bedeutet?«

Rahel sah ihn fragend an.

Dass auch Jara ihm nicht folgen konnte, bewies ihr »Äh, nee. Vielleicht magst du uns schnöde Unwissende aufklären?«

»Die Familie Hathor war an diesem Abend bei den Großeltern.« Er machte eine kleine Pause. »Bis auf Steffen Hathor.«

»Robert, du *Brain*!«, rief Jara aus, hob die Hand über Roberts Kopf und tat, als wolle sie ihm das Haar verwuscheln. Obwohl sie ihn nicht berührte, fuhr er sie an: »Lass das!«

»Wir wären ja auch noch darauf gekommen«, sagte Jara begeistert. »Aber frühestens in drei Minuten. Du bist einfach schlauer als wir.«

»Nein, ich hatte einfach schon Zeit, mir Gedanken zu machen.«

Rahel ging nicht auf das Geplänkel ein. »Wir brauchen eine Funkzellenortung. Wenn Steffen Hathors Handy am Mordabend im Bereich von Tatjana Schörfles Wohnung eingeloggt war …« Sie ließ den Satz offen.

∗∗∗

Lines Blick wanderte zum Fotokalender am Küchenschrank. Heute war Mittwoch, der Elfte. Wie sollte es erst übermorgen werden, wenn heute schon so ein Scheißtag war? Sehnsüchtig betrachtete sie das Augustfoto, das im letzten Jahr aufgenommen worden war. Die gesamte Familie saß am Ostseestrand und strahlte in die Kamera – bis auf Bent, der natürlich zu cool zum Strahlen gewesen war.

Line wusste noch genau, wer das Foto geschossen hatte: ein schlaksiger rothaariger Mann mit dem krassesten Sonnenbrand *ever*. Und FC-Bayern-Käppi. Vielleicht glotzte Bent ja auch deswegen so grimmig aus der Wäsche. Und doch hätte Line in diesem Moment alles dafür gegeben, in die Szenerie zurückkehren zu können. Einfach unbeschwert zu sein. Ein Gefühl, das zu einem anderen Mädchen, zu einem anderen Leben zu gehören schien.

Der Morgen hatte damit begonnen, dass ihr Wecker nicht geklingelt hatte und sie um halb zehn nach einem wilden Traum hochgeschossen war. Das Unheimliche war gewesen, dass der Wecker ausgestellt war, und Line war sich hundertprozentig sicher, ihn in der Nacht, bevor sie das Licht gelöscht hatte, aktiviert zu haben. Sie achtete darauf. Immer. Wer also war in ihrem Zimmer gewesen und hatte den Wecker ausgestellt?

Sie war im Pyjama nach unten geeilt und hatte Emma gesucht, die zu ihrer maßlosen Erleichterung fröhlich im Sandkasten Kuchen gebacken hatte. Bent und Papa bastelten unterdessen in der Garage am Rasenmäher rum, und Mama räumte im Hauswirtschaftsraum Schubladen auf. Beruhigt war sie in die Küche gegangen, um sich eines der Brötchen zu schmieren, die auf dem Küchentisch standen. Als sie die Frischkäsedose aus dem Kühlschrank genommen hatte und den Deckel abzog, hatte ihr Schrei Mama herbeigelockt und sogar Emma aus dem Garten. Alle drei hatten sie auf das Gewimmel am Boden gestarrt, das sich aus der Dose über die Küchenfliesen ergoss. Hunderte von Ameisen krabbelten in alle Richtung davon.

Line wandte den Blick vom Kalender ab und sah auf den Fußboden, der wieder sauber und ameisenfrei war, nachdem sie die kleinen Tiere voller Ekel weggesaugt und den Boden gewischt hatte. Halt. Da krabbelte noch eine. Sie zermatschte die Ameise mit dem Flipflop.

Keiner wollte es gewesen sein. Papa hatte Bent zwar gemustert, als wolle er ihm die Wahrheit aus den Augen saugen, aber ihr Bruder hatte gesagt, wenn er »diese geile Idee gehabt hätte, hätte er dazu gestanden«. Mit einem dreckigen Lachen war er in die Garage zurückmarschiert. Papa war ihm mit einem »Ihr kommt hier klar?« gefolgt.

Und Mama hatte das getan, was sie nur noch tat: gestarrt, geschwiegen, gezittert.

Emma steckte den Kopf in die Küche, den Blick auf den Boden gerichtet. Sie hatte sich Lines Ameisenentsorgungsprogramm aus sicherer Entfernung vom Flur aus angeguckt. »Sind alle weg?«

»Ich hoffe. Wenn du noch eine siehst, mach sie platt.«

»Baust du mit mir Duplo unterm Bett? Neue Zäune für die Tiere?«

»Na klar«, sagte Line durchatmend. »Und vielleicht noch ein Futterhaus und ein Schwimmbecken für deine Seehunde?«

»Oh ja!« Emma rannte zur Treppe. »Ich fahr schon mal hoch. Mit dem Skilift auf den Berg.« Sie drückte den Knopf für den Treppenlift, der sich auf den Weg nach unten machte. Mama war damit hochgefahren, um sich einen Moment hinzulegen. Emma hüpfte auf den Sitz, als Line aus der Küche kam. »Bis gleich«, sagte Emma und winkte, als sich der Lift in Bewegung setzte.

»Bis gleich?«, lachte Line. »Ich bin doch viel schneller oben als du. Dein Skilift ist nämlich 'ne lahme Krücke.« Sie gab Emma noch einen kleinen Vorsprung. Dann nahm sie zwei Stufen auf einmal und holte die kleine Schwester auf halber Höhe ein.

»Nicht!«, rief Emma und griff nach Lines Hand, als sie vorbeigehen wollte. »Du sollst nicht Erste sein.«

»Na gut …« Im nächsten Moment vernahm Line ein eigenartiges Geräusch. Bevor sie es einordnen konnte, stockte der Lift.

Emma sah verwundert aus. »Warum –« Sekunden später knackte es hässlich, und der Treppenlift neigte sich nach unten.

Emma schrie und krallte ihre Hand fest in Lines. Auch Line gab alle Kraft in ihre Hand und riss Emma vom Sitz herunter. Die Kleine schrie vor Schmerz auf, weil sie mit den Knien auf einer Treppenstufe landete, während Line Mühe hatte, das verlorene Gleichgewicht wiederzufinden. Mit einem weiteren hässlichen Knackgeräusch gab der obere Teil der Leitschiene, auf der der Treppenlift fuhr, nach, und der Lift neigte sich weiter, blieb aber auf der Schiene.

Aus dem Schlafzimmer erklang Christine Hathors hysterische Stimme. »Was ist los? … Was ist los?« Dann hörte man ein Rumsen.

»Komm, Emmi, komm hoch«, sagte Line mit flatternder

Stimme und zog ihre Schwester auf den oberen Flur, wo sie sich beide auf den Boden setzten und weinten. Ihre Mutter schrie aus dem Schlafzimmer.

Line hielt Emma fest im Arm, während ihr Blick nach unten zu der gebrochenen Leitschiene glitt.

»Hilfe!«, schrie Christine Hathor in diesem Moment wie von Sinnen. Immer wieder: »Hilfe, Hilfe!«

Line stand sofort auf und zog Emma an der Hand mit sich. Sie öffnete die Schlafzimmertür, hinter der das Schreien abrupt verstummte. Mama lag auf dem Boden. Anscheinend hatte sie sich aus dem Bett geworfen und war auf dem Weg zur Tür gewesen. »Emmi?«, schluchzte sie. »Ist alles gut, Schatz? Ist alles gut?«

»Nein«, rief Line weinend, »nein, nichts ist gut. Emma wäre fast abgestürzt, der Lift ist kaputt. Er …« Ihr fehlten einfach die Worte. Der Schreck ließ sie unkontrolliert zittern, während unten Türen aufgezogen wurden und Papas und Bents Stimme erklangen. Sie mussten die Schreie gehört haben. Dann Schritte auf der Treppe.

Line trat mit Emma, die sich immer noch an sie klammerte, zur Seite und ließ ihren Vater vorbei.

»Was ist passiert?«, fragte er, hielt kurz Lines Blick, bevor er sich neben seine am Boden kauernde Frau hockte und rief: »Bent! Hilf mir mal. Deine Mutter muss ins Bett.«

»Ich will nicht ins Bett!«, schrie Christine Hathor und wehrte Steffen ab, als er sie stützen wollte. »Ich will, dass es aufhört, hörst du?«, schrie sie ihren Mann an. »Es soll aufhören! Bitte!«

Bent betrat das Schlafzimmer. »Der Lift ist im Arsch. Schiene gebrochen.«

»Egal, hilf mir erst mal«, sagte Steffen Hathor.

Zu zweit hievten sie die hemmungslos schluchzende Christine auf das Ehebett.

»Egal? Emmi wäre fast abgestürzt«, stammelte Line weinend, während sie Emma fest an sich drückte.

Steffen Hathor sah Bent an. »Das gucken wir uns jetzt

an.« Als sie an den Mädchen vorbeigingen, strich Steffen über Emmas nasse heiße Wange. »Da hast du aber Glück gehabt, kleine Maus. Du hättest tot sein ... können.«

Line überlief es eiskalt. Sie sah ihrem Vater hinterher. Diese kleine Pause ... Was hatte er eigentlich sagen wollen? Sie warf noch einen Blick zu ihrer Mutter, die sich vor Weinen schüttelte, dann nahm Line Emma an die Hand und zog sie in ihr Zimmer. Dabei hörte sie Bent auf der Treppe sagen: »Dass der Lift nicht abgestürzt ist ... Krass. Gute Technik, oder?«

»Ja«, sagte Steffen nur.

Im Zimmer setzte Line Emma aufs Bett. Sie griff nach ihrem Handy und wählte eine Nummer. »Oma?«, stieß sie aus, als ihre Großmutter sich mit einem »Hallo, mein Schatz« meldete. »Können Emma und ich zu euch kommen?« Sie schluchzte auf. »Gleich sofort? Wir nehmen die S-Bahn.«

***

Am Mittwochvormittag saßen die Dämonenjäger zum ersten Mal komplett versammelt am großen Tisch – bis auf Robert, der auf seinem Schreibtischstuhl vor dem PC klebte und von dort aus in die Besprechung involviert war.

Rahel war dankbar für den klugen Kollegen mit dem Giraffenhals, der es in ihren Augen vor allen anderen verdient hätte, Chef zu sein, denn er war immer fokussiert und unaufgeregt. Eine Frage, die allerdings nicht zur Debatte stand – jetzt ging es um Einsatzplanung.

Die Funkzellenortung hatte bewiesen, dass Steffen Hathors Handy am Mordabend zum Todeszeitpunkt der Prostituierten tatsächlich in dem Bereich eingeloggt gewesen war, in dem ihre Wohnung lag. Den Verdacht gegen ihn untermauerte zusätzlich die Tatsache, dass er sich gewaschen und umgezogen und die Waschmaschine angestellt hatte, als er zu Hause war. Der Zustand von Leiche und Tatort ließ darauf schließen, dass der Körper und/oder die Kleidung des Täters voller Blut gewesen sein mussten.

»Hathor ist unser Mann!«, rief Taco. »Wir müssen ihm die Peitsche überziehen.«

»Merkwürdig ist natürlich, dass er weder von seinem Smartphone noch vom Festnetzanschluss aus ein Gespräch mit der Nutte geführt hat«, meinte Yves. »Er hätte sich doch bei ihr anmelden müssen.«

»Könnte das Böse in ihm so schlau planen, dass er ein Prepaidhandy benutzt hat?«, hakte Rahel nach. Noch immer fiel es ihr schwer, sich vorzustellen, wie ein Dämon in einem menschlichen Körper agierte, wenn doch alles Wissen nur auf einem empfindungslosen besetzten Körper beruhte.

»Natürlich«, antwortete Luk. »Er nutzt das geistige Echo seines Wirts, und Steffen Hathor war mit Sicherheit nicht dumm.«

Rahel registrierte unwohl, dass Luk bereits in der Vergangenheit von Steffen Hathor sprach, obwohl sie noch gar nicht wussten, ob er wirklich tot und sein Körper besetzt war.

Soleria wandte sich an Rahel. Anscheinend fand sie Luks Antwort zu knapp. »Du musst dir bewusst machen, Rahel, dass das Böse so lange wie möglich agieren will. Es wird dementsprechend die vollständige blutige Eskalation möglichst lang hinauszögern. So lange, bis es den Hass nicht mehr zurückhalten kann.«

Rahel nickte beklommen. In Gedanken erschien das Schlachtfeld im Schlafzimmer der Lamprechts vor ihren Augen. Sich vorzustellen, dass im Hause Hathor die kleine Emma … Line …

»Wir müssen planen«, meldete Jakob Albers sich in seiner ruhigen Art zu Wort, stand auf und trat an das bereitgestellte Flipchart. Er nahm den Stift zur Hand. »Fest steht«, er sah Rahel an, »*du* musst Steffen Hathor peitschen. Das heißt, wir müssen uns überlegen, wo, wie und wann es passieren soll.«

»Und wir anderen müssen alle in voller Schutzmontur bereit und in der Nähe sein«, sagte Taco. »Und zwar nicht nur, um Rahel zu schützen, sondern um den Dämon – bei Offenbarung – gleich zu erledigen.« Ein grimmiger Blick begleitete den harten Ton seiner Worte, als er anfügte: »Allerdings sehe ich das größte Problem beim Akt des Peitschens.«

Sein Blick wechselte zu Rahel. »Du kannst das doch gar nicht, Rotschopf.«

Genau das hatte sie sich schon überlegt. Sie konnte mit der Peitsche nicht wahllos auf Steffen Hathor einschlagen, bis sie ihn tief genug verletzte, bis sie ihn überhaupt richtig traf. Der Mann war keine Puppe. Er würde nicht wie Dollie an der Decke baumeln, sondern auf sie losgehen. »Ich werde Unterricht bei Luk nehmen. Allerdings erst, wenn dieser dringliche Fall erledigt ist. Wir dürfen einfach keine Zeit mehr verschwenden, und darum«, sie sah Lukrezius an, »möchte ich, dass du Hathor peitschst. Ich werde dir die Peitsche für diesen Moment schenken.«

Während die anderen aufatmeten und Jara ein überraschtes »Was?« ausstieß, bemerkte Rahel, wie Luk ganz kurz zu Soleria sah, doch seiner Stimme war keinerlei Überraschung anzumerken, als er sagte: »Das klingt vernünftig.«

»Und dann soll er dir die Peitsche zurückschenken, oder was?«, hakte Jara nach.

»Genau«, bestätigte Rahel. Die anderen mussten nicht wissen, dass sie es schon einmal so gehandhabt hatten.

Lukrezius deutete zu Jakob, der mit dem Stift in der Hand am Flipchart stand. »Und jetzt bitte Vorschläge für unser Vorgehen. Wie kriegen wir Steffen Hathor vom Rest der Familie separiert beziehungsweise aus dem Haus heraus?«

17

»Schlafen wir bei Oma und Opa?« Emma klang freudig aufgeregt, als Line den Pyjama ihrer kleinen Schwester unter der Bettdecke hervorholte und in den Rucksack stopfte. Schnuffeltuchhund Gaggi folgte.

»Ja ... vielleicht«, sagte Line. Sie ging vor dem Hochbett in die Knie, wo Emma in der Höhle neue Duplozäune aufbaute. »Aber wir machen ein Geheimnis daraus. Eine Überraschung. Und darum erzählen wir es nicht Papa und Mama und Bent. Okay?«

»Na gut«, meinte Emma gleichmütig.

»Dann komm, lass uns los.« Line nahm Emma an die Hand, als sie hervorgekrabbelt kam. So leise wie möglich öffnete sie die Kinderzimmertür und legte den Finger auf die Lippen. Es ging ihr durch Mark und Bein, ihre Mutter hinter der Tür zu ihrem Schlafzimmer schluchzen zu hören. Auch Emma machte große Augen und sah sie an, doch Line schüttelte schweigend den Kopf und zog sie weiter. Sie konnten jetzt keine Rücksicht auf ihre Mutter nehmen. Mama war im Moment einfach nicht zu helfen, aber Emma und sie ...

Auf der Treppe ließ Line Emma vorgehen, damit sie am Treppenlift vorbeikamen. An der Stelle, wo die Leitschiene gebrochen war, ging Line in die Knie. Sie betrachtete und betastete die Bruchstelle. Oben wurde sie noch von einem Stück Metall gehalten, darunter klaffte die Lücke. Ihr Hals zog sich zusammen, als sie erkannte, dass die Bruchstellen merkwürdig glatt waren. Ihr Herz begann noch heftiger zu klopfen. Konnte Metall so brechen?

Sie stand schnell auf, als Emma unten sagte: »Kommst du?«

Line eilte die letzten Stufen hinunter und nahm Emmas Hand. Vor der Haustür – sie hatte gerade nach der Klinke gegriffen – fuhr sie zusammen.

»Wo wollt ihr beiden Hübschen denn hin?«

Mit klopfendem Herzen drehte sie sich um. Ihr Vater stand mit verschränkten Armen an den Türrahmen gelehnt in der Wohnzimmertür.

Mist! Sie war davon ausgegangen, dass er mit Bent wieder in der Garage war, weil im Haus alles so ruhig war – wenn man von Mamas Schluchzen im Schlafzimmer absah.

Mahnend drückte sie Emmas Hand. »Wir wollen zum Spielplatz. Wir brauchen frische Luft nach dem Schreck.«

Steffen Hathor stieß sich vom Türrahmen ab und ging lächelnd auf seine Töchter zu. Er wuschelte Emma durchs Haar, während er Line ansah. »Eine gute Idee. Ich begleite euch.«

Lines Oberbauch verkrampfte sich. Als Emma sie verwirrt ansah und zum Sprechen ansetzte, unterbrach Line sie hastig.

»Prima, dann ... lass uns los.«

Line lief stumm neben ihrem Vater auf dem Bürgersteig her. Die Pyjamas im Rucksack wogen Tonnen, während Emma in ihrem niedlichen Sommerkleidchen zum Spielplatz voranhüpfte.

»Ich überlege, die Treppenliftfirma zu verklagen«, sagte Steffen Hathor in die Stille. »Was meinst du? Soll ich es tun? Schließlich hätte Emma tot sein können. Oder Mama.«

Line sah ihn an. Er lächelte. Wie konnte er lächeln und zeitgleich über Emmis und Mamas Tod sprechen? Übelkeit bahnte sich den Weg aus ihrem verkrampften Bauch heraus.

»Wann wird der Lift denn repariert?«, fragte sie. Die Monteure von der Firma würden doch bestimmt merken, wenn etwas nicht stimmte. Sie würden es feststellen, wenn daran herummanipuliert worden war. Dieser Gedanke war immer noch so ungeheuerlich, dass Line ihn nicht zu Ende denken wollte. Sie wollte einfach nur weg mit Emma, zu Oma und Opa, wo das Leben so normal war.

»Er wird nicht repariert. Bent und ich werden die Teile abmontieren und eine andere Firma beauftragen, einen neuen Lift einzubauen. Bei einem Materialverschleiß nach so kurzer Zeit hat die jetzige Firma es nicht verdient, den neuen Auftrag zu bekommen.«

Lines Unwohlsein verstärkte sich. Papa wollte nicht, dass die Monteure die Schiene sahen! »Aber das würde doch bestimmt über Garantie laufen«, sagte sie und versuchte, so beiläufig wie möglich zu klingen. »Wenn du eine andere Firma beauftragst, müssen wir das doch bestimmt selbst bezahlen?«

Steffen Hathor blieb bei seinem Lächeln, das Line ihm am liebsten aus dem Gesicht gekratzt hätte. Dann sagte er einen Satz, der Line für den Rest des Weges beschäftigte: »Was hatte er doch für eine kluge Tochter.«

Er? Wer war »er«?

Auf dem Spielplatz angekommen, blieb Line an Emmas Seite. Das Problem war, dass ihr Vater ihnen nicht von der Seite wich. Ein Umstand, der Line daran hinderte, bei den Großeltern anzurufen. Noch war Zeit, aber spätestens in einer Stunde würde Oma sich wundern, wenn sie nicht kamen.

»Komm, Emmi, wer zuerst bei den Schafen ist«, rief Line, als Emma in der Tunnelrutsche nach unten gesaust kam, und rannte los. Wie erwartet folgte Emma ihr auf dem Fuß.

»Wir sagen Papa nichts davon, dass wir zu Oma wollten, klar?«, flüsterte sie der kleinen Schwester ins Ohr, als Emma auf das hölzerne Schaf am Eingang des Spielplatzes kletterte. »Keinen Ton!«, sagte sie noch einmal mahnend, dann war ihr Vater wieder in Hörweite.

Sie setzte sich auf das zweite Schaf, und die Kleine blökte fröhlich »Mäh-mäh!«.

Line stieg von dem Holzschaf herunter, als ihr Vater fragte: »Wann machen wir denn das Picknick?«

Line sah ihn verwirrt an. »Welches Picknick?«

»Na, in deinem Rucksack ist doch bestimmt Proviant. Warum sonst solltest du ihn mitschleppen?«

Line überlief es heiß. Sie öffnete den Mund und schloss ihn wieder. Sie wusste einfach nicht, was sie antworten sollte.

»Da ... da sind nur Jacken drin. Ich dachte, falls es regnet ...« Sie deutete Richtung Himmel, was es nicht besser machte, denn er war strahlend blau. Die Hitze in ihren Wangen sackte so schnell, wie sie gekommen war, als ihr Vater die Riemen des Rucksacks über ihren Brüsten packte und sie hart an sich heranzog.

»Mach ihn auf«, sagte er mit ruhiger Stimme, während die Außenseiten seiner Finger unter dem Gurt über ihre Haut rieben. Sie versuchte, sich frei zu machen, doch er packte umso fester zu. Dann ließ er sie abrupt los. »Aufmachen.«

Es war nicht nur seine Stimme, die gebot, ihm zu gehorchen, sondern vor allem sein Blick. Gänsehaut überzog Lines Arme. Sie nahm den Rucksack ab. »Ich wollte mit Emma zu Oma und Opa«, rechtfertigte sie sich, als sie den Reißverschluss aufzog. »Es sollte eine Überraschung für Emma sein. Darum hab ich nichts gesagt.«

Steffen Hathor warf nur einen kurzen Blick auf den Inhalt, dann sah er sie an und strich mit seinen Fingern über ihre heiße Wange. »Du magst also Überraschungen.« Er setzte wieder das Lächeln auf, das Line so hasste. »Dann werden es noch richtig schöne Ferien für dich, mein Schatz.« Er rieb sich die Hände. »Für uns alle.«

Line starrte ihn an.

»Und jetzt geht's nach Hause«, sagte er in verändertem Ton. Alle Freundlichkeit, alles Falsche war daraus verschwunden. »Wage es ja nicht, noch einmal mit Emma verschwinden zu wollen, sonst …« Er wandte sich ab und ging mit ausgestreckten Armen zu Emma hinüber und hob sie von dem Spieltier. »Komm zu Papa, Mäuschen … Ich glaube, ich muss mich mehr um dich kümmern. Intensiver.«

Line stockte der Atem. War das eine Drohung gewesen? Oder war sie einfach nur irre? Sah sie Gespenster, weil ihre Nerven völlig überreizt waren durch den ganzen Scheiß, der auf ihr lastete?

Sie war dankbar, dass Emma auf dem Rückweg unentwegt plapperte und nichts von der eisigen Atmosphäre zu spüren schien. Und den Ausflug zu Oma und Opa schien sie glücklicherweise vergessen zu haben.

Zu Hause angekommen, empfing Bent sie mit der Nachricht: »Oma hat angerufen. Sie hat gefragt, wo ihr bleibt.«

Sein Blick wechselte von Line zu seinem Vater, der antwortete: »Das hat sich erledigt ... Ich werde gleich bei Oma anrufen.« Der Nachsatz hatte Line gegolten.

Sie nickte nur, nahm Emma an die Hand und ging mit ihr hinauf ins Kinderzimmer. Was sollte sie nur tun?

»Ich komm gleich wieder, Emmi«, sagte sie. Ihre Schwester stellte einen Bibi-Blocksberg-Tonie auf die Box, und ein »Hex-hex!« erklang. Line ging in ihr Zimmer und öffnete die Nachttischschublade. Sie nahm das Notizheft heraus, blätterte die letzte Seite auf, wo sie die Visitenkarte deponiert hatte.

Rahel Bathlevi. Bundeskriminalamt.

Line atmete tief durch. Etwas in ihr schrie danach, die Nummer zu wählen. Aber was würde die Kommissarin denken, wenn sie sie anrief und sagte, dass sie furchtbare Angst hatte? Angst vor ihrem eigenen Vater. Angst vor etwas, das sie gar nicht benennen konnte, weil es so unheimlich, so abstrakt war. Konnten Nerven so was mit einem machen?

Sie nahm ihr Handy und drehte und wendete das Kärtchen. Nein, sie konnte unmöglich die Kommissarin anrufen. Die war für Sachen wie Jennys Selbstmord zuständig, nicht für das, was sie quälte. Sie brauchte wohl eher einen Psychiater.

Im selben Moment öffnete sich die Zimmertür. Lines Herz begann heftig zu klopfen, als ihr Vater eintrat und die Tür hinter sich schloss. »Was ist?«, würgte sie hervor. Sein Blick jagte eine Gänsehaut über ihren verschwitzten Nacken.

Er trat vor und streckte die Hand aus. »Gib mir dein Handy.«

»Was?« Ihr wurde schwummrig. Sie presste das Smartphone an ihre Brust. »Nein.«

»Ich sage es kein zweites Mal.«

Klirrendes Eis ... das war seine Stimme. Line wagte nicht, ihr Nein zu wiederholen. Mit zitternder Hand reichte sie ihm das Smartphone.

Ohne ein weiteres Wort verließ er damit ihr Zimmer.

Line wartete ein paar Sekunden, dann ging sie zur Tür und zog den Zimmerschlüssel ab, denn womöglich kam er noch auf die Idee, sie einzusperren. Und nicht mehr zu Emmi zu können … Line begann zu weinen, während sie ein Versteck für den Schlüssel suchte und ihr panisch einfiel, dass die anderen Zimmerschlüssel ja vielleicht auch in ihr Schloss passten.

***

»Gut, dann sind wir uns also einig.« Jakob Albers deutete auf die beiden Flipchartblätter, die an der Korkwand über den Zeitungsartikeln befestigt waren. Einstimmiges Brummen folgte.

Rahel massierte sich mit der Rechten den Nacken. Leer gefutterte Pizzakartons, Becher mit kaltem Kaffee und leere Wasserflaschen auf dem Tisch zeugten davon, dass sie seit Stunden hier saßen und den Einsatz um Steffen Hathor planten.

Die Details zur Eliminierung des Dämons, sollte Hathor sich als solcher erweisen, waren zu Rahels Erstaunen zügig abgehandelt gewesen. Die anderen hatten Routine darin, dennoch hatten sie für sie den Ablauf detailliert dargestellt. Es ging schließlich um ihrer aller Leben. Sollte Steffen Hathor besetzt sein, würden sie den Körper direkt nach dem Peitschen vernichten – vier Jäger würden ihn dazu einkreisen und verbrennen. Der leichtere Teil der Aktion, wie Taco es genannt hatte. Der schwierigere Part war es, Hathor aus dem Haus und in möglichst unbewohntes Gebiet zu kriegen und ihn damit von seiner gefährdeten Familie zu lösen.

»Ich werde ihn also um zwei Uhr dreißig anrufen«, sagte Jara geschäftsmäßig, »und ihn bitten, umgehend zu seinen aufgelösten Eltern zu kommen.«

Rahel hielt dieses Detail des Plans für sicher. Hathor würde, wenn er von »Polizistin« Jara hörte, dass seine Eltern in ihrem Haus in Wedel überfallen und ausgeraubt worden waren, definitiv dorthin fahren, um nicht aufzufallen. Eine andere Reaktion würde bei der Polizei unweigerlich Fragen aufkommen lassen.

Robert Haferkamp saß stocksteif da, als er sagte: »Zu dem

Zeitpunkt habe ich die Telefonleitung der Großeltern Hathor gehackt. Ein eventueller Rückruf läuft dann bei dir auf, Jara.«

Eine Vorsichtsmaßnahme, denn Yves hatte zur Diskussion gestellt, dass Hathor sich vielleicht absichern wollte, bevor er losfuhr.

Das hielt Rahel zwar für abwegig – woher sollte er Lunte riechen? –, aber sicher war sicher, und für Robert war es anscheinend ein Leichtes, den Anruf umzuleiten.

Der unsichere Teil der Aktion war, Steffen Hathor auf seinem Weg zu seinen Eltern zu stoppen, doch die ländliche Einsamkeit, in der die Großeltern wohnten, spielte ihnen perfekt in die Hände. Zwei Teams, Simon und Constantin und Jakob und Soleria, würden Straßensperren aufstellen, um zu gewährleisten, dass keine weiteren Fahrzeuge die Strecke befuhren, nachdem Hathor den Kontrollpunkt passiert hatte. Der BKA-Streifenwagen würde ihn dann zum Halten bringen, bevor Hathor sein Elternhaus erreichte. »Polizist« Yves würde ihn aus dem Wagen bitten oder zur Not mit Waffengewalt auffordern, den Wagen zu verlassen, und dann würde Luk direkt mit der Peitsche auftauchen und sie ihm überziehen. Vom Ergebnis hing das weitere Vorgehen ab. Für den Fall, dass Steffen Hathor doch er selbst war, lautete die Devise: blitzschnell verschwinden!

War er der erwartete Dämon, würde Rahel ihren ersten Einsatz als Vernichterin haben. Ihr Herz klopfte bei diesem Gedanken. Es würde nicht die metallene Dollie sein, der sie den Feuerstrahl des Flammenwerfers auf die Brust richtete, sondern ein Körper aus Fleisch und Blut. Dennoch wäre beiden Körpern, dem von Dollie und dem von Hathor, etwas gemein: Beide waren seelenlos. Und darum würde sie die Kraft haben, ihren Job zu machen, das wusste, das spürte Rahel.

Doch sie schien es nicht auszustrahlen, denn Soleria richtete das Wort an sie. »Hab keine Angst, Rahel, wir sind bei dir. Wir schützen uns gegenseitig. Kein energetischer Dämon hat eine Chance gegen vier Jäger, die ihn umkreisen.«

Es fiel Rahel leicht, Solerias Lächeln zu erwidern. »Ich habe keine Angst. Ich fühle mich sicher durch euch alle.« Eigentlich hätte die Antwort lauten müssen: Ich fühle mich sicher durch dich, Luk. Sie warf einen schnellen Blick zu ihm, doch er sah seine Schwester an. All die Stunden, die sie hier saßen, hatte er kaum einmal zu ihr gesehen. Das Kühle, das ihn umgab und den Raum füllte, war nur auszuhalten, weil Sol mit am Tisch saß.

Im nächsten Moment blickte Rahel auf ihr Smartphone, das vor ihr auf dem Tisch lag. Ein Anruf. Es war eine ihr unbekannte Handynummer.

»Das ist Bent Hathor«, sagte Robert neben ihr mit Blick auf das Display. »Ich habe alle Mobilnummern der Familie im Kopf.«

»Bent?« Erstaunt sah Rahel in die Runde. »Er kann meine Nummer nur von Line haben. Ihr habe ich meine Karte gegeben.«

»Geh ran«, forderte Jakob sie auf, »und stell auf laut. Wir sind alle still.« Er unterstützte seine Forderung, indem er einen Finger an die Lippen legte.

»Bathlevi«, meldete Rahel sich und legte das Handy vor sich ab.

»Hallo«, erklang es leise, »hier ist Line Hathor.« Die Stimme flatterte.

Rahel sah die anderen an, während sie sagte: »Hallo, Line, was kann ich für dich tun?«

Das Mädchen stammelte. »Ich ... ich kann nicht lange reden. Mein Vater hat mir mein Handy weggenommen. Dies ist das Handy von meinem Bruder. Er duscht gerade.«

»Okay«, sagte Rahel mit ruhiger Stimme, »alles wird gut, Line. Sag mir, was los ist. Wie kann ich helfen?«

»Das weiß ich ja selbst nicht.« Lines Stimme brach jetzt. Sie weinte. »Ich habe Angst. Angst um Emmi und um mich und ... Ich weiß gar nicht, was ich sagen soll, aber mein Vater ... Er macht mir Angst. Eine Scheißangst.« Sie schluchzte erbärmlich. »Irgendwas stimmt mit ihm einfach nicht.«

»Hat er euch etwas angetan?«, fragte Rahel direkt, und Jakob nickte ihr zu.

»Ja … Nein … Es passieren so unheimliche Sachen. Der Treppenlift … Emmi wäre fast damit abgestürzt, und … ich glaube, dass es Papa war. Er hat uns verboten, zu Oma und Opa zu gehen. Und nun hat er mir noch mein Handy weggenommen … Und er hat etwas gemacht, glaub ich, das … das ich nicht verstehe, das gar nicht sein kann, aber …«

»Sag es mir einfach, Line«, bat Rahel ruhig, um dem Mädchen Sicherheit zu geben. »Du kannst mir alles sagen, was dich bedrückt. Ängste können furchtbar sein. Sprich aus, was dich quält, auch wenn es dir absurd erscheint.«

Die Stimme am anderen Ende der Leitung wurde so leise, dass Rahel bat: »Was? Kannst du das bitte wiederholen, Line? Ich habe dich akustisch nicht verstanden.«

»Papa … er hat Bents Blut mit dem Finger vom Boden …« Sie brach schluchzend ab, dann wiederholte sie: »Er hat Bents Blut von seinem Finger abgeleckt.«

Rahel blickte in die Runde. Soleria schloss mit einem gequälten Gesichtsausdruck die Augen, Jaras Hand lag auf ihrer Brust. Luk kritzelte hastig etwas auf ein Blatt Papier.

»Pass auf, Line«, sagte Rahel zu dem weinenden Mädchen. »Wir werden dem auf den Grund gehen. Morgen früh bin ich bei dir, okay?«

Luk schob ihr das Blatt Papier rüber. Darauf stand: Sie soll kein Wort von diesem Telefonat gegenüber einem anderen Familienmitglied erwähnen.

Rahel nickte. »Line, bis dahin sag niemandem in deiner Familie, dass wir telefoniert haben. Hast du das verstanden? Nieman–«

»Ich muss auflegen«, unterbrach Line sie hektisch. Dann war es still.

Rahel nahm das Handy wieder auf und rief »Line?« hinein, aber das Gespräch war beendet. »Shit! Und nun?«

»Es ist gut, dass wir heute Nacht handeln«, sagte Soleria. »Wir müssen hoffen, dass die Stunden bis dahin kein Unglück über die Familie bringen.« Sie faltete die Hände und schloss die Augen.

Rahel wollte nicht beten. Sie wollte etwas tun. »Vielleicht sollte ich doch jetzt gleich noch mal bei den Hathors reinschauen?«, meinte sie. »Ich könnte sagen, dass wir immer noch keinen Schritt weiter sind bei Jenny und dass ich hoffe, von Line noch ein paar Namen von Mitschülern zu bekommen, die wir bisher nicht auf dem Schirm hatten.«

Sie hob ihre Stimme, als sie die skeptischen Gesichter von Luk, Yves und Taco sah. »Ich könnte es in Anwesenheit von Steffen Hathor sagen. Dann geht er davon aus, dass wir nach wie vor im Dunkeln tappen, und wähnt sich in Sicherheit.«

»Du würdest ihn nur noch mehr reizen, wenn du dort auftauchst«, sagte Luk. »Er hat Line das Handy nicht ohne Grund weggenommen. Wir müssen, wir *werden* das Risiko für diese letzten paar Stunden eingehen.«

Er sah sie nicht einmal mehr an, sondern nahm das Nicken der anderen mit einem »Gut, dann findet alle noch ein wenig Ruhe vor dem Einsatz« zur Kenntnis. Er stand auf und griff nach einer ausgedruckten Straßenkarte. »Ich werde Simon und Constantin instruieren. Wir sehen uns heute Nacht.« Mit einem knappen Gruß ging er.

Taco stand auf und trat an den Kaffeevollautomaten. »Braucht noch jemand eine Lkw-Ladung Koffein?«

»Ja, ich«, sagte Jara. »Ich möchte gleich noch mal unsere Ausrüstung überprüfen.«

Das war zwar nicht nötig, wusste Rahel, denn Jara hatte die Flammenwerfer und die Schutzanzüge bereits am Vortag kontrolliert, obwohl die Ausrüstung ständig von ihr einsatzbereit gehalten wurde, aber sie verstand die Freundin. Jeder ging wohl auf seine Art mit der bevorstehenden Aufgabe um.

»Und wir sollten jetzt wirklich alle noch ein wenig zur Ruhe kommen«, schlug Jakob Albers vor.

Robert und Soleria erhoben sich zeitgleich, als Taco mit dem Kaffee für Jara zurückkam. »*Dios!*«, fluchte er, weil Solerias Schulter im Aufstehen seine Hand streifte und sich ein Teil des heißen Kaffees auf den Tisch ergoss.

»Oh, das tut mir leid«, rief Soleria und schob schnell ein

paar Unterlagen zur Seite. Rahel brachte ihr Handy vor dem heißen Gebräu in Sicherheit und klemmte es zwischen zwei Wasserflaschen.

»Ich hau ab«, verabschiedete Taco sich genervt, während Soleria mit einem Handtuch die braunen Rinnsale und Spritzer vom Tisch wischte. »Ich brauche Nikotin.« Dass er den halben Becher Kaffee, der eigentlich für Jara gedacht war, selbst leerte, sprach dafür, dass ihm auch weiterhin Koffein fehlte.

Yves sprang auf. »Ich mach dir deinen Kaffee, *chérie*«, sagte er gut gelaunt zu Jara, als Soleria und Robert sich Jakob anschlossen und sich verabschiedeten.

»Ich kann dir bei der Ausrüstung noch helfen«, meinte Rahel.

Doch Jara schüttelte den Kopf. »Das ist lieb, aber ich brauche vor einem Einsatz immer meine Ruhe. Und die hole ich mir, indem ich alles noch einmal checke. Das gibt mir Sicherheit.«

Dem war nichts hinzuzufügen. Gemeinsam mit Yves verließ Rahel die Kneipe. Sie beneidete den Franzosen, der anscheinend zu der glücklichen Spezies Mensch gehörte, die Arbeit und Privatleben ohne jede Schwierigkeit trennen konnte. Als hätten sie nicht gerade den brandgefährlichen Einsatz zur Ausschaltung eines unheimlichen Dämons beschlossen, plauderte er fröhlich drauflos, als sie die Große Freiheit Richtung Reeperbahn hinuntergingen.

»*La journée est finie!* Oder wie ihr Deutschen sagt: Feierabend. Ich mag das Wort sehr. Den Abend zu feiern …« Er zwinkerte ihr zu. »Ich zelebriere es so oft wie möglich.«

»Ja, das glaube ich dir«, sagte Rahel, doch sie hörte kaum hin, als er ausführte, was er mit dem zauberhaften »Papillon« vorhatte, der ihm den Feierabend versüßen sollte. Lukrezius' kühles Verhalten ihr gegenüber tat weh, obwohl sie wusste, dass es sein musste, wenn die anderen weiterhin nicht merken sollten, dass sie … Rahel konnte gerade noch einen Seufzer zurückhalten. Dass sie was? Welches Wort suchte sie denn überhaupt? Sie waren kein Paar. Was sie verband, war Sex.

Ihre Brust zog sich schmerzhaft zusammen, als ihr klar wurde, dass es so nicht war. Für *ihn* war es Sex. Für sie ...

Yves blieb stehen und sah sie an. »Was ist?«

»Nichts, ich ... Schon gut.« Sie ging wie automatisiert weiter. Eigentlich war es befreiend zu erkennen, dass sie aufhören konnte, sich selbst zu belügen. Sie liebte den Sex mit ihm, ja, aber sie liebte auch Luk. Ganz und gar. Sie liebte die goldenen Sterne in seinem Blick, wenn er sie ansah, sie liebte den Klang seiner Stimme und seine Wildheit und seine Zärtlichkeit. Und obwohl es jetzt, in genau diesem Moment, so wehtat, dass sich ihr Magen verkrampfte, liebte sie ihn dafür, dass er Beth in seinem Herzen trug und noch kein Platz für eine andere darin war.

Tiefste Sehnsucht erfüllte Rahel, während dudelnde Musik und laute Menschen zwischen dem Verkehrslärm die Reeperbahn füllten. Luk würde sich irgendwann wieder in eine Frau verlieben. Und vielleicht hätte sie diejenige sogar sein können. Doch sich selbst zu belügen, half jetzt nicht mehr. Sie war ein paar Jahrhunderte zu früh geboren. Der Dämon in Luk ließ ihn Verlangen spüren, aber der Engel in ihm konnte wahre Liebe nicht einfach abschalten und ersetzen.

Glückliche Beth. Es tat weh, eine Tote zu beneiden.

»Ist das nicht dein Fahrrad?«, holte Yves sie aus den verzehrenden Gedanken.

»Was?«

Er deutete hinter sich. »Das da, ist das nicht dein Fahrrad?«

»Oh, ja, ich bin dran vorbeigelaufen«, erklärte sie, was offensichtlich war. Sie trat hastig die paar Schritte zurück und winkte Yves zu. »Viel Spaß heute Abend mit ...«, sie hatte den Namen, den er ihr genannt hatte, wieder vergessen, »... deinem Schmetterling.«

»Oh, den werde ich haben«, sagte er mit einem breiten Grinsen, in dem die Vorfreude tanzte. Er trat wieder zu ihr und senkte seine Stimme. »Sex vor einem Dämoneneinsatz ist immer der beste, der erregendste. Weil es der letzte sein könnte.« Mit einem Luftkuss verabschiedete er sich. »Ich kann dir nur empfehlen, es heute Abend auszuprobieren.«

Rahel schloss das Rad auf. Vielleicht war Yves' Vorschlag nicht der schlechteste? Obwohl Luk sie so kühl behandelt hatte, lag die Wahrscheinlichkeit, heute noch Sex zu haben, nicht bei null. Vielleicht hatte er ihr ja sogar schon geschrieben? Doch als sie ihr Handy zur Hand nehmen wollte, griff sie ins Leere. Fuck! Sie hatte es im Büro liegen lassen. Genervt schloss sie das Rad wieder an und eilte zur Kneipe zurück.

Am Tresen war für »Egons« Verhältnisse viel los. BKA-Wirt Simon war mit einer Junggesellenabschiedstruppe beschäftigt, deren gegröltes Sauflied die Musik aus den Lautsprechern übertönte: »Geh mal Bier holen … du wirst schon wieder hässlich.«

Rahel registrierte, dass Simon sie trotzdem im Blick hatte, als sie die Tür zu den Toilettenräumen ansteuerte. Weder nickte er ihr zu, noch tat sie es. Unauffällig lautete die stete Devise.

Erstaunt, dass das Büro leer war, als sie eintrat, rief Rahel: »Jara?« Die Tür zum Behandlungszimmer war geschlossen, aber vielleicht war die Freundin auch nur schnell auf dem Klo.

Wenig später wurde die Behandlungszimmertür aufgezogen, und Jara trat heraus. »Hi! Du kommst noch mal zurück?«

»Ja. Ich Schusseline hab mein Handy liegen lassen.« Rahel steuerte den großen Tisch an. Ihr Smartphone lehnte noch zwischen den beiden Mineralwasserflaschen, wo sie es nach der Kaffeeflutung in Sicherheit gebracht hatte. »Da ist es.« Sie hob es mit einem Lächeln in Jaras Richtung. Nanu. Erstaunt steckte Rahel das Handy in die Gesäßtasche ihrer Jeans.

Da raspelkurzes Haar nicht zerzaust aussehen konnte und Röte auf Jaras dunkler Haut nicht auffiel, war sie sich nicht sicher, ob ihre Vermutung stimmte, aber Jara sah erhitzt und wie erwischt aus.

Rahels Blick glitt zu der Tür, die Jara hinter sich zugezogen hatte. Wer war dadrinnen? Wer von den anderen war zurückgekehrt? Schließlich waren alle vor ihr und Yves gegangen.

Anscheinend waren ihr diese Gedanken anzusehen. Jara lachte mit einem Hauch Verlegenheit auf. »Da gönnt man sich in der Annahme, stundenlang allein zu sein, auf der Behandlungsliege eine richtig schöne Selbstbefriedigung, und schon kommst du reingeplatzt.« Rahel lachte auf, ebenfalls verlegen. »*Too much info.* Du hättest auch einfach sagen können, dass du vor Langeweile das Zimmer geputzt hast.«

Jara hatte ihre Selbstsicherheit wieder. »Sei nicht so verklemmt. Sex mit sich selbst ist der Hammer. *Wenn* man Phantasie hat.«

Rahel verabschiedete sich mit einem Winken. »Jetzt komm ich auch nicht wieder. Also gönn dir dich.«

Auf dem Weg nach Hause waren Rahels Gedanken bei Yves und Jara. Anscheinend hatte heute jeder noch Sex. Hoffentlich sie auch. Ohne Selbstbefriedigung.

***

Die Böden in Küche, Bad und Flur waren schon sauber, als Rahel den Staubsauger ins Wohnzimmer zerrte. »Ja, ich weiß, dass ich dich nerve«, rief sie dem Kater über das Heulen hinweg zu, als er von der Sitzbank sprang und aus dem Raum flitzte. Vorher hatte sie ihn mit ihrem Putzwahn schon aus der Küche vertrieben. Sie musste einfach etwas tun. Die wenigen Stunden bis zum Einsatz wollten einfach nicht vergehen. Als hingen unsichtbare Gewichte an den Zeigern der Uhr.

Das Adrenalin, das in ihr tobte, konnte allerdings ein Gefühl nicht besiegen: die Enttäuschung darüber, dass Luk sich nicht meldete. Mittlerweile war es fast dreiundzwanzig Uhr. Natürlich war er auch an den anderen Abenden immer erst spät zu ihr gekommen, sehr spät. Aber heute … Er musste doch ahnen, wie es ihr ging.

Aber vielleicht kam er aus genau diesem Grund nicht? Weil er dachte, dass sich ein Besuch für ihn nicht lohnte? Weil er davon ausging, dass sie heute vor Aufregung nur kuscheln wollte?

Die Türklingel riss Rahel aus diesen Gedanken. Erleichtert und glücklich stellte sie den Staubsauger aus und ging zur Tür.

Ihr Lächeln erstarb, als sie von einem Mann in Pyjamahose und T-Shirt angefahren wurde: »Haben Sie mal auf die Uhr geguckt? Es gibt in diesem Haus Menschen, die morgens früh rausmüssen. Wenn Sie nicht sofort Ihren verkackten Staubsauger in die Ecke stellen, ruf ich die Polizei.«

»Oh, es tut mir leid«, stammelte Rahel, als sie ihn erkannte. Er und seine Frau waren die Mieter aus der Wohnung über ihr. Normalerweise trug er Anzug und Krawatte. Ein Banker, hatte sie immer vermutet. Gesprochen hatten sie außer einem »Hallo« oder »Guten Tag« nie miteinander, wenn sie sich auf dem Flur begegneten. Warum eigentlich nicht? War Freundlichkeit nicht der Schlüssel zu positiver Energie? Ein paar nette Worte, die man mit dem Nachbarn wechselte, konnten doch nur Wohlbefinden vermitteln.

»Hallo-ho!«, ranzte der Mann sie an und wedelte mit der Hand vor ihren Augen herum. »Haben Sie mich verstanden?«

»Wie? Oh, natürlich. Entschuldigen Sie bitte, Sie haben natürlich völlig recht. Um diese Zeit … Ich weiß gar nicht, was mit mir los ist. Ich sauge sonst niemals um diese Uhrzeit.«

»Das ist auch der einzige Grund, warum ich nicht gleich die Polizei gerufen, sondern geklingelt habe«, sagte er etwas ruhiger.

»Ich bin ein wenig durch den Wind heute«, sagte Rahel. »Ich habe einfach nicht nachgedacht.«

»Gut, dann … Gute Nacht.« Er nickte ihr zu und wandte sich ab.

»Entschuldigung?«, rief Rahel ihm hinterher, als er die Treppe hinaufging.

Er drehte sich um. »Ja?«

Sie trat ans Treppengeländer. »Mein Name ist Rahel Bathlevi. Ich weiß gar nicht, wie Sie heißen, und dabei wohnen wir hier schon zusammen im Haus, seit ich vor einem Jahr eingezogen bin.«

Das war zwar nicht ganz richtig, denn sie wusste genau, dass er mit Nachnamen Ebert hieß, weil der Name auf einem der Briefkästen stand und sie den wenigen anderen Hausbewohnern ihre Namen zuordnen konnte, aber das spielte jetzt keine Rolle. »Es würde mich freuen, Sie mit Namen ansprechen zu können, wenn wir uns das nächste Mal begegnen … Unter hoffentlich erfreulicheren Umständen«, fügte sie mit einem gespielt schuldbewussten Lächeln hinzu.

Zwei Sekunden musterte er sie, dann erwiderte er: »Matthis Ebert.«

»Dann gute Nacht, Herr Ebert.« Gut gelaunt ging sie in ihre Wohnung zurück. Guck an, das war gar nicht so schwer. »Ich muss unbedingt achtsamer werden, Kabel«, sagte sie zu dem Kater, der eingekringelt auf dem Küchenstuhl lag. »Und damit meine ich nicht das nächtliche Saugen.«

Dann klingelte es erneut an der Tür.

Die Nachbarn von unten? Gewappnet für die nächste Schimpftirade zog sie die Tür auf. »Luk.«

»Ich wollte sehen, ob du noch etwas brauchst, bevor wir …« Rahel fiel ihm wortlos um den Hals. Er war da. Sie spürte die Kälte des schwarzen Ledermantels an ihrer erhitzten Haut, denn sie trug nur Shorts und Shirt. Doch da war auch noch eine andere Kälte. Er legte seine Arme nicht um sie, sondern stand steif da.

»Ich dachte mir, dass du noch nicht schläfst«, hörte sie seine Stimme. »Kann ich mit dir reden?«

Sie löste die Arme von seinem Hals und sah ihn an. »Ja, sicher, *Chef*.« Sie konnte sich den Spott nicht verkneifen, da er so formell klang.

»Lass das«, sagte er knapp und ging ins Wohnzimmer. Er setzte sich nicht auf die Couch, sondern auf den geblümten Sessel.

Ärger wallte in Rahel auf. Wenn er Abstand wollte, warum war er dann hier?

Die Antwort kam prompt. »Kennst du zufällig Verwandtschaft oder Freunde von Minh?«

»Was? Nein.« Sie sah ihn verwirrt an. »Warum willst du das wissen?«

Seine langen Finger trommelten unrhythmisch auf den

Sessellehnen. »Weil ich diese verfluchte Münze will! Und ich möchte erst die naheliegenden Möglichkeiten ausschöpfen, um zu erfahren, wo sie ist, bevor ich ...« Er brach ab.

»Bevor du was?«

Seine Finger standen still. »Bevor ich seine Urne ausgrabe.« Rahel starrte ihn an. Sie war tatsächlich sprachlos für den Moment.

»Ich war mir so sicher, nach Minhs Tod an die Münze heranzukommen«, stieß er aus. Düsternis umgab ihn. Es war, als hätte sich sein Ärger manifestiert und ließe Kälte hinüberschwappen.

Rahel nahm sich ein Kissen und presste es auf ihren Bauch. »Du kannst doch nicht ... Warum willst du seine Urne ausgraben?« Die Worte auszusprechen, war schon absurd.

»Ich traue diesem Chinesen alles zu. Vielleicht hat er sich die Münze als Grabbeigabe in die Urne legen lassen.«

Rahel sah Lukrezius an, als sähe sie ihn zum ersten Mal. Wie er da im Sessel saß! Grimmig, düster ... Unheilschwanger schwebte Dunkles wie ein feiner Nebel im Raum.

»Wenn sie dieses Mal durch das Portal kommt, wollte ich sie ...« Er brach erneut mitten im Satz ab und schüttelte sich, als könne er sich selbst nicht ertragen.

»Du machst mir Angst«, sagte Rahel ehrlich. »Ein Grab zu schänden ...«

»Möchtest du lieber, dass die Urdämonen weiter Menschen meucheln?« Er musterte sie. »Du warst noch nie bei einem Blutmond dabei, Rahel. Sonst würdest du mich verstehen.«

Sie nickte, obwohl sie sich bei dieser Annahme nicht sicher war. »Erzähl mir etwas über das Portal«, sagte sie. »Ich weiß so gut wie nichts. Ich habe bisher nur erfahren, dass ...«, sie zögerte, »... deine Mutter und die anderen Dämonen immer dort auftauchen, im wahrsten Sinne des Wortes, wo du dich aufhältst. Wie ist das möglich? Woher weiß sie, wo du bist?«

Er stand auf und trat ans Fenster, ohne hinauszusehen. »Dunkle Energie findet immer zusammen. Es ist eine Art energetischer Magnetismus des Bösen. So kommt auch die

Energie zusammen, die es braucht, einen toten menschlichen Körper zu besetzen.« Er begann hin und her zu laufen. »Meine Mutter kann mich quasi *erspüren*.«

»Und du sie auch«, schlussfolgerte Rahel.

Entgegen ihrer Erwartung schüttelte er den Kopf. »Das Erbe meines Vaters in mir ist zu stark und verhindert es.« Er schürzte seine Lippen und sah bitter aus. »Ich bin zu gut.«

»Wow«, entfuhr es Rahel. »*Du* bist zu gut?«

Er trat an die Couch und blickte auf sie herab. Seine Lippen waren spöttisch verzogen. »Ich mag dir düster erscheinen, aber glaub mir, ich bin nichts gegen meine Mutter.«

»Jetzt machst du mir wahrhaftig Angst.« Rahels Körper spiegelte die Aussage wider. Die Härchen auf ihren Armen hatten sich aufgestellt.

»Du musst auf die Realität vorbereitet sein«, sagte er und nahm seine Wanderung wieder auf. »Allerdings ist heute nicht der Zeitpunkt für weitere Ausführungen. Heute müssen wir uns auf den energetischen Dämon konzentrieren.«

Jedoch zeigte seine nächste Frage, dass seine eigene Konzentration nicht bei Steffen Hathor lag. »Als du mir Minhs Kartons zum ersten Mal gezeigt hast, sagtest du, es war ein junger Chinese, der sie dir übergeben hat. Kannst du noch mehr zu ihm sagen?«

»Nicht wirklich. Er sagte damals, seine Mutter sei eine gute Freundin von Mr. Minh gewesen. Aber einen Namen habe ich nicht.«

Luk zog einen Umschlag aus der Innentasche seines Mantels, nahm einen Packen Fotografien heraus und reichte sie Rahel. »Ist er dabei?«

Rahel betrachtete ein Foto nach dem anderen, alle zeigten sie chinesische Männer. »Nein, definitiv nicht.«

Ihre Antwort gefiel Luk nicht. Missmutig steckte er die Bilder wieder weg. »Bedauerlich. Wir hatten gehofft, einer von ihnen wäre es.«

Wir. Damit konnte er nur Soleria und sich meinen, denn die anderen wussten nichts von dem Schwert und der vermissten

Münze. Vielleicht sollte sie einmal mit Sol über die Urdämonen sprechen? Sicherlich war sie auskunftsfreudiger als Luk.

»Brauchst du noch etwas?«, holte er sie aus den Gedanken.

Ja, dich, hätte die richtige Antwort gelautet, doch sie wollte nicht über Rahels Lippen, weil die Kältebarriere zwischen ihnen stand. »Nein, alles ist gut.«

Er ging vor dem Sofa in die Knie und nahm ihre Hände in seine. »Ich werde heute Nacht auf dich aufpassen.«

Bevor sie antworten konnte, stand er schon wieder und ging. Und mit ihm ging die Kälte. Kabel kam zurück. Der Kater sprang auf die Sitzbank und von dort auf die Fensterbank. Rahel ging zu ihm, und gemeinsam betrachteten sie das Stück Nachthimmel über dem gegenüberliegenden Haus. Sie streichelte über das seidige Katzenfell.

»Er will auf mich aufpassen, Kabel, aber weißt du was? Ich wünschte, er hätte gesagt, dass wir alle aufeinander aufpassen. Denn wir sind zu viert.« Sie nahm den Kater auf den Arm. »Du würdest Taco und Jara mögen, Kabel. Vor ihnen würdest du nicht davonlaufen. Und Jakob ... Jakob würdest du auch mögen.«

18

Sie war nicht perfekt vorbereitet auf die Situation, so viel stand fest, als Rahel hinter einer riesigen, dichten Hainbuchenhecke in Deckung ging. Die anderen haben zu viel vorausgesetzt, dachte sie in einem leichten Anflug von Panik. Immer wieder glitt ihr Blick zu der Stelle, wo Soleria stehen musste. Sehen konnte sie sie in der Dunkelheit nicht. Die Engeldämonin trug wie alle anderen komplett dunkle Kleidung. Ein schwarzer Turban verdeckte ihr Haar. Dieses Mal war er mit noch größerer Präzision gebunden als ohnehin, damit kein goldenes Haar Solerias Versteck im Gebüsch am Straßenrand verriet.

Wirklich überrascht hatte Rahel die Tatsache, dass Sol ihren Mantel ausgezogen hatte, nachdem sie mit dem Sprinter hier eingetroffen waren. Den Schwanz auf dem Rücken eingerollt, hatte sie Stellung bezogen. *Er ist eine Waffe*, klangen Luks Worte in Rahel nach. Zweifellos würde Sol diese Waffe also einsetzen, wenn es sein musste.

Luk stand außer Sichtweite mit der Peitsche bereit, ebenfalls hinter der Hecke, damit ihn seine vereinzelten goldenen Flügelspitzen nicht verrieten.

»Luk ist unsere Luftwaffe«, hatte Taco launig gesagt. Der Mexikaner brannte darauf, endlich wieder aktiv werden zu dürfen, um »ein verdammtes Dämonenviech in den Höllenorbit zu jagen«.

»Ich bin da«, hatte Luk ihr zugeflüstert, bevor sie alle in Position gegangen waren, und darauf wollte Rahel sich verlassen. Ihr Herz raste. Steffen Hathor musste jeden Moment hier eintreffen. Er hatte den ersten Kontrollpunkt an der Tankstelle in Wedel vor zehn Minuten passiert – ohne vorher bei seinen Eltern angerufen zu haben. Er hatte den Köder also geschluckt.

»Kontrollpunkt zwei passiert«, hörte Rahel Jakobs Stimme im Ohr. Sie atmete tief durch und spürte das Gewicht der

Flammenwerfertanks auf ihrem Rücken überdeutlich. Noch zwei Minuten höchstens.

»Er kommt«, erklang Yves' gedämpfte Stimme hinter der Hecke. Der Franzose hatte den Streifenwagen mittig auf die Fahrbahn gestellt, direkt hinter der Gabelung Rövkampsweg/ Aschhooptwiete. Sie hatten die Zufahrt zum Rövkampsweg vorsichtshalber gesperrt, obwohl Steffen Hathor den längeren Weg kaum nehmen würde.

Das Blaulicht leuchtete auf. Sekunden später kam der Touran in Sicht. Rahel hoffte von Herzen, dass Steffen Hathor sich mit Verkehrskontrollen und polizeilichen Abläufen nicht auskannte, sonst würde er bereits über die Tatsache stolpern, dass Polizist Yves allein war.

Der Franzose schwenkte die beleuchtete Kelle, als Hathor, bereits abbremsend, näher kam und schließlich direkt vor dem Streifenwagen stoppte.

Angespannt ging Rahel wieder in Deckung und zog das Visier des Helms herunter. Sie hob den Brenner in ihren Händen, legte den Finger auf den Abzug und wartete. Steffen Hathor musste raus aus dem Wagen, damit Luk die Peitsche schwingen konnte, aber die leise Hoffnung, dass er unaufgefordert ausstieg, erfüllte sich nicht. Yves war jetzt gefragt. Er trat auch schon an den Wagen und bedeutete Hathor, die Scheibe herunterzulassen.

Und das tat er.

»Guten Abend.« Yves war keine Nervosität anzuhören. »Fahrzeugkontrolle … Ich muss Sie bitten, einmal kurz auszusteigen und den Kofferraum zu öffnen.«

»Mitten in der Nacht? Warum?« Steffen Hathor klang erstaunt, aber nicht misstrauisch.

»Wir fahnden in einer akuten Situation nach Räubern und kontrollieren jedes Fahrzeug«, log Yves munter weiter.

»Sie glauben ernsthaft, ich fahre hier Straftäter spazieren? Ich muss unbedingt zu meinen Eltern. Sie sind diejenigen, die überfallen wurden. Ich bin der Sohn. Ich wurde von einer ihrer Kolleginnen angerufen.«

»Je schneller Sie mir den Kofferraum öffnen, desto schneller können Sie Ihren Weg fortsetzen«, blieb Yves bestimmt.

Rahels Herzschlag nahm Fahrt auf. Warum stieg Hathor nicht aus? Wurde er misstrauisch? Ein Stück entfernt knackte es im Geäst. Luk breitete seine Schwingen aus, und ein paar der Pferde auf der nahen Weide wurden unruhig. Rahel wurde mulmig. Das musste Hathor doch auch bemerken! Doch dann wurde eine Wagentür geöffnet.

Steffen Hathor brummte etwas in sich hinein. Schritte waren zu hören. Rahel linste um die Hecke herum, als über ihr Zweige brachen. Ein Rauschen ... dann wurde die Luft von der Peitsche mit einem scharfen Sirren zerschnitten. Der Schrei, der folgte, war nicht aus Schmerz geboren. Rahels Nackenhaare stellten sich auf. Hathor schrie weiter. Hasserfüllt.

»Dämon!«, schrie Yves im selben Moment, und Rahel konnte kaum fassen, dass der Gestank so schnell an seine Nase gelangt war. Sie stellte das Kopflicht am Helm an und stürmte mit dem Brenner in Angriffsposition hinter der Hecke hervor. Taco war schon fast am Streifenwagen, während Yves die Schrecksekunde des Dämons genutzt und sich in den Wagen geworfen hatte, wo Jara sich zu seinem Schutz vor der Wagentür positionierte. Zugleich landete Luk hinter Hathor und ließ die Peitsche weiter tanzen. Mit jedem Hieb, den er dem Dämon zufügte, wurde das Schreien lauter und wütender, der Gestank immer unerträglicher.

Rahel tat es Taco und Soleria gleich und drückte den Abzug des Flammenwerfers. Sie umkreisten Hathor, dessen Gesicht im Licht der Lampen kaum noch menschlich wirkte. Der nackte Hass darin war übernatürlich hässlich und erschreckend. Als wäre das innere Böse nach außen gestülpt.

Rahel verbot sich zu denken. Sie achtete darauf, wo die anderen standen, und behielt dabei immer den wütenden Dämon im Blick, der jaulend versuchte, den heißen Flammen zu entkommen. Rahel hielt auf ihn drauf, ging mit seinen Bewegungen mit, genau wie Jara und Taco. Sie waren eine Einheit. Es war, als tanzten sie einen einstudierten Tanz.

Doch plötzlich reagierte der Dämon für Rahel unerwartet. Mit einem Schrei warf er sich zu Boden. Rahel glaubte, er wolle das Feuer löschen, denn er stand in Flammen … Haar, Jacke, Hose, alles brannte lichterloh, schon drang der Geruch verbrannten Fleisches durch den widerlichen Gestank, doch der Dämon rollte sich unter den Touran.

»Er haut ab!«, schrie Taco.

»Hinter den Wagen!«, rief Jara ihnen zu und sprintete los, während auch Taco Anlauf nahm und ebenfalls hinter den Wagen preschte, um das brennende Etwas in Empfang zu nehmen. Luk stieß sich ab und flog in die Höhe.

Rahel war im Begriff, Taco und Jara zu folgen, als die Kreatur wieder unter dem Wagen herausgekrochen kam. Auf ihrer Seite.

»Hier! Bei mir!«, schrie Rahel und drückte auf den Abzug des Flammenwerfers. Doch das stinkende, brennende Wesen hielt schon auf sie zu. Abartige Laute drangen aus dem klaffenden Mund des Dämons, der keinerlei Ähnlichkeit mehr mit Steffen Hathor hatte. Die Haut schwarz verbrannt und zugleich fleischig-blutig, die Haare weg … in dem, was gerade noch ein Gesicht gewesen war, lebten nur noch die Augen – genährt von abgrundtiefem Hass.

Rahel hielt auf die Brust, doch er war schon zu nah. Sie musste zurückweichen, um nicht durch die Flammen, die ihn viel zu langsam verbrannten, selbst in Brand gesetzt zu werden. »Luuuk!«, schrie sie. Im nächsten Moment wurde sie zur Seite gestoßen, und ein Feuerstrahl richtete sich auf den Dämon. Rahel rappelte sich sofort wieder auf.

Sie musste nicht überlegen, wer ihr zu Hilfe gekommen war, denn das schlechte Zielen des neuen Flammenwerfers ließ nur einen Schluss zu. »Jakob, weg!«, rief Rahel und feuerte selbst wieder auf das abartig stinkende Etwas, das erneut auf sie zuhielt, um sie zu verbrennen. Doch in derselben Sekunde wurde der Dämon von ihnen weggeschleudert. Die Hitze wich.

Sol! Rahel atmete zutiefst erleichtert durch, während sie fasziniert zusah, wie Soleria der Kreatur erneut ihren Schwanz in die Seite hieb und damit direkt Richtung Jara und Taco trieb.

Das, was vom Körper Steffen Hathors noch übrig war, stand nun in hellen Flammen. Die Beine knickten ein, der brennende Rest fiel vornüber. Mit schaurigem, furchteinflößendem Gurgeln wand der Dämon sich auf dem Asphalt, die Arme versuchten noch, sich vorzukämpfen ... dann war endlich Stille.

Nass vom Schweiß unter der Schutzmontur, hielt Rahel genau wie Taco und Jara den Strahl auf den Rest des Körpers gerichtet, bis nichts mehr übrig war als brennender schwarzer Matsch am Knochenskelett – die Luft verbesserte sich rapide, stellte sie verwundert fest. Mit dem Hass des Bösen verschwand also auch der Gestank.

»Das reicht«, rief Taco und stellte seinen Flammenwerfer aus. »Wir brauchen das Skelett.« In derselben Sekunde kam Luk über den Touran geflogen und landete direkt hinter Rahel.

»Scheiße! Scheiße, verdammte!« Seine Stimme war nackte Wut. »Bist ...« Er unterbrach sich. »Seid ihr alle in Ordnung?« Er drängte sich an Rahel vorbei und sah alle der Reihe nach an.

Taco klappte sein Visier hoch. Seine Stimme klang zynisch, als er sich mit den Fingern über das hochrote verschwitzte Gesicht scheuerte. »Schön, dass du fragst. Wo warst du, verdammt?« Sein Blick wanderte dabei über den Dämonengel, doch bevor er noch etwas sagen konnte, erklang Solerias Stimme.

»Luk! Alles in Ordnung?« Sie trat auf ihn zu und strich über seinen linken Flügel. »Du ... du hast dir Federn ausgerissen!«

»Lass mich!« Er war immer noch Wut pur und trat ruckartig von ihr weg.

Rahel schluckte. Sein Gefieder war zerzaust und mit Blättern und Zweigen behaftet. Sol schien recht zu haben. Es sah aus, als fehlten Federn.

»Oh fuck«, sagte Jara, nachdem sie ihr Visier hochgeklappt hatte. »War mal wieder ein Baum im Weg?«

Lukrezius warf ihr einen vernichtenden Blick zu, dann stieß er sich ab und flog ohne ein Wort in die dunkle Nacht.

Yves war aus dem Streifenwagen gekommen. Er trug nun

einen Brustschutz und hielt seinen Helm in der Hand, während er Lukrezius nachblickte »*Mon Dieu*, erstickt Bad-Man gerade mal wieder an verlorener Ehre?«

»Sei ruhig!« Solerias Stimme fehlte der sonst so liebliche Klang. Auch sie sah in den dunklen Himmel. Von Luk war nichts mehr zu sehen und zu hören.

»Wir müssen aufräumen«, erinnerte Jakob sie an die wichtigen Dinge. Sie konnten die Zufahrt von der B 431 in die Aschhooptwiete nicht ewig gesperrt halten.

»Was machst du überhaupt hier?«, fragte Taco den Pastor.

Jakob nahm den Helm ab. »Ich hatte ein merkwürdiges Gefühl und dachte, dass ihr vielleicht meine Hilfe braucht.«

Er warf Rahel einen Blick zu, als Jara sagte: »Wir sind gut klargekommen, Jakob, aber danke.«

Rahel sah ihn an. »Ich danke dir auch, aber ...« Sie brach ab. Im grellen Schein ihrer Helmlampe sah er blass aus. Seine nutellabraunen Augen hatten etwas, das sie berührte. Darum konnte sie ihm jetzt nicht sagen, dass er selbst durch seine nur rudimentär vorhandenen Zielkünste viel mehr in Gefahr gewesen war als sie selbst.

Er hielt ihren Blick einen Moment lang, dann sagte er: »Auf geht's, die Zeit läuft uns davon.«

Yves und Taco waren bereits dabei, die heißen Skelettreste mit zwei Schneeschaufeln vom Boden zu lösen. Jara setzte sich in den Touran der Hathors und fuhr den Wagen direkt über die verkohlte Asphaltstelle. Rahel und Jakob kümmerten sich um die abgelegten Flammenwerfer und luden sie in den Sprinter.

Gleich würden sie den Touran mitsamt den auf dem Fahrersitz festgeschnallten Skelettresten in Brand setzen. Morgen stünde fest: Steffen Hathor hatte sich selbst in seinem Wagen mit Benzin übergossen und in Brand gesetzt, weil er das Leben nicht mehr ertrug – nachzulesen in seinem Abschiedsbrief.

In dem Brief den Mord an der Prostituierten zuzugeben, das hatten die Jäger auf Rahels flehende Bitte hin wieder verworfen. Die kriminaltechnische Untersuchung an der Leiche hatte zweifellos zur DNA des Täters geführt, doch wenn es keine Vergleichs-DNA gab, würden die Kollegen von der Spurensicherung auch nicht auf Steffen Hathor kommen. So konnte wenigstens in dieser Beziehung die Familie geschützt werden. Rahel war sich bewusst, dass sie zwei Schicksale gegeneinander aufwog. Immer wieder verdrängte sie ihr schlechtes Gewissen gegenüber der Familie der Prostituierten. Sie würden niemals erfahren, wer Tatjana getötet hatte, und dieses Wissen würde ihnen bei der Aufarbeitung des schrecklichen Geschehnisses immer fehlen. Doch Rahel konnte einfach nicht anders, weil sie die kleine Emma und Line ständig vor Augen hatte. Die Kinder hatten schon so viel Schreckliches erlebt. Wenigstens die Schande eines Vaters, der ein Mörder war, wollte sie ihnen ersparen.

***

Die nächtliche Lagebesprechung im Anschluss an den Einsatz erinnerte Rahel an alte Zeiten bei der Kripo. Es wurde direkt aufgearbeitet, was gut gelaufen war und was nicht – schlafen hätte von ihnen sowieso niemand können.

Vorrangig beschäftigte die Jäger zwei Fragen, jetzt wo feststand, dass Steffen Hathor tatsächlich von einem Dämon besetzt worden war: Wann und wo war er unbemerkt verstorben? Und wie konnte es ihm gelungen sein, Jenny und Omar zu dem Selbstmord zu überreden, denn Jenny war er als Vater ihrer Freundin bestens bekannt gewesen.

»Im Chat könnte er sich ohne Weiteres als Jugendlicher mit Selbstmordabsicht ausgegeben haben«, meinte Jara. »Doch spätestens bei dem verabredeten Suizid wäre er aufgeflogen.«

»Es muss gar kein persönliches Treffen gegeben haben«, sagte Robert. »Er war diabolisch, gerissen … Er kann Omar und Jenny im Chat durchaus so weit getrieben haben, dass sie das Mittel geschluckt haben, ohne dass er dabei war.«

»Bleibt die Frage, wann er verstorben ist«, sinnierte Jakob. »Doch während des Unfalls? Oder im Krankenhaus?«

»Während des Unfalls nur, wenn er im Moment des Todes allein war, und das hatten wir ausgeschlossen. Line war in seiner Nähe, seine Frau …«

»Aber im Krankenhaus kann es auch nicht passiert sein«, sagte Jara. »Er lag zwar allein auf der Intensivstation, als sein Kreislauf versagte, aber er ist reanimiert worden. Und in dem kurzen Zeitraum dazwischen war keine Chance für das energetische Böse, in ihn einzudringen.«

»Hm.« Yves schürzte die Lippen. »Du hast recht, *wenn* wir davon ausgehen, dass das sowieso überbelastete Personal der Intensivstation nicht gerade mit einem anderen Notfall beschäftigt war. Erinnern wir uns, es war die Chaosnacht. Überall Glatteis, viele Unfälle, viele Schwerverletzte. Die Intensivstationen waren voll.« Er hob die Schultern. »Wir können nicht ausschließen, dass die Reanimation zu spät kam, vielleicht nur Sekunden. Als das Herz wieder schlug, war der Hathor-Körper vielleicht schon besetzt.«

»Ist das nicht letztlich scheißegal? Er war tot. Nun ist der Körper verbrannt. Nächster Tagesordnungspunkt.« Tacos Wortwahl verriet, dass er anscheinend dringend rausmusste, um sein Hirn mit Nikotin zu stimulieren. Aber er hatte recht. Spekulationen brachten nichts mehr.

Bevor die Jäger aufbrachen, entschieden sie, dass Rahels Training mit dem Flammenwerfer fortgesetzt werden müsste, wenn sie bei dem Einsatz am Blutmond teilnehmen würde. Und das wollte sie unbedingt. Obwohl die Urdämonen mit Feuer nicht vernichtet werden konnten, war es doch die einzige Möglichkeit, sie zumindest ein wenig in Schach zu halten, denn die Flammen fügten ihnen zumindest grässliche Schmerzen zu.

»Unsere Mutter wird nicht das Problem sein«, hatte Soleria Rahel erklärt. »Sie wird bleiben und sich auf Luk konzentrieren, aber die anderen Urdämonen werden durchbrechen und sich Menschen greifen.«

Luk. Er war nicht wieder aufgetaucht. Dass niemand mehr sein Verhalten erwähnte, lag zweifelsohne an Solerias Gesichtsausdruck, nachdem Jakob gesagt hatte: »Er muss lernen, sich zu beherrschen. Auch ihm unterlaufen Fehler. Das muss er einfach akzeptieren.«

Rahels Gedanken waren noch bei Lukrezius, als sie aufgewühlt und völlig fertig ihre Wohnungstür öffnete.

»Erschrick nicht«, erklang im nächsten Moment eine dunkle Stimme aus dem Wohnzimmer. »Ich bin hier. Du hattest mal wieder nicht abgeschlossen.«

Nach dem ersten Schreck, der sie natürlich trotz seiner Warnung durchzuckt hatte, füllte sich ihre Brust mit flüssigem warmem Honig. Sie ging ins Wohnzimmer und geradewegs auf ihn zu, als er sich von der Sitzbank am Fenster erhob. Ohne ein Wort zu sprechen, legte sie die Arme um seinen Bauch und drückte ihren Kopf an seine Brust. Das Leder des Mantels kühlte ihre heiße Wange, während seine Arme sie umschlangen.

»Es geht dir gut«, murmelte er an ihrem Haar. Dann drückte er sie ein Stück von sich weg, um in ihr Gesicht sehen zu können. »Sag, dass es dir gut geht.«

Rahel verlor sich in den goldenen Sprenkeln seiner dunklen Augen. »Ja, es geht mir gut.« Er zog sie wieder an sich, und Rahel blieb still in seinen Armen. Hatte sie sich jemals besser gefühlt als in diesem Moment?

»Als ich deinen Schrei hörte«, begann er rau, »und nicht kommen konnte, weil …« Seine Stimme schwoll von einer Sekunde zur nächsten in dunkler Wut an. »Du hast nach mir gerufen, und ich … ich hänge mit diesem verdammten Gefieder im Gestrüpp fest.«

Rahel löste sich mit einem Aufschrei von ihm, weil der Rucksack auf seinem Rücken mit einem hässlichen Geräusch riss und die Flügel hervorbrachen.

Seine Augen schlossen sich, während er hasserfüllte Worte über seine Lippen presste. »Bei allem, was mir heilig ist, ich verfluche den Tag, als ich geboren wurde, versehen mit dem Federzeug meines Vaters statt mit der Waffe meiner Mutter.«

Seine Stimme hatte Rahel eine Gänsehaut über den Nacken

gejagt. »Aber es war doch perfekt heute. Du kannst fliegen, was sind dir dadurch für großartige Möglichkeiten gegeben! Keiner von uns hätte Hathor so schnell und exakt peitschen und danach sofort verschwinden können … Also für den Fall, dass er kein Dämon gewesen wäre«, fügte sie noch schwach hinzu, weil das Gold in seinen Augen immer weniger wurde.

»Ich wollte dich retten und *hing fest*.«

»Die anderen waren ja da. Sogar Jakob ist noch gekommen. Er hat mich zur Seite gestoßen, als der brennende Dämon auf mich zukam. Allerdings«, sie verzog die Lippen, »musste er dann selbst gerettet werden.«

»Findest du das lustig?«

»Nein, gewiss nicht«, platzte Rahel heraus. Es reichte jetzt. »Ich bin fertig, ich bin ausgelaugt. Gleichzeitig stehe ich so unter Strom, weil ich gerade mit einer Truppe von skurrilen Leuten mitten in der Nacht auf einer Landstraße einen Mann verbrannt habe, der gar kein Mann war, sondern ein pestilenzartig stinkendes Höllenvieh.« Sie holte Luft und packte seinen Nacken, der steif vor Wut war. »Entweder fliegst du jetzt mit mir in den Himmel, zum zweiten Sex meines Lebens … oder du gehst ganz einfach.«

Er sog hart die Luft ein, dann nahm er ihr Gesicht in beide Hände. Rahel erkannte pure Lust in seinen Augen. Sie spürte, wie sie feucht wurde. Sie nahm seine Hände von ihren Wangen und legte sie auf ihre Brüste.

Er ließ die Hände dort und streichelte ihr Gesicht mit seinem Blick. »Wir können nicht in den Himmel fliegen.« Er deutete mit dem Kopf Richtung Fenster, ohne den Blick von ihr zu lösen. »Es ist bereits hell.«

»Das ist Morgengrauen. Hamburg schläft noch«, lockte sie ihn und presste ihren Unterleib an seinen.

Er erwiderte den Druck, doch seine Worte waren deutlich. »Nein. Ich werde heute keinen weiteren Fehler begehen.«

Rahel löste sich von ihm. »Du willst jetzt also tatsächlich gehen?«

Er lachte auf, herb, erregend. »Natürlich nicht. Ich werde

dir die Entspannung verschaffen, die du verdient hast. Und ich hoffe sehr, dass es an den Sex deines Lebens herankommt.«

Eine Stunde später fühlte Rahel sich wunderbar ermattet. Sie lag auf ihm im Bett, den Kopf auf seiner warmen Brust, satt vor Befriedigung und wund von der Hemmungslosigkeit, die sie beide befallen hatte.

»Ich werde jetzt gehen, damit du schlafen kannst«, sagte Luk und bewegte sich unter ihr.

Widerwillig hob Rahel den Kopf. Sie wollte ewig so liegen.

»Ich werde nicht lange schlafen, denn ich muss zu Line. Ich habe es ihr versprochen.«

***

Obwohl Rahel eine wahnsinnige Erleichterung darüber verspürte, dass die Gefahr für die Hathors nun gebannt war, flatterte ihre Hand, als sie um neun Uhr dreißig auf den Klingelknopf im Sülldorfer Hainholt drückte. Denn im Gegensatz zu ihr wussten Steffen Hathors Lieben nicht, dass er sie längst verlassen hatte, dass er bereits vor Monaten verstorben war, wahrscheinlich auf der Intensivstation des Krankenhauses.

Auf der Fahrt hierher hatte eine Frage Rahel beschäftigt: Wie würden Christine und ihre Kinder auf die Nachricht vom Tod ihres vermeintlichen Mannes und Vaters reagieren? Würden sie ihn vermissen? Hatten sie in der Kreatur den Mann gesehen, der ihnen der wahre Steffen gewesen war? Lines Anruf ließ darauf schließen, dass sie sich zuletzt bedroht gefühlt hatte. Wie mochte es den anderen dreien ergangen sein?

Da Robert sich bisher nicht gemeldet hatte, war davon auszugehen, dass das ausgebrannte Fahrzeug mit dem Leichnam noch nicht identifiziert war. Aufgefunden worden war der Wagen längst, von einem Autofahrer auf dem Weg zur Frühschicht – die Meldung war eingegangen.

Rahel wollte gerade noch einmal klingeln, als die Haustür aufgezogen wurde. Bent fragte mit zusammengezogenen Brauen und einem Hauch Atemlosigkeit in der Stimme: »Ja?«

»Hallo, Bent, kann ich bitte reinkommen? Ich habe noch eine Frage an Line.«

Er schwieg zwei Sekunden, dann trat er zurück und rief in den Flur: »Line! Besuch für dich.«

Rahel trat ein, als Line aus der Küche kam. Sie sah blass und übernächtigt aus. »Hallo«, sagte sie.

»Hallo, Line.« Rahel trat näher und lächelte dem Mädchen zu. »Es tut mir leid, dich in den Ferien zu stören, aber es gibt doch wieder ein paar Fragen im Fall Jenny.«

Line wirkte erleichtert. Hatte sie angenommen, Rahel würde damit herausplatzen, dass sie sie angerufen hatte?

»Ja, gut …« Ein Hauch Verwirrung lag in ihrer Stimme. Sie war anscheinend eine gute Schauspielerin.

»Wo können wir uns in Ruhe unterhalten?«, fragte Rahel im Näherkommen. Als sie vor Line stand, konnte sie in die Küche sehen, wo Christine Hathor im Rollstuhl am Tisch saß und sie mit großen dunklen Augen aus einem blassen Gesicht ansah. Hatten die Kinder ihr die Treppe heruntergeholfen, da der Lift kaputt war? Oder hatte sie unten geschlafen?

»Guten Morgen«, wünschte Rahel ihr und verscheuchte das schlechte Gewissen, denn letztendlich *war* es ein guter Morgen für die Familie. Sie wussten es nur nicht. Sie würden nie erfahren, dass der Tod des vermeintlichen Steffen ihre eigenen Leben bewahrte.

Line führte Rahel ins Esszimmer. Ein Blick aus der Terrassentür zeigte, dass Emma im Sandkasten spielte – wie es aussah mit imaginären Freunden, denn sie brabbelte vor sich hin, während sie mit Schwung Sandkuchen aus einem Förmchen auf die Sitzfläche knallte.

»Ich bin nicht wegen Jenny hier«, kam Rahel gleich zur Sache. »Ist alles in Ordnung bei euch?«

Vor der Antwort hatte sie keine Angst mehr. Der Gestank des verbrannten Dämons haftete noch in ihren Geruchszellen und der Anblick des verkohlten Leichnams in ihrem Hirn, aber das enttarnte leibhaftige Böse zu erleben und letztlich auszulöschen, hatte ihr Erlösung gegeben. Keinen Frieden, dafür war das Erlebte noch viel zu präsent, aber Erlösung. Schlimm war nur, dass sie diese Ruhe nicht an Line und ihre Familie weitergeben durfte.

»Bitte sprechen Sie leise«, bat Line auch schon mit gehetztem Blick zur Tür, obwohl sie sie hinter sich geschlossen hatte.

»Natürlich«, beruhigte Rahel sie. »Was quält dich?«

Bei Line flossen dicke Tränen, noch bevor sie das erste Wort stammelte. »Ich bin ... fertig. Ich glaube, das nennt man ›mit den Nerven am Ende sein‹.« Sie konnte kaum sprechen und mühte sich qualvoll, ruhiger zu werden.

Rahel lief das Herz vor Mitleid über. Sie zog ihren Stuhl direkt vor Lines und griff nach den Händen des Mädchens. »Ja, du bist fertig«, sagte Rahel ruhig. »Und du darfst das sein. Alles, was du mir sagst, bleibt bei mir. Versprochen.«

Um Line einen Anfang finden zu lassen, ging Rahel auf den Anruf vom Vortag ein. »Du sagtest, dein Vater hat dir dein Handy weggenommen? Hast du es schon wiederbekommen?«

Line schüttelte den Kopf. »Mein Vater ... ist nicht da. Das Auto ist weg. Ich ... wir wissen nicht, wo er ist«, schluchzte sie. Ihre blauen Augen schwammen in Tränen. »Papa hat mir noch nie mein Handy weggenommen! Es muss der Unfall sein, der hat das mit ihm gemacht. Er ... er ist gar nicht mehr wie früher.«

Line konnte sich nicht mehr zurückhalten. Es brach aus ihr heraus, laut und kläglich. »Ich will doch nur, dass alles wieder gut wird! Alles soll wieder so sein wie früher. Ich hab gar nicht gewusst, wie gut alles war. Ich weiß das erst jetzt, wo ... wo alles so schrecklich anders ist.« Sie schniefte zum Gotterbarmen. »Ich weiß, dass Sie das nicht verstehen. Ich verstehe es ja selbst nicht, aber er ist ... so böse.«

Rahel ging auf die Knie, um das aufgelöste Mädchen in den Arm zu nehmen, als es an der Tür klingelte. Während sie Line hielt, lauschte sie nach draußen. Dunkle Stimmen waren zu hören, dann rief Bent, der anscheinend wieder die Tür geöffnet hatte, nach seiner Mutter. Einen Moment herrschte Stille, dann schrie Christine Hathor auf, und Rahel wusste, dass die Polizei vor der Tür stand. Das Fahrzeug war identifiziert worden. Die Identitätsprüfung des verbrannten Leichnams musste noch erfolgen, doch natürlich ging die Familie – zu Recht – davon aus, dass es sich um Steffen Hathor handelte.

Line wurde starr in Rahels Armen. Sie stieß Rahel fast um, als sie aufsprang, die Tür zum Flur aufriss und hinauseilte.

Rahel sammelte sich und blickte sich hastig um. Sie musste den Abschiedsbrief deponieren, solange sie hier allein war. Es musste eine Stelle sein, wo er schnell gefunden wurde. Allerdings durfte der Ort auch nicht zu offensichtlich sein. Kein Platz, wo einer der Hathors ihn heute Morgen schon hätten sehen müssen. Sie entschied sich für ein Sideboard, auf das der Blick nicht fiel, wenn man von der Wohnzimmertür zur Terrassentür ging.

Rahel überzeugte sich davon, dass Emma in der Sandkiste nach wie vor mit sich selbst beschäftigt war, dann platzierte sie den Brief neben einer Obstschale, die zweckentfremdet als Teelichtvorratsschale diente.

Sie trat schnell an den Tisch zurück, doch sie musste nicht fürchten, beobachtet worden zu sein. Die Hathors standen mit zwei Streifenpolizisten auf dem Flur. Christine Hathor weinte wie von Sinnen, während Bent blass und sprachlos dastand. Auch Line weinte hemmungslos.

Rahel blieb einfach im Esszimmer. Nach ein paar Minuten verabschiedeten sich die Beamten mit den Worten: »Wir halten Sie auf dem Laufenden und informieren Sie umgehend über die weiteren Ergebnisse.« Der andere fragte, ob sie jemanden zur Unterstützung anrufen sollten, doch sie bekamen keine Antwort.

Letztlich würgte Bent hervor: »Wir kommen klar.« Rahel fühlte Dankbarkeit, dass nicht Bent, sondern Steffen Hathor der Dämon gewesen war. Zeitgleich schämte sie sich für dieses Gefühl, doch die Vorstellung, dass ein so junger Mensch besetzt war, war einfach noch mal um ein Vielfaches grässlicher.

Sie ging zu der Familie, als die Polizisten weg waren. »Was ist denn passiert? Kann ich Ihnen irgendwie helfen?«

Christine Hathor wirkte völlig überfordert und sah sie an, als müsse sie überlegen, wer sie überhaupt war.

»Mein Vater ist tot«, rief Line weinend aus. Fassungslosigkeit, Unglauben lag in dem Blick, mit dem sie Rahel ansah. »Die Polizei sagt, es gab einen schrecklichen Unfall. Er ist im Auto verbrannt.«

Bent sah aus, als müsse er das Gehörte noch verarbeiten.

»Tot«, stammelte er.

Rahel legte ihm eine Hand auf die Schulter, aber er schien es gar nicht wahrzunehmen. Darum wandte sie sich wieder an Line, die Einzige, die einigermaßen aufnahmefähig schien.

»Soll ich es übernehmen, eure Großeltern zu informieren? Es wird auch für sie ein schlimmer Schock sein.«

»Oma ... Opa«, stammelte Line und weinte erneut auf.

Endlich meldete Christine Hathor sich aus ihrem weggetretenen Zustand zurück. »Ja, ja«, stammelte sie und sah Rahel an. »Sagen Sie es ihnen. Sie ... sie sollen herkommen ... und Emma mitnehmen.«

Rahel legte der erbarmungswürdig zitternden Frau eine Hand auf die knochige Schulter. »Es wird alles gut, Frau Hathor. Ich weiß, dass momentan alles unüberwindbar erscheint. Sie haben schon so viel mitgemacht, aber ... Bleiben Sie stark. Für Ihre Kinder. Und für sich selbst.«

Das war alles, was sie der Familie an Trost bieten konnte. Mehr durfte sie nicht sagen, um keine Fragen aufkommen zu lassen. Hier konnte jetzt nur die Zeit die Wunden heilen, und das würde dauern.

19

»Das ist ein Fortschritt«, meinte Lukrezius und verharrte stocksteif auf dem Sofa. »Das *ist ein* Fortschritt.«
Rahel lag in seinen Armen und lachte. »Ein Hammerfortschritt.« Kabel stand in der Wohnzimmertür. Mit aufgerichtetem Schwanz und angelegten Ohren fauchte er sich die Seele aus dem grau getigerten Leib, aber, da hatte Luk natürlich recht, er floh nicht vor dem Dämonengel in die Küche.

Sie nahm die selbst gebastelte Angel vom Tisch und führte den Stock mit den am Elbstrand gesammelten Vogelfedern über den Boden. »Schau mal, dein Lieblingsspielzeug, Katerchen«, lockte sie ihn, doch Kabels Annäherungsreserven waren aufgebraucht. Mit einem nochmaligen kräftigen Fauchen trat er den Rückzug auf den Flur an.

Rahel ließ die Angel auf den Boden fallen und schmiegte sich in Luks Arme. Das Gesicht auf seine nackte Brust gelegt, lauschte sie seinem Herzschlag, der wieder ruhig war, doch ihre Körper waren noch verschwitzt von dem heftigen Sex auf Teppich und Sofa – ins Bett hatten sie es nicht mehr geschafft.

Fünf Tage und Nächte waren seit der Beseitigung des Dämons vergangen. Jede Nacht für sich war einzigartig gewesen, denn sie hatten sie in der freien Natur verbracht. Mit dem Sprinter waren sie in der Dunkelheit an die Elbe gefahren und hatten sich am Strand und im Himmel geliebt. Ein Stück weit hatten sie ein Schiff der Aida Cruises begleitet und aus der Dunkelheit von oben die Beleuchtung des weißen Kreuzfahrtschiffes und das glitzernde Wasser genossen.

Nur die Nacht auf Montag hatte er nicht bei ihr verbracht. Er hatte am Tag darauf an ihrem Gesicht gesehen, dass sie ahnte, wo er die vorangegangene Nacht gewesen war.

»Ich habe die Münze nicht gefunden«, waren seine einzigen Worte gewesen, aber gesagt hatte er damit viel mehr: Ich habe auf einem Friedhof die Urne von Minh ausgegraben.

Ich habe sein Grab geschändet und mit erdverschmutzten Händen in seiner Asche gewühlt.

Das unheimliche Bild verfolgte Rahel auch jetzt wieder. Sie sah Lukrezius vor sich in dunkler Nacht, sein dunkler Schemen zwischen den Grabsteinen, hörte seinen hastigen Atem und das dumpfe Geräusch des Spatens, den er in die Erde stieß, wieder und wieder.

Als ahne Luk, was in ihr vorging, deckte er in diesem Moment seinen linken Flügel über sie. Er wusste, wie sehr sie es liebte, im verdunkelten Raum das himmlische Licht seiner goldenen Federspitzen zu betrachten. Sie konzentrierte sich auf das diamantene Glitzern und hatte im nächsten Moment das Gefühl, dass etwas nicht stimmte. Fröstelnd zog sie die Schultern hoch. Es musste daran liegen, dass es ihr nicht gelang, das grässliche Bild zu verbannen. Es war, als gäbe es zwei Luks. Den, der sie jetzt im Arm hielt, und den, der auf dem Friedhof sein Unwesen getrieben hatte, der sie immer wieder mit seiner Kälte überraschte, wenn sie nicht darauf vorbereitet war.

»Ob die Hathors den ersten Schock überwunden haben?«, sinnierte Rahel, um sich selbst von den Gedanken um den dunklen Luk abzubringen. »Ich frage mich, ob sie vielleicht sogar erlöst sind. Erleichtert? Wenn es so ist, quälen sie sich bestimmt mit einem schlechten Gewissen. Ich wünschte, ich könnte ihnen sagen, dass sie keines haben müssen. Ich möchte ihnen so gern sagen, dass sie ihren geliebten Steffen in bester Erinnerung behalten sollen, weil er es verdient hat. Weil er gestorben ist, ohne dass sie ihn betrauern konnten.«

Unvermittelt schossen Rahel Tränen in die Augen. »Er war bestimmt ein toller Vater. Und dann … dann nimmt dieses Monster, diese widerliche Kreatur, seinen Platz ein und schändet die Erinnerung an einen wunderbaren Menschen.«

Anscheinend spürte Lukrezius ihre heißen Tränen auf seiner Brust, denn er strich über ihre Wangen. »Deine Empathie ist deine Stärke als Mensch, Rahel, aber gleichzeitig auch deine größte Schwäche als Jägerin. Im Kampf gegen das ultimative

Böse muss dein Kopf schnell wieder frei werden für den nächsten Einsatz. Trainiere es dir an, die betroffenen Familien aus deinem Kopf zu löschen. Wenn der Dämon besiegt ist, hast du alles für sie getan, was getan werden muss. Sie finden allein ins Leben zurück.«

Da war sie wieder, die Kälte. Rahel versteifte sich. Lukrezius nahm den Flügel zurück, als sie sich aufrichtete und sagte: »Was ich mir antrainiere, entscheide ich immer noch selbst. Und es wird garantiert nicht sein, mir mein Mitgefühl aus dem Leib zu reißen.«

»Eine ehrenwerte Aussage, aber nicht hilfreich für deine Psyche, also erwarte bitte keinen Applaus«, antwortete er unbeeindruckt. »Wenn du über Jahre und vielleicht sogar Jahrzehnte als Jägerin arbeiten willst, brauchst du deine Kraft für dich selbst. Denn nur damit hilfst du den Menschen. Ohne dich, ohne uns, werden sie zu Opfern. Du musst dir bewusst machen, dass du niemals Dank ernten wirst für das, was du leistest. Der Stolz, den du empfinden solltest, das ist dein Dank.«

Rahel spürte zunehmend Wut. »Was ich *empfinden sollte*? Du tust so, als könne ich meine Gefühle steuern.« Sie stand auf und begann sich anzuziehen, indem sie den Slip hochzog, der noch um ihren Knöchel baumelte. »Stolz ist ein Begriff, der für mich schon immer negativ behaftet war.«

Warum schaffte er es immer wieder, sie wütend zu machen? Die letzten Nächte, die sie miteinander verbracht hatten, waren so schön gewesen. Rahel hatte das Gefühl, dass etwas zwischen ihnen aufgeblüht war – etwas Gutes und Kraftvolles.

»Verwechsle Stolz nicht mit Hochmut«, antwortete Lukrezius und zog Jeans und Shirt an. Mit geübten Fingern schloss er die Bänder ober- und unterhalb der Flügelansätze am Rücken.

»Danke für die Belehrung«, sagte Rahel knapp. Die Unbeschwertheit der letzten Tage war dahin. Dabei waren die Jäger entspannt, der Job war getan, ein neuer Dämon nicht in Sicht. Und obwohl der Blutmond seine dunklen Schatten vorauswarf, hatten Luk und sie Stunden miteinander gehabt, die bei aller Leidenschaft auch etwas beinhaltet hatten, das

Rahel unendlich glücklich gemacht hatte. Freundschaft, ja, so fühlte es sich an, war zwischen ihnen gewachsen. Sie hatten definitiv mehr miteinander geteilt als ihre Körper.

Lukrezius zog seinen Mantel über. Wie immer kribbelte Rahel es in den Händen, ihm dabei zu helfen, die Flügel im Rucksack zu verstauen, doch sie tat es nicht, weil sie seine Reaktion scheute. Egal, was es war, er wollte nie Hilfe. Von niemandem.

Als er fertig angezogen war, sah er sie an. »Ich werde in der nächsten Nacht nicht zu dir kommen.«

Rahel war baff. »Jetzt bist du beleidigt, oder was?«

»*Beleidigt*«, sagte er spöttisch. »Für so ein erbärmlich menschliches Gefühl fehlt mir glücklicherweise die Neigung. Ich möchte mich einfach nur auf den anstehenden Besuch vorbereiten. Du weißt ja: Mütter. Sie wollen immer diese Aufmerksamkeit.«

Rahel sah ihn an. Log er? Irgendetwas in ihr sagte ihr, dass es nicht der Blutmond war, der ihn von ihr fernhielt. Sie straffte sich. »Nein, tatsächlich weiß ich nicht, dass Mütter immer Aufmerksamkeit wollen. Meine wollte so wenig davon, dass sie mich noch am Tag meiner Geburt entsorgt hat.«

Das hatte gesessen. Rahel empfand Befriedigung, als sein Kiefer sich verkrampfte, und zeitgleich tat es unheimlich weh, dass er ihr gegenüber so unüberlegt gesprochen hatte.

»Entschuldige«, sagte er. Dann drehte er sich um und ging mit wehendem Mantel.

Als die Tür hart ins Schloss fiel, rief Rahel in die Leere: »Nein, ich entschuldige nicht!« Dann brach sie zu ihrer eigenen Bestürzung in Tränen aus. Hatte er denn wirklich unüberlegt gesprochen? War es nicht vielmehr so, dass er einfach so gesprochen hatte, wie er war? Nämlich gefühllos gegen alles, was ihn nicht unmittelbar betraf?

Minutenlang weinte sie in ihr Kissen, bevor die Wut sie aufstehen ließ. Ein heißer Tee würde die Kälte in ihr schon vertreiben und den Ärger und … Sie verharrte auf dem Flur vor dem Spiegel, weil die rothaarige Frau darin sie unter brennenden Lidern anstarrte und, ohne die Lippen zu bewegen, sagte: Was glaubst du, Rahel: Hat er Elizabeth Bishop wohl auch nur ein einziges Mal so behandelt, wie er dich behandelt?

Mit einem Laut, der schrill in ihren Ohren widerhallte, riss Rahel den Spiegel von der Wand und schmetterte ihn auf den Boden, wo er klirrend zersprang.

»Nein, oh nein«, weinte sie im selben Moment auf und kniete sich nieder. Eine kleine Scherbe bohrte sich in die Haut ihres rechten Knies, doch der mentale Schmerz war viel schlimmer. »Oh, Bettina, es tut mir leid … Es tut mir leid«, wimmerte sie und hob den von ihrer Adoptivmutter geerbten silberfarbenen Rahmen auf. Er war nicht zerbrochen – Gott sei Dank.

»Ich werde einen neuen Spiegel einsetzen lassen«, weinte sie mit Blick auf die Überreste, die wie Gebirgszacken aus dem Rahmen herausragten. »Versprochen.« Aber sie wusste jetzt schon, dass es nicht dasselbe sein würde.

Hektisch begann sie, auf dem Boden nach dem blinden Scherbenstück zu suchen, ohne das der Spiegel nicht mehr derselbe sein würde, als ihr Handy klingelte. Sie ignorierte den Anruf und suchte weiter, bis sie die Scherbe gefunden hatte. Weinend ging sie damit ins Schlafzimmer und legte das blinde Teil in ihr Schatzkästchen mit Erinnerungsstücken an Bettina.

Als sie den Deckel schloss, kündigte ihr Handy erneut einen Anruf an. Rahel nahm es vom Nachttisch und blickte aufs Display. Es war Jara. Bei jedem anderen hätte sie es wieder ignoriert, doch bei der Freundin … »Ja?«, sagte sie und räusperte sich, weil ihre Stimme belegt klang.

»Hi!«, erklang Jaras Stimme ungewöhnlich ernst. »Hast du zufällig Zeit? Ich möchte was überprüfen und brauche eine zweite Meinung.«

»Ja, okay.« Rahel sah auf den Wecker. »Ich bin in einer Stunde im Büro.«

»Nein, ich hol dich mit dem Wagen ab. Ich möchte mir die Stelle noch mal angucken, wo wir den Hathor-Dämon eliminiert haben.«

»Warum?«, fragte Rahel überrascht.

»Das erzähle ich dir, wenn wir da sind.« Jara stockte. »Nun, vielleicht auch nicht. Es kommt ganz darauf an, ob das, worüber ich seit einigen Tagen grüble, stimmen könnte.« Mit einem »Bis gleich« legte sie auf.

»Wenn du mir jetzt nicht sofort sagst, was wir hier machen, werde ich wirklich sauer«, machte Rahel ihren Gefühlen Luft, während sie Jara in Wedel an der Straßengabelung Rövkampsweg/Aschhooptwiete hinterlief. Bei Tageslicht war das grausige Geschehen kaum vorstellbar, das sich hier vor fünf Nächten abgespielt hatte. Jara interessierte sich entgegen Rahels Erwartung nicht für den auffälligen Brandfleck auf dem Asphalt, sondern war schnurstracks die Straße entlanggegangen, den Blick auf die hohe Hainbuchenhecke und die nahen Bäume gerichtet.

Sie wandte sich Rahel zu und musterte sie stumm. Dann sagte sie: »Du hast um Hilfe geschrien, als der Hathor-Dämon auf dich zukam.«

»Ja, ich hatte eben Angst«, verteidigte Rahel sich. »Ich war in diesem Moment allein. Ihr wart alle hinter dem Wagen und –«

»Nein, nein«, winkte Jara ab. »Darum geht es mir nicht. Ich gestehe dir die Angst und deinen Hilferuf unbedingt zu. So wurden wir schließlich aufmerksam. Was mich verwirrt, ist die Tatsache, dass du nicht einfach um Hilfe geschrien hast, sondern …« Und dann imitierte sie Rahels Schrei leise, aber präzise: »Luuuk!«

Mit allem hatte Rahel gerechnet, aber nicht damit. »Hab ich das?«, reagierte sie schnell. »Ehrlich gesagt kann ich mich nicht daran erinnern, nach wem ich gerufen habe. Ich hatte einfach nur eine Scheißangst vor diesem brennenden Viech und wollte Unterstützung.«

»Hm.«

Überzeugung sah anders aus, darum setzte Rahel hinterher: »Vielleicht dachte ich, dass er am schnellsten bei mir ist. Schließlich hat er Flügel.«

»Wenn man in Panik ist, überlegt man sich nicht solche Sachen.«

Rahel atmete tief durch. Vielleicht war es an der Zeit, mit der Wahrheit rauszurücken? Zumindest Jara gegenüber? Sie würde den Mund halten, wenn sie sie darum bat, da war sich Rahel sicher. Doch bevor sie das erste Wort über die Lippen brachte, sprach Jara weiter.

»Luk mag kalt und düster sein, Rahel, aber seine dämonische Anziehungskraft ist nicht zu unterschätzen. Und ich glaube, jetzt, wo Beth nicht mehr da ist, sind seine Triebe wieder unkontrolliert.« Sie atmete tief durch, als müsse sie Kraft für die nächsten Worte sammeln.

»In den letzten Tagen ist mir viel durch den Kopf gegangen, und ich frage mich, ob du vielleicht dieser Anziehungskraft erlegen bist. Falls ja, dann …« Sie verzog die Lippen. »Ich rede mich hier wahrscheinlich um Kopf und Kragen, aber ich könnte es wirklich verstehen, Rahel, denn mir geht es nicht anders. Nur dass es bei mir nicht Luk ist.« Jaras wunderschöne dunkle Augen füllten sich mit Tränen. »Ich liebe Sol.«

Rahel war steif vor Anspannung, aber Jaras letzter Satz löste die Beklemmung. Voller Leidenschaft kam es aus hier heraus: »Alle denken so schlecht von Luk, aber so ist er nicht! Das musst du mir glauben!«

»Fuck!« Jara klappte der Mund auf. »Fuck, fuck, fuck. Ich lag also richtig.«

Rahel schwieg. Die Worte »Ich liebe Luk« wollten ihr nicht über die Lippen. Man konnte doch jemand anderem nicht das Wunderbarste, was man in Worten ausdrücken konnte, sagen, bevor man es der geliebten Person selbst gesagt hatte.

Jaras Gesichtsausdruck veränderte sich. War es Mitleid? In Rahels Oberbauch zog sich Ärger unangenehm zusammen und verhärtete sich zu einem Klumpen.

Doch schon verschwand das Mitleid wieder aus Jaras Gesicht. Nickend, als müsse sie sich selbst etwas bestätigen, sagte sie: »Dann muss ich jetzt mit dir teilen, was mir in den letzten Tagen durch den Kopf gegangen ist, sonst würde ich mir ewig

Vorwürfe machen.« Sie hielt kurz inne. »Auch auf die Gefahr hin, dass du mich dann nicht mehr magst.«

Der Klumpen in Rahels Bauch wurde größer. »Nun spuck es endlich aus.«

Jara blieb für ein paar Sekunden stumm, dann sagte sie: »Ich glaube nicht, dass Luk sich wirklich mit seinen Flügeln in einem Baum verfangen hat.«

Rahel starrte sie an. »Was?«

»Ich bin natürlich nicht sicher, aber ich habe das komische Gefühl, dass er nur so getan hat, als hätte er nicht schnell bei dir sein können.«

Rahel lachte laut auf. Kopfschüttelnd sagte sie: »Wie kommst du auf so einen Unsinn?«

»Es kam mir im Nachhinein einfach merkwürdig vor, dass er sich in einem Baum verfangen haben will.«

»Aber als der Dämon unter dem Touran verschwand, bist du mit Taco hinter den Wagen gerannt und Luk ist euch durch die Luft gefolgt. Wir sind doch alle davon ausgegangen, dass Hathor auf der anderen Seite wieder rauskommt.« Rahel sah deutlich vor sich, wie Luk sich abgestoßen hatte und in die Luft aufgestiegen war.

»Ja, schon, aber …« Jara drehte sich um und deutete auf die beiden nächstliegenden Bäume. »Sie stehen viel zu weit weg. Warum sollte er dort hingeflogen sein?«

Rahel hatte die Nase voll von Jaras merkwürdigen Äußerungen. »Das werde ich ihn fragen«, antwortete sie darum harsch.

»Das hätte ich längst schon selbst getan, wenn … wenn ich nicht auf weitere komische Gedanken gekommen wäre.«

»Und die wären?«, sagte Rahel jetzt mehr genervt als wütend.

»Ich habe einfach Angst, dass er dir absichtlich nicht geholfen hat.«

Rahels Gesicht versteinerte.

»Ich weiß, dass du jetzt wütend auf mich bist«, wehrte Jara sich, »aber du bist die Besitzerin der Peitsche. Der Peitsche, die er unbedingt will.«

Rahel spürte, wie das Lachen sich seinen Weg zurückbahnte. »Das klingt, als würdest du gerade wirklich glauben, dass Luk mich *tot* sehen will?«

»Ich weiß einfach nicht, was ich denken soll. Ich weiß nur, dass er von seiner dunklen Hälfte dominiert wird. Und das in Kombination mit Intelligenz und Raffinesse ... Können wir ihm trauen? Diese Frage steht für mich wieder im Raum.«

»Was sollte ich ihm denn tot nützen, wenn es um die Peitsche geht?«, gab Rahel milde lächelnd zur Antwort. »Sie entfaltet ihre Wirkung nur, wenn sie verschenkt wird.«

»Aber zu dem Zeitpunkt gehörte die Peitsche Luk. Und er hat damit wie wild auf den Dämon eingeschlagen. Hat er das wirklich getan, um ihn zu entkräften? Oder hat er ihn damit nur noch aufgestachelt?«

Die ungeheuerliche Unterstellung raubte Rahel sekundenlang den Atem. »Er hat mir die Peitsche zurückgeschenkt«, hielt sie Jara schließlich vor.

»Ja, aber vielleicht nur, weil sein Plan nicht aufgegangen ist«, ereiferte Jara sich. »Die Frage ist doch: Wem dient die Peitsche, wenn du stirbst, bevor du sie verschenken oder vererben kannst? Hast du ein Testament gemacht, in dem du festlegst, wer die Peitsche erhalten soll?«

Rahel starrte Jara an. »Nein, ich ... ich habe nichts festgelegt.«

Diesmal schwieg Jara und sprach damit Bände.

Rahel starrte an ihr vorbei in die dicht belaubten Baumkronen. War Luk mit Absicht hineingeflogen, damit alle glaubten, er hätte festgehangen? Hatte er gehofft, Jara und Taco könnten zu spät bei ihr ankommen? Alles in ihr schrie »Nein!«. Doch die Frage, wem die Peitsche diente, wenn sie tot war, ohne einen Beschenkten benannt zu haben, saß wie ein Stachel im Herzen.

✳✳✳

»Holst du bitte den Rolli hinten raus, Linchen?«

»Klar«, nickte Line ihrem Großvater zu, der um den Passat

herumging, um die Beifahrertür für Mama zu öffnen. Line steckte das Handy, auf dem gerade eine WhatsApp von ihrer Schulfreundin Yella angekommen war, in die Hosentasche und öffnete den Kofferraum des Kombis.

Opa hatte sie, Mama und Emma abgeholt, damit sie mal aus dem Haus kamen. Eine gute Idee, fand Line. Eine richtig gute. Im selben Moment fühlte sie wieder Scham. Seit Papas Tod vor fünf Tagen war dieses Gefühl ihre ständige Begleiterin. Aber sosehr sie auch dagegen ankämpfte, das Gefühl der Erlösung wollte nicht weichen. Sie konnte einfach nicht trauern. Und das war schrecklich. *Sie* war schrecklich. Wie konnte man nicht traurig sein, wenn der Vater starb?

»Kommst du klar?«, fragte Opa.

Line zog an dem zusammengeklappten Rolli. Im Touran war viel mehr Platz gewesen als in Opas Passat. Schnell verdrängte Line den Gedanken an den Familienwagen, doch er kehrte schneller wieder als ein Bumerang. Sie versuchte sich nicht vorzustellen, wie das verbrannte Auto wohl ausgesehen hatte. Mit Papa darin.

Bis zur Unkenntlichkeit verbrannt … das hatte der Bestatter gesagt, der vor zwei Tagen zu ihnen nach Hause gekommen war, um alles für die Trauerfeier und die Beisetzung der Urne zu besprechen. Oma und Opa hatten bei diesen Worten geweint. Mama nicht. Bent und sie auch nicht. Emma war zum Spielen nach draußen geschickt worden, als der Bestatter eintraf.

»Gleich hab ich ihn«, rief Line ihrem Großvater zu, »warte …« Sie zerrte und riss, und im nächsten Moment löste sich der verkeilte Rollstuhl. Line wurde von ihrer eigenen Kraft mitsamt dem Rolli zurückgeworfen. Sie konnte sich selbst gerade noch abfangen, doch der Rollstuhl krachte auf den Boden.

»Alles gut, nichts passiert«, sagte sie schnell. Als sie das Gefährt aufhob, fiel etwas zu Boden. Line sammelte das Teil auf und hielt es einen Moment lang verwirrt in der Hand. Das war eine von Papas großen Werkzeugfeilen. Wozu hatte Mama die im Rollstuhl dabei?

»Wird das *heute* noch was?«, fragte Opa, und Line hörte heraus, dass es gespielte Fröhlichkeit war. Der liebe Opa. Er war selbst so traurig und versuchte trotzdem, so was wie Normalität zu verbreiten.

Hastig stopfte Line die Feile wieder zwischen Sitzkissen und Rolliwand, denn genau dort musste sie herausgefallen sein, als das Kissen beim Fallen hochgerutscht war. Sie schob den Rollstuhl zur Beifahrerseite und half ihrer Mutter zusammen mit dem Großvater, sich hineinzusetzen.

Im Haus wurden sie von Oma begrüßt, deren Lider rot und dick geschwollen waren. »Ach, meine Mäuse ...« Line und Emma wurden geknuddelt, Christine herzlich gedrückt. »Wie geht es Bent?«, fragte sie Christine. »Kommt er klar?« Sie wartete die Antwort nicht ab, sondern fügte gleich hinzu: »Es macht nichts, dass er nicht mit zu uns wollte. Es ist doch gut, dass er sich mit Freunden verabredet hat. Der Junge muss auf andere Gedanken kommen.« Ihr Blick wechselte zu Line. »Und du auch, mein Schatz. Triffst du dich auch mit deinen Freundinnen?«

»Yella hat mir gerade geschrieben und gefragt, ob wir uns im Freibad treffen.« Line sah von ihrer Oma, die heftig nickte, zu ihrer Mutter.

»Ja, ja«, sagte Christine. »Natürlich. Ihr müsst gehen. Alle.« Hatte sie erleichtert geklungen? Line nickte nur. Sie war dankbar, dass es anscheinend nicht unangebracht war, wenn sie sich mit Yella traf, statt bei Mama zu Hause zu sein.

Das Kaffeetrinken verlief zäh. Immer wieder weinte Oma auf, und Opa tätschelte ihre zittrige Hand. Line hatte das Gefühl, dass die Zeit auch in einem Rollstuhl saß und nicht vorankam – so wie Mama, die nicht ein einziges Mal weinte. Die Tage schlichen dahin, obwohl es bis zur Trauerfeier so viel zu planen gab. Mama war damit überfordert. Oma und Opa organisierten alles. Sie hatten auch die Urne und einen Platz auf dem Friedhof ausgesucht.

Während Line sich ein zweites Stück von dem selbst gebackenen Pflaumenstreuselkuchen nahm, stocherte Christine Hathor auf ihrem Teller herum. Im Gegensatz zu ihrem eigenen war Mamas Appetit noch nicht zurückgekehrt. Ihre Mutter trauerte um Papa. Oder?

Die Metallfeile wollte nicht aus Lines Gedankensammelsurium verschwinden. Hatte Mama das Werkzeug an dem Tag aus der Schublade genommen, als sie vor Wochen den Hauswirtschaftsraum betreten hatte? Sie hatte sich ertappt gefühlt und etwas im Rolli verborgen. Lines Herz begann schneller zu klopfen. Vielleicht hatte Mama ja auch Angst gehabt vor Papa? So große Angst, dass sie die Feile als Waffe in ihrem Rolli deponiert hatte? Das würde auch ihr merkwürdiges Verhalten in den letzten Wochen erklären.

Ja, so musste es gewesen sein.

✳✳✳

Der Dienstagabend zog sich wie Kaugummi. Rahel saß an ihrem Küchentisch, vor sich ein Blatt Papier. Mit Reißzähnen wütete die Frage in ihr, die Jara aufgeworfen hatte. Wem diente die Peitsche, wenn sie tot war?

Würde die gesetzliche Erbfolge eintreten? Das erschien völlig absurd bei einem magischen Gegenstand. Und in ihrem Fall trat diese Situation sowieso nicht ein. Sie hatte keine Kinder, keine Familie, nicht einmal entfernte Verwandtschaft, jedenfalls keine, von der sie wusste. Und selbst wenn – hätte sie einem potenziellen Erben die Peitsche ausdrücklich vermachen müssen?

Seufzend hob sie den Stift wieder auf. Die beiden einzigen Worte, die sie bisher geschrieben hatte, lauteten: »Mein Testament«. Sie musste festhalten, wer die Peitsche nach ihrem Tod bekommen sollte. Aber das war alles andere als einfach. Alles in ihr schrie danach, Luk als Erben einzusetzen. Doch da war dieser kleine Stachel, der mit seinen hässlichen Widerhaken in ihr klammerte. Würde er die Peitsche seiner Mutter übergeben?

»Nein«, rief sie nicht zum ersten Mal verzweifelt in den

Raum, »nein, das würde er nicht.« Dennoch weigerten sich ihre Finger, den Namen Lukrezius zu schreiben.

Von den Jägern vertraute sie Taco und Jara am ehesten, denn sie lebten für die Dämonenjagd. Robert Haferkamp wäre als Besitzer der Peitsche vielleicht zu kopflastig, Yves erschien ihr zu egoistisch. Jakob! Er würde die Peitsche mit Bedacht einsetzen. Doch im nächsten Moment verwarf Rahel die Idee wieder. Jakob war Pastor, kein Kämpfer. Er würde niemals lernen, die Peitsche so zu beherrschen, wie es sein musste.

»Boah, ich hasse mich selbst, Kabel«, rief sie aus, als der Kater auf den zweiten Stuhl sprang und sie ansah. Wütend pfefferte sie den Kugelschreiber an die Wand. Kabel quittierte die Aktion unerwarteterweise nicht mit einem Fauchen, sondern drehte sich auf der Sitzfläche des Stuhls, bis ihm die Position angenehm war, und rollte sich ein.

»Du bist wohl abgehärtet durch Luk«, meinte Rahel überrascht. Früher wäre der Kater erschrocken vom Stuhl gesprungen und hätte sie mindestens eine Stunde lang ignoriert. Mit einem Blick auf das fast leere Blatt Papier stand Rahel auf und ging zum Kühlschrank. Sie nahm eine Dose Cider heraus und trank das prickelnde Getränk in kleinen Schlucken.

Sie würde es wieder mit Hausarbeit versuchen, entschied sie schließlich. Das brachte sie vielleicht auf eine gute Idee, und der Haushalt hatte es bitter nötig. Sie würde sich zuerst um die Schmutzwäsche im Bad kümmern, die sich mit dem Deckel nicht mehr in den Wäschekorb zurückpressen ließ.

Im Bad packte Rahel den Korb kurzerhand und schüttete ihn kopfüber aus. Doch als sie beginnen wollte, die Wäsche nach Farben und Gradzahl zu sortieren, fiel ihr Blick auf die zuoberst liegenden Teile. Mit einem leisen »Oh!« nahm sie die beiden Tücher zur Hand, die in Mr. Minhs Karton gelegen hatten. Sie hatte gar nicht mehr daran gedacht, dass es sie gab, weil sie sie gleich in den Wäschebehälter gestopft hatte. Nach ganz unten, weil es ungeliebte Handwäsche war.

Das schlichte Tuch mit den Fransen und Knöpfen legte

sie zur Seite, aber das andere erweckte ihre Aufmerksamkeit. Seidenmalerei … Sie breitete es in ihren Armen aus und betrachtete das Motiv. Kleine Reisbauern mit Strohhüten auf Feldern, ein Dorf, ein Gebirge, ein sich schlängelnder Fluss … Ihr Herz begann zu klopfen, als ihr Luks Worte einfielen. *Minh hätte dir nichts ohne Bedeutung geschenkt.* Verriet dieses Motiv vielleicht etwas über den Aufenthaltsort der Münze? War ein Hinweis verborgen?

Aufgeregt ging Rahel mit dem Tuch zurück in die Küche und breitete es auf dem Tisch aus. Wo mochte das Dorf sich befinden? Lieferten der Fluss und das Gebirge vielleicht einen Hinweis auf einen bestimmten Ort? Aber wie sollte das möglich sein? Es musste Abertausende solcher Dörfer und Felder in China geben.

Würde Luk diese Abbildung etwas sagen? Er hatte alle Sachen, die Mr. Minh ihr vererbt hatte, auseinandergenommen und untersucht. Aber er wusste nichts von den Tüchern. Weil sie nicht daran gedacht hatte.

»Was soll ich denn nur tun, Kabel?«, hinterfragte sie ihre verworrenen Gefühle. »Soll ich sie ihm zeigen? Ich weiß einfach nicht mehr, was falsch und was richtig ist.«

Der Kater hatte sich aufgesetzt und sah sie an, als verstehe er sie.

»Ich muss meinem Gefühl vertrauen, Katerchen. Ich muss es einfach.« Sie holte ihr Handy und wählte Luks Nummer. Er ging nicht ran. Aus Angst, dass sie es sich wieder anders überlegen würde, schrieb sie ihm: »Bitte komm zu mir, Luk. Ich habe noch etwas gefunden, das Mr. Minh mir vererbt hat. Es sind zwei Tücher. Vielleicht enthalten sie einen Hinweis auf die Münze.« Das würde reichen, um ihn herzulocken, denn er wollte nichts so sehr wie diese verdammte Münze.

Doch nach einer Stunde, in der sie immer nervöser wurde, war er noch nicht da. Enttäuscht, aufgeregt und auch wütend schwang sie sich schließlich auf ihr Fahrrad und fuhr in die Speicherstadt.

Am Sandtorkai hämmerte sie an die grüne Holztür des

Teppichlagers und wartete. Als sich nichts tat, versuchte sie es erneut. Aus einer Gruppe von Leuten, die auf der anderen Straßenseite vorbeispazierten, rief einer herüber: »Guck mal auf die Uhr. Da ist Feierabend.« Die anderen lachten.

Im nächsten Moment wurde die Tür geöffnet. »Rahel«, sagte Soleria erstaunt aus der Düsternis des dunklen Vorraums. »Was kann ich für dich tun?« Sie trat zur Seite und deutete nach innen.

»Ist Luk da?«

»Nein, er ist unterwegs.« Soleria musterte Rahel, dann wies sie die ausgetretenen steinernen Stufen hinauf. »Kann ich dir helfen?«

»Nein, ich …« Rahel stockte. Was sollte sie jetzt sagen? Vielleicht einfach die Wahrheit? Schließlich suchten Luk und Sol gemeinsam nach der Münze. »Oder doch«, sagte Rahel und stieg die Treppe hinauf.

»Lass uns in mein Zimmer gehen«, meinte Soleria und ging voran. Ihr langes Kleid umspielte die schlanken Beine, während die silberfarbenen Sandaletten leise auf dem Betonboden klackerten.

Rahels Blick lag auf dem Rucksack auf Sols Rücken. Luk versteckte seine Schwingen hier im Speicher nicht. Es war der einzige Ort, an dem er wirklich frei war. Wie sehr musste Sol ihren Schwanz hassen, dass sie nicht einmal in ihrem Zuhause wagte, den Rucksack abzulegen?

Soleria sagte in diesem Moment: »Ich bin auch gerade erst nach Hause gekommen. Wäre ich bereits in meinem Zimmer gewesen, hätte ich dich nicht gehört. Melde dich beim nächsten Mal vorher gern an, wenn du hereinmöchtest, Rahel. Es wäre schade, wenn dein Weg umsonst gewesen wäre.«

»Ich habe mich bei Luk angemeldet. Aber er hat nicht geantwortet.«

Soleria wandte sich halb um. »Tatsächlich?« Dann lächelte sie. »Beim nächsten Mal solltest du mich anschreiben. Ich antworte immer.«

Ihr Raum unterschied sich größenmäßig nicht von Luks

Zimmer, wirkte aber viel heller und freundlicher, weil Sol nicht eine komplette Wand mit Bücherregalen zugestellt hatte. Rahel schätzte, dass es hier nicht weniger Bücher gab, aber sie waren anders verteilt. Auch Soleria bevorzugte antikes Mobiliar, allerdings im Biedermeierstil.

Das maßgefertigte Bett war die Kopie von Luks Bett. Doch in allen Ecken herrschte eine feminine Note, die nicht kitschig, sondern wunderschön war. Bettwäsche mit roséfarbenen Blümchen, Vasen mit frischen bunten Blumensträußen, eine Flöte und eine Geige lagen auf einer Kommode, als seien sie gerade weggelegt worden. Ein Notenständer diente auch als Schmuckständer, denn mehrere von Sols geliebten langen Ketten hingen daran.

»Ein echter Wohlfühlraum«, sagte Rahel, was sie dachte.

»Jein«, lautete Solerias Antwort. »Ich vermisse Fenster. Ich mag es licht und hell und …« Sie brach ab. »Ich bin nur hier, weil Luk den Speicher liebt. Nirgends sonst kann er seine Flügel so ausbreiten wie hier.«

»Aber warum suchst du dir nicht eine eigene Wohnung?«, fragte Rahel erstaunt.

Die Antwort war ein mildes Lächeln. »Das kannst du nicht verstehen, Rahel. Luk und ich … wir brauchen uns. Es gab eine Zeit vor vielen Jahrhunderten, da haben wir ein Leben getrennt voneinander versucht, aber keiner von uns kann ohne den anderen wahrhaft glücklich sein.«

Rahel seufzte. »Es muss schön sein, einen Zwilling zu haben.«

Solerias Lächeln verklärte sich. »Die Liebe, die Luk und mich verbindet, geht über menschliche Liebe weit hinaus.«

Rahel schwieg. Was sollte sie einem Wesen, das zur Hälfte Engel war, darauf auch antworten?

Soleria zeigte auf den Tresen mit den beiden Hockern – alles weiß lackiert – und fragte: »Was kann ich denn für dich tun, du Liebe?«

Rahel schwang sich auf den Hocker. »Ich habe noch etwas entdeckt, das Mr. Minh mir hinterlassen hat. Zwei Tücher, von denen eines ein Motiv in Seidenmalerei hat, das vielleicht einen Hinweis auf den Ort geben könnte, wo sich ...« Rahel schluckte. Luk hatte nie explizit erwähnt, dass Soleria über das Käschschwert Bescheid wusste.

Doch die Frage, was sie sagen durfte, erübrigte sich, als Sol den Satz beendete:»... die Münze befindet?«

Rahel nickte.

»Hast du die Tücher dabei?« Soleria klang genauso erregt wie Luk, wenn es um die Münze ging.

»Nein.« Rahel wurde heiß.»Ich dachte ja, dass Luk zu mir kommt, aber er kam nicht. Und dann bin ich einfach losgeradelt.«

Es folgte ein langer und intensiver Blick von Soleria. Rahel fühlte sich mental ausgezogen, doch noch viel verstörender waren die leisen Worte:»Oh, Rahel. Liebes.«

Das Mitleid darin war von einer Macht, die vage Übelkeit in Rahel auslöste. Sie brauchte kein Mitleid!

»Du bist in ihn verliebt.« Solerias Worte klangen jetzt sachlich.»Fast habe ich es geahnt.«

Rahel wusste nicht, was sie antworten sollte. Es zuzugeben, widerstrebte ihr.

Soleria nahm Rahels Hand in die Handschuhhand und strich mit der anderen darüber. Dass sie etwas sagen wollte, war klar, aber sie schien Anlauf zu brauchen. Schließlich seufzte die Engeldämonin und sagte mit ruhiger Stimme:»Du bist nicht die Erste, die Luks Anziehung erliegt, Rahel. In den vielen Jahrhunderten unseres Lebens hat mein Bruder allerdings kaum einmal ein Herz gebrochen, denn immer war es nur körperlich, was ihn und die jeweilige Frau verband. Und das ist in Ordnung, denke ich. Es gefiel beiden so.«

Ihre streichelnde Hand hielt inne.»Nur drei Mal hat er wirklich geliebt. Unsere wunderbare Beth durftest du noch erleben. Einige Jahrhunderte vorher gab es Ruth.« Tränen traten ihr in die Augen.»Beide waren mir wie Schwestern.«

»Und die Dritte?« Rahel musste einfach fragen.

»Amara, eine Araberin. Ich habe sie nicht kennengelernt,

weil ihre Liebe genau in die Zeit fiel, als mein Kontakt zu Luk abgebrochen war. Es war im 6. Jahrhundert nach Christi Geburt.«

Das Blut rauschte durch Rahels Ohren. Das alles klang völlig abstrakt, doch Luk und Beth hatte sie ja miteinander erlebt ... Die große Liebe zwischen den beiden war so offensichtlich und wahrhaftig gewesen.

»Wenn es nur körperlich zwischen euch ist, Rahel, und du es genießt wie er, dann ist es wohl gut, denke ich.«

Diese Worte brachten die Wut zurück, die Rahel in letzter Zeit so oft befiel. »Sol, ich möchte mit dir nicht über etwas reden, das nur Luk und mich etwas angeht.« Weil sie selbst merkte, wie unbeherrscht sie klang, fügte sie ruhiger hinzu: »Ich hoffe, du verstehst das.«

Soleria nickte. »Du hast recht, euer Miteinander geht mich nichts an, aber das Erbe meines Vaters in mir ist groß, Rahel. Ich fühle mit den Menschen, ich freue mich mit ihnen, aber ich leide auch mit ihnen. Und ich möchte nicht irgendwann mit dir leiden müssen. Aus diesem Grund muss ich dir jetzt noch etwas mit auf deinen Weg geben, und danach, das verspreche ich dir, werde ich kein Wort mehr darüber verlieren.«

Nein, ich will es nicht hören, brannte auf Rahels Lippen, aber es kam nicht darüber.

»Ich weiß, dass du eine Verseuchte bist.«

»Er hat es dir erzählt?« Rahel fühlte sich geohrfeigt. Von Luk.

»Wir haben keine Geheimnisse voreinander.« Solerias Lächeln verzerrte sich, als sie hinzufügte: »Es sei denn, es geht um seine körperliche Lust. Das muss und will ich auch nicht hören.«

Das erklärte, warum Luk seiner Schwester nicht erzählte, wo er seine Nächte verbrachte.

Soleria holte tief Luft, bevor sie fortfuhr. »Ich werde dir jetzt wehtun, Rahel. Aber was ich sage, sage ich aus Liebe, und letztendlich wird es dich noch stärker machen, als du es ohnehin schon bist. Du hast uns erzählt, dass du in einem

Heim aufgewachsen bist und dass alle Pflegeelternpaare, die dich zu sich geholt haben, die Pflegschaft wieder abgaben.« Sie nahm das Streicheln von Rahels Hand wieder auf. »Du konntest nichts dafür, Rahel, dass sie dich nicht wollten. Es lag nicht an dem, was du in der Zeit bei ihnen getan oder gesagt hast, sondern an dem, was du bist. Dein Blut macht es einfach allen Menschen unmöglich, dich wahrhaft lieben zu können.« Rahel war unfähig zu antworten. Der verbale Faustschlag in den Magen raubte ihr den Atem.

»Rahel«, Soleria schien ihr anzusehen, wie sie sich fühlte, »du bist ein guter Mensch. Ein besserer und liebevollerer Mensch als wohl die meisten. Aber nichts, was du jemals tun wirst, egal wie gut und edel und herzlich es ist, wird dir die Auraschwärzung nehmen.« Sie zögerte kurz, dann legte sie nach. »Kein Mensch wird dich jemals so lieben, wie du es verdient hättest. Egal wie sehr die Menschen, die dir nahestehen, sich bemühen … Da wird immer diese feine eisige Kruste sein, die es ihnen unmöglich macht, dir innig nahe zu sein.«

Rahel krümmte sich mit einem Wehlaut. Sie wurde gerade mental zusammengeprügelt. »Ich wurde geliebt!«, stieß sie fast flehentlich aus. »Und wie! Bettina hat mich geliebt! Meine Adoptivmutter hat mich aus dem Heim herausgeholt und mit zu sich nach Hause genommen.« Sie schluchzte auf. »Sie hat mich geliebt! Wieder und wieder hat sie es mir gesagt!«

»Oh, du Liebe.« In Solerias Augen schimmerten Tränen. »Es ist wunderbar, dass deine Bettina es gesagt hat, weil es dich stark gemacht hat, Rahel. Aber sie hat es dir aus Mitleid gesagt. Sie muss eine sehr liebevolle Frau gewesen sein. Sie hat das kleine Mädchen gesehen, das niemand wollte, und hat sich deiner angenommen.«

Rahel weinte bitterlich auf. »Warum sagst du so etwas? So etwas Hässliches?«

»Weil ich die Wahrheit ehre. Ich liebe Lukrezius über alles, aber ich weiß um seine Schwächen. Und dazu zählt sein naturgegebener grenzenloser Egoismus. Wenn du glaubst, dass dein Blut dich für ihn interessanter macht, dann liegst du falsch.

Luk hat in zweieinhalb Jahrtausenden mehrere verseuchte Gespielinnen gehabt, aber wahrhaftig geliebt hat er nur Amara, Ruth und Beth.«

»Frauen mit reinem Blut«, würgte Rahel hervor.

Soleria schwieg. Sie ließ Rahel los. Ihre Hände wanderten zu ihrem Turban. »Mein Haar kann dir vielleicht ein wenig von deinem Schmerz nehmen.«

Doch Rahel stand schon. Sie brauchte kein Engelshaar. Sie brauchte gar nichts. Ohne ein Wort rannte sie hinaus.

20

Line wurde wach, als am Mittwochmorgen eine fremde
Stimme nach oben klang. Der Blick zum Wecker verriet, dass
es kurz nach acht war. Sie setzte sich im Bett auf und lauschte.
Auch Bents Stimme war zu hören. Dann fiel ihr ein, dass Opa
gestern gesagt hatte, ein Monteur der Treppenliftfirma würde
heute Morgen kommen, um sich den Schaden anzugucken.
Es hatte ja auch lange genug gedauert. Mama war ganz still
gewesen, als Opa gefragt hatte, warum die Firma noch nicht
informiert gewesen war.
Sie selbst hatte auch keine Antwort gehabt. Seit Papas Tod
trug Bent Mama abends die Treppe hinauf und am Morgen
wieder nach unten.
Line schwang sich aus dem Bett und zog sich schnell an.
Wenn der Mann auf der Treppe arbeitete, kam sie womöglich
nicht mehr runter. »Ja, du kriegst natürlich noch was«, sagte sie
zu dem Meerschweinchen, das sein schwarzes Näschen durch
die Gitterstäbe steckte. Line öffnete die beiden Frischhalte-
boxen und befüllte den Futternapf mit kleinen Möhren- und
Blumenkohlstücken.
Sie streichelte das seidige Fell, während das Meerschweinchen an der Möhre knabberte. »Vielleicht können wir beide
ja mal wieder einen Clip ins Internet stellen? Hast du Lust
dazu, Pongo?« Im Grunde hatte sie die Frage an sich selbst
gerichtet, und mit einem Gefühl von Freiheit, das ihre Brust
leicht machte, sagte sie leise, aber bestimmt: »Ja!«
Lächelnd verließ sie ihr Zimmer, doch schon an Emmas
Tür verharrte sie, weil der Mann, der mit dem Rücken zu ihr
auf halber Höhe auf der Treppe saß, gerade sagte: »Das ist
kein Materialfehler.« Er klang aufgebracht. »Da hat einer dran
rumgemacht. Eindeutig.«
»Rumgemacht?«, erklang Bents Stimme von unten.
»Ja. Jemand hat wohl die Leitschiene angesägt. Hier ...«

Line sah seine Hand nicht, aber anscheinend fuhr er mit den Fingern über die Schiene.

Der Monteur stand auf. »Ich weiß nicht, was hier los ist, aber unsere Firma übernimmt da keine Haftung. Der Chef wird einen Gutachter beauftragen. Das ist eindeutig Manipulation.« Lines Herz klopfte bis in den Hals. Angesägt ... Ihr Gefühl hatte sie also nicht getrogen!

Einen Moment lang herrschte Stille, dann erklang Christine Hathors Stimme. »Mein Mann ... er ist ...« Sie stockte. »Er war krank. *Sehr* krank. Vielleicht hat er das gemacht?« Ihre Stimme klang so flattrig und piepsig wie immer.

Line versuchte, sich die Stimme ihrer Mutter so vorzustellen, wie sie einmal gewesen war. Es wollte kaum gelingen. Weil Mama schon so lange so war. Und anscheinend würde es auch noch dauern, bis sie ihre verloren gegangene Stimme wiederfand, denn Papa trieb immer noch sein Unwesen, obwohl er nicht mehr da war. Er steckte noch mit allem, was er getan hatte, in Mama.

In diesem Moment überfiel die Scham Line erneut mit aller Macht. Sie hatte immer nur an sich selbst gedacht; und natürlich an Emma. Aber Mama hätte sie auch gebraucht. Mama hatte sich wahrscheinlich genauso vor Papa gefürchtet wie sie selbst. Line wusste jetzt, dass sie nicht hatte erwarten dürfen, dass Mama sich selbst half. Dazu war sie gar nicht in der Lage. Auch jetzt noch nicht.

Bents Stimme klang nicht flattrig. »Wenn man da so ein Gutachten braucht, okay. Hauptsache, da kommt schnell ein neuer Lift.«

Line war dankbar, dass ihr Bruder das Wort übernahm. Überhaupt war mit Bent seit Papas Tod eine Wandlung vor sich gegangen. Er war still geworden, in sich gekehrt. Auch er musste wohl erst realisieren, dass sich die Stimmung im Haus grundlegend verändert hatte – zum Besseren.

***

Drei Tage waren vergangen, seit Soleria ihr die Wahrheit wie ein nasses Handtuch um die Ohren geschlagen hatte. Rahel fühlte sich noch immer wie betäubt, doch ihr Verstand funktionierte wieder. Taub waren nur ihre Gefühle. Und ihr Herz. Ihr Blick scannte das Schloss der Wohnungstür, bevor sie den Schlüssel hineinsteckte. Es war unversehrt. Das war gut. Einerseits. Etwas in ihr, etwas Wildes und Verletztes, hatte sich gewünscht, dass das Schloss aufgebrochen war, denn diesmal hatte sie die Tür abgeschlossen. Andererseits hätte sie nicht sicher sein können, was Luk gewollt hätte. Sie? Oder einfach nur die Tücher?

Kabel maunzte. Er schien zu wissen, dass sie wieder zu Hause waren, und wollte raus aus dem Transportkorb. Rahel schloss die Wohnungstür auf, stellte den Korb auf dem Flurboden ab und öffnete die Gittertür. Kabel nahm direkt Kurs auf die Küche und schnupperte an der Stelle, wo eigentlich seine Näpfe standen.

Rahel nahm den Rucksack vom Rücken und holte sie heraus. Sie füllte den Wassernapf frisch auf und ließ sich kraftlos auf den Küchenstuhl sinken. Auf dem Tisch lagen ihre Handys. Sie hatte sie hiergelassen, damit Robert sie nicht orten konnte. Oder hatte Luk ihn gar nicht damit beauftragt? In den drei Tagen, die sie auf Amrum verbracht hatte, waren ihre Gefühle Achterbahn gefahren. Wenn sie glaubte, den Misstrauensberg geschafft zu haben, und Luk vertrauen wollte, war der Gedankenzug im nächsten Moment wieder mit Karacho hinuntergerauscht und hatte Bauchkrämpfe und Tränen mit sich gebracht.

Sie raffte sich auf und schenkte sich ein Glas Wasser ein, dann ging sie ins Schlafzimmer. Die Balkontür war ebenfalls unversehrt. Luk war anscheinend nicht hier gewesen, doch sicher war Rahel sich nicht. Er hätte längst ohne ihr Wissen einen Schlüssel nachmachen lassen können, denn der Zweitschlüssel hing griffbereit im Schlüsselkasten. Doch selbst wenn er sich hier unbemerkt auf die Suche nach den Tüchern gemacht hatte, war er erfolglos geblieben, denn sie hatte sie nach Amrum mitgenommen.

Das Windspiel sandte seinen vertrauten Klang in den Raum, als Rahel die Balkontür im Kipp öffnete, um frische Luft hereinzulassen. Um der mahnend klingenden Erinnerung an Mr. Minh zu entkommen, ging sie in die Küche zurück.

Vielleicht sah sie ja auch einfach Gespenster, wo gar keine waren? Hatte sie überreagiert, als sie sich bei Robert krankgemeldet hatte? Es gab nur eine Möglichkeit, es herauszufinden. Sie musste mit Luk reden, wenn sie klarer sehen wollte. Mit diesem Gedanken nahm sie die beiden Tücher aus dem Rucksack. Hundertmal und mehr hatte sie das Motivtuch auf Amrum ausgebreitet und war kein bisschen schlauer geworden. Und die Holzknöpfe an den Fransen des cremefarbenen Tuchs hatten sie auch nicht weitergebracht. Alle Knöpfe waren durchweg verschieden in Größe, Farbe und Maserung, doch es gab keine versteckten Zeichen oder Inschriften darauf.

»Was auch immer Sie sich dabei gedacht haben, mir diese Tücher zu schenken, Mr. Minh, ich werde es nur erfahren, wenn ich sie Luk oder Sol zeige.« Diesmal war es kein Klang, der mahnte, sondern der den Tüchern anhaftende Geruch des Ladens.

»Schluss jetzt damit, Mr. Minh«, wehrte sie sich gegen ihr schlechtes Gewissen. Sie hatte begriffen, dass er den beiden nicht vertraut hatte, aber sie musste sich jetzt auf sich selbst verlassen. Kurz entschlossen ging sie ins Bad. Sie legte die Tücher ins Waschbecken, ließ Wasser ein und verteilte eine kräftige Ladung Waschpulver darüber, um den Ladengeruch zu vertreiben.

Sie ließ sich Zeit bei der Handwäsche. Es hatte fast etwas Heilendes, den feinen Seidenstoff durch die Finger gleiten zu lassen und immer wieder auszuspülen. Minutenlang wiederholte Rahel die Prozedur bei jedem Tuch, bis sie eines an die Nase hielt. Der Duft des Ladens schien verflogen. Rahel drückte die Tücher aus und legte sie zum Trocknen über den Badewannenrand.

Als sie den Stöpsel aus dem Waschbecken zog, stutzte sie. Zwei der größeren Holzknöpfe waren abgegangen und lagen am Grund. Rahel nahm sie auf. Es waren zwei identische Stücke. »Hm.« Sie war sich so sicher gewesen, dass kein einziger Knopf dem anderen glich. Sie hockte sich vor der Wanne auf die Knie, um die Fransen zu suchen, an denen die Knöpfe fehlten. Auf den ersten Blick fiel nichts ins Auge. Alle Fransen hatten ihren Knopf, doch dann … »Oh Gott!« Rahel wurde heiß und zeitgleich übel vor Aufregung, als sie nach der Franse griff, an der etwas Rundes mit einem kupfergoldenen Gleißen hervorstach. »Das ist unmöglich!«

Sie drehte und wendete die kleine Münze mit der quadratischen Aussparung in der Mitte. Es war eindeutig die Käschmünze. Doch wie konnte das sein? Sie hatte alle Knöpfe mehrfach betrachtet. Nie war die Münze dagewesen. Nie!

Fahrig und aufgeregt ließ Rahel Fransen und Knöpfe durch ihre Finger gleiten. Es gab keine freie Franse. Sie betrachtete die beiden Holzknöpfe aus dem Waschbecken, dann dämmerte ihr etwas. Das waren nicht zwei Knöpfe. Das waren zwei Hälften eines Knopfes. Sie nahm sie und legte sie um die Münze. »Unglaublich«, murmelte sie. Perfekt eingeschlossen und verborgen zwischen den beiden Holzhälften, war die Münze immer dagewesen.

Rahel legte die Holzteile zur Seite und betrachtete die Münze wieder. Dieser leichte Schimmer … Magie. Sie konnte es immer noch nicht glauben. Immer wieder strich sie mit den Fingerkuppen über die quadratische Aushöhlung in der Münze.

Luk würde vor Aufregung durchdrehen. Die Vorstellung ließ Rahels Herz noch schneller klopfen. Sie hatte das gefunden, was er wollte wie nichts anderes. *Sie* besaß die Münze. Und damit ging eine wahnsinnige Verantwortung einher, wie ihr im nächsten Moment bewusst wurde. Noch vor drei Tagen hätte sie Luk die Käschmünze voller Freude und Aufregung übergeben, aber nun …

Solerias Worte hatten sich in ihren Kopf eingebrannt. Nichts würde sie je wieder entfernen können. Aber vielleicht würde das Verbrannte verblassen. Darauf zu hoffen, zumindest das hatte der Ausflug an die Nordsee bewirkt.

Sie *war* eine Verseuchte. Damit musste sie jetzt leben. Und gab es nicht auch viele normale Menschen, die allein lebten, ohne Partner, und trotzdem ein glückliches Leben führten? Rahel horchte erneut in sich hinein. Das, was am Norddorfer Strand auf Amrum wie ein kleines Samenkorn in ihr erblüht war, hatte schon Triebe ausgebildet. Sie hatte eine Aufgabe! Eine mächtige und kraftraubende, aber doch gleichzeitig auch kraftbringende Aufgabe. Sie war dazu ausersehen, Menschen vor dem absolut Bösen zu retten. Und war Erfüllung nicht auch Liebe? War es nicht nur kein Egoismus, sich selbst zu lieben, sondern der Sprössling der Liebe zu allem?

Gestärkt atmete sie tief durch. Dann stand sie auf und nahm eine Rasierklinge aus dem Schränkchen mit den Badutensilien. Sie trennte die Münze von der Franse und steckte sie in die vordere Hosentasche. Sie würde damit zu dem Menschen gehen, der Vertrauen verdient hatte. Jakob Albers. Das Geheimnis des Käschschwertes war bei ihm gut aufgehoben. Luk und Sol würden nie erfahren, dass er davon wusste, denn Rahel war sich sicher, dass Jakob sich eher die Zunge herausreißen würde, als etwas ihm Anvertrautes weiterzugeben.

Aber er ist nicht nur Pastor, sondern auch Dämonenjäger, pochte die leise Stimme in ihrem Hinterkopf. Würde er seine Verschwiegenheitspflicht wirklich über ein Menschenleben stellen, wenn es nötig wäre?

»Darauf muss ich es ankommen lassen«, sprach Rahel sich selbst Mut zu. Sich vorzustellen, wie Luk reagieren würde, wenn er davon erfuhr, dass sie das Geheimnis weitergegeben hatte, sprengte ihre Vorstellungskraft.

Sie nahm ihr Rad von den Haken an der Flurwand und verließ die Wohnung. Sie musste jetzt erst einmal ins Büro fahren und zeigen, dass sie komplett fit war. Der Blutmond war mehr als nah, und sie wollte bei der Aktion, die Urdämonen in Schach zu halten, unbedingt dabei sein.

∗∗∗

Emmas vor Aufregung hochrote Wangen zu sehen, zauberte ein Lächeln auf Lines Gesicht. Es war gut, dass sie mit der kleinen Schwester nach Stellingen ins JUMP House gefahren war. Schon die Fahrt mit der U-Bahn dorthin war so herrlich normal gewesen. Als Emma kreischte, verbannte Line den Anflug des schlechten Gewissens mit aller Macht. Sie hatten doch wohl nach den langen Monaten des Schreckens und der Angst das Recht, endlich mal wieder fröhlich zu sein. Mama war zwar nicht begeistert gewesen, als sie am Morgen angekündigt hatte, mit Emma in den Trampolinpark zu fahren, doch zum Glück war Opa gerade da gewesen. Er hatte es letztendlich geschafft, Mama umzustimmen.

Doch die gelöste Freude, die Emma beim Hüpfen, Springen und Spielen empfand, konnte Line nicht teilen. Immer wieder schweiften ihre Gedanken zu den Worten des Monteurs ab. Manipulation … das erschien ihr immer noch so absolut ungeheuerlich. Hatte Papa sich umgebracht, weil er den Treppenlift angesägt hatte?

Aber in seinem Abschiedsbrief hatte er nichts davon erwähnt. Dort hatte nur gestanden, dass er nach dem schweren Verkehrsunfall seine düsteren Gedanken einfach nicht abschütteln konnte und es nicht mehr aushielt zu leben. Opa und Oma behaupteten, dass er eine unerkannte schwere Depression gehabt habe. Doch machten Depressive so böse Sachen wie Papa?

Line sah kurz zu Emma. Die Kleine war beschäftigt. Line zog ihr Handy aus der Hosentasche, das sie im Nachttisch ihres Vaters gefunden hatte, als sie sich am Tag nach seinem Tod auf die Suche begeben hatte. Sie gab »Depression Wesensveränderung« bei Google ein und bekam sofort ein Ergebnis. Gesteigerte Aggressivität und antisoziales Verhalten waren insbesondere bei Männern durchaus möglich.

Die Scham kroch Line wieder durch den Körper, aber der Gedanke, dass Papas Selbstmord nach all dem Unheimlichen seine letzte *gute* Tat gewesen war, ließ sich nicht vertreiben.

Doch noch etwas beschäftigte sie: die Feile in Mamas Rollstuhl. Je mehr sie darüber nachdachte, desto unglaubwürdiger erschien Line die Vermutung, dass Mama die Feile aus Angst vor Papa mit sich geführt hatte. Wenn man sich verteidigen wollte, würde man doch nicht so eine Feile wählen? Das war kein Verteidigungswerkzeug. Doch aus welchem Grund hatte Mama sie dann aus der Werkzeugschublade genommen? Noch dazu heimlich.

Ein kalter Hauch strich über ihren Nacken, weil die Worte des Monteurs nachklangen. *Jemand hat an der Schiene rumgemacht.* Line bekam einen trockenen Mund. Konnte man mit einer Eisenfeile …

»Line, komm! Das macht voll Spaß«, holte Emma sie aus den Gedanken.

»Ja«, sagte Line automatisch. Sie würde Mama einfach fragen und sich nicht von ihren verrückten Nerven weiter tyrannisieren lassen. Das fehlte auch noch, dass sie jetzt Mama verdächtigte, die Schiene manipuliert zu haben.

»Ich komme, Emmi.« Eine Viertelstunde konnte sie noch mit ihrer kleinen Schwester toben, dann würden sie nach Hause fahren. Opa und Oma wollten zum Kaffee kommen.

∗∗∗

Als Rahel im Kellerbüro eintraf, stellte sie verblüfft fest, dass es menschenleer war. Doch das täuschte, denn als sie ihre Tasche auf einem der Stühle ablegte, nieste im Bad jemand – offenbar Robert. Die Monitore auf seinem Schreibtisch waren an, und aus seinem Teebecher dampfte es. Der Duft von Pfefferminz war der olfaktorische Beweis, dass heute Freitag war.

Rahel ging in die Ecke, wo die Schutzanzüge hingen. Bis die anderen eintrafen, konnte sie die Zeit nutzen. Jara pflegte die Ausrüstung zwar tadellos, aber das entband sie alle nicht von der Pflicht, das eigene Equipment vor einem Einsatz selbst noch einmal zu checken.

Rahel hatte kaum ihren Helm zur Hand genommen, als

sie aufgeregte Stimmen vor der Bürotür hörte. Eine davon, die lautere, gehörte Yves. Doch als sich die Tür öffnete, verstummten die Stimmen zunächst. Dass die zweite Stimme Jakob Albers gehörte, wurde klar, als er sagte: »Keiner da … Egal, wir können das jetzt nicht weiter besprechen, Yves. Es muss auf jeden Fall vorerst unter uns bleiben.«

»Aber müssen wir sie nicht einweihen? Sie ist in Gefahr, wenn es stimmt, was du gesehen haben willst.«

»Ich *will* es nicht gesehen haben«, presste Jakob hervor. »Ich *habe* es gesehen. Sie haben sich massiv verdunkelt.«

Die Klospülung wurde im Bad betätigt. Yves sagte hastig: »Umso dringlicher erscheint es mir, unser Vorgehen jetzt weiter zu besprechen. Im Behandlungsraum hört Robert uns nicht.«

Rahel blieb lautlos stehen, wo sie stand. Erst als sich die Tür des Behandlungszimmers schloss, kam sie aus der Ecke heraus. Was hatte das denn zu bedeuten? Wer war in Gefahr? Und was hatte sich massiv verdunkelt?

Verunsichert starrte Rahel die Tür an. Jeder verbarg hier anscheinend vor jedem etwas. Das Einer-für-alle-alle-für-einen-Ding röchelte definitiv aus dem letzten Loch. Doch auch Jakob? Das tat unerwartet weh.

Hinter ihr öffnete sich die Badtür. »Guten Morgen, Rahel.« Sie wandte sich zu Robert um. »Hallo.«

Er musterte sie streng. »Bist du schon wieder auskuriert? Wenn wir hier so kurz vor dem Blutmond etwas nicht gebrauchen können, dann eine Magen-Darm-Erkrankung.«

Er hatte natürlich recht. Sie bereute die erfundene Ausrede. »Ich kann dich beruhigen, Robert. Letztendlich war es kein Magen-Darm-, sondern ein Unterleibsproblem. Du verstehst?«

»Oh.« Er winkte mit beiden Händen hektisch ab. »*Das* will ich jetzt wirklich nicht hören, Rahel.«

Ziel erreicht. Rahel wandte sich wieder der geschlossenen Tür zu. Was besprachen die beiden Männer dahinter?

Dann öffnete sich die Kellertür erneut. Luk und Soleria traten ein. Während Soleria ein warmes »Guten Morgen« in den Raum warf, kam von Luk kein Wort. Beide sahen Rahel an. Solerias Blick war unergründlich, Luks wutentbrannt. Rahel sah ihm an, dass er versuchte, sein Gesicht in den Griff zu kriegen. Das gelang ihm bei seinem Kiefer, den er einen Hauch entspannte, doch seine Augen konnte er nicht steuern. Kaum ein Goldfünkchen war im Schwarz auszumachen. Als Soleria Robert in ein Gespräch verwickelte, trat Luk auf sie zu. »Wo, verdammt, warst du?«, presste er über seine Lippen.

»Spielt das eine Rolle? Ich brauchte einfach Abstand.«

»Tatsächlich.« Sein Blick umfing sie mit einer Macht, die sie schneller atmen ließ. Und er hatte es bemerkt. Seine Stimme wurde noch leiser. »Es sieht gerade nicht danach aus, als wolltest du Abstand.« Dann wurde sein Ton wieder hart. »Du schuldest mir eine Erklärung.«

Der Satz löste den Bann. »Ich schulde dir einen Scheißdreck«, zischte Rahel. Sie sah dabei zu Robert und Soleria, die aber nach wie vor intensiv in ihr Gespräch verwickelt waren. Wollte Sol ihrem Bruder so die Möglichkeit geben, mit ihr zu reden? Wahrscheinlich.

Massive Wut stand Luk erneut ins Gesicht geschrieben. »*Du* hast *mich* doch angeschrieben. Was ist also mit den Tüchern? Hast du sie dabei?«

»Nein. Sie sind bei mir zu Hause.«

Er holte tief Luft. Anscheinend, um seiner Stimme die Wut zu nehmen, die er empfand. »Wäre es dann wohl möglich, Gnädigste, dass ich sie mir heute ansehe? Nach der Besprechung?«

»Ja.« Mit diesem Wort wandte sie sich ab und setzte sich an den Tisch.

Luk blieb wortlos, aber wohl eher, weil sich die Tür vom Behandlungsraum öffnete und Jakob und Yves herauskamen. »Danke, Yves«, sagte Jakob und presste beide Hände an den unteren Rücken. »Unser Doc hat begnadete Hände. Ich hatte gerade eine kleine Privatbehandlung.«

Von wegen. Rahel musterte die Gesichter. Beide wirkten arglos. Mit einem Ächzen setzte Jakob sich und dehnte und drehte sich dabei noch ein wenig, wohl um der erfundenen Geschichte Glaubhaftigkeit zu verleihen.

Als Jara ein »Guten Morgen« trällernd eintrat, nahmen alle am Tisch Platz. Sol und Luk setzten sich auf die Barhocker, während Jara eine lilafarbene Packung mit Schokoherzen aus ihrer Tasche nahm, öffnete und auf den Tisch stellte.

»Bedauerlich, dass Taco den Geburtstag seiner Großmutter höher einschätzt als die Vorbereitung auf die Ankunft der Urdämonen«, sagte Lukrezius mit mürrischem Blick auf den leeren Platz am Tisch.

»Ich finde das ganz wunderbar«, nahm Jara ihm den Wind aus den düsteren Segeln. »Liebe ist der Weg ins Paradies. Außerdem ist Taco auch ohne Vorbereitung jederzeit voll einsatzbereit. Bisher hat er die Begleiter eurer Mutter doch immer gut in Schach gehalten, oder?« Sie fummelte ein Herz aus der Packung, warf es in die Höhe und fing es mit dem Mund auf. »Bedauerlich, dass du keine Schoki magst, Luk«, schmatzte sie. »Die ist gut für die Nerven.«

»Meine Nerven sind aus Stahl«, kam es düster vom Tresen.

Jara formte mit den Lippen ein lautloses »Ja klaaar.«

»Lasst uns mit der Einsatzplanung beginnen«, mahnte Yves. Er sah Robert an. »Wo nehmen wir die Urdämonen diesmal in Empfang?«

Robert machte sich gerade und nahm ein vorbereitetes Papier vom Schreibtisch auf. »Luk und ich haben uns mit den BKA-Kollegen abgestimmt und uns für die Kibbelstegbrücke am Zollkanal entschieden, weil in der Nacht in der Speicherstadt kaum Betrieb ist. Unsere Kollegen werden die ›Bombenentschärfung‹ wie gewohnt zeitig bei der Stadt anmelden.«

Alle nickten, auch Rahel. Sie hatte erfahren, dass dieses Prozedere oft angewendet wurde. Den Menschen wurden vermeintliche Bombenentschärfungen und Gasaustritte vorgegaukelt, um Evakuierungen durchführen zu können. Rahel wusste, dass sich trotzdem viele Leute der Evakuierung entziehen würden. Blieben sie in ihren Wohnungen, waren sie sicher, doch sollten sie sich in Wassernähe herumtreiben … Jara hatte erzählt, dass auch immer wieder Obdachlose Opfer der Dämonen wurden, weil sie draußen campierten.

»Dann lasst uns hoffen, dass wir auch dieses Mal mit nur zwei Toten davonkommen«, meinte Yves.

Gänsehaut wanderte über Rahels Arme hinauf bis zu ihrem Nacken. Keine Toten war am Blutmond keine Option, wie sie von den anderen wusste. Die Urdämonen stillten immer ihren Hunger, wenn sie durch das Portal kamen. Den Dämonenjägern blieb nur die Opferbegrenzung. Doch das würde sich jetzt womöglich ändern, denn sie hatte die Münze gefunden. Das Schwert konnte vervollständigt und die Urdämonen konnten vernichtet werden.

Während Robert einen stark vergrößerten Stadtplanauszug der Speicherstadt am Flipchart befestigte, konnte Rahel sich kaum auf das Gesagte konzentrieren, weil sie einfach nicht wusste, was sie mit dem Wissen um die Münze tun sollte. Jakob hatte ein Geheimnis mit Yves – er war für den Moment raus als Geheimnisträger. Also blieben nur Luk und Soleria, wenn sie keinen der anderen einweihen wollte. Es spielte dabei keine Rolle, dass Sol ihr so wehgetan hatte, denn ihr persönliches Befinden hatte mit dem Schwert und seinen Möglichkeiten nichts zu tun. Es galt, Menschenleben zu retten. Und dieser Gedanke rief ihre innere Stimme auf den Plan: Solltest du nicht aus genau diesem Grund den anderen *jetzt* von der Münze erzählen?

Unwohl sah Rahel sich um. Die Stimme hatte recht. Ein Einsatz mit dem Käschschwert musste ganz anders geplant werden als der für die Jäger übliche Einsatz ohne Schwert. Was sollte sie nur tun? Was, was, was? Die Münze schien gerade ein Loch in ihre Jeanstasche zu brennen.

Rahel versuchte ihre Unruhe niederzukämpfen. Sie musste ihren Kollegen zuhören, um kein Detail zu verpassen. Sie würden sich auf der unteren Ebene der Kibbelstegbrücke positionieren, während Luk und Sol sich auf der Treppe des Anlegers aufhalten sollten. So hatten sie einen guten Überblick, um das Portal so früh wie möglich zu sehen.

In der Vergangenheit war es den Jägern nie gelungen, alle Urdämonen mit Feuer in Schach zu halten, denn die Kräfte der Wesen und ihre Wendigkeit im Wasser waren zu groß. Außerdem mussten die Jäger ihr eigenes Leben schützen. Mindestens zwei der Urdämonen brachen immer durch. Luks Mutter gehörte nie zu ihnen. Sie blieb dort, wo Luk war.

Rahel fiel es nach wie vor schwer, sich Kronox vorzustellen. Wie war sie? Jara hatte erzählt, dass Luk die Urdämonin mit dem Flammenwerfer von sich fernhielt, doch nie hatte sie ihm wehgetan – was ihr durchaus möglich gewesen wäre. Auch Kronox' Vasallen hielten sich von ihm und Soleria fern. Eine Mutter schützte ihre Kinder – selbst eine urböse.

Rahel schrak zusammen, als ihr Name fiel. »Was?«

Jaras Brauen zogen sich zusammen. »Du solltest jetzt wirklich nicht unkonzentriert sein, Rahel. Ich sagte: Dein Platz ist hinter mir und Taco.« Sie deutete auf die Karte. »Morgen machen wir die Ortsbegehung. Da können wir dann deine Fragen beantworten, die noch auftauchen werden.«

✳✳✳

»Schau mal, Line-Schatz, ich hab hier was für dich.« Elke Hathor zog die Tasche, die sie neben den Stuhl gestellt hatte, auf ihren Schoß. »Oder besser gesagt: für Pongo.« Oma hatte dabei ein Lächeln auf den Lippen, das nicht zu ihren rot verquollenen Augen passen wollte.

Line sah zu, wie ihre Großmutter den Reißverschluss der Tasche mit zittrigen Fingern öffnete. Opa und Oma waren zum Kaffee gekommen, um noch einmal die letzten Details für Papas Beisetzung zu besprechen. Das kleine Blech Pflaumenstreuselkuchen, den Oma selbst gebacken hatte, war fast leer, obwohl Mama nur ein halbes Stück heruntergewürgt hatte. Line selbst und Emma hatten mit Appetit gegessen, und Bent schaufelte gerade das dritte Stück mit Sahne in sich rein.

»Ich hatte es schon im Frühjahr genäht, für euren Sommerurlaub an der Ostsee«, sagte Oma, als sie ihr zwei kleine Stoffteile über den Tisch reichte. Im selben Moment brach sie wieder in Tränen aus. »Warum kann es nicht so sein? Warum könnt ihr nicht einfach am Strand sitzen, alle fünf?«

Opa stöhnte ein gequältes »Ach, mein Elkchen« und stand auf. Er stellte sich hinter seine Frau, schlang von hinten die Arme um ihren Oberkörper und wiegte sich mit ihr sanft vor und zurück. Er weinte auch.

Line schossen heiß die Tränen in die Augen. Oma und Opa so zu sehen … Sie hatten Papa verloren, ihr einziges Kind. Wahrscheinlich fühlte sich das viel schrecklicher an, als den Vater zu verlieren. Kaum hatte Line diesen Gedanken gefasst, war es wieder da: das Gefühl, ein Monster zu sein. Warum nur konnte sie nicht um Papa trauern, so wie Oma und Opa?

Sie blickte auf die von Oma genähten Sachen. Eine kleine Badehose für Pongo und ein mit Möhren bedrucktes Ministrandhandtuch. Line erkannte das Muster wieder. Oma hatte eines ihrer Ostergeschirrhandtücher geopfert. »Das ist so niedlich, Oma«, sagte sie, nun auch unter Tränen, weil das Mitleid für die Großmutter sie übermannte.

»Machst du jetzt endlich mal wieder einen Film mit Pongo?«, fragte Emma hoffnungs- und vorwurfsvoll zugleich.

»Darum habe ich es mitgebracht, Linchen«, meinte Oma, machte sich gerade und tätschelte Opas Hände. »Fahr mit deinen Freundinnen an den Elbstrand und macht ein paar niedliche Videos mit Pongo. Das wird dir guttun, mein Schatz. Aber …«, sie schluckte, »… wartet bitte bis nach der Beerdigung. Wenigstens ein, zwei Wochen.«

»Natürlich«, sagte Line schnell. Aber die kleinen Strandsachen hatten eine winzige Flamme in ihr entzündet. Eine Flamme der Vorfreude. Alles würde wieder normal werden. Sie legte die beiden Teile nebeneinander auf den Tisch und nahm ihr Handy. »Ich mach gleich ein Foto für Esra. Sie wartet sehnlichst auf einen neuen Pongo-Clip.«

Per WhatsApp schickte sie der Freundin das Foto mit den

Worten: »Oma hat für Pongo genäht! Bald ist wieder Pongo-Clip-Time.« Esra antwortete umgehend mit einem pochenden roten Herz.

Rahel zeigte es ihrer Oma, als Bents Stimme erklang. Den Mund voll Kuchen, Krümel beim Sprechen ausspuckend, sagte er: »Du hättest dem Viech einen schwarzen Anzug nähen können, Oma. Dann hätte Line schon am Beerdigungstag endlich wieder ihre Follower beglücken können.«

Von Opa kam ein energisches »Bent!«. Ruhiger fügte er hinzu: »Pass auf, was du sagst.«

Bent erhob sich so ruckartig, dass er gegen den Tisch stieß und das Kaffeegeschirr darauf schepperte. »Pass auf, was *du* sagst.«

»Großer Gott!«, rief Elke Hathor erschrocken aus, den Blick auf ihren aufgebrachten Enkel gerichtet.

Dann klirrte es wieder. Christine Hathor hatte sich unerwartet aus dem Rollstuhl hochgestemmt und ihre Hände auf Kuchenteller und Tischplatte gestützt. Alle starrten sie an. Mit wildem Blick, die Lippen verzerrt, schrie sie ihre Schwiegermutter an: »Gott ist weg! Weg! Weg!«

⁕⁕⁕

Ihre roten Locken flogen im Fahrtwind, als Rahel von der Speicherstadt nach Hause radelte. Obwohl sie kräftig in die Pedale trat, wusste sie, dass Luk schon auf sie warten würde, wenn sie zu Hause ankam.

Doch es war nicht nur Luk, der sie beschäftigte. Rahel bekam Jakobs sonderbare Bemerkung nicht aus dem Kopf. Was hatte sich verdunkelt? Luks Augen fielen ihr ein. Als er sie vorhin voller Wut angesehen hatte, war der Goldglanz darin fast komplett erloschen. Doch das passierte immer, wenn er wütend war. Und wer war diejenige, die in Gefahr war? Sie selbst? Oder Jara? Soleria kam mit ihren übernatürlichen Kräften wohl eher nicht in Frage.

Als sie in die Oelkersallee abbog, stand der schwarze Sprinter wie erwartet am Straßenrand – leer. Luk wartete vor ihrer Wohnungstür.

»Du hast es wirklich eilig, die Tücher in Empfang zu nehmen«, begrüßte Rahel ihn ernst.

»Ich hatte es eilig, *dich* in Empfang zu nehmen.« Er trat zur Seite, damit sie aufschließen konnte.

Rahel erwiderte nichts – aus dem einzigen Grund, weil sie ihm nicht glaubte. »Die Tücher sind im Bad. Ich hole sie.« Sie wollte sich an ihm vorbeidrängen, doch er hielt sie fest und sagte: »Warte.«

Als sie ihn ansah, nahm er ihren Kopf in beide Hände. Dann legten sich seine Lippen auf ihre, und schon übernahm Rahels Körper die Kontrolle über ihren Verstand. Sie konnte gar nicht anders, als zu reagieren, als seine Zunge in ihren Mund eindrang. Der Kuss wurde so wild, dass Rahel tatsächlich die Knie weich wurden. Sie klammerte sich an Luk, doch er löste ihre Hände wieder. Allerdings nur, um den Reißverschluss seiner Hose zu öffnen.

Rahel tat es ihm gleich. Noch im Flur schlüpfte sie aus Jeans und Slip. »Komm«, sagte sie und griff nach seiner Hand, um ihn ins Schlafzimmer zu ziehen, doch er blieb stehen.

»Keine Zeit«, raunte er. »Ich will dich jetzt … hier …« Er hob sie einfach an der Taille in die Höhe und presste seinen Mund auf ihren Hals. Rahel schlang automatisch die Beine um ihn. Er packte sie am Po und drang in sie ein.

In sein Stöhnen bat Rahel: »Nicht so schnell … Komm ins Bett.« Sie wollte es genießen und zerrte an seinem Ledermantel, doch Luk war nicht zu stoppen. Innerhalb kürzester Zeit kam er. Zum ersten Mal vor ihr. Rahel störte sich nicht daran. Fast war sie dankbar, denn sie wusste: Jetzt würde er sie verwöhnen.

Doch als er sie absetzte und sie erneut seine Hand nahm, um ihn zum Bett zu ziehen, entzog er ihr die Hand. »Soll ich jetzt leer ausgehen?«, scherzte sie und ging ins Schlafzimmer. Voller Verlangen legte sie sich auf das Bett.

Lukrezius blieb stocksteif stehen. »Nein, natürlich nicht.«

Er folgte ihr ins Zimmer. Doch statt sich wie erwartet auszuziehen, schloss er seine Hose. Dann kniete er sich vor das Bett und zog sie zu sich heran. Als seine Finger die Innenseite ihrer Schenkel berührten, war es Rahel egal, ob er nackt war oder nicht. Seine Zunge vollendete, was er begonnen hatte.

Erfüllt und herrlich ermattet, strich sie mit der Hand über die Bettseite neben sich. »Zieh dich aus und komm zu mir.«

»Große Güte«, blaffte er im Aufstehen. »Können wir nicht einfach mal schnellen Sex haben?«

Rahel starrte ihn an. Ernüchtert und erschrocken.

Er schien bemerkt zu haben, dass sein Ton sie schockiert hatte. »Kuscheln steht heute einfach nicht auf dem Programm«, sagte er ruhiger und schloss seinen Mantel.

Und in genau diesem Moment überlief es Rahel kalt.

Sie haben sich verdunkelt.

Es waren Luks Flügel. Sie waren es, die sich verdunkelt hatten! Als lichtete sich dichter Nebel, kehrte das Gefühl zurück, das sie zuletzt unter seinen Fittichen befallen hatte. Das Gefühl, dass etwas nicht stimmte. Sie hatte nicht einordnen können, was anders war, aber nun … Es war dunkler als sonst unter seinem Flügel gewesen!

»Entspann dich«, sagte Luk leise, doch als er sich auf die Bettkante setzte und sie zart am Hals berührte, entzog sie sich ihm. Im nächsten Moment ermahnte sie sich: Bleib jetzt ruhig, Rahel.

»Ich bin entspannt«, sagte sie. Ihr Herz raste dabei, weil ihr klar wurde, warum er sich so vehement dagegen gewehrt hatte, den Mantel auszuziehen. Die Schwärze hatte zugenommen. Er verfiel der Dunkelheit. Sie selbst war es, die Jakob in Gefahr glaubte.

»Ich hole dir jetzt die Tücher.« Sie stand auf, den Blick auf ihre Jeans fixiert, die verknüllt auf dem Flurfußboden lag. Sie ging hin und zog sie vorsichtig hoch, damit die Münze nicht herausfiel. Denn eines stand fest: Er durfte unmöglich davon erfahren, dass sie sie gefunden hatte. Wild fraßen sich die Gedanken durch ihr Hirn.

»Kannst du Kabel was zu fressen geben?«, bat sie, um ihn zu beschäftigen. An der Badtür wandte sie sich mit einem Lächeln, das hoffentlich ehrlich aussah, zu ihm um. »Ich brauche einen Moment.«

Im Bad wurde Rahel hektisch. Die Tücher musste sie ihm geben, daran führte kein Weg vorbei. Doch er war schlau. Er würde über die einzige leere Franse stolpern. Sie nahm die beiden Hälften des Holzknopfes vom Waschbeckenrand. Ihr Blick irrte wild umher. Sie hatte hier drinnen keinen Klebstoff ...

Fahrig öffnete sie den kleinen Badschrank, doch darin war nichts, was half. Dann blieb ihr Blick auf dem Körbchen mit den Schminkutensilien hängen. Nagellack! Fiebrig drehte sie das Fläschchen mit dem farblosen Lack auf und trug mit dem kleinen Pinsel ein wenig davon auf die Innenseiten der Knöpfe auf. Dann legte sie die Franse auf eine Knopfhälfte und drückte die andere fest darauf. Mit dem Handtuch wischte sie an der einen Seite den Hauch Lack ab, der hervorquoll.

Das dauerte doch alles viel zu lange!

Sie betätigte die Klospülung. Mit der anderen Hand wedelte sie hektisch über dem Knopf herum, weil der Lack seinen verräterischen Geruch nach Lösungsmitteln verbreitete.

War Luk wirklich der Dunkelheit verfallen? Oder hatte er den Mantel einfach nicht ausgezogen, weil die Leidenschaft ihn übermannt hatte? Bei ihrem ersten Mal hatte er ihn auch nicht abgelegt. Ihr Herz wollte es so gern glauben, doch diesmal gewann der Verstand. Es war eine Tatsache: Das Gold an seinen Federn war weniger geworden. Sie hatte es an dem Tag ihres Streits nur nicht erkannt, weil noch Glanz da gewesen war. Wie mochte es nun unter seinem Rucksack aussehen? Und wo hatte Jakob Luk ohne Bedeckung gesehen?

Sie zuckte zusammen, als er an die Tür klopfte. »Rahel?«

»Gleich, ich ... Mein Darm spinnt.« Sie drückte noch einmal die Klospülung und hielt den Knopf an ihre Nase. Der Lack wurde hart und der Geruch weniger. Kurz entschlossen griff sie nach ihrem Lieblingsparfüm und versprühte es großzügig über beide Tücher. Das würde den Nagellackduft übertünchen.

Tief durchatmend öffnete sie zwei Minuten später die Badtür.

Luk musterte sie. »Alles klar bei dir?«

»Ja, es geht schon.« Sie hielt ihm die Tücher entgegen. »Ich hatte sie gewaschen, um den Ladengeruch zu vertreiben, aber er dringt immer noch durch. Darum habe ich eine Ladung Parfüm darüber verteilt.«

Rahel wusste, dass sie sich den letzten Satz hätte schenken können. Luk war nur auf die Tücher fixiert. Er ging ins Schlafzimmer und breitete beide auf dem Bett aus. Im Gegensatz zu ihr galt sein erstes Augenmerk nicht dem Motivtuch, sondern dem mit den Knöpfen. Ihr Herzschlag verstärkte sich, als er das Tuch wieder aufnahm und Franse für Franse durch seine Finger gleiten ließ.

»Die habe ich schon überprüft«, sagte sie hastig. »Es sind alles nur Holzknöpfe.«

Hatte er sie gehört? Es schien nicht so. Konzentriert betrachtete er jeden einzelnen Knopf.

Als der geklebte Knopf nahte, griff die Übelkeit nach Rahel, weil ihr Puls alles an Schlagzahl je Dagewesene übertraf, aber er stolperte genauso wenig über das Knopfversteck wie sie vor einigen Tagen. Sie versuchte ihre Erleichterung zu verbergen, als er sich dem Motivtuch zuwandte.

»Wo könnte das sein?«, fragte sie, als er sich in die Abbildung vertiefte.

»In jedem verdammten chinesischen Dreckskaff.« Er sah auf. Kein Fünkchen Gold war mehr in seinen Augen. »War das jetzt alles? Oder zauberst du irgendwann noch mehr von Minhs Geschenken aus dem Hut?«

»Ich habe diese Tücher nicht mit Absicht zurückgehalten. Aber ich denke, ich kann dich beruhigen. Das war jetzt alles.«

Er musterte sie stumm. Dann wandte er sich ab und griff nach den Tüchern. »Darf ich sie mitnehmen? Ich würde sie gern Soleria zeigen und noch einmal intensiv untersuchen.«

Tiefe Hitze strömte durch Rahels Zellen. Er würde darüber fallen, wenn er die Knöpfe genauer untersuchte. Sie hielt die Hand auf. »Ich möchte sie Sol gern selbst geben.«

»Warum?«

»Weil du mich heute angeblafft hast und ich möchte so nicht behandelt werden.« Das klang mutiger, als sie sich fühlte, denn die Wut in seinem Gesicht war unübersehbar.

»Würdest du das dann bitte so schnell wie möglich tun?«, sagte er und klang entsprechend eisig.

»Natürlich. Ich weiß schließlich, worum es geht.« Und das war nicht gelogen. Genau in diesem Moment wusste sie, wer der einzige Mensch war, auf den sie sich in Bezug auf die Münze und das Schwert verlassen konnte. Sie selbst.

21

Rahel hatte die ganze Nacht kein Auge zugemacht. »Dafür siehst du noch ganz gut aus, Bathlevi«, murmelte sie ihrem Spiegelbild zu, während sie die roten Locken auftürmte und mit einer jadegrünen Oktopus-Haarklammer feststeckte. Ihr Inneres hingegen gaukelte nichts Positives vor.

Luk war am Vorabend gegangen, als sie ihn darum gebeten hatte. Mit dem Hinweis, dass sie Soleria die Tücher gleich heute Morgen zeigen würde. Er hatte sich bemüht, seine Wut über ihre Weigerung, es umgehend zu tun, zu verbergen, aber es war ihm nur mäßig gelungen. Mit Augen, so schwarz wie die Nacht, war er verschwunden.

Um herauszufinden, ob sich Luks Flügel wirklich verdunkelt hatten, würde sie Jakob ansprechen müssen, wenn sie sich nicht noch eine weitere Nacht um die Ohren schlagen wollte. Doch zuvor musste sie die dringendere Angelegenheit regeln. Der Plan, den sie sich in der Nacht zurechtgelegt hatte, stand auf megawackligen Füßen. Und das war sogar noch untertrieben, denn schließlich ging es um das Schwert, um Luks Lebensinhalt. Mit dem Wissen, dass sie sich selbst in Gefahr begab, atmete sie tief durch.

»Tschüs, Kabel«, verabschiedete sie sich in der Küche von ihrem Kater. Sie legte die Wange an sein weiches Fell und verharrte so einen Moment, bevor sie ihn wieder runtersetzte. »Drück mir die Krallen, dass eine der beiden Zahlenkombinationen die richtige ist. Und dass Käpt'n Hook auch wirklich kommt.« Sie hatte Polizeispitzel Fred Warncke am frühen Morgen aus dem Bett geklingelt. Ohne zu wissen, worum es ging, hatte er gegen einen Wucherpreis zugestimmt, die Rolle zu spielen, die sie ihm zugedacht hatte.

Sie vergewisserte sich zum x-ten Mal, dass die Käschmünze sicher in ihrer vorderen Hosentasche steckte. Dann ging sie ins Schlafzimmer, wo der Käfig mit dem Drachen bereitstand.

Sie öffnete die Balkontür weit, dann die kleine Käfigtür. Wenn der Drache bei Sonnenuntergang zum Alb wurde, konnte er hinausfliegen. Ihr grauste schon jetzt vor seiner Rückkehr, aber einen besseren Beweis für dämonische Gräueltaten gab es nun mal nicht. Beim Hinausgehen zog sie die Schlafzimmertür fest zu, um zu verhindern, dass Kabel hineingelangte und womöglich beim Spielen die Balkontür schloss. Dann hob sie ihr Rad von der Flurwand und hängte sich die bereitgestellte große Umhängetasche um.

Draußen atmete sie kräftig die frische Morgenluft ein und fuhr los. Am Millerntorplatz bog sie rechts ab und radelte durch den alten Elbpark weiter bis zu den Landungsbrücken. Es war noch früh, trotzdem waren schon einige Touristen unterwegs. An der Jan-Fedder-Promenade wanderten Rahels Gedanken zu Bettina. Ihre Adoptivmutter hatte den Schauspieler, der ein echter Hamburger Jung gewesen war, geliebt. Unendlich viele Folgen »Großstadtrevier« hatten sie zusammen geguckt, und als Rahel nach dem Abi für den gehobenen Polizeidienst angenommen wurde, war Bettina so stolz gewesen. Nun war sie kaum drei Jahre mit der Ausbildung fertig, und das alles schien ewig zurückzuliegen. Bettina hatte ihren Abschluss nicht mehr erlebt, und jetzt passierte so viel Surreales, Unglaubliches.

Rahel radelte bis zum Baumwall und schloss ihr Rad dort an, damit es sie am Sandtorkai nicht verriet. Am Eingang eines Bürogebäudes schräg gegenüber dem Speicher ging sie schließlich in Deckung. Von hier aus hatte sie einen perfekten Blick auf das Teppichlager, ohne selbst gesehen zu werden. Trotzdem zog sie die Kapuze ihres Hoodies über die roten Locken. Sie nahm ihr privates Handy und schickte Fred Warncke das vereinbarte »Go!« per SMS. Dann tippte sie auf dem Jäger-Smartphone eine Nachricht an Luk: »Guten Morgen, ich bin nicht fit. Komm bitte mit Soleria zu mir, um die Tücher zu untersuchen. Bis gleich!«

Er wird wahnsinnig genervt sein, dachte sie mit einem Anflug von Schadenfreude, als sie die Nachricht absandte, doch ihr Augenmerk lag auf Fred Warncke, der auf der Sandbrücke auf ihre Nachricht gewartet hatte und jetzt gemächlich die Straße entlangschritt, um dann die Tür zum Teppichlager zu öffnen und dahinter zu verschwinden. Das hatte also schon mal geklappt.

Keine fünf Minuten später öffnete sich die grüne Holztür erneut, und das Zwillingspaar trat auf den Sandtorkai. Miteinander redend schlugen die beiden den Weg zum Parkhaus ein, wo der Sprinter stand. Sie würden mit dem Wagen den kürzesten Weg über die Sand- und die Brooksbrücke zur Oelkersallee nehmen. So bestand keine Gefahr, dass sie hier vorbeikamen. Rahel wartete dennoch, bis die Geschwister außer Sicht waren. Sie eilte über die Straße und betrat das Teppichlager.

Aus dem kleinen Vorraum lugte sie vorsichtig um die Ecke. Constantin Weber stand mit Fred Warncke vor einem der Teppichstapel und beriet ihn. Wie von ihr verlangt, stand Fred dabei so, dass Constantins Blick nicht auf den Eingangsbereich gerichtet war. Als Fred sah, dass sie auf leisen Sohlen hereingeschlichen kam, deutete er auf etwas auf dem Teppich und lenkte so Constantins Konzentration darauf. Ungesehen gelangte Rahel zu der Tür, die zu den Räumen von Luk und Sol führte. Rahels Paybackkarte war mittlerweile so ramponiert, dass sie damit keinen Gutschein mehr ausdrucken konnte, aber als Türöffner war sie perfekt. Sie huschte hindurch und schloss die Tür sachte hinter sich.

Luks Tür war das größere Problem. Sie gab wie erwartet nicht nach. Mit einem »Shit!« wandte Rahel sich ab und trat an Solerias Tür. Ihr Herz begann zu klopfen, als sie die Plastikkarte zwischen Rahmen und Tür einführte und die Tür sofort aufsprang. Luk hatte wohl vergessen, seine Schwester zu belehren, dass Türen, die nur am Knauf rangezogen wurden, kein Problem für Einbrecher waren.

Rahel verschwendete keinen Blick auf Solerias Zimmer und steuerte direkt das Bad an, das Luks und Sols Räume miteinander verband. Beide Badtüren waren unverschlossen. Ihr Herz schlug hart und schnell in ihrer Brust, als sie Luks

Zimmer betrat. Sie zögerte keine Sekunde, sondern ging auf das Bild von Beth zu und hängte es ab. Der Tresor lag frei. Nun kam es darauf an …

Sie gab Beths Geburtsdaten ein. Doch die Zahlenkombination 170140 brachte keinen Erfolg. Enttäuscht holte Rahel Luft. Jetzt blieb ihr nur noch eine weitere Möglichkeit, ohne ins Unendliche raten zu müssen. In Erinnerung an Tacos Worte bezüglich des ersten bemannten Weltraumflugs hatte sie das Kennenlerndatum von Luk und Beth gegoogelt. Sie gab die Zahlen 120461 ein, das Datum, an dem Juri Gagarin in Russland zum ersten bemannten Orbitalflug gestartet war, und die Verriegelung gab tatsächlich nach. Rahels Aufregung wurde allerdings von einem Stich in den Magen begleitet. Die Liebe zu Beth hatte ihn so unvorsichtig werden lassen, das romantische Kennenlerndatum als Code zu wählen.

Sie ignorierte die unfassbar vielen Geldscheinbündel und verschieden großen Kästchen, die im Tresor lagerten, obwohl sie mehr als neugierig war, was sich wohl darin befand. Aber sie musste sich sputen. Mit Herzklopfen griff sie nach dem eingewickelten Schwert und nahm es aus dem weichen Tuch heraus. Dann holte sie das mitgebrachte Handtuch aus der Umhängetasche und wickelte es um das Schwert, bevor sie das Päckchen in der Shoppingtasche verstaute. Schließlich legte sie Luks Tuch so zusammen und in den Tresor zurück, dass man auf den ersten Blick nicht sah, dass das Schwert fehlte. Sie schloss die Tresortür und hängte Beths Bild wieder davor. Einen intensiven Blick auf die schöne Frau verbat sie sich, denn die Zeit lief ihr davon.

Sie nahm ihr Handy raus und tippte hastig die Worte: »Ich habe es mir anders überlegt. Ich komme doch lieber zu euch.« Er würde durchdrehen.

Sie schickte die WhatsApp-Nachricht an Luk ab und verließ sein Zimmer wieder über das Bad. Solerias Zimmertür schloss sie leise hinter sich, dann schlich sie über den Gang zurück ins Teppichlager. Der langmähnige Fred hatte sie im Blick, als sie geräuschlos Richtung Ausgang tappte.

Im nächsten Moment drehte sie sich um und rief Constantin Weber zu: »Guten Morgen! Entschuldigung, Constantin …«

Er wandte sich um. »Guten Morgen.«

Lächelnd ging sie auf ihn zu. Er sah ihr arglos entgegen, als hätte sie das Teppichgeschäft gerade erst betreten.

»Ich weiß, ich bin unverschämt«, wandte sie sich an Fred, »aber … darf ich Ihnen Herrn Weber ganz kurz entführen? Sie bekommen ihn gleich zurück.«

»Okey-dokey, macht euer Ding«, spielte Fred wie abgesprochen mit und tatschte mit seiner Prothesenhand auf einem Teppich rum, den Constantin für ihn freigelegt hatte. »Weiß eh noch nicht, ob ich das freaky Teil hier kauf.«

Rahel verdrehte die Augen. Der typische Perserteppichkäufer war Käpt'n Hook definitiv nicht, aber jemand Besseres war ihr nun mal nicht eingefallen, zumindest keiner, der nicht nachgefragt hätte, worum es ging.

Sie spürte seinen Blick im Rücken, als sie mit Constantin zu dessen Schreibtisch ging. Sie nahm die Tüte mit den beiden Tüchern, die Mr. Minh ihr hinterlassen hatte, aus der Umhängetasche und drückte sie Constantin in die Hand. »Luk und Sol warten dringend darauf. Ich bin in Zeitdruck und kann sie ihnen nicht selbst geben. Pass bitte gut darauf auf.«

Ohne seine Antwort abzuwarten, verließ sie den Speicher und eilte über den Sandtorkai zurück zum Fahrrad.

✳✳✳

Es war Abend, als Line die Augen aufschlug. Verwirrt kam sie im Bett hoch und starrte ungläubig den Wecker an. Viertel vor acht … Sie hatte fast sechs Stunden geschlafen. Mitten am Tag. Benommen reckte sie sich. Wurde sie krank? Sie fühlte sich matschig. Darum hatte sie sich nach dem Mittagessen auch hingelegt, weil sie so müde geworden war. Vielleicht hatte sie Fieber, denn sie war völlig verschwitzt.

Durch das offene Fenster drang das Brummen eines Rasenmähers. Herr Rowedder, der Nachbar ... Papa hatte sich immer darüber aufgeregt, dass er am Wochenende spätabends den Rasen mähte. Im Haus selbst war es ruhig.

Sie ließ sich zurückfallen, kam aber gleich wieder hoch, denn die Bettwäsche war unangenehm feucht vom Schweiß. Sie drehte das Kissen einfach um, ließ sich wieder fallen und starrte gegen die Zimmerdecke. Noch mal einzuschlafen würde nicht gelingen, denn da waren zu viele wirre Gedanken. Allen voran die Beerdigung. Ihr graute davor, obwohl sie schon mal auf einer gewesen war. Oma Silke war vor zwei Jahren gestorben. Mama war so verzweifelt gewesen.

Line seufzte. Nun war es Papas Beerdigung. Sie versuchte, nicht daran zu denken, dass er schon im Auto verbrannt war, und schob die Vorstellung an das, was im Krematorium im Sarg lag, beiseite. Weil es nicht gelingen wollte, griff sie nach ihrem Handy, um sich abzulenken.

Esra hatte ihr um vierzehn Uhr geschrieben und gefragt, ob sie heute mit ins Schwimmbad wolle. Und gerade schrieb sie ihr wieder. Bestimmt wollte die Freundin nachhaken, warum sie nicht geantwortet hatte.

Line öffnete die Nachricht, als der rote Punkt erschien. Sofort ins Auge sprangen die roten Wut- und die grünen Würgesmileys zwischen den Sätzen. »Bist du krank im Kopf?«, las Line, was Esra geschrieben hatte. »Bist du geistig voll krank? Wie kannst du so was machen? Pongos Follower glauben womöglich noch, dass du das wirklich getan hast.«

Pongos Follower? Line schoss hoch. Ihr Kopf ruckte zum Käfig herum. Die kleine Tür stand offen. Das Meerschweinchen war nicht zu sehen.

»Pongo?«, rief sie und sprang aus dem Bett. Sie griff mit klopfendem Herzen in den Käfig und hob das Meerschweinchenhaus an. Aber Pongo steckte nicht darunter. Sie hastete auf den Flur und stieß Bents Tür auf. Ihr Bruder lag im Bett und spielte auf seinem Handy rum.

»Wo ist Pongo?«, schrie Line, als sie vor seinem Bett stand. »Was hast du mit ihm gemacht?« Sie schlug nach seinem

Handy, weil er nicht einmal aufsah, sondern weiter »Call of Duty« spielte.

Doch er hielt sein Smartphone fest in der Hand. Stoisch sah er zu ihr hoch. »Was ist denn los, Schwesterherz? Ist dein Superstar verschwunden?«

Line brach in Tränen aus. »Sag mir sofort, wo er ist! Was hast du mit ihm gemacht?«

In diesem Moment erklang Emmas Stimme hinter ihnen. »Warum streitet ihr?«

Line drehte sich zu ihr um und wischte hastig über ihre feuchten Wangen. Die kleine Schwester hielt eine Puppe an den Bauch gepresst und sah mit großen Augen von Bent zu ihr.

Line versuchte sich zusammenzureißen. »Hast du Pongo gesehen, Emmi?«

Das kleine Gesicht hellte sich auf. »Willst du einen Film drehen? Darf ich Pongo die Badehose anziehen?«

Film ... Follower ... Line schluckte, griff nach Emmas Hand und zog sie aus dem Zimmer des Bruders. »Geh schon mal nach draußen«, sagte sie und schob ihre Schwester Richtung Treppe. »Ich hol nur mein Handy.« Line ging in ihr Zimmer zurück, als Emma davonhüpfte. Mit flatternden Fingern nahm sie ihr Handy vom Nachttisch und rief die TikTok-App auf.

»Meer von Pongo.« Lines Herzschlag galoppierte davon, als sie den Clip anschaute. Pongo mit seiner Kochmütze, das heutige Datum ... Wie konnte das sein? Wer hatte ihren Account geknackt? Wer hatte den Clip hochgeladen? Starr vor Angst starrte Line auf das Handydisplay. Was würde kommen? Esras Nachricht ließ etwas Schlimmes befürchten.

Pongo trippelte über ... Das war der Küchentisch. Line wimmerte laut auf, als Papas Grillzange im Bild auftauchte. Pongo wurde damit hochgehoben ... auf einen Teller gelegt. Das Geräusch, das folgte, ließ Line laut aufweinen. So klang es, wenn die Mikrowellentür geöffnet wurde. Und dann ... Line war wie erstarrt. Der Teller wurde in die Mikrowelle gesetzt. Pongo wollte vom Teller runtertrippeln. Im nächsten Moment wurde die Gerätetür zugeschlagen. Sekunden vergingen. Und dann erklang das Brummen.

Schreiend warf Line das Handy von sich, hastete wimmernd die Treppe hinab. Durch die Wohnzimmertür sah sie ihre Mutter im Rollstuhl an der offenen Terrassentür stehen. Die großen Augen in dem eingefallenen bleichen Gesicht starrten sie an. Line lief weiter, nahm Kurs auf die Mikrowelle. Sie schrie sich schon die Seele aus dem Leib, bevor sie die Tür aufzog, denn durch die Glasscheibe waren starre Umrisse zu erkennen. Und eine kleine weiße Kochmütze.

✳✳✳

Rahel saß im Schneidersitz auf dem Hotelbett. Sie hatte sich für ein Hotel in direkter Nähe zum Treffpunkt des heutigen Abends entschieden. Von hier aus würde sie schnell am Fleet sein. Nach Hause zu fahren hatte sie nicht gewagt, denn Luk würde sie dort suchen.

Er rief im Zehn-Minuten-Takt an, doch sie ging nicht ran. Und obwohl sie ihm auf seine erste WhatsApp-Nachricht geantwortet hatte, dass er sie in Ruhe lassen solle, bombardierte er sie weiter mit Nachrichten. Entweder akzeptierte er die Lüge nicht, dass sie sauer war, weil er sie am Vorabend so grob angegangen war, oder er hatte schon herausgefunden, dass das Schwert verschwunden war, und verdächtigte sie – zu Recht.

Rahel überlief es immer wieder eisig, wenn sie sich vorstellte, wie er reagieren würde, wenn er erfuhr, dass sie das Schwert gestohlen hatte. Am grausamsten war die Vorstellung, dass er sie vielleicht einfach töten würde. Das, was sie miteinander verband, war für ihn nicht das, was es für sie war. Das wusste sie jetzt, denn er behandelte sie nicht so, wie man eine Frau behandelte, für die man mehr als körperliches Interesse empfand. Er war übernatürlich. Dämonisch. Böse. Und sie war nicht Beth.

Tief seufzend öffnete sie die Umhängetasche erneut. Dreimal hatte sie sie schon wieder geschlossen, aus lauter Angst vor dem Schwert. Was würde passieren, wenn es sich mit der fehlenden Münze verband? Doch die vorrangige Frage lautete: Wie verband man die Münze überhaupt mit dem Schwert?

»Jetzt komm, Bathlevi«, sprach sie sich selbst Mut zu. »Schau es dir einfach mal an.«

Durchatmend nahm sie das Päckchen heraus und wickelte das Schwert aus dem Handtuch. Vorsichtig legte sie es vor sich auf der Bettdecke ab. Trotz seiner Kuriosität sah es unscheinbar und harmlos aus, so, wie sie es in Erinnerung hatte.

Sie nahm es wieder auf und drehte und wendete es. Wo fehlte die Münze? Eher nicht am spitzen Ende des Schwertes, wenn man überhaupt von spitz sprechen konnte, denn die Spitze war eine einzelne runde Münze, gefolgt von Doppelreihen an Münzen, die die Klinge bildeten. Zusammengehalten wurde das Ganze anscheinend von einem einzigen langen Band, das alle Käschmünzen meisterhaft miteinander verknüpfte, denn sie fand keine offensichtlichen Anfänge oder Enden außer dem großen Knoten oberhalb der letzten Münze des Griffs.

Ohne weiter zu überlegen, versuchte sie, den Knoten, der aus vielen kleineren Knoten bestand, zu lösen. Es dauerte, aber mit viel Geduld und zwei kaputten Fingernägeln hielt sie schließlich zwei Enden des Bandes in Händen. Mit klopfendem Herzen ließ sie sie los, dann fummelte sie die Käschmünze aus ihrer Hosentasche. Langsam näherte sie sich mit der Münze dem Griff. Vielleicht gab es ja so etwas wie einen magnetischen Effekt? Aber die Münze wurde ihr nicht plötzlich aus der Hand gezogen. Sie legte sie auf die Schneide, dann auf den Griff, aber nichts passierte.

»Dann fädeln wir dich mal am Griff ein«, sagte sie, nahm die beiden Enden des Bandes und führte sie durch das quadratische Loch in der Münze. Sie zog das Band stramm, sodass die Münze auf der letzten des Griffs landete, und im nächsten Moment schrie sie auf.

Ein Gleißen, ein Leuchten von solch unbekannter Kraft und Schönheit ging von dem Schwert aus, dass ihr die Tränen kamen. Sie hatte es kaum von sich geworfen vor Schreck, als das Leuchten erlosch. Mit rasendem Herzen starrte Rahel auf das Schwert. Die Münzen des Griffs hatten sich beim Wegwerfen voneinander gelöst.

Beherzt nahm Rahel das Schwert wieder auf und führte die Griffmünzen wieder zusammen. Nun war sie vorbereitet. Der lichte Schein, das Strahlen … es übertraf allen irdischen Glanz, den sie je gesehen hatte. Fasziniert betrachtete sie mit Tränen in den Augen das Schwert, das von innen heraus erstrahlte. Jede einzelne Münze hatte dieses unbeschreibliche warme Licht. Sie legte das Schwert wieder ab, und der Glanz erlosch, weil sich die Münzen voneinander lösten. Mehrmals wiederholte sie das Spiel. Das zauberhafte Leuchten war zu faszinierend. Es war wie eine Sucht, das Schwert immer wieder in strahlendem Licht aufleuchten zu sehen. Verwunderlich war, dass die Klinge sich nicht verändert hatte. Sie hatte keinen Schliff und keine Schärfe angenommen. Wenn das Schwert tatsächlich einen Urdämon töten konnte, musste es der Magie geschuldet sein.

Schließlich verknotete sie das Band über der hinzugefügten Münze am Griff. Das Leuchten blieb jetzt, egal, was sie mit dem Schwert anstellte. Sie schwenkte es, warf es hoch, warf es von sich. Selbst als sie es unter der Bettdecke versteckte, leuchtete der himmlische Schein hindurch. Das ernüchterte sie, denn das stete Schimmern barg natürlich ein Risiko.

Versuchsweise legte sie das Schwert in das Handtuch zurück und wickelte das leuchtende Päckchen in ein weiteres Handtuch des Hotels. Sie steckte alles zusammen in die Umhängetasche, und noch immer verriet der helle Schein das Geheimnis. Das war nicht gut. Kurz entschlossen löste sie den Knoten am Griff wieder und steckte die Münze zurück in die Hosentasche. Sie würde heute Abend spontan entscheiden, wem sie das Schwert anvertraute. Würde es überhaupt jedem dienen? Luk hatte das unvollständige Schwert besessen, sie die Münze. Wer war der Besitzer oder die Besitzerin, nun, da es wieder zusammengefügt war? Vielleicht bekam es seine Schärfe ja erst bei der richtigen Person?

Sie sah auf die Uhr. Es waren nur noch knapp vier Stunden, bis der Mond komplett im Erdschatten stand und sein Blutgesicht zeigte. Zweieinhalb Stunden, bis sie Kronox kennen- und mit Sicherheit auch fürchten lernte.

✳✳✳

»Was ist, Line?«, fragte Emma ängstlich. »Bist du krank?« Mit den Fingern hielt sie sich die Nase zu. »Was stinkt hier denn so?«

Line stand vor der Spüle, die Hände aufgestützt, den Kopf über dem Becken. Sie hob ihn nur kurz, dann landete ein erneuter Schwall Erbrochenes im Spülbecken. Line würgte noch einmal, dann wedelte sie mit der Hand. »Geh raus, Emma, geh raus.«

Ihre Schreie hatten Emma in die Küche gelockt, aber die Kleine musste nicht sehen, was sie gesehen hatte. Die Mikrowellentür stand noch offen. Line war gleich zur Spüle gestürzt, als Pongos Anblick und der Geruch hinter der Tür auf sie eingestürzt waren. Weinend ging sie in die Knie.

Emma rührte sich nicht vom Fleck, während aus dem Wohnzimmer Christine Hathors Stimme erklang. »Emma! Emma, komm zu mir!«

Line raffte sich auf und krabbelte auf ihre Schwester zu, als die dem Ruf der Mutter folgen wollte. »Geh nach oben in dein Zimmer, Emmi«, sagte sie leise, aber bestimmt. »Du gehst jetzt nicht zu Mama, sondern nach oben und schließt ab. Kannst du das?«

»Klar kann ich das. Ich bin doch nicht doof. Aber –«

»Kein Aber, Emmi. Mach, was ich gesagt habe. Und du schließt nur auf, wenn ich es bin, hörst du? Du lässt Mama nicht rein. Und Bent auch nicht.«

»Emmi!«, erklang Christine Hathors Stimmer erneut. Schrill. Scharf.

Die Kleine guckte verunsichert.

Line setzte ein Lächeln auf, das sie alle Kraft kostete. »Wir spielen ein Spiel. Das ist wie Verstecken. Und du kommst nicht raus, bis ich dich hole. Lauf jetzt hoch, und ich sage Mama, dass du nachher zu ihr kommst. Okay?«

Emma nickte. »Ich versteck mich hinter dem Vorhang.« Dann flitzte sie los.

Lines Blick wanderte zur Mikrowelle. Das Grauen packte sie mit einer Wucht, dass es sie schüttelte. Es war nicht zu Ende. Papa war tot, aber es war nicht zu Ende! Ihre Zähne schlugen aufeinander, der ganze Körper begann zu zittern. Bent? Mama? Ihre Gedanken fieberten durcheinander.

Bent war immer unbeherrscht, doch als sie in sein Zimmer gestürmt war, war er ganz ruhig gewesen, hatte einfach weitergespielt. Das wollte nicht zu ihm passen. Und Mama? Die Mikrowelle war eingebaut, befand sich im oberen Teil der Küche. Mama hatte sie nie mehr bedient, seit sie im Rollstuhl saß, aber ... Line dachte daran, wie Mama sich auf den Kaffeetisch aufgestützt und Oma angeschrien hatte. Sie hatte es geschafft, ohne Hilfe aufzustehen. Und die Feile ... Hatte sie vielleicht gar keine Abwehr-, sondern eine Angriffsfunktion?

Lines Blick wanderte zur Küchentür. Wieso kam Mama nicht? Sie hatte sie doch schreien hören, hatte Emma zu sich gerufen. Im nächsten Augenblick erklang ein Geräusch. Die Rollstuhlräder wurden in Gang gesetzt.

Line sprang auf. Sie musste nach oben. Ihr Handy lag vor dem Bett.

***

Rahel hielt ihr Smartphone in der Hand. Luk hatte aufgehört, sie mit Anrufen und Nachrichten zu traktieren, was ihr fast noch mehr Sorgen bereitete, als wenn er das Bombardement fortgesetzt hätte. Was tat er? Wo war er? Nicht zu wissen, ob er den Diebstahl schon bemerkt hatte, rieb ihre Nerven auf.

Wieder sah sie auf die Uhr. In dreieinhalb Stunden würde sie es erfahren. Dann trafen sie sich am Kibbelsteg. Rahel war dankbar, dass sie vorher nicht mehr ins Büro musste, um ihre Ausrüstung zu holen. Jara und Yves hatten bereits alles im

Jäger-Sprinter verstaut. Sie würden die Schutzkleidung am Treffpunkt anlegen.

Als ihr Smartphone vibrierte – den Ton hatte sie längst abgestellt –, erwartete Rahel, Luks Namen zu sehen, doch es war Robert. Sie zögerte einen Moment. Hatte Luk Robert vielleicht genötigt, sie anzurufen? Und wenn schon … Auflegen konnte sie jederzeit.

»Hallo, Robert«, meldete sie sich.

Robert hielt sich nicht mit einer Begrüßung auf. »Rahel, es gibt von Line Hathor einen neuen ›Meer von Pongo‹-Clip auf TikTok, der mir höchst eigenartig, um nicht zu sagen besorgniserregend erscheint.«

»Was heißt das?«, fragte Rahel alarmiert.

»Auf dem Clip wird das Meerschweinchen lebendig in eine Mikrowelle gesetzt. Dann wird das Gerät eingeschaltet.«

»Was?« Rahel war völlig perplex. »Ich sehe es mir gleich an und melde mich wieder.«

Kaum hatte sie Robert weggedrückt, klingelte ihr Handy erneut. Die Nummer auf dem Display verstärkte das Unwohlsein, das sie befallen hatte. Es war Line. »Hallo, Line«, begrüßte sie das Mädchen. »Was kann ich für dich tun?«

Line weinte ins Telefon. »Können Sie bitte kommen? Etwas Schreckliches ist passiert. Pongo ist in der Mikrowelle …« Ihre Stimme erstickte vor lauter Schluchzen. »Mein Meerschweinchen ist tot«, stammelte sie schließlich. »Jemand hat das getan! Ich hab so Angst. Können Sie bitte kommen?«

Rahel antwortete ruhig, obwohl ihr Herz heftig klopfte. »Wo bist du jetzt, Line?«

»In meinem Zimmer.«

»Und wo ist der Rest deiner Familie?«

»Bent ist in seinem Zimmer. Er ist nicht rausgekommen, obwohl ich so laut geschrien hab. Und Mama ist unten.« Lines Stimme wurde hysterisch. »Einer von den beiden war das! Einer hat das getan!«

»Alles wird gut, Line«, versuchte Rahel, dem Mädchen Ruhe zu geben. »Wo ist deine Schwester?«

»Emma ist in ihrem Zimmer. Ich hab ihr gesagt, dass sie abschließen und nur mich reinlassen soll.«

»Das hast du sehr gut gemacht. Geh jetzt zu ihr und schließt euch gemeinsam in ihrem Zimmer ein. Ich fahre sofort los und bin so schnell wie möglich bei euch. Okay?«

»Ja, okay«, schluchzte Line. »Bitte, bitte, beeilen Sie sich.«

Rahel drückte sie weg. Ihre Gedanken stoben wild durcheinander. Wie konnte das sein? Eine unheimliche Ahnung breitete sich in ihr aus. Sie nahm das Handy und rief ihren Kollegen zurück. »Robert«, sagte sie aufgeregt, »ist es schon mal vorgekommen, dass es zwei energetische Dämonen in ein und derselben Familie gab?«

»Was? Nein, natürlich nicht.« Dann fragte er konsterniert nach: »Du glaubst, es gibt noch einen weiteren Dämon? Bei den Hathors? Das ist unmöglich.«

»Es wäre unglaublich, aber ist es tatsächlich unmöglich?«, gab Rahel zu bedenken. »Line hat mich direkt nach dir angerufen. Das Meerschweinchen ist tot. Sie hat wahnsinnige Angst vor ihrem Bruder und ihrer Mutter. Sie kann es nicht einordnen, weiß aber, dass nur einer von beiden dem Tier das angetan haben kann.«

»Große Güte, was wollen wir jetzt tun? Ihr braucht die Peitsche, oder?«

Rahel liebte ihn dafür, dass er ihre These nicht weiter hinterfragte, sondern praktisch dachte. »Die ist im Safe. Ist jemand von den anderen bei dir?«

»Nein, ich bin allein. Alle bereiten sich mental auf die Urdämonen vor. Jetzt einen energetischen Dämon enttarnen zu wollen, ist ein denkbar schlechter Zeitpunkt, Rahel.«

»Glaubst du, das weiß ich nicht? Aber wir können nicht warten. Die Kinder brauchen uns jetzt, nicht erst in ein paar Stunden. Dann könnten sie tot sein.«

»Also gut«, antwortete er. »Ich löse den Gruppenalarm aus.«

»Warte! Ist es klug, Luk und Sol mit reinzunehmen?« Rahels Gedanken überschlugen sich. Solerias Schwanz war zwar eine perfekte Waffe, aber ...«Sie werden uns keine Hilfe sein, denn es ist noch viel zu hell, Robert. Sie dürfen sich im Hellen nicht zeigen. Außerdem müssen sie unbedingt am Zollkanal vor Ort sein, wenn Kronox auftaucht.«

Robert zögerte nicht. »Du hast recht. Ich werde Jara anrufen, ihr braucht die Ausrüstung.«

»Sehr gut«, sagte Rahel, schon im Gehen. »Ich informiere Yves. Wir dürfen keine Zeit verschenken. Ich nehme die U-Bahn und treffe die beiden dann vor Ort.«

»Ihr müsst euch wirklich beeilen«, mahnte Robert. »Taco landet zwar in ...«, er sah anscheinend zur Uhr, »... zwölf Minuten in Fuhlsbüttel, aber nur er und Jakob reichen heute Nacht nicht als Unterstützung für Sol und Luk.«

»Das weiß ich«, antwortete Rahel. Sie hastete die Hoteltreppe hinunter. »Wir werden pünktlich am Kanal sein.«

Hoffentlich!

✳✳✳

Line hielt Emma im Arm. Sie hockten hinter dem geschlossenen Vorhang unter Emmas Hochbett und lauschten. Wieso war es so unheimlich ruhig im Haus? Weder Mama noch Bent waren zu hören, und es waren schon etliche Minuten verstrichen, seit sie zu Emma ins Zimmer gegangen war. Warum rief Mama sie nicht? Sie musste längst gesehen und gerochen haben, was in der Küche passiert war. Und wieso kam Bent nicht aus seinem Zimmer? Wie hatte er ihre furchtbaren Schreie ignorieren können?

Es gab eigentlich nur eine Erklärung dafür, und die jagte ihr einen Schauer über den Rücken. Bent war immer eifersüchtig auf ihren Erfolg mit »Meer von Pongo« gewesen, doch dass er zu so etwas Schrecklichem fähig war, wollte ihr einfach nicht in den Kopf. Andererseits ... der Lakritzgalgen, die hässlichen Bemerkungen ...

»Uns sucht ja gar keiner«, meinte Emma in das Schweigen hinein. »Ich denk, wir spielen Verstecken.«

Line war mehr als dankbar, dass niemand sie suchte, aber das konnte sie Emma nicht sagen. »Weißt du was?«, meinte sie, als es vor der Tür weiter ruhig blieb. »Wir beide gehen jetzt nach draußen. Gleich kommt eine Frau, die uns besuchen will. Wir gehen ihr ein Stück entgegen.«

»Okay«, meinte Emma gleichmütig.

Line hielt sie zurück, als sie unter dem Bett hervorkrabbeln wollte. »Wir sind aber ganz leise. Auch auf der Treppe. Mama und Bent sollen uns nicht hören. Verstanden?«

»Ja-ha.«

»Okay, dann komm.« Als sie stand, zog sie ihr Handy aus der Tasche und stellte es stumm.

An der Zimmertür verharrte Line und lauschte erneut. Schließlich drehte sie den Schlüssel langsam im Schloss und zog die Tür vorsichtig auf. Erleichtert sah sie, dass Bents Tür nach wie vor geschlossen war. Mit dem Finger auf den Lippen bedeutete sie Emma, ihr zu folgen.

Die Kleine hielt das Ganze immer noch für ein Spiel. Sie wirkte zwar aufgeregt, weil sie nicht entdeckt werden wollte, aber ihre roten Wangen und die leuchtenden Augen verrieten den Spaß an dem vermeintlichen Versteckspiel.

Line nahm Emma an die Hand. Gemeinsam gingen sie leise die Treppe hinunter. Der Geruch, der in der Luft hing, machte Line den Hals wieder eng. Sie schluckte heftig, um nicht zu würgen.

»Da seid ihr zwei ja«, erklang eine vertraute Stimme ruhig und zugleich angsteinflößend hässlich. »Ich wollte gerade zu euch hoch.«

Line war wie erstarrt.

Emma rief enttäuscht: »Oh nee, jetzt hast du uns.« Dann verzog sie die Nase und setzte nach: »Hier ist immer noch der eklige Geruch.«

»Krass, nicht?«, sagte die hässliche Stimme. »Wer hätte gedacht, dass die kleine Ratte nach dem Kochen so stinkt.«

Line nahm die Worte kaum wahr. Sie hatte nur Augen für die große glänzende Lache, die unter der geschlossenen

Küchentür hervorlief. Dunkles Rot. Sie schrie, packte Emma und schob sie vor sich die Treppe hinauf. »Lauf! ... Lauf, Emmi!«

Vor Angst schrie sie weiter, während sie die Stufen hinaufflogen, denn sie wurden verfolgt. Die Schritte auf der Treppe klangen in Lines Ohren wie Kanonenhall.

»Hier rein!«, rief sie oben und drückte Emma ins Badezimmer, weil die Tür weit offen stand. Sie knallte die Tür zu und drehte den Schlüssel. Gerade noch schnell genug, bevor die Klinke von außen heruntergedrückt wurde.

Etwas kratzte von außen über die Tür. Ein Messer? Oder ein Werkzeug? Line begann zu wimmern.

Emma sah sie mit großen Augen an. »Spielen wir noch?«, fragte sie, und ihre piepsige kleine Stimme verriet, dass sie nicht mehr daran glaubte.

»Macht auf, ihr Süßen«, erklang die Stimme zuckersüß vor der Tür. »Ich hab was Schönes für euch.« Wieder das Kratzen. Und dann, von einer Sekunde zur nächsten, wurde aus dem Geräusch ein wildes, wütendes Knacken. Das Messer, oder was immer es war, wurde in die Tür gerammt. Wieder und wieder, begleitet von hässlichen Rufen: »Ich komme! Macht euch bereit.«

Emma begann zu weinen und presste sich an die große Schwester.

Line legte die Arme um sie und flüsterte: »Ruhig, Emmi, ruhig ...« Ihr Blick hastete durch den Raum. Sie brauchten etwas, um sich zu verteidigen!

Sie zog Emma zum Badschrank, öffnete die Schublade und nahm eine Schere heraus. Emma drückte sie die Nagelschere in die Hand. Sie wollte ihr sagen, dass sie zustechen solle, wenn die Tür aufging, aber dann fiel ihr Blick auf eine, wie sie hoffte, bessere Lösung für Emma, und sie nahm ihr die Nagelschere wieder ab.

22

»Also gut, *ready to start*.« Jara nickte Rahel, die auf dem Fahrersitz des Sprinters saß, aus dem hinteren Teil des Wagens zu. »Vielleicht gelingt es dir, zu improvisieren und die Mädchen herauszuholen.« Sie blickte auf den Monitor des Laptops vor sich. »Die Kamera läuft, wir sehen alles.«

Rahel nickte. Sie trug eine der Jäger-Jacken mit Kameraknopf. Unter dem Kragen war das Mikro versteckt, sodass Jara und Yves alles hören und sehen konnten. Sie selbst hörte, was die beiden sagten, über iPods, die unter ihrer roten Lockenmähne nicht zu sehen waren.

»Und denk dran, wir sehen nicht, was sich in deinem Rücken abspielt«, mahnte Jara.

»Ja, ich weiß.« Doch Rahel glaubte ohnehin nicht daran, dass es ihr gelingen würde, die Mädchen aus dem Haus zu holen, wenn sich dort tatsächlich ein weiterer Dämon befand. Er würde es zu verhindern wissen, dass sie Line und Emma mitnahm. Die Eskalation mit dem Meerschweinchen wies darauf hin, dass der Dämon nicht mehr in der Lage war, sein böses Ich unter Kontrolle zu halten. »Ich klingle, dann wissen wir mehr.«

Jara blickte zur Uhr, und Rahel sagte: »Ich weiß, ich weiß, die Zeit läuft uns davon.«

Doch Jara schüttelte den Kopf. »Die anderen müssen sehen, wie sie in der Speicherstadt klarkommen, wenn wir es nicht pünktlich schaffen. Wenn wir hier einen energetischen Dämon enttarnen und vernichten können, ist das genauso wichtig, wie einen Urdämon zu zügeln. In beiden Fällen retten wir Menschenleben. In diesem Fall Kinder.«

»Danke«, sagte Rahel erleichtert. Jara fand immer die richtigen Worte, ihr das schlechte Gewissen zu nehmen. »Also dann ...« Sie hängte sich ihre Tasche um, stieg aus und ging auf das Haus zu.

Wurde sie vielleicht schon aus einem der Fenster beobachtet? Obwohl sie ohne Schutzausrüstung war, fühlte Rahel sich sicher. Der Sprinter stand direkt vor der Auffahrt der Hathors, und Jara und Yves hockten darin in voller Schutzkleidung und mit Flammenwerfern bewaffnet, bereit, ihr innerhalb von Sekunden zu Hilfe zu eilen.

Rahel klingelte. Ihr Herz hämmerte im Hals, während sie wartete. Doch alles blieb ruhig hinter der Tür. Sie klingelte noch einmal, aber nichts geschah. Somit stand fest: Line hatte anscheinend keine Chance, die Tür zu öffnen.

Rahel wurde schlecht bei dem Gedanken, was das bedeuten konnte. Die Mädchen durften nicht tot sein!

»Wir gehen hinten rein«, flüsterte sie in den Kragen, während ihr der Schweiß unter der viel zu dicken Jacke ausbrach. Sie ging um das Haus herum, Yves und Jara würden ihr umgehend folgen – sie mussten das Risiko, dass die Nachbarn sie in ihrer merkwürdigen Ausrüstung sahen, jetzt eingehen.

Rahel sah in die Fenster, an denen sie vorbeikam. Alle Räume waren menschenleer. Der Blick in die Küche wurde ihr durch ein heruntergelassenes Plissee verwehrt. Als sie den hinteren Teil des Grundstücks erreichte, lag der Garten verwaist vor ihr. Keine Emma auf der Schaukel. Keine Emma im Sandkasten. Ihr Unwohlsein verstärkte sich.

Sie nahm ihr Handy und wählte Lines Nummer. Es klingelte, aber das Gespräch wurde nicht angenommen. Bis unter die Haut beunruhigt, beendete Rahel den Anruf und stellte das Handy auf stumm, denn selbst ein Vibrieren konnte vom Feind vielleicht wahrgenommen werden.

Das Klingeln an der Tür! Das musste die Kommissarin gewesen sein! Line fühlte einen Augenblick lang Hoffnung, aber sie erlosch so schnell, wie sie aufgeflammt war, denn das Krachen und Knacken an der Tür nahm zu. Wenn das Schloss nicht standhielt … Line stellten sich die Härchen auf.

»Emmi, ganz ruhig«, wisperte sie, damit ja kein Wort nach außen drang. Aber das war sowieso kaum möglich, so heftig wurde von außen gegen das Türschloss gerammt. Die Stimme auf dem Flur war verstummt, nur ab und an glaubte Line ein Ächzen zu hören.

Sie ging vor der weinenden Schwester in die Knie. Sie zitterten beide am ganzen Leib. »Weißt du noch, wie wir mit Bent Verstecken gespielt haben vor ein paar Wochen? Da hattest du so ein tolles Versteck.« Line deutete auf den Schmutzwäschekorb. »Du warst unter der Wäsche versteckt. Und er hat dich nicht gefunden.«

Emma folgte ihrem Blick.

»Das machen wir jetzt wieder«, flüsterte Line. »Aber dazu musst du ganz ruhig sein. Du darfst nicht weinen, okay?«

Die Kleine nickte schluchzend.

»Ich werde dann telefonieren und durch das Fenster um Hilfe schreien, also erschrick dich nicht. Und dann wird alles ganz schnell wieder gut. Versprochen … Ich helf dir rein. Wir müssen ganz leise sein … Ich lege ein bisschen Wäsche über dich, und dann ist es das beste Versteck auf der ganzen Welt, okay?«

Sie griff in den Korb und holte die komplette Schmutzwäsche heraus, während die Stimme vor der Tür und das Hämmern verstummten. Ganz ruhig war es plötzlich. Line und Emma sahen sich an.

Was war jetzt? Die plötzliche Stille war fast genauso unheimlich wie die schrecklichen Geräusche vorher. Line traute dem Frieden nicht. Sie legte den Finger auf die Lippen, deutete auf den Wäschekorb und hob Emma hinein. Sanft setzte sie sie ab und legte wieder den Finger auf den Mund. Ihre kleine Schwester so zu sehen, mit erdbeerroten Wangen, tränenverschmiert, mit zitterndem kleinem Mund, brach ihr das Herz. Und wie tapfer Emmi das Schluchzen unterdrückte. Sie hielt sie einen Moment und küsste sie, dann drückte sie sie runter.

Emma verstand und machte sich so klein, wie es nur ging. Line legte einen Teil der Wäsche locker über sie. Doch es blieben noch Teile übrig. Die Sachen zu den Handtüchern im Badschrank zu stopfen, wagte sie nicht, denn wenn die Schranktür geöffnet werden sollte, wären sie verräterisch. Ohne weiter zu überlegen, stopfte sie sie ins Klo und schloss den Deckel wieder.

Mit zitternden Händen nahm sie ihr Handy und blickte aufs Display. Die Kommissarin hatte angerufen. Sie musste es auch gewesen sein, die geklingelt hatte. Was sollte sie jetzt tun? Den Notruf wählen? Oder doch lieber die Kommissarin? Vielleicht war sie noch in der Nähe.

Jara und Yves stießen zu Rahel, als sie durch die Scheiben der Terrassentür das Wohn- und Esszimmer checkte. »Das Haus wirkt menschenleer«, sagte sie. »Vielleicht sind sie alle oben.«

»Hier.« Yves drückte Rahel Helm und Brustpanzer in die Hand.

Sie legte die Umhängetasche ab und streifte ihre Ausrüstung hastig über. Yves half ihr, den Flammenwerfer anzulegen. Rahel hätte gern die Peitsche gehabt, aber Robert hatte den verstörenden Hinweis gegeben, dass sie sich nicht im Safe befand. Auch Jara und Yves hatten keine Ahnung, wohin die Peitsche verschwunden war. Niemand hatte es ausgesprochen, aber Rahel wusste, dass alle dasselbe dachten. Luk. Doch wie hätte er den geänderten Code knacken sollen?

Als sie die Tasche wieder umhängen wollte, wurde es kompliziert, denn der Riemen passte wegen der Ausrüstung nicht mehr über ihre Schulter.

»Lass doch die blöde Tasche liegen«, schimpfte Yves leise. »Die holst du nachher.«

»Ich kann das grad nicht erklären«, flüsterte Rahel und legte sich den Riemen über die Armbeuge. »Aber eher würde ich mir die rechte Hand abhacken, als die Tasche unbeaufsichtigt zu lassen.«

Auf die verwirrten Blicke der beiden ergänzte sie: »Ihr werden am Fleet erfahren, worum es geht.«

»*Mon Dieu*«, murmelte Yves grimmig. »Langsam wird mir unsere Gruppe zu geheimnisbeladen. Das ist nicht gut.« Dann schwieg er, und Rahel war dankbar dafür.

Er machte sich mit einem Schraubendreher an der Terrassentür zu schaffen. Wenn es nicht gelang, sie aufzubrechen, mussten sie die Scheibe einschlagen. Doch mit einem lauten Knacken gab die Tür nach.

Waren sie gehört worden? Das Geräusch der Terrassentür musste zumindest durch das Erdgeschoss geklungen sein. Sie lauschten, als sie im Esszimmer standen. Totenstill war es im Haus.

Jara deutete zur Wohnzimmertür, die zum Flur hin offen stand. So leise wie möglich huschten die drei darauf zu. Jara, die vorwegging, verharrte jedoch direkt auf dem Flur. Rahel und Yves mussten sich nicht fragen, warum. Zu groß war die Blutlache, die unter der geschlossenen Küchentür rot glänzend hervorstach. Blutige Schuhabdrücke zeichneten sich überall auf den hellen Fliesen ab, auch Richtung Treppe.

Rahel mühte sich mehr schlecht als recht, ein Wimmern zu unterdrücken, was ihr einen scharfen Blick von Yves einbrachte. Er bedeutete ihr, sich links vor der Küchentür zu positionieren, und ging selbst an der rechten Seite in Stellung. Rahel legte die Tasche ab. Sie brauchte beide Hände für den Flammenwerfer. Jara befand sich in ihrer Mitte. Alle drei hielten die Brenner bereit.

Jara nickte, dann machte sie zwei Schritte vor, fasste die Klinke, drückte sie leise herunter und schubste die Küchentür nach innen auf. Während sie schnell und gezielt wieder zurückwich, richteten Rahel und Yves die Flammenwerfer ins Kücheninnere, bereit, sofort den Abzug zu drücken. Doch es gab keinen Dämon, der auf sie zusprang.

Obwohl das Bild, das sich ihnen bot, grauenhaft war, schaffte Rahel es diesmal, still zu bleiben. Vielleicht, weil der Anblick nicht nur unfassbar grässlich, sondern auch irritierend war. Der Rollstuhl stand in der Blutlache, deren Ausläufer bis auf den Flur gelangt war. Die Person darin lag mit dem Kopf nach hinten reglos da, beide Arme hingen über den Lehnen.

Es war Bent, im Rollstuhl seiner Mutter.

Rahels Herz hämmerte dermaßen, dass ihr mulmig unter

dem Helm wurde. Dem Jungen war die Kehle aufgeschlitzt worden, und, als wäre das nicht genug, an den Handgelenken auch die Pulsadern.

Jara hatte in der Zwischenzeit die Küchentür hinter sich geschlossen. »Allmächtiger«, sagte sie leise mit Blick auf den blonden Jungen. »Im Rollstuhl seiner Mutter ...« Sie sah Yves an.

»Sie hat alle gelinkt«, murmelte er. »Ihre Familie, uns ... Christine Hathor, oder besser gesagt, der Dämon, der ihren Körper übernommen hat, hat vermutlich immer laufen können.« Er deutete auf die blutigen Schuhabdrücke, die überall im Raum verteilt waren.

Rahel riss sich von dem grauenhaften Anblick los. »Wir müssen nach oben. Die Mädchen ...« Sie konnte den Satz nicht beenden. Sie wusste, sie würde zusammenbrechen, wenn sich ihnen der gleiche Anblick bei Line und Emma bot.

Doch im nächsten Moment ertönten markerschütternde Schreie. Hilfeschreie. Eindeutig eine Mädchenstimme. »Line!«, stieß Rahel erleichtert aus.

Sie stürmte los und wollte die Küchentür aufreißen, doch Jara rief: »Halt!«

Rahel stoppte. Jara hatte recht. Wenn der Dämon vor der Tür stand ... Doch als sie die Tür langsam aufzog, während die anderen mit den Flammenwerfern bereitstanden, war der Flur frei.

Wieder erklangen die Schreie.

»Line! Wir sind hier«, rief Rahel, während sie neben Jara die Treppe hinaufging, langsam, darauf vorbereitet, dass jederzeit Christine Hathor auf sie zuspringen konnte. Yves ging rückwärts die Treppe hinauf, um ihnen den Rücken freizuhalten. Doch sie gelangten nach oben, ohne angegriffen zu werden.

»Wir sind hier!«, ertönten hinter der ersten Tür Lines hysterische Schreie. »Hier, im Bad!«

Rahel klopfte an die Tür, die um das Schloss herum völlig zerkratzt und abgesplittert war. Kleine Holzstückchen lagen auf dem Boden. »Alles ist gut, Line. Ich bin's, Rahel Bathlevi.

Wir sind zu dritt und helfen euch. Bist du mit Emma dadrinnen?«

»Ja«, schluchzte das Mädchen.

Rahel fiel ein Stein vom Herzen. »Seid ihr verletzt? Braucht ihr einen Rettungswagen?«

»Nein.«

Erleichtert nickten die drei sich zu.

»Ich möchte, dass ihr vorerst im Bad bleibt, Line. Ihr öffnet niemandem die Tür, außer mir oder meinen Kollegen ... Weißt du, wo deine Mutter sich aufhält?«, fragte Rahel.

»Nein.« Line weinte hemmungslos. »Ich weiß nicht, wo sie ist. Sie war zuletzt unten.«

»Okay, alles ist gut, Line. Ihr bleibt, wo ihr seid, verstanden? Die Stimme im Bad wurde hysterisch. »Bitte gehen Sie nicht weg! Bleiben Sie hier! Lassen Sie uns nicht allein. Bitte, bitte.« Line weinte herzzerreißend, und dann kam ein zweites lautes Weinen dazu. Emma.

Rahel sah Jara und Yves an.

»Na gut«, sagte Jara. »Bleib du hier als Wache vor der Tür, Rahel, und behalte die Treppe im Auge. Wir checken die übrigen Räume hier oben. Du wirst uns schon hören, wenn wir deine Hilfe brauchen.« Sie deutete auf den kleinen Flur. »Ist ja nicht groß.«

»Okay«, sagte Rahel. Dann sprach sie laut gegen die Tür: »Line, Emma, ihr müsst jetzt ruhig sein. Ich weiß, dass das schwer ist, aber je leiser es ist, desto mehr hören wir. Verstanden?«

Lines »Okay« kam schluchzend. Es war zu hören, wie sie im Bad leise auf die kleine Schwester einsprach, deren Weinen nicht nachlassen wollte.

Rahel blieb mit dem Rücken zur Badtür in Angriffsposition, während sie angespannt verfolgte, wie Jara und Yves sich gegenseitig Deckung gaben und alle oberen Räume durchsuchten. Doch von Christine Hathor gab es keine Spur.

Rahel deutete auf die hölzerne Luke in der Flurdecke, die zum Dachboden führte.

»Sie ist geschlossen«, sagte Yves. »Es ist eher unwahrscheinlich, dass sie hinaufgegangen ist und die Luke von oben geschlossen hat.«

Bevor Rahel etwas erwidern konnte, erklang aus dem Bad ein schriller Schrei. Emma weinte auf, während Line schrie: »Auf dem Dach! … Ich hör was … Da ist was!« Von innen wurde der Schlüssel umgedreht, dann die Tür aufgerissen.

»Ganz ruhig«, sagte Rahel, den Blick auf die aufgelösten Gesichter der Mädchen gerichtet, die wie erstarrt wirkten. Die Schutzausrüstungen und die Flammenwerfer waren natürlich ein Schock für sie.

Yves und Jara drängelten sich schon an den weinenden Kindern vorbei, während Rahel die beiden auf den Flur zog. »Ihr seid in Sicherheit, ganz ruhig«, sagte sie. »Wir beschützen euch.«

Sie verfolgte, wie Yves das Kippfenster im Bad aufzog und vorsichtig hinausspähte, bevor er sich weiter vorwagte. Letztendlich hing er mit dem kompletten Oberkörper heraus. »Hier ist nichts zu sehen«, sagte er, zog sich zurück und schloss das Fenster wieder.

Jara trat auf den Flur. »Was hast du denn gehört?«, wandte sie sich an Line.

»Ein komisches Geräusch … als wenn jemand raufklettert. Oder was raufwirft. Ich weiß nicht …«

»Er will uns vielleicht in die Irre führen«, meinte Yves.

Rahel war dankbar, dass er seine Worte trotz des Stresses mit Bedacht wählte und vor den Kindern nicht »Dämon« sagte. Sie folgte seinem Blick Richtung Treppe. Lauerte Christine Hathor unten auf sie? Vielleicht im Hauswirtschaftsraum, den sie ausgelassen hatten, weil sie zuerst in die Küche gestürmt waren? Sie hätte durch die hintere Tür auch direkt nach draußen gelangen können.

»Rahel«, ergriff Jara mit fester Stimme das Wort. »Schließ du dich mit den Kindern im Bad ein, Yves und ich gehen runter. Wenn wir dich brauchen …« Sie ließ den Satz offen.

Rahel nickte. Sie waren vernetzt. Wenn die beiden unten

auf den Dämon trafen, konnte sie zu Hilfe eilen. Umgekehrt würden die beiden schnell wieder oben sein, wenn sich auf dem Dach etwas tat.

»Gut, dann kommt«, sagte Rahel und schob die Mädchen mit der freien Linken ins Bad. Sie trat hinter ihnen ein und schloss ab, während Jara und Yves hinuntergingen.

Line hielt Emma an sich gepresst. »Hat er Mama …?« Sie würgte. »Hat er sie … Da war so viel Blut unter der Küchentür.« Es schüttelte sie, und sie starrte Rahel mit großen Augen an.

Irritiert sah Rahel das Mädchen an. *Hat er Mama …?*

»Bent hat das, was Papa hatte, oder?«, fuhr Line auch schon schluchzend fort. »Was ist das für eine Krankheit? Ist das was Ansteckendes?« Sie deutete auf Rahels Helm.

»Bent?« Rahel war völlig verwirrt. »Wieso Bent?«

»Er war das doch«, wimmerte Line. »Ich wollte mich mit Emma aus dem Haus schleichen. Wir wollten Ihnen entgegengehen. Aber er stand unten. Das ganze Blut war an seinen Schuhen … Und er hat so furchtbar gegrinst. Seine Stimme … als wenn er verrückt ist. Wir sind hochgerannt und er hinterher.« Sie weinte wieder. »Und dann hat er mit einem Messer oder irgendwas immer wieder gegen die Tür gehauen. Er wollte rein. Zu uns!« Aufweinend biss sie sich auf den Handknöchel.

»Bent war das?«, hakte Rahel alarmiert nach. »Nicht deine Mutter?«

Line schüttelte den Kopf. »Ich hatte auch Angst vor Mama, aber … das ganze Blut. Ich glaub, er hat sie …« Sie brach wieder ab.

»Scheiße!«, stieß Rahel aus und aktivierte ihr Mikro. »Jara! Yves! Passt auf! Bent ist vielleicht gar nicht tot. Er …« Sie brach ab, weil unten Tumult ausbrach. Ein entsetzlicher Schrei erklang. Yves! Lautes Krachen, als würden Möbelstücke geworfen. Jara schrie. Yves rief eine Warnung, dann schrie er wieder.

Die Mädchen fingen erneut an zu weinen. Emma klammerte sich an Line und Line an Rahel.

»Du musst mich loslassen, Line. Lass los!«, versuchte Rahel ruhig zu bleiben. Sie zerrte an den Mädchenfingern, die kaum zu lösen waren. »Ich muss meinen Freunden helfen!«

Sie packte Lines Hände fest, nachdem sie sie endlich gelöst hatte. »Ihr bleibt hier drinnen und schließt sofort hinter mir ab, verstanden?« Sie sprach eindringlich auf das völlig fertige Mädchen ein. »Wir sind gleich bei euch, aber ich muss da jetzt runter.« Als Line dennoch nach ihr greifen wollte, stieß sie sie zurück, riss die Tür auf und zog sie auf dem Flur wieder zu. »Schließ ab!«, forderte sie durch die Tür.

»Beeilen Sie sich«, weinte Line. Es war zu hören, wie der Schlüssel gedreht wurde.

Rahel drückte vorsichtshalber noch einmal die Klinke herunter. Die Tür war zu. Sie huschte zur Treppe. Der Dämon wusste vielleicht nicht, dass sie zu dritt waren. Ein Überraschungsmoment konnte hilfreich sein.

Den Brenner vor sich ausgestreckt, den Finger am Abzug, ging sie Schritt für Schritt die Stufen hinunter, doch dann erklang Yves' Stimme direkt neben der Treppe. Sie blickte über das Geländer und nahm die letzten Stufen im Eilschritt. Yves lag auf dem Boden, das linke Hosenbein war blutdurchtränkt, wie es aussah, durch einen offenen Unterschenkelbruch, denn unter der Hose zeichnete sich die anormale Form herausragender Knochen ab.

Unter dem Helm erklang seine schmerzverzerrte Stimme. »Es ist der Junge! Das Viech hat mir das Bein zertrümmert … Schnell, du musst Jara helfen. Sie sind dadrinnen.« Er deutete zur geschlossenen Wohnzimmertür, hinter der es unheimlich ruhig war. Dann setzte er sich unter Stöhnen auf und nahm den Brenner in die Hand, bereit, sich gegen den Dämon zu verteidigen, sollte er zurückkommen.

Rahel rannte zu der Tür, doch sie war verschlossen. Ohne zu überlegen, stürmte sie in den Hauswirtschaftsraum, hastete durch die offen stehende Haustür nach draußen und lief um das Haus herum. Was sie durch die Terrassentür sah, ließ sie vor Entsetzen schreien. Jara zappelte, die Füße vom Boden gelöst, am Zugseil des Fensterrollos. Ihr Gesicht war schon blau angelaufen, während Bent Hathor, der vor ihr stand und sie still betrachtete, nun zu Rahel herumfuhr.

Sein Anblick war so grotesk wie abstoßend. Der stechende, unmenschliche Blick, ein diabolisches Grinsen. Die klaffende blutige Wunde am Hals und an den Armen … Er hatte sich die Schnitte durch Kehle und Handgelenke selbst zugefügt, um sie zu täuschen. Sterben konnte er ja nicht mehr. In seinen blutigen Händen hielt er ein Messer.

»Du rothaariges Drecksstück«, ätzte er. »Du bist ein bisschen zu spät dran.« Er stellte sich direkt vor die zappelnde Jara, deren Laute leiser wurden. Er wusste, dass sie ihn dort nicht mit dem Flammenwerfer angreifen konnte, ohne Jara zu gefährden. Er musste nur einen Sprung zur Seite machen, dann würde der Strahl die Freundin treffen. Doch wenn sie nichts unternahm …

Rahel zögerte nicht länger, denn Jaras Zappeln ließ nach. Sie drückte den Abzug und richtete den Feuerstrahl auf Bent. Er sprang wie erwartet im selben Moment zur Seite, doch Rahel reagierte blitzschnell und schwenkte mit dem Strahl herum. Sie hatte Jara zwar gestreift, doch deren Schutzkleidung zeigte Wirkung. Rahel trat mit den Flammen auf Bent zu, der zu schreien begann und weiter zurückwich, als sein Shirt Feuer fing. Rahel nutzte den Moment und ging rückwärts zu Jara zurück. Sie ging in die Knie, schob sich unter Jara und hob sie sich so auf die Schultern.

Jara würgte wie wild und begann an dem Seil um ihren Hals zu zerren.

Bent hatte sich das brennende Shirt über den Kopf gezogen. Die hässlichen Brandwunden auf Gesicht und Brust schien er nicht zu spüren. Er sprang vor, doch Rahel hielt ihn sich mit dem Feuer vom Leib. Sie wusste, dass das nicht lange gelingen würde, denn Jaras Gewicht auf ihren Schultern drückte sie nieder. »Nimm dein Messer«, schrie sie Jara zu. »Schneide das Seil ab!«

Sekunden später hangelte Jara sich von ihren Schultern,

genau im richtigen Moment, denn Bent kam auf Rahel zugesprungen, das Fleischmesser im Anschlag. Rahel parierte den Angriff und befahl Jara, hinter ihr zu bleiben. Langsam wichen sie so zur Wohnzimmertür zurück. Bent blieb auf Abstand, brüllte aber seine höllische Wut heraus. Er bleckte seine Zähne, geiferte, japste ... Rahel wusste, dass der Moment gleich da sein würde, in dem sein Hass auf sie seine Furcht vor dem Feuer übermannte. Sie brauchten einen zweiten Flammenwerfer!

»Yves!«, schrie sie durch die geschlossene Wohnzimmertür. »Nimm deinen Flammenwerfer ab! Wir brauchen ihn!« Jara rief sie zu: »Schließ die Tür auf, Jara!«

Kostbare Sekunden vergingen. Als Bent Hathor vorstürzte, richtete Rahel das Feuer direkt auf sein Gesicht. Er kreischte wie von Sinnen, aber er stürmte weiter und stach zu. Allerdings traf er nur den Wassertank auf Rahels Rücken, denn sie hatte sich blitzschnell umgedreht. Bevor er erneut zustechen konnte, hatte sie Jara zur Seite gestoßen, drehte den Schlüssel und zog die Tür zum Flur auf.

»Hier!«, schrie Yves. Er hielt ihnen den Flammenwerfer entgegen.

Rahel stieß Jara vor sich her auf den Flur. Sie wusste, dass sie nur noch lebten, weil der Dämon nichts sah, denn sein Gesicht brannte. Sie warf die Tür zu, setzte sich davor, um sie zu blockieren, und rief der lethargischen Jara zu: »Nimm Yves' Flammenwerfer!« Dann fiel ihr Blick auf ihre Umhängetasche neben der Küchentür.

Das Schwert.

»Hol mir die Tasche, Jara!«, rief sie.

»Die Tasche?«, fragte Jara, während sie ihren Tank abwarf und sich mit Yves' Flammenwerfer bewaffnete.

»Ja, meine Tasche ... Schnell!«, japste Rahel und versuchte, mit aller Kraft die Tür zuzuhalten, gegen die der Dämon sich warf. Jedes Mal wurde sie ein Stück nach vorn geworfen.

Als Jara mit der Tasche kam, zog Rahel die Freundin neben sich. Gemeinsam trotzten sie der Kraft hinter der Tür, während

Rahel mit fliegenden Fingern das Schwert aus dem Handtuch wickelte und das Band am Griff löste. Nun die Münze …

Es dauerte, bis es ihr endlich gelang, unter der Schutzweste an die Hosentasche zu gelangen, um die Münze herauszufummeln. Im nächsten Moment hielt sie inne. Der Dämon warf sich nicht mehr gegen die Tür. Es war still im Wohnzimmer geworden.

»Oh fuck«, murmelte Rahel. »Er läuft bestimmt außenrum.«

Während sie das Band hastig durch das Loch der Käschmünze zog, saß Jara schwer atmend neben ihr. »Steh auf! Halt ihn uns vom Leib«, rief Rahel, als die Münze auf dem Griff landete und das himmlische Leuchten erschien – im selben Moment stürmte der qualmende Dämon durch die Hauswirtschaftstür auf den Flur. Grässlicher Dämonengestank flutete den Raum, während er auf die Frauen zustürzte. Jara sprang auf und hob den Brenner des Flammenwerfers, doch der Dämon schlug ihn ihr aus der Hand und packte ihren Hals.

Rahel hatte sich nicht beirren lassen. Obwohl ihre Finger zitterten, war es ihr gelungen, das Band am Münzengriff zu verknoten. Nun kam es darauf an … Würde die Waffe, die einen Urdämon töten konnte, auch bei einem energetischen Dämon wirken?

Das Schwert leuchtete wie ein himmlisches Versprechen, als sie aufsprang und es in die Lende des Dämons rammte. Ein unmenschlicher Schrei erklang. Jaulen und Quieken, ein hässliches Winseln erfüllten den Raum. Jara hörte auf zu röcheln, denn der Dämon löste seine Hände, krümmte sich und spie Blut.

Rahel zog das Schwert aus seiner Seite. Als er sich erhob und reckte, nahm sie es in beide Hände, holte aus und hieb zu, mitten durch seinen Hals. Der Schwung riss sie herum. Wie durch Butter war die stumpfe Münzenklinge durch Sehnen, Muskeln und Knochen geglitten. Selbst starr vor Verwunderung und Schreck, starrte sie auf den qualmenden Dämon, der wie verwurzelt dastand. Und dann, Rahel schrie auf, löste sich der schwarz verbrannte Kopf in Zeitlupe vom Hals und fiel zu Boden. Der Körper sackte daneben zusammen.

Totenstill war es für einen Moment, alle hatten die Luft angehalten.

Dann stöhnte Yves voll Unglauben: »*Mon Dieu!* Rahel! Was ... ist ... das?« Er starrte auf das gleißende Schwert.

Rahel schluckte. Nicht ein einziger Tropfen Blut klebte an der schimmernden Schwertklinge. Der helle Schein legte sich wie warmer Balsam auf ihre Brust. »Ich denke, es ist die Lösung für all unsere Probleme.«

23

Die Aufräumtruppe der BKA-Abteilung »ÜV« hatte übernommen, und Rahel war mehr als dankbar dafür. Sie stand an der Haustür mit Blick zur Treppe, auf der die Schwestern gerade von einer Notärztin, die die beiden oben untersucht hatte, heruntergeführt wurden.

Rahel sah, wie Lines Blick starr über die Stellwände auf dem Flur glitt, die Küche, Wohnzimmer und den größten Teil des Flurs abschirmten. So konnten die Kinder nach draußen treten, ohne die großen Blutlachen zu sehen. Line hielt Emma eng an sich gepresst, während sie der Ärztin folgten.

Ihr Mitleid für die Kinder ließ Rahels Bauch schmerzen. Die beiden wussten noch nicht, dass sie nur noch einander hatten. Christine Hathors Leiche war von den ÜV-Kollegen in der Abstellkammer gefunden worden. Der Dämon hatte sie mit exakt den Schnitten getötet, die er sich selbst zum Schein zugefügt hatte.

Im nächsten Moment fragte Rahel sich, ob Line es vielleicht schon ahnte, denn sie fragte nicht nach ihrer Mutter, sondern nach den Großeltern. »Können Opa und Oma ins Krankenhaus kommen? Bitte!« Ihre Augen glitzerten, dann kullerten die Tränen wieder.

Rahel wollte nichts Falsches sagen und blickte die Ärztin an. »Natürlich«, antwortete die junge Medizinerin.

»Alles wird gut werden«, gab Rahel den Kindern mit auf den Weg, und sie kam sich dabei so verlogen vor, dass sich ihr Magen erneut verkrampfte. Was sollte für die beiden Mädchen noch gut sein? Die Eltern beide tot, der Bruder tot, und die Großeltern würden den Schmerz über den Verlust selbst kaum annehmen und verwinden können.

Sie blickte dem Rettungswagen aus der offenen Haustür nach. Streifenbeamte befestigten das rot-weiße Absperrband wieder, das sie gezogen hatten, damit niemand einen Blick ins

Haus werfen konnte. Die Gaffer zurückzuscheuchen, hatte auch zum Job der Kollegen gehört. Die Leute waren jetzt hinter den hohen Hecken zwar nicht zu sehen, aber zu hören. Aufgeregt redeten sie aufeinander ein. All die Sirenen und Blaulichter hatten sie herbeigelockt und nicht zu vergessen: Lines Schreie aus dem Dachfenster zuvor.

Ein Nachbar hatte direkt den Notruf gewählt. Es war nur Robert zu verdanken, dass die Streifenbeamten nicht vor dem BKA im Haus gewesen waren. Nach Rahels Meldung hatte er die in der Nähe auf Abruf bereitstehenden ÜV-Beamten in Marsch gesetzt, denen es gerade noch rechtzeitig gelungen war, die Kollegen von der Streife abzufangen. Sie wusste, dass sie beim nächsten Mal schneller reagieren und Robert sofort anrufen musste. Aber der Schreck und der Unglauben über die Fähigkeiten des Schwerts hatten sie gelähmt. Yves hatte sie schließlich angewiesen, Robert umgehend Meldung zu machen.

Rahel wagte nicht, darüber nachzudenken, welche Ausreden sie hätten erfinden sollen, um den Kollegen von der Streife ihr mysteriöses Jäger-Outfit und die Flammenwerfer zu erklären, ganz zu schweigen vom Anblick des qualmenden Kopfes und des Körpers von Bent Hathor.

Sie schloss die Haustür mit dem guten Gefühl, dass sie wenigstens alle überlebt hatten. Yves war zwar schwer verletzt, aber sie würden ihn im Krankenhaus wieder zusammenflicken – ein weiterer Rettungswagen war mit ihm kurz vor der Abfahrt der Mädchen davongefahren.

Rahel schob eine Stellwand zur Seite. Jara saß an der Treppe und spielte geistesabwesend mit dem Schlauch des Flammenwerfers neben sich. Das starke Schmerzmittel, das der Notarzt ihr gegeben hatte, schien zu wirken.

»Wie geht's dir?«, fragte Rahel die Freundin zum x-ten Mal besorgt. Auf Jaras braunem Hals waren die dunklen Strangulationsmale kaum zu erkennen, doch dort, wo der Dämon sie beim Würgen vereist hatte, schälte sich die Haut über den wunden Abschürfungen. »Du hättest wirklich mitfahren sollen«, wiederholte Rahel besorgt. »Du gehörst ins Krankenhaus.« Die Notärztin hatte genau das veranlassen wollen, aber Jara hatte sich vehement geweigert.

Jara klang heiser, als sie sich aufraffte und mit Nachdruck sagte: »Ich fühle mich wie ausgekotzt, ja, aber wir sollten jetzt nicht mehr palavern, Rahel, sondern uns zur Speicherstadt aufmachen. Die anderen brauchen uns. Ausruhen kann ich mich später, und die Kollegen kommen hier ohne uns klar.«

»Aber –«

»Kein Aber.« Ihr Blick suchte Rahels. »Du willst doch Luk nicht in sein Verderben schicken, oder? Ich jedenfalls möchte Sol in jeder erdenklichen Art und Weise beistehen. Und eines weiß ich sicher: Sie möchte ihren Bruder nicht an ihre Dämonenmutter verlieren.«

»Also gut«, sagte Rahel mit Blick auf die BKA-Leute in den weißen Schutzanzügen. Die Männer und Frauen hatten Bents Kopf und Körper in Foliensäcken eingetütet. Beides würde verbrannt werden – ohne dass jemand davon erführe.

Der Familie würden die Beamten erzählen, dass Bent nach dem Mord an der Mutter, wohl begangen durch geistige Verwirrung, den Freitod in der Elbe gesucht hatte. Ein paar Abschiedszeilen würden gefunden werden, erstellt vom Unterschriftenfälscher des BKA. Die ÜV-Leute hatten sich für eine Handschriftprobe an Bents Schulsachen bedient.

»Komm jetzt«, forderte Jara Rahel auf. »Wir müssen uns für den Einsatz am Kibbelsteg neue Ausrüstung aus dem Kiezkeller holen.«

Rahel nickte. Alles Verräterische an Ausrüstung hatten sie vor dem Eintreffen der Sanitäter und Ärzte abgelegt. Die Sachen waren von den Kollegen verstaut worden. Einiges war defekt, die Tanks fast leer.

»Wirst du mir jetzt erklären, was es mit diesem unglaublichen Schwert auf sich hat?«, fragte Jara, als sie im Sprinter saßen und Rahel sie langsam durch den Pulk an Gaffern manövrierte.

»Das Schwert gehört Luk«, sagte Rahel wahrheitsgemäß.

»Aus Gründen, die ich jetzt unmöglich erläutern kann, habe ich es an mich genommen.«

Sie sah Jara von der Seite her an, als die ein missmutiges Brummen von sich gab. »Es hat etwas mit meinen Gefühlen zu tun, mit meinem Vertrauen oder, besser gesagt, mit meinem verloren gegangenen Vertrauen zu Luk.« Rahel konzentrierte sich wieder auf den Stadtverkehr. »Ich werde das Schwert auf jeden Fall gleich mitnehmen. Es ist die einzige Waffe, die einen Urdämon töten kann.«

»Was?« Jara starrte sie ungläubig an.

Rahel warf ihr einen kurzen Blick zu. »Magie, Jara. Es ist Magie im Spiel. Wir haben jetzt eine Waffe, die wir gegen Kronox und ihre Garde einsetzen können.«

Einen Moment lang herrschte Stille. Dann sagte Jara: »Und du bist sicher, dass Luk das will?«

»Nein, verdammt, eben nicht, darum habe ich es ja an mich genommen.«

»Und das hast du gut gemacht«, sagte Jara bestimmt. »Hätten wir das Schwert eben nicht gehabt, wären wir jetzt vielleicht alle tot.« Wieder überlegte sie. »Was hältst du davon, es Soleria auszuhändigen? Bei ihr sind wir auf der sicheren Seite. Sie würde das Schwert niemals ihrer Mutter übergeben.«

»Ich vertraue eigentlich niemandem mehr … Außer dir und Taco«, fügte Rahel schnell hinzu. »Aber ich kann auch unmöglich diejenige sein, die das Schwert gegen die Urdämonen führt.«

Das war ihr klar geworden, als sie den energetischen Dämon Bent erledigt hatten. Das war schwer genug gewesen. Bei Kronox würde sie keine Chance haben, an sie heranzugelangen. Und dafür verantwortlich gemacht zu werden, wenn ihr das Schwert von den Urdämonen abgenommen wurde … diesen Gedanken durfte sie gar nicht zu Ende denken.

»Wir parken im Kiezparkhaus. Robert kann dir beim Einladen der neuen Ausrüstung helfen«, entschied Rahel. »Ich fahre mit der U-Bahn in die Speicherstadt. Ich muss ins Teppichlager und mit Luk sprechen.«

Ein Blick auf die Uhr verriet, dass sie ihn noch erwischen konnte, bevor er zum Kibbelsteg aufbrach. Vielleicht würde sich dann alles ergeben. So wollte es ihr Herz, und der Verstand hielt sich zum ersten Mal mit einem Veto zurück – weil er nicht wusste, was falsch und was richtig war.

Als Rahel am Sandtorkai gegen die grüne Holztür des Speichers pochte, öffnete ihr Constantin Weber.

»Du bist noch da«, sagte sie erstaunt, während ihr Blick über ihn glitt. Er trug eine Dämonenjäger-Schutzweste.

»Glaubst du, ich liege bei Blutmond auf dem Sofa und gucke ›Verstehen Sie Spaß?‹? Ich bin BKA-Beamter bei der ÜV, kein Teppichverkäufer!«, kam die Antwort im Pissed-off-Ton.

Rahel verzog die Lippen. »Ja, natürlich. Das war dumm von mir. Ich kenne dich eben nur in Hemd und Sakko … Ist Luk noch da?«, fragte sie hastig.

Constantin deutete die Betonstufen hinauf. »Sie sind beide noch hinten. Geh einfach durch. Die Verbindungstür ist offen.«

»Danke.« Rahel ging hastig, doch mit jedem Schritt durch das Teppichlager wurde das Schwert in ihrer Tasche schwerer. Tat sie das Richtige, wenn sie es Luk aushändigte?

Als sie vor der Verbindungstür zu Sols und Luks Räumen stand, verharrte sie einen Moment und warf einen Blick zurück. Constantin beobachtete sie. Tief Atem holend zog sie die Tür auf und trat in den schmalen, düsteren Gang.

Beide Zimmertüren waren geschlossen, doch aus einem der Räume erklang Musik. Jemand spielte Geige. Sie trat an Luks Tür und lauschte. Nein, die wunderbare Melodie kam aus Sols Zimmer, und Rahel ahnte, dass Soleria Kraft aus dem Spiel zog.

Und wie bereitete Luk sich auf die Begegnung mit seiner Mutter vor? Rahels Herz raste vor Aufregung und auch vor Angst. Wie würde er reagieren, wenn sie vor ihm stand? Hatte er schon herausgefunden, dass sie das Schwert gestohlen hatte? Sie hatte während der Fahrt mit der U-Bahn nicht gewagt, auch nur eine einzige seiner Nachrichten zu öffnen. Nun bereute sie es.

Sich innerlich selbst Mut zusprechend, drückte sie die Klinke der Zimmertür vorsichtig herunter. Es war nicht abgeschlossen. Sie öffnete sie langsam einen Spaltbreit, hoffte, dass er bei Sol war, um den Moment der Begegnung noch hinauszuzögern, doch er war da.

Keine Lampe, sondern Kerzenlicht erhellte den Raum. Er stand, nur ein paar Schritte entfernt, mit nacktem Oberkörper stocksteif da, die Augen geschlossen, die Hände wie im Gebet aneinandergelegt, während im Nebenraum das Geigenspiel gerade endete. Vielleicht war das seine Art, vor dem Kampf Ruhe zu finden. Doch dieser Gedanke versickerte gurgelnd, denn im Schein der Kerzen trat ein anderer Aspekt in den Vordergrund und scheuchte alles sonst Wahrnehmbare in dunkle Ecken. In Ecken, so unheimlich und düster wie seine Schwingen.

Rahel hielt den Atem an. Das himmlische Gold der Flügelspitzen war erloschen. Das, was sonst wie Sterne in der Nacht Luks liebevolle Gefühle offenbart hatte, war rabenschwarz, von zwei, drei winzigen Tupfern abgesehen, die sich noch im Licht der Kerzen spiegelten.

In Rahels Kopf begann es zu rauschen. Alles Gute, die Liebe in ihm, war erloschen. Jakob hatte es gesehen. Und sie war diejenige, die in Gefahr war. Mit angehaltenem Atem trat sie von der Tür weg, wagte nicht, sie wieder ins Schloss zu ziehen. Sie wandte sich um und wollte zur Zwischentür zurückschleichen, als hinter ihr eine Stimme erklang.

»Rahel.«

Ertappt fuhr sie herum und stammelte: »Sol … ich …« Rahel wusste nicht, was sie sagen sollte. Währenddessen erklangen in Luks Zimmer Geräusche. Er hatte sie natürlich gehört. Die Geräusche kannte Rahel nur zu gut: Er zwängte seine Flügel in den Rucksack des Mantels.

»Ist alles gut?«, fragte Soleria. Sie trug bereits den schwarzen Turban und schwarze Kleidung.

»Ja, ich … wollte nur von einem Einsatz berichten«, sagte Rahel.

»Ein Einsatz? Welcher Art?« Solerias feine blonde Augenbrauen bildeten ein helles Dach über dem strahlenden Blau ihrer Augen.

»Wir wollten euch vor dem Blutmond nicht beunruhigen, aber … es gab einen weiteren energetischen Dämon bei den Hathors.«

»Wie bitte?« Solerias Stimme hatte alles Liebliche verloren.

»Es war Bent. Wir haben ihn eliminiert«, sagte Rahel mit mehr Elan in der Stimme, als sie fühlte. Ihr Herz raste. Wenn Sol schon so reagierte, wie würde Luk erst …

Die Antwort bekam sie in derselben Sekunde. Luk riss seine Zimmertür auf und trat auf den Gang. »Ihr … habt … was?« Er betonte jedes einzelne Wort. Sein Gesicht war von einer Starre, wie Rahel sie nie erlebt hatte. Maskenhaft und unheimlich. Nur die Augen leuchteten in einer erschreckenden Lebendigkeit.

Er stieß Soleria zur Seite und packte Rahel an den Oberarmen, so fest, dass sie aufschrie. Gleichzeitig wurde sie von Übelkeit überfallen.

»Seid ihr wahnsinnig?«, schrie er sie an. Sein Speichel traf sie, während er sie schüttelte. »Was fällt euch ein, ohne unser Wissen eine Eliminierungsaktion durchzuführen?«

»Luk!« Soleria fasste ihn am Arm. »Lass sie los!«

»Nimm sie nicht in Schutz!«, fuhr er seine Schwester an. »Seit sie dabei ist, fällt diese Gruppe auseinander! Merkst du das nicht?«

Erneut packte er Rahel fester. »Wagt es nie wieder, ohne uns eine Aktion zu starten, sonst …« Er ließ den Satz offen. »Und jetzt geh mir aus den Augen!«, spie er aus, trat in sein Zimmer zurück und knallte die Tür zu. Dann hörte man es klirren.

»Das war hoffentlich nicht die chinesische Vase«, sagte Soleria mit ungewohntem Spott. Dann nahm sie Rahel an die Hand und zog sie in ihr Zimmer. »Es ist Blutmond. Nimm es ihm nicht übel. Er wird sich schon wieder beruhigen.« Der Klang ihrer Stimme widersprach allerdings dem hoffnungsvollen Wortlaut. Sie musterte Rahels Gesicht. »Geht es euch allen gut? Wie kam es zu der plötzlichen Aktion?«

Rahel berichtete stockend. Sie konnte kaum einen vernünftigen Gedanken fassen, weil sie nur die schwarzen Flügel vor Augen hatte. Und Luks furchterregenden Blick, der sogar die längst abgelegte Übelkeit zurückgebracht hatte.

Soleria hörte ruhig zu, während ihr Gesichtsausdruck immer besorgter wirkte. »Und Jara geht es wirklich gut?«, hakte sie nach, als Rahel geendet hatte.

»Ich behaupte, nein, sie sagt Ja«, legte Rahel die Situation dar und mahnte: »Sie ist auf jeden Fall nicht voll einsatzfähig.«

»Yves im Krankenhaus, Jara am Ende ihrer Kräfte ...« Soleria wirkte mehr als besorgt. »Ausgerechnet an diesem Blutmond.«

Ausgerechnet an *diesem* Blutmond. Rahel schluckte. Sol wusste, dass Luk sich verdunkelt hatte! Sie hatte Angst, ihn zu verlieren.

Soleria reckte sich und strich über Rahels Arm. »Und du?«

»Ich komme klar«, antwortete Rahel.

Soleria nickte. »Du bist wie Jara. Ihr würdet es nicht aushalten, nicht dabei zu sein, auch wenn es euch schlecht geht.«

Rahel blieb stumm.

»Also geh jetzt und zieh dich um«, mahnte Soleria. »Unsere Mutter ist immer pünktlich.« Sie hatte es ruhig und ohne jeden Spott gesagt, was es umso dringlicher machte.

Rahel blieb stocksteif stehen. Es ging nicht mehr um sie und die anderen Jäger. Es ging jetzt um das Schwert, das den Ausgang der Blutmondtragödien für immer verändern konnte. Luk war jenseits von allem Guten. Er durfte es auf keinen Fall in die Finger kriegen, denn in diesem Zustand hätte seine Mutter die Macht, es ihm abzunehmen – ohne Gewalt. Er würde es ihr einfach übergeben.

So blieb nur Sol. Sie war neben Luk die Einzige, die nah genug an Kronox herankommen würde. Und doch sträubte sich etwas in Rahel dagegen, denn eine Frage ließ sich nicht ausblenden: Würde Sol die Kraft haben, sich ihrem innigst geliebten Bruder entgegenzustellen, wenn es darauf ankam? Würde sie das Zwillingsband für den Moment zerreißen können und ihm das Schwert verweigern, wenn er danach verlangte?

»Was quält dich?«, fragte Soleria. »Ich sehe doch, dass noch etwas ist.«

Rahels Mund öffnete sich, doch sie ließ den Moment des Bekennens verstreichen. »Ich bin nur wahnsinnig nervös.«

»Nun gut. Jetzt solltest du aber gehen, Liebes, denn ich muss Luk sagen, dass Yves nicht dabei sein wird und Jara nur mit halber Kraft agieren kann, wenn überhaupt.«

Rahel verstand. Sie sollte dann tunlichst außer Reichweite sein.

Tief seufzend schob die Engeldämonin sie sanft Richtung Tür. »Alles wird gut werden, Rahel. Darauf musst du vertrauen.«

⁂

Als Rahel im Kellerbüro eintraf, fühlte sie sich ein wenig aufgefangen, denn alle waren versammelt.

Jakob Albers sprang vom Schreibtischstuhl auf und schloss sie in die Arme. »Alles in Ordnung? Bist du okay?« Er hielt sie von sich weg und musterte sie von oben bis unten.

Sein besorgter Blick trieb Rahel die Tränen in die Augen. *So* wollte sie angesehen werden – nicht erdolcht von düsteren Blicken. Jakob wollte sie wieder zurück in seine Arme ziehen, doch er wurde zur Seite geschubst.

»Taco«, sagte Rahel, als der breit lächelnde Mexikaner sie packte und hochhob.

»Da bin ich einmal weg«, er schwenkte sie herum, »und schon lasst ihr euch von einem Dämonenviech den Arsch aufreißen und die Knochen zertrümmern, an einer Gardinenstange aufbummeln, den Hals vereisen –«

»Es ist so schön, dass du wieder da bist«, sagte Rahel aus vollem Herzen und drückte sich an ihn. Seine Wärme ließ den Nikotingestank verblassen.

Als er sie wieder absetzte, ging ihr Blick zu Jara, die sich umgezogen hatte und auf ihrem Lieblingsplatz saß. An ihrem dunklen Hals stach ein weißer Verband hervor. Grünliche Verfärbungen am Mull zeigten, dass sie sich Yves' medizinisches Pesto gegen Vereisungen auf ihre Verletzungen aufgetragen hatte.

Ihre Blicke trafen sich. Rahel wartete darauf, dass die Freundin nach dem Schwert fragte. Danach fragte, ob sie es Sol oder Luk übergeben hatte, doch Jara schwieg. Sie hatte anscheinend auch den anderen nicht davon berichtet, denn keiner erwähnte es mit nur einer Silbe. Rahel fühlte sich unwohl dabei, doch für den Moment war sie auch dankbar, sich nicht rechtfertigen zu müssen, warum sie es noch besaß. Sie würde sich vor Ort am Zollkanal entscheiden, wem sie es überreichte.

Robert war der Einzige, der sich nicht nach Rahels Befinden erkundigte, und sie hatte Verständnis dafür. Er war heute doppelt und dreifach gefordert. Die Evakuierung der Speicherstadt war offenbar noch nicht abgeschlossen, was nicht gut war, denn die Urdämonen würden in nicht einmal einer Stunde auftauchen. Außerdem stand er mit den Kollegen der Abteilung »ÜV« in Kontakt, die ihn über den Stand der Dinge im Hathor-Haus auf dem Laufenden hielten.

Rahel verscheuchte die aufkommenden Gedanken an Emma und Line und ging zu ihrem Spind. Sie brauchte jetzt einen klaren Kopf, fokussiert auf den nächsten Einsatz, und frische Klamotten. Sie zog sich im Behandlungsraum um. Als sie wieder herauskam, machten die anderen sich bereit.

Sie schloss sich an und griff sich die Schutzausrüstung, die Jara ihr hinhielt. »Danke.«

Jara deutete auf die Umhängetasche über Rahels Schulter und fragte leise: »Du hast es noch?«

»Ja.«

Ohne es zu kommentieren, wandte Jara sich den anderen zu. »Wer fährt? Ich würde mich heute gern chauffieren lassen.«

»Juan Ramirez Derba ist ausgeruht und von zwei Großmüttern geknutscht und gesegnet«, sagte Taco gut gelaunt und griff nach seinen beiden Reisetaschen mit Schutzkleidung und

Flammenwerfer. »Ich könnte heute ganze Horden von Dämonen abfackeln und werde euch daher gern zum Ort des Geschehens kutschieren.«

»Du hättest einen Tag früher zurück sein sollen«, sagte Jara heiser und schlug ihm grinsend auf die Schulter. »Wirklich.« Als sie schließlich alle im Sprinter saßen und zur Speicherstadt fuhren, herrschte Stille im Wagen. Selbst Taco verzichtete auf seinen geliebten Carlos Santana. Als sie die Sperre passiert hatten, kam Rahel ein »Unglaublich!« über die Lippen. Die Evakuierung schien abgeschlossen. Niemals zuvor war die Speicherstadt so menschenleer gewesen. Es verstärkte das Unheimliche, das auf sie wartete.

Am Treffpunkt stand der Sprinter der Zwillinge bereits auf dem Parkplatz. Soleria saß auf der Treppe der kleinen Anlegestelle an der Kibbelstegbrücke, die mit ihren beiden Ebenen ein Hingucker für die Touristenboote war. Doch heute gab es keine Dämmertörns über Alster und Fleete. Es herrschte Evakuierungsruhe. Lukrezius lief vor seiner Schwester wie ein Panther im Käfig auf und ab. Beide trugen noch ihre Rucksäcke. Er würdigte Rahel keines Blickes.

Soleria sprang auf, als Jara ihre Taschen aus dem Wagen warf und ausstieg. »Gütiger Gott, wie geht es dir?«, rief sie. »Du solltest wirklich nicht hier sein. Dein Hals ... Du siehst nicht gut aus.«

»Lass das!«, fuhr Lukrezius seine Schwester gallig an. »Sie machen doch sowieso alle, was sie wollen. Ob sie hier krepieren oder bei einer ihrer eigenen Aktionen ...« Er ließ das Ende des hässlich spöttischen Satzes offen, folgte seiner Schwester aber langsam, als sie den Gang hinauf auf Jara zueilte.

»Kumpel«, sagte Taco ernst. »Die Mädels und Yves haben gerade zwei Kindern das Leben gerettet. Das ist wohl kaum weniger wert als das Leben von Menschen, die vielleicht gleich von den Urdämonen getötet werden.«

Lukrezius war so schnell bei Taco, dass der erschrocken einen Schritt zurücksetzte. Luk packte ihn an seiner Schutzweste. »Ich bin nicht dein Kumpel, Derba. Ich war es nie und werde es nie sein. Ihr seid … Menschen. Ohne Sol und mich wüsstet ihr gar nicht, dass es Dämonen gibt. Ohne uns wüsstet ihr nichts darüber, wie man sie vernichtet. *Wir* bilden seit fast zweitausend Jahren Jäger aus. Wir bestimmen, was ihr Menschen erfahrt und was nicht. Und aus genau diesem Grund will ich über *alles* informiert sein, was ihr tut. Hast du das kapiert?« Er stieß ihn von sich und ging zurück zu Soleria.

Rahel war schockiert. *Menschen* … so viel Verachtung hatte in dem Wort gelegen.

»Hier und jetzt ist nicht der richtige Ort.« Taco klang mühsam beherrscht, als er seine Weste zurechtrückte. »Aber darüber reden wir noch.«

Lukrezius ignorierte ihn. »Macht euch bereit«, sagte er düster, dann wandte er sich an seine Schwester. »Wir sollten auch unsere Plätze einnehmen.« Er öffnete seinen Ledermantel, zog ihn aber nicht aus. »Jeder an seinen Platz.« Ganz kurz streifte sein Blick Rahel.

Ihr Herz begann zu klopfen. War da nicht ein Funken Gold in seinen Augen? War das nicht Besorgnis, was sie da gesehen hatte? Rahel überlief es heiß. Sie musste sich jetzt sofort entscheiden, wem sie das Schwert gab, denn die Zeit lief ihnen davon. Schließlich musste die Münze noch hinzugefügt werden. Vielleicht konnte sie es doch Luk anvertrauen?

Gerade als sie den Mund öffnete, fiel ihr Blick auf das, was Luk am Gürtel seiner Jeans befestigt hatte. »Du hast die Peitsche?«, rief sie aus.

»Oje«, kam es spöttisch aus Lukrezius' Mund. »Ihr dachtet, wenn ihr die Zahlenkombi ändert, kann der böse Luk den Safe nicht öffnen … Und nun hat er sie doch.«

»Gib sie mir«, forderte Rahel laut und bestimmt, obwohl sie innerlich bebte. Sie streckte die Hand danach aus. »Du kannst ja doch nichts damit anfangen, denn ich bin die Besitzerin.«

»Noch«, sagte er düster, bevor er sich abwandte und zurück auf die Anlegestelle ging. Starr blickte er auf das Kanalwasser, das sachte an die Speicherwände schlug.

»Verdammte Scheiße!«, fluchte Taco leise und sah Rahel

an. »Er muss gar nicht der Besitzer sein. Er will sie vielleicht gar nicht nutzen, sondern seiner Mutter übergeben.«

Rahel kamen die Tränen. Sie war völlig überfordert mit der Situation. Gott sei Dank hatte sie ihm das Schwert nicht gegeben. Doch behalten durfte sie es auf keinen Fall. Es wurde heute dringend gebraucht.

»Sol?«, rief sie verhalten und wandte sich suchend um, doch auch Soleria hatte sich schon auf ihre Position hinter dem Sprinter begeben. Um ihre Mutter nicht zu reizen, würde sie erst zu Luk stoßen, wenn es nottat.

»Komm«, sagte Jakob und nahm Rahel sachte am Arm. »Wir müssen auf die Brücke.«

Rahel ließ sich mitziehen, doch sie rief noch einmal »Sol!« in die Richtung, wo der Sprinter stand. Es kam keine Antwort.

Als sie auf der oberen Ebene der Kibbelstegbrücke standen, wandte Jara sich zu ihr um. »Worauf wartest du noch? Mach hinne, Rahel, setz das Schwert zusammen! Es geht jeden Moment los.«

Rahel nickte. Als Anfängerin war ihr ein Platz in der zweiten Reihe zugeteilt worden. Fünf Meter neben ihr stand Jakob, der zwar schon bei einigen Blutmondeinsätzen dabei gewesen war, mangels Treffsicherheit aber nie in die erste Reihe gelangen würde, wo Jara und Taco versetzt vor ihnen mit den Brennern direkt am Geländer in Angriffsposition gingen.

Jakob wandte sich ihr zu. »Was für ein Schwert? Wovon redet ihr?«

»Es geht los«, sagte Taco in diesem Moment. Nicht Angst, aber extreme Anspannung klang durch seine Stimme.

Rahel nahm Jakobs klares »Gott sei mit uns!« wahr, doch ein anderes Geräusch überlagerte die Worte. Ein Knistern, wie sie es nie zuvor gehört hatte. Mit angehaltenem Atem trat sie vor und sah zu, wie sich die dunkle Wasseroberfläche in Stegnähe veränderte. Kreisrund vereiste das Wasser. Das Portal aus der Unterwelt! Statt dem von Luk angekündigten Durchmesser von fünf Metern waren es allerdings kaum drei Meter.

Rahel blieb keine Zeit, sich darüber zu wundern. Ihr Herzschlag nahm Fahrt auf, als ihr bewusst wurde, dass sie kostbare Minuten verplempert hatte. Sekunden später schrie sie auf, als zwei gewaltige Körper mit ungeheurer Geschwindigkeit durch die Eisschicht brachen. Sie war darauf vorbereitet worden, doch die Realität war so dermaßen erschreckend und faszinierend zugleich …

Für einen Moment sah sie die zwei Kreaturen in der Luft, die riesigen Schwänze, die den Auftrieb geleistet hatten, die langen, geschuppten Unterkörper. Die schwarz behaarten Köpfe waren in der Dunkelheit kaum zu erkennen. Dann fielen die Urdämonen ins Wasser zurück.

»Nur zwei Vasallen.« Taco vor ihr schien verwirrt. Dann schrie er »Bereithalten!« durch die Geräusche hindurch, die die beiden Dämonen verursachten, als sie nicht Kurs auf die Anlegestelle, sondern auf die Brücke hielten. Die kraftvollen Schwanzhiebe wühlten das Wasser auf.

Dann wurde das Platschen von einem Rauschen überdeckt. Lukrezius landete direkt vor ihnen. Seine ausgebreiteten schwarzen Schwingen verdeckten den Blick aufs Wasser, als er sich halb umdrehte und Taco zurief: »Etwas stimmt nicht! Es sind nur zwei! Wo ist meine Mutter?« Er wandte sich wieder um und rief in die Dunkelheit: »Sol!«

Rahel wandte automatisch den Kopf in die Richtung, wo der Sprinter stand, doch Soleria tauchte nicht auf.

»Sol?« Luks erneuter Ruf hatte in seiner lauten Düsternis einen Beiklang. Panik. Er wandte sich ruckartig um. Jakob schrie auf, als Luk ihn packte und den linken Arm um seinen Hals presste. Jakob begann zu würgen und versuchte sich frei zu machen, doch er hatte keine Chance gegen die übermenschliche Kraft des Dämonengels.

»Luk!«, stieß Rahel entsetzt aus, zeitgleich mit Jara.

»Bist du irre? Lass ihn sofort los!« Taco zielte mit dem Brenner auf Lukrezius.

Doch Rahel wusste, dass die Bedrohung durch den Flammenwerfer wertlos war, denn Luk stand hinter Jakob. Er hielt den würgenden Pastor wie einen Schutzschild vor sich. Taco hatte keine Chance zu feuern.

»Schenk mir die Peitsche, Rahel Bathlevi«, forderte Lukrezius mit einer Stimme, die direkt aus der Hölle kam. »Sofort! Oder er ist in der nächsten Sekunde tot.«

Jakob japste und zappelte.

Rahel war wie erstarrt, doch ein Blick in Lukrezius' Gesicht reichte, um zu wissen, dass die Zeit der leeren Drohungen vorbei war. »Ich schenke dir die Peitsche, Lukrezius«, brachte sie unter Tränen hervor.

Noch in derselben Sekunde ließ er von Jakob ab und stieß ihn von sich. »Alle in den Sprinter!«, spie er aus, während das Aufpeitschen des Wassers hinter ihm immer lauter, immer stärker wurde. Rahel wusste, gleich waren die Kreaturen da.

»Lauft!«, bellte er, und Rahel wollte es sich nicht ein zweites Mal sagen lassen. Sie griff nach Jakobs Hand. Jara nahm die andere. Gemeinsam zogen sie den hustenden Pastor hinter sich her, während Taco rückwärtslief und ihnen Feuerschutz gab, wie das Fauchen des Brenners verriet.

»Schnell! Schneller«, rief Jara, als sie die Sprintertür aufgerissen hatte, und hechtete in den Wagen. Rahel stieß Jakob hinein und folgte ihm. Taco sprang in den Wagen und knallte die Tür ins Schloss. Es gelang ihm, die Türen zu verriegeln, Sekunden bevor die erste Kreatur da war. Im Hintergrund sah man zwei dunkle Schemen. Lukrezius flog um den anderen Urdämon herum.

»Oh Scheiße«, stieß Taco aus, während sie alle mit einem Schrei im Wagen zurückwichen. Er schaffte es, seinen Brenner zu heben, sodass er auf die Reptilienfratze vor der Scheibe zielen konnte.

Doch Rahel wusste, dass sie verloren waren, denn der Dämon holte aus. Seine schuppige Faust zertrümmerte die Scheibe. Das bleckende Maul verschwand hinter tausend fasrigen Splittern, dann krachte die Faust ein zweites Mal hinein, und die Glasscherben stieben an ihre Visiere. Doch die schuppige Krallenhand, die nach dem feuernden Brenner griff und ihn Taco unter unmenschlichen Schreien einfach aus der Hand riss, wurde urplötzlich zurückgerissen.

Lukrezius hatte ihn aus der Luft gepackt. Rahel sah durch die geborstene Scheibe, wie er den Dämon in die Höhe zog und ein Stück entfernt fallen ließ. »Wo ist meine Mutter? Wo?«, schrie er dem Dämon entgegen, während er zeitgleich zurückflog und sich vor dem Sprinter positionierte, sodass Rahel wieder der Blick genommen wurde. Nur Ausschnitte von Luks schwarzen Schwingen waren zu sehen, sein Keuchen zu hören.

Die Angst fraß Rahel auf. Sie wusste, dass Luk keine Chance gegen die Urdämonen hatte, wenn sie es darauf anlegten. Und diese Erkenntnis half ihr, sich aus der Schockstarre zu lösen.

»Meine Tasche«, rief sie Jakob zu und riss sich den Schlauch, der die Tanks mit dem Brenner verband, einfach ab. Sie würde den Flammenwerfer nicht mehr brauchen. »Gib mir meine Tasche!«

»Was?«

»Meine Tasche! Mach einfach«, schrie sie ihm zu, während sie sich mit den Füßen auf den Boden stemmte, um an ihre Hosentasche zu gelangen. Sie holte die Münze heraus und riss Jakob die Tasche aus der Hand.

Die Sekunden verstrichen, ohne dass die beiden Kreaturen angriffen.

»Wo ist Kronox?«, schrie Luk erneut.

Die Stimme, die in betonten, lang gezogenen Worten antwortete, schien direkt aus der Hölle zu kommen, gespeist aus Hass. »Sie ... holt ... sich ... ihr ... Kind. Endlich.«

Lukrezius stieß einen Laut aus, der Rahel ins Herz schnitt, so weh klang er. Doch er rührte sich nicht von der Stelle.

Voll grauenhafter Angst versuchte Rahel, den Knoten am Käschschwert zu lösen, doch ihre Finger zitterten so stark, dass es nicht gelingen wollte. In dem Moment, als sie es endlich schaffte, verschwanden die beiden Dämonen mit Triumphgeheul, anstatt sich auf Lukrezius zu stürzen. Sekunden später erklang zweimal ein Platschen. Sie waren zurück ins Wasser gesprungen.

»Scheiße, Mann, was war das?« Taco zog die Tür auf. Letzte Splitter rieselten aus der zerborstenen Scheibe, während Luk sich Jakob zuwandte.

Rahel glaubte, er würde ihn wieder packen, doch Luk würgte nur ein paar Worte hervor. »Sie hat es gespürt. Sie holt sie.« Mit einem martialischen Schrei stieß er sich vom Boden ab und flog in die Nacht.

Rahel zitterte am ganzen Körper, als sie Taco mit Schwert und Münze in Händen vor den Sprinter folgte. »Was passiert hier? Was ist los?«

»Ich habe keine Ahnung, Babe«, antwortete der Mexikaner. »Ich weiß nur, dass wir noch leben, weil die beiden Viecher anscheinend von Luks Mutter angewiesen wurden, ihm nichts anzutun ... Aber wo steckt sie? Und wo ist Sol?« Er wandte sich zu Jakob Albers um. »Was weißt du? Was geht hier vor?«

Jakob hatte Tränen in den Augen. »Ich weiß, dass diese beiden teuflischen Kreaturen«, er deutete zum Wasser, wo die beiden Urdämonen untergetaucht waren, »jetzt stundenlang Zeit haben, sich unschuldige Menschen zu suchen, zu töten ...« Er reckte sich. »Wir müssen die Fleete absuchen, Taco! Wir können Luk jetzt nicht helfen. Er wird Sol finden und ...«, er schluckte, »... hoffentlich schützen.«

»Sol schützen?« Jara packte ihn. »Was heißt das?«

»Wir haben die Situation völlig falsch eingeschätzt.« Jakob klappte das Visier hoch. Ein gequälter Gesichtsausdruck kam zum Vorschein. »Kronox' Gespür für das Dunkle in ihren Kindern scheint von außerordentlicher Macht zu sein.«

»Wovon redest du, verdammt?«, fluchte Taco.

»Sols Seele hat sich der dunklen Seite zugewandt. Irgendetwas hat dazu geführt, dass sich ihr mütterliches Erbe rasant in ihr ausgebreitet hat.«

»Was?«, rief Taco aus. »Sol ist die Reinheit in Person.«

»Ich habe es gesehen«, sagte Jakob ruhig, aber eindringlich. »Es war vor ein paar Tagen. Sie wusste nicht, dass ich im Teppichlager war. Ich wollte gerade auf mich aufmerksam machen, als sie ihren Turban abband. Es war ein furchtbarer

Anblick. Ihr Haar … all das Schimmern, das Gleißen, war verschwunden. Kaum noch ein Fünkchen Gold war zu sehen. Ihr Haar war grau, die Spitzen schwarz.«

»Oh Gott!« Rahels Gedanken stoben.

»Ich habe es Luk erzählt, weil Yves mir dazu riet«, fuhr Jakob den Tränen nahe fort.

»Und uns anderen wolltest du es nicht erzählen?« Taco schüttelte den Pastor. »Warum? Warum habt ihr uns ausgeschlossen?«

Jakob sah zu Jara, bevor er antwortete. »Wir hielten es einfach für sicherer. Wer liebt, ist manchmal blind für das Richtige. Und Jara liebt Sol. Und du als Jaras bester Freund, Taco …« Er seufzte. »Wir wollten einfach nicht, dass Soleria erfährt, dass wir ihr Geheimnis kennen.«

»Ihr Idioten!«, fauchte Taco.

Rahel konnte kaum folgen und sah zu Jara. Doch die nahm sie gar nicht wahr, sondern rief: »Kronox … ihr Portal, es kann sich nur im Wasser öffnen. Die Kanäle! Sie sind vielleicht auf der anderen Seite … Brooksfleet oder Kehrwiederfleet. Oder sie sind im Hafen oder bei den Landungsbrücken … Ich muss dahin!« Sie hastete um den Sprinter herum und riss die Fahrertür auf.

»Warte!«, schrie Taco. Er wollte zur Beifahrertür, doch Jara gab schon Gas. Rahel schaffte es gerade noch, in die geöffnete Hintertür hineinzuhechten, allerdings nicht, ohne sich beim Anfahren heftig den linken Oberschenkel an der Tür zu prellen.

Sie schloss die Tür und krabbelte unter Schmerzen über die Sitzflächen auf den Beifahrersitz, was mit den Tanks auf ihrem Rücken und dem Schwert in Händen nicht einfach war. »Halt an, Jara! Wir müssen Taco und Jakob mitnehmen!«

»Nein, die müssen sich um die anderen beiden Viecher kümmern. Und jetzt hör auf zu diskutieren. Ich will einfach nur Sol schützen. Hast du das Schwert?«

Rahel gefiel es überhaupt nicht, dass die beiden Männer zurückgeblieben waren, aber Jara hatte recht. Sie mussten tun, was sie tun konnten. »Halt erst mal am Kehrwiedersteg«, riet sie. »Da haben wir einen guten Blick in beide Richtungen.« Jara gab Gas und jagte über den Sandtorkai bis an die Brücke heran, dann sprang sie aus dem Wagen.

»Ruhig, Bathlevi, ruhig«, redete Rahel sich selbst gut zu, und endlich gelang es ihr, den Knoten am Schwertgriff zu lösen. Gleich darauf erfüllte himmlisches Licht das Wageninnere. Rahel verknotete die hinzugefügte Käschmünze am Griff und presste das Schwert an ihre Brust. Das warme Gefühl von Zuversicht brach wie eine Knospe auf.

Im nächsten Moment drang Jaras Aufschrei zu ihr: »Da! Auf der Sandbrücke!«

Rahel hastete zu ihr. Im vagen Schein des Mondes offenbarte sich ihnen ein surrealer Anblick, grauenhaft, wie aus einem Albtraum. Zwei Urdämonen hingen wie Affen im Gehege mit einer Hand am Geländer der Sandbrücke. Mit der anderen schleuderten sie sich einen Körper zu. Arme, Beine, der Kopf, alles schlackerte leblos hin und her. »Keine Flügel, kein Schwanz«, sagte Jara atemlos. »Luk und Sol sind es nicht. Sie haben sich einen Menschen geschnappt.«

Rahel wurde übel, obwohl auch sie Erleichterung empfand. Luk durfte nicht sterben. Vielleicht konnte sie ihn noch auf den rechten Weg zurückführen. Doch tief in ihrem Inneren keimte die Erkenntnis: Luk und Sol waren Geschwister. Zwillinge. Seit über zweitausend Jahren miteinander verbunden. Und jetzt vereint in der Dunkelheit.

»Komm!« Jara rannte zurück zum Sprinter. Rahel eilte hinterher.

Jara machte sich nicht die Mühe zu wenden. Mit Vollgas fuhr sie das Stück zur Sandbrücke rückwärts.

»Wir haben sie beide verloren«, murmelte Rahel in jähem Schmerz, als Jara den Sprinter am Sandtorkai direkt vor der Sandbrücke ruckartig zum Stehen brachte.

»Du vielleicht. Ich nicht«, spie Jara aus, griff sich den Brenner ihres Flammenwerfers und stieg aus. Rahel packte das Schwert fest und folgte ihr in Angriffshaltung.

»Sol!«, rief Jara, während sie vorstürmte. »Sol, wo bist du?«
Rahel wünschte, die Freundin wäre ruhig geblieben. Sie
hätten sich anschleichen können. Jetzt wurden sie erwartet.
Sie schrie auf, als der Spielballkörper über das Brückengeländer geflogen kam, ein menschliches Geschoss, dem Jara
gerade noch ausweichen konnte, bevor es direkt vor Rahel
aufprallte.

Sie starrte in das Gesicht des Toten. Ein junger Mann in
Jeans, Shirt und Sneakers – alles blutgetränkt. Das Gesicht
schien unglaublicherweise nahezu unversehrt, bis auf die Abschürfungen vom Aufprall. Doch darunter … Der Hals des
jungen Mannes war grauenhaft zerfetzt. Aufgerissen in voller
Länge. Rahel wimmerte, als ihr klar wurde, was passiert war.
Die Urdämonen hatten ihren Blutdurst nicht nur an seiner
Schlagader gestillt, sondern ihre schuppigen Krallenhände
durch den Hals hindurch in den Körper des Mannes gegraben,
um an die Innereien zu gelangen.

Tacos Worte waberten durch ihr Hirn. *Sie schlemmen.* Rahel
konnte gerade noch das Visier hochklappen, bevor sie sich erbrach.

»Raheel!«

Bei Jaras Schrei zog sie das Visier wieder herunter. Mit ver-
schwommenem Blick, hastig durch den Mund atmend, um das
Würgen unter Kontrolle zu kriegen, stürmte Rahel vor.

Jara feuerte wie wild auf die beiden Reptiliendämonen, die
sich vom Geländer auf die Brücke geschwungen hatten. Die
beiden trieben die Freundin immer weiter in Richtung Brooksbrücke.

Rahels Aufmerksamkeit wurde auf die Rückseite der Speicher links von ihr gelenkt, als sie dort aus dem Augenwinkel
eine Bewegung wahrnahm. »Oh Gott!«, stieß sie aus. An der
Backsteinwand des Teppichspeichers hatte sich wie eine riesige
Spinne die fünfte Kreatur festgekrallt.

Kronox.

Für Feinheiten war es zu dunkel, doch Rahel nahm langes
schwarzes Haar wahr, das um den langen Kopf klebte und bis

auf die Stelle fiel, wo der Schwanz begann, der wild hin und her schlug. Merkwürdige Geräusche drangen aus Kronox' Mund. Ein heiseres Fisteln. Rahel schauderte es bei den fremdartigen Lauten. Es war zweifellos die Sprache der Dämonen, und, sie konnte es kaum glauben, Soleria antwortete mit den gleichen hässlichen Lauten, nur war ihre Stimme dabei heller.

Luks Dämonensprache hingegen ähnelte der seiner Mutter. Heiser und düster waberte sie zu Rahel herüber. Die Übelkeit kehrte schlagartig zurück, als ihr klar wurde, wie wenig sie von ihm wusste. Im Grunde nichts. Er hatte immer nur das preisgegeben, was für ihn von Vorteil war.

Er war ein Tier, das furchtbare Laute von sich gab. Er umflog seine Mutter, tänzelte vor ihr, während er grunzte und röhrte. Rahel überlief es eisig. Stachelte Soleria ihn mit ihren hässlichen Äußerungen an? Oder hielt sie ihn von etwas ab? Kronox stieß einen euphorischen Laut aus, der einer Art Lachen glich, aber düster und grausam war. Die Urdämonin triumphierte! Sie wollte beide Kinder.

Rahels Herz raste. Ohne zu überlegen, schrie sie von der Brücke: »Luk, ich bin hier! Ich habe das Schwert!« Sie schwenkte es wild hin und her. Doch ein irrer Hilfeschrei ließ sie herumrucken. Jara!

Starr vor Schreck sah Rahel zu, wie die eine der beiden Kreaturen, die die Freundin immer weiter zurückdrängten, sich mit ihrem dicken grauschuppigen Schwanz abstieß, über Jara hinwegflog und mit einem dumpfen Geräusch hinter ihr landete. Jara war eingekesselt. Sie feuerte wie besessen, traf aber kaum einmal.

Rahel sah, dass Jara am Ende ihrer Kräfte war, und überlegte keine Sekunde. Mit einem Kampfschrei stürmte sie vor. »Drecksvieh!«, spie sie im Laufen aus. »Dreh dich um zu mir, du feiges Viech!«

Der Urdämon stockte tatsächlich, doch war er schneller bei Rahel, als sie erwartete. Noch mit dem Rücken zu ihr, stieß er sich mit dem Schwanz ab und drehte sich in der Luft. Die Brückenbohlen erbebten, als er direkt vor ihr aufsetzte und ihr mit einem höllischen Fauchen aus dem weit geöffneten Maul seinen fauligen Atem ins Gesicht blies.

Im selben Moment erstarrte der Dämon, und Rahel wusste, warum. Die schwarzen Augen der Kreatur weiteten sich vor Entsetzen beim Anblick des Schwerts in Rahels Händen. Geblendet von dem himmlischen Schein, schlug sich der Dämon die Krallenhände vor die Augen und quiekte in einem hässlichen Singsang. Rahel zögerte nicht. Sie nutzte den Überraschungseffekt und stieß zu. Das Käschschwert versank in der Brust des Urdämons.

Ein gurgelnder Laut drang aus dem höllischen Maul. Rahel zog das Schwert zurück und holte aus, als die Kreatur sich vor Schmerz vornüberbeugte. Und genau wie bei Bent Hathor fuhr die Schneide ohne Widerstand durch den sehnigen, muskulösen Hals des mächtigen Wesens. Das schaurige Fiepen war verstummt. Der Kopf löste sich vom Körper und klonkte auf die Bohlen. Unerträglicher Gestank stieg aus den blutigen Wunden des vernichteten Wesens auf.

Rahel kämpfte gegen das Erbrechen an, während mehrere Dinge gleichzeitig geschahen. Der zweite Urdämon, der gegen Jara kämpfte, hatte innegehalten. Er begann so laut zu fiepen, dass Rahel die Hände gegen den Helm presste, um ihre Ohren zu schützen, was sinnlos war. Zeitgleich gurgelte und platschte es im Fleet.

Voller Panik drehte Rahel sich herum, und ihre Befürchtung bestätigte sich. Kronox war auf dem Weg. Mit Schwanzauftrieb tauchte sie zweimal aus dem Wasser auf, dann war sie da. Sie schnellte hoch und klammerte ihre schwarzen Krallen an das Brückengeländer. Der Schwanz peitschte hin und her, während die Augen Rahel musterten.

Rahels Mund war schlagartig trocken. Das Wesen vor ihr war atemberaubend schön. Nicht einmal die übernatürlich lange Kopfform konnte der Ästhetik des makellosen Gesichts etwas nehmen. Die schwarzen Augen erinnerten an Luks, doch es fehlten die goldenen Fünkchen darin. Im Gegenteil, gerade blitzte in dem Schwarz ein unheilvoll glänzendes, noch tieferes

Schwarz auf, als sich der Blick der Kreatur auf den Kopf des getöteten Urdämons richtete. Ganz kurz nur, aber der Moment reichte, damit Rahel schwer bereute, das Wesen getötet zu haben. Kronox' Blick kündigte an, was folgen würde: bittere Rache.

Der Geruch brackigen Fleetwassers, das Kronox' nassem Körper anhaftete, wurde von bestialischem Gestank überdeckt, als der schön geschwungene Mund sich öffnete. Leichengeruch … Übermächtige Übelkeit griff nach Rahel, während sie das Schwert fest umklammerte.

Sie erwartete die abstoßenden gurgelnden Laute auch aus Kronox' Mund, doch die Urdämonin beherrschte nicht nur ihre eigene Sprache. Mit heiserer, dunkler Stimme erklangen die von dem Mundgestank begleiteten, gedehnt gesprochenen Worte: »Du hast zwei Möglichkeiten, Menschenfrau: Gib mir das Schwert und du wirst leben. Oder weigere dich und du wirst um deinen Tod betteln, wenn ich mit dir fertig bin.«

Rahel begann zu zittern, weil Kronox im nächsten Moment Würgelaute von sich gab, die aber anscheinend an den anderen Urdämon gerichtet waren. Er stand vor Jara, die sich kaum noch auf den Beinen halten konnte. Mit einem einzigen Schwanzhieb holte er Jara von den Füßen, doch wagte er nicht, sich an ihr zu laben. Kronox' Befehl, oder was es auch gewesen war, schien Vorrang zu haben.

Rahel wimmerte, als die Kreatur sich mit dem Schwanz abstieß, über Jara hinwegsprang und neben ihr landete. Allerdings, das registrierte Rahel, in sicherem Abstand. Das Schwert hatte ihr dieses Atemholen verschafft, das stand fest. Sie packte es noch fester, und das Gefühl, noch nicht verloren zu sein, keimte auf.

»Luk«, schrie sie, als ein Rauschen erklang. Er landete direkt neben seiner Mutter, allerdings auf der anderen Seite des Geländers. Auf Rahels. Pure Erleichterung durchströmte sie. Er war da.

Doch ein Blick in sein Gesicht ließ die Hoffnung auf Rettung brüchig werden wie altes Pergament. »Luk, bitte«, wimmerte Rahel. »Erinnere dich an das Gute! Du gehörst nicht zu diesen Kreaturen. Ich weiß, dass du nicht böse bist. Ganz tief in deinem Inneren ruht das Erbe deines Vaters. Es mag vielleicht verschüttet sein, aber –«

»Schweig!«, fuhr er ihr grob über den Mund. »Was glaubst du, wer du bist? Jemand, der weiß, wer *ich* bin?« Ein hässliches Lachen folgte.

Versteinert sah Rahel ihn an, während ein Platschen erklang. Soleria kam aus dem Wasser hochgeschnellt und klammerte sich neben ihrer Mutter an das Brückengeländer. Der Turban hatte sich gelöst und hing ihr über der Schulter.

Tränen schossen Rahel in die Augen. In strähnigen grauen Kletten, die Spitzen tiefschwarz, fiel Soleria das Haar triefend nass auf die Brüste. Es gab kein Gold mehr, kein Schimmern, kein Glänzen. Doch das Grauenhafte daran war nicht die Farbe, sondern die damit erloschene Hoffnung, das verlorene Glück …

»Sol!«, wimmerte Rahel.

»›Sol!‹«, äffte die Engeldämonin sie hämisch nach.

»Bitte …« Rahel begann zu weinen. »Bitte, hilf uns!«

»Nenne mir einen einzigen Grund, warum ich das tun sollte. Du bedeutest mir nichts. Ihr alle bedeutet mir nichts.«

Rahel wurde schmerzhaft bewusst, dass Soleria jegliche Empathie verloren hatte. Ihr Schwanz schlug im Takt mit dem ihrer Mutter hin und her, her und hin. Eine Symbiose des Grauens.

Kronox grinste, und Rahel zuckte zusammen, als die Urdämonin ihre schwarzen Reißzähne bleckte und einen schaurigen Laut ausstieß, der den Reptiliendämon zu einer Antwort verleitete. Die Kreaturen sprachen sich ab!

Panik überfiel Rahel, denn sie wusste: Bei einem Kampf gegen beide gleichzeitig würde sie verlieren, trotz des Schwerts.

Ihr flehender Blick suchte Luks. Das Schwert fest in ihrer rechten Hand vor sich ausgestreckt, löste sie mit der linken den Riemen des Schutzhelms und zog ihn vom Kopf. Sie warf ihn zur Seite und sagte das, was ihr Herz ihr eingab.

»Ich gebe mich in deine Hände, Luk. Weil ich hoffe …«, sie schluckte die aufsteigenden Tränen hinunter, »… weil ich mir so sehr wünsche, dass da noch etwas ist von dem, was du für mich empfunden hast. Das war doch nicht nur Sex. Das war viel mehr!« Sie fuhr zusammen, weil Kronox röhrte. Der Urdämon neben Rahel begann um sie herumzutänzeln. Im selben Moment erhob Luk sich in die Luft. Rahel schöpfte Hoffnung, doch sie entwickelte sich zu einem Albtraum, denn von einer Sekunde zur nächsten verspürte sie einen heftigen Schmerz an ihrem Hals. Sie schrie auf und fasste sich an die tiefe blutende Wunde, während Luk die Peitsche weiter durch die Luft sirren ließ.

»Was glaubst du, wer du bist?«, höhnte er über ihr. »Du wolltest immer Beths Platz einnehmen, aber glaubst du ernsthaft, das hätte gelingen können?«

Rahel ging aufweinend in die Knie. Sie hatte das Gefühl, dass Luk ihr mit dem Peitschenhieb nicht nur den Hals, sondern auch das Herz aufgerissen hatte. Im nächsten Moment nutzten die Urdämonen ihre Schwäche. Während Kronox sich noch über das Geländer schwang, hatte der Reptiliendämon ihr das Schwert schon mit dem Schwanz aus der Hand geschlagen. Vor Schmerzen ächzend warf Rahel sich nach vorn, um das Schwert zurückzuholen, doch ehe ihre Finger sich darum schließen konnten, griff eine andere Hand danach.

»Ich habe es!«, jubilierte Soleria, während Rahel an Haar und Arm hochgerissen wurde. Sie schrie sich die Seele aus dem Leib, als der Reptiliendämon sein Maul aufriss und der Leichengestank sie einhüllte. Doch zeitgleich mit einem grauenhaft schrillen Schrei von Kronox hielt er inne.

Rahel sah wie erstarrt in das Reptiliengesicht. War das Überraschung, das sie in den schwarzen Augen zu erkennen glaubte? Er ließ sie los, und in der nächsten Sekunde wurde sie erneut gepackt. Von Kronox, die ihren Diener mit einem einzigen unheilvollen Laut zur Seite scheuchte.

Rahel schrie wie am Spieß, als sich der Kopf der Urdämonin senkte, um ihr mit den schwarzen Zähnen ihre Halsschlagader aufzureißen, doch stoppte Kronox plötzlich über der wild pochenden Ader in der Bewegung. Rahel hörte, wie sie tief Atem holte, dann hob sich ihr Kopf wieder, und sie blickte Rahel ins Gesicht.

Ohne den Blick zu lösen, hob Kronox ihre Krallenhand und strich über die Peitschenwunde an Rahels Hals. Dann leckte sie zu Rahels Entsetzen die Kralle ab. Sie wollte sie leiden lassen, sich ihrer ganz gemächlich bedienen. Rahel riss den Mund zu einem neuerlichen Schrei auf, als Kronox plötzlich ihre Oberarme losließ, ihren Kopf mit beiden Händen packte und so nah an sich heranzog, dass Rahel glaubte, sie wolle sich direkt über ihr Gesicht hermachen. Als der faulige Atem sie einhüllte, hatte sie mit ihrem Leben abgeschlossen.

Doch sie wurde nicht gebissen. Mit einer eigenartig gedehnten menschlichen Sprache sagte Kronox: »Heiliges Blut.« Sie drehte und wendete dabei Rahels Kopf, als müsse sie ihn einer gewissenhaften Prüfung unterziehen. »Interessant.«

Heiliges Blut? Rahel starrte in die schwarzen Augen vor sich. Heiliges Blut … Ihre Gedanken wurden zu einem Karussell. Hatte ihr Dämonenblut sie gerade gerettet? Das, was für sie verseuchtes Blut war, war diesen Kreaturen heilig?

Noch während Verwunderung und ein Hauch von Erleichterung sich einen Platz suchten, erklang das schrille Fiepen aus Kronox' Mund. Euphorie! Die Urdämonin senkte ihren Kopf und flüsterte Rahel ins Ohr: »Danke, Menschenfrau. Dank dir bekomme ich doch noch beide Kinder.« Mit dem letzten Wort packte sie Rahel um die Taille, stieß sich mit dem Schwanz ab und sprang.

Rahel schrie, als sie durch die Luft flogen. Dann klatschten sie im Wasser auf. In Rahels noch aufgerissenen Mund drang das brackige Wasser des Fleets. Kronox pflügte mit ihr durch die nasse, kalte Dunkelheit. Schwindel griff nach Rahel. Sie brauchte Luft!

Im nächsten Moment tauchte Kronox mit ihr auf. Doch es war kaum Zeit, um Luft zu holen, weil Rahel nur das Wasser herauswürgte. Schon waren sie wieder unter der Oberfläche.

Beim erneuten Auftauchen gelang es Rahel, mehr Luft zu holen. Und zu denken. Sie wurde zum Portal gebracht! Bevor sie wieder untertauchten, glaubte sie, ein Rauschen zu hören und Soleria im Wasser zu erkennen.

Sie spürte die mächtigen Schwanzbewegungen von Kronox, die unglaubliche Kraft, die sie vorantrieb. Dann waren sie wieder an der Luft. Rahel atmete tief und heftig. Soleria schrie neben ihr voller Inbrunst, voller Freude: »Luk! Wir beide vereint!«

Kronox' Arme hielten sie im Fall nach wie vor umklammert. Als sie diesmal eintauchten, knisterte und knackte es, und Rahel wusste, dass sie die Eisschicht des Portals durchbrochen hatten. Sie sanken, tief, tiefer ... So tief, dass es gar nicht sein konnte, sie mussten längst am Grunde des Fleets angekommen sein!

Vor Panik setzte jedes Denken aus. Sie brauchte Luft! Sie mussten wieder auftauchen! Dann wurde es hell neben Rahel. Soleria hielt das Schwert. Es brachte hoffnungsvolles Licht in die Dunkelheit des Wassers, während sie tiefer und tiefer glitten. Rahel wurde schwindlig. Die Luft wurde knapp, es wurde immer kälter. Eisig. Es gab kein Feuer in der Hölle. Nur Eis.

Zeitgleich kam Bewegung in die Szenerie neben ihr. Das helle Licht des Schwerts bewegte sich. Luks Schwingen verdunkelten es. Er ruderte mit Armen und Beinen. Seine Flügel waren im Wasser keine Hilfe, sondern Last. Rahel riss den Mund zu einem Schrei auf, doch es drang nur Wasser ein. Kämpften die beiden um das Schwert? Zugleich sandte Kronox schaurige Laute durch das Wasser. Eine düstere Variante von Wal-Lauten, die lauter und heftiger wurden.

Rahel spürte Wasserwirbel unter sich, dann lösten Kronox' Arme sich von ihrer Taille. Doch es spielte keine Rolle mehr, denn Rahel verabschiedete sich von der Welt. Der Schwindel nahm zu, ihre Lunge wollte platzen, als ein erneuter heller Schein ihre Lebensgeister aktivierte. Über ihr, weit über ihr ... schimmerndes Gold, leuchtend und glänzend. Hoffnung ... Liebe!

Rahel wusste, dass sie es nicht schaffen würde, aber versuchen … versuchen musste sie es. Mit aller Kraft, zu der sie noch fähig war, schwamm sie nach oben. Ihre verletzte Hand war nur Schmerz, fast unbrauchbar, doch Rahel kämpfte mit jedem Zug gegen den Schmerz an, weil das Leuchten ihr die Kraft dazu gab. Und mit jedem Meter nach oben nahm das goldene Schimmern immer mehr Form an. Noch einen Meter … noch einen … Rahel wurde schwarz vor Augen, der goldene Glanz verschwamm in dem Moment, in dem sie die Form erkannte. Es waren Flügel. Schwingen aus purem Gold.

Luk! Er war über ihr. Er liebte sie. So sehr.

Rahel schöpfte ihre letzten Kraftreserven aus. Doch würde es reichen? Sie durfte jetzt nicht aufgeben. Nicht jetzt, wo sie wusste, wie sehr sie geliebt wurde. Sie streckte den verletzten Arm vor, weil der Schmerz nicht mehr auszuhalten war, schwamm … schwamm … schwamm … Und als nichts mehr ging, als sie im Begriff war, den Mund zu öffnen, um Luft zu holen, die nicht da war, wurde sie am Handgelenk gepackt, heraufgezogen und in goldenes Licht getaucht.

Sie riss den Mund auf und atmete, während sie in die Arme genommen wurde. Luft. Was für ein Geschenk! Sie flogen, ganz kurz, dann wurde sie sanft abgesetzt. Sie würgte und atmete, atmete und würgte. Immer im Wechsel. Und als das Atmen endlich die Oberhand gewann, öffnete sie die Augen.

»Luk«, flüsterte sie tränenblind. Leuchtendes, himmlisches Licht Abertausender Federn erhellte die Nacht, und ihr Herz lief über, sodass sie weinte, einfach nur weinte. So viel Liebe, so viel pures Glück.

»Alles ist gut, Rahel. Du bist in Sicherheit«, sagte eine sanfte, liebevolle Stimme. Eine unbekannte Stimme.

Rahel plinkerte heftig, um die Tränen zu vertreiben, die den Blick verschleierten. »Luk?«, wimmerte sie, doch die Erkenntnis war längst da: Nicht Luk hatte sie gerettet.

Sie blinzelte, schluckte, und ihr Blick war gefangen. Sie lag auf einer der Fleetbrücken, und über sie gebeugt stand ein Wesen aus purem Licht, wie es schien. Ein Wesen mit einem wunderschönen Antlitz, menschlich und doch so anders. Nicht von dieser Welt.

Geborgenheit und Wärme erfüllten Rahel. So viel Liebe ging von der wundersamen Gestalt aus, strahlte aus jeder einzelnen goldenen Feder, aus dem Körper, der menschlich aussah und doch pures Licht war. Rahel weinte alles Leid heraus, das sie gefangen hielt, geborgen in dem himmlischen Schein. Diese Schwingen! Luks Schwingen, nur ohne jedes Schwarz. Sie wusste, wen sie vor sich hatte.

Von tiefster Ehrfurcht erfüllt, flüsterte sie: »Du ... du bist ...«

»Ja«, sagte der Engel, als ihr die Stimme wegbrach. »Ich bin der Vater von Lukrezius und Soleria.«

Rahel konnte den Blick nicht lösen. Diese sanfte Stimme, ein Blick purer Liebe, das schöne, so reine Gesicht, all das Licht, der Schimmer ... Und doch fehlte etwas zur Vollkommenheit. Sie konnte nicht darüber nachdenken, denn die Erkenntnis, dass nicht Luk, sondern ein Engel sie gerettet hatte, erreichte durch all das Wohlgefühl hindurch ihr Herz und sandte einen Stich, so schmerzhaft, so endgültig.

»Ich dachte ...« Sie starrte auf die goldenen Flügel vor sich, und ihr Blick verschleierte sich wieder. »Ich dachte, er wäre es.« Dann brach sie in Tränen aus. »In mir ist so viel Liebe für ihn, so viel! Und ich dachte ...« Sie konnte nicht weitersprechen.

»Ihr Menschen«, sagte die sanfte Stimme, und es klang sehr liebevoll, »ihr denkt so viel. Würdet ihr doch einfach nur fühlen und nicht so sehr auf euren Verstand hören. Deinem tiefen Fühlen verdankst du, dass ich da bin, Rahel. Und seinem Fühlen.« Er streckte seinen Arm aus und deutete hinter sie.

Rahel wandte den Kopf und schrie auf. Triefend nass, die schwarzen Flügel hinter sich herschleifend, kam Lukrezius auf allen vieren auf sie zugekrochen. »Vater ...« Er würgte und spie Wasser aus, während er weiterkrabbelte.

Rahel schluchzte auf. »Luk.« Sie hatte keine Angst. Sie war dankbar, unendlich dankbar, dass er nicht in der eisigen Dunkelheit des höllischen Portals verschwunden war. Sie rappelte sich auf und sah ihm im Sitzen entgegen. Seine Flügel! Ein Glitzern ... hier ... dort ... Es schimmerte nicht so glanzvoll wie früher, aber es glitzerte. Da war noch Liebe in ihm. Lukrezius sah sie an, und Rahel erbebte. Goldsprenkel ließen seine Augen blitzen. »Luk«, schluchzte sie voll Hoffnung und Liebe.

Er griff nach ihrer unverletzten Hand, als er neben ihr war, führte sie an seinen Mund und presste seine Lippen darauf. »Gott, ich bin so dankbar«, sagte er voller Inbrunst mit geschlossenen Augen. Dann öffnete er die Augen wieder und sah seinen Vater an. »Danke! Tausendfach Dank. Ich habe dieses Glück nicht verdient.«

»Ich wäre nicht hier, wenn es so wäre, mein Sohn.«

Erschrocken entzog Rahel Lukrezius ihre Hand, als er seinem Vater entgegenspie: »Aber mir steht kein Glück zu! Das Schwert ... es ist verloren!«

»Es ist unzerstörbar, mein Sohn, und damit nicht verloren. Es ist nur fort.«

»Aber fort für immer«, schrie Luk. »Durch meine Schuld! Und ich bin dankbar, dass du jetzt nicht lächeln kannst, Vater. Dankbar, hörst du! Weil ich es nicht ertragen könnte, dich jetzt lächeln zu sehen, voller Verständnis, voller Liebe für einen Sohn, der so elendig versagt hat.«

»Du hast nicht versagt, Lukrezius. Im Gegenteil. Du hast dich selbst überwunden. Du hast das Dunkle in dir überwunden. Nur darum darf ich hier sein.«

»Ich habe meine Schwester verloren!«, schrie Lukrezius. »Verloren durch mein Versagen!« Er schlug sich mit der Hand auf die Brust, und Rahel glaubte, er wolle sich das Herz herausschlagen.

»Luk«, sie griff nach seiner Hand, »hör auf, alles wird gut.«

»So sei es«, sagte der Engel, und neben den Rufen, die sich näherten, erklang eine Art Melodie. Wundersame Töne, die das Lichtwesen in sich hineinzusaugen schienen, denn es löste sich in sich selbst auf. Eine sanfte Implosion.

Zurück blieb Liebe. Rahel und Luk sahen sich an, und ihr platzte fast das Herz vor Glück, als sie Luk matt sagen hörte: »Ich hätte es nicht ertragen können, dich zu verlieren.«

Rahel blieb ihm eine Antwort schuldig, denn in diesem Moment kamen Taco und Jakob auf sie zugerannt. »*Dios*, was war das?«, rief Taco ihnen im Laufen zu. Als die beiden Männer bei ihnen ankamen, keuchte er: »Ich dachte, ich sehe einen Engel.«

»Ich hätte euch meinen Vater gern vorgestellt«, sagte Lukrezius. »Leider hat er die Angewohnheit, nur sehr selten aufzutauchen, um sich dann schnellstens wieder in himmlische Luft aufzulösen.«

»Großer Gott«, rief Jakob aus. »Dieses Licht, dieses Leuchten …« Tränen traten ihm in die Augen. »Dass ich das erleben durfte.«

»Dein Vater?«, fragte Taco erschüttert. »Unfassbar.«

Lukrezius ließ Rahels Hand los und stemmte sich hoch. »Ich habe ihn selbst nur zweimal gesehen. Einmal als Kind und einmal vor mehr als tausend Jahren. Dass er heute erschienen ist …« Er schüttelte den Kopf, wirkte für einen Moment gedankenversunken. »Ein Wunder.«

»Geht es euch gut?«, fragte Jakob. Sein Blick wanderte zwischen Rahel und Lukrezius hin und her.

»Rahels Hand ist schwer verletzt«, antwortete Luk, bevor sie es tun konnte. »Sie muss sofort ins Krankenhaus.«

»Rettungswagen stehen bereit. Einer ist gerade mit Jara davongefahren«, sagte Jakob.

»Wie geht es ihr? Wird sie durchkommen?«, fragte Rahel voller Angst.

»Jara ist aus Stahl. Ein Schwanzkick eines Dämonenviechs haut sie nicht vollends aus den Huaraches«, meinte Taco. »Sie ist bald wieder fit.«

»Gott sei Dank«, murmelte Rahel, und die Tränen liefen wieder.

Jakob ging vor ihr in die Knie. Er strich ihr zart über die Wange. »Du hast viel mitgemacht, Rahel. Auch durch meine

Schuld. Wir hätten dich einweihen müssen. Wir hätten dir nicht verheimlichen dürfen, was vor sich geht.«

»Ich verstehe immer noch nicht wirklich, *was* vor sich gegangen ist«, bekannte sie.

Jakob stand auf und trat vor Lukrezius. »Ich glaube, das kannst du ihr am besten erklären, Luk.«

Lukrezius nickte ihm zu. Und dann, Rahel konnte es kaum glauben, zog er Jakob an seine Brust, hielt ihn und sagte: »Ich danke dir, mein Freund. Von Herzen. Und entschuldige, dass ich dich so gewürgt habe. Aber wenn es nicht glaubhaft gewesen wäre, hätte Rahel mir die Peitsche nicht geschenkt. Es ging um Sekunden.«

Jakob lachte leise auf. »Alles ist gut. So hatten wir es besprochen. Aber ich muss gestehen, ganz kurz hatte ich wirklich Angst. Deine Schauspielkunst ist hervorragend.«

»Was?« Rahel starrte die beiden an. »Was hat das alles zu bedeuten?« Ihr Blick suchte Luks. »Wieso musste ich dir die Peitsche schenken? Sie ist wertlos gegen die Urdämonen. Warum hast du mich damit verletzt?«

Es war Jakob, der antwortete: »Er hat dich damit gerettet, Rahel. Luk wusste, dass die Urdämonen dich nicht töten würden, wenn sie bemerkten, dass du Dämonenblut in dir hast. Also musste er der Besitzer der Peitsche werden, um ihre Wirkung entfalten zu können.«

Rahels Gefühle überwältigten sie. Sie begann haltlos zu weinen. Lukrezius ging zurück auf die Knie und zog sie in seine Arme. »Alles ist gut«, murmelte er in ihr nasses Haar. »Alles ist gut.«

Jakob packte Taco am Arm. »Komm, geben wir ihnen ein paar Minuten.« An Lukrezius gewandt, sagte er: »Du musst verschwunden sein, Luk, wenn die Sanitäter kommen. Dein Mantel liegt sonst wo rum.«

Lukrezius nickte. »Ich bin gleich weg. Zwei Minuten.«

Rahel lag einfach da. Ihre Hand schmerzte so sehr, aber das Gefühl von Geborgenheit überwog. »Ich dachte wirklich, ich hätte dich verloren«, murmelte sie, nahm seine Hand und streichelte sie. »Deine Flügel, sie waren so grauenhaft dunkel.«

»Du hast es gesehen?« Lukrezius drehte sie vorsichtig in seinen Armen.

»Vorhin, als ich bei euch war. Du hast mich nicht bemerkt, als ich die Tür zu deinem Zimmer geöffnet habe.«

»Oh Gott.« Lukrezius schloss die Augen. Schmerz zeichnete sein Gesicht. »Hätten wir doch nur mit offenen Karten gespielt ...« Er öffnete seine Augen wieder und sah sie an. »Meine Flügel sind nicht schwarz, Rahel. Im Gegenteil. Sie sind in den letzten zwei Wochen geradezu explodiert vor Gold.« Er grinste schief. »Nun, jedenfalls für meine Verhältnisse.«

Rahel sah ihn verwirrt an. »Was meinst du damit? Ich habe es doch gesehen. Sie waren schwarz.«

»Jakob hat meine Federn geteert, um das verräterische Gold zu verstecken.«

»Was?«

»Soleria sollte es nicht sehen.« Lukrezius' Stimme veränderte sich. Schmerz klang hindurch, als er weitersprach. »Nicht nur Jakob war aufgefallen, dass sie sich veränderte. Sie war geschickt darin, es vor mir zu verbergen, aber wenn meiner Schwester das Wasser im Mund zusammenläuft, wenn sie mich ein blutiges Steak essen sieht ... Der Speichel troff ihr aus dem Mundwinkel.« Er schluckte in der Erinnerung daran. »Es war ein erstes Alarmzeichen. Vor vielen, vielen Jahrhunderten habe ich sie schon einmal für kurze Zeit an die Dunkelheit verloren.«

Rahel wusste, dass er es ihr erzählen würde, doch in dieser Sekunde interessierte sie nur eines. »Du ... du willst mir sagen, dass deine Federn gefärbt sind? Dass sie eigentlich voller Gold sind?«

»Sie glitzern wie ein Diamantencollier.« Er hielt sie im Arm und strich zärtlich über ihr Haar. »Weil ich dich liebe, Rahel Bathlevi. So sehr.«

24

»Hat Bent das getan?«, fragte Line und deutete auf Rahels verbundene Hand, die in einer Schlinge ruhte. Sie saßen auf einer Hollywoodschaukel im Garten der Großeltern Hathor, und Line brachte die Schaukel mit den Füßen immer wieder in Schwung, ohne es bewusst wahrzunehmen. Viel zu sehr war sie mit den Fragen beschäftigt, die sie Rahel stellte.

Rahel schüttelte den Kopf. »Nein, das ist bei einem anderen Einsatz passiert.« Sie hatte das Krankenhaus nach fünf Tagen verlassen können. Die Fleischwunde an der Hand war genäht, und die offenen Frakturen des kleinen Fingers und des Ringfingers waren operiert worden.

»Noch ein *anderer Einsatz*?« Lines Lippen verzogen sich hämisch. »Glauben Sie wirklich, dass ich Ihnen den Scheiß mit den Schutzanzügen und den Flammenwerfern abkaufe?« Ihr blasses Gesicht strahlte eine ungeheure Ruhe aus. »Ich weiß, dass Sie mich anlügen.«

Rahel schluckte. Sie hatte es Line schon angesehen, dass die erfundene Story um einen vorherigen anderen Einsatz, für den sie die Anzüge gebraucht hatten, nicht glaubhaft rübergekommen war. »Ich bin heute hierhergekommen, weil du mich angerufen hast, Line. Weil du verständlicherweise viele Fragen hast. Und ich habe sie, so gut ich es kann, beantwortet.«

»So gut, wie Sie es können«, wiederholte Line. »Ich glaube, Sie dürfen mir nicht die Wahrheit sagen, oder? Weil jemand es Ihnen verboten hat. Die Regierung oder so.«

Ihre Augen glommen fast wie im Fieber, als sie ausstieß: »Etwas Merkwürdiges ist in unserer Familie passiert. Etwas schrecklich Merkwürdiges, das nicht normal ist.« Sie bügelte Rahel mit einer forschen Handbewegung ab, als sie den Mund öffnete. »Sie können mir noch tausendmal sagen, dass Papa und Bent eine schlimme psychische Krankheit hatten … Ich glaub es Ihnen nicht!«

»Line …« Rahel wusste nicht weiter. »Ich *kann* dir nicht mehr sagen. Außer: Ihr braucht keine Angst mehr zu haben. Du und Emma und deine Großeltern seid jetzt sicher.«

Line stoppte die Schaukel und stand auf. »Ich werde schon noch rausfinden, was passiert ist. Ich lass Sie so lange nicht in Ruhe, bis Sie es mir gesagt haben! Immer wieder werde ich Sie anrufen! Immer wieder!« Dann stürzte sie ins Haus, wo ihre Großmutter an der Terrassentür stand und sie in die Arme nehmen wollte, doch Line stieß ihre Oma beiseite.

Rahel atmete tief durch und ging zur Terrasse. »Es tut mir alles so schrecklich leid«, sagte sie, als sie vor Lines Großmutter stand.

»Sie wollte Sie unbedingt sprechen«, sagte Elke Hathor.

»Danke, dass Sie es ermöglicht haben, obwohl … Es sieht gerade nicht danach aus, als hätte es geholfen.« Mit einem tiefen Seufzer blickte sie dorthin, wo ihre Enkelin verschwunden war.

»Sie alle haben so viel Schreckliches erlebt.« Rahel strich Lines Großmutter über den Arm. »Ich wünsche Ihnen und Ihrem Mann so sehr, dass Sie die Kraft finden, für Ihre beiden Enkelinnen da zu sein. Dass Sie selbst mit den tragischen Verlusten fertigwerden.«

Elke Hathor hob die Hände. »Wir müssen ja die Kraft haben. Was sollte sonst aus den Kindern werden?«

Als Rahel sich verabschiedete und um das Haus herum zu dem schwarzen Sprinter ging, nahm sie eine Bewegung hinter einem der oberen Fenster wahr. Line beobachtete sie.

Rahel stieg auf der Beifahrerseite ein. »Sie weiß, dass wir sie anlügen«, sagte sie zu Lukrezius, der sie gefahren hatte, weil sie es selbst mit der verletzten Hand noch nicht konnte. »Sie kam der Wahrheit schon verdächtig nahe und hat sich mit den Worten verabschiedet, dass sie mich nicht in Ruhe lassen wird, bis sie die Wahrheit kennt.«

Luk startete den Motor und fuhr los. »Warten wir ab. Das Erlebte wird sacken. Sie wird in ein normales Leben zurückfinden, auch wenn es dauert. Andererseits …«

»Ja?«, hakte Rahel nach, weil er stockte.

»Sie ist nicht die Erste, die zweifelt und nachfragt. Auf diese Art ist Robert zu uns gestoßen. Sein Vater wurde Opfer eines energetischen Dämons, der den Körper seiner Mutter besetzt hatte. Auch er ließ sich nicht mit unseren Lügen abspeisen. Letztendlich wurde er einer von uns, weil er, wie du dir wohl denken kannst, *sehr* hartnäckig war.«

»Das wusste ich nicht«, rief Rahel überrascht aus.

»Woher auch? Wir reden ja nie.« Er griff nach ihrer linken Hand und sah sie mit einem Blick an, der ihr im Sitzen die Knie wacklig werden ließ.

Seit sie aus dem Krankenhaus zurück war, hatten sie in der Tat kaum geredet. Die Tage waren bestimmt von Berührungen, Küssen und ungewohnt behutsamem Sex. »Safer Sex«, wie Luk es nannte, denn er weigerte sich, ihrer wilden Begierde nach ihm nachzukommen, solange ihre Hand nicht abgeheilt war.

»Vielleicht hast du recht«, meinte Rahel nach einem Moment des Nachdenkens. »Line ist ein besonderes Mädchen. Einfühlsam und zugleich tough und intelligent.«

»Die perfekte Dämonenjägerin.« Lukrezius sah sie an. »So wie du.«

Rahel entzog ihm ihre Hand und starrte aus dem Seitenfenster. »Intelligenz fällt bei mir raus«, sagte sie bitter. Auf weitere Worte verzichtete sie, weil Luk wusste, dass sie das Käschschwert meinte.

Wieder und wieder hatte er ihr versichert, dass sie nicht die Schuld am Verlust des Schwerts traf. Er hatte tausend Entschuldigungen für sie gefunden. »Wie hättest du mir auch vertrauen sollen, wenn ich dich so getäuscht habe«, hatte er wieder und wieder gesagt. Und doch bereute sie in jeder Sekunde, dass sie ihm das vervollständigte Schwert vorenthalten hatte.

»Wo mag sie jetzt sein?«, murmelte Rahel gegen die Scheibe. »Wie mag es ihr gehen?«

Lukrezius schwieg. Und das tat Rahel mehr weh als jede Antwort. Er schwieg nicht, um sie zu verletzen, sondern um sie zu schonen, denn sie sah jedes Mal, wenn sie über Soleria sprachen, die Qual in seinen Augen. Soleria war ihrer Mutter gefolgt in der Gewissheit, dass Luk mit ihr gemeinsam in die Unterwelt einziehen würde, denn im Gegensatz zu Kronox war Soleria auf die gefärbten Federn hereingefallen.

Rahel wandte den Kopf und sah Luk an. Wie sehr sie ihn liebte. Und wie sehr er sie liebte! Ihr kamen die Tränen. Luks Liebe zu ihr hatte Soleria ins Verderben gestürzt. Eifersucht, wahnsinnige Eifersucht, hatte ihre dunkle Seite so stark gemacht. Zu diesem Schluss waren sie nach langen Überlegungen und Diskussionen gelangt.

Luk hatte es am Ende voller Bitterkeit und Traurigkeit perfekt zusammengefasst: »Sie hat meine Zeit mit Beth ausgehalten, weil sechzig Jahre ein verhältnismäßig kurzer Zeitraum sind in einem Leben, das mehrere tausend Jahre umfasst. Sie wusste immer, sie würde wieder an erster Stelle stehen, wenn Beth stirbt. Sie wusste, sie würde wieder meine Bezugsperson sein. Doch dann …«, Luk hatte sie mit diesem wunderbaren Blick angesehen, »… kamst du.«

Rahel griff mit ihrer gesunden Linken nach Luks Hand. Schweigend fuhren sie zurück nach St. Pauli. Heute würden die Dämonenjäger zum ersten Mal nach dem Einsatz alle wieder vereint im Kiezbüro sein, und sie freute sich darauf.

✳✳✳

»Na endlich seid ihr da«, wurden Rahel und Luk von Taco begrüßt, als sie den Kellerraum betraten. Er wandte sich an Robert. »Ronerd, hau die Bestellung raus. Ich verhungere.«

Robert legte seine Hand auf die Maus, drückte sie aber nicht. »Formuliere um, Juan, dann bestelle ich die Pizzen.«

»*Dios mío*«, grummelte Taco. Dann hob er die Stimme. »Hättest du, lieber Robert, vielleicht die Freundlichkeit, die von uns ausgesuchten Pizzas bei dem Lieferservice unseres Vertrauens zu bestellen, damit …«, seine Stimme wurde laut und poltrig, »… ich endlich dieses verdammte Loch in meinem Magen gestopft kriege?«

»Ich bevorzuge zwar den Plural ›Pizzen‹, wie du gehört haben dürftest, aber da der Duden die andere Variante ebenfalls zulässt, will ich gnädig sein.« Robert platzierte den Cursor und drückte die linke Maustaste.

Rahel ging in dem allgemeinen Gelächter auf Jara zu, die mit einer Flasche Astra in der Hand auf dem Kühlschrank saß und ihr entgegenlächelte. Sie sah noch mitgenommen aus, aber ihre Stimme war nicht mehr so rau wie noch vor ein paar Tagen. »Hallo, Rahel.«

Die beiden Frauen umarmten sich. »Wie geht es dir?«, fragte Rahel und ließ Jara wieder los, um sie anzuschauen. Sie wussten beide, dass sie nicht die körperlichen Blessuren meinte, sondern den Verlust von Soleria.

»Ich komme klar«, sagte Jara. »Mach dir keinen Kopf. Heute wollen wir feiern, nicht trauern.«

Rahel war einigermaßen beruhigt, denn das Lächeln, das Jaras Worte begleitet hatte, war ehrlich.

Zur Feier des Tages ließ auch Robert sich herab, am großen Tisch Platz zu nehmen, als Simon Bückler die in der Kneipe abgegebenen Pizzen herunterbrachte, mit einem Dank an Robert, der ihn bei der Bestellung nicht vergessen hatte. »Ich werde sie mir oben schmecken lassen.«

Selbst Lukrezius saß mit am Tisch. Niemand kommentierte es. Alle wussten, dass es nicht aus Geselligkeit war, sondern weil der andere Hocker am Tresen leer bleiben würde.

Während sie aßen und tranken, berichtete Rahel von dem Besuch bei Line, und Yves, der in seinem Rollstuhl am Kopfende des Tisches saß, amüsierte sie alle damit, dass er von den *bezaubernden* Krankenschwestern erzählte, die ihn versorgt hatten und angeblich alle ein Kind von ihm wollten.

Nach zwei Stunden hatte Rahel einen Schwips vom Cider, Yves war volltrunken, Jara gelöst vom Bier. Auch Jakob und Robert hatten ein Bier getrunken. Taco und Lukrezius waren die einzig Nüchternen.

Rahel sah zu Luk. Sie wusste, dass er gern loswollte, um mit ihr allein zu sein. Sie nickte ihm lächelnd zu.

Jara schien die Blicke bemerkt zu haben. »Ihr wollt doch wohl noch nicht gehen.« Sie sprang auf, holte kaltes Bier und Cider aus dem Kühlschrank und stellte alles in die Tischmitte. Statt wieder Platz zu nehmen, stellte sie sich hinter Yves' Rollstuhl, legte ihm die Arme um die Schultern und drückte ihre Wange an seine. »Ich hab euch alle so lieb.«

»Wir dich auch«, sagte Taco wohlig.

»Lasst uns noch mal anstoßen«, sagte Jara und fügte mit einem Zwinkern an die abstinenten Männer hinzu: »Meinetwegen auch mit Wasser, ihr Luschen … Auf Freundschaft, auf Hilfsbereitschaft, aufs Füreinander-da-Sein.«

Alle griffen nach ihren Gläsern und hoben sie. Doch während die ersten Gläser aneinanderstießen, wurde Rahel schlagartig übel. Gänsehaut richtete die Härchen auf ihren Armen auf und wanderte über den Nacken. Sie ließ ihr noch fast volles Glas auf den Tisch fallen. Robert und Jakob sprangen auf, als der Cider aufspritzte.

»Kann passieren«, sagte Jakob mit einem Lächeln und griff nach den noch unbenutzten Servietten auf dem Tisch.

Lukrezius starrte Rahel an. »Was ist? Was ist los?« Er klang alarmiert.

Rahel konnte kaum sprechen, es rauschte in ihrem Kopf. Dieses Knistern … Ihr Kopf ruckte herum, zeitgleich mit Luks. Jara stand noch hinter Yves, doch ihre Hände lagen nicht mehr um seine Schultern, sondern sie hielt sie an seinen Kopf gepresst. Ein grausames Lächeln umspielte ihre Lippen, während Yves' Gesicht in Todesangst verzerrt war. Dann fielen seine Hände, die er um Jaras gekrallt hatte, lasch herunter.

»Füreinander da sein«, spie Jara hämisch aus. »Das hätte sie sich von ihren Freunden gewünscht!« Mit einem Lachen, das Rahel durch Mark und Bein ging, stieß sie Yves' Kopf von sich. Sein Oberkörper kippte vornüber auf den Tisch. Jara rannte durch den Keller zur Tür und drehte sich dort noch einmal um. »Wir sehen uns, *Freunde*.«

Rahel schrie, während Taco und Jakob Yves' Oberkörper vom Tisch hoben. Luk war schon losgesprintet, doch er scheiterte an der Stahltür, hinter der Jara verschwunden war. »Sie hat abgeschlossen!« Er hämmerte gegen die Tür und brüllte: »Simon! ... Simon, halte sie auf!«

Rahel wusste nicht, was sie zuerst und zuletzt tun sollte. Ihr Hirn weigerte sich anzunehmen, was gerade passiert war.

»Einen Notarzt!«, schrie Taco und fuhr mit den Armen über den Tisch, um alles, was darauf stand, herunterzuwerfen. »Hier rauf mit ihm«, wies er Jakob an. Sie hoben Yves aus dem Rollstuhl und legten ihn vorsichtig auf dem Tisch ab.

Während Robert zum Telefon stürzte, hörte Lukrezius auf, an die Tür zu hämmern. Er nahm sein Smartphone und rief schließlich hinein: »Simon! Ist Jara noch da? ... Oh, Scheiße! Komm sofort runter und schließ die Tür auf. Sie hat uns eingeschlossen. ... Ja, hör auf zu fragen und komm runter.«

Robert rief einen Rettungswagen, und Rahel sah starr zu, wie Jakob Yves' Handgelenk nahm. Es brauchte gar nicht seine erschütterten Worte »Kein Puls!«, um Rahel erkennen zu lassen, dass Yves tot war. Die starren Augen verrieten es.

Jakob zögerte nicht. Er sprang auf den Tisch, die Knie neben dem leblosen Körper, und begann mit der Wiederbelebung, während die Kellertür von Simon geöffnet wurde. Lukrezius stieß ihn zur Seite und rannte ohne ein Wort an ihm vorbei.

»Was ist hier los?«, fragte Simon und eilte näher, den Blick auf die Szenerie auf dem Tisch gerichtet.

»Yves«, stammelte Rahel. »Jara hat ihn ...« Sie konnte nicht weitersprechen, weil ihr Verstand sich immer noch weigerte zu begreifen, was geschehen war.

Tacos Hand glitt über Yves' Kopf, strich durch die Haare. »Er hat Erfrierungen«, stammelte er ungläubig. »Er wurde vereist. Von ... Jara ...« Er bekreuzigte sich, und dann stieß er einen Schrei aus, der Rahel aus der Lethargie riss. So wund klang sein Schrei, so verzweifelt. »Jara! Jaraaa!« Er weinte, ging in die Knie, riss sich an den Haaren. »Nicht du, Jara, nicht du!« Er schrie und weinte haltlos.

Simon stürzte zu ihm und nahm ihn in die Arme, während

Jakob keuchend sein Bestes gab, presste und presste, nur kurz unterbrach, um Yves seinen Atem zu spenden.

Taco hatte sich von Simon frei gemacht und war aufgestanden. »Hör auf!«, schrie er den Pastor an. »Hör auf, hörst du! Er ist tot! Sie hat ihm das Hirn vereist! Er kann nicht wiederbelebt werden.«

»Simon«, erklang Roberts ruhige Stimme. »Geh sofort nach oben. Ich habe einen Fehler gemacht. Der Rettungsdienst wird gleich da sein. Du weißt, was zu tun ist.«

Simon Bückler nickte und eilte aus dem Keller.

Rahel starrte ihm hinterher. »Was ...«

»Er muss den Rettungsdienst abwimmeln, Rahel. Sagen, dass sich wohl jemand einen Scherz erlaubt hat.« Roberts zitternde Hände standen in krassem Kontrast zu seiner beherrschten Stimme. »Es darf keine Obduktion stattfinden. Verstehst du?«

Rahel starrte ihn an, dann nickte sie. Ein vereistes Gehirn ... das warf Fragen auf, die nicht auftauchen durften. Doch sie wollte nicht darüber nachdenken, was mit Yves' Leichnam passieren würde. Sie konnte es auch gar nicht. Wie konnte er tot sein? Gerade noch hatten sie gefeiert und gelacht ... Dann drängte Jaras zur Fratze verzerrtes Gesicht alles andere in den Schatten. Es hatte sich in ihr Hirn gebrannt.

Jara. Ihre Jara. Wimmernd starrte Rahel die anderen an. »Jara ... sie ist ...« Sie konnte es nicht aussprechen.

»Ja, verdammt«, schrie Taco sie an, und die Seelenqual klang durch jedes seiner Worte. »Jara ist tot! Tot, tot, tot! Und jetzt geh ich raus«, er stieß sie zur Seite, als er an ihr vorbeiging, »und verbrenne das Vieh. *Ich* werde es tun, hört ihr?« Er drehte sich kurz zu ihnen um, bevor er Kurs auf die Flammenwerfer nahm. »Ich werde es tun. Nur ich und kein anderer. Dieser Dämon gehört mir!«

»Taco!« Jakob eilte zu ihm. »Freund! Komm erst einmal zu dir! Wir ... wir müssen erst einmal reden. Wir sind doch alle am Ende.« Er begann zu weinen, während er Taco am Arm packte und versuchte, ihm den Flammenwerfer aus den Händen zu reißen.

»Dieses Drecksvieh kommt nicht weit.« Taco blieb unbeirrt. Sein weißes Gesicht war zur Maske erstarrt, als er den Pastor zur Seite stieß und ohne Schutzanzug mit dem Flammenwerfer zur Kellertür ging. »Meine Jara!«, brüllte er. Dann brach ihm die Stimme weg. »Das hat sie nicht verdient. Nicht meine Jara.«

Als er die Tür aufriss, prallte er gegen Lukrezius.

»Luk!«, rief Rahel erleichtert aus.

»Halte ihn auf, Lukrezius.« Roberts Stimme bebte jetzt. »Er ist nicht Herr seiner Sinne.«

Luk fragte nicht lange nach, sondern packte den Mexikaner und drängte ihn zurück in den Keller. »Taco!«, sagte er mit gepresster Stimme. »Taco, hör auf! Sie ist weg. Ihr Vorsprung ist zu groß. Sie kann sonst wo sein.«

»Sag nicht ›sie‹!«, schrie Taco ihn an, während er weiter versuchte, an Lukrezius vorbeizukommen. »Das Viech ist ein Er. Ein Dämon. Ein Höllenvieh!«

»Gibt es in diesem Laden eine Beruhigungsspritze?«, fauchte Luk mit Blick zu den anderen, während er den tobenden, schreienden Taco hielt. »Sonst kann ich ihn in hundert Jahren nicht loslassen.«

Robert stakste mit langen Schritten zum Behandlungsraum. Schranktüren wurden geöffnet und zugeklappt. Dann erschien er mit einer Spritze in der Hand. »Das sollte gehen.« Allerdings ging er nicht zu Taco und Luk, sondern blieb vor Rahel stehen und hielt ihr die Spritze hin. »Ich kann das nicht tun. Mach du das.«

Rahel nahm die Spritze und zögerte nicht, weil Tacos Kopf inzwischen dunkelrot war. »Halte seinen Arm«, wies sie Jakob an, um überhaupt die Vene treffen zu können, denn Taco wehrte sich verzweifelt gegen Luks Klammergriff. Zu dritt gelang es ihnen schließlich, das Mittel zu verabreichen.

Es dauerte noch, bis Luk wagte, Taco loszulassen. Der Mexikaner ging in die Knie. Dann ließ er sich weinend auf die Seite fallen. »Nicht Jara, nicht meine Jara«, schluchzte er, und Rahel krümmte sich vor Mitgefühl und eigener Qual.

»Wie kann das sein?«, stellte Luk die Frage, die die anderen vor Schmerz noch nicht stellen konnten. Er hockte sich neben Taco auf den Boden, zog den weinenden Mann in seine Arme und wiegte ihn. Rahel wusste, dass sie ihn nie mehr lieben würde als in diesem Moment.

»*Wann* ist Jara gestorben?«, rief er in die Runde und sah sie alle der Reihe nach an. »Im Krankenhaus? Der Reptiliendämon hat ihr einen schweren Schlag versetzt. Vielleicht war er doch tödlich.«

Rahel ging zum Tisch zurück. Yves dort so liegen zu sehen, so allein ... Sie nahm seine noch warme Hand in ihre und hielt sie. »Vielleicht auch bei den Hathors«, sagte sie leise. »Bents Dämon hat sie aufgehängt. Vielleicht war sie schon tot, als ich um das Haus rannte. Dass sie zappelte, als ich im Wohnzimmer ankam, das kann schon alles Show gewesen sein.«

Alle schwiegen. Nur Tacos Weinen war zu hören. Dann reckte Robert sich und sagte mahnend: »Wir müssen umgehend telefonieren und alle Institutionen warnen, in denen Jara ehrenamtlich geholfen hat. Wir werden sagen, dass sie unter einer schweren Psychose leidet und eine Gefahr für die Umwelt darstellt.«

»Du glaubst«, Rahel schluckte, »du glaubst, der Dämon könnte dort auftauchen?«

»Tatsächlich glaube ich es nicht«, antwortete Robert. »Weil er weiß, dass wir ihn dort zuerst suchen. Aber wir dürfen es nicht ausschließen und müssen warnen.«

»Er wird sich verstecken«, sagte Jakob leise. »Erst einmal. Aber dieses Gesicht ... und der Abschied. ›Wir sehen uns, Freunde.‹« Er sah auf. »Das war eine Warnung. Er wird zu uns kommen. Irgendwann. Er wird versuchen, uns zu töten. Und da Jara uns so gut kannte ...«

Er ließ den Satz offen, doch Rahel verstand ihn auch so. Sie würden nirgends sicher sein. Sie mussten auf der Hut sein.

Robert griff zum Telefon. »Zuallererst werde ich die ÜV-Kollegen informieren. Wir brauchen hier Hilfe.« Er vermied den Blick auf Yves, dessen Hand Rahel weiter streichelte.

Sie sah zu Luk, und er erwiderte ihren Blick. Er war ihr Halt. Ihr Leben. Alles musste gut werden. Irgendwann.

∗∗∗

»Ach, Kabel.« Rahel drückte den Kater an sich und strich über das seidenweiche Fell, bevor sie ihn auf dem gelben Polster am Fenster absetzte und sich danebenhockte, als er seine Pfoten einzog und aus dem Fenster sah. »Ich bin so unendlich traurig. Heute wurde Yves beerdigt. In seiner Heimat in Frankreich. Darum ist Luk noch nicht hier. Ja, ich weiß, dir gefällt das.« Sie streichelte ihn und genoss das behagliche Schnurren. Gab es überhaupt irgendetwas Beruhigenderes als das Schnurren einer Katze?

»Ich hoffe wirklich, dass du ihn irgendwann lieb gewinnst. Oder zumindest im selben Raum mit ihm bleibst.« Sie seufzte. »Ich vermisse ihn jedenfalls schrecklich.«

Sie war die Einzige der Jäger, die zu Hause geblieben war. Da einer aus dem Team erreichbar bleiben musste, hatte sie sich gemeldet, denn alle anderen kannten Yves viel länger als sie. Die BKA-Kollegen der Abteilung »ÜV« hatten für Yves' Familie einen Motorschaden mit Brand fingiert, bei dem BKA-Wirt Simon als »Fahrer« das brennende Fahrzeug gerade noch verlassen konnte, für den durch den Beinbruch gehandicapten Yves allerdings jede Hilfe zu spät kam.

Zehn Tage waren seit dem schrecklichen Abend vergangen. Sie alle hofften auf den Alb, der beim nächsten Vollmond zurückkommen würde. Vielleicht brachte er Erkenntnisse über den energetischen Dämon in Jaras Körper. Doch wäre der Dämon so unvorsichtig, so schnell einen Mord zu begehen? Bisher war er nicht wieder aufgetaucht. Weder in den Einrichtungen, in den Jara geholfen hatte, noch an irgendeinem anderen Ort.

In Sicherheit wähnten sie sich dennoch alle nicht. Luk hatte unbedingt auf die Reise nach Frankreich verzichten wollen, doch Rahel hatte darauf bestanden, dass er fuhr. Allerdings hatte Luk ihr einen Wachhund an die Seite gestellt, der so lange bei ihr bleiben würde, bis er aus Frankreich zurück war.

Rahel stand auf und ging in die Küche, wo Constantin Weber telefonierte. Mit einem missmutigen »Ja, gut« drückte er den Gesprächsteilnehmer weg und legte das Smartphone auf dem Kreuzworträtsel im Hamburger Abendblatt ab, das er bereits zur Hälfte gelöst hatte. »Die liefern heute nicht aus«, sagte er. »Personalmangel. Sind alle krank.«

»Ist doch nicht schlimm«, sagte sie. »Ich hol uns die Pizza schnell. Ist ja nur um die Ecke.«

»Garantiert nicht. Lukrezius vierteilt mich, wenn dir was passiert.«

Rahel verdrehte die Augen. »Gut, dann gehst du. Ich schließe auch gleich hinter dir ab, versprochen.«

Constantin sah nicht begeistert aus. »Ich hänge an meinen Gliedmaßen. Wir versuchen es bei einem anderen Lieferservice.«

Rahel zog ihn am Arm hoch. »Ich kann durchaus eine Viertelstunde allein auf mich aufpassen. Und der Flammenwerfer steht griffbereit auf dem Flur.« Luk hatte ihn vorbeigebracht, bevor er gefahren war.

»Also gut«, gab Constantin sich geschlagen. »Aber wehe, du verrätst es ihm.«

»Keine Sorge, ich bin auch nicht lebensmüde.«

Sie setzte sich wieder auf das Polster im Wohnzimmer, als Constantin gegangen war, und winkte ihm aus dem Fenster zu. Dreimal drehte er sich um, bevor er außer Sicht war. Gemeinsam mit dem Kater betrachtete sie die Vögel in der Linde, als es klingelte.

Unwillkürlich war sie zusammengezuckt. Kabel hörte auf zu schnurren. War Constantin zurückgekommen? Sie hatte nicht auf den Bürgersteig geachtet, während sie die Vögel beobachtet hatten.

Ihr Blick streifte den Flammenwerfer, als sie zur Tür ging und den Knopf der Sprechanlage drückte. »Ja?«

»Guten Abend, Frau Bathlevi«, erklang eine männliche

Stimme. »Ich habe erfahren, dass Sie mich suchen. Ich bin der Chinese, der Ihnen die Kartons überbrachte. Darf ich heraufkommen?«

»Was?«, rief Rahel überrascht aus. »Ja … ja, natürlich, kommen Sie rauf.« Mit klopfendem Herzen drückte sie den Summer und zog die Wohnungstür auf.

Wenig später stand der schwarzhaarige junge Mann vor ihr, der ihr im Polizeipräsidium Mr. Minhs Erbe überreicht hatte.

»Hallo«, sagte er mit einem Lächeln.

»Hallo.« Rahel deutete in die Wohnung. »Kommen Sie rein.«

Er trat ein, und Rahel fragte: »Sie wissen also, dass wir Sie gesucht haben?«

»Ja.« Er drehte sich auf dem Flur zu ihr um.

»Wer sind Sie? Warum haben Sie mich belogen und behauptet, Sie seien der Sohn einer Freundin von Mr. Minh?« Rahel musterte ihn genauso intensiv wie er sie.

»Die Wahrheit hätte dich nur unnötig verwirrt, Rahel. Aber nun ist etwas eingetreten, das ich nicht erwartet hatte.«

Rahel schluckte. Etwas passierte gerade. Etwas Eigenartiges. Er duzte sie, und damit schien eine sonderbare Energie, die sie nicht benennen konnte, den Raum zu füllen. »Wovon reden Sie?«, fragte sie nervös. Was wollte dieser Mann von ihr? Hatte er Tränen in den Augen?

»Dass Lukrezius zu solch einer Liebe fähig ist … Er hat seine Schwester und das Schwert für dich geopfert, Rahel. Du hast, glaube ich, noch gar keine Ahnung, wie groß, wie mächtig seine Liebe für dich ist.«

Rahel überlief es heiß. »Doch, das weiß ich sehr wohl, denn meine Liebe für ihn ist genauso mächtig. Ich hätte mein Leben für ihn geopfert.«

Der Chinese wurde ernst. »Nun, liegt es nicht in der Natur der Liebe, dass man eher sein eigenes Leben hingeben würde, als einen innigst geliebten Menschen zu opfern? Hättest du auch *ihn* geopfert für das Leben eines anderen?«

Rahel war nur noch verwirrt. »Was wollen Sie von mir? Wer sind Sie?«

»Ich bin Minh.«

»Aha. Und warum haben Sie nicht gleich gesagt, dass Sie zu Mr. Minhs Familie gehören?«

»Kleines Mädchen mit den Jadeaugen … Wie sollst du das auch verstehen?« Er lächelte, dann wandte er sich um und trat durch die offen stehende Tür in ihr Schlafzimmer.

»He!«, rief Rahel aus.

Er schien sie nicht zu hören. Mit wenigen Schritten war er an der Balkontür, und Rahel dachte, er wolle sie öffnen, doch er griff nach dem Windspiel. Er ließ die schmalen Bambusröhren durch seine Finger gleiten und lauschte dem leisen Klingen einen Moment, bevor er sagte: »Ich schenkte dir dieses Windspiel vor sechzehn Jahre, Rahel. Ich bin kein Verwandter von Mr. Minh. Ich *bin* Minh.«

Rahel starrte ihn mit offenem Mund an.

Lächelnd trat er auf sie zu. »Ich bin gekommen, um dir und Lukrezius eine Möglichkeit zu bieten, Soleria zurückzuholen.« Er lächelte. »Interesse?«

Was noch zu sagen ist ...

Dieser Roman wurde gefördert im Rahmen des Stipendien-programms der VG WORT in NEUSTART KULTUR der Be-auftragten der Bundesregierung für Kultur und Medien – eine großartige Unterstützung in Zeiten, in denen die Kulturland-schaft Brachland war.

Der Emons Verlag bot mir die Möglichkeit, dieses Fantasy-Projekt zu veröffentlichen – herzlichen Dank dafür!

Meine Lektorin Hilla Czinczoll hat wieder den letzten Feinschliff übernommen und bekommt hiermit das verdiente dicke Dankeschön!

Verfasser des wunderschönen Songs »Cornwall My Home«, aus dem ich auf Seite 177 Auszüge zitiere, ist Harry Glasson, Cornwall, England.

Nach dem Buch ist vor dem Buch. Während ich diese Zei-len verfasse, befinde ich mich schon in der Arbeit zu meinem nächsten Projekt. Ich liebe meinen Job und freue mich jeden Tag über all die Leserinnen und Leser, die mir schreiben und Feedback geben und so das Öl für den Motor sind, der mich antreibt. Danke Ihnen und euch allen!

VG WORT

Die Kriminalromane von Erfolgsautorin Heike Denzau im Überblick

Mystery Thriller:

Todesengel von Föhr
ISBN 978-3-95451-251-5

Krimis mit Lyn Harms:

Die Tote am Deich
ISBN 978-3-89705-826-2

Marschfeuer
ISBN 978-3-89705-919-1

Tod in Wacken
ISBN 978-3-95451-064-1

Schwarze Elbe
ISBN 978-3-95451-502-8

Dunkle Marsch
ISBN 978-3-95451-970-5

Der Teufel von Wacken
ISBN 978-3-7408-0315-5

Das Haus am Moor
ISBN 978-3-7408-0776-4

Flammen über der Marsch
ISBN 978-3-7408-1250-8

www.emons-verlag.de

Krimis mit Raphael Freersen:

Nordseenebel
ISBN 978-3-7408-0501-2
Nordseegeheimnis
ISBN 978-3-7408-0928-7

www.emons-verlag.de